Gilles Lapouge

Die Liebe von Wagram

Gilles Lapouge

Die Liebe von Wagram

Aus dem Französischen von
Juliane Gräbener-Müller

Langen Müller

Titel der Originalausgabe:
La Bataille de Wagram
erschienen 1986 bei Flammarion, Paris

Lektorat: Marianne Punstein
Umschlaggestaltung: Werner Rebhuhn, Cuxhaven
unter Verwendung eines Ausschnitts von
»La Bataille de Wagram« von J. Rugendas,
Musée de l'Armée, Paris, Foto: Bulloz
Satz: Fotosatz Otto Gutfreund, Darmstadt
Gesetzt aus der Janson 10/11,5p, System 4, Linotype
Druck und Binden: May + Co, Darmstadt
Printed in Germany 1987
ISBN: 3-7844-2136-9

Unter den bemerkenswerten Ereignissen der Schlacht bei Wagram muß ich den Kampf zweier Kavallerieregimenter erwähnen, die, obwohl sie in feindlichen Armeen dienten, ein und demselben Oberstinhaber, nämlich Albert Kasimir Herzog von Sachsen-Teschen, gehörten. Dieser hatte die berühmte Erzherzogin Christine von Österreich, Statthalterin der Niederlande, geheiratet. Da er nun in beiden Staaten den Fürstentitel trug, besaß er ein Husarenregiment in Sachsen und ein Kürassierregiment in Österreich. Beide trugen seinen Namen, und nach den Gepflogenheiten der zwei Staaten besetzte er selbst hier wie dort sämtliche Offiziersposten. Da Österreich und Sachsen seit Jahren in Frieden miteinander lebten, brachte er seine Offiziersanwärter jeweils in dem Regiment unter, das gerade eine Vakanz aufwies, so daß zuweilen die einen Mitglieder einer Familie bei Herzog Alberts sächsischen Husaren und die anderen bei Alberts österreichischen Kürassieren dienten. Nun standen sich aber durch einen bedauernswerten und höchst außergewöhnlichen Umstand beide Regimenter auf dem Schlachtfeld bei Wagram gegenüber, wo sie, von Pflicht- und Ehrgefühl getrieben, aufeinander losgingen. Und was keiner gedacht hätte: Die Kürassiere wurden von den Husaren geschlagen.

Mémoires du général baron Marcellin de Marbot.

I

In Professor Schwarzbrod konnte man sich ganz schön täuschen: Seine Nase war etwas zu groß, geradezu riesig, und seine Ohren waren kaum besser geraten – verschlungen, hingeschludert und stark behaart. Überhaupt war Schwarzbrod ein haariger Professor. Leuchtende, aber kaltblickende graue Augen vervollständigten sein Gesicht.

Das wog auch der Körper nicht auf. Er war lang, derb, immer ein bißchen vornüber geneigt. Wenn Schwarzbrod ging, hatte man den Eindruck, er gebe seinen Schuhen den Befehl, ihm zu folgen; die sträubten sich jedoch, waren widerspenstig, so daß der Professor wie ein Segelboot aussah, das im Zickzackkurs gegen den Wind ansegelte. Im Herbst, wenn Nebel über der Stadt lag, bahnte Schwarzbrod sich mit rudernden Armen einen Weg durch das dichte Weiß. Der Frühling bekam ihm besser. Sobald der Prater in Blüte stand, blieb er häufiger stehen. Mit der Spitze seines Spazierstocks klopfte er ganz sachte auf die Sträucher. Weiße und rosafarbene Blütenblätter ließen sich auf seinem Lodenmantel nieder. Ein paar Mücken flogen auf, manchmal auch Käfer. Schwarzbrod betrachtete sie mit halb geöffnetem Mund. Er wirkte dabei schon ziemlich debil.

Kaum zurück in seiner Wohnung in der Donnergasse, ließ er sich mit einem Seufzer in einen Sessel plumpsen und fing an, auf einer langen, blauen Porzellanpfeife herumzukauen, die in seinem Mund zitterte. Dabei zuckte er hin und wieder, so als würden ohne sein Zutun in diesem mächtigen Leib Federn springen. Die unablässige Bewegung seiner Hände schien ihn zu entmutigen, ja rief Empörung in ihm hervor. Mißbilligend betrachtete er seine Finger; dann legte er seine Pfeife auf die

Sessellehne und ließ sich zu einer Art Lächeln herbei. Er verzieh also seinen Gliedmaßen. Schwamm drüber! In seiner Umgebung munkelte man, er habe zu viele Zähne und Knochen. Seine Studenten nannten ihn nur »Tripelschienbein«, das wußte er, und es machte ihm zu schaffen. Dazu muß man sagen, daß Professor Heinrich Schwarzbrod trotz seines roten Landsknechtgesichts ein empfindsamer Mann war. Sein Äußeres und sein Herz standen nicht im Einklang. Diese Heldengestalt ging mit einem sensiblen, schüchternen Gemüt einher, und dennoch: Seine Augen sandten Blitze aus, auch wenn er glücklich, ja geradezu heiter war. Sein zweiter Beiname lautete »Kiefer«.

Schwarzbrod konnte auch über sich selbst lachen und versprach sich eine bestimmte Wirkung davon. »Ich bin eine Vorspiegelung falscher Tatsachen«, sagte er in vertrauter Gesellschaft. »Der liebe Gott, der ja eigentlich gar nicht existiert, hat sich einfach im Körper geirrt. Sicher hat er mich in die Hülle eines anderen gesteckt.« Und während seine Gedanken unterwegs zu diesem anderen schienen, fuhr er fort: »Irgendwo, in Süd-Australien oder in Kalabrien vielleicht, muß es einen gerissenen Burschen geben, dem sein zerbrechliches Aussehen als Fassade für eine kriegerische, pechschwarze Seele dient.« Er versicherte, er fühle sich verantwortlich für alles Schändliche, das sein unbekannter Komparse im Schutz seines Engelsgesichts zu begehen vermochte. »Wenn ich fromm wäre, würde ich im Stephansdom beichten, um diesen Burschen von seinen Sünden reinzuwaschen. Im Grunde leben wir ja alle durch jemand anderen. Das Dumme ist nur, daß ich Freidenker bin. Wenn Sie mir versprechen, meine Liebe, es nicht gerade Seiner Hoheit Franz II. oder seinen Schergen zu verraten, würde ich sogar zugeben, daß ich einer Freimaurerloge angehöre.« Er prustete in seine gewaltigen Hände. »Aber ich werde mich ja nun doch nicht eines anderen besinnen, nur um einem Halunken, den ich nie gesehen habe und der mir obendrein noch meinen Korpus geklaut hat, das ewige Leben zu sichern. Das wäre zuviel verlangt. Stellen Sie sich vor: den Katechismus lernen, das Geheimnis der Dreifaltigkeit durchdringen, ein bißchen Origines lesen, mir angewöhnen, mich vor den Marterln der Jungfrau und der hl. Anna zu bekreuzigen, nein, verzeihen Sie, aber dazu ist mir meine Zeit wirklich zu schade.«

Die kleine Gräfin Pietranera hatte sich mittlerweile schon darauf spezialisiert, Schwarzbrod zu verteidigen und seine Gedanken zu erläutern. Sie meinte, man brauche ihn nur abzustauben, und schon würde er wie ein Kristall funkeln. Außerdem sagte sie, müsse man ihn nur einmal von der anderen Seite sehen. »Er ist grob wie ein Wildschwein, mit diesem Bart, das gebe ich ja zu«, kokettierte sie, »aber bei einem Blick in sein Inneres würde man sich ganz schön wundern. Er ist nämlich mit Seide gefüttert!« Manchmal legte sie ihn auch mit anderen Stoffen aus, mit Taft, Satin oder Kaschmir, und dann schürzte sie die Lippen und war zufrieden, gutmütig und einfach, wie sie war – ein richtiges Herzchen.

Der Professor konnte noch so nett sein, seine Liebenswürdigkeiten wurden im gleichen Moment schon wieder durch seine harten, malvenfarbenen Lippen mit den heruntergezogenen Mundwinkeln dementiert, und jedes freundliche Wort von ihm hielt man für Heuchelei oder Beschimpfung. Dennoch gab es kaum jemanden, der seine Anständigkeit, Gutgläubigkeit und Komik nicht geschätzt hätte. Schwarzbrod war eine Seele von Mensch, aber er machte den Leuten angst. Wenn sich die Universität, wo er den Lehrstuhl für Botanik innehatte, zu Beginn des Studienjahres mit einem neuen Schwung Studenten füllte, war es in seinen Vorlesungen erschreckend still. Jeder andere hätte sich über diese Aufmerksamkeit gefreut, aber ihn machte sie fassungslos. Einsam und verloren betrachtete er von seinem Katheder aus starren Blicks die fünfzig Köpfe vor ihm, die sich über ihre Pulte beugten. Vergebens suchte er einen Blick zu erhaschen. Getuschel wäre ihm immer noch lieber gewesen als diese Kälte, die ihm hier entgegenschlug. Einige Wochen lang war ihm nun nichts wichtiger, als sein Auditorium für sich einzunehmen.

In solchen Augenblicken kam ihm die Natur zu Hilfe. Er unternahm Ausflüge. Mit seinen Studenten erwanderte er die sanft ansteigenden Hügel des Wienerwalds zwischen Donau und Triesting. Er machte sich die leuchtenden Farben der letzten Herbsttage, das Plätschern der Bäche und Quellen, die Sanftmut der Kühe zunutze. Weiße Wolken hüpften wie Kinderbälle von Hügel zu Hügel. Die Föhren bildeten verhext anmutende Zwergenwälder. Bei Windstille erklangen von den Glöckchen der Schäferhunde koboldhafte Melodien. Heinrich Schwarzbrod benutzte diese verzauberte Landschaft als Falle, als Lockpfeife, um das Vertrauen seiner Studenten zu gewinnen. Auf einem mächtigen Stein sitzend, erzählte er wundersame Geschichten. So behauptete er, wie alles auf der Welt würden auch die Felsen, der Wind und das Wasser der Flüsse zuerst geboren, alterten und müßten schließlich sterben. Er fragte seine Studenten, woran sie das Alter des Windes erkennen könnten. Wenn eine schwache Brise zwischen zwei Bergkuppen hindurchstrich und dabei die Halme des reifen Weizens streifte, erklärte er, dies sei ein neuer, ein »grüner« Wind, am Morgen erst geboren, taufrisch noch, ganz zart und ein bißchen unbeholfen. Hingegen, versicherte er bei Ausbruch eines jener plötzlichen Herbstgewitter, dieses rühre noch von Attila oder dem Kaiser Maximilian her...

Jemand spielte Flöte. Stempel und Staubgefäße der Blüten wurden genauestens untersucht. Auf einer Waldlichtung packte man Weidenkörbe mit Schwarzbrot, Fleischpasteten, Salaten und Äpfeln aus. Weinkrüge wanderten zum Kühlen in die Quellen. Trieben sich junge Bäuerinnen dort herum, so fand sich meist auch ein Student, der seine Fiedel kratzte – und dann war der Ball perfekt. Der Professor schwang mit völlig verschreckten Schäferinnen ungestüm das Tanzbein. Die Studenten fanden Gefallen an diesen Exkursionen, hellten sie doch die düstere Gestalt ihres Lehrers auf. Sie offenbarten eine als liebenswert durchscheinende Seele. Schwarzbrods Vorlesungen waren berühmt. Zweifellos hatte sein Unterricht zum Ruhm der Wiener naturwissenschaftlichen Schule beigetragen, deren Blütezeit 1750 mit Ludwig Kochel ihren Anfang genommen hatte. Schwarzbrod war den besten

Gelehrten seiner Zeit begegnet: Graf von Buffon, Commerson, Joseph Banks, dem Naturforscher, der Kapitän Cook auf seiner ersten Reise um die Welt begleitet hatte, und sogar dem großen Linné. Sein Wissen war grenzenlos, und sein Ansehen reichte weit über die Mauern der Universität hinweg.

Zwei bis dahin unbekannten Blumen hatte er seinen Namen gegeben. Seine 1770 veröffentlichte Dissertation hatte großen Anklang gefunden. Sie handelte von der Liebe zwischen Blumen und Bienen. Wie war es zwei Wesen aus verschiedenen Reichen gelungen, ihre Unterschiede um ihrer Vereinigung willen zu überwinden? Wie nur hatten die Blumen es geschafft, Bienen und Schmetterlinge mit als passend vorgetäuschten Sexualorganen regelrecht irrezuführen? Die Schönheit der Dinge war unerschöpflich, und alles war reine Pracht. Allerdings glaubte Schwarzbrod nicht, daß diese »Ehe« zwischen Insekten und Blumen göttlichem Wirken zu verdanken war. Schon Buffon hatte die Idee der Evolution entworfen, und Schwarzbrod tat nichts anderes, als Wasser auf diese Mühle zu gießen.

Anfangs, so erklärte er, sei es allein der Wind gewesen, der, wenngleich aufs Geratewohl und unter enormer Verschwendung, die Liebschaften der Blumen gelenkt habe. Bei ihrem Zusammentreffen sei der Schleier der Maia zerrissen und zwei nicht zu vergleichende Spezies hätten die irreale Scheidewand zwischen sich durchbrochen. Diese These war ziemlich gewagt, und Schwarzbrod hatte sie mit Hilfe weiterer ähnlicher Fälle aus der Natur untermauert. In La Condamine hatte er gelesen, daß es in den Wäldern Südamerikas eine Frucht gab, die Babassunuß, deren Schale so hart war, daß sie, war sie erst einmal auf die Erde gefallen, niemals hätte keimen und eine neue Palme hervorbringen können, wäre ihr nicht ein kleiner Nager zu Hilfe gekommen, eine Abart des Eichhörnchens, der den Panzer der Babassu anknabberte und so deren Keimung ermöglichte.

In wissenschaftlichen Kreisen war Schwarzbrods Arbeit nicht auf allzu große Wertschätzung gestoßen. In Wien hatte Dr. Pipermuntel von ungereimtem Zeug, von albernem Ge-

schwätz gesprochen. Demgegenüber hatten sich die Dichter Schwarzbrods Ideen zu eigen gemacht. Angeblich maß Goethe ihnen einigen Wert bei. Bernardin de Saint-Pierre, verantwortlich für die königlichen Gärten in Paris, hatte Schwarzbrod einen netten Brief geschrieben, in dem von Vorsehung die Rede war, und Novalis berief sich in seinen Tagebüchern darauf. Schwarzbrod selbst hatte inzwischen einigen Abstand von seiner Theorie gewonnen. Er amüsierte sich darüber, erklärte, es sei ein Scherz gewesen, »unterhaltsame Wissenschaft«, ähnlich wie seine Lektionen über das Alter des Windes; trotzdem nahm sein Ansehen immer weiter zu. Mittlerweile trat man von allen Seiten an ihn heran und bat ihn, Vorträge zu halten, und die wissenschaftlichen Gesellschaften luden ihn zu ihren Symposien ein. Diese Einladungen bedeuteten für Schwarzbrod eine Qual. Vor einem unbekannten Publikum wurde sein Geist völlig apathisch. Es gelang ihm zwar noch recht und schlecht, unter wilden Grimassen den Text seines Vortrags aufzusagen, aber sich anschließenden Fragen stellen zu müssen, war ein Albtraum. Schon der geringste Einwand brachte ihn aus dem Konzept. Er war völlig am Ende. Sein Mund klappte ein- oder zweimal auf, gab aber keinen Ton, kaum ein Geräusch von sich. Angst und Beklemmung verstopften ihm die Ohren, er nahm nur Getöse wahr. Schließlich warf er auf gut Glück eine Antwort ins Publikum, und wenn man ihn zum Beispiel auf die Familie der Liliengewächse angesprochen hatte, brachte er es durchaus fertig, mit einer Abhandlung über das System der Haupt- und der kleinen Seitenwurzeln zu antworten. Aufgrund ihres unvorhergesehenen Verlaufs hatten diese Vorträge großen Erfolg.
Für Schwarzbrod waren solche Veranstaltungen eine Strapaze. Wie der Blitz eilte er in sein Haus in der Donnergasse zurück. In solchen Momenten glich er allein einem ganzen Regiment auf dem Rückzug. Er war wütend über seine Ungeschicklichkeit. Seine Frau, die ausgesprochen sanftmütige Greta, spürte sofort, daß er Kummer hatte, und respektierte sein Schweigen. Mit den Jahren hatte er sich dazu durchgerungen, alle Einladungen abzulehnen, aber an der Universität

gab es ein paar boshafte Zeitgenossen oder einfach Spaßvögel, die ihn hartnäckig um einen Beitrag baten, um sich am Schauspiel seiner Verwirrung zu ergötzen. Für diese waren das erlesene Momente. Sie waren Teil der Legende um den alten Gelehrten und ähnelten in ihrem Ablauf regelrechten Zeremonien: Schwarzbrod hörte dem Urheber seines späteren Ärgers zu, wobei er den Kopf ein wenig neigte und an der Klemme seiner runden Brille herumspielte. Er zog an seiner Pfeife und ließ als Ausdruck seiner Freude angelegentlich die Nasenlöcher beben. Selbstverständlich würde er die Einladung annehmen: Wirklich erfreut schüttelte er seinem Kollegen die Hand, bevor er in ein paar Sätzen die Treppe zum Auditorium Maximum hinaufhastete, um seine Vorlesung zu halten, in Wahrheit aber wollte er sich inmitten seiner Studenten verlieren, ja geradezu verstecken. Die erlauchte Versammlung der Professoren wußte jedoch, daß das Stück noch nicht zu Ende war. Der Vorhang würde sich zum zweiten Akt öffnen, dem besten, wie Kenner behaupteten, und niemand hätte den Ausgang verpassen mögen.

Gleich nach seiner Vorlesung war Schwarzbrod wieder da. Er stürzte sich auf den Kollegen, der ihn eingeladen hatte, und begann zu stottern. Wie ungeschickt von ihm, was für eine Gedankenlosigkeit! Er hatte ganz vergessen, daß er an dem Tag, der für den Vortrag ausgemacht war, bereits eine Verabredung hatte, eine Familienfeier, die Hochzeit eines Freundes, einen Besuch bei seiner Tante Mathilde, es war wirklich dumm, aber was sollte er machen? Sein Gegenüber verstand, gab sich nachsichtig, doch Schwarzbrod beruhigte sich nicht so schnell. Er blätterte in seinem Notizbuch, in dem am fraglichen Tag tatsächlich eine Feier eingetragen war. Er wirkte unaufrichtig, und da es ihm bewußt war, holte er für sein Plädoyer besonders weit aus. Er häufte Entschuldigung über Entschuldigung und führte so winzige Details an, daß die Lüge langsam Farbe bekam und fett wurde.

»Und dennoch lügt unser guter Meister nie«, sagte Dr. Ulhue, einer seiner Studenten, der mittlerweile sein Assistent geworden war, ein lausbubenhafter junger Mann mit hoher, weißer Stirn und Hechtmund. »Wissen Sie, daß Schwarzbrod sich zwingt, der imaginären Feier beizuwohnen, die er in sein berühmtes Notizbuch eingetragen hat? Genauso hat er ja Greta Strehlein geheiratet.«

Darüber wollte man Genaueres wissen.

»Nun ja«, sagte Ulhue in leicht weinerlichem Ton, »er war vom Privatdozenten von Brünn gebeten worden, den Vorsitz bei einer Konklave zu übernehmen und hatte, um dem zu entgehen, die Verlobung eines seiner Cousins vorgeschoben. Nun verfing er sich aber so jämmerlich in seinen Entschuldigungen, daß der andere glaubte, Schwarzbrod feiere an diesem Tag seine eigene Verlobung. Das war natürlich eine gewichtige Neuigkeit; sie verbreitete sich wie ein Lauffeuer und kam schließlich auch Schwarzbrod zu Ohren, der daraufhin nicht lange fackelte: Er begab sich spornstreichs zu den Strehleins, deren Tochter Greta er seit Jahren den Hof machte, allerdings so verhalten, daß niemand, nicht einmal die vortreffliche Greta selbst, es bemerkt hatte. Doch an diesem Tag bat Schwarzbrod, der Not gehorchend, in aller Feierlichkeit um die Hand des jungen Mädchens. Die Familie empfing ihn freudig, die Verlobung wurde in die Wege geleitet. Schwarzbrod war wie von Sinnen. Er hatte seine Schüchternheit überwunden und sogar eine sehr baldige Verlobung erreicht; sie fand genau am Tag des berühmten Kolloquiums von Brünn statt.

Genauso war es! Dieses eine Mal jedenfalls hat er gehandelt, wie sein Gesicht es vermuten läßt: draufgängerisch wie ein Husar... Das heißt, wie ein Husar, der sich auf den Feind stürzt, eine Redoute einnimmt und den Maria-Theresien-Orden bekommt, bloß weil sein Major ihn in den Hintern getreten hat!«

Wenn er seinen guten Tag hatte, schmückte Dr. Ulhue, der sich gerne den Anschein außerordentlicher Finesse gab, seine Fabel noch weiter aus. Er glättete die Falten auf seiner hohen, weißen Stirn, was eine sarkastische Bemerkung erwarten ließ, und schwor, daß Maria-Josepha, Schwarzbrods älteste Tochter, ins Werk gesetzt worden war, um einen Vortrag in Eisen-

stadt zu umgehen. An dieser Stelle verstummte der junge Ulhue und fuhr sich über sein dünnes, blondes Haar. »Und wissen Sie, über was er hätte sprechen sollen? Ich wette hundert zu eins, daß Sie es nicht erraten: über die Befruchtung in der Ordnung der Lamellibranchiata!«
So war es immer mit Dr. Ulhue. Er war nicht unintelligent, nicht boshaft, er respektierte seinen älteren Kollegen, aber er übertrieb ein bißchen, schoß übers Ziel hinaus, und er katzbuckelte. Er fiel auf der anderen Seite des Pferdes wieder herunter, wie die Engländer sagen, und seine Späße waren besonders dumm, weil sie so grausam waren. Schwarzbrods Tochter Maria-Josepha war ein schwächliches, nicht ganz normales Mädchen, aber das konnte Ulhue gar nicht wissen, weil der alte Mann nie über sein Unglück sprach. In Wirklichkeit war Schwarzbrods Taktik nicht schwer zu durchschauen. Da er voller Skrupel steckte und Lügen haßte, setzte er seine Ehre daran, seine Mogelei in Wahrheit umzukehren, Falsches in Wahres zu verwandeln. Hatte er zum Beispiel eine universitäre Verpflichtung in Graz zum Vorwand genommen, so begab er sich an dem bewußten Tag auch dorthin und ging zum Sitz der wissenschaftlichen Gesellschaft oder der dortigen Akademie, um seiner Verpflichtung nachzukommen. Dort stand er vor verschlossener Tür. Dr. Ulhue zufolge, der alles aufbauschte, trieb Schwarzbrod die Ehrlichkeit – oder den Verrat, wie Ulhue es ausdrückte – so weit, daß er sich mit der Hand an die Stirn schlug, so als würde ihm sein Versehen ganz plötzlich bewußt; dann holte er sein Notizbuch hervor, in das er seine Verabredungen eintrug, und zog eine Grimasse, obwohl er doch völlig unbeobachtet war. Solchermaßen von seinen Gewissensbissen befreit, nutzte er die Gelegenheit, um die Gegend zu erforschen. Er sammelte Pflanzen und ging auf Schmetterlingsjagd. Auf diese Weise verschoß er sein Pulver nicht umsonst: Die schrecklichen Folgen seiner Schüchternheit und seine Freude am Studium der Natur hatte er auf diese Weise glücklich miteinander verbunden. Gleichzeitig war aus der Lüge unversehens eine Art Wahrheit geworden, eine fragwürdige und ironische allerdings, und denen ge-

genüber, die ihm deswegen Vorhaltungen machten, gab er das auch gern zu. »Es stimmt«, sagte er lachend, »es stimmt, aber die Lüge, die Wahrheit, wissen Sie, im Schatten verwechselt man sie leicht, sie schleichen so dicht an den Häuserwänden entlang.«

Wollte er mit seiner Reise nach Baden, einer kleinen Stadt an der Straße von Wien nach Italien, wieder einer Verpflichtung entgehen oder einfach nur Pflanzen sammeln? In diesem Punkt hätten ihn seine Gattin Greta und erst recht Maria-Josepha oder seine zweite Tochter Ursula nie verraten, und da der April ein geeigneter Monat für den Naturbeobachter ist, war die Wirtin des Gasthauses »Drei Nägel«, die ihn gut kannte, auch nicht weiter erstaunt, als er dem Landauer aus Wien entstieg, mitsamt seiner Wanderausrüstung: einem sehr weiten Lodenmantel, der mit zusätzlichen Taschen versehen war, dem großen grünen Filzhut, dem langen ungarischen Stock, dessen Knauf man abschrauben konnte, um Körner darin aufzubewahren, den Vergrößerungsgläsern und Pinzetten, dem bunten Schirm, in dem er, nachdem er die Sträucher geschüttelt hatte, die Sandläufer auffing, den Gamaschen und den gewaltigen Stiefeln. Im Gasthaus »Drei Nägel« hatte er so seine Gewohnheiten. Er steuerte gleich auf sein Eckzimmer zu, dessen Fenster im Westen zu den Hügeln des Hohen Lindkogel und auf der anderen Seite zu der alten Kirche St. Helena hinausgingen.

Wenn er dieses Zimmer betrat, mußte er immer schmunzeln: Auf einem schlechten Gemälde, das zwischen einem Kruzifix und einem Bildnis der hl. Katharina über dem Kamin hing, waren die Türme von St. Helena nachgebildet, so als habe die Wirtin sich wenigstens für den Fall, daß diese in einer Feuerbrunst, einem Erdbeben oder im Krieg gegen die Franzosen vom Erdboden verschwinden sollte, ein bleibendes Abbild der Kirche hatte sichern wollen. Manchmal neckte er die alte Gastwirtin. »Liebe Freundin«, sagte er, »Sie sind unvorsichtig. Für den Fall seiner Zerstörung sollten Sie auch ein Gemälde des Zimmers selbst an der Wand aufhängen und außerdem ein Gemälde, das wiederum dieses Gemälde darstellt...« Das

Zimmer war kühl und karg möbliert, mit hellblau getünchten Wänden. Der Professor streckte sich auf dem Bett aus. Das Federbett war prall wie die Pobacken eines Engels, vorausgesetzt, die der Engel sind scharlachrot. Er durchlebte einen Augenblick des Glücks, eines ganz bescheidenen Glücks, denn dieser Mann, der seinesgleichen doch so zugetan war, konnte wegen seiner Schüchternheit wahre Ruhe nur in Momenten der Einsamkeit genießen. Bei Einbruch der Nacht lauschte er dem Brausen des Windes, das mit dem Plätschern der Quelle wetteiferte. Im Fensterausschnitt hingen die Zweige des Kastanienbaums voller Sterne. Er wurde früh wach. Zu dieser Jahreszeit sind die Morgenstunden kalt. Nachdem die Sterne verschwunden waren, erschienen die Zweige des Kastanienbaums vor einem grün wirkenden Himmel ganz schwarz und glänzend. Eine sehr dicke, fast hellgelbe Sonne ging auf, sie hatte keine Kraft, konnte nicht einmal Schatten werfen. In der Ferne, gegen Westen, zerriß eine geschmeidige Linie wie mit einem Peitschenschlag den Himmel, um den weißen Kamm der Berge zu kennzeichnen; die nähergelegenen Hügel warfen ihren Nebel langsam ab, sie waren rostrot mit etwas Gold versetzt. Kurze Zeit später erkannte Schwarzbrod durch das Gitter des Gartentores den Anfang des steinigen Weges, auf dem er nachher auf der Suche nach seinen Blumen und Schmetterlingen zu den Tannenwäldern hinaufsteigen würde. Die Farben ließen sich nach und nach auf dem ganzen Gebirge nieder, schüchtern waren sie dabei. Sie suchten ihren Platz, bewegten sich wie kleine Katzen, abgesehen von den dicken Flecken der Tannenwälder, darüber dem grauen Filz der Berge und dann den blauen Felshaufen und dem Schnee. Auf den Wiesen erkannte man zwischen den massiven, braunen Steinblöcken das Rot der Erde, das unter dem spiegelnden Grün einer ganz frischen Grasdecke hervorlugte. Gegen neun stand die Landschaft still. Sie bewegte sich nicht mehr. Jetzt würde sie das Herannahen des Abends erwarten, und trotzdem war sie noch unvollständig. Ganze Flächen blieben kahl, einfach blaß und leer, so als wäre die Farbe ausgegangen. Die einzelnen Teile der Landschaft hielten nur

notdürftig zusammen. Ein starker Windstoß hätte all das verweht.
Schwarzbrod ging in den Speisesaal hinunter. Das Frühstück, das aus einer Tasse Milchkaffee und einem Brot mit Blaubeermarmelade bestand, nahm er in Gesellschaft eines fetten Tiroler Händlers ein, der in den Bergen Nagelschuhe verkaufen wollte. Der Mann mit dem rötlichen Backenbart war ganz aufgeregt. Er sah den Krieg bereits vor der Tür des Gasthauses. Die Franzosen rückten vor wie die Teufel, was müßten die an Nagelschuhen abwetzen, diese Halunken! Sie seien von Mantua, wo sie Heller zermalmt hatten, schon weit entfernt, das wußte der Dicke aus sicherer Quelle, und wo doch diese Armee schneller marschiere als die Nachrichten, lägen ihre Vortrupps womöglich schon hinter dem Friedhofsgarten oder an den Ufern der Triesting auf der Lauer. Wer könne das wissen? Es heiße auch, Bonaparte habe den Österreichern einen bösen Streich gespielt: Statt von Kärnten aus geradewegs nach Leoben und Baden hinaufzuziehen, habe er die kaiserlichen Truppen auf dem Weg über Vorarlberg umgangen. Schwarzbrod interessierte sich nicht sonderlich für die Kriegskunst. Er hatte es aufgegeben, die Bewegungen dieser lästigen Soldaten zu verfolgen, die seit so vielen Jahren in ganz Europa umherjagten und alles zerschlugen, aber diesmal war die Angelegenheit brisant, und Schwarzbrod versuchte, den Kaufmann zu beruhigen: Man habe ja wohl schon Schlimmeres erlebt, und wenn Bonaparte den Versuch machte, die Österreicher auf dem Umweg über Vorarlberg zu umgehen, würde er von Erzherzog Karl Prügel beziehen. Zuletzt fügte er noch hinzu, daß er diese französischen Soldaten nicht besonders fürchtete, denn schließlich kämen sie ja aus der Heimat der Menschenrechte.
Sein Gegenüber machte ein konsterniertes Gesicht. Mit seinen beiden blond behaarten Fäusten hielt er sich die Ohren zu und stopfte sich dann ein Stück Hörnchen in den Mund, das er energisch kaute. Darauf beugte er sich quer über den Tisch, und es gelang ihm, während er nervöse Blicke nach allen Seiten warf, fast unhörbar zu flüstern:
»Ich habe nichts gehört, Doktor. Nichts hören, nichts sehen,

nichts sagen! Die drei kleinen Affen, wenn Sie verstehen, was ich meine, aber seien Sie trotzdem auf der Hut. Die Gegend wimmelt nur so von Gendarmen und Spitzeln. Alle Portiersfrauen von Wien erstatten der Polizei Bericht. Ich heiße ihr Verhalten nicht gut, aber ich verstehe sie. Wir schweben in großer Gefahr. Wissen Sie, daß in Wien das Volk nach Erschießung der Jakobiner verlangt? Man verfolgt die Verdächtigen, von denen es ja einige gibt, und seien es nur die Freimaurer, die ungereimtes Zeug erzählen. Allerdings dürfen sie sich seit dem Tod des armen Joseph II. nicht mehr versammeln. Erinnern Sie sich, was diesem Martinovics widerfahren ist, diesem ungarischen Mönch, der aus dem Orden ausgetreten war und gegen die Monarchie konspirierte? Zack...«
Mit einer raschen Handbewegung fuhr er sich quer über den Hals, worauf der Professor zerstreut nach einer roten Blutspur Ausschau hielt.
»Niemand kann vergessen, daß die Franzosen die Schwester unseres Kaisers enthauptet haben. Und Ihr Bonaparte, wußten Sie, daß er in der Gunst dieses Robespierre stand? Als die Schreckensherrschaft vorbei war, hat man den sogar ins Gefängnis geworfen – doch was soll's, ich habe Ihnen ja schon gesagt, Herr Professor, ich mag keine Geschichten, nichts hören, nichts sagen, die drei kleinen Affen, und ich bin sicher, daß Sie nur Spaß gemacht haben. Ich jedenfalls war bei Valmy und Jemmapes dabei, alle Welt kennt Herrn Karl, und niemand würde mich verdächtigen, aber Ihnen, Herr Professor, rate ich, ihre Zunge in Zaum zu halten, trauen Sie niemandem, diese Herren lauern überall.«
Schwarzbrod, der sich so leicht einschüchtern ließ, war ein Mann von großem Mut. Er hätte es lieber mit einer ganzen Kürassierschwadron aufgenommen als mit dem Putz der Wiener Salons. Er mußte daran denken, daß die Soldaten der Italienarmee bald die Schuhe des dicken Kaufmanns an ihren blasenübersäten Füßen tragen würden; würden die französischen Füße wohl mit den österreichischen mithalten können?
»Mir ist nicht ganz klar, wo Ihre Spione am Werk sein sollten. Hier ist doch kein Mensch zu sehen. Wir haben da eine ge-

brechliche Gastwirtin, drei Gäste, eine junge Frau, die ich gestern abend bei der Ankunft gesehen habe, die aber ganz friedlich wirkt, und einen gelben Hund, der mindestens fünfzig Jahre alt ist und kaum noch etwas hört. Im übrigen würde er, selbst wenn er noch hören könnte, nichts behalten, er ist nämlich verkalkt.«

Der Händler strich sich über die Nase, er war unzufrieden, die Späße dieses alten Herrn gefielen ihm nicht; dennoch verabschiedete er sich herzlich von ihm. Der Tag war angenehm. Schwarzbrod wanderte lange durch die stille Bergwelt. Er fing einige Schmetterlinge – Admirale mit zerbrechlichen Fasern aus roter, schwarzer und blauer Seide, und auf einem Holunderzweig sogar einen Apollo mit leuchtend rotem Bruststück und gläsernen Flügeln – und den Kaufmann sah er am nächsten Tag in aller Frühe wieder. Jemand klopfte heftig an seine Zimmertür. Er fragte, was man von ihm wolle. Sie kämen näher, war die Antwort. Er erwiderte, er verstehe überhaupt nichts. »Die Soldaten! Die französischen Soldaten!« hieß es darauf von draußen. Schwarzbrod dachte an die Nagelschuhe, stand auf, warf sich in seine Socken, sein Hemd und seine weißen Gamaschen und stürzte ins Gastzimmer. Dort schrie alles, was im Gasthaus übernachtet hatte, durcheinander, die Wirtin, die beiden Bedienten und ein Stallbursche, die junge Frau mit dem müden Blick und die drei Kommis. Zwei Katzen verkrochen sich unter den Tisch. Der alte Hund bellte auf gut Glück, aber ganz gemächlich, weniger aus Überzeugung denn aus Solidarität. Der Schuhhändler hatte Angst, und so fing er an zu schwadronieren. Er habe die Soldaten als erster bemerkt. Er sprach über seine Entdekkung, als sei er auf einen Edelstein oder auf einen Goldklumpen gestoßen, und bildete dabei besonders lange Sätze.

»Ich habe mir schon seit langem angewöhnt, früh aufzustehen, und mache gern einen Spaziergang, bevor ich meine Semmeln in den Kaffee tunke. Heute morgen besteige ich also den Hügel, auf dessen Gipfel ein verfallenes Schloß steht, lasse meinen Blick über die Ebene schweifen, die sich meilenweit vor mir ausdehnt, mein Blick schweift, und was sehe ich? Be-

wegungen, eine Menschenmenge. Und mir wird klar, daß es sich um eine große Reiterschar handelt, und zwar Reiter, die bis an die Zähne bewaffnet ins Feld ziehen. Man sah die Helme und Rüstungen glänzen. Sie kamen von Mödling her, und da habe ich mir gesagt: ›Mein lieber Mann!‹«
Schwarzbrod gab zu bedenken, daß Mödling nördlich von Baden lag, auf halbem Weg nach Wien, während Bonapartes Armee sich von Italien aus nähere, also von Südwesten her komme, was den Kaufmann wieder in Fahrt brachte.
»Das heißt, er hat uns umgangen. Ich hatte es Ihnen ja gestern schon prophezeit. Bonaparte hat uns wieder einmal reingelegt, Doktor. Er hat zu einem Kartentrick gegriffen. Er spielt so flink, daß seine Karten nie in dem Haufen sind, in dem man sie gerade erwartet.«
Und in einem eher belehrenden Ton:
»Genau darin besteht die Kriegskunst. Man erwartet ihn im Süden, bei Leoben, von Baden aus hält man den Semmering unter Beobachtung, und er schickt sich an, uns von hinten zu packen. Vielleicht ist er über St. Pölten gekommen. Danach ist er in Wien einmarschiert, und jetzt wendet er sich dem Hinterland zu, um all die Fische einzusammeln, die er in seinem Netz gefangen hat.«
Die junge Frau wirkte entmutigt. Durch das Fenster konnte man sehen, wie Bauern am Gartentor vorbeizogen. Sie trugen Mistgabeln über der Schulter, so als hätten sie sich mit einigen Jahren Verspätung in den Kopf gesetzt, die Französische Revolution nachzuholen. Alles was sich im Speisesaal aufhielt, schloß sich dem Zug an. Die Gastwirtin mit ihren böse geschwollenen Beinen kam nicht mit, man ließ sie zurück, und der Hund setzte sich neben sie, den Blick fest in die Ferne gerichtet. Von Zeit zu Zeit ließ er ein Bellen hören. Die junge Frau weinte. Einer der Kommis, ein großer, hagerer Junge, stürmte los, worauf der dicke Tiroler ihn anfuhr, es gehe hier nicht darum, sich wichtig zu machen. Man erkundigte sich nach dem neuesten Stand der Dinge. Bonaparte war außerordentlich gereizt: Das war wohl nicht der richtige Moment, seine Soldaten in die Waden zu beißen.

II

In Baden versammelten sich alle Bauern und Handwerker an der Pestsäule auf dem Hauptplatz. Die Großbürger hatten sich für Vorsicht entschieden. Nachdem sie erst die Nasen an die Fenster gedrückt hatten, verkrochen sie sich in ihren Löchern, verbarrikadierten sich in ihren Häusern. Man hörte, wie Fensterläden zugeschlagen wurden. Die kleine Stadt zog sich wie eine große Kellerassel in sich zurück. Sie stellte sich schlafend, in der Hoffnung, dieser Krieg möge ein Irrtum, ein Albtraum sein. Wahrscheinlich war der Morgen selbst ein Trugbild, und wenn man die Augen wieder zumachte, sich wieder ins Bett legte, würde sogleich eine neue Nacht anbrechen und die Unsicherheit zerstreuen. Eine Gruppe von Kundschaftern hatte unter Führung des Nagelschuhhändlers im Norden, an der Straße nach Mödling, Vorposten bezogen. Die Männer standen sich die Beine in den Bauch und fingen schon an sich zu langweilen, da stieß ein Beobachtungsposten hoch oben auf einer Platane einen Schrei aus.
Man hörte Pferdegetrappel, und, von einer Fanfare angeführt, galoppierten Soldaten heran. Angst beschlich die Umstehenden, und sie schickten sich schon an, ihren Mut unter Beweis zu stellen, doch die Soldaten, die am Hauptplatz ankamen, waren gar nicht die richtigen. Pfeifendeckel! Diese Truppen sahen österreichisch aus und nicht französisch. Die Reiter trugen himmelblaue Dolmane, auf ihren hellgrünen Tschakos prangte der Doppeladler der Monarchie. Ein Mann von sehr edlem Äußeren, dessen Jacke mit Posamentrieverschnürungen, Epauletten und Verzierungen besetzt war, ließ sein feuerrotes Pferd auf der Stelle Pirouetten drehen. Die Helme der Dragoner funkelten in der Sonne, die Pferde tänzelten hin

und her. Diese Soldaten waren blitzsauber, und die Menge wunderte sich, wie sie nach solch einem Gemetzel noch so adrett aussehen konnten. Ihre Kühnheit und Lässigkeit, die Ordnung, die in ihren Reihen herrschte, all das verdoppelte den Preis ihres Sieges über die Halunken der Italienarmee. Man begrüßte sie mit lautem Beifall. Das Glockenspiel von St. Stephan improvisierte eine Art Te Deum. Erneut war das Schlagen von Fensterläden an den Häuserfronten zu vernehmen. Aus allen Fenstern schossen gelbschwarze Fahnen. Frauen warfen Arme voll Rosen auf die Soldaten. Die Großbürger hatten sich wieder beruhigt und lugten hinter ihren Vorhängen hervor. Bald tummelten sie sich im Umkreis des ganzen Platzes und gaben haßerfüllte Worte über die Jakobiner von sich.

Nachdem der Fürst von Liechtenstein – der Mann mit den vielen Verzierungen – eine lange braune Tonpfeife aus seiner Patronentasche gezogen hatte, brachte er mit einer knappen Bewegung die Fanfare zum Schweigen. Ohne Umschweife stellte er die Dinge richtig: Die Schlacht liege nicht hinter, sondern vor ihnen. Der Krieg sei kein Fest, man schlage den Feind nicht mit Fanfarengeschmetter, und mit erbarmungsloser Geste wies der Fürst auf seine Dragoner. Viele dieser Soldaten würden sterben, andere den Brand bekommen, nicht wenige dieser Beine würden am nächsten Tag in Kübeln von Blut schwimmen. So mancher würde sein Augenlicht verlieren. Die Reiter blieben unbewegt, aber auf die Umstehenden hatten seine Worte eine beachtliche Wirkung. Liechtenstein warf seine Pfeife von einer Hand in die andere und rief die Vertreter der Stadtobrigkeit zu sich. Eilfertig und katzbukkelnd liefen sie herbei, ja, man hätte glauben können, sie kämen, um sich ihrem Bezwinger zu unterwerfen und ihm die Schlüssel der Stadt auszuhändigen. Ohne abzusteigen gab der Fürst bekannt, daß die Armee so lange in Baden Etappe machen würde, bis man Bonapartes Pläne durchschaut hätte. Erklärend fügte er hinzu, die Wahl sei auf Baden gefallen wegen seiner strategisch günstigen Lage, aber auch, weil es die Wiege des alten Österreichs sei, wo die Soldaten der römischen

Legionen schon im 2. Jahrhundert n. Chr. im heutigen Kurpark ihre Rheumaleiden hätten behandeln lassen. »Genau hier, meine Herren, haben die Helden des Mark Aurel, nach ihrem Sieg über die Markomannen dort oben auf dem Marchfeld, Erholung gesucht, damals, als Wien noch Vindobona hieß!«

Nach dieser kurzen Ansprache nahm der General den Bürgermeister, den Obersten Richter, den Polizeihauptmann und den Pfarrer von St. Stephan beiseite. So lauteten die Neuigkeiten aus dem Hauptquartier: Bonaparte hatte das hundert Kilometer weiter südlich gelegene Leoben eingenommen, und seine Vortruppen durchstreiften die Murschlucht. Die Truppen des Erzherzogs Karl waren zum Glück unversehrt, und Moreaus Armee hatte in den Tiroler Bergen mit dem Aufstand der empörten Bevölkerung alle Hände voll zu tun. Bonaparte, dieses Ungeheuer, hatte dem Erzherzog einen lächerlichen Brief geschickt, in dem er sich als Friedensengel ausgab, welche Unverfrorenheit! Wien hatte ihm zwar den verlangten Waffenstillstand gewährt, aber das österreichische Hauptquartier hatte, da es eine Schurkerei des Korsen witterte, die Formierung von Massenaufgeboten nach Art der *soldats de l'an II* ausgerufen. Diese Worte betonte der Fürst besonders. Die *soldats de l'an II* schienen ihm wohl zu gefallen, da er aber in einem volkstümlichen und zugleich aristokratischen Ton sprach, blieben seine wahren Gefühle verborgen.

Die Kavallerieschwadrone bildeten, so fuhr er fort, wenn es hochkomme, die Vorhut, das Rückgrat einer gewaltigen Streitmacht, die wie durch ein Wunder auf den Appell seiner Majestät Franz II. hin in der Hauptstadt entstanden sei. Die ganze Stadt habe sich gegen den Usurpator erhoben, sogar die Arbeiter, ja selbst die Studenten. Die ersten Kontingente würden am späten Vormittag in Baden einmarschieren. Weitere würden bis zum Abend eintreffen. Die Offiziere würden bei Privatleuten einquartiert. Die Pferde würde man bei den Bauern, in deren Ställen, Remisen und Lagerhallen, notfalls auch in den Schulen unterbringen. Für die einfachen Soldaten würde die Stadt schon eine Lösung finden. Der Kurpark sei

groß, man würde auf seinen dreiundfünfzig Hektar Lager errichten. Sämtliche Quartiers- und Verpflegungszettel würden eingelöst. Da meldete sich ein dicker Offizier auf einem dikken Pferd zu Wort: Im Gegensatz zu den französischen Armeen, die die Intendantur abgeschafft hätten und sich auf dem eroberten Land häuslich niederließen, oder besser gesagt es auszehrten, würden die Wiener Armeen die Soldatenehre hochhalten und die Bevölkerung nicht ausplündern.
Den ganzen Tag über meldeten sich Soldaten an den Toren von Baden. Was da eintraf, war ein sogenanntes Massenaufgebot, also Zivilisten, die man hastig als Soldaten verkleidet hatte. Das Corps der Zimmerleute trat schneidig auf. Tausendfünfhundert Schreiner schwenkten die Banner mit ihren Zunftwappen. Die Studenten dagegen erweckten eher Mitleid. Man hatte ihnen bunt zusammengewürfelte Ausrüstungen verpaßt. Sie wußten nicht so recht, wie sie ihre Gewehre halten sollten, und hatten nicht die Mäuler, um die Patronen aufzureißen. Der Marsch von Wien her hatte sie erschöpft. Mit ihren verwirrten Gesichtern, ihren schlecht sitzenden, staubigen Uniformen wirkten sie wie Überlebende eines düsteren Scharmützels. »Diese Studenten sind ganz schön gewitzt«, sagte Schwarzbrod zu der jungen, müde aussehenden Frau, um sie zum Lachen zu bringen. »Sie ergreifen erst einmal die Flucht, bevor sie den Feind überhaupt gesehen und einen einzigen Schuß abgegeben haben. Ihre Niederlage hat demnach bereits stattgefunden, liegt schon hinter ihnen, und wenn sie wirklich in den Kampf ziehen, werden sie den Rückzug gar nicht mehr antreten müssen. Dann gewinnen sie.«
Die junge Frau lächelte höflich.
Professor Schwarzbrod, der sein Quartier in einem Winkel des Kurparks aufgeschlagen hatte, weinte dem verschwundenen Schuhhändler keine Träne nach. Trotz des scharfen, kalten Windes, der von den Höhen kam, amüsierte ihn das bunte Treiben auf dem Platz. Er erkannte die recht zahlreich anwesenden Studenten der Kunstakademie, die patriotische Lieder sangen. Der Bildhauer Schmutzer, der sie anführte, entfaltete eine gelbschwarze Fahne, die in Gold das Datum von 1683

trug. Sie sollte an den Sieg über die Türken erinnern, den Graf Starhemberg mit Hilfe des polnischen Königs Johann III. Sobieski, des Erzherzogs Karl von Lothringen und der Jungfrau Maria errungen hatte. »Schon ein Jahrhundert ist das her«, murmelte Schwarzbrod melancholisch, so als hätte er eine Kindheitserinnerung heraufbeschworen.
Auch einige seiner Studenten entdeckte er in der Menge. Sogar Otto Apfelgrün war dabei. Ebenso wie in der Stadt war er auch bei der Armee leicht nachlässig, doch sehr elegant gekleidet. Was er in dieser Kriegerschar zu suchen hatte, war ein Geheimnis, über das Schwarzbrod sich nicht genug wundern konnte; war dieser junge Mann vielleicht hierhergekommen, um dieses ganze Treiben so zu beobachten, wie er auch Schwärmer, Admirale oder Kröten studierte? Schwarzbrod mochte Otto wegen seiner Unbekümmertheit, überhaupt hatte jedermann Otto deswegen gern, außerdem war auch Otto sehr schüchtern. Er bezauberte jeden aufgrund seines Naturells so leicht wie andere Leute Tischbeine drechselten oder Gemüse beziehungsweise Salz verkauften, er nahm Frauen und junge Mädchen für sich ein, alte Leute und Kinder, ja auch Männer, und seine Freunde behaupteten, sogar ein Blinder hätte ihm nicht widerstehen können.
An der Universität war er allgemein beliebt. Niemand konnte sich rühmen, ihn je bei der Arbeit gesehen zu haben, und seine Kameraden hatten einen Wettbewerb veranstaltet, um ihn in flagranti beim Studieren zu erwischen. Gewonnen hatte ihn keiner, obwohl der junge Apfelgrün bei den Prüfungen immer als Bester abschnitt. Abends flanierte Otto, statt seine Kerzen aufzubrauchen, in Gesellschaft der tonangebenden jungen Leute über den Prater. Er besuchte die Heurigenlokale von Grinzing und Leopoldstadt. Seine Schönheit trug er wie aus Gedankenlosigkeit. Deshalb sprach er die schwärmerischen Gemüter auch so an, und seine Schüchternheit, seine zerstreute Unbefangenheit, sein leichtes Stottern, die Offenheit seines Lachens, der etwas flehende Ausdruck in seinen grünen Augen, all das bezauberte die jungen Mädchen. Seine Kameraden kopierten ihn, ahmten seine Gewohnheiten nach,

wiederholten seine geistreichen Bemerkungen, doch Otto, durch diese Imitationen peinlich berührt, änderte von Zeit zu Zeit sein Benehmen, so daß die anderen kaum mithalten konnten. Neben ihm wirkte der glänzendste junge Mann plötzlich bäurisch und ungeschickt.

Er war durchwegs sehr heiter, hatte aber auch traurige Momente. Vergangenen Sommer hatte Schwarzbrod ihn einmal im Café Hugelmann getroffen. Der Student saß allein an seinem Tisch, vielleicht beobachtete er die Schiffe, die die Donau flußauf- und flußabwärts fuhren. Männer badeten nackt im Fluß, und es war August, denn am Himmel zogen leuchtende, sahnige Wolken. Otto hatte sich zu seinem Professor gesetzt. Er hatte über Spallanzani gesprochen, der mit Hilfe hermetisch verschlossener Phiolen die Theorien von Needham und Buffon über die Urzeugung widerlegt hatte. Er hatte auch erzählt, sein Vater, der Advokat Apfelgrün, sei ziemlich krank, und er, Otto, müßte immer daran denken, daß auch Greise einmal kleine Jungen gewesen waren. Gewisse Anspielungen ließen Schwarzbrod vermuten, daß die Größe der Doppelmonarchie den jungen Mann wenig kümmerte und daß er Voltaire und Rousseau auch nicht unbedingt für Spitzbuben hielt, doch das war nicht mehr als ein Eindruck gewesen. In dieser kriegerischen Zeit hütete man sich in Wien, offen zu sprechen; man ließ lieber zwischen den Zeilen etwas anklingen. Die Zensur Franz II. und seine Geheimpolizei, diese ganze klebrige Maschinerie, deren Räder sich im dunkeln drehten, die ihre Gegner zermalmte und unter der Schönheit und Lebensfreude, den Ordensbändern und dem Flitterkram der Hauptstadt eine spiegelverkehrte, schweflige, mörderische und stinkende Stadt errichtete, hatten zur Folge, daß der Abgestumpfte noch abgestumpfter wurde und der scharfe Verstand noch schärfer. Schwarzbrod selbst redete zwar frei von der Leber weg und hielt mit seiner Meinung nicht hinter dem Berg, genoß er doch wegen seines Ansehens und seines schrulligen Wesens ein gewisses Privileg; er achtete jedoch darauf, seine Gesprächspartner nie durch eigensinnige Reden zu kompromittieren, und hatte damals auch Otto nicht in die Enge getrieben. Gerade

über die Zensur Franz II. hatte der Student doppeldeutige Bemerkungen gemacht. »Wußten Sie«, hatte er gefragt, indem er seine Serviette zerknitterte und an einem Pflaumenschnaps nippte, »daß die Rhetorik an dem Tag geboren wurde, als Hieron, Tyrann von Syrakus, sich entschloß, all seinen Untertanen das Wort zu verbieten, und daß damals zwei von ihnen, wir kennen sogar ihre Namen: Corax und Tisias, die Rhetorik erfanden? Und sehen Sie, Herr Professor, vielleicht sind die Schönen Künste, die Literatur, ja sogar die Mathematik mit dem ersten Despoten entstanden. Vielleicht wurde ja der Mensch selbst mit dem ersten Tyrann, ich meine den lieben Gott, geboren.« Der Professor hatte gelacht, aber nicht weiter gefragt. Im übrigen war Otto schon zu einem anderen Thema übergegangen, und seine Anekdote ließ offen, ob er die Zensur billigte oder ablehnte.
Heinrich Schwarzbrod steuerte auf den jungen Mann zu, als ein plötzliches Gedränge unter den Arkaden des Kurparks ihn von seiner Richtung abbrachte. Der Rektor der Universität, der Medizinprofessor Ouarin, hatte ihn entdeckt und kam mit ausgestreckten Armen auf ihn zu. Ouarin hatte sein schwarzes Jackett gegen eine Oberstuniform mit weißer Kniehose, weißem Ringkragen und leuchtendrotem Passepoil eingetauscht, die seine Energie nur noch unterstrich, obschon der Kragen ein bißchen eng war und sein ohnehin stets hochrotes Gesicht noch röter anlaufen ließ. Ouarin setzte sein Monokel zurecht, straffte den Oberkörper und sah seinen Kollegen prüfend an.
»Da haben wir ja unsern Naturforscher!« rief er mit übertriebenem Pathos.
Schwarzbrod ließ sein wieherndes Lachen ertönen. Darauf zog der Dekan ihn an sich, um ihn zu umarmen, was Schwarzbrod höchst peinlich war. In den Armen des Mediziners hatte er das Gefühl, jeden Augenblick wie eine schwere Waffe oder zumindest eine Standarte herumgeschwenkt zu werden, aber dazu kam es dann doch nicht.
Der Dekan war zu Recht erstaunt. Schwarzbrod hatte einen fürchterlichen Ruf. Er galt als Freimaurer. Wie es hieß, war er

einige Jahre zuvor in einem Salon stolz im rot-goldenen Frack gesehen worden, mit den vorne hochgezogenen Escarpins und der Mütze aus Wachstuch, die ehedem Joseph II. getragen hatte, der Philosophen- und Freimaurerkaiser, der »gekrönte Revolutionär«, der mit den allerbesten Absichten so viele Dummheiten begangen hatte. Die meisten Gerüchte über Heinrich Schwarzbrod stammten allerdings aus ein und derselben Küche, aus der des Klatschmauls Dr. Ulhue, und wenn die folgende wirklich stimmte, stellte sie vielleicht nur einen jener glänzenden Schutzschilde dar, hinter denen die großen Schüchternen sich sicher fühlen. Auf jeden Fall war die Anekdote schon alt. Wenn man Schwarzbrod heute mit einer Anspielung auf den Enzyklopädistenkaiser Joseph II. aufzog, rettete er sich mit Hilfe einer seiner Pirouetten. Mit ernster Miene behauptete er, die Herrschaft Josephs II. sei nicht fruchtlos geblieben. Er habe Spuren in der Geschichte hinterlassen, zum Beispiel die Verordnung zum Schutz der Nachtigallen, die die Wiener, diese begeisterten Musikliebhaber, in Käfige einsperrten. Schwarzbrod wieherte los. »Und außerdem«, fügte er manchmal hinzu, »finde ich seine Idee, die Leute in Leichentüchern statt in Holzsärgen zu begraben, sehr hübsch. Das schützt die Wälder, und letzten Endes, für das, was dann aus einem wird ...«

Schwarzbrods Anwesenheit inmitten der April-Freiwilligen löste einen Sturm der Begeisterung aus. Er hatte sich ja nicht nur der patriotischen Miliz angeschlossen, sondern war auch noch vor allen anderen in Baden eingetroffen – da mußte er schon gut informiert gewesen sein! Manche vermuteten, er erfülle eine geheime, gefährliche Mission, unter dem Vorwand seiner Schmetterlingsjagden und auf Befehl von ganz oben, vielleicht vom Polizeiministerium oder warum nicht gleich von der Hofburg?

Sollte dieser alte Mann ein Fuchs sein? Sein grotesker Aufzug als Insektenforscher war eine Art Uniform, der Passierschein eines Geheimagenten. Und das konnte schon seit Jahren so gehen. Sein provozierendes Verhalten, seine atheistischen Glaubensbekenntnisse, sein wieherndes Gelächter, seine lan-

ge Nase, sein grauer Bart, seine Häßlichkeit, all das diente als Falle, als Maske, um die schrecklichen Aufgaben zu verbergen, die er zu Erhaltung der Monarchie erfüllte. In Wirklichkeit hatte er sich nach Baden begeben, um zu überprüfen, ob seine Leute ihre Pflicht getan hatten, und um bei dieser Gelegenheit die Jakobiner zu verfolgen, die Verräter, die der Franzose aushielt. In Wien pfiffen es die Spatzen von den Dächern, daß Bonaparte mehrsprachige Offiziere vorausschickte, die als Bauern oder Händler verkleidet waren und den Oberbefehlshaber der französischen Armee über die Bewegungen des Erzherzogs Karl informierten. Wahrscheinlich war Schwarzbrod zur Beobachtung dieser Spione angesetzt. Ganz sicher wußte er darüber besser Bescheid als der Fürst von Liechtenstein selbst. Seine Kunst der Verstellung, seine Kühnheit wurden allgemein bewundert. Er verbreitete Schrecken. Man munkelte, dieser Mann müsse unerbittlich sein. In seinem Gesicht lag etwas Diabolisches. Dieser liebenswürdige Gelehrte hatte Unglückselige in die Verliese der Monarchie gebracht – und womöglich ihren Todeskampf durch einen Judas überwacht, heute war ja alles möglich. An seinen Händen klebte Blut.
Der Dekan Ouarin zog Schwarzbrod zum Musikpavillon des Kurparks hinüber und lud ihn ein, sich zu den anderen Professoren zu gesellen, unter denen auch der Historiker Watteroh war, der aus seinen Sympathien für die Jakobiner nie ein Hehl gemacht hatte. Der Dekan hob zu einer Rede an, um die Studenten anzufeuern. »Anderenorts hat man den schrecklichen Satz gehört...«, rief er, verstummte aber sogleich, denn in dem riesigen Kurpark herrschte ein Heidenlärm. Am anderen Ende des Platzes wurden die Pferde unruhig; sie hatten den ganzen Tag in einer Reihe vor den gepflegten Gebäuden gestanden, und es sah so aus, als würden sie deren Kunstschmiedearbeiten, Akanthusblätter und Doppeladler anknabbern. Sie schnaubten, wieherten bei der geringsten Kleinigkeit und zerrten an ihren Geschirren. Soldaten in Drillichjacken hatten alle Hände voll damit zu tun, sie festzuhalten. Professor Ouarin auf der Bühne des Pavillons gab es auf, für Ruhe sorgen zu

wollen. Er beschloß, mit Donnerstimme zu brüllen und seine Ansprache abzukürzen. Den eingangs erwähnten schrecklichen Satz nahm er dabei wieder auf.

»Man hat ihn anderenorts gehört, diesen Satz: ›Das Vaterland ist in Gefahr!‹ Fürwahr ein erhabener Satz, aber er wurde in Frankreich ausgesprochen, und zwar in unwürdigen Absichten. Heute nun wendet die Doppelmonarchie ihn an, ohne ihn vorher auszusprechen.«

Der Dekan schubste die Doktoren Watteroh und Schwarzbrod an das schmiedeeiserne Geländer, um sie, wie Beweisstücke, allen zu zeigen.

»Lehrer und Schüler, meine Freunde, wir alle haben den Appell vernommen, die Klage der heimatlichen Erde, das Spritzen des Blutes unserer Märtyrer. In der Schicksalsprüfung verwischen sich unsere Unterschiede, fließen unsere Eigenheiten ineinander wie ungleiche Metalle im glühenden Schmelztiegel, um eine harte Legierung zu bilden.

Hier haben wir ein Metall. Ich habe Professor Watteroh genannt, und lassen Sie mich Ihnen sagen, daß dieses Metall lange Zeit jakobinisch war. Aber schließlich ist Doktor Watteroh Historiker. Er ist sich durchaus darüber im klaren, daß unser Land von der Vorsehung ausgewählt wurde als Prellbock gegen alle Barbarei, von Karl XII. über die Preußen bis zu den Türken, nicht zu vergessen die Bedrohung durch Ludwig, den Großen. Heute, da die Revolution an unsere Pforten klopft, da die Schinder das Schwert in unsere Häuser tragen, da Halunken sich den Namen ›Soldat‹ anmaßen, hat der österreichische Historiker beschlossen, die Geschichte nicht mehr zu schreiben, sondern sie selbst zu schmieden!«

Man klatschte ihm Beifall. Ouarin gebot Ruhe. Dieser Wind blies immer noch.

»Und hier haben wir ein anderes Metall, den Professor Schwarzbrod! Noch vor wenigen Wochen bat unser Botaniker um Nachsicht für das Vaterland der Menschenrechte, wie man es in einer Antiphrase gern nennt, er bewunderte Voltaire und Rousseau. Heute hat Dr. Schwarzbrod seine Schmetterlingsnetze und Herbarien gegen das Soldatenschwert ein-

getauscht. Nun werfe ich Sie, mein Freund, in den Hochofen unseres Vaterlandes, und schon schmelzen Sie im lodernden Feuer unserer Entschlossenheit. Auf den Wegen des Eindringlings, auf dieser alten Straße, an der noch die Meilensteine Mark Aurels, jenes großen Kulturbringers, stehen, war er uns vorausgegangen. Wir werden sein Geheimnis achten. Die Verteidigung der Monarchie muß den Tugenden der Schweigsamkeit Rechnung tragen.«
Schwarzbrod war entsetzt. Einmal mehr bedauerte er, gewissermaßen aus Versehen diesen Kopf bekommen zu haben: Seine hochgewachsene Statur, die Falten, die sein düsteres Gesicht zerfurchten, sein grauer, aufgezwirbelter Schnurrbart hatten ihm wieder einmal einen Streich gespielt. Und wie üblich machte er die Situation durch seine Verlegenheit nur noch schlimmer. Sie verlieh ihm etwas Heldenhaftes. Er richtete seinen Oberkörper auf, blieb dabei steif und unbeweglich, ein wahrer Held, und brachte kein einziges Wort heraus, aber die Menge hielt seine Panik für Entschlossenheit. Wenn er stumm blieb, dann deshalb, weil er seine Soldatenrolle erfüllte, und Soldaten, auch die ohne Uniform, ziehen dem Wort die Tat vor. In solchen Fällen suchte Doktor Schwarzbrod Zuflucht beim Spott. »Nun bin ich also zu Metall verwandelt«, dachte er, »und umgehend eingeschmolzen. Sie werden mich zum Obersten und zum Patrioten ernennen, sie werden mir einen jener Kupferhelme mit einer Bürste obendrauf, wie die Legionäre des Mark Aurel sie trugen, auf den Kopf setzen, ich werde einen Küraß bekommen, und dann bringen sie es auch noch fertig, mir ein Gewehr in die Hand zu drücken und mir einen Orden zu verleihen.«
Etwas erleichtert, malte er das Bild noch düsterer. »Am Ende werden sie mich in den Schaukästen des Heeresmuseums ausstellen, im Arsenal, mitten unter hunderttausend Gewehren und hunderttausend Kanonen. Und sonntags werden die Familien drei Taler hinlegen, um mich anschauen zu können.«
Da von den Franzosen nicht der geringste Kanonendonner zu hören war, beruhigte die Stadt sich gegen Abend. Die Freiwilligen besorgten sich etwas zu essen. An verschiedenen

Stellen des Kurparks wurden in Reihen Zelte aufgestellt. Die Soldaten türmten die Metallkisten ihrer Offiziere auf Ochsenkarren, die sich unter lautem Knirschen auf den Weg zu den Palais und Patrizierhäusern am Hauptplatz oder in der Rathausgasse machten. Andere führten die Pferde in Ställe, die man in aller Eile eingerichtet hatte. In Abständen trafen Meldereiter aus Mödling oder Wien ein. Die Tiere waren mit weißem Schaum überzogen. Die glühenden Gesichter der Boten schienen für die Verspätung um Entschuldigung zu bitten.
Schwarzbrod hatte sich von Rektor Ouarin verabschiedet und dabei einen ungereimten Satz gemurmelt, in dem das Wort »Student« vorkam. Der Rektor hatte zum Zeichen heimlichen Einverständnisses kaum merklich die Augenlider gesenkt; er verstand, daß Schwarzbrod seiner Pflicht im Dienst des Staates nachkommen und weiter seine Schäflein ausspionieren mußte. Allerdings mischte sich in Ouarins Bewunderung für seinen Kollegen auch ein bißchen Zorn. Es brachte ihn in Rage, daß dieser Filou von Schwarzbrod ihn so lange an der Nase herumgeführt hatte. Und was noch schwerer wog: So patriotisch Ouarin auch war, so wenig gefiel ihm die Vorstellung, daß dieser alte Fuchs von Heinrich die Zuneigung seiner Studenten dazu hatte benutzen können, sie zu denunzieren, zu verraten. Hier und da flackerten Feuer auf. Im Lager der Studenten der romanischen Sprachen hatte es einen Zwischenfall gegeben. Ihre Fahne hatte Feuer gefangen. Der Graveur Schmutzer, der gleich daneben stand, machte einen Satz, um das Stück Seide zu retten; ihm war völlig klar, daß einer der »Humanisten«, wie er verächtlich hervorstieß, auf diese Weise seine revolutionären Überzeugungen hatte kundtun wollen.
Hühnchen, Ferkel und Hasen wurden gegrillt. Über der Glut schaukelten große gußeiserne Kessel. Der Kurpark roch nach Pferdeäpfeln, Kohl, Kartoffeln, Leder und Staub. Junge Mädchen in bäuerlicher, aber sonntäglicher Kleidung, mit Justaucorps aus schwarzem Samt und bunten Schürzen, schenkten den Soldaten Blumen. Fässer mit Wein von der Mur wurden angestochen. Die Offiziere gaben endlose, wi-

dersprüchliche Befehle aus. Die mangelnde Disziplin der Universitätsangehörigen stand in scharfem Gegensatz zu der Zucht unter Liechtensteins Dragonern. Die Professoren nahmen ihre Aufgabe ernst, hatten aber keinerlei Routine. Ungefähr zehn von ihnen standen, genau wie auf Abbildungen von Kriegsereignissen, in grüne Soldatenmäntel gehüllt, um eine große Karte herum, die der Wind eifrig zu knicken versuchte, was wiederum die Herausarbeitung einer »Strategie«, wie man diese neue Wissenschaft nannte, wesentlich erschwerte. Ein Student beleuchtete den Konvent mit einer Laterne, die er in einem Stall entdeckt hatte. Ein Lehrmeister der Schönen Künste hielt die Szene in einer Skizze fest. Wasserträger tummelten sich um die beiden Fontänen des Platzes, ihre Kanister verursachten einen Höllenlärm. Wachposten beobachteten mit todernsten Mienen die Glacis der Stadt.
Am Spätnachmittag schlug einer dieser Wachposten Alarm, das heißt, er kündigte die Ankunft einer Verstärkungstruppe an, und schon drängte ein weiterer Kavallerietrupp in die Germergasse. Der Sonne, die hinter den Bergen unterging, blieben gerade noch ein paar Minuten, um die Kürasse aufblitzen zu lassen. Das war ein Funkeln inmitten der Soldaten! Doch es erlosch bald. Die Pferde trabten merkwürdig, fast auf der Stelle, wie sie es Sonntag morgens bei bestimmten Figuren der Spanischen Reitschule taten, und es wurde klar, daß dies eine perfekte Truppe war. Der Oberst der Neuankömmlinge, es waren Kürassiere, erließ einen Befehl, seine Reitgerte hielt er am ausgestreckten Arm. Augenblicklich erstarrten die Soldaten, so großartig, in einem Geräusch von Kinnketten und Stiefeln, daß die Gaffer es ihnen gleichtaten, so als hätte der Befehl des Obersten mit einem Schlag die Notarsgehilfen, Dienstmädchen und Krämer eingeschläfert, die einen Augenblick zuvor unter den Wimpeln und bunten Papierschlangen noch munter durcheinandergewuselt waren. Die Pferde schnauften geräuschvoll, aber die Fanfare ließ sie verstummen, Baden war hypnotisiert, und die Spielleute des Kürassierregiments begannen, das *Abschiedslied für die Bürger von Wien* zu spielen, das Ludwig van Beethoven gerade auf

Wunsch von Schönbrunn komponiert hatte. Als das Stück verklungen war, beugte Schwarzbrod sich zu Otto hinüber, den er wiedergefunden hatte, um ihm zu sagen, daß auch Haydn über Bonapartes Vorstoß in Kärnten erschüttert gewesen war. Der alte Musiker habe eine großartige *Missa in tempore belli* komponiert, und nun, so heiße es, liege er im Sterben. Otto hörte kaum zu, denn er war von einem Schauspiel fasziniert. Er beobachtete den Oberst der Kürassiere; für seinen ersten Feldzug hatte er wirklich Glück! Diese Schlacht von Baden war die reinste Wundertüte: Zuerst hatte Otto Apfelgrün mitten unter den Rädelsführern von Baden den friedfertigsten Menschen der Schöpfung, seinen teuren Professor Heinrich Schwarzbrod ausgemacht, und nun entdeckte er, daß der Oberst der Kürassiere schlichtweg eine Frau war, potz Blitz! Die Züge dieser Frau konnte Otto nicht genau erkennen, aber sie war selbstgefällig, denn sie warf sich übertrieben in die Brust. Kerzengerade, ja eher nach hinten gebeugt, saß sie auf ihrem Pferd, eingezwängt in eine scharlachrote Jacke, deren Ärmelaufschläge und Revers mit Zobel- oder Otterfell – Schwarzbrod konnte ihm das sicher genauer sagen – besetzt waren. Eine Fülle von Spitzen quoll aus ihrer Korsage. Das schwarze Visier ihres Tschakos verbarg ihr Gesicht fast völlig. Bei jeder Bewegung des Pferdes wippten die blonden Haare. Jetzt, da die Nacht anbrach, entzündeten die Fackeln Funken im Flechtwerk der Achsel- und Fangschnüre, die ihre Brust zierten.
Otto warf Schwarzbrod einen fragenden Blick zu. Der Professor blinzelte ihn verschmitzt an und brach dann in sein Wiehern aus, beherrschte sich aber wegen der Feierlichkeit des Augenblicks gleich wieder. Er begnügte sich damit, eine undurchdringliche Miene aufzusetzen und tat zerstreut, um auszudrücken, daß die Frauen in den Kriegen eine wesentliche Rolle spielten. In allen Heeren Europas wimmelte es seit jeher von Frauen – Händlerinnen, Marketenderinnen, Ehefrauen und Geliebten von Soldaten, ganz zu schweigen von den Prostituierten. Er nannte berühmte französische Marketenderinnen, Pauline Fourès zum Beispiel, die Bonaparte in Italien fast

geheiratet hätte, als er von Joséphines Eskapaden erfuhr, Reine, Marketenderin beim 69. Regiment, Mutter Fromageot, Catherine Béguin vom 14. Chevauxlegers, die Lasajus. In Italien hatte Bonaparte befohlen, die Prostituierten mit Ruß zu beschmieren, in der Hoffnung, sie dadurch zu entmutigen, aber sie verloren den Mut nicht.

»Und im Namen welcher Moral, frage ich Sie, sollte man sie besudeln«, sagte Schwarzbrod. »Es soll in Ordnung sein, daß ein Mann andere Männer umbringt, und diese armen Mädchen werden bestraft?« Man wußte auch von einigen Heerführerinnen, zum Beispiel Jeanne d'Arc, Penthesilea, die die Amazonen befehligte, oder Louise von Mecklenburg, der Gattin Friedrich Wilhelms von Preußen, die das Regiment von Anspach besaß. Die bildhübsche Louise trabte gern in Galauniform an der Spitze ihrer Husaren in Potsdam Unter den Eichen einher, und wollte jemand leugnen, daß Preußen eine Kriegsnation war?

»Frankreich ist auch eine Kriegsnation«, sagte Otto, »ich glaube aber nicht, daß Bonaparte weibliche Oberste hat.«

»Der Unterschied, lieber Otto, besteht darin, daß Bonapartes Armee der Nation gehört. Bei uns in den Monarchien gehören die Regimenter, das heißt ganz bestimmte Regimenter, Oberstinhabern. Kurzum, der Sturm auf die Bastille hatte unter anderem zur Folge, daß seit diesem Tag Frankreich keine weiblichen Offiziere mehr hat. Bei uns gibt es das immer noch. Gerade haben Sie eine dieser Oberst-Regimentsinhaberinnen gesehen; ich hätte allerdings gewettet, daß Sie sie kennen, es ist die Herzogin Klementine von Sachsen-Salza an der Spitze ihrer Kürassiere, in Wien kennt sie doch jeder, und ich hätte gedacht, daß ein junger Mann ›à la mode‹ wie Sie...«

Nach einer Weile warf Schwarzbrod einen Blick auf Otto. Er ärgerte sich immer noch darüber, daß man ihn mit einem Metall verglichen und kurzerhand eingeschmolzen, daß man ihn mit all diesen patriotischen Dummköpfen in einen Topf gesteckt hatte; deshalb hätte er gern mit jemandem geredet, aber wem konnte er sich anvertrauen? Otto stand da, und Otto schien diesen ganzen soldatischen Trubel mit Ironie und Distanz zu betrachten, wie alles andere auch. Schwarzbrod vergaß die Herzogin.

»Haben Sie diesen armen Ouarin gehört?« fragte er in etwas schroffem Ton. »Ich konnte ihm doch nicht sagen, daß ich nach Baden gekommen war, um ein Exemplar dieses Typhon zu fangen, der mich seit vierzig Jahren plagt! Ob Linné ihn womöglich erfunden hat? Das kann ich nicht glauben. Sehen Sie, Otto, ich bin ein alter Esel: Diesen Typhon kenne ich ganz genau, er ist ein Drache, mit seinen drei Hörnern auf der Schuppe am Hals, der Drache Typhon, Sohn der Gäa und des Tartarus. Ich kenne ihn, habe ihn aber noch nicht gesehen. Und darum – schade für Linné – existiert der Typhon nicht.«

Otto sah seinen Lehrer freundschaftlich an.

»Wissen Sie, was mich an unserem *castrum* am meisten überrascht«, fuhr Schwarzbrod fort, »abgesehen von meiner eigenen Anwesenheit? Ihre Gegenwart. Das hätte ich nicht gedacht, nein, ich hatte Sie anders eingeschätzt.«

Der junge Mann entgegnete, er sei ebenfalls wegen Linné gekommen. Auch er habe Klassifikationen vornehmen, Spezies, Klassen und Stämme ordnen wollen. Zum Spaß habe er all diese Soldaten, oder vielmehr ihre Uniformen, nach ihren primären und sekundären Merkmalen geordnet. Besaßen sie nicht ebenso wie die Insekten oder Pflanzen Bruststücke und Fühler, Panzer, Flaumhaare oder Fell? Ja, es war ein Heer von Schmetterlingen, man brauchte sie nur in einem großen Kasten auf Korken zu stecken. Im Grunde war dieser Linné ein Militärschreiber. Mit seinen Käfern stellte er Armeen auf, es fragte sich nur, wer wen nachahmte, die Soldaten die Insekten oder umgekehrt? Und dann:

»Es bleibt fast nur noch Ihre Herzogin Klementine von Sachsen-Salza, die wir nicht in einen Kasten stecken können. Es sei denn, sie bildete ganz allein eine Spezies, ja genau, so ist es wahrscheinlich. Im übrigen kam sie mir hochmütig vor.«

»Sie vergessen Louise von Mecklenburg«, erwiderte Schwarzbrod mit einem Ernst, der der Situation nicht angemessen war. »Zwei Exemplare, damit haben wir doch schon

eine Gattung. Und sie sind nicht die einzigen. In China gibt es bestimmt weibliche Generäle. In Frankreich führte unter der Fronde die Schwester des Großen Condé, die Fürstin von Condé, ihre Truppen in die Schlacht. Selbst hier in Österreich nannte man die Mutter Franz II., na, wissen Sie wie? ›*Mater castrorum*‹, und weil ihr das noch nicht genügte, verkleidete sie sich als General. Zählen wir sie zur Herzogin Klementine dazu, haben wir genug für eine Gattung.«
»Die Gattung der *Artemisa rotundifolia*«, schlug Otto vor. »Artemis trug auch Pfeil und Bogen.«
»Und *rotundifolia*?«
»Ihre Herzogin erschien mir ein bißchen rundlich.«
»Sie ist nicht rundlich«, widersprach Schwarzbrod. »Sie hat blaue Augen. Und sie ist sehr hübsch.«
»Ja?«
»Ich weiß, ich weiß, mein guter Otto, man macht sich gern über die Herzogin Klementine von Sachsen-Salza lustig und spöttelt über sie. Ein Kürassier im Rock... und sie sieht ja wirklich aus wie ein Weihnachtsgeschenk in Silberpapier, übersät mit Schleifen und Medaillen, aber wenn man das Papier zerreißt... Sie wirkt selbstgefällig. Und doch ist sie schüchtern. Ich gebe zu, daß sie für meinen Geschmack ein bißchen zu fromm ist, in ihrer Ehrenhaftigkeit erstarrt sie bis zur Lächerlichkeit, aber sie hat sich große Verdienste erworben. Ich mag sie. Ich war ihr bei der Anlage eines kleinen Herbariums behilflich, und am Cembalo ist sie voller Anmut. Ja, soll ich Ihnen etwas sagen? Ihr Fall liegt völlig anders als der der Louise von Preußen. In Wahrheit ist das Regiment, das wir eben bewundert haben, eine Liebesgeschichte, oder sagen wir, die Geschichte einer Art von Liebe.«
Schwarzbrod schlug sich kräftig auf die Arme, um sich aufzuwärmen, und der junge Mann schwieg. Er kannte seinen Schwarzbrod, man mußte ihn langsam kommen lassen.
»Eine Liebesgeschichte. Fürst Ernst, Klementines Gatte, hat in Wien sein Regiment aufgestellt, sächsische Husaren sind das, blaue Husaren, keine freundlichen Zeitgenossen. Und die junge Frau hat darauf bestanden, auch ein Regiment zu

bekommen. Fürst Ernst ist ein anständiger Bursche, wie alle Männer. Er hat ihr diese Kürassiere geschenkt, Österreicher, versteht sich, ja, der Fürst ist ein feiner Kerl, zwar nicht so intelligent wie Immanuel Kant, aber ein gutes Herz. Das Dumme ist nur, daß seit dieser Zeit zwischen den beiden Ehegatten eine, wie soll ich sagen, militärische Rivalität besteht.«

»Soll das heißen, daß dieses Regiment eine Art Ehekrach darstellt?«

»Das Regiment vielleicht nicht, aber sagen wir, daß diese beiden Leute ihre Meinungsverschiedenheiten durch Schlachten oder durch die Heldentaten anderer beilegen. Per Prokura. Deshalb verstehen sie sich auch so gut. So sieht es aus, im großen und ganzen. Später werde ich Ihnen mehr erklären, mein Lieber, aber jetzt kommen nochmal Trompeten.«

Die Trompeten schmetterten wie verrückt, von allen Seiten gleichzeitig, und stritten sich um die höchsten Töne, was die Soldaten in Marsch setzte. Auf dem großen Platz des Kurparks entstand ein buntes Durcheinander; an diesem Abend würde Otto nichts mehr über die junge Frau erfahren, aber das kümmerte ihn wenig; er rannte zu seinem Bataillon, wobei er mit einer Hand seine viel zu weite khakifarbene Hose festhielt, ohne jedoch an Eleganz einzubüßen. Nach der Suppenmahlzeit, die mit vielen alten Volksliedern, vor allem denen der Winzer und Rinderhirten, gewürzt war, wurden die Wachdienste bestimmt. Otto wurde für die erste Wache eingeteilt. Da er seinen Dienst um zehn Uhr antrat, machte er sich sofort auf den Weg zu dem Weiler Pfaffstätten, über Hügel, die rötlich und violett dalagen. Er ließ sich vor einem runden, sehr baufälligen Turm nieder und hatte schon bald mit Weinranken ein Feuer angezündet. Ein Wohlgeruch erfüllte die Luft. Links und rechts von ihm sah er andere Wachposten aufblinken. Er stopfte seine Pfeife mit dem langen Rohr, weniger um des Rauchvergnügens als um des Geruchs von warmem Porzellan willen. Er hatte gelesen, daß in China die Bauern Wachteln in den Händen hielten, um sich vor der Kälte zu schützen.

Der Abend war friedlich. Hoch oben am Himmel zerrissen lange Wolken, zart wie Seidenstoffe. Aus dem Tal hörte man ein paar einzelne Schreie, Geräusche von Bauernhöfen, und ganz in der Nähe Flüche von Bauern aus dem Dorf. Nach Süden, zum Semmering hin, verloren sich die Hügel, denn die Nacht war schwarz und glatt. Vereinzelte Lichter deuteten auf andere Winzerdörfer hin. Diese Lichter erloschen eins nach dem anderen. Gleichzeitig gingen Sterne auf, und bald überzogen sie den Himmel, bildeten reglose gelbe oder weiße Wirbel, aber der Wind war eisig kalt, er schürte die Sterne, wie man in eine Glut bläst. Nicht einmal die Rinne der Triesting war mehr zu erkennen, der Wind trug Gerüche von grünem Gras und Erde herbei, vermischt mit den angenehmen Dünsten der letzten Fröste.
Otto fühlte sich wie am Rand eines Abgrunds. Die Nacht war ein Brunnen ohne Grund, sie machte schwindelig. Als seine Augen sich nach einer Weile an die Dunkelheit gewöhnt hatten, sah Otto, wie eine ganze geheime Geographie nur für ihn entstand, im Dunkel zu ihm heraufstieg, wie nach einem Gewitter ein Schimmer aus den Tiefen einer Quelle steigt. Unzählige Sterne standen am Himmel. Deshalb waren auch die Täler und Felsvorsprünge, über denen der alte Turm sich erhob, in Milch gebadet. Eine Szenerie aus Scheiben und Glas war an die Stelle der Hügel getreten, und Otto betrachtete die Eingeweide der Erde, die wie Steinkohleadern glänzten. Er mußte daran denken, daß auf der anderen Seite dieser Lackberge andere Soldaten, die viel gefährlicher waren als die von Baden, Franzosen nämlich, ihn beobachteten, ihre Schwerter an den Schleifsteinen der Bauernhöfe schärften, ihre Gewehre reinigten, ihre Pferde mit Stroh abrieben und ihre Zünder für den nächsten Tag vorbereiteten. Die Nacht war so dünn, so abgewetzt, daß es ihn nicht sonderlich überrascht hätte, wenn er das Gewimmel in der Italienarmee durch diese Ölpapierberge hindurch hätte sehen können. Die erste Gewehrsalve würde diese Landschaft aus nichts zerreißen, und ganze Bataillone französischer Soldaten würden auf Österreich herumtrampeln, die hübsche Gestaltung dieser Landschaft

durcheinanderbringen, einige Flüsse, zwei oder drei Hügel und die so schnurgerade ausgerichteten Weingärten an den sonnigen Hängen mitnehmen. Ottos Aufgabe bestand weniger darin, ein Auge auf die Ankunft der feindlichen Konvois zu haben, als vielmehr, den Wind, die Sterne und die Nachtluft zu bewachen, den nahen Zusammenbruch des alten Paradieses zu beobachten und das Entgleiten der Wiesen, die Züge der Schwalben, die Niederlage der Winde, die Sprünge der Fischotter in den Wasserlöchern der Triesting, und wenn er für einen Augenblick die Augen zumachte, sah er, wie in seiner unmittelbaren Reichweite Myriaden von Sternen vorbeizogen, die dem Sprudeln der Blasen im Fluß gleichkamen.

III.

Nach seiner nächtlichen Wache kam Otto nach Baden zurück. Im Kurpark machten die Soldaten ihre Morgentoilette. Mit viel Gespritze tauchten sie ihre Köpfe in Eimer mit eiskaltem Wasser. Ihre Feldmäntel hingen zum Lüften an Leinen, die zwischen den Linden gespannt waren; der Krieg ging zu Ende. Ein Meldereiter galoppierte auf den Platz, und jedem war sofort klar, daß dieser Bote ein großes Geheimnis barg. Er trug eine Leutnantsuniform. Unter seiner schwarzgoldenen Schirmmütze erahnte man bedrohliche, ernste Züge, obwohl er einen rosigen Teint hatte. Mit einem leichten Kniedruck hob der Mann seinen Rappen über eine Feldküche hinweg. Er hatte sogar die Stirn, über eine Gruppe von Schreinern, die neben ihren zusammengestellten Gewehren auf dem Rasen saßen, mit einem Satz wegzufegen, ohne auf ihr Gezeter zu achten. Der Bote ritt geradewegs auf das wappenverzierte Zelt zu, das dem Fürsten von Liechtenstein als Hauptquartier diente. Unberührt vom Geschrei der Milizsoldaten wollte er durch seine strenge, unergründliche Miene demonstrieren, daß er ein Handlanger, wenn nicht die rechte Hand des Schicksals war.

Und dieses Schicksal war ein glückliches! Liechtenstein ging, von seinen beiden Lageradjutanten flankiert, auf den Leutnant zu, warf einen Blick auf den Brief, der ihm entgegengestreckt wurde, faltete den Brief wieder, tat schweigend ein paar Schritte und gab den Befehl, die Gewehre aufzunehmen, das Lager würde aufgehoben. Unter den Freiwilligen gerieten einige in Panik. Sie meinten, Bonaparte würde angreifen und sie müßten an die Front. Das schien sonnenklar, doch die Offiziere gaben erstaunliche Befehle: Es ging zurück nach Wien.

Das war eine Riesenüberraschung. Die April-Kämpfer, die tapferen Bürger von Wien, für die Beethoven schon den Grabgesang komponiert hatte, hatten den Krieg heimlich, über Nacht, gewonnen. Bonaparte hatte in Leoben den Vorfrieden unterzeichnet. Jetzt tobte der Kurpark. Wie beim Feuerwerk ertönten Hurra- und Bravorufe, wobei die Vokale a und o selbstgefällig in die Länge gezogen wurden. Unbewegt ritten die Offiziere mitten durch diesen Spektakel, den Blick fest nach Süden gerichtet, so als überwachten sie den Herrn der Welt in Leoben. Die Dragoner machten sich marschbereit. Die Studenten knufften sich gegenseitig in die Rippen, lachten und vollführten Luftsprünge. Rektor Ouarin meinte, Herr Bonaparte habe es wohl angesichts der Entschlossenheit der Milizen vorgezogen, seine Krallen einzuziehen und mit der Hofburg zu verhandeln. »Wir haben den Unbesiegbaren besiegt, und das nur durch den Glanz unserer Waffen.«

Die lange Straße nach Wien, die durch Weinberge, Wiesen und Wäldchen führte, war den ganzen Tag belebt. Die Landschaft leuchtete in allen Farben. Die Bildstöcke der Muttergottes und der hl. Anna, die an jeder Wegkreuzung standen, verschwanden unter den Haufen von gelben Stiefmütterchen und dunkelblauen Hyacinthen. Die Dörfer waren mit Fahnen, Bannern und naiv gemalten Wappenschilden geschmückt. Mit roten und grünen Bändern verzierte Bäuerinnen küßten die Soldaten und fuhren liebevoll über das Lederzeug der Dragoner und Kürassiere. Die Gastwirte hatten auf den Terrassen im Schutz der Weinspaliere Fässer und Körbe mit Hefegebäck und Semmeln aufgestellt. Die Erde war grün. Auf den Feldern zogen blumengeschmückte Kühe vorbei. In der Ferne, auf ihren Höfen oder in den Gärten schwenkten Bauern ihre Mistgabeln oder Rechen und brüllten.

Der Sieg hatte die Studenten wieder aufgemuntert. Sie, die gestern noch in ihren verstaubten Soldatenmänteln eine so jämmerliche Figur abgegeben hatten, waren durch den Nachtschlaf, durch das Beispiel der weißen Kürassiere der Herzogin Klementine von Sachsen-Salza, durch Rektor Ouarins Energie und schließlich durch den Ruhm berauscht. Am

Vorabend der Schlacht noch niedergeschlagen und erschöpft, konnten sie nun am Ende des Krieges strahlen; sie leuchteten vor Lebensfreude, die Welt stand Kopf. Natürlich war es nur ein kleiner, ein winziger Krieg gewesen. Ein Zwergenkrieg. Ein Krieg, der nicht zum Zuge gekommen war. Es gab nur einen einzigen Verwundeten, Friedrich Leppardi, den ein Pferdehuf getroffen hatte und der in Höhe der linken Schulter einen blutverschmierten Verband, über der rechten aber immerhin ein Gewehr trug. Da Friedrich jedoch ein rechtschaffener Junge war, machte er nicht den Versuch, damit Eindruck zu schinden.

Diesem Studenten saß der Schalk im Nacken. Er behauptete, zur Begrüßung der Helden von Baden würden sich sogar die Hühner einfinden und im Takt der Beethovenschen Hymne gackern – man müsse nur genau hinhören. Und morgen früh würde man in ihren Nestern schwarz-gelbe Eier finden. Eier in den Farben Österreichs. Darauf fiel Otto ein, er habe auf einem ärmlichen Bauernhof einen Hahn mit zwei Köpfen gesehen, wahrscheinlich eine Huldigung an die Größe Österreichs und seinen Doppeladler, diesen »Adler«, den die Wiener Fiaker zärtlich das »Huhn« nannten. Rektor Ouarin hatte diese dumme Bemerkung gehört und zwang sich zu einem Lächeln, das allerdings recht säuerlich ausfiel. Friedrich nahm Ottos Idee sofort auf. Er sah ein doppeltes Land vor sich, in dem die Bäume zwei Stämme hatten, und die Giraffen im Park von Schönbrunn ließen sich gerade einen zweiten Hals wachsen.

Otto erzählte, morgens, als die Kürassiere sich in Marsch setzten, habe er die Herzogin Klementine gesehen, und sie habe zwei Köpfe gehabt, wie alle anderen auch, und zwei schwarzgoldene Tschakos. Mit neunzehn Jahren mangelte es einem noch an Ernsthaftigkeit. Obendrein war man vulgär, und mit obszönen Scherzen brachte man die ganze Kolonne zum Lachen. Ignaz Jungen, ein schmächtiges Kerlchen von der Archivschule, hätte es lieber gesehen, wenn eine hübsche Person wie die Herzogin Klementine zwei Hinterteile statt zwei Köpfe aufzuweisen hätte. Friedrich wäre fast erstickt vor Lachen.

Ein anderer fragte, was wohl aus der Gräfin Pietranera würde, die doch angesichts ihrer Liebesaktivitäten bereits mehrere Hintern haben mußte, ob diese hübsche Person wohl auch verdoppelt würde. Otto mußte herzlich lachen; er fragte sich, ob die Herzogin Klementine wohl hübsch war.

Als sie in Wien ankamen, war es schon dunkel.

Tags darauf feierte die Hauptstadt den Triumph der Freiwilligen. Wien empfing seine mutigen Kinder mit einem Prunk, der um so eindrucksvoller war, als der Sieg mit dem 1. Mai, dem Fest der Hl. Brigitte, zusammenfiel, so daß die Kämpfer in den Genuß der Wimpel, Blumenbögen und Papierbilder kamen, die jedes Jahr zu Ehren der Brigittenau aufgehängt wurden. So einen ausgelassenen 1. Mai hatte man noch nie erlebt.

Schon am frühen Vormittag hatten sich die von der Front zurückgekehrten Kontingente auf dem Stephansplatz aufgestellt. Sie füllten die gesamte Fläche des Platzes. Der hohe Klerus hatte sich unter dem Riesentor versammelt. Durch ihre großen, geöffneten Portale blies die Kathedrale Weihrauchschwaden hinaus. Hymnen erklangen. Die Mönche in ihren weißen, braunen oder schwarzen Kutten schwenkten Banner, die mit Heiligenbildern überladen waren. Unter einem purpurroten Baldachin trat der Bischof ein paar Schritte vor, und plötzlich wurde es dunkler. Alle suchten den Himmel ab. Kleine Wolken hatten sich vor die Sonne geschoben. Sie sahen aus wie jene Rauchwölkchen, die über dem Schlachtfeld hängen, wenn die Artillerie angreift, und der Bischof beugte sich zu seinem Koadjutor, um ihm zuzuflüstern, daß dies die Kanonen Gottes seien und daß, wenn überhaupt ein Kampf stattfände, es sich um das unbemerkte und stumme Gefecht der Zeit gegen die Ewigkeit handle. Der Koadjutor senkte schweigend den Kopf in seinen Kragen und setzte eine kennerhafte, wissende Miene auf. In diesem Augenblick traten die höchsten Würdenträger des Hofes mit Ausnahme Franz II. aus der Kirche. Die Magyarenfürsten ernteten Beifall wegen ihrer Wolfspelze, die an die wachsame Armee an der Militärgrenze erinnerten, diese tapferen Späher der Grenzfesten im Banat,

die im Angesicht jener anderen Ausgeburten des Antichristen, der ottomanischen Horden, über die Glacis der Christenheit wachten.
Die Menge geriet in Exstase, als aus dem schwarzen Loch des Kirchenschiffs die Orden, und zwar die alten Ritterorden auftauchten. Ihre Anwesenheit wertete man allgemein als eine schlaue Replik an die Bilderstürmer, die Deisten und Atheisten, die die französischen Kirchen zerstört und die Priester und Karmeliten geköpft hatten. Mit Federn, Ketten und Schwertern geschmückt, in Talare gekleidet und mit Silber und Gold übersät, glitten die Malteser, Templer, Hospitaliter, die Ritter des Santiago-Ordens und des Ordens von Calatrava mehr dahin, als daß sie gingen. Sie bewegten sich kaum. Ihre Gesten waren die von Statuen oder sehr alten, steifen Priestern, vermutlich wollten sie damit zeigen, daß das uralte Österreich auf die planlosen Ausbrüche der Thronzerstörer mit Ruhe und Langsamkeit, ja fast Trägheit antwortete, gegen die der eitle Strom der Ereignisse zerfließen mußte. Gegenüber den Soldaten der Zeit, des Teufels also, die seit fünfzehn Jahren das unglückselige Europa zerschlugen, bauten die Orden sich auf als »paralysierte Wachposten der Ewigkeit«, das war genau der Ausdruck, den Rektor Ouarin gebrauchte, als er etwas später das Schauspiel kommentierte, während er mit seinen Universitätskollegen in einem Augartenlokal einen Weißwein entkorkte.
Der Tag sah freundlich aus. Die Wolken hatten sich verzogen, alles war blau und hell. Man schritt zur Verleihung der Auszeichnungen. Jeder Student erhielt seine silberne Medaille. Mit seiner Frau Greta in der Menge der Schaulustigen eingekeilt, versicherte der alte Schwarzbrod, das sei das Schöne an den Schlachten ohne Gewehrfeuer: Da niemandem Gelegenheit zu einer Heldentat gegeben war, mußten wohl oder übel alle Teilnehmer eine Belohnung bekommen, selbst die Feiglinge – an diesem Tag war man nämlich nachsichtig mit den Feiglingen. Leider hatte Schwarzbrod das Pech, eine sehr laute Stimme zu haben. Seine Bemerkung wurde von einer Dame aufgeschnappt, die zweifellos von hohem Stand war, sie trug

nämlich ein Cape in schönem Blau-Schwarz, das mit Pelz besetzt und mit rotem Satin eingefaßt war, auf dem Goldquasten und Sonnen glitzerten. Sie zwang sich zu einem verächtlichen Lächeln, spannte einen blauen Sonnenschirm auf und schob in ihren Röcken zwei kleine Mädchen vor sich her, wobei sie etwas über Universitätsprofessoren und Freimaurer murmelte. Schwarzbrod zog geräuschvoll die Nase hoch. Seine Gattin reagierte ungehalten.

Am späten Vormittag ließ der Kaiser auf den Alleen von Schönbrunn unter einem wolkenlosen, stahlblauen Himmel die Dragoner des Fürsten von Liechtenstein, die Schreiner unter ihren mittelalterlichen Wappenschilden, die Metzger, die ihre langen Messer als Dolche trugen und mit Weidenruten ungarische Stiere vor sich hertrieben, die schwarz-gelb beschirrt und um deren Hörner Kränze aus Schlüsselblumen gewunden waren, die Studenten der Schönen Künste unter dem Banner, das hundert Jahre zuvor bei der Belagerung Wiens dem Großwesir Kara-Mustapha entrissen worden war, die literaturwissenschaftliche und die juristische Fakultät, kurz, alle Überlebenden der Schlacht von Baden vorbeimarschieren. Gleich nach dem Kanonendonner durchquerte eine funkelnde Kavalkade die Schloßgärten und defilierte vor dem Neptunbrunnen. Die Kürassiere von Sachsen-Salza wurden von der Herzogin Klementine vorgeführt. Die Menge war hingerissen, vor allem, als sie an der Seite des Kaisers einen sehr großen, kräftigen Mann mit ehrlichen Gesichtszügen bemerkte, den Fürsten von Sachsen-Salza, der seiner Gemahlin zuwinkte. Otto würde Professor Schwarzbrod um mehr Einzelheiten über die Herzogin Klementine bitten. Der kleine Leppardi hatte ihm erzählt, daß die Herzogin, wenn sie nicht gerade Krieg führte, gerne gegen die Regeln des Anstands verstieß. »Trotz ihres Stolzes«, hatte er gesagt, »ist Frau Oberst der Kürassiere von Sachsen-Salza durchaus kein Tugendbold.«

Nach der Parade wurden die Parks bevölkert. Im Prater, im Augarten, ja auf dem winzigsten Stück Rasen wimmelte es von Familien mit großen Weidenkörben, die die Mütter und ihre großen Töchter auspackten. Auf karierten Tischdecken wurden Köstlichkeiten im Gras ausgebreitet: Braten, Hühnchen, Berge von feinen Backwaren und Karaffen mit Wein. Wien, dessen Häuser verlassen waren, schlug sich auf Bonapartes Wohl den Bauch voll. Fiedler gaben das Signal zu den Bällen. Die jungen Mädchen tanzten mit Soldaten, während die Eltern es sich bequem machten und im Schatten der Baumgruppen vor sich hindösten.

Die Studenten stolzierten einher wie die Gockel. Es machte ihnen Spaß, mit gestrecktem Bein und hocherhobenem Kopf das Leder ihrer neuen Stiefel knarren zu lassen. Am Anfang spielten sie die Gleichgültigen. Sie übersahen einfach die barfüßigen Blumenmädchen, die Ziegenhirtinnen, die ihnen Seitenblicke zuwarfen, während sie ihnen ein Glas Milch eingossen, die Dienstmädchen in ihrem Sonntagsstaat, ja sogar die Damen mit dem pastellfarbenen Teint, die, aufgeregt und mit hochroten Wangen von einem Fuß auf den anderen traten und ihr Lachen der Form halber versteckten, indem sie sich hinter ihre Spitzenschirmchen verzogen oder die Nasen in ihre Tafttüchlein steckten. Droschken rasten in einem Höllentempo durch die Menge, und die Kutscher machten sich ein Spielchen daraus, ganz nahe an den Mädchen vorbeizufahren, ohne sie zu berühren. Alles brüllte durcheinander, und jedermann war gutgelaunt.

Otto rauchte eine dünne, lange, sehr dunkle und stinkende Zigarre. Mit einigen Milizsoldaten, seiner kleinen Schar von Bewunderern, seinen »Affen«, wie neidische Studenten krittelten, ging er den Prater hinauf. Sie blieben vor einer Schaubude stehen, in der ein Marionettenspieler aus Leipzig eine Figur ausstellte, die einen riesigen Zweispitz mit einer blauweiß-roten Kokarde trug und mittels eines heimtückischen Mechanismus auf den Hintern fiel, einen dümmlichen Fluch ausstieß, wieder aufstand und von neuem hinfiel. Tiroler Tänzer drehten sich mit spitzen Schreien, wobei die schweren Röcke der Mädchen sich wie Kronen hoben und ihre Beine zeigten. Durchdringende Schreie begleiteten diese Nummer. Ein Hundedresseur führte einen Pudel vor, der als Jakobiner verkleidet war. Eine Gruppe von Zwergen hatte Uniformen der Italienarmee angezogen. Der kleinste, häßlichste von ihnen trug Murats roten Dolman mit Federbüschen und riesigen Schmuckgehängen.

Die Glocken stimmten ein feierliches Geläut an, aber seit den frühen Morgenstunden hatten sie so oft geläutet, daß man nicht mehr wußte, was sie verkündeten. Die Experten stellten Mutmaßungen an. Priester sprachen vom Vespergottesdienst, worauf viele Damen in die Kirchen rauschten. Die Toiletten verblaßten langsam, man trank, man hustete, Beckenschläge ertönten ohne ersichtlichen Grund. Ein junges Mädchen, das wie eine Kirsche aussah, beklagte den Verlust ihres Miedertüchleins, und Otto lud sie ein, zusammen mit ihrer Begleiterin, die hübsch und kokett war und veilchenblaue Augen hatte. Die Gruppe flanierte, und es fielen belanglose Bemerkungen. Otto brauchte nicht viel zu sagen, er herrschte, die Mädchen himmelten ihn an, er war nicht von einer Frau geboren, hatte sicher keine Kindheit gehabt, er war die Kindheit selbst, unverwundbar, gelassen und gütig, zu blond. Friedrich Leppardi, der sich zu Ottos Schar gesellt hatte, schlug vor, in Richtung Leopoldstadt zu gehen, und an diesem Spätnachmittag – oder war es schon früher Abend, man hatte einfach kein Zeitgefühl mehr – fand sich alles an den Tischen auf der Terrasse des Cafés Hugelmann ein. Die Sonne ging langsam unter.

Das Café Hugelmann war zum Bersten voll. Es hieß, im Saal spielten Werner, Kandisky und Reich eine Partie Billard, aber die beiden jungen Mädchen wollten gern tanzen, auf der Terrasse in der Nähe des Kaffeehausorchesters. Otto drehte ein paar Runden auf der Tanzfläche. Er kam oft hierher. Eines Tages hatte er hier unter diesem Weinspalier seinen Professor, den guten Schwarzbrod getroffen; das war letzten Sommer gewesen, bei drückender Hitze; Schwarzbrod hatte seine Brille geputzt und gelacht, während er die nackten Badenden betrachtete, die unter viel Gespritze in die Donau sprangen. Die Hand des alten Mannes war voller brauner Flecken gewesen und hatte gezittert.

Die Tische bei Hugelmann waren mit russischen, englischen und österreichischen Papierfahnen geschmückt. Boote mit Lateinersegeln umkreisten die Insel, wie schwerfällige Bienen, die eifrig den Nektar von den Ufern, den Rosenbeeten und den leuchtenden, zum Fluß hin abfallenden Rasenflächen sammelten. An der Uferpromenade hingen andere, diesmal aus Stoff bestehende Fahnen matt an ihren Masten, und wenn man den Blick fest auf die Strömung des breiten Flusses richtete, schien die Insel an ihren Ankern zu ziehen. Es war Abend, und es herrschte abendliche Melancholie. Das Licht schwand langsam über den jungen Mädchen, aus der Brigittenau und über dem funkelnden Bild, dem verzweifelten Bild des vorigen Sommers. Das Mädchen, das wie eine Kirsche aussah, lud Otto ein, am darauffolgenden Mittwoch mit ihr die Vorstellung eines Stückes von Törring, *Agnes Bernauerin*, im Theater an der Wien zu besuchen, und Otto erwiderte, an diesem Tag habe er bereits Verpflichtungen. Das Mädchen ließ nicht locker, doch Otto entgegnete fröhlich, die Füße auf der Rückenlehne eines leeren Stuhls, man verabrede sich immer, um gemeinsam irgendwohin zu gehen, könne sich aber doch ebensogut verabreden, um nicht gemeinsam in Schikaneders Theater zu gehen; und da seine neue Freundin verletzt und plötzlich traurig war, bedauerte er, sie gekränkt zu haben, er verfluchte seine dauernde Ironie und erinnerte sich daran, daß Schwarzbrod an diesem Tag im vergangenen Sommer über Spallanzani und seine hermetisch verschlossenen Phiolen gesprochen hatte, daß er aber auch erklärt hatte, er sei zerstreut, lächerlich zerstreut.

Zuweilen wußte Schwarzbrod nicht mehr, was er eigentlich mochte. So bestellte er zum Beispiel ein Gulasch, und erst später fiel ihm ein, daß er Gulasch nicht ausstehen konnte. Er war nicht einmal in der Lage zu sagen, mit welchen Leuten er zerstritten war, und ebensowenig, welche ihn mochten; im übrigen, wie viele Leute mochten schon einen alten Bären wie ihn! Jedenfalls hatte er sich einmal im Auditorium Maximum der Universität mit einigem Aufhebens auf Doktor Sweler gestürzt, den er verehrte, aber der hatte ihm schroff zu verstehen gegeben, daß sie sich zerstritten hatten. Schwarzbrod lachte, als er diese Geschichte erzählte, aber wenn er scherzte, sah er immer ein bißchen traurig aus.

Otto war genau wie sein Lehrer. Er verwechselte zwar nicht das Gulasch mit den gefüllten Karpfen oder die Herzogin Klementine mit dem rosigen Mädchen aus der Brigittenau, brachte aber gern die Tage und Monate durcheinander. Der bewegungslose Nachmittag im letzten Sommer in Gesellschaft von Heinrich Schwarzbrod und dieser Abend des 1. Mai waren miteinander verquickt, er bemühte sich, sie auseinanderzureißen, so wie Kinder sorgfältig das feuchte Papier von einem Abziehbild ziehen, aber Fetzen des vergangenen Sommers klebten an dem transparenten Abend dieses 1. Mai, und wahrscheinlich hatten die Weißweinkrüge, die sich auf der Tischdecke angesammelt hatten, in dieser kühlen Nacht der hl. Brigitte, lange nachdem die Badenden wieder ans Ufer gestiegen waren und sogar die gelben und roten Segel ihre Landungsplätze wieder aufgesucht hatten, ja, wahrscheinlich hatte der klare, prickelnde Wein zusammen mit der Erregung der Schlachten, dem Pulvergeruch und der Zartheit der beiden Mädchen, die jetzt schwiegen, seinen Verstand verwirrt. Sie hatten ein paniertes Schnitzel, überbackene Kartoffeln und zum Nachtisch Topfenstrudel gegessen. Dazu hatten die Kellner ihnen viele Krüge mit Grünem Veltliner gebracht. Die jungen Mädchen fröstelten.

In Richtung der Hofburg und der Vorstadt Mariahilf sah man Feuerwerke. Die Stuwer hatten sich selbst übertroffen: Die illuminierten Springbrunnen, die Raketen und die brennende Litze zeichneten die mit einem riesigen B verschlungenen Initialen des Kaisers an den Himmel, und man erkannte das Emblem der weißen Kürassiere der Herzogin Klementine. Die Donau lag da wie ein dunkles, glitzerndes Band. Bei Hugelmann leerte sich die Terrasse, auf der anderen Seite des Flusses spielte eine Drehorgel immer dieselbe Weise, aber in einem sehr langsamen Takt, gleichsam als Begleitung zur traurigen Spätsommerstimmung. Die Mädchen machten sich zu ihren Vorstädten jenseits der Befestigungen auf, und die, die mit Otto getanzt hatte, hatte ihm einen sehnsüchtigen Blick zugeworfen, der sich bald darauf in einen Ausdruck kalter Wut verwandelte. Otto hatte gezögert, aber sie war so jung, so arglos, und er war schüchtern und hatte außerdem wirklich viel getrunken.

Die vier jungen Männer kamen in die gewundenen Gassen des Zentrums zurück. Sie betraten eine ausgeruhte Stadt, eine Stadt des Schattens, der Springbrunnen und Blumen. Ein Windhauch blies surrend durch die verschlungenen Gäßchen, die den Stephansdom umgeben. Von Zeit zu Zeit ließ ein ziemlich heftiger Windstoß die eisernen Ladenschilder scheppern, und man hörte das Miauen von Katzen. Derselbe Wind verwehte Düfte von Jasmin, Geranien, Veilchen, frische Düfte. Otto erklärte, in manchen Gegenden hieße der Jasmin »Dame der Nacht«, weil er erst zur Abenddämmerung seinen Duft entfaltete. Sie gingen am Kapuzinerkloster entlang. Vor dem Haus der Apfelgrüns am Bauernmarkt blieb die Bande stehen, Otto hing sich ungeschickt an die Klingelschnur. Friedrich Leppardi bewunderte die Erker, Balkons und Bronzegitter und fand, dieser Wohnsitz sei wappenbewehrter als das Schild des Prinzen Eugen. Die Klingel rief in der Leere ein vielfaches Echo hervor, doch schon hatte eine zierliche, in ihren schwarzen Tüchern fast unsichtbare Frau die dicke Eichentür geöffnet. Die jungen Leute durchquerten eine endlose Diele, eine Holzkammer, so groß wie ein Ballsaal, und weitläufige Zimmer, die zwar von erhabener Schönheit, aber spärlich möbliert und verkommen waren und in denen die Düfte von Jasmin und Geranien nicht gegen die Gerüche von Suppe, Staub und Wurmfraß ankamen. Ratten und Mäuse trieben ihr Unwesen.

Otto mußte zweimal ansetzen, um zu erklären, daß er seit seiner Kindheit, also seit zwanzig Jahren, auf den Moment wartete, in dem es der Sonne gelingen würde, sich einen Weg durch diese feuchten Zimmer zu bahnen. Bis jetzt hatte sie ihr Ziel immer verfehlt, aber man durfte nicht aufgeben. Die alte Dame, die ihnen die Tür aufgemacht hatte, war vielleicht inzwischen die Besitzerin des Hauses, seit Ottos Vater, der untätigste aller Rechtsanwälte von Wien und treueste Kunde des Wurstelpraters, sich in Schulden stürzte, um die Illusion der ehemaligen *grandezza* aufrechtzuerhalten.

»Würde man alle Korridore gründlich durchsuchen«, brachte Otto mit einiger Mühe hervor, »dann käme noch anderes zutage als Ratten, Schimmelpilze und Spinnen. Hier und da müssen noch Dienstboten vorhanden sein, in der Regel allerdings hochbetagte, weil sie aus der Blütezeit der Familie Apfelgrün, das heißt, aus der Renaissance stammen. Ich, so wie ich hier vor euch stehe, habe einen Hauslehrer... ich habe einen Musiklehrer, der schon Karl V. und ich glaube sogar Mark Aurel die Harmonielehre beigebracht hat. Wir besitzen auch eine Köchin, einen Butler, ein Küchenmädchen. Aber es gibt gewiß noch mehr, das Haus ist so groß, seht ihr... so groß, seht ihr, ich habe es noch nicht ganz erforscht und werde bestimmt noch andere Bedienstete aus den Ecken hervorholen. Laßt mir also noch ein bißchen Zeit, Freunde. Letztes Jahr habe ich einen Lakai ausgegraben, dessen einzige Aufgabe darin bestand, meiner Mutter das Meßbuch zu tragen, wenn sie in die Kirche geht... Allerdings ein Meßbuch aus blauem Samt mit goldener Schließe.«

Otto stand mitten in einem fast leeren Saal, hob schulmeisterhaft einen Finger und artikulierte mit schwerer Zunge:

»Da die Frömmigkeit meiner Mutter immer mehr nachläßt, hat der Lakai immer wengier Arbeit. Am Ende, in ein paar Jahrhunderten, wird er überhaupt nichts mehr tun. Und da dieser Lakai dummerweise nicht religiös und obendrein noch stinkfaul ist, bemüht er sich, Zweifel ins Herz meiner Mutter zu säen. Sie wird noch einmal völlig atheistisch. Und der Lakai wird rein gar nichts mehr zu tun haben... Er ist ein Dummkopf, dann hat er nämlich seine Stellung verloren...«

Nach diesem letzten Anlauf kapitulierte Otto. Im übrigen mußten seine Kameraden auch nach Hause. Otto ging in den ersten Stock hinauf und warf sich auf sein Bett; nicht einmal seine gelben Lederstiefel zog er aus.

Am nächsten Tag, dem 2. Mai, zogen zur Vormittagszeit vier

Polizisten an der Klingelschnur und klopften dann ungestüm mit den Knäufen ihrer Schwerter an die Tür. Ottos Mutter, die von der alten Dame in Schwarz unterrichtet worden war, schloß das Cembalo, das sie, wie jeden Tag zu dieser Stunde, gerade erst geöffnet hatte, rückte ein Perlmuttmedaillon an ihrer Bluse zurecht und ging den Besuchern entgegen. Sie hatte ihr Eindringen von oben herab behandeln wollen, scheiterte aber an der Ungerührtheit der Polizisten. Das beste war, erst einmal ein mit Blumen verziertes Satintaschentuch zu entfalten. Danach fand sie eine funktionstüchtige Klingel und ließ Otto rufen. Der erschien in blauer Kniehose mit einem Hemd aus weicher Seide. Er war noch blaß, aber sein Gesicht sah ausgeruht aus. Die Polizisten baten den jungen Mann, ihnen zu folgen. Ottos zwei Schwestern weinten in einem Winkel der Vorhalle, neben einer Araukarie. Die Mutter beschwor die Ordnungshüter, es läge sicher ein Mißverständnis oder eine Verleumdung vor. Hatte ihr Sohn denn nicht an der Schlacht von Baden teilgenommen? Auf seinem Hemd trug er für jeden sichtbar die silberne Medaille, die Kaiser Franz II. ihm überreicht hatte. Der Anführer der Polizisten verzog den Mund zu einem verächtlichen Grinsen, als wüßte er ganz genau Bescheid. »Eben«, sagte er mit pfiffiger Miene, »eben, er hat an der Schlacht von Baden teilgenommen!«

Ohne viel Federlesens wurde Otto in eine schwarze Kutsche mit herabgelassenen Vorhängen geschubst. Das schwere Pferd, das sie zog, schlug, sogar ohne ein entsprechendes Zeichen abzuwarten, von selbst den Weg zum Gefängnis ein. »Man sollte meinen«, dachte Otto, der kaum etwas wirklich ernst nahm, »man sollte meinen, dieser Percheron hätte höchstpersönlich beschlossen, mich einzusperren.« Beim Haftregister machte die Truppe kurz halt. Hier bekam Otto die Angeklagtenuniform und wurde dann in eine vergitterte Zelle gebracht. An den Fenstern hingen ein paar Spinnweben. Nachmittags wurde er geholt und einem Richter vorgeführt, der Ähnlichkeit mit einem Schaf hatte.

Man setzte ihn darüber in Kenntnis, daß er am Abend zuvor im Café Hugelmann in Gegenwart eines jungen Mädchens mit Namen Anna Lutgren unziemliche Reden geführt hatte und daß dieses Mädchen in Erfüllung der heiligen Pflicht, die Seine Majestät Franz II. all seinen Untertanen auferlegt hatte, zu früher Stunde gekommen war, um eine Aussage zu machen. Das Schaf übte sich in der hohen Kunst der Rede. Ihm zufolge waren die Jakobiner Geschmeiß, das vernichtet werden mußte. Dafür setzte die Polizei sich ein. Die Werke der Herren Goethe und Fichte hatte man an der Grenze abgewiesen. Österreich mußte seine Reinheit wahren, alle giftigen, fremden Ausdünstungen vertreiben, vor allem die, die aus Frankreich kamen. Mehrere Spione waren hingerichtet worden, doch nach Meinung des Richters wurde die Doppelmonarchie von einer viel größeren Gefahr bedroht: von der Gedankenfreiheit, dem Geist der Anarchie, der heimtückischen Propaganda in den Cafés, kurz, dem Wort, »dieser blanken Waffe der Feiglinge«. Und der Justizbeamte fügte hinzu: »Sie sind Student, Herr Apfelgrün, ich kann Ihnen also das berühmte lateinische Sprichwort zitieren, werde dabei allerdings seine Begriffe vertauschen: *Scripta volant, verba manent.*«

Schließlich erfuhr Otto auch Einzelheiten über sein Verbrechen. Er hatte das vornehmste Symbol der Monarchie, den doppelköpfigen Adler der Habsburger, verunglimpft und lächerlich gemacht. Otto protestierte. Der Oberleutnant der Polizei gebot ihm Ruhe und fing an, den Bericht herunterzuleiern, den der Gerichtsschreiber am selben Morgen verfaßt hatte. Darin hieß es, eine Gruppe von Studenten habe am Abend des 1. Mai im Café Hugelmann einen Skandal verursacht. Der Vorfall habe begonnen, als der Gastwirt die Bestellung aufnahm. Nachdem ein junges Mädchen namens Anna Lutgren vorgeschlagen hatte, einen Truthahn zu essen, habe der genannte Otto Apfelgrün (darauf folgte eine Beschreibung: groß, blond, grüne Augen usw.) sich in Unverschämtheiten ergangen. Indem er auf einen Truthahn wies, der in der Küche des Wirtshauses darauf wartete, daß man ihm die Kehle durchschnitt, habe der genannte Otto Apfelgrün sehr laut, so daß die Gäste an den Nachbartischen es deutlich hören konnten, verkündet, er für sein Teil weigere sich, einen Truthahn zu verspeisen, der sich so wenig der Gefahren bewußt sei, die auf die Monarchie lauerten, und so wenig Respekt vor dem Ruhm der Habsburger habe. Darauf habe er das Federvieh beschimpft, hatte es doch seiner Meinung nach die Schuld auf sich geladen, nur einen Kopf zu haben, während seit dem Sieg von Baden alle Vögel Österreichs es sich zur Ehre anrechneten, aus Achtung vor dem geliebten und geheiligten Emblem der Monarchie, dem Doppeladler, zwei Köpfe zu besitzen.

Der Bericht war lang, wortreich und feierlich. Otto habe, immer noch in sarkastischem Ton, behauptet, auf dem ganzen Weg, den er zusammen mit den April-Freiwilligen von Baden nach Wien zurückgelegt hatte, habe er, Otto Apfelgrün, Freiwilliger der Miliz des Rektors Ouarin, doppelköpfige Spatzen, doppelköpfige Raben sowie Enten, Hennen, Stare, Hähne und Ameisen mit zwei Köpfen sehen können. Geschickt habe er zu verstehen geben, daß Österreichs Glück durch die Vermehrung der Vogelköpfe merklich zunehme und daß das Amt für Landwirtschaft derzeit die Produktion von doppelköpfigen Schweinen prüfe. Die Polizisten schüttelten den Kopf, bald darauf kam es jedoch noch schlimmer, denn die Blasphemie des Studenten Apfelgrün gipfelte in der Behauptung, in ganz Österreich würden es nur zwei Personen niemals schaffen, die Anzahl ihrer Köpfe zu verdoppeln.

Der Richter riß dem Polizeioffizier den Bericht des Gerichtsschreibers aus der Hand. Nachdem er seine eckige Brille zurechtgerückt hatte, las er selbst das Ende des Dokuments.

»Diese zwei Personen sind, so der Student Apfelgrün, Rektor Ouarin, der Oberst der Universitätsfreiwilligen, und der Kronprinz Erzherzog Ferdinand, die beide, folgt man dem werten Herrn Apfelgrün, allgemein dafür bekannt sind, daß sie nur ein halbes Gehirn ihr eigen nennen, so daß man bei einer Verdoppelung desselben auf ein Gehirn von normaler Größe käme.«

Otto war niedergeschmettert. Dieser groteske Vorfall hatte sich tatsächlich ereignet. Er konnte sich jetzt an jede Einzelheit erinnern. Was war er doch für ein Dummkopf! Würde er wohl je aufhören, sich wie ein Geck zu benehmen und allen möglichen Unsinn zu verzapfen, sobald ein Rock in der Nähe herumwirbelte, und alles, um ein Mädchen zu verführen, das wie eine Kirsche aussah und das er nicht einmal mit nach Hause genommen hatte! Zu seiner Entlastung führte er die Müdigkeit vom Tage, die Auswirkungen des Weins und der Musik, die Lust am Scherzen und sogar die schon zur Tradition gewordenen Streiche der Wiener Studenten an.

»Ganz genau, Herr Studiosus«, fiel der Richter ihm ins Wort, »die Streiche, unsere gute Stadt Wien, so heiter, so fröhlich, nicht wahr? Ja, glauben Sie denn, daß man auch bei den Totschlägern der Italienarmee Sinn für Humor hat? Glauben Sie, daß die Studenten der Sorbonne sich damit vergnügen, über den ›Feind des Menschengeschlechts‹ zu spötteln?«

Im weiteren erfuhr Otto, daß jetzt nicht die Zeit für Späße war, sondern daß die Stunde der Entschlossenheit, des Mutes, der Not, der Zucht, des Opfers und so fort, geschlagen hatte. Österreich beschützte die Christenheit vor den gottlosen Revolutionären, wie es ein Jahrtausend lang das Türschloß Europas gegen den vielgestaltigen, rätselhaften Orient gebildet hatte. Das Gefängnis würde den jungen Mann schon lehren, seine Zunge im Zaum zu halten und sich bessere Streiche auszudenken, jedenfalls sofern nicht die umgehend eingeleitete Untersuchung ergäbe, daß die Reden im Café in Wahrheit keineswegs unbeholfene Dummheiten waren, sondern, wie gewisse Indizien vermuten ließen, der Katechismus der Jakobiner und ein Versuch der geistigen Vergiftung. Bei dem Wort »Indiz« bekam der Mann Feuer in die Augen. Otto erkundigte sich nach diesen Indizien. »Gewisse merkwürdige Freundschaften«, war die knappe Antwort.

Otto wurde zwei anderen Polizisten anvertraut, die ihm Ketten an die Füße legten. So hüpfte er durch lange Flure, die von massiven Türen eingefaßt waren, in deren Mitte winzige Öffnungen zu sehen waren und hinter denen man Kettengerassel, klagende Laute und das Schlurfen von Holzpantinen hörte. Er wurde in eine andere Zelle geworfen, die etwas komforta-

bler war als die erste, sie enthielt nämlich ein Eisenbett, einen kleinen Tisch mit einer Bibel darauf, einen Abortkübel, eine Kerze, ein Kruzifix und einen Eisenofen. Ein kleines Fenster ließ die Abenddämmerung herein.
Mit verschränkten Armen lag Otto auf dem Bett und ärgerte sich. Es ging jetzt nicht mehr um Ungeniertheit oder Charme, sondern um Dummheit, Angst und Verlassenheit. Wie hatte das Mädchen ihn bloß verraten können, und noch dazu so schnell? Sicher, er hatte sie gekränkt, auch wenn er nichts getan hatte, um sie zu verführen; im übrigen tat er nie etwas in dieser Absicht, ja, aber war das eine Entschuldigung, da er ja ungewollt verführte? Er nahm sich nie genug vor sich selbst in acht, das sollte ihm eine Lektion fürs Leben sein, in Zukunft würde er jedesmal, wenn er Gefahr verspürte, gewarnt sein, und er würde gegen seine Zerstreuung ankämpfen. Er wollte den anderen ab sofort mehr Beachtung schenken.
Dennoch weigerte Otto sich, vor aller Welt auf der Hut zu sein. Im Grunde war es nämlich genau das, was er in den Staaten Franz II. haßte: daß jeder verdächtig war, daß man all seine Gedanken abwägen mußte, und daß er jetzt auch jedes Lächeln abwägen sollte, das er den kirschengleichen Mädchen schenkte! In dieser Sache hielt Otto sich heldenhaft: Er würde eher in den Verliesen der Monarchie verfaulen, als seine Nachbarn oder Freunde zu denunzieren oder auch nur Argwohn gegen sie zu hegen, er würde seine Seele nicht diesen unwürdigen Praktiken unterwerfen, komme was da wolle! Diese Anwandlung von Heldenhaftigkeit blieb allerdings ohne nennenswerte Folgen. Otto zitterte auf seinem schlechten Bett, Otto hatte Angst, er war allein und verstört. Da der Schlaf sich nicht einstellen wollte, versuchte er es mit Zerstreuung. Erst stellte er sich den Richter mit zwei Schafsköpfen vor und dann das doppelköpfige Schwein. Schließlich war dieses Vieh die Ursache seines Unglücks, da konnte es sich ja wohl wenigstens ein bißchen nützlich machen und ihn ablenken. Der Versuch schlug fehl. Das Schwein mit den zwei Köpfen, das am Abend zuvor das Studentenkontingent so königlich amüsiert hatte, entlockte ihm nicht einmal mehr ein

Lächeln. Diese dürftigen Scherze funktionierten eben nur einmal. In seiner Bestürzung ließ er dann das verdutzte Gesicht von Friedrich Leppardi und das gellende Lachen von Ignaz Jungen, als vom Hintern der Herzogin Klementine und dem der kleinen Gräfin Pietranera die Rede war, hinter seinen geschlossenen, glühenden Lidern vorbeiziehen, aber es nützte alles nichts. Es war kalt. Zum Glück fiel durch die Luke ein bißchen Helligkeit, das Mondlicht. Bis zum Morgen hörte er vom Turm der Gefängniskapelle die Stunden schlagen.

IV.

Frau Apfelgrüns Lakai, der auf den Transport des Meßbuchs spezialisert war, hatte in diesem Sommer viel zu tun. Seine Herrin vertraute ihm Botschaften an, die er allen Bekannten, die die Familie in ihrem Unglück noch hatte, überbringen sollte, aber Ottos Mutter machte sich nicht allzu viele Hoffnungen. Die österreichische Polizei war unbestechlich, und nur ein Befehl aus Schönbrunn hätte den Richterspruch aufheben können. Wachsamkeit war jedoch das Gebot der Stunde. Wenn Bonaparte auch tatsächlich in Leoben einen Waffenstillstand unterzeichnet hatte, so strich er doch immer noch um Österreich herum. Er residierte in Montebello. Eine sehr gemischte, ziemlich ordinäre Hofgesellschaft hatte sich um ihn herum gebildet. Gelehrte wie Monge, Krieger wie dieser Murat, die Schwestern des Oberbefehlshabers, eine ganze militärische und intellektuelle Kamarilla hauste in dem kleinen Kurort, und Bonaparte kritzelte die Karte von Europa.
Konstanze Apfelgrüns Bittgesuche blieben ohne Wirkung. Man übte sich ihr gegenüber in Freundschaft und Gönnerhaftigkeit, gab ihr Versprechen, hütete sich aber, ein Wort zugunsten des Häftlings zu äußern. Man vermied es, seinen Namen auszusprechen, oder rügte ihn. Der Advokat Gruhlpraser verhehlte seiner alten Freundin nicht, daß der junge Mann zumindest einige Einfalt bewiesen hatte. Die jakobinische Gefahr war keine Einbildung. Es brachen schreckliche Zeiten an. Gruhlpraser zufolge standen die Mörder schon vor der Tür.
»Diese kleine Prüfung wird Otto guttun«, fügte der Advokat höhnisch hinzu. »Er ist ein charmanter Jüngling, er betört die jungen Damen, aber er ist ganz schön leichtfertig. Das Ge-

fängnis wird ihn lehren, daß das Leben kein Spaziergang von einem Unterrock zum anderen ist.«
»Aber«, seufzte Konstanze Apfelgrün, die alles schwarz in schwarz sah, »wenn er zehn Jahre in diesem Gefängnis bleibt, und wenn man ihn auf den Spielberg schickt, und wenn...«
Ihre äußersten Befürchtungen wagte sie gar nicht zu formulieren. Dazu muß man sagen, daß sie sich ziemlich alleingelassen fühlte. Ihr Gatte war zu nichts nütze. Durch die Mißgeschicke seines Sohnes gebrochen, verbrachte er noch mehr Zeit in den Kaffeehäusern, was es ihm ermöglichte, sein Billardspiel zu vervollkommnen. Leider war er auch ein begeisterter Whistspieler, und das kostete ihn seine letzten Taler; sein Gedächtnis verlor langsam an Konturen. Die wenigen Akten, die ihm noch anvertraut waren, ruhten auf seinem Schreibtisch. Er öffnete sie fast gar nicht mehr. Nach und nach legte sich weißer Salpeterstaub darüber. Konstanze hingegen ließ in ihrer Wachsamkeit nicht nach. Beherzt ging sie durch den langen, heißen Sommer, und jetzt war es Winter. Eines Morgens stellte sie fest, daß die Fenster mit Rauhreif überzogen waren, und sie beschloß, ihre Taktik zu ändern.
Sie fand zum Glauben, das heißt, zunächst einmal zu den Gebärden des Glaubens zurück. Ihr Lakai, der sich so lange und heimtückisch bemüht hatte, die Religion bei seiner Herrin zu untergraben, um die Zahl seiner freien Stunden zu erhöhen, mußte zusehen, wie sein ganzes Predigtwerk durch Ottos Gefängnisaufenthalt zunichte gemacht wurde. Vor Wut schäumend, mußte er von morgens bis abends das in blauen Samt eingeschlagene Meßbuch tragen, denn Frau Apfelgrün, die den Gottesdienstbesuch zunehmend vernachlässigt hatte, zeigte sich jetzt in vielen Kirchen. Jeden Sonntag wohnte sie dem Hochamt im Stephansdom bei. Sie bot ein Bild inbrünstiger Frömmigkeit. In schwarze Schleier gehüllt und mit demütigem Blick sah man sie in Begleitung ihres Lakaien von einer Kirche zur anderen laufen. Sie war so schlau, sich in wenig besuchte Kirchen zu begeben, um die Aufrichtigkeit ihres Glaubens darzutun. So kniete sie in der Karlskirche, in

der Kirche der Salisianerinnen und bei den Franziskanern. Sie verbrachte Stunden in der Michaelerkirche, die den Vorzug besaß, in der Nähe der Hofburg zu liegen und von den Hofbeamten besucht zu werden. Man sah sie auch bei den Minoriten und in der Kirche des Maria-Treu-Klosters.

Mit Vorliebe verneigte sie sich in den Kapellen, die dem Marienkult geweiht waren; dabei sah sie verstohlen unter ihrem Hutschleier hervor, um festzustellen, ob ihre Reue auch nicht ohne Zeugen blieb. Diese gute und sehr einfache Seele beging die Sünde der Heuchelei, sie glaubte sich in der Hölle. Dabei wurde sie von kindlichen Überlegungen geleitet: Da Wien seit dem Tod Josephs II. einen Kreuzzug gegen die atheistischen Revolutionäre führte, würde Frau Apfelgrüns Frömmigkeit bei Seiner Majestät, Franz II. und seinen Ratgebern Achtung hervorrufen und sich günstig auf das Schicksal ihres Sohnes auswirken. Überraschenderweise fand Konstanze Apfelgrün dadurch, daß sie monatelang die Gebärden des Glaubens vollführte, aus Spaß betete und sich auf jeden Betstuhl kniete, der ihr in den Weg kam, schließlich ganz ernsthaft zu den Pfaden der Religion zurück: Wenn ihr Trick auch die hartherzigen Großen der Welt kaum erweichte, so hatte er doch wenigstens die Heilige Jungfrau gerührt, die ganz bestimmt viel für ihre Mutterliebe übrig hatte. Wunder oder Gnade? Jedenfalls war ihr Gebet seit November, genau seit den ersten Frosttagen, aufrichtig. Mit dem Lakai verhielt es sich allerdings nicht so: Dieses ungehobelte, außergewöhnlich geschickte und faule Wesen rückte desto mehr vom Glauben ab, je zahlreicher seine Pflichten wurden.

Schon vor ihrer Bekehrung war Konstanze in dem, was sie im Inneren ihres Herzens ihre Verworfenheit nannte, noch weiter gegangen. Nachdem die etwas zu auffällige Garderobe, die sie früher gerne getragen hatte, in Mottenpulver verpackt im Schrank verschwunden war, hielt sie sich jetzt an die neuesten Kleidervorschriften, die in Wien seit der Thronbesteigung Franz II. als Nachfolger Leopolds eingeführt worden waren. Diese Veränderung wurde von den maßgebenden Leuten mit Genugtuung registriert. Man schätzte es, daß diese kokette

Frau, diese leicht frivole Künstlerin, die so mancher für unbeugsam gehalten hatte, sich endlich fügte und ihre ewige Frühjahrsgarderobe gegen korrekte Kleidung austauschte. Von ihrer Schneiderin hatte sie sich lange, dunkle Blusen und gerade, fließende Kleider zuschneiden lassen, deren einzige Verzierung in einem grauen oder silbernen Turban bestand, den sie um ihre langen, kastanienbraunen Haare wand. Sie war schöner als je zuvor.

Die neue Aufmachung war um so geeigneter, als diese bisher unabhängige und stolze, vergnügte und leichtfertige Konstanze, die sich nur um das, im übrigen stockende Funktionieren ihres brachliegenden großen Haushalts, ihre Cembalo- oder Klavierübungen und ihre Verabredungen mit den arrogantesten Künstlern Wiens gekümmert hatte, sich jetzt in den Kopf setzte, wieder in die feine Gesellschaft zurückzukehren. Diese Frau, der bis zur Inhaftierung ihres Sohnes jegliche Berechnung fremd gewesen war, zwang sich, es den Durchtriebenen gleichzutun, und verschaffte sich Zutritt zu verschiedenen Salons. Der Kummer hatte sie verändert. Für ihr Kind hätte sie die Verdammung auf sich genommen, vor allem, seit die Heilige Jungfrau sich ihr gewogen gezeigt hatte. Hätte man ihr nahegelegt, daß eine Liebesaffäre die Schlinge um Ottos Hals lockern könnte, so hätte sie sich auch zum Ehebruch bereit gefunden. Natürlich hatte sie den Advokaten Apfelgrün schon betrogen, in der Vergangenheit auch mit großer Begeisterung, aber sie hatte es stets aus Leidenschaft getan, nie aus List oder weil sie es auf Privilegien oder Unterstützung abgesehen hatte. Merkwürdigerweise war sie ausgerechnet jetzt, da sie zum Glauben ihrer Kindheit zurückgefunden hatte, zum Schlimmsten bereit, aber diese Widersprüche schob sie achtlos beiseite. Ihr Glück war, daß der Hof von Wien seit Franz II. allerstrengste Tugend predigte, so daß Konstanze sich nicht kompromittieren mußte.

Schließlich wurde der Kaplan der Annakirche auf dieses vortreffliche, vom Leid gezeichnete Pfarrkind aufmerksam. Dieser Kaplan war durchaus angesehen. Was ihn kennzeichnete, war eher Vornehmheit als Raffinesse, eher Gewandtheit als

Gemüt, aber er stammte aus einer alten Kärntner Familie, er wetterte gegen die Freimaurer, und seine Soutanen waren aus den erlesensten Stoffen genäht. Wenn er ging, wogte ein weißer Spitzensaum über seinen glänzenden Escarpins. An dem Tag, an dem er aus Konstanzes Mund von Ottos Verdruß hörte, bekreuzigte Kaplan Tahler sich erst einmal und sagte leise: »*Vade retro, satana.*« Dann ließ er Barmherzigkeit walten. Diese schöne, untröstliche Frau hatte es verstanden, ihn zu rühren. Sofort entwarf er den Plan für einen Feldzug. Seiner Meinung nach könnte Schönbrunn Nachsicht üben, jetzt, da der junge Apfelgrün acht Monate im Gefängnis gebüßt hatte, aber selbstverständlich wäre eine Begnadigung leichter zu erreichen, wenn der Junge sich entschlösse, sein nutzloses Biologiestudium an den Nagel zu hängen, um sich freiwillig zur Armee der Monarchie zu melden.

»Glauben Sie, verehrte gnädige Frau, daß Ihr Sohn es akzeptieren würde, Oberleutnant zu werden? Ich mache mich anheischig, ein hochkarätiges Regiment für ihn zu finden.«

Konstanze mußte zugeben, daß sie es nicht glaubte. Der Kaplan zeigte sich verständnisvoll. Man durfte jedoch nicht verzweifeln. In der Zwischenzeit würde man einige gut bewachte Türen aufbrechen. Und Kaplan Tahler hielt sein Versprechen. Ihm hatte Konstanze Apfelgrün zu verdanken, daß man ihr in namhaften Häusern Einlaß gewährte. In Begleitung des Kaplans wurde sie beim Oberstallmeister des Hofes, bei hohen Beamten des Hofkriegsrates, bei den Schwarzenbergs und den Kautskys, bei einem der Adjutanten des Erzherzogs Karl und beim General der zweiten Armee empfangen. Nur eine einzige, allerdings demütigende Niederlage mußte Kaplan Tahler einstecken: Beim Fürsten von Sachsen-Salza und der Herzogin Klementine konnte er nicht die winzigste Einladung erwirken.

Zuvor gab es noch einen alarmierenden Zwischenfall. Die Scherze aus dem Café Hugelmann waren inzwischen stadtbekannt. Und wenn die Revolutionäre in Wien auch gezählt und im übrigen sehr unauffällig waren, so herrschte doch in Künstlerkreisen und unter den Studenten ein aufrührerischer

Geist. Der doppelköpfige Truthahn war eine ergötzliche Unterhaltung für die bourgeoise Jugend und ein Leckerbissen für die Jakobiner. In einigen Bierlokalen war er die große Neuheit. Ein Truthahn-Lied wurde an der Universität und, nach einigem Alkoholkonsum, in manchen Wirtshäusern geträllert, doch es gab noch Gefährlicheres. Ein alter, recht origineller Zeichner, ein gewisser Gravitsky, kritzelte eines Abends während eines Saufgelages auf die Speisekarte der »Goldenen Rose« in Nußdorf, noch dazu gleich unter das Wappen der Habsburger, ein Schwein mit zwei Köpfen, von denen der eine dem des Dr. Ouarin und der andere dem des Erzherzogs Ferdinand gleichsah. Einer von Gravitskys Tischgenossen steckte die Karikatur unbemerkt ein; dieser Mann – er stammte aus Straßburg und hatte rote Haare – war ein Verschwörer. Zweimal im Monat veröffentlichte er eine Zeitung, die so groß wie ein Konfetti war und lauter bissige Artikel enthielt.

Zum Glück bekam Dr. Schwarzbrod durch einen von Ottos Kameraden Wind von der Sache. Wenn das doppelköpfige Schwein gedruckt würde, wäre Otto verloren. Seine Strafe würde umgewandelt, man würde ihn auf den Spielberg bringen und womöglich sogar hinrichten. Durch einen anderen seiner Studenten fand er heraus, wo der Journalist wohnte. Langsam stieg er die von Kohlgeruch erfüllte Treppe hinauf. Oben angekommen, klopfte er dreimal an eine Tür, dann pochte er sehr leise und zum Schluß fast unhörbar, genau wie man es ihm gesagt hatte. Nach einer recht langen Zeit ging die Tür einen Spalt weit auf: Ein jovialer Herr forderte ihn auf, einzutreten. Schwarzbrod rückte seine Brille zurecht und ging so nah auf die dicke, junge Gestalt zu, daß er sie hätte berühren können. Ohne ein Wort ließ er sich in ein sehr schmuddeliges Sofa fallen. Mit größter Sorgfalt putzte er seine Augengläser und begann erneut mit seiner Untersuchung. Sein Gastgeber meinte, er würde sich am Ende noch für einen großen Kohlweißling oder eine Admiralsraupe halten, aber Schwarzbrod antwortete dem rothaarigen Mann, er habe ihn schon einmal gesehen. Darauf entgegnete dieser, er kenne

Schwarzbrods Ruf als Gelehrter, die Umstände hätten sie jedoch noch nie zusammengeführt, was er sehr bedauere. Schwarzbrod lachte milde.

»Ich werde Ihnen sogar sagen, werter Herr Karl, unter welchen Umständen ich Ihre Bekanntschaft gemacht habe. Ich war in Baden auf Schmetterlingsjagd, und im Gasthaus »Drei Nägel« wohnte ein Mann, der den Gebirgsbewohnern Schuhe verkaufte, Nagelschuhe, nichts als Nägel, nicht wahr, sollte ich mich denn wirklich täuschen, werter Herr?«

Da mußte der andere lachen, und sein rundes, rosiges Gesicht sprühte nur so vor Heiterkeit und Rechtschaffenheit! Aber er verstand einfach nicht. Er war noch nie in Baden gewesen, Nägel hin, Nägel her, und wenn er die Ehre gehabt hätte, einem Mann vom Format Schwarzbrods vorgestellt zu werden, hätte er es sicher nicht vergessen. Der Professor bestand auf seiner Meinung, erntete aber nichts als Spötteleien, liebenswürdige im übrigen. Am Ende gab er auf. Schließlich waren seine Augen auch nicht mehr die besten, es lag wohl eine Verwechslung vor, und eine dringlichere Aufgabe harrte seiner.

»Die Geschichte dieses Studenten, Apfelgrün«, sagte der Journalist, »ich weiß, ich weiß. Ich habe Freunde an der Universität, sie hatten mir Ihren Besuch schon angekündigt.«

Der Biologe gab zu bedenken, daß der Abdruck des doppelköpfigen Schweins im *Courrier de l'écureuil* zwei weitere Köpfe rollen ließe, nämlich den des armen Gravitsky, dessen Stil die Spürhunde Franz II. mit Leichtigkeit erkennen würden, und den von Otto Apfelgrün. Der Journalist blieb unbeeindruckt. Er sprach von Gerechtigkeit und Gleichheit, von Brutus, Saint-Just, Savonarola und Mucius Scaevola. Schwarzbrod rappelte sich wieder hoch. Er wies diese Einwände, die nur Belanglosigkeiten, nur Schaumschlägerei waren, zurück. Der andere geriet in Fahrt, und da er wußte, daß Schwarzbrod zwar kein sehr energischer Jakobiner, doch für die neuen Ideen durchaus empfänglich war, vertraute er ihm unter dem Siegel der Verschwiegenheit im Halbdunkel seines Alkovens an, daß eine Gruppe von Verschwörern sich jede Woche in einem

verlassenen Schafstall im Wienerwald traf und die unterirdischen Gänge vorantrieb, in denen das despotische Regime Franz II. versinken würde. Der zungenfertige Verschwörer bohrte einen speckigen Finger in die Weste des Professors und sagte dann, nachdem er ganz langsam seine Brille abgenommen hatte, mit unbarmherzigem Blick, aber immer noch genauso loyal:
»Die Sache braucht Märtyrer, Herr Professor. Vielleicht hat das Schicksal Otto Apfelgrün für diese Rolle ausersehen.«
»Hören Sie zu, mein Guter, ich kenne Otto; er ist einer meiner Schüler. Er hat weder mit den Jakobinern noch mit Franz II. etwas zu tun. Er kümmert sich nur um seine Käfer.«
»Das Blut der Unschuldigen bildet den Zement der Revolutionen. Das Blut Christi von Golgotha tropft immer noch auf die Welt und hält weiterhin die Ziegelsteine des Tempels Gottes zusammen.«
Schwarzbrod wunderte sich darüber, daß der Agitator Jakobiner und Katholik zugleich war, sprach dieses zusätzliche Problem aber lieber nicht an, galt es doch, schnell zu handeln. Er erging sich in Spitzfindigkeiten, um die Entschlossenheit des Journalisten zu untergraben. Dabei beging er den Fehler, ihn zu bedrohen und von einem Hinweis an die Polizei zu sprechen, aber die Wirkung war katastrophal, denn diese Aussicht war für den Revolutionär geradezu verlockend. Ein Leben zählte herzlich wenig, wenn der Tod die Wege in die Zukunft freizuräumen vermochte.
»Die Abenddämmerung legt sich über die alten Monarchien. Der Tod eines Märtyrers wird eine der blutroten Farben dieser Dämmerung sein, und morgen werden unsere Gefährten in die prächtige Morgenröte eintauchen.«
Schwarzbrod war verunsichert. Er trat den Rückzug an. Er änderte seine Taktik, redete nicht mehr davon, irgend jemanden zu denunzieren, und gab sich als Freund der Jakobiner. Einen Teil der Nacht rasselte er mit dem Säbel. Bei einem Gläschen Wein und Palatschinken mit Schlagobers bewegte er das Gemüt dieses schwierigen Menschen.
»Bonaparte wird nicht den Rest seines Lebens in Montebello

verbringen«, sagte er. »Dieser Mann ist blitzschnell. Er hat sich geschworen, Wien, das lebendige Herz des monarchischen Geistes, zu treffen. In diesem Augenblick, lieber Freund, aber wirklich erst in diesem Augenblick, werden Ihre Kameraden und Sie selbst erfolgreich angreifen.«
Der dicke, rothaarige Mann setzte eine geheimnisvolle Miene auf und flüsterte, er habe eine gewisse Vorstellung von Napoleons Plänen; dieses Argument habe tatsächlich etwas für sich. Vielleicht sollte man die Zeichnung des doppelköpfigen Schweins besser nicht veröffentlichen, bevor Österreich nicht reif wäre, sie zu ertragen. Schwarzbrod und der Journalist umarmten sich.

Otto wußte nichts von diesen Machenschaften. Das Lärmen der Welt drang nicht bis in seine Zelle. Ein Tag löste den anderen ab, einer war wie der andere. In einem baufälligen Besuchszimmer hatte der Häftling ein paar Begegnungen mit seiner Mutter, ein feindseliger Wachmann hielt sich jedoch ganz in der Nähe auf, und Otto brachte fast kein Wort heraus. Die Veränderungen seiner Mutter verursachten ihm Gewissensbisse. Diese Frau, die er so überschwenglich, so schillernd und ausgelassen erlebt hatte, war jetzt durch seine Schuld grau in grau. Sie war schön, aber ihr Gesicht war von Traurigkeit wie vom Frost überzogen. Sie war abgemagert. Der mit Diamanten verzierte Ring, den Otto immer an ihr gesehen hatte, war für ihren Zeigefinger zu groß geworden; er war ein Schmuckstück von Konstanzes Mutter, und so hinterlassen die Frauen einander von Generation zu Generation nicht nur ihre Eheringe und Broschen, ihre Medaillons und ihre Haare, sondern auch ihre Hände, die gemeinsam altern, die mit dem Alter die bräunlichen Flecken annehmen, wie sie ihnen von den vertrockneten Händen ihrer Mütter überlassen wurden. In Schatullen aus Sandelholz besitzt sicher jede Familie tief unten in den Sekretären einen Vorrat alter, verhärteter Frauenhände mit blauen Venen. Otto machte sich Vorwürfe. Wenn er wenigstens als Anhänger der Jakobiner im

Gefängnis gelandet wäre, hätte das ganze Abenteuer noch einen Sinn, etwas Erhabenes, aber er war wie ein Schmetterling umhergeflattert, hatte die Dinge im Traum durchlebt. Das Schicksal Österreichs oder das der Revolution standen nicht auf seinem Programm. Er war nichts als ein junger Modegeck, blasiert, angeberisch und ironisch, der um des Vergnügens willen, eine im übrigen blödsinnige Bemerkung fallen zu lassen, den Seinen großen Kummer bereitet hatte.
Er litt nicht. Seine Strafe war sanft, fast unwirklich. Er übte sich darin, die Monotonie der Stunden, das eintönige Häftlingsleben zu genießen. Zum erstenmal in seinem Leben war er sich bewußt, auf der Welt zu sein. Er lernte, die Zeit zu liebkosen, sie zu befühlen, auf das Rascheln von Seide, das Plätschern von Quellen und das Gezwitscher von Vögeln zu lauschen, das die Minuten im Schatten hervorriefen. Er nahm sich vor, die Schaben, die seine Unterkunft teilten, zu studieren. Vielleicht würde er eine Entdeckung machen, so wie Schwarzbrod mit seiner Theorie über die Liebe zwischen den Blumen und dem Wind, aber seine Forschungen scheiterten daran, daß die Tage kurz waren. Abends, wenn die Gefangenen in einem armseligen, von eindrucksvollen Mauern umgebenen Hof ihre hundert Schritte machten, unterhielt er sich mit seinen Wächtern. Diese Männer waren nicht böse.
Otto machte sich so seine Gedanken. Zwanzig Jahre lang war er in Österreichs anmutigen Landschaften herumgetollt, auf den Wiesen des Wienerwalds; aus Unachtsamkeit hatte er eine Geheimtür aufgestoßen und war sanft in den Kellern seines Vaterlandes, seinen unterirdischen Gewölben, gelandet. Er, der Wien so sehr geliebt hatte, weil dort das Leben festlich beleuchtet war, die Sitten freundlich und großzügig und die Mädchen und Frauen ins Vergnügen verliebt waren, er entdeckte jetzt auch die Kanalisation. Die Hauptstadt der Musik, der Blumen und der Amouren war nur trügerischer Schein, eine Kulisse, vom Schrecken nur durch ein hauchdünnes Häutchen getrennt, das er zertreten hatte, wie man im Zirkus durch einen mit Papier bespannten Reifen springt. Diese leutselige und leidende Gesellschaft, dieses Gemälde in lackierten

Farbtönen, die Parfums und die Musik und die liebenswürdigen Damen mit ihrer langen schwingenden Figur, all das war nur Flitter und Firlefanz, all das war ein Theater, in dem schon seit Jahren, vielleicht seit Jahrhunderten, nicht mehr gespielt wurde und an dessen Stelle sich ein verrufenes Viertel angesiedelt hatte. Wien war eine imaginäre Stadt, und der große Kampf, der zwischen der Doppelmonarchie und Napoleons ruhmreichen Halunken entbrannt war, war der Kampf zwischen Traum und Wirklichkeit. Österreich bestand aus Nächten und Verschwörungen, Polizei und Spinnennetzen, aus Kettengerassel, Gestank und Grausamkeiten. Die Kulissen des Opernhauses der Habsburger hatten Feuer gefangen. In diesen Augenblicken kam Ottos elterliches Haus am Bauernmarkt ins Spiel. Darin sah der junge Mann das Wahrzeichen Österreichs, und man sprach zu Recht von der Doppelmonarchie, dem doppelköpfigen Adler. Es war ein Land des trügerischen Scheins: eine aristokratische, mit tausend Jahre alten Schnörkeln verzierte Fassade, die vor Schönheit und Überlieferungen glänzte; wenn aber eine kleine runzlige Frau die Tür geöffnet hatte, trat man in leere, tote Räume.
Er versuchte, aus dem kleinen Viereck, das sein Fenster aus dem Himmel ausschnitt, das Beste zu machen. Dieses Stückchen Himmel war winzig, aber es gehörte ihm. Otto war der Besitzer dieses lichten Fetzens, ja im Grunde auch des ganzen Himmels, denn in diesem Nichts von Himmel war für ihn ein ganzer Himmel enthalten. Das Farbenspiel wechselte. Er machte eine Unzahl verschiedener Blautöne aus. Dadurch, daß er die Zeit anhielt, beschleunigte er sie, und da sein Kopf jetzt schnell müde wurde, meinte er eines Tages, die Menschen der Zukunft würden ein Mikroskop für die Zeit erfinden, Teleskope, mit denen man die Stunden sehen kann, so wie man ja auch gelernt hatte, durch optische Linsen das unendlich Kleine oder unendlich Große zu sehen. An diesem Tag würde man Jahrhunderte in eine einzige Minute, eine einzige Sekunde gefaltet und gestopft erkennen können. Er legte eine Sammlung der Gewitter und Regengüsse an, die gegen sein Fenster schlugen. Er klassifizierte die Farben von Rost

und Rauhreif. Diese Ärmlichkeit, diese leeren Tage hypnotisierten ihn. In der Einöde wurde alles zum Erlebnis: das Brausen des Windes über den Dächern der Stadt, ein Regen und die Düfte eines Regens, das fahle Licht, das in seine Zelle fiel, der Morgen.

Wenn er wenigstens geliebt hätte! Er säße im Gefängnis und dächte von morgens bis abends an die Frau, von der die Schergen ihn fortgerissen hätten. Er würde sich von einem ungerechten Schicksal geschlagen fühlen und die Entschwundene lieben, sich vorstellen, wie sie morgens ihren Vögeln Körner hinstreute oder wie sie Stunde um Stunde ihre Nadel durch den Stickrahmen führte, wie sie zu jedermann freundlich war, doch zugleich unbeteiligt, weil ihre Gedanken sie woanders festhielten. Sie wäre von tiefer, unauslöschlicher Traurigkeit erfaßt. Doch leider war er nie geliebt worden und hatte selbst nie geliebt. Er galt als ein junger Mann, der sich vor Frauen nicht retten konnte, war aber eigentlich sehr allein. Er hatte jedermann geliebt, den alten Schwarzbrod und Konstanze, seine Studienkollegen, die Kinder, die auf den Befestigungen spielten, die Schäferinnen der Gebirgsbauernhöfe, die alten Damen, die seine Großmutter besuchten, seine Großmutter selbst, alle, er liebte sie alle gleichermaßen, und mit solchen Voraussetzungen hatte er sicher keine Chance, irgendwann einmal in diesen tragischen Gedichten aufzutauchen, die seit einigen Jahren aus Deutschland kamen und in denen junge Leute den Tod wählten, wenn die Liebe ihnen versagt blieb.

Abends kletterte er auf seinen Hocker, so daß er mit der Nase die Luke erreichte. Von diesem Beobachtungsstand aus entdeckte er ziemlich in der Ferne ein dreieckiges Stück Wiese, und mit Einzug des Herbstes hatte er bemerkt, daß am späten Nachmittag eine Frau auf der Wiese stand. Auf diese Entfernung konnte er ihre Gesichtszüge nicht erkennen, dachte aber, die verschwommene Silhouette sei die des Mädchens aus der Brigittenau. Durch das viele Beobachten erkannte er ihre Kleider: einen Faltenrock, eine in der Taille gebundene weiß-rosa Schürze, eine tiefausgeschnittene und gekräuselte

Bluse, ganz weiß mit Puffärmeln, und ein schwarzes, geschnürtes Mieder. Das war das Mädchen, sie hieß Anna. Er verspürte keinerlei Ressentiment. Er hatte bereuen müssen. Er hatte dieses Mädchen gekränkt, ganz unwillentlich, allein durch seine Schüchternheit, und heute teilte sie auf ihre Weise seine Strafe. Sie kam nicht jeden Tag, sei es, weil sie Schafe hütete oder in einem der Parks von Wien Nippsachen und Krimskrams verkaufte, sei es, weil sie Angst hatte, von den Spitzeln entdeckt zu werden, so daß Wochen und Wochen vergingen und die Wiese leer war, ohne Mädchen, leer und grün, und verlassen. Eines Morgens zu Beginn des Winters sah er sie wieder, er fragte sich, wie er hatte behaupten können, sie gleiche einer Kirsche, aber wer wußte das schon, bei dieser Entfernung? An diesem Tag herrschte klirrende Kälte, Otto hatte sich in sämtliche auffindbaren Lumpen gehüllt und die Wiese und Dächer, die die Luke ausfüllten, glitzerten; das war der Frost. Das Mädchen rührte sich nicht. Weiß und spiegelnd lag die Wiese da. Otto drückte sich ans Fenster, so als fürchtete er, das Mädchen aus der Brigittenau würde sich selbst vom Rauhreif überziehen lassen und nur noch einen kleinen Schimmer vom Winter dieses Jahres 1797 bilden. Er sah sie nie wieder, hörte auf, Ausschau nach ihr zu halten und dachte an ihre Sanftmut. Er liebte eine Abwesende.
Die Nachricht von seiner Entlassung erhielt er in der Weihnachtszeit, und das Mädchen würde entweder gar nicht mehr kommen oder zu einer unbewohnten Zelle hinaufwinken. In seiner Güte hatte Franz II. beschlossen, zu Ostern die Gefangenen mit leichten Haftstrafen zu begnadigen. Der Gefängnisdirektor kündigte ihm diese Maßnahme mit großer Freude an; er war ein anständiger Mann. Danach erhielt Otto in seiner Zelle Besuch von dem Richter, der wie ein Schaf aussah und dessen weißes lockiges Haar noch länger geworden war. Otto dachte, es wäre wohl an der Zeit, ihn ein bißchen zu scheren. Er wurde mit Moralpredigten überschüttet. Man riet ihm, seine Zunge im Zaum zu halten, oder noch besser, sich die Gefahren der Geschichte einmal deutlicher vor Augen zu führen. »Ja«, sagte er. Der Kaiser, ein gnädiger Mann, hatte

gewünscht, daß dem jungen Otto Apfelgrün, dessen Tugenden jedermann schätzte, besondere Aufmerksamkeit zuteil würde, damit er sich nicht auf schlüpfrigen Wegen verlöre. »Ja«, sagte Otto noch einmal. Viele von Ottos Studienkollegen, so der Kommentar des Richters, hatten sich entschlossen, ihr Studium aufzuschieben, um ihre Kräfte in den Dienst des österreichischen Volkes zu stellen; Ignaz Jungen zum Beispiel war jetzt an der Kadettenschule der Wiener Neustadt. Andere standen in Vorarlberg Wache oder sogar in den ungarischen, transsylvanischen und banater Festungen in der Militärgrenze. Der Richter bewies unendlichen Takt. In sehr überzeugendem Ton sagte er, im Augenblick der Gefahr verlange die Friedensliebe den Krieg.

V.

Der Kaplan der Annakirche hatte es auf Fürst Albert von Sachsen-Salza abgesehen. Er hatte zwar keinen Zutritt zu dem erlauchten Haus am Kärntnertor, diese Herausforderung verdoppelte aber nur seinen Eifer. Die Genialität, mit der er Tricks anwandte und sich das Gerede zunutze machte, wirkte Wunder. Es bereitete ihm großes Vergnügen, sein Komplott zu schmieden und Konstanze in dessen Vorbereitungen einzuweihen. Nachts dachte er sich die Motive des Gobelins aus. Tagsüber, wenn die Vesper vorbei war, knüpfte er die Fäden. Unter dem Vorwand, seine Pfarrkinder zu besuchen, ließ er hier und da ein überflüssiges Wort fallen, das wie die kleine blaue Flamme eines Irrlichts seinen Weg durch Salons und Sakristeien nahm, um nach einer mehrtägigen Odyssee genau in dem Boudoir zu landen, das er hatte entflammen wollen.

Otto hatte ihm Achtung eingeflößt. Aus dem klaren Blick des jungen Mannes glaubte der kleine Kaplan die Verwirrungen seiner eigenen Jugend herauszulesen, als er zwischen dem Ruf Gottes, den Annehmlichkeiten der Diplomatie und dem Dienst im Heer geschwankt hatte. Er hatte sich für die Kirche entschieden, doch heute, in einem Europa voller Unruhe, schien es ihm natürlich und sogar tugendhaft, die militärische Laufbahn einzuschlagen. Gewiß, nach Campoformio, da Venedig an Österreich abgetreten, das linke Rheinufer von Frankreich zurückgeholt und die Cisalpinische Republik konsolidiert waren, hatte der Krieg sein Bündel gepackt und Wien verlassen. Jetzt wütete er, so glaubte man, in der Nähe von England. Österreich hatte seine Lampions wieder angezündet. Die Schauspieler hatten ihre Bühnenkostüme aus den

Koffern geholt, und vor immer noch denselben Spiegeln vollführte man wieder alte Tanzschritte. Wien gab sich seinen Gelüsten hin, aber der Kaplan wußte, daß diese Windstille täuschte. Im übrigen hatte die Monarchie weder ihren Militärapparat noch ihre Polizeikräfte abgebaut. Die gewaltige Unterdrückungsmaschinerie, die Franz II. und Thugut mit der Sorgfalt eines Uhrmachers eingerichtet hatten, war noch intakt. Ein einziger Kanonendonner oder die Entdeckung des ersten Komplotts, und schon würde man das Räderwerk von neuem knirschen hören. An diesem Tag würde Otto zermalmt, es sei denn, er hätte sich bereiterklärt, in einem der Regimenter des Kaisers zu dienen.
Kaplan Tahler erläuterte Otto seine Ansichten, wobei er jedes Wort deutlich artikulierte, denn er liebte die kriegerische Darstellungsweise. Die österreichische Armee verehrte er, um die Wahrheit zu sagen, nur deshalb besonders, weil er sie vor der Nase hatte – denn im Grunde liebte er alle Armeen der Welt, vorausgesetzt, ihre Offiziere waren heldenhaft und aus guter Familie und ihre Uniformen ebenso fesch wie die Stolen, die Alben und die Meßgewänder der Armee Gottes. Seine Kenntnisse in militärischen Dingen lösten allgemeine Bewunderung aus: Von den Legionen des Erzherzogs Karl oder denen von Mack, von Suworow, dem Prinzen Eugen, dem »Grand Condé«, von Bonaparte selbst oder von Pitt und Friedrich Wilhelm von Preußen kannte er sämtliche Wappenschilde und die Farbe jeder Säbeltasche. In den Salons breitete er sein Wissen bereitwillig aus. Und wenn er die Regimenter des Fürsten von Sachsen-Salza für die herausragendsten in ganz Europa hielt, dann sicher wegen ihrer Verdienste im Kampf, vor allem aber wegen des Auftretens ihrer Offiziere.
»Nicht einmal Liechtensteins Kürassiere können es mit denen der Herzogin Klementine aufnehmen«, sagte er. »Ich gebe zu, Kragen und Hose der Liechtensteiner sind von einem makellosen Weiß, ihre Dolmane himmelblau, aber der Passepoil, die Ärmelaufschläge und die Schulterstücke in Schwarz, nein, Otto, diese Farbe gibt es in der österreichischen Palette nicht...«

Otto war ein gelehriger junger Mann; viele Dinge aber waren ihm gleichgültig. Respektvoll lauschte er der Redekunst des Kaplans, den Ermutigungen seiner Mutter, doch eigentlich langweilte er sich. Wien war ihm fremd geworden. Gerührt hatte er den guten Schwarzbrod wiedergesehen; mit seiner kleinen Schar von »Affen« hatte Otto die Kaffeehäuser besucht, die gerade in Mode waren, hatte ein paar junge Dinger in Verwirrung gestürzt, aber seine acht Monate Einsamkeit im Gefängnis wirkten wie eine Trennwand zwischen ihm und der Welt, und das Glück kümmerte ihn nur noch wenig. Im übrigen fühlte er sich wie auf Bewährung, denn in seinem Innersten sah er die Argumente des Geistlichen ein. Ihm war klar, daß ihn die Zukunft eines Fähnrichs erwartete, auch wenn der Streit, der Europa heimsuchte, ihm ein bißchen unwirklich erschien. Nur, für welche Sache sollte er kämpfen? Er konnte die Notwendigkeit dieser Prügelei nicht einsehen. Wie konnte man sich auf die Seite der zitternden, wurmstichigen und possenhaften Dynastie der Habsburger stellen? Gut, aber wie konnte man sich andererseits mit den Männern der Brüderlichkeit verbrüdern, da sie die Hoffnung von 1789 mit dem Blut des Place de la Grève besudelt hatten?
Der Geistliche spielte auf die Herzogin Klementine von Sachsen-Salza an, die schöne blonde Herzogin, wie er plump betonte, und Otto mußte wieder an Baden denken. Im Kurpark war die ganze Kavalkade der Kürassiere unter Trommelwirbeln an ihm vorbeigezogen, doch Otto hatte nur ein Traumbild – die Herzogin Klementine – vorbeireiten sehen. Dennoch akzeptierte er die Tricks des Geistlichen. Kaplan Tahler war kein Vertrauter des Hauses Sachsen-Salza. Deshalb wollte er Otto einer Tante der Herzogin Klementine vorstellen, Ihrer Exzellenz, der Herzogin Gertrud von Mahlberg, in der Hoffnung, ja fast der Gewißheit, dadurch eine Audienz beim Fürsten Ernst von Sachsen-Salza zu erwirken. Dazu mußte Otto die alte Herzogin erst einmal für sich gewinnen, doch der Geistliche erklärte mit gezierter Stimme: »Ich weiß ja nicht, ob die Mädchen in den Heurigen des Wienerwalds Ihnen gewogen sind, aber ich bin sicher, daß

die etwas ehrwürdigeren Damen allesamt Ihre Gesellschaft genießen möchten.«

Die Herzogin Gertrud wohnte in der Johannesgasse Nr. 5, nicht weit von den gotischen Türmen des Stephansdoms, im Palais Questenberg-Kaunitz. »Die Herzogin hat auch etwas Gotisches an sich«, sagte der Geistliche, »und seien Sie auf die Minute pünktlich. Sie sammelt Pendeluhren und Turmuhren, und diese alten, kapriziösen Damen sind schnell gereizt.«

Er beugte sich vor und gab Otto einen deftigen Klaps aufs Knie. »Diese hier ist so hochbetagt, daß sie uns womöglich unter den Fingern wegstirbt, wenn wir uns nicht beeilen. Wir müssen versuchen, dem Tod zuvorzukommen, eine andere Herzogin, die wir uns unter den Nagel reißen könnten, haben wir nämlich nicht. Deshalb trödeln Sie nicht herum, verlieren Sie Ihre Zeit nicht damit, die Kristallvasen in ihren Fluren, die Einlegearbeiten ihrer Parkettböden oder die Spieldosen, die sich in ihren Regalen türmen, zu bewundern. Oder Sie schauen sie sich nach der Unterredung an; in diesem fortgeschrittenen Alter zählt jede Sekunde.« Noch völlig verwirrt über den makabren Humor des Geistlichen hörte Otto, wie ihm eine genau durchdachte Garderobe empfohlen wurde. Er sollte einen enganliegenden Gehrock in militärischem Schnitt tragen; der wäre ein guter Kontrast zu dem Seiden- und Satinstoff, der sich an Kragen und Manschetten kräuseln sollte.

»Außerdem«, fügte Kaplan Tahler hinzu, »liebt die Herzogin das Ritual, verabscheut aber die Konversation. Zwischen diesen Extremen ist man eigensinnig. Ein Hauch von Respektlosigkeit, aber kaum wahrnehmbar, wird Anklang finden.«

Der Geistliche hatte Otto bis an die Schwelle des Herrschaftshauses in der Johannesgasse begleitet, um ihm die letzten Tips zu geben. Schnee wirbelte durch die Straßen und sah im Laternenschein an den Kreuzungen aus wie gelber Staub. Es war Abend, und Otto fragte sich, warum er immer das Gefühl hatte, der Schnee falle in einem anderen Land, in vergangenen, gleichsam aufgelösten Jahrhunderten. Der Geistliche, der seinen Schützling am Arm gefaßt hatte und kräftig aus-

schritt, wies ihn darauf hin, daß die Herzogin den regsten Geist der Welt besaß und unerbittlich war. »Sie ist ein Raubtier. Ein Frettchen. Sie schnappt an der Drosselvene zu, und ihre Zähne lassen ihre Beute nie mehr los. An den Wunden, die sie geschlagen hat, saugt sie noch lange. Nehmen Sie sich in acht! Sie steht in dem Ruf, verrückt zu spielen, aber davon dürfen Sie nichts glauben. Erstens *ist* sie höchstwahrscheinlich verrückt, wirklich und wahrhaftig, und dann bringt die Verrücktheit ihren außerordentlichen Verstand noch zum Glühen. Bedenken Sie, daß sie nichts aus purem Zufall tut, mag sie auch noch so wunderlich sein. Ich für mein Teil möchte meinen, daß sie mit dem Teufel unter einer Decke steckt.«
Sie standen vor dem Palais Questenberg-Kaunitz. Die hohe Eingangstür erreichte man über eine Treppe aus unbehauenem Granit, deren zwei geschwungene Treppenläufe unter einem unleserlichen, sehr alten Wappenschild zusammenkamen, das der Geistliche freudig und andachtsvoll entzifferte: »›Von Sand zum Adler mit ausgebreiteten Flügeln, wie ein Schachbrett gemustert mit Silber und Mäulern, gebaut und gekrönt von Gold.‹ Das sind die Wappen von Gerhard Mahlberg, dem Begründer der Dynastie. Er war ein Riese, man nannte ihn ›den Mann mit dem Wolfsgebiß‹. Bei der Schlacht von Tannenberg war er Hochmeister des Deutschen Ordens. Womit ich sagen will, daß die Mahlbergs sowohl mit Sigismund von Magdeburg und seiner Nachkommenschaft als auch mit Friedrich I. von Preußen verwandt sind.«
Der Geistliche umarmte den jungen Mann, wartete, bis das Palais Questenberg-Kaunitz sich auftat, und ging fort, um Konstanze Apfelgrün Bericht zu erstatten. Otto wurde in ein Vorzimmer von der Größe einer Reithalle geführt. Ein Schwarm von Lakaien, unter ihnen mehrere französisch gekleidete Neger mit Lackschuhen, weißen Strümpfen und Knoten im Nacken, lotsten ihn über geschwungene Treppen und durch Rotunden in weitläufige Flure, die rechts und links Unermeßlichkeiten aus schwarzem Lack erahnen ließen, in denen kristallene Leuchtergehänge wie Tropfen funkelten.

An den Wänden warfen venezianische Spiegel die Nacht zurück.
Die Gemächer der Herzogin bestanden aus mehreren, völlig im Dunkel liegenden Räumen. Die Kammerdiener gingen Otto voraus, und im strahlenden Licht der Fackeln wurden die Umrisse der Wohnung sichtbar, so als hätten diese Fackeln erst nach und nach die Flure, Eichentische und Marmorkamine gebaut. In den Flammen sah Otto zwanzig ganzfigürliche Porträts erzittern, die das Mahlberg-Epos umrahmten, angefangen bei dem Magdeburger Mönch aus dem Mittelalter, dem »Wolfsgebiß«, über die Barone Mahlberg aus dem Gefolge des Polen Sobieski zur Zeit der Türkenkriege bis hin zu den verweichlichten Mahlbergs am Hof von Dresden zur Zeit Augusts des Starken und schließlich, in jüngster Zeit, den dicken Notarsgestalten, die, durch leuchtendrote Gewänder belebt, in den Amtszimmern der Hofburg saßen.
Ob mager oder eher fett, abweisend oder verführerisch, zuweilen bildschön und dann wieder aschfahl, ärmlich oder duckmäuserisch, diese Gesichter waren alle die gleichen: Sie hatten lange, dünne Nasen, blonde, spärliche, seidige Bärte, große oder schmale, aber grausame Augen, katzenartige Gebisse, und als der letzte Salon taghell erleuchtet war, begriff Otto, daß all diese Gemälde auf einen Fluchtpunkt zuliefen, den hohen, mit leuchtendrotem Samt bezogenen Sessel, in dem eine hagere, wie eine Leiche mit Weiß und Zinnoberrot einbalsamierte Gestalt thronte, von der die gerade Mahlbergnase und ein knochiges, kräftiges, auf einem fülligen Halstuch aus grober, violetter Seide ruhendes Kinn vorragten. Diese Gestalt, die unter einer monumentalen, blonden und silbernen Perücke steckte, blickte gierig nach vorn, aber knapp rechts an Otto vorbei, den sie anscheinend gar nicht wahrnahm, und es schien, als wären der Lärm aller Schlachten Europas, die Ströme vergossenen Blutes, die zwanzig Raubtiergesichter der Mahlbergs, das Krachen der Knochen unter den Massen teutonischer Waffen, das Zusammenprallen der Kürasse in Fontenoy, die geschändeten Leiber und die Todeskämpfe im Schnee, im vermodernden Korn, im

Schlamm von Preußen, Ungarn und Böhmen, ja, als wären vier Jahrhunderte der Geschichte aus dem Grab gestiegen, um ihre Abwässer, ihre schalen, fauligen Gerüche im Körper der letzten Erbin zu befreien, dieses alten, unbesiegten Mädchens, deren weiche, angeschimmelte Haut, dachte Otto, und deren wilde Augen schon im Blut und im Sperma des Ersten der Dynastie, Gerhard Mahlberg, des riesenhaften Mönchs, des »Wolfsgebisses«, verborgen waren, dessen Nachkommen nur farblose, verblassende und heruntergekommene Nachbildungen waren, die Echos, in jeder Generation ein bißchen schwächer und dennoch unerbittlich und kühn, wie es auch die Frau in dem roten Sessel war. Die Herzogin saß schräg auf ihrem Thron, wobei eine Hand den Nacken eines bebenden Mopses streichelte, den sie von Zeit zu Zeit unter der Anrede »Herr Marschall« auf die Nase küßte, und die andere Hand, eine lederne Vogelklaue, die in schwarze, zitternde Spitze gehüllt war, auf der Lafette einer Kanone ruhte, deren Datum von 1683 vermuten ließ, daß sie den Türken in Wien abgenommen worden war, wahrscheinlich von einem der Mahlbergs aus der Truppe von Sobieski und dem Fürsten Starhemberg, ein Jahrhundert zuvor also, und zu der die alte Dame jetzt ihr Ohr neigte, in der Hoffnung, so dachte Otto halb belustigt, halb entsetzt, in der Hoffnung, daß die in den Arsenalen von Konstantinopel gegossene und in der Bronze eingeklemmte Kugel endlich herausschießen und die Horde von Phantomen, die gefräßige Horde der Ahnen, die um den letzten Kadaver der Sippe, um den alten, unfruchtbaren, aber noch lebendigen Schoß kreiste, zurückdrängen möge, da in den Straßen bereits die Glocke der Leichensammler und Leichenwäscher bimmelte.

Otto war erstaunt über die spitze, aber sehr deutliche Stimme der Herzogin, die ihm zu seinem stattlichen Aussehen gratulierte. Sie winkte ihn energisch heran, der junge Mann trat zu ihr, und die Herzogin befühlte den Stoff seines Gehrocks.

»Kaplan Tahler hatte mir schon angekündigt, daß Sie graues Tuch tragen würden, das ist gut, das ist sehr gut. Sie sollen auch wissen, mein Herr, daß der doppelköpfige Truthahn mich für Sie eingenommen hat. Wir, Christine und ich, haben uns letzten Sommer köstlich darüber amüsiert, ich weiß nicht, ob Tahler Ihnen von Christine erzählt hat, sie dient mir als ... Hausdame. Sie werden sie gleich kennenlernen, ich brauche sie dauernd. Sie ist mit unserem Haus verwandt, obwohl sie nur eine Kinsky ist, aber sie verhätschelt mich, kurz, sie bringt mich um, wir streiten uns pausenlos. Ja, der Truthahn hat uns gut gefallen. Da gab es doch gar keinen Grund zur Aufregung. Obgleich... Schönbrunn ist ja wirklich von Truthähnen bevölkert. Nur muß man zugeben, daß sie höchst selten zwei Köpfe haben, das ist alles, und um so besser, denn unter uns gesagt: Schon mit einem einzigen Kopf erzählen sie genug Unsinn! Stellen Sie sich vor, Franz II. hätte zwei Köpfe statt eines einzigen, da wäre Österreich fein dran! Ansonsten ist er ein netter Kerl, aber das macht ja noch keinen Kaiser aus...«

Nervös zog sie an einem granatfarbenen Troddel. Eine Klingel erzeugte in den fernsten Winkeln des Hauses Echos, und eine junge Frau erschien.

»Christine, das ist Herr Apfelgrün, der Sohn des Advokaten Apfelgrün, den wir sehr gern mochten. Ich sage, daß wir ihn mochten, aber ich hoffe, er ist nicht tot, das hätten wir doch wohl erfahren, oder? Christine, ich habe das Halb-Sechs-Menuett von der Pendeluhr gehört. Wir sind spät dran.«

Sie gab dem Marschall einen Klaps auf seine dicke Nase.

»Christine ist die Cousine der Herzogin Klementine von Sachsen-Salza, tja, das ist alles Verwandtschaft. Ein Durcheinander, unsere Familie, ein einziger Brei... Sie ist so freundlich, jeden Abend auf die Winterterrasse zu steigen, um mir den Sonnenuntergang beschreiben zu können.«

Die Hausdame verschwand. Otto hatte sich hingesetzt. Er schlug die Beine übereinander, setzte dann einen Fuß wieder neben den anderen. Ungefähr zehn Minuten verstrichen. Das Knistern der Fackeln entlockte den Kristallgefäßen in den Vitrinen kaum hörbare Seufzer. Otto dachte, daß er sich die Züge der Herzogin Klementine, die er unter ihrem lächerlichen Tschako verborgen gesehen hatte, vielleicht nach dem Gesicht ihrer Cousine vorstellen konnte. Die Gesellschafterin war eine große, junge Frau, sehr schön, die Augen dunkel, übersät mit winzigen schwarzen Punkten, und die Haare goldbraun, wie Kupfer. Ihre Bewegungen waren scheu, wie die eines jungen Mädchens, das Tagebuch führt und Stunden damit zubringt, alte Briefe durchzublättern, *Werther* und *Manon Lescaut* zu lesen, Medaillons und verblaßte Bilder zu betrachten und seine Stickereien aufzuspannen. Eine junge Dame für ein Winterzimmer, ruhig, melancholisch, ein Mädchen für die Zeit des Rauhreifs mit den Düften von Vanille, Kräutertees und Milch. Die Herzogin hatte den Kopf nach vorn geneigt, um die leise Musik der Kristallvasen besser zu hören. Christine kam zurück und berichtete über den Anbruch der Dunkelheit.

Otto hielt es zunächst für einen Streich. Mit großer Ernsthaftigkeit beschrieb Christine den Himmel und die Hügel, doch obwohl Otto durch die Stores hindurch sehen konnte, daß die Dächer von Wien mit Eis gepanzert waren und sturmzerfetzte Wolken über den Himmel jagten, gab die junge Frau die Schilderung einer strahlenden Sonne ab. Sie erzählte, daß die Wiesen und Täler jenseits der Befestigungen in Richtung Eßling glitzerten, und benutzte den merkwürdigen Satz: »Heute abend ist die Erde eine Kugel aus Blumen, Pelz und grünem Gras, gnädige Frau.«

Die Herzogin verlangte Einzelheiten, wobei sie heftig mit ihrem Stock aufs Parkett schlug. Sie wollte ein paar Wolken mehr haben. Christine zauberte eine herbei, in Richtung der Enns, aber die alte Dame spuckte aus wie eine Katze, und Christine vertrieb freundlicherweise ihre Wolke wieder, der Himmel war strahlend blau. Die Herzogin warf sich in ihren Sessel zurück und schnurrte.

»Die Leute wundern sich«, sagte sie, »aber sehen Sie, Christine hält die Welt am Leben. Ob in Ordnung oder in Unordnung, darüber mache ich mir einfach keine Gedanken mehr, jedenfalls am Leben. Ich bin sicher, Herr Apfelgrün, der kleine Kaplan Tahler hat Ihnen nicht gesagt, daß meine Augen nichts mehr taugen, er ist offen wie Falschgeld, dieser Mann, wie alle Priester, und jetzt ist es zehn Jahre her, Herr Apfelgrün, daß ich mein Augenlicht verloren habe. Na und, was ist daran Besonderes? Das Augenlicht verlieren. Und Christine ersetzt mir die Augen, das ist alles, und es ist die einfachste Sache der Welt. Sie malt den Himmel für mich, jeden Morgen und jeden Abend ...«

Sie zog eine kindische, fast schelmische Grimasse.

»Aber heute abend, glaube ich, haben Sie mich wieder einmal belogen, Christine. Sie wollen mir doch wohl nicht weismachen, daß das Wetter immer schön ist, daß es in Österreich nie regnet, daß die Polizei von Franz II. die Platzregen und Wirbelstürme ins Gefängnis gesteckt hat, daß es in den Ländern der Habsburger weder Winter noch Herbst gibt oder daß sämtliche Nebel und Schneeschauer ein für allemal das Weite gesucht haben, daß sie ich-weiß-nicht-wo lagern, Sie sind eine Lügnerin, meine Gute, aber ich weiß, ich weiß schon, was Sie mir jetzt sagen werden, Sie sagen es mir jeden Abend, ich habe Sie zum Lügen angestellt, gerade wegen Ihres Geschicks beim Lügen bin ich ja so zufrieden mit Ihren Diensten, und ich werde Ihren Lohn erhöhen, denn Sie sind eine geniale Lügnerin, Ihre Lügen haben Format, Sie sind eine echte Mahlberg, und ich habe ja wohl das Recht, mir nach Ihren Lügen den Mund zu lecken. Zwanzig Taler mehr!«

Die Perücke drehte sich ruckartig wie die einer Gliederpuppe auf Otto zu, der sich sehr unwohl fühlte und Christine verängstigte Blicke zuwarf.

Und die alte Herzogin fuhr fort:

»Was sollte es mir denn ausmachen, wenn sie mir nicht den heutigen Himmel schildert? Manchmal beschreibt sie mir eine Abenddämmerung vom letzten Sommer, die vier oder fünf Monate zurückliegt, aber worüber sollte ich mich beschweren, wenn sie den Anschein des Neuen hat, wenn sie unverbraucht ist, Fräulein Kinskys persönliche Abenddämmerung, wie ein frischgelegtes Ei, wenn sie sie mir so kunstvoll präsentiert, daß ich so tun kann, als glaubte ich ihr? Wissen Sie, in dieser Räuberhöhle, in der der liebe Gott, der liebe Gott, man beachte diesen Ausdruck, in der Gott sich mit mir verabredet hat, sind meine Vergnügungen gezählt, da werde ich doch wegen einer Verschiebung von ein paar Tagen, einer Lüge oder einer Verwechslung der Jahreszeiten nicht beleidigt sein! Vorher! Nachher! Jetzt! Ich weile nicht mehr in diesen Worten, ich weile in Ländern ohne Straßen, mit all diesen Mahlbergs, all diesen Gestalten, die Sie da an den Wänden sehen, in einem Gebiet ohne Grenzen, es gelingt einem, sich durch die Tage zu schlängeln, und ich habe so meine kleine Idee, ich sage mir, am Ende wird der Himmel sich schon ablenken oder sogar einschüchtern lassen und sich Christines Vorstellungen fügen. Herr Goethe hat den Teufel erfunden, nicht wahr, und glauben Sie nicht, daß die Geschäfte des Teufels recht gut gehen, seit sie die Bastille erstürmt haben? Tahler hat mir gesagt, Sie seien noch sehr jung, Sie werden das sicher nicht verstehen, aber ich sage es Ihnen trotzdem: Wenn einem überhaupt keine Hoffnung mehr bleibt, verschlingt man wie Fliegen alle Hoffnungen, die in Reichweite vorbeischwirren. Ich stopfe mich mit Hoffnung voll, Apfelgrün. Ich erlege die Hoffnungen mit dem Blick, und Christine dient mir bei diesen Jagden als Treiber, so ist es und nicht anders! Damit handle ich mir Magenverstimmungen ein. Ich glaube jede Lüge, wenn sie mir gelegen kommt, und ich möchte den sehen, der es anders macht! Manchmal bin ich sogar sicher, daß man mir mit etwas Ausdauer und Überzeugungskraft einreden könnte, daß, ich weiß nicht, sehen Sie, daß... Österreich existiert, daß Franz II. ein Kaiser ist, Kaplan Tahler ein Priester, Christine eine junge Frau... Entschuldigen Sie, ich könnte sogar glauben, daß ich selbst existiere...«

Sie hob die Hand an die Schläfe. Christine klebte ihr mit langsamen, umsichtigen Bewegungen ein Zugpflaster, ohne daß der schreckliche Monolog unterbrochen wurde. Gertrud gab Otto zu verstehen, er solle näher an ihren Mund kommen, denn ihre Stimme hätte nachgelassen, und so hörte Otto auf den Knien zu ihren Füßen, das Ohr an ihren Lippen, die Fortsetzung:

»Ich werde Ihnen etwas sagen, Apfelgrün. Vor einigen Jahren kannte ich einen Engländer, Lord Misrule, er war ein Freund jenes so schönen, so empörenden Mannes mit Namen William Beckford, den ich auch mochte, und Misrule selbst war groß und blasiert, aber er durchquerte Europa in der Postkutsche. Sie wissen ja, die Engländer sind verrückt. Sie müssen immer durch Europa reisen, sie fahren nach Venedig, Zürich, Rom, Paris, Konstantinopel. Lord Misrule schwärmte für unser Wien. Er stieg hier ab, und ich versichere Ihnen, daß er im Lauf von zwanzig Besuchen nicht einmal die Nase vor die Tür gesteckt hat! Wollen Sie wissen, was er machte? Er hatte einen Diener, der an seiner Stelle die Straßen erforschte, über die Märkte flanierte, in den Kirchen betete. Die ersten Male erstattete der Diener Misrule noch jeden Abend Bericht, wie Christine, wenn Sie so wollen, aber später fiel auch der Bericht weg, es genügte Misrule, zu wissen, daß sein Diener die Denkmäler oder Kapellen von Wien gesehen hatte.«

Das angenehme, sehr kindliche, schüchterne Lachen erklang von neuem.

Herzogin Gertrud hob ihre Stielbrille vor die Augen und starrte Otto gierig an.

»Lord Misrule ist vor fünfzehn, sogar vor sechzehn Jahren verschieden. Zum Schluß wurde er immer dicker und immer blasierter. Er war herzkrank, und dieser Scharlatan von Mesmer hatte ihn in Angst und Schrecken versetzt: Beim erstbesten Schock könnte sein Herz versagen. Ich glaube, das stimmte, er hatte nämlich ein übles, ganz weißes Fett abgesondert. Er saß oben in seinen Gemächern, und seine Hände zitterten fortwährend. Er hatte keine andere Beschäftigung, als mit seinen Gefühlen sparsam umzugehen. Und wissen Sie, was er mir eines Tages sagte?

Eines Tages sagte er zu mir: ›Ich liebe das Leben so sehr, daß ich es über sein Ende hinaus verlängern möchte, auch wenn ich ihm alles nehmen muß, was das Leben ausmacht. Ist das nicht sonderbar?‹ Und dann sagte er noch: ›Zwischen dem Leben und mir, Gertrud, ist nichts geblieben, keine Wand, kein Raum, der mich von ihm entfernte, weder Freude noch Überraschung, noch Zuneigung, noch Erinnerung, noch Lust, noch Vergnügen, noch sonst etwas. Ich berühre seine

Haut, die des Lebens. Das auf seinen einfachsten Ausdruck reduzierte Leben, das heißt, wenn alles, was das Leben nährt, sich aufgelöst hat. Um diesen Preis hört man das Leben pulsieren.‹ Außerdem: ›Das Leben ist das Leben nur wenn es ...‹ mir fällt das Wort nicht ein, es war ein erstaunliches Wort ..., ja, ›wenn das Leben sich nicht vom Tod unterscheidet, wenn es endlich dem Leben, das heißt dem Nichts gleicht.‹ Er sagte sogar, ›wenn das Leben gefroren ist.‹
Gegen Ende wurde Misrule immer überspannter. Er hatte sich eine ganze Strategie zurechtgelegt. Seine Gefühle hatte er an darauf spezialisierte Diener verteilt. An dem Tag, an dem sein Sohn, er hieß ... William, bei einem Schiffbruch ums Leben kam, trug der Lord einem seiner Lakaien auf, an der Beerdigung teilzunehmen, einem anderen, an seiner Stelle zu weinen, für ihn verzweifelt zu sein, so daß Misrule, der seinen Sohn abgöttisch geliebt hatte, überhaupt keinen Kummer mehr haben mußte. Sein Diener weinte, und Misrule war kreuzfidel. Er sagte, er sei reich, aber die Junker von England seien Freßsäcke und legten sich mit ihren Einkünften Wälder oder Fuchsjagden zu. Misrule selbst erkaufte sich mit seinem Vermögen Abwesenheit von Gefühlen, den Frieden der Seele. Er war geizig. Ich will damit sagen, daß er verschwenderisch mit seinen Talern, aber sparsam mit seinen Gefühlen umging. Von dieser Währung gab er nichts aus. Er hatte sogar einen speziellen Diener, der nur für die Freude und das Glück zuständig war. Ich mochte diesen Diener nicht, aber er ging stellvertretend für seinen Herrn in die Schenken, die Spielhallen und ins Bett der Frauen, denn Misrule hielt das Glück für ebenso anstrengend wie den Kummer, er sagte etwas, was ich nie verstanden habe. Er sagte, das Glück entferne einen unwiederbringlich vom Glück, hat das noch mit gesundem Menschenverstand zu tun, frage ich Sie?«
Die Herzogin verstummte. Sie warf sich tief in ihren Sessel zurück, ihre beiden Hände suchten die Armlehnen und legten sich darauf, man hätte sie für Vögel halten können. Sie atmete schwer; eine spitze, weiße Zunge fuhr rasch über die fest zusammengekniffenen Lippen.

»Und stellen Sie sich vor, Fräulein Kinsky glaubt nicht, was ich sage! Sie meint, Lord Misrule habe es nie gegeben!«
»Das habe ich nie behauptet, Frau Herzogin«, erwiderte Christine.
»Eben. Nur um mir zu zeigen, daß Sie mich für eine Lügnerin, eine spinnerte Alte halten, haben Sie mir nie gesagt, daß Misrule nicht existiert hat, ich kenne Sie, meine Gute. Betrügerin!«
Mit einem Stock, der an Ottos Stuhl gelehnt hatte, versetzte sie der jungen Frau leichte Schläge auf den Kopf.
»Niemals werden Sie mit einer alten Frau Mitleid haben, und außerdem sind Sie eine Närrin, meine Kleine. Lord Misrule ist hierher gekommen, und zwar recht oft. Ich brauche nur die Augen zu schließen und sehe ihn wieder vor mir, er war einer der elegantesten Männer von Wien, vor allem, als er zum Schluß anfing zuzunehmen und ganz aufgedunsen war. Er kleidete sich wie in alter Zeit, mit einer Perücke à la Georg II., ganz weiß und gelockt, einer Kniehose aus schwarzer Seite und Schnallenschuhen, sehen Sie, ich kann ihn sogar beschreiben, er saß dort in dem Sessel, in dem Sie sitzen, ein Diener mußte ihm beim Aufstehen helfen.«
Freundlich bat sie Christine, den Tee zu servieren. Otto sollte es ihr nicht übelnehmen: Der Tee würde im Alltagsgeschirr serviert, in Porzellantassen und nicht in den goldenen Bechern der Mahlbergs. Das müßte Otto verstehen, er, der darauf brannte, unter den Sachsen-Salzas zu dienen. Franz II. habe ein Beispiel gegeben. Der Kaiser habe sein Goldgeschirr einschmelzen lassen, um Kanonen zu kaufen, mit denen man diesen General Bonaparte niederstrecken würde, den die Herzogin Gertrud für ihren Teil unausstehlich, ja vulgär fand, aber immer noch intelligenter als den armen Franz und den Erzherzog Karl zusammen. Der ganze Hof, Österreichs gesamter Adel, habe es dem Souverän gleichgetan. Die Handwerkerzünfte hätten der Staatskasse ihre wertvollsten Zunftzeichen gebracht, von denen manche noch aus dem Mittelalter stammten.
Christine kam zurück mit einem silbernen Teewagen, auf dem

Otto Tassen aus ganz feinem, alten Gold stehen sah, die dasselbe Wappen trugen wie das Granitfrontispiz des Palais. Noch eine Schrulle: Warum hatte die alte Dame behauptet, ihr goldenes Geschirr sei zu Kanonen umgeschmolzen worden? Otto sagte keinen Ton, warf aber der Hausdame einen fragenden Blick zu, worauf sie lächelnd einen Finger auf die Lippen legte. Die Herzogin trank ihren Tee, sie schlürfte ihn mit übertriebenen Geräuschen, so als wollte sie sich selbst beweisen, daß sie Genuß dabei empfand. Ihrer Meinung nach hatte der Tee in Porzellan denselben Geschmack wie in einem edlen Metall. Dann nahm sie wieder ihre Stielbrille, um Christine wütend zu mustern.

»Und diese da, die uns weismachen will, daß es Lord Misrule nie gegeben hat! Franz II. sollte existieren, aber Lord Misrule nicht, solche Dinge muß man sich anhören! Und wenn Sie schon dabei sind, Christine, warum erzählen Sie nicht gleich, ich hätte Österreich nicht mein Goldservice gegeben? Nur zu, keine falsche Scham, ich habe Sie ja zum Lügen eingestellt, tun Sie Ihre Pflicht. Diese Tassen sind Goldtassen, nicht wahr, aber sagen Sie es! Meine arme Christine, Sie machen alles falsch. Sie lügen, wenn Sie die Wahrheit sagen sollen, und Sie sagen die Wahrheit, wenn Sie lügen sollen. Vorhin habe ich Ihren Lohn erhöht; nun, meine Liebe, kürze ich ihn. Ich behalte dreißig Taler und zwei Groschen ein.«

Sie beruhigte sich, aber ihr Gesicht war purpurrot. Rote Flekken hatten sich wie Bläschen unter das weiße Puder ihrer Wangen gesetzt. Sie versuchte zu lachen. Christine tupfte ihr mit einem Taschentuch die Lippen ab, und die Herzogin nahm die Hand des Mädchens in die ihre, streichelte und küßte sie. Gertrud sprach von den Sachsen-Salzas. Das Kürassierregiment ihrer Nichte Klementine sei eine Liebesgeschichte, bemerkte sie. Schwarzbrod hatte ein Jahr zuvor im Getümmel der Schlacht von Baden genau denselben Satz geäußert. Gertrud würde sich ein Vergnügen daraus machen, bei der Herzogin Klementine und dem Fürsten ein gutes Wort für ihn einzulegen, und Otto würde dem einen oder anderen Regiment zugeteilt, da hätte er die Wahl, denn die Herzogin

war ihm zugetan, entweder den blauen Husaren des Fürsten Ernst in Dresden oder den weißen Kürassieren der Herzogin Klementine in Wien, zur Stunde war das Paar jedoch abwesend. Ernst und seine Frau verbrachten jedes Jahr einige Monate auf ihrem Schloß Greinburg in Oberösterreich bei Linz, um auf die Jagd zu gehen. Die Herzogin war ein bißchen müde, sie sprach Otto ihre Anerkennung aus. Sie ermutigte ihn, seine Annehmlichkeiten und notfalls auch sein Leben zu opfern, um das Königreich des »doppelköpfigen Truthahns« zu retten.
Der Truthahn löste einen Lachanfall aus, woraufhin die Herzogin ganz plötzlich einschlief, so als hätte diese unerwartete Anstrengung sie völlig erschöpft. Otto richtete seinen Blick ängstlich auf das weiß-rote Gesicht. Trotz des Kinntuchs aus violetter Seide war ihr Mund halb geöffnet, weich und schwarz.

»Sie schläft«, sagte Christine. »Wenn sie schläft, hört sie überhaupt nichts mehr, glauben Sie mir, wie die Kinder.«
Sie sprach über das Goldgeschirr. Diese so feinen Tassen hatten Thomas Mahlberg gehört, der als Oberstleutnant unter Sobieski 1683 gegen die Türken gekämpft hatte. Wäre es nicht dumm gewesen, sie herzugeben, um drei fette Tiroler Soldaten zu bewaffnen, die von Murats Truppen ohnehin wie die Hasen abgeschossen würden? Die vorher so hochmütig wirkende Christine war jetzt ausgesprochen fröhlich. Ihre Schüchternheit war verschwunden. Sie hatte so getan, als gehorchte sie ihrer Tante und ließe die goldenen Tassen tatsächlich einschmelzen, aber war Gertrud wirklich darauf hereingefallen? »Kann man bei ihr je sicher sein?« fragte Christine schelmisch. Otto würde sich an die junge Frau erinnern, an diesen Jasminduft, der sie umgab, und die junge Frau sagte, Österreich sei kein Land, sondern eine Krankheit, ein Juckreiz. Wurmstichige Greise stünden an seiner Spitze. Jeden Morgen würden sie von Dienern abgestaubt, geschminkt, an-

gezogen, in ihre Uniformen gesteckt, in ihre schweren Sessel in der Hofburg gedrückt, und wenn es Bonaparte beliebte, würde er in eine Stadt der Sterbenden einmarschieren, er würde nach Schönbrunn galoppieren, alle Fenster des Schlosses aufreißen, um Durchzug zu machen, und an der Stelle, wo gestern noch die Hofwürdenträger einherstolzierten, würde man einen feinen Staub auffliegen sehen.

»An diesem Tag wird meine Tante jubeln. Sie hat eine Schwäche für Katastrophen. Apokalypsen liebt sie über alles, sie besitzt einen ganzen Vorrat davon. Sie meint, alles sei Illusion, und wechselt die Illusionen wie ihre Hemden. Nachts galoppiert sie mit verhängtem Zügel dahin, reitet alle Pferde zuschanden, an jeder Umspannstelle braucht sie ein neues Gespann, eine neue Illusion, damit sie in diesem Höllentempo weiterrasen kann.«

Christine brach in schallendes Gelächter aus. Vielleicht bewohnte sie ein mit Rauhreif überzogenes Zimmer, vielleicht war sie ein melancholisches Mädchen, das gern *Werther* las, aber dieses Mädchen hatte auch ein paar andere Träumereien im Kopf.

»Sie glaubt an nichts«, fuhr Christine fort, »deshalb bemüht sie sich, an alles zu glauben. Ich will Ihnen ein Beispiel geben: Gewiß vergöttert sie Österreich, die Kürassiere der Herzogin Klementine, die feschen Uniformen, den Pulvergeruch, gewiß ist Bonaparte in ihren Augen ein Flegel, sicher, aber wenn man mir gleichzeitig sagen würde, daß sie die Französische Revolution bewundert, und sei es auch nur, weil man Marie-Antoinette, die sie für eine dumme Gans hielt, den Kopf abschnitt, würde ich mich nicht wundern. Diese plötzlichen Stimmungsumschwünge lenken sie ab. Sie machen aus der Welt ein Nichts, und nur im Nichts fühlt sie sich wohl. Das vertreibt ihr die Zeit …, die Nächte …«

Christine hatte eine Theorie. Die Herzogin Gertrud war eifersüchtig auf Gott und liebäugelte mit seinem Platz, seinem Stuhl. Gerade deswegen erzählte sie soviel albernes Zeug und log die ganze Zeit. Sie hatte eine merkwürdige Vorstellung von Gott. Sie war ganz sicher, daß Gott keinerlei Überzeugungen hatte. Er glaubte an nichts, nichts band ihn, und er konnte ganz nach seinem eigenen Kopf handeln, da er ja niemandem Rechenschaft schuldig war. Deshalb widersprach er sich auch dauernd und tat, was ihm gerade einfiel. Jede seiner Melodien war neu, während die Menschen dazu verurteilt waren, die von Bach oder Mozart aufgestellten Regeln zu befolgen. Gott war ohne Regel, ohne Vergangenheit, ohne Kindheit oder Alter, und darum war er die absolute Freiheit.

Schließlich hatte sie sich eingeredet, daß sie, wenn sie so oft wie möglich log, etwas hervorbringen würde, mit dem sie nicht einfach unser überkommenes Erbe nachahmte oder verlängerte, wie die anderen es taten, sondern neues schaffte. Das würde sie über die Kinder hinwegtrösten, die keiner ihrer drei Ehemänner ihr hatte fabrizieren können.

»Sie ist ein Block aus Hochmut«, sagte Christines Stimme, die ganz feine Stimme in den Weiten des Salons, »sie ist stark, nicht kleinzukriegen. Manchmal hat sie Schwächeanfälle, Schwindel, könnte man sagen. In diesen Momenten ist sie traurig, denn dann wird ihr klar, daß der Platz Gottes bereits besetzt ist und daß Gott sich an seinem Posten festklammert, daß er ihn nie auch nur an sie untervermieten würde. Sie macht Scherze über diese Angelegenheit. Es macht ihr einen Heidenspaß, zu entweihen, zu besudeln, zu leugnen, ins Lächerliche zu ziehen oder zunichte zu machen. Das Sakrileg beherrscht sie meisterhaft. ›Der hält sich fest‹, sagt sie manchmal zu mir und meint damit Gott, aber im Grunde ist ihr das ganz egal, sie hat Ausweichstellungen vorbereitet. Sie hat ein für allemal akzeptiert, daß man mit den höheren Mächten verhandeln muß, und nötigenfalls wird sie sich auch mit dem Platz des Teufels zufriedengeben, wenn Gott wirklich nicht ›aufstecken‹ will, wie sie es in einem ihrer Lachanfälle formuliert. Im übrigen bin ich mir nicht sicher, daß sie zwischen Gott und dem Teufel einen sehr großen Unterschied sieht.«

Christine hatte sich nicht gerührt. Sehr hochgewachsen saß sie, während eine Hand mit ihrer Smaragdkette spielte, in ihrem schwarzen Satinkleid da, ein bißchen vornübergeneigt, so

daß die beiden jungen Leute sich über den Körper der Herzogin hinweg unterhielten.
»Sie brauchen keine Angst zu haben«, bemerkte sie. »Ich sage Ihnen, wenn sie beschlossen hat, zu schlafen, dann würde sie nicht einmal von den Trompeten des jüngsten Gerichts wach, die sie doch so sehr interessieren. Sie macht nur, was sie will. Haben Sie verstanden, warum sie Ihnen diese Geschichte von Lord Misrule erzählt hat? Sie ist zwar exzentrisch, überläßt aber nichts dem Zufall. Das hat sogar Kaplan Talher kapiert, und das will etwas heißen.«
»Sie sprach von sich«, erwiderte Otto, »ich meine, von sich und Ihnen?«
Christine neigte den Kopf zur Seite, ein Ausdruck des Zweifels. »Oh ja, natürlich sprach sie von sich, von sich und mir, da sie aber immer nur an sich denkt, bringt Sie das nicht weiter. Gewiß hat sie sich, seit sie blind ist, für die Misrulesche Taktik entschieden, leben per Prokura, nicht wahr, durch Stellvertreter. Wissen Sie, welchen militärischen Rang sie bevorzugt? Den des ›Leutnants‹, dafür schwärmt sie, weil dieses Wort ›Statthalter‹ bedeutet und wir für sie alle Leutnants sind, jeder nimmt die Rolle eines anderen, aller anderen ein. So sieht sie aus, ihre Geschichte von Lord Misrule.
Geben Sie sich nicht allzu vielen Illusionen hin. Sie will den anderen alles wegschnappen. Wenn sie Ihnen zur Aufnahme in das Kürassierregiment der Sachsen-Salzas verhilft, dann vielleicht, weil Sie ihr gefallen, vor allem aber, weil sie durch Sie Krieg führen will, und wenn Sie eine Kugel zwischen die Augen bekommen, dann wäre das der Höhepunkt, Sie würden nämlich für sie sterben. Durch Ihre Vermittlung würde sie die ... Wonnen des Todes genießen. Sehen Sie ..., nehmen wir an, Sie verliebten sich in eine junge Dame, ich bin sicher, sie würde alles tun, um Ihnen den Weg zu ebnen, ja, aber Sie wären nur ein Phantom, einer der Lakaien von Lord Misrule, und Sie hätten nur die Aufgabe, für sie die Liebesgeschichte zu durchleben, die sie nie gekannt hat. Sie ist sehr, wie sagen die Engländer, sehr romantisch.
Wenn sie aber soviel über ihren Misrule, eine ihrer Lieblings-

marionetten, geredet hat, dann deshalb, weil sie Ihnen Auskünfte über die Sachsen-Salzas geben wollte. Darum geht es in Wirklichkeit. Wie das? Ich vertraue Ihnen, Sie werden es sehr schnell verstehen, sobald Sie eine Unterredung mit meiner Cousine, mit Klementine gehabt haben.«

Otto beschloß, mit einem Scherz zu reagieren. Am Ende würde er noch sterben vor Leidenschaft für diese Herzogin Klementine, die er nicht einmal gesehen hatte. Konnte man sich in eine Frau verlieben, die man nicht kannte? Und er dachte an das Mädchen, das wie eine Kirsche aussah, das er durch sein Zellenfenster hindurch im Schnee gesehen hatte und das jetzt vielleicht einem anderen Häftling, den es für Otto hielt, seine Küsse schickte, aber Christine entgegnete, von Misrule käme man nicht wirklich los.

»Ich mag meine Cousine, die Herzogin Klementine, sehr«, erklärte sie dann. »Wir sind zusammen aufgewachsen, und ich habe keine andere Freundin, sie weiß alles über mich. Im Pensionat nannte man uns, Klementine und mich, den ›doppelköpfigen Adler‹. Ich mag auch ihren Gatten, Sie werden Fürst Ernst kennenlernen, er ist nicht so dumm, wie Gertrud behauptet, und er ist gutmütig. Aber das Paar, das ist eine andere Sache, in Wahrheit sind alle Paare eine andere Sache... Glauben Sie nicht, daß Männer und Frauen zwei verschiedenen Spezies angehören? Gott hat sie versehentlich auf dieselbe Erde geworfen und sie dann aus lauter Bosheit gezwungen, sich zu begegnen, wenn sie Kinder machen wollen. Gott ist ein Teufel, wie Gertrud sagen würde. Gott hat, ich weiß nicht, Giraffen und Forellen oder Elefanten und Ausrufezeichen in einem Käfig zusammengesperrt. Ich meine, daß es sich bei den Männern und Frauen nicht um Gegensätze, um Gegenpole, um eine Vorder- und eine Rückseite handelt, nein, das ist schlicht Unvereinbarkeit, einfach nicht miteinander vergleichbar. Finden Sie das nicht auch?«

Otto stammelte, er wüßte nicht recht, hätte über diese Dinge nie nachgedacht, aber was Lord Misrule denn damit zu tun hätte, und das Ehepaar von Sachsen-Salza?

»Oh, Sie werden selbst sehen, Otto, Sie werden sehen. Nun,

ich meine, wenn alle Ehepaare 30000 arme Teufel von Soldaten zur Verfügung hätten, die sich an ihrer Stelle gegenseitig massakrierten, dann gäbe es in der Ehe überhaupt keinen Streit mehr. Die Ehekräche und Tragödien fänden zwar noch statt, aber auf einer anderen Bühne, das ist ungefähr das, was ich sagen wollte, aber ich möchte noch viel mehr sagen als das.«

Christine hatte sich aufgerichtet. Sie läutete einem Lakai, dem sie auftrug, die Kerzen fortzubringen, und es war, als löschte man die weiße, in ihren Schals und Seidentüchern zusammengekauerte Gestalt aus. Die Kristallgefäße funkelten im Halbdunkel.

VI

Die Jagdsaison war lang. Der Fürst von Sachsen-Salza und seine Gemahlin hatten im Weinsberger Wald schon eine stattliche Zahl von Wildschweinen und Hirschkühen erlegt, aber sie waren unersättlich und verlängerten ihren Aufenthalt auf Schloß Greinburg. Kaplan Tahler, der die Nachricht von der Herzogin Gertrud erhalten hatte, war außer sich, als er seinen Schützling davon unterrichtete. Otto dagegen war froh. Jetzt blieb ihm noch eine Galgenfrist, und wenn sie den Krieg zu einem Ende brächte, käme er vielleicht um den Dienst in der Armee herum. Der junge Mann dachte an sein früheres Glück. Er träumte von einem friedlichen, langen, heiteren Leben, einer Landstraße gleich, und dort hinten war es ruhig und klar, wurde es Abend, abendlich-versöhnlich, die Erde war gebenedeit und gebenedeit sein sollten alle Geschöpfe dieser Erde!

Er hatte sein Studium wieder aufgenommen. In ein paar Jahren würde er im Auditorium maximum der Universität seine Dissertation über die Strandläufer verteidigen. Professor Schwarzbrod würde den Vorsitz der Jury führen und eine englische Richterperücke sowie einen schwarzen, mit Hermelin umsäumten Talar tragen; er wäre dann schon hochbetagt und würde seinem Schüler mit einem seiner gewaltigen Pferdegelächter zu seinem Erfolg beglückwünschen. Die Episode von Baden und sogar die acht Monate im Gefängnis erschienen jetzt in einem anderen Licht. Otto hatte sie in vergnügliche Erinnerungen verwandelt, ein bißchen dumm zwar, aber charmant; eines Tages würde er sie seinen Enkelkindern erzählen. Dabei würde er eine lange Porzellanpfeife schmauchen und sich über seinen grauen Bart streichen. Auf seinen

Händen würden sich dann braune Flecken abzeichnen...
Er dachte an den Abend im Palais Questenberg-Kaunitz zurück. Herzogin Gertrud besuchte ihn in seinen Träumen. Er empfand Sympathie für sie, aber sie jagte ihm auch große Angst ein, Otto hatte ein naives Gemüt, er liebte das Vergnügen, er mochte den Wald, und diese alte Dame mit ihren Grabesdüften, ihren Verwünschungen, ihrem Gejammer und dem wunderlichen Gerede über Lord Misrule blieb ihm nahezu unergründlich. Er dachte auch an die Hausdame, an ihr zartes Jasminparfum. Sie hatte in ihm die Erinnerung an Herzogin Klementine geweckt, eine Erinnerung, auf die Otto gern verzichtet hätte, aber so einfach ließ Klementine sich nicht verdrängen.
An manchen Abenden, wenn Otto am offenen Fenster seines Zimmers stand und der Geruch von Holz, Rauch oder dem Regen der letzten Wintertage zu ihm aufstieg, sah er die junge Frau. Mit verhängten Zügeln galoppierte sie durch die mährischen Wälder. Sie erlegte Wildschweine und Hirsche. Ihr Gesicht war genauso grausam, unerbittlich und verstockt wie die Mienen der rissigen und matt gewordenen Porträts in der Ahnengalerie der Mahlbergs. Otto verlieh Klementine barbarische, abstoßende Züge. Dennoch beschwor er zugleich ihren Zauber, wenn er an sie dachte.
Der Kaplan heulte, ja er tobte. Seine Machenschaften waren also fehlgeschlagen. Die Unterredung im Palais Questenberg-Kaunitz hatte ihm Hoffnung gemacht. Die militärische Laufbahn war für seinen jungen Freund zum Greifen nah, bald würde der Geruch von Pulver und Ruhm in ihre Nasen steigen, aber die Wochen vergingen, und die Sachsen-Salzas fanden in ihren Jagdrevieren immer wieder neue Tiere zum Erlegen. Otto waren seine Billardpartien, die Farbtöne seiner Krawatten oder seine Freunde wichtiger als der Krieg. Kaplan Tahler, der Europa in Schutt und Asche gelegt hätte, um seine militärischen Sehnsüchte zu stillen, machte seinen ganzen Einfluß auf Konstanze Apfelgrün geltend, damit sie ihren Träumer von Sohn dazu überredete, sein Leben fest in die Hand zu nehmen, statt Novalis, Schlegel oder Linné zu lesen

und sich in Galanterien, Zärtlichkeiten und Frivolitäten zu ergehen. Jedesmal wenn der Geistliche Frau Apfelgrün besuchte, lagen die beiden Männer im Nu im Streit. Sie hielten sich in der Regel in Konstanzes Musikzimmer auf. Dort saßen sie meist in der Nähe des großen Kachelofens, der zusammen mit dem kostbaren Klavier, einigen Sesseln mit abgewetzten Polstern, einem recht hübschen Schachtischchen und einem schwarzen Schreibtisch, auf dem eine ganze Sammlung von Gänsefedern lag – eine Marotte des Advokaten Apfelgrün –, das gesamte Mobiliar des Zimmers ausmachte.
Otto streckte seine Beine am Ofen aus. Der Geistliche entwarf düstere Bilder. Der Krieg würde ausbrechen und Wien zu einem Hochofen machen, zu Tausenden würde man die Toten einsammeln. Otto flüchtete sich in eine Spöttelei: Der Kaplan habe wohl zuviel in der Bibel gelesen, an allen Ecken des Jahrhunderts sehe er Heuschreckenschwärme, siebte Siegel und Feuer und Schwefel von Sodom. »Schauen Sie, Hochwürden, Sie kommen einfach nicht darüber hinweg, daß Sie nicht die militärische Laufbahn eingeschlagen, nie an der Spitze einer Korporalschaft weiß-goldener Soldaten das Schwert gezogen haben. Aber warum, bitteschön, sollte es jetzt an mir sein, Ihr Schicksal an Ihrer Stelle zu leben? Kann man denn an Stelle eines anderen leben, per Prokura? Sie werfen mir vor, Novalis zu lesen. Dabei sind Sie selbst von den Hirngespinsten der deutschen Dichter infiziert... den Menschen ohne Schatten, den Menschen und ihren Doppelgängern, all diesen Scherzen...«
Ein andermal ließ er sich auf Kaplan Tahlers Beweisführung ein. Er erzählte ihm von Lord Misrule. »Sollen wir einen Tausch machen? Sie legen sich ein feuriges Pferd zu, schlüpfen in eine Uniform und säbeln tüchtig nieder, während ich den Dienst im Haus Gottes versehe. Es wäre für jeden von uns ein Gewinn. Außerdem meine ich bemerkt zu haben, daß Herzogin Klementine, die dann Ihr Oberst wäre, Ihnen nicht gleichgültig ist; ich dagegen finde, sie ist eine hochnäsige Gans, ziemlich ausdruckslos, ein selbstgefälliges, als Faschingsoberst verkleidetes Frauenzimmer, das zudem noch

mit Begeisterung Tiere tötet. Nein, glauben Sie mir, da sind mir die Schafhirtinnen lieber, die verkleiden sich nicht, die haben nicht einmal Schuhe.«

Der Kaplan geriet in Wut. Da er kein allzu heller Kopf war, kam Otto ihm mit seinen Spötteleien, die er ständig variierte, dauernd zuvor. Der junge Mann sagte, die Ereignisse von Baden seien vorbei. Der Krieg habe sich aus dem Staub gemacht, man könne noch so viele Leute nach ihm schicken, er sei verschwunden. Frankreich sei Österreich gegenüber freundlich gesinnt. Paris habe gerade einen Botschafter nach Wien entsandt, und dieser sei nicht irgendwer, sondern Bernadotte höchstpersönlich, ob das denn nicht zur Genüge beweise, daß die Freundschaft der Österreicher Bonaparte etwas wert sei? Im übrigen sei dieser Bonaparte, den die europäischen Höfe als Menschenfresser hinstellten, eine Seele von Mensch. »Doch, doch«, bekräftigte Otto, »ein anständiger Kerl, empfindsam ...« Er habe sein Schwert nur über Italien niedersausen lassen, um die Eintracht zwischen den Nationen und womöglich sogar das Wiederaufleben der alten Monarchien zu sichern. Nach dem abscheulichen Zwischenspiel der Revolution reiche Bonaparte Ludwig XVI. die Hand. Er schließe die Schleusen der revolutionären Flut. Habe er nicht beschlossen, die Verhandlungen von Rastatt, durch die der Friede, ein langer Friede, wiederhergestellt würde, höchstpersönlich zu leiten?

Allerorts herrschte Eintracht. Der Frühling wußte davon, ihm war nicht bang, in gewohnter Weise kündigte er sein Kommen an. In den Krypten der Annakirche wurde einem das vielleicht nicht bewußt, viel weniger noch im Modergeruch von Konstanze Apfelgrüns Salon, aber ein paar Wochen noch, und er würde wie ein Pulverfaß explodieren. Im Augenblick kam er auf den Hügeln ganz sachte daher, gewissermaßen auf leisen Sohlen. Nachts, wenn die Menschen schliefen, dann heckte der Frühling seine Pläne aus. Otto ging jeden Morgen im Wald spazieren und entdeckte seine Spuren; sie glichen denen von Eichhörnchen oder Vögeln. Der Wald war übersät mit leuchtenden, klebrigen Knospen, die wie Kerzen

aussahen, sobald die Sonne ein paar Strahlen ausschickte. Eines schönen Tages zeigte sich ein ganzer Berghang in grünem Kleid. Die Weiden verströmten einen Duft von Honig. Der Löwenzahn streute seinen Staub über die Wiesen. Weiße Büsche am Rande der Gebirgsbäche wurden kugelrund, wie Schaumkronen, man hatte direkt Lust, sie anzupusten.
Alles war in Ordnung, Herr Kaplan. Die Schafe hatten ihre Lämmer zur Welt gebracht. Die Sonne ging zur im Kalender vorgesehenen Stunde auf, und die Dämmerung hatte nicht eine Minute Verspätung. Die Musikanten musizierten, die Barbiere barbierten, der Jasmin duftete nach Jasmin und nicht nach Veilchen, alles war wieder in bester Ordnung. Otto sagte den Blumen Dank. Wie Goethe und Paracelsus betrachtete er das Universum als ein Buch, und dieses Buch war für ihn auf der Seite des Glücks aufgeschlagen. Kaum jemand außer Herzogin Gertrud und Kaplan Tahler ging mit den Worten Unheil und Heldentum hausieren. Kaiser Franz II. hatte sich nach dem Schlag vom letzten Frühjahr in Baden wieder seines wahren Charakters besonnen. Ihm war plötzlich wieder eingefallen, daß Österreichs Wahlspruch friedlich war: *»Bella gerant alii, tu felix Austria, nube.«*
Jeden Morgen sah man den Kaiser im Prater, bürgerlich gekleidet, einen Zylinder über seinem langen, blassen Pferdegesicht und einen großen Regenschirm in der Hand; seine Untertanen grüßten ihn respektvoll, ja ergeben. Österreich hatte sich um ein Jahr zurückbewegt. Die Uhren gingen rückwärts.
»Wir bewegen uns zwar nach vorn«, meinte Otto dem Kaplan gegenüber, »aber in Rückschritten. Sämtliche Gestalten des alten Österreich werden an uns vorüberziehen, Kaiser Joseph II. – vielleicht schlüpft er gerade in seine alte, geflickte, zitronengelbe Hose und seinen grünen Mantel mit dem roten Kragen. Er wird bestimmt demnächst auf dem Graben erscheinen, im Gefolge all die Nachtigallen, die er so sehr geliebt hat, und dann natürlich die große Maria-Theresia. Karl V. und Karl der Große machen sich in den Tiefen der Zeit sicher ebenfalls schon reisefertig.«
Der Kaplan brummte, während er die Falten seiner Soutane

glattzog. Diesen Spötteleien konnte er überhaupt nichts abgewinnen. Nervös leerte er die kleine Karaffe mit Weißwein, die Konstanze zusammen mit Grießpudding und Kirschkompott auf einem ihrer letzten Silbertabletts servierte. Advokat Apfelgrün schlich sich ins Zimmer wie eine aufgeplusterte Amsel, mit seinem wattierten Morgenmantel und seiner gelben Nachtmütze, unter der ein Kranz alter, weißer Haare hervorlugte; zum Zeichen, daß er niemanden stören wollte, legte er einen Finger auf den Mund. Er versuchte zwar trotzdem, sich in die Unterhaltung zu mischen, kam aber nicht sehr weit. Mit den Jahren fing er aus nichtigen Gründen zu weinen an oder brach aufs Geratewohl in Lachen aus, und seine Gedanken verhedderten sich andauernd, er hatte keine Kontrolle mehr über sie. In der Nähe seines Sohnes war er vergnügt, er zappelte richtig auf seinem Stuhl herum. Kaplan Tahler zu Ehren legte er die Hände wie Muscheln um sein linkes Ohr und nickte mit einem unermüdlichen Lächeln. Manchmal schlossen Otto und Tahler einen Waffenstillstand, um gleich darauf einen anderen Kampf zu beginnen, diesmal auf dem Schachbrett; Otto verlor die Partie, doch das kümmerte ihn herzlich wenig. Manchmal bildeten sie auch mit Frau Apfelgrün ein Streichertrio und spielten ein Stück von Mozart oder Salieri.

Otto machte sich selbst etwas vor. Sein Herz sagte ihm, daß die Ruhe nicht andauern würde. Das Buch war nicht auf der Seite des Glücks aufgeschlagen. Ein Kapitel war zu Ende, das war alles, und die nächste Seite steckte voller Kanonendonner. Hinter den Kulissen schwelte schon das Feuer. Von einem Tag auf den anderen würden die Flammen die Bühnendekoration erreichen, die Statisten des Todes würden die Bühne vereinnahmen. Otto glaubte an Zeichen. So überraschte es ihn nicht, an einem Sonntag, den er in Gesellschaft junger Burschen und Mädchen im Hügelland verbracht hatte, Christine Kinsky zu treffen. In einem Heurigenlokal in Grinzing hatten sich die jungen Leute vergnügt. Drei Tiroler Musikanten hatten mitten auf einer runden, mit Immergrün bewachsenen Lichtung zum Tanz aufgespielt, und alle hatten sich im frischen, duftenden Gras gedreht. Otto war es gelungen, einer drallen jungen Bäuerin einen Kuß abzuringen. Dann machte er sich allein auf den Heimweg. Die Bäume bebten, der Wald war von Sonnenstrahlen durchdrungen. Otto war mehrere Stunden gelaufen und dabei immer tiefer ins Buchenunterholz geraten, wie in ein helles, unterirdisches Gewölbe; gerne wäre er in diesem Wald geblieben, für immer in der warmen sehnsuchtsvollen Abenddämmerung marschiert, mit den Vögeln als Freunden. Als er etwas später im Augarten die Silhouette der jungen Frau erkannte, war ihm, als ginge die Zeit der Sorglosigkeit zu Ende, als sei das letzte Körnchen Glück ins bauchige Glas der Sanduhr gefallen, nur welcher Sanduhr? Das fragte er sich, während er an diesem tiefblauen Abend die junge Frau beobachtete, die in der biederen, schwatzenden Menschenmenge des Augartens ganz verloren wirkte. Otto vermutete in dieser Begegnung keinen Zufall, ja glaubte, daß Christine selbst sie herbeigeführt hatte. Es war ihm nicht unrecht, und er suchte zwischen den Gerüchen von heißem Staub, Schweiß und Pferdeäpfeln den Jasminduft aus dem Palais Questenberg-Kaunitz.

Die junge Frau sprach ganz freimütig, ohne jede Vorsicht. Sie vertraute Otto. Hatte er schließlich nicht sechs Monate im Gefängnis zugebracht? Er besaß politische Überzeugungen und Wagemut. Otto setzte sich mit Ironie zur Wehr: Der Grund für seine Gefängnisstrafe war ein anderer, und war es denn nicht typisch für einen Willkürstaat, Kindsköpfe ernst zu nehmen, d. h. diejenigen zu treffen, die überhaupt nichts verbrochen hatten? Doch darauf fiel Christine nicht herein. Der junge Mann hatte gerade selbst die Frage der Willkür aufgeworfen, und man endete schon für Geringeres auf dem Spielberg. Hatte er denn auch nur mit der Wimper gezuckt, als er neulich entdeckte, daß das Goldgeschirr des Hauses Mahlberg keineswegs in die Kanonen Seiner Majestät eingeschmolzen worden war? Otto wußte nun kaum mehr, woran er war. Er machte noch ein oder zwei klärende Versuche, aber Christine behielt die Oberhand. Er bewunderte sie, und gewahrte ihren Jasminduft und die kleinen schwarzen Tintenflecke in ihren Augen. Darum willigte er auch ein, am darauffolgenden Dienstag zu der Sitzung eines Geheimbunds, der »Gekrönten Hoffnung«, zu kommen, dem die kleine Nichte der Herzogin Gertrud angehörte.

Den Ort der Versammlung zu finden, war gar nicht so einfach. Christine hatte ihm zwar einen Plan gegeben, aber Otto, der auf einem Maultier ritt, mußte unzählige Male abbiegen und verirrte sich in ziemlich gefährliche Schluchten. Endlich erspähte er die Lichter des Köhlerdorfes, das Christine ihm als Orientierungspunkt genannt hatte. Er durchquerte Terrassengärtchen, sein Maultier zertrampelte Tomatenpflanzen und Gartenkürbisse und brachte ihn zu einem zerfallenen Turm, der, gemäß der Aussage seines Plans, noch Brandspuren aufwies und dessen Stufen er unter Gefahr, sich sämtliche Knochen zu brechen, hinaufstieg. Oben angekommen brauchte er nur durch ein schmales, senkrechtes Fensterchen das Sternbild des Bootes ins Auge zu fassen und schon entdeckte er in einer Entfernung von ein paar hundert Schritten am Rande eines Eichenwäldchens ein langgestrecktes, mit Steinen bedecktes Gebäude, dessen Schornstein ungeheuer rauchte. Otto trieb sein Maultier an und gelangte ohne weitere Hindernisse zu der Schäferei. Sorgfältig versteckte er sein Gesicht hinter einem schwarzen Taschentuch, das Christine ihm gegeben hatte.

Er trat mitten in einen Kreis anderer sehr finsterer schwarzer Taschentücher. Die meisten davon hingen über Bärten. Nur zwei hatten keinen Bart, sicherlich Christine, und eine andere, rotgekleidete Frau. Die Gesellschaft drängte sich um ein Holzfeuer, das auf einem flachen Stein in der Mitte eines überwölbten Raumes flackerte und Gerüche von Wollfett, feuchtem Gips und Ratten aufsteigen ließ. Man begrüßte Otto mit einer unhörbaren Formel, begleitet von Kommentaren über die Freiheit, das Erwachen der Völker und die Eigenmächtigkeit der Tyrannei. Der Anführer der Gruppe kannte den jungen Mann. Es handelte sich um ein dickes, untersetztes Individuum, dessen Taille in eine Weste aus grüner Seide gezwängt war. Im Schein der Glut funkelte sein Bart rot. Dieser Mann spielte auf den doppelköpfigen Truthahn an. Dieses dämliche Federvieh würde Otto wohl nie los! Doch sein Gegenüber redete weiter. Er ließ Otto wissen, daß der doppelköpfige Truthahn, oder besser das doppelköpfige Schwein, von dem alten Gravitsky gezeichnet, um ein Haar im *Courrier de l'écureuil* erschienen wäre, wenn sich Professor Schwarzbrod nicht eingeschaltet hätte. Otto versicherte, nichts sei ihm lieber als das, doch der rothaarige Mann geriet in Wut und sprach von Brutus und Mucius Scaevola.

Überhaupt fielen in dieser Gesellschaft häufig Namen aus der römischen Geschichte. Ein anderes Tachentuch erwähnte Romulus, Cato und die Mutter der Gracchen. Es war die Rede von einer Operation, die den Namen »Raub der Sabinerinnen« tragen sollte. »Ach du liebes bißchen!« dachte Otto, und jung wie er war, konnte er nur mit Mühe ein Lachen unterdrücken. Er zog sich aus der Affäre, indem er den Blick auf die beiden bartlosen Taschentücher heftete. Er sah Christine Kinskys Augen, doch das Lächeln, das er diesen Augen schenkte, blieb ohne Widerhall. Er hatte Angst. Warum wollte Christine, die ihn in diese Schäferei gelockt hatte, ihn jetzt nicht kennen? Zudem schlug die Versammlung plötzlich einen anderen Ton an. Für Zärtlichkeit war ebensowenig Platz wie für dumme Späße; jetzt wurde es todernst. Jeder sollte einen Eid schwören und dabei das schreckliche Versprechen geben, Blutsbrüderschaft zu schließen, zu töten und zu sterben. Der Anführer zog ein Taschenmesser aus seinem Umhang und gab ein Beispiel, indem er sich das linke Handgelenk einritzte.

Otto lehnte den Eid ab. Sofort bat Christine in ihrer Eigenschaft als Bürge des jungen Mannes vor der »Gekrönten Hoffnung« um das Wort. Sie verkündete, daß Otto unter diesen Umständen die Schäferei keinesfalls lebend verlassen dürfte. Ihre Stimme war tonlos, beherrscht, wie unbeteiligt an dem, was sie sagte. Otto wurde von panischer Angst erfaßt. Die Vorstellung, zu sterben, war ihm zuwider, und dieses Mädchen mit den purpurroten Wangen konnte nur eine Hexe sein. Sie roch nach Ruß und Wurmfraß. Frauen verleiteten Otto

aber auch nur zu Dummheiten. Er mußte versuchen, aus dieser Falle zu entkommen. Aber wie konnte er derart fanatischen Verschwörern beibringen, daß er diese Verabredung nur getroffen hatte, weil er eine Schwäche für temperamentvolle junge Frauen hatte, auch wenn die Besagte meilenweit von solchem Gehabe entfernt war und gerade Anstalten machte, ihren Geliebten erbarmungslos in den Tod zu schikken? Der Dicke kam Otto zu Hilfe. Er war dafür, von der geplanten Extremlösung abzusehen.
»Brüder«, sagte der resolut wirkende Mann, »wir sind Kämpfer für Frieden und Brüderlichkeit, nicht Männer des Todes. Den Eid wirst du nicht schwören, aber du wirst mit uns Blutsbrüderschaft schließen. So wirst du unserem Geheimnis verbunden sein. Doch eins mußt du wissen: Solltest du unsere Beschlüsse verraten, und sei es aus Gedankenlosigkeit, zum Beispiel im Gespräch mit diesem dubiosen Kaplan Tahler, dann würden wir eingreifen. In dem Fall würden Professor Schwarzbrod und der Advokat Apfelgrün von den Unseren hingerichtet. Dich würde ich mir selbst vornehmen. Und Brutus' Hand zittert nicht!«
Otto schnitt sich ins Handgelenk, Blut tropfte in die heiße Asche. Er verpflichtete sich, weder die Versammlung noch die Anwesenden oder ihre Pläne zu verraten. Zum Glück waren diese Pläne mit so viel Bedacht formuliert, daß niemand sie begriffen hatte, ja es war nicht einmal auszumachen, um wen es sich bei den Sabinerinnen handelte und wo der Raub stattfinden sollte. Im übrigen kam die Diskussion nur schleppend voran, da der Dicke in regelmäßigen Abständen zur List aufrief: »Denkt an die drei kleinen Affen, Ohren zu, Mund zu, Augen zu ...«
Als das lyrische Potential erschöpft war, ging man zur Philosophie über. Die meisten der Verschwörer waren gebildete Männer. Es wurde über Kant, Jean-Jacques Rousseau, Goethe und Montesquieu diskutiert. Otto fühlte sich jetzt wohler und konnte auch seinen Teil zur Unterhaltung beitragen. Seine Bemerkungen über die Enthüllung der Vernunft als Bewegung, Entfaltung und Ende der Geschichte wurden allgemein

geschätzt, aber er redete eigentlich nur, um sich abzulenken, denn Chrstines Verhalten bedrückte ihn. Er mußte an das kirschengleiche Mädchen, diese Anna Lutgren, denken, die ihn aus einer Art Liebe heraus ins Gefängnis gebracht hatte. Allerdings war Christine jetzt ruhiger, und Otto redete sich sogar ein, die Augen der jungen Frau hätten einen zärtlichen Ausdruck angenommen, doch war er sich dessen nicht ganz sicher, denn schließlich hatte er sich schon genug in Christine getäuscht. Um so verblüffter war er, als Stunden später – er trottete kurz vor Morgengrauen ganz allein auf dem Rücken seines Maultiers in Richtung Wien – die junge Frau auf einem kleinen Fuchs aus einem Dickicht auftauchte, das Gesicht jetzt unbedeckt, entschlossen, die zwei Meilen bis zur Hauptstadt in seiner Gesellschaft zurückzulegen.

Die Nacht war pechschwarz. Sie ritten im Schritt, mit lockerem Zügel, und vertrauten sich ihren Tieren an. Otto erkannte den Weg nicht wieder. Er wurde sofort gewahr, daß Christine ihn in eine gefährliche Gegend lockte, an den Rand eines Abgrunds, in den ihre Komplizen ihn hinunterstoßen würden. Aber Christine fragte ihn ganz ruhig, ob ihm die trickreiche Operation in der Schäferei gefallen hätte. Sie fügte hinzu, daß sie Otto nur belastet hatte, um ihr eigenes Leben zu retten. Otto war fassungslos, empört. Er begann diese Frau zu verachten. »Sind Sie naiv oder grausam?« stieß er hervor. Die junge Frau legte eine Hand auf seinen Arm, um ihn zu beruhigen.

»Diese Leute haben Operettenallüren«, erklärte sie ganz ruhig, »mit ihren Taschentüchern und ihren Bärten. Aber man darf ihnen nicht trauen. Die Operette, die sie da inszenieren, erfüllt sie nicht. Ab und zu würden sie gern Shakespeare spielen. Ihr Anführer, den sie Brutus nennen, oder Monsieur Charles, ist gefährlich. Er ist ein Kaufmann aus dem Elsaß und steht im Dienste Napoleons. Er ist ein sehr tüchtiger Mann, und Angst kennt er nicht.«

Sie gab ein kindliches Lachen von sich.

»Er ist erbarmungslos, vor allem, seit die anderen auf die Idee gekommen sind, ihn Brutus zu nennen. Er meint, ein solcher

Name verpflichte. Und zum anderen beschäftigt ihn die Farce mit dem doppelköpfigen Truthahn. Das Vorgehen Schwarzbrods, der ›ganz richtig denkt‹, wie er sagt, hatte ihn beruhigt. Doch die Freundschaft Ihrer Mutter mit Kaplan Tahler hat wiederum sein Mißtrauen geweckt. Kaplan Tahler ist ein notorischer Spitzel, er verrät alles, was er weiß, an die kaiserliche Polizei. Und obendrein hatte Brutus, der seine Ohren überall hat, von Ihrer Audienz bei der Herzogin Gertrud erfahren und angenommen, Sie müßten zum Preis Ihrer Freilassung mit meiner Hilfe ein Komplott schmieden, um die Organisation zu vernichten. So war das!«

Otto saß auf seinem reglos dastehenden Maultier und war baß erstaunt. Die Frauen des Hauses Mahlberg hatten es offenbar faustdick hinter den Ohren.

»Also habe ich Sie zu der Versammlung eingeladen. Dabei hatte ich zweierlei im Sinn. Mir war zum einen klar, daß Sie es ablehnen würden, den Eid zu schwören, und daß das für Brutus eine Beruhigung sein würde, denn ein Mann im Dienst Franz II. hätte diese Skrupel nicht besessen, sondern jeden beliebigen Eid geschworen und dabei seine Hakenbüchse geladen. Auf diese Weise habe ich Sie gerettet. Zum anderen mußte ich meinerseits Ihre Exekution vorschlagen. Denn nur so konnte Brutus sich davon überzeugen, daß es zwischen uns weder ein abgekartetes Spiel noch . . . Gefühle gab, verstehen Sie das, verzeihen Sie mir jetzt?«

Otto verzieh, Verzeihen war seine Spezialität, er bediente eine ganze Verzeihungsmaschinerie, und das konnte er sich nicht einmal als Verdienst anrechnen. Er erinnerte sich nicht, jemals irgend jemandem böse gewesen zu sein, das entsprechende Gefühl fehlte ihm einfach, aber er wollte doch gern wissen, warum Christine ihn nicht gewarnt hatte. Sie habe gezögert, erwiderte Christine, sich aber letzten Endes doch für ein gewagtes Spiel entschieden.

»Brutus ist ein wachsamer Mann, von eiskaltem Scharfsinn. Wenn wir unser Spiel vorbereitet und Sie sich nicht ganz natürlich benommen hätten – Brutus hätte es gemerkt, und wir wären verloren gewesen. Also habe ich mir gesagt, bei diesem

Dilemma liegt die Vorsicht in der Kühnheit. Ich war gezwungen, russisches Roulette zu spielen. Gezwungen, Otto.«
Sie gab ihrem Pferd leicht die Sporen.
»Gezwungen, jawohl, und wenn ich Ihnen alles verraten soll... Schließlich ist es Nacht, und eine besondere Nacht dazu. In den wenigen Sekunden, als ich wartete, wie Sie reagieren würden, empfand ich so etwas wie einen Rausch, ein schändliches Gefühl. Ich verstand, warum die Russen eine Kugel in die Revolvertrommel legen. Obwohl da noch ein kleiner Unterschied ist, nicht wahr? Bei den Russen sind Ihr Leben und Ihr Tod dem Zufall anvertraut, Gott, wenn Sie so wollen. Hier lagen mein Leben und mein Tod, Ihr Leben oder Ihr Tod in Ihren Händen, ohne daß Sie es wußten. Ich gebe zu, daß ich Gefallen fand an diesem Rausch, wirklich.«
Sie war nervös, rang nach Worten. Otto hielt noch einmal sein Maultier an.
»Das alles erklärt mir aber immer noch nicht«, sagte er, »was Sie in dieser Gesellschaft tun.«
»Ich teile ihre Ideale. Ich bin zu dicht bei den Fürsten geboren, noch dazu in einem morschen Zweig, um nicht das Freiheitsstreben der Völker zu teilen. Mir ist völlig klar, daß diese Verschwörer eigentlich nur umgedrehte Höflinge sind und daß sie düstere Träume haben, aber ich schätze sie, und für Brutus hege ich ziemlich große Bewunderung. Außerdem kann ich auf diese Weise meine Kenntnisse in römischer Geschichte auffrischen.«
»Eine Mahlberg«, seufzte Otto bitter, »neben diesen Halunken, die den Thron stürzen wollen...«
»Genau, eine Mahlberg. Wissen Sie, vor sechstausend Jahren, als Gott die Menschen schuf, waren die Mahlbergs noch keine Erzherzöge. Demnach mußten sie in der Folgezeit eine Entwicklung durchmachen. Nun, auch ich habe mich entwikkelt. Im übrigen haben Sie vielleicht an meiner Tante bemerkt, daß die Mahlberg-Frauen ein bißchen aufmüpfig sind.«
Der Morgen brach an, und Otto konnte die Züge der jungen Frau, ihre matter gewordenen Augen, besser erkennen.

»Sagen Sie mir noch eins. Es war kein Zufall, daß wir uns im Augarten getroffen haben. Verraten Sie mir, weshalb Sie mich in diese Schäferei, zu den Verschwörern, locken wollten.«

Beherzt sah sie ihm in die Augen und entgegnete, als sei es das Natürlichste von der Welt:

»Ich wollte Sie wiedersehen, das versteht sich von selbst, Otto. Mir war bewußt, daß ich ein Risiko einging, aber ich habe Ihnen ja vorhin gesagt, daß dieses Risiko mir durchaus gefiel.«

Otto hielt dagegen, daß sie sich doch auf jeden Fall wiedergesehen hätten, spätestens bei der Herzogin Gertrud, wenn die Sachsen-Salzas endlich ihre Jagd auf Hirsche und Wildschweine beendet hätten.

»Erinnern Sie sich: Ich bin nur zu Ihrer Tante gegangen, um eine Audienz bei der Herzogin Klementine zu bekommen.«

»Eben, lieber Otto, ich wollte Sie wiedersehen, und zwar vor Ihrer Unterredung mit meiner Cousine. So! Täuschen Sie sich nicht. Ich habe Ihnen gesagt, daß Klementine meine Freundin ist, eine Schwester. Und gerade weil sie meine einzige Freundin ist, wollte ich Sie sehen, bevor Sie sie treffen, das ist alles.«

Sie zögerte einen Augenblick. Ihr Pferd tänzelte im feuchten Gras auf der Stelle und wieherte vor Vergnügen. Urplötzlich ließ sie es losgaloppieren und verschwand hinter einem Felsen. Otto trottete weiter in Richtung Wien. Den Blick auf die Ohren seines Maultiers geheftet, verirrte er sich so gründlich zwischen den Äckern und Obstgärten, daß er erst mitten am Vormittag die ersten Vororte von Wien erreichte. Als er ein Gärtchen mit Pfirsichbäumen überquerte, ließ sein Maultier beim Streifen der Bäume rote Blüten zu Boden fallen. Otto hob eine auf und dachte dabei an Christine oder an Klementine oder Anna Lutgren, er konnte es nicht genau ausmachen. Gott, war er sorglos!

VII

Schon zwei Tage später, am 13. April, sollte Otto Brutus wiedersehen. An der Universität war das Gerücht aufgekommen, die Franzosen machten in der Stadt Krawall. Rektor Ouarin stand, in heller Aufregung, in der Eingangshalle und hob Truppen aus. Die ehemaligen Frontkämpfer von Baden waren begeistert. Ouarin war der Überzeugung, die österreichische Kultur würde, wenn man so sagen könnte, den Jakobinern an die Kehle springen, wie sie es ein Jahr zuvor getan hatte. Ein Strom von Studenten zog im Gefolge des Rektors zur Wallnerstraße, wo die Pflastersteine vielleicht schon vom Blut der Patrioten gefärbt waren. Otto folgte seinen Kameraden, jedoch in einiger Entfernung, die Zigarre im Mund. In der Wallnerstraße herrschte ein Heidenspektakel. Kutscher, Handwerker, Ladengehilfen, Weißnäherinnen, Schankwirte, Zimmerleute und Großbürger hatten sich in großer Menge vor dem schönen Haus des Bankiers Geymüller versammelt. Alles schrie durcheinander. Diejenigen, die am günstigsten standen, spuckten auf eine prächtige blau-weiß-rote Fahne, die die ganze Fassade des herrschaftlichen Gebäudes bedeckte und sich sanft im Frühlingswind kräuselte.
Der Bankier Geymüller hatte mit diesem Verbrechen gar nichts zu tun. Er hatte lediglich seine Residenz an den General Bernadotte, den Gesandten des Direktoriums, vermietet, und der hatte es für richtig befunden, das französische Wahrzeichen zu entfalten. Was die Unzufriedenen besonders erzürnte, waren die übertriebenen Ausmaße der Fahne. Steine flogen. Rektor Ouarin kletterte wie ein Affe auf den Balkon und klammerte sich am Geländer fest. Er war rot angelaufen. Der Tumult steigerte sich noch. In dem Moment entdeckte Otto in

den vorderen Reihen der Aufrührer einen untersetzten, rundlichen, rothaarigen und vollbärtigen Mann. Er dachte an den Anführer der »Gekrönten Hoffnung«, dessen Gesicht er nie gesehen hatte. Dieser Mann besaß eine gewaltige Stimme. Er hielt Schmähreden gegen die Priestermörder. Er führte das Beispiel des großen Brutus an, der nicht gezögert hatte, einem Diktator, großartiger als Napoleon, diese »Ratte von Leoben und Rastatt«, dieser »Heißsporn« von Mantua, dreißig Messerstiche zu versetzen.
Da traf in gestrecktem Galopp der Polizeichef mit einem Trupp Soldaten ein. Er wollte die Straße verriegeln, doch das ließen die Aufrührer nicht zu. Daraufhin stürzte auch der Polizist auf den Balkon, stieß den Rektor, der verblüfft dastand, grob zur Seite und begann an seiner Stelle zu sprechen. Er erklärte, Frankreich habe in Campoformio einen Vertrag unterschrieben, verhandele in Rastatt über Ausgleichszahlungen an Deutschland für das linke Rheinufer, um dann mit dem Heiligen Römischen Reich Frieden zu schließen, und zwischen Wien und Paris gäbe es derzeit keine Zwistigkeiten. Im übrigen verstoße die Fahne keineswegs gegen die diplomatischen Gepflogenheiten, auch wenn sie überdimensional sei.
Brutus ergriff das Wort.
»Diese Fahne wickelt Österreich ein, sie erstickt es!«
Otto war sprachlos. Was war das nur für ein Mensch? In welchem Augenblick spielte er ein falsches Spiel? Bereitete er nun in einer verräucherten Schäferei den Raub der Sabinerinnen vor oder holte er sich seine Befehle in der Hofburg? Gab er ein subversives Blatt heraus oder bezog er sein Gehalt aus Schönbrunn? Und wenn er am Ende im Dienst der Polizei stand, mußte Otto dran glauben, dann ging's wieder ab ins Gefängnis! Aber Christine, die Brutus bewunderte, hatte ihn doch als gefährlichen Zeitgenossen beschrieben. Sicher goß er Öl ins Feuer, um den Franzosen einen Vorwand für den Krieg zu liefern. Oder war er einer jener professionellen Aufwiegler, die jede Sache zu der ihren erklärten, solange sie nur für Radau sorgte? Und wenn Brutus ein Spitzbube war, was soll-

te er dann von Christine Kinsky, dieser so undurchsichtigen, so unredlichen Frau, halten? Brutus hatte durchaus Ähnlichkeit mit der Monarchie, die er tagsüber zu verteidigen und nachts zu zerstören vorgab, ein Mann mit zwei Gesichtern. Ganz Österreich war ein Land der Illusionen, alles in allem ein Land wie aus einem Roman, bevölkert mit nahezu unsichtbaren Menschen ohne Profil, Menschen mit widersprüchlichen Gesichtern, wie die Herzogin Gertrud, bewegten Porträts gleich, ein Königreich des Widerscheins und der Echos, ein glitzerndes und zugleich ein verstaubtes Märchen.
Bernadotte zeigte sich auf dem Balkon des Obergeschosses. Der Wind hüllte ihn in die Falten seiner Fahne. Wie er so dastand, hätte er einem Gemälde von Jacques Louis David entsprungen sein können, mit seiner großen, vornehmen Gestalt, seiner Adlernase, dem Charme seines jungen Gesichts, dem Ausdruck von Energie und Selbstgefälligkeit. Einer der Angreifer, ein sehr geschmackvoll gekleideter Mann – er trug sogar eine diamantbesetzte Krawattennadel –, dämpfte Bernadottes Hochmut, indem er ihn an seine mittelmäßige Herkunft erinnerte. Bernadotte war der Sohn eines kleinen Schreibers bei einem Staatsanwalt des Parlaments von Pau.
»Nehmen Sie sich in acht, Sergeant Belle-Jambe!« brüllte der Mann mit dem Diamant. Der Polizeichef verlangte, daß die Fahne abgenommen würde, um die Gemüter zu beruhigen. Bernadotte wies diese Forderung zurück. Er besaß ein gerüttelt Maß ein Beredsamkeit und Arroganz. Eine Gruppe von Arbeitern unter Brutus' Führung drängte sich gegen die Polizeikette. Die Fensterscheiben im ersten Stock zerbarsten unter dem Aufprall von Steinen. Durch zwei Seitentüren stürzten weitere Soldaten, diesmal aber französische, mit aufgepflanztem Bajonett aus der Botschaft. Brutus' Stimme dröhnte:
»Sie sind durch die Gewalt der Bajonette bei uns eingedrungen, die Messerspitzen unserer Bauern werden Sie jedoch von hier vertreiben!«
Dem Tribun wurde Beifall geklatscht. Ein schlanker, mehlbestäubter junger Mann kletterte mit unglaublicher Gewandt-

heit an der Fassade hoch, ergriff die Fahnenstange und schleuderte die Fahne auf den Boden. Das französische Wahrzeichen wurde zerrissen und verbrannt.
Der Bäcker wurde im Triumphzug fortgetragen. Andere Protestierer, die im allgemeinen Getümmel verletzt worden waren, wurden auf den Schild gehoben. Ein großer Kerl brüllte, die französischen Truppen metzelten die Einwohner von Wien nieder. Wie ein Lauffeuer ging diese Neuigkeit durch die Stadt, worauf Hunderte von Männern und Frauen zur Wallnerstraße strömten. Die Tür der Residenz wurde aufgebrochen. Ein paar Augenblicke später flogen Papiere und Möbel durch die Fenster. Das Gebäude wurde geplündert. Eine Gruppe von Frauen suchte Bernadotte bis hinauf zum Speicher, doch der Botschafter war verschwunden. Er hatte sich in die Nuntiatur geflüchtet. Rektor Ouarin hatte seine Position auf dem Balkon wieder einnehmen können; er sprach von einem zweiten Sieg der Bürger von Wien, ein Jahr nach Baden, und versicherte, daß Beethoven einen neuen Hymnus komponieren würde. Er beschwor die Leute, nach Hause zu gehen.
Von der Nuntiatur aus hatte Bernadotte einen beleidigten Brief an den Kaiser schreiben lassen. Darin forderte er seine Pässe an, falls die Österreicher nicht als Ersatz für die entwürdigte Fahne eine neue stellten und sie eigenhändig am Frontgiebel der Botschaft anbrächten. Sollte keine Wiedergutmachung erfolgen, fügte er hinzu, würde man diese Beleidigung als *casus belli* betrachten, und Bonaparte würde schreckliche Rache nehmen. Kaiser Franz II. und sein Polizeiminister saßen ganz schön in der Klemme. Sie legten keinen Wert auf einen neuerlichen Aufruhr. Wenn aber nun Bonaparte mit seinem großen Schwert auf Wien zumarschierte?
Die Diplomaten rieten zur Unnachgiebigkeit. Sie führten an, daß Bonaparte, ihren Geheimdepeschen zufolge, seinen Kopf woanders hatte, nämlich im Orient. Im letzten Sommer habe Talleyrand vor dem »Institut national des sciences et des arts« eine *Abhandlung über die aus den neuen Kolonien zu ziehenden Vorteile* verlesen, in dem die Reichtümer des Niltals aufgeführt

worden seien. Im Januar dieses Jahres 1798 habe derselbe Talleyrand dem Direktorium einen Plan zur Zerschlagung des ottomanischen Reiches unterbreitet. »Das erklärt eines der Geheimnisse der Verhandlungen von Leoben«, sagte Thugut im Brustton der Überzeugung. »Bonaparte hat leidenschaftlich darauf bestanden, die Ionischen Inseln – Korfu, Sakinthos und Kefallinia – in französischer Hand zu behalten. Und warum, frage ich Sie, warum hat Poussielgue sich auf Befehl von Bonaparte nach Malta begeben, wenn nicht, um die militärische Macht des Johanniterordens auf die Probe zu stellen, warum sonst, frage ich Sie?«
Die Wiener Salons hatten nun für mehrere Wochen einen Vorrat an Konversationsthemen. Man scherzte oder gab sich beunruhigt. Der korsische General wurde belächelt. Bonaparte halte sich für Alexander den Großen, weil er in Mantua den armen Wurmser geschlagen hatte. »Eine Erlösung!« fügte man oberschlau hinzu. »Den sind wir los! Soll er nur seine abgekämpften Soldaten in der Sandwüste Ägyptens, am Euphrat oder gar an der Küste Indiens spazierenführen!« Überdies würden die Engländer dem nicht tatenlos zusehen. London hatte es nicht gern, wenn man diese Regionen ankratzte, und Nelson war imstande, die Fregatten des Direktoriums in den Grund zu bohren. An einem Abend bei den Schwarzenbergs fiel Dr. Ulhue, Schwarzbrods Assistent, zu seiner großen Freude ein phantastisches Bonmot ein. Wegen seines jugendlichen Alters saß er am unteren Ende des Tisches und wagte kaum, in dieser erlauchten Gesellschaft das Wort zu ergreifen. Deshalb wartete er, bis eine Gesprächspause entstand, und nutzte die Zeit bis dahin, um seine Formulierung auszufeilen, ihr gewissermaßen Hosen anzuziehen. Als die Lücke im Gesprächsfluß sich auftat, stürzte er hinein. Ohne eine Sekunde zu verlieren, glättete er die Falten auf seiner Stirn und versuchte sein Glück: »Am Ende des Italienfeldzugs hat Bonaparte ans Direktorium geschrieben, die österreichische Armee sei wie ein Traum zerronnen. Nun, in der Sandwüste von Babel werden die französischen Soldaten sich auflösen wie eine Fata Morgana.«

Thuguts Beamte hatten recht gehabt. Bonaparte hatte für Bernadottes Entrüstung kein Verständnis. Die Verhandlungen von Rastatt in ihrem technischen, eintönigen und kleinkarierten Ablauf langweilten ihn zu Tode, er war ungeduldig, und da der Einmarsch in England noch verfrüht schien, brannte er darauf, den Krieg nach Ägypten zu tragen. Jetzt war nicht der Moment, sich mit Erzherzog Karl zu prügeln. Außerdem kam es Bonaparte durchaus gelegen, Bernadotte eine Lektion zu verpassen, denn er war ein miserabler Krieger, ein unverbesserlicher Frauenheld – der schönen Désirée Clary, einer Geliebten Bonapartes in Marseille, hatte er schöne Augen gemacht – und ganz bestimmt ein Ehrgeizling, der nichts anderes im Sinn hatte, als den Aufstieg des Jüngeren zu vereiteln. General Bernadotte nahm unter Verwünschungen seine Pässe entgegen. Am 15. April war er in Rastatt.

Wien war erleichtert, gleich einem Schlaflosen, der sich auf seinem Lager herumdreht. Die Gespräche von Rastatt kamen nicht von der Stelle. In den Armeen der Republik wurde überall ein bißchen gemurrt. Die österreichische Polizei organisierte ihren Apparat noch straffer. Ein Besuch im Burgtheater wurde zu einem gewagten Unternehmen, oder man mußte eben seine Zunge im Zaum halten. Polizistenohren steckten hinter jedem Samtvorhang. Wenn man vernünftig war, klatschte man im richtigen Augenblick. Ein Bravo, beispielsweise einem Schauspieler gespendet, der einen Revolutionär darstellte, oder auch nur einen Philosophen, wurde von den Spionen registriert, und die ohnehin schon gigantischen Archive der Polizei würden wieder um einen Bericht reicher.

Professor Schwarzbrod, der unverfroren sein konnte, hatte er seine Schüchternheit erst einmal überwunden, meinte, sogar die Noten stünden unter Beobachtung. Sie hätten keineswegs alle dasselbe Gewicht, das C, das D, das E und das G würden zum Beispiel als monarchistisch betrachtet. Der Fall des F sei nicht eindeutig, in diesem Punkt würden gerade Untersuchungen angestellt. Dagegen seien das Kreuz und das B Revolutionäre, vermutlich auch Jakobiner, und das aus ersichtlichen Gründen. Der alte Naturforscher behauptete, und dabei

prustete er wiehernd los, daß die Polizeibeamten gerade in die Grundzüge der Tonleiter eingeführt würden und daß ein Opernzuschauer, den man dabei überraschte, wie er auf ein Kreuz oder ein B hin in Ekstase geriet, mit Gefängnis rechnen müßte.
Soviel polizeilicher Aufwand war unangemessen, denn wenn auch Jakobiner oder Revolutionäre in Wien am Werke waren, wenn auch ein paar Freimaurerlogen sich aufplusterten, so bildeten die Liberalen doch nur ein kleines Häuflein. In Wirklichkeit blieb Wien im Herzen eines feigen und erstarrten Europas das Bollwerk des monarchistischen Widerstands gegen die Raserei des Direktoriums. In den Salons toste es von kriegerischen Hetzreden. Die Schriftsteller, Maler und Musiker von Wien sangen, unterstützt von ihren Kollegen, die aus Mähren, Ungarn, Böhmen und ganz Europa, vor allem aus Deutschland, gekommen waren, ein Loblied auf die österreichischen Werte: die Tradition, die Natur, den Heiland, die Unbeweglichkeit, die Vorsehung, das Königtum und die Kirche. General Bonaparte hatte das Fratzengesicht des Antichristen. Sogar die sehr zahlreichen Franzosen, die in der Verbannung lebten, wurden verdächtigt. Sie waren zwar adelig, aber die teuflische Kunst des Korsen hatte einige von ihnen umgestimmt, und jetzt lieferten sie dem Direktorium ihre Berichte.
Kaplan Tahler war immer im Einsatz. Er denunzierte pausenlos. Sein Gesicht glänzte aufgeregt, man war versucht, ihm die Lippen abzutupfen. Er dehnte sein Netz weltlicher Beziehungen aus. Neue Salons taten sich ihm auf. Im Sturm eroberte er einen der glänzendsten der Stadt, den von Karoline Priecher, die mit großem Eifer das Geschäft der gehobenen Tratscherei betrieb. Darüber hätte der Geistliche fast die Herzogin von Mahlberg und seinen Schützling Otto vernachlässigt. Er wurde sich ihrer an dem Tag wieder bewußt, als er erfuhr, daß die Sachsen-Salzas, nachdem sie eine Menge Wildschweine erlegt hatten, in ihr Palais am Kärntnertor zurückkamen, ein Zeichen dafür, daß der Krieg nahte. Der Kaplan war hocherfreut und stattete Konstanze Apfelgrün so-

gleich einen Besuch ab. Er war felsenfest davon überzeugt, daß Konstanzes Sohn am Ende seine Lethargie abschütteln und sich zu den Kürassieren der Sachsen-Salzas melden würde.

Leider hatte Otto gegen Lethargie nichts einzuwenden. Unruhe, Begeisterung, Leidenschaft, Klatsch, all das erschien ihm eitel. Mit der Geschichte könne er nichts anfangen, vertraute er seinen »Affen« an. Im darauffolgenden Sommer jedoch gab es eine Neuigkeit, die ihm Sorge bereitete. Professor Schwarzbrod, den er recht häufig traf, erzählte ihm, daß Bonapartes Spione einen unerwarteten Coup gelandet hatten. Mit irgend jemandes Einverständnis hatten sie sich nämlich Zutritt zu einer der am besten bewachten Abteilungen der Zentralverwaltung, dem Amt für Kartographie, verschafft. Ohne lange zu fackeln, hatte eine ihrer Grupen unter Führung eines gewissen Schulmeister alias Brutus alias Monsieur Charles ganz einfach die Kupferplatten gestohlen, die von den Kartographen der Monarchie gestochen und für den Druck vorbereitet worden waren. Mit einer beispiellosen Dreistigkeit hatten sie diese sperrigen Platten nach Paris geschafft, wo man zunächst die Legenden ins Französische übersetzt und dann in der staatlichen Druckerei ausgezeichnete Faksimiles hergestellt hatte, so daß an dem Tag, da Bonaparte den Krieg beginnen wollte, sämtliche französische Offiziere eine detaillierte Darstellung jedes einzelnen Abschnitts des Territoriums von Österreich, Mähren und Ungarn in Händen hätten.

Die Neuigkeit war äußerst bedeutsam, es fielen Köpfe, man munkelte allerhand und geriet in Panik. Die Großtat der Leute um Monsieur Charles machte deutlich, wie furchtlos und gewandt die Agenten des Direktoriums vorgingen. Es wurde augenfällig, daß Paris seine Invasionspläne keineswegs aufgegeben hatte, und an dem Tag, an dem sie in die Tat umgesetzt würden, verlören die Österreicher auch noch einen der wenigen Vorteile, den sie gegenüber den Franzosen besaßen, nämlich die genaue Kenntnis der Schlachtfelder, des Verlaufs der Straßen und Flüsse, der Lage der Dörfer und vor allem der Brücken, Bonapartes Spezialität.

Der Erfolg von Bonapartes Spionen war für Otto ein Ereignis. In Wien wimmelte es also von französischen Agenten, und niemand kannte sie, niemand sah sie. Sie bildeten einen Verband unsichtbarer Wesen, eine Population von Zephyren, von Kobolden, deren transparenter Schwarm sich zu den realen Menschen gesellte und unlösbar mit ihnen vermischte. Das schmeichelte Ottos romantischer Ader. Seine Alpträume wurden um neue Lichter bereichert: Zu diesen Österreichern, alle vielgesichtig wie die Herzogin Gertrud, oder zumindest doppelgesichtig wie Brutus und Christine Kinsky, kam jetzt ein ganzes unsichtbares, unnennbares Volk hinzu, das aus diffusen, leichten, unbeständigen Wesen, aus Nebeln bestand, deren phantomhaften, gestaltlosen Körpern man auf Schritt und Tritt begegnete, ohne es zu wissen.
Zuerst glaubte Otto, eine neue Art der Zerstreuung gefunden zu haben, doch seine Verteidigungswälle brachen nach und nach zusammen. Er erinnerte sich an die nächtliche Wache, die er am Abend von Baden in einem Dorf gehalten hatte, dessen Namen er nicht einmal mehr wußte, oder doch, Pfaffstätten, nördlich der Triesting. Er sah die Lichter der nahe gelegenen Weiler wieder vor sich, das Gewimmel der Sterne, die Hügel und Berge, die noch lange leuchtende Linie des Flusses unterhalb des Turms. In dieser Nacht hatte er sich vorgestellt, wie die französischen Soldaten die Stunden der Dunkelheit nutzten, um die österreichische Landschaft auseinanderzunehmen, die Hügel, die Kühe und Weiden und die Obstgärten wegzutragen, die Dörfer und Höfe auf ihre Protzwagen zu laden und die Lärchenwälder in Richtung Frankreich fortzukarren; damals war das sicher eine Laune seiner Phantasie, eine Folge seiner Müdigkeit oder geistiger Verwirrung gewesen, aber heute, nach dem Raub der Karte von Österreich, beeinflußte die Realität den Traum, und eines Abends stieg Otto auf den Gipfel des Leopoldsbergs, um im schwächer werdenden Licht den weiten Ring der Wälder, Täler und Schluchten zu betrachten, den Bonapartes Soldaten, ausgerüstet mit den gestohlenen Karten, stibitzen würden. Otto hätte niemals auf einen armen Teufel von Franzosen ge-

schossen, um die Ehre oder die Macht der Habsburger zu retten, er würde aber zum Tobsüchtigen, wenn jemand sich an diesen Bergen vergriffe, diesen fächerartig daliegenden Feldern, diesen Talwegen, die in der anbrechenden Nacht ihr Netz spannten. Und da Otto seine pathetische Stimmung schnell leid war, ließ er sich einen kleinen Scherz einfallen. »Diese Herzogin Klementine von Sachsen-Salza wirkt zwar wie eine Marionette und ist lächerlich in ihrem Küraß, aber die Rettung der Kumulus- und Nimbuswolken, die gerade am Mond vorbeiziehen, ist es sicher wert, daß ich meine Vorurteile überwinde.« Er schämte sich ein bißchen, weil er sich von der Poesie hatte hinreißen lassen, und versuchte deshalb, seinen Fall noch zu verschlimmern: »Hätte ich aber die Stirn, der Herzogin Klementine, wenn sie mich zur Anwerbung empfängt, oder auch ihrem Gatten, ins Gesicht zu sagen, daß ich eine schöne weiße Uniform und einen Helm mit Bürste haben möchte, nur um die Strandläufer, Schmetterlinge, Nacktschnecken, Lärchen und Bäche österreichischer Nationalität zu retten?«

Zwar hatte sich der *casus belli*, den Bernadotte in dem Drama mit der blau-weiß-roten Fahne gesehen hatte, nicht bestätigt, doch die Spannung stieg ständig weiter. Im Mai hatte Bonaparte in Toulon 40 000 Mann auf dreihundert Schiffe mit Kurs auf Ägypten verladen. Die Unterhandlungen mit dem Heiligen Römischen Reich waren nicht abgebrochen worden, aber die Delegierten kamen nicht weiter, und Österreich, das sich vorübergehend von Bonaparte befreit fühlte, stahl sich heimlich aus Rastatt fort und legte Überheblichkeit an den Tag. Vor allem seit Nelson zugeschlagen hatte. Seine Kanonen hatten gedonnert. Anfang August 1798 war Bonapartes Flotte, die von Brueys befehligt wurde, an der Mole von Abukir auf Grund gegangen. Fünftausend Matrosen kamen dabei um. Auf österreichischem Gebiet gab es hier und da Scharmützel. Wien ließ die russischen Truppen unter dem gefährlichen Suworow unauffällig in Galizien und Mähren eindringen. Im Dezember schoben die Russen sich langsam in Richtung Österreich vor. Ohne Böses zu ahnen, war man, wie durch eine Geheimtür, in den Krieg eingetreten, und erst am 12. März wurde der Kriegszustand zwischen Frankreich und Österreich offiziell bestätigt. Die Vertreter des Direktoriums in Rastatt schnürten ihr Bündel. Als sie sich am 28. April, zwei Jahre nach der Schlacht von Baden, auf den Weg nach Paris machten, wurden sie von einem Trupp ungarischer Husaren aus dem Korps von Skelzer überfallen. Zwei der französischen Botschafter wurden getötet. Ganz Europa, vom Rhein bis zur Lombardei, stand in Flammen.

VIII

Herzogin Klementine von Sachsen-Salza hielt sich kerzengerade. Selbst in ihrem Salon wirkte sie wie auf der Parade. Die Feste, die sie in ihrem Palais am Kärntnertor gab, hatten große Ähnlichleit mit Truppenschauen. Die Herzogion thronte mitten in dem riesigen Saal im ersten Stock, der mit den seltensten Blumen, Vogelkäfigen und mehrarmigen Leuchtern geschmückt war; ihr Gesicht war blaß geschminkt, der Kopf leicht nach hinten geneigt, um den hochmütigen Ausdruck gewisser edler, reinrassiger Katzen zu erreichen. Sie setzte eine herablassende Miene auf. Dennoch besaß sie, pflichtbewußt wie sie war, die Höflichkeit, ja sogar die Güte, ihre schönen milchweißen Schultern und ihr in den Regimentsfarben gehaltenes weiß-goldenes Kleid, das mit Diamanten in Form von Brandebourgs, Achselschnüren und Tressen verziert war, bewundern zu lassen. Ihre hellen Augen bewegten sich nicht. Sie absorbierten die Bilder, die in ihrer Reichweite vorbeischwirrten, nichts spiegelte sich darin, nicht einmal das Funkeln der Fackeln und Kandelaber, und noch viel weniger die Männer und Frauen, die sich vor »Ihrer Hoheit« verbeugten. Nichts und niemand besaß genügend Substanz, um auf dem Grund dieser unermeßlichen, transparenten, leeren Augen eine Spur zu hinterlassen.
Reglos und mit düsterer Miene, den Mund völlig teilnahmslos, eines Lächelns unfähig, betrachtete Klementine ihre mit Höflingen, Notabeln und Offizieren vollgestopften Salons, wie man über eine Wüste hinwegblickt. Im übrigen trug sie nach Kräften dazu bei, diese Versammlungen zu einer Verpflichtung ohne jede Annehmlichkeit zu machen. Die Herzogin hatte eine Zeremonie der Langeweile angeordnet, darüber

sollte sich jeder Gast im klaren sein, und das war ihr ganzer Stolz und ihre hervorragendste Leistung. Lieferte die Tatsache, daß Wien, die frivolste, libertinistischste und fröhlichste Stadt der Welt, sich prügelte, um Zutritt zu den düsteren Abendgesellschaften am Kärntnertor zu erhalten, nicht den Beweis dafür, daß die Sachsen-Salzas über eine unumschränkte, ja schreckliche Macht verfügten? »Wahrhaftig«, dachte Otto im Gedränge der Höflinge, »diese Herzogin Klementine ist die Eitelkeit selbst. Ich hatte mich in Baden nicht getäuscht, der Hochmut hat in ihrer Seele alles aufgefressen. Ihre Cousine Christine ist eine beunruhigende Person, aber sie hat wenigstens Feuer. Und sie duftet nach Jasmin.« Mit großem Vergnügen stellte Otto diese Überlegung an, denn erstens war er nur unter Zwang, auf Befehl von Kaplan Tahler, hierhergekommen, und zweitens hatte er von seinem Protektor erfahren, daß Herzogin Klementine mit verächtlicher Miene zur Kenntnis genommen hatte, daß ein junger Mann aus ganz niederem Adel wie dieser Apfelgrün es wagte, sich für das berühmte Korps der weißen Kürassiere unter Klementine oder gar für die eigentlich weniger exzellenten blauen Husaren ihres Gatten zu bewerben. Klementine hatte die Bitte ihrer Tante Gertrud sogar als Vermessenheit empfunden. Es bedurfte der ganzen Bissigkeit der alten Dame, damit Klementine ihre Weigerung rückgängig machte.

»Ich muß allerdings zugeben«, dachte Otto bei sich, während er in seiner Schale mit Erdbeeren und Eis herumstocherte, »daß sie sehr hübsch ist. In Baden hatte der Tschako mir das alles vorenthalten. Hätte sie weniger abweisende Züge, wäre sie eine der bezauberndsten Frauen Österreichs ...« Die Erregung des jungen Mannes war verständlich. Für seine Augen war alles neu, an diesem Abend begeisterte ihn alles. Am Kärtnertor hatte er das Gedränge der Equipagen bewundert, die mit den Monogrammen der bedeutendsten Häuser der Monarchie geschmückt waren. Jedes Kabriolett, jede Kalesche wurde von ungarischen Dienern beleuchtet, die man *Heiducken* nannte und die nach türkischer Art gekleidet waren, mit ihren wallenden Schärpen, ihren Federbüschen und ihren an der Spitze hochgebogenen Stiefeln; sie verscheuchten auch die Gaffer, indem sie mit jenen langen Stöcken auf sie einschlugen, deren Goldknäufe man abdrehen konnte, um die Botschaften hineinzustecken, die die Damen der Gesellschaft ihren Liebhabern zukommen ließen. Eine Brigade von Dienern in roter Livrée hatte sich auf den Marmorstufen der Ehrentreppe aufgestellt und bildete eine zweifache Feuerhecke. Der Schmuck der Frauen glitzerte. Die Menge applaudierte den Ankommenden.

Kaplan Tahler war selig. Er durfte den Lohn für seine langen Mühen in Empfang nehmen. Endlich gewährte man ihm Einlaß in dieses so angesehene Palais, für das jeder Mann ab einem gewissen Rang alles gegeben hätte und das sich ihm aufgrund seiner einfachen Stellung als Kaplan der Annakirche nicht aufgetan hätte, wäre die Herzogin Gertrud von Mahlberg nicht so beharrlich bei ihrer Forderung geblieben, den Geistlichen und seinen jungen Schützling zum Frühlingsfest einzuladen. Kaplan Tahler hatte es Otto zu verdanken, daß er nun ins Allerheiligste vorgelassen wurde. Bald würde die ganze Stadt wissen, daß er zu dem nächtlichen Fest geladen worden war, das die Sachsen-Salzas zu jedem Jahreszeitenwechsel gaben – diesmal war es der 21. März – und zwar gleichgültig, ob sie sich nun in ihren Schlössern in Ungarn oder Böhmen, auf Schloß Greinburg bei Linz oder im Palais am Kärntnertor befanden, um zu zeigen, so meinten die Neider, daß ihre seit den Anfängen der europäischen Geschichte existierende Familie ihre Vergnügungen nach den Bewegungen des Mondes, der Sonne und der Sterne ausrichtete, und nicht etwa nach dem Geplapper der jeweiligen Gesellschaft oder den Anekdoten der Geschichte. Dieser Abend war für Kaplan Tahler ein Freudenschmaus. Er war fest entschlossen, nicht ein Krümelchen davon zu vergeuden und das kleinste Knöchelchen sauber abzunagen. Während seiner Stunden im Beichtstuhl oder am Altar noch würde er sich die Lippen lecken.

Energisch hatte er sich bis zum Fürstenpaar vorgekämpft. Otto beobachtete, wie sein Protektor von Zuckungen und Stößen geschüttelt wurde, daß man hätte glauben können, in seinen Ellbogen und Knien arbeiteten Zahnräder und Seilrollen, um ihn zu Füßen seiner Gastgeber auf die Knie zu zwingen. Der Fürst von Sachsen-Salza rückte sein Monokel zurecht und sah dabei großartig aus. Hinter dem Priester, der damit beschäftigt war, sich wieder aufzurichten, entdeckte er Otto, dem er den Rat gab, die Zeit seiner militärischen Ausbildung, die in einigen Tagen an der Kadettenschule von Wiener Neustadt beginnen sollte, sehr ernst zu nehmen. »Eine schlecht beherrschte Lektion«, sagte der Fürst mit einem breiten Lachen, »und zwei Jahre später haben Sie eine Kugel in der Brust.« Er war ein Mann von hoher Statur und selbstgefälliger Haltung, liebenswürdiger als seine Gattin, mit etwas aufgedunsenem Gesicht, aber klaren, sensiblen Zügen und einer großen Glatze. Nach einer kurzen Weile schien auch Herzogin Klementine Ottos Anwesenheit zu bemerken. Sie kniff leicht die Augen zusammen, als ob sie ihn in unendlicher Ferne gewahrte. Mit einiger Anmut empfing sie die Huldigung, die er ihr darbrachte, und sagte ihm dann mit ihrer trockenen, scharfen, tonlosen und gleichsam von der Leere durchlöcherten Stimme, daß die Damen der vornehmen Gesellschaft schon seit geraumer Zeit der Meinung waren, sie hätte ihn besser in ein Veterinärkorps als zu den Kürassieren gesteckt. »Österreich mangelt es nicht an hervorragenden Kavalleristen, aber Sie hat man mir als den besten Schüler meines lieben Schwarzbrod geschildert. Sie hätten der Monarchie einen besseren Dienst erwiesen, wenn Sie unsere Pferde kuriert hätten, anstatt auf ihrem Rücken zu sitzen.« Damit wandte sie behutsam den Kopf zur Seite, so als hätte sie den jungen Mann nie gesehen, und richtete ihren gelangweilten Blick auf die Menge der Höflinge, die sich um das Paar drängten – dicke oder dünne Leute, rotgesichtige oder bleiche, Perücken und anliegende, gekräuselte Haare, Goldverzierungen, aprikosen- oder apfelblütenfarbene Kniehosen, bestickt und posamentiert, und immer wieder Maria-Theresien-Kreuze, Ordenssterne oder andere Ehrenzeichen. Dann gab es da noch ein Kontingent Offiziere zu bewundern, alle sehr jung und hochgewachsen, alle wohlgenährt mit hübschen, gepuderten Köpfen, lächelnd und energisch wirkend. Sie waren nur an der Farbe ihrer Uniformen voneinander zu unterscheiden, denn je nachdem ob sie Kürassiere der Herzogin oder Husaren des Fürsten waren, trugen sie weiß oder blau.

Alle Gespräche drehten sich um den Krieg. Österreich hatte sich seit ein paar Jahren ziemlich verändert. Die Zeit der Sorglosigkeit, der Gutmütigkeit und der wilden Vergnügungen war vorbei. Die der Panik auch. Heute, da Bonaparte sich in seinen orientalischen Traum verrannt hatte, die französische Flotte unter Brueys vor Abukir gesunken, die Allianz mit Rußland und England zumindest als Faktum wiederhergestellt war und Pitt und Grenville endlich von ihrem Gold ließen, gab man sich wieder Hoffnungen hin. Österreich würde die aus Frankreich gekommenen Barbaren schlagen, wie es dereinst die Türken, die Wilden aus dem Osten, vernichtet hatte. Wien war eine Kaserne, die Festung des Westens und der Pracht der Monarchie. Seine Straßen waren voll von englischen oder russischen Offizieren, die nach Italien zogen oder von dort kamen, ins Königreich der beiden Sizilien, nach Deutschland oder Graubünden galoppierten. Gefürchtete Krieger machten im Schatten von St. Stephan Rast. Man hatte Nelson und den großen Suworow gesehen. Das Fieber hatte seinen Höhepunkt erreicht. Man brannte darauf, diese Armeen von Habenichtsen zu vernichten, die wie die Hasen davonrannten, jetzt, wo Bonaparte sich aus dem Staub gemacht hatte.
Der Fürst von Sachsen-Salza setzte den Zwicker auf seiner Nase zurecht und verkündete wie aus heiterem Himmel, die Throne seien gerettet. Unter dem gleichgültigen Blick seiner Frau hielt er eine kleine Ansprache.
»Wir dürfen nie vergessen, daß sich hinter den Thronen ein anderer Thron verbirgt. Für meine Begriffe ist das der wahre Sinn der Doppelmonarchie, unseres doppelköpfigen Adlers: Gott und der Kaiser zusammen. Wissen Sie, was mich überrascht, ja ich möchte sogar sagen, erschüttert, wenn Suworow

mit seinen Bojaren und seinen Muschiks in eine Stadt einreitet? Ich will es Ihnen sagen: Dann läßt er in der ganzen Stadt die Freiheitsbäume durch Kreuze ersetzen.«

Unter den Offizieren, die sich um das Fürstenpaar drängten, wurde es etwas lauter. Otto fiel auf, daß ihr Verhalten sich je nach Farbe ihrer Uniform, weiß oder blau, unterschied. Im Augenblick hielten die weißen Kürassiere sich zurück, denn das Gesicht der Herzogin Klementine war unbewegt, während die blauen Husaren des Fürsten Begeisterung zeigten. Die Anekdote um Suworow wurde noch weitergesponnen. Man fragte sich, wie ein Soldat von solchem Format sich derart mittelmäßig kleiden konnte. Es war ein richtiges Schauspiel, mit anzusehen, wie in den Straßen von Wien inmitten seiner prachtvollen Adjutanten dieses Männchen von General daherkam, ein Sammelsurium von Ticks, düster und brutal, eingehüllt in einen farblosen Soldatenmantel oder einen Umhang aus Schafsleder, der einem alten Hirten im Kaukasus oder in Tirol gut zu Gesicht gestanden hätte. Eine junge Frau mit dreieckigem Gesicht, deren Spitzenkleid kurz unter der Brust von einem breiten Tüllband gehalten wurde, hatte von den Wallensteins persönlich erfahren, daß Suworow in den prunkvollen Gemächern, die ihm zur Verfügung gestellt worden waren, lieber auf dem Strohsack der Soldaten auf dem Boden als in dem großen Himmelbett genächtigt hatte. Der Bezwinger der Türken haßte es, aus Porzellan- oder Silbergeschirr zu essen. Lieber benutzte er das Eßgeschirr der Truppe. All diese Wesenszüge wurden von den Damen und Offizieren mit einer gewissen Achtung aufgenommen, in die sich aber auch ein wenig Widerwillen mischte. Herzogin Klementine rührte sich nicht, hörte sie überhaupt zu?

Eine gepuderte Perücke in weißen Seidenstrümpfen und rosa Kniehose unter flaschengrünem Gehrock wußte auch etwas beizutragen, in gepflegtem Französisch, es war ein Emigrant, der Vicomte de Videmar. Er berichtete, Suworow hasse Spiegel und zerbreche sie unter lautem Gebrüll, wenn er sein eigenes Spiegelbild irgendwo erblicke. Die Wallensteins seien von dem Ordonnanzoffizier des russischen Helden gewarnt wor-

den. So hätten sie noch rechtzeitig sämtliche Spiegel an den Wänden ihres Palais verhängen können.
Die Gesellschaft prustete los. Fürst Ernst mußte sein Monokel absetzen und sich zurücklehnen, um bequemer lachen zu können. Dieses aus der Tiefe kommende Gelächter sorgte ringsum für respektvolles Schweigen. Im nächsten Augenblick sprach Herzogin Klementine, ohne einen Blick auf ihren Gatten zu werfen, mit angeregter Stimme:
»Es gefällt mir nicht, daß man sich über einen Kriegshelden wie ihn lustig macht. Auf einem Ball mag dieser Mann gewöhnlich erscheinen, aber im Kampf ist er ein Löwe. Die Spiegel, die Kreuze anstelle der Freiheitsbäume, all das ist amüsant und sehr, sehr albern. Man will aus Suworow einen alten Trottel machen. Das Volk von Wien hat mehr Verstand als manch einer von uns. Das Volk von Wien weiß, daß in Suworow gewaltige Kräfte schlummern.«
Sie hielt einen Augenblick inne. Otto sah sie erstaunt an.
»Wissen Sie, was es sagt, das Volk von Wien? Es weiß genau, warum Suworow Angst davor hat, in den Spiegel zu schauen. Warum? Weil er sich nicht sehen kann, meine Herren. Suworow hat kein Spiegelbild. Er hat sein Spiegelbild an den Teufel verkauft, und dafür die Kühnheit und den Sieg vom Teufel bekommen, das ist es, was die Stallburschen und Weißnäherinnen sich erzählen. Diese Leute haben vielleicht eine richtigere Vorstellung vom Heldentum als wir. Sie wissen, daß der Teufel mit von der Partie ist und daß er seinen Anteil verlangt. Und wenn ich Ihnen auch bestätige, daß die Russen die Freiheitsbäume durch Kreuze ersetzt haben, möchte ich doch gern wissen, welche Farbe der Widerschein dieser Kreuze in den Spiegeln der Zeit hat.«
Der flaschengrüne Gehrock war urplötzlich still. Ja, er schien sogar in ein außergewöhnlich betretenes Schweigen zu verfallen, während sein gepudertes Gesicht sich wie ein Schildkrötenkopf unter seine Perücke verzog. Die Heftigkeit der Herzogin hatte die Diplomaten und Offiziere, die nach ihrer Gunst gierten, völlig aus dem Konzept gebracht. Mit einer Hand raffte Klementine ihre Rockschöße und begab sich an

eine andere Stelle des Salons. Otto, der niemals die Kühnheit gehabt hätte, sich in dieses Wortgefecht einzumischen, verabscheute diese Frau. Sicher, sie besaß mehr Feuer als ihre Bewunderer, sie hatte Charakter und Geist, aber letzten Endes war sie widerwärtig. Ein wenig ratlos zog er Kaplan Tahler beiseite, um ihn zu fragen, ob der Fürst und seine Frau sich gut verstünden.

Der Kaplan reagierte ganz aufgeregt. Er hob die Hände zum Himmel.

Die Herzogin habe ihre Eigenarten, das sei richtig, sie liebe Gefühlswallungen. Gegen die Konventionen zu verstoßen, mißfalle ihr nicht, überhaupt nicht, gab der Geistliche zu. Die ersten Monate ihrer Ehe seien nicht ohne Reibereien verlaufen, bis zu dem Moment, als Fürst Ernst den Bitten seiner Frau nachgegeben und ihr ein Kürassierregiment gekauft habe. So besitze nun jeder sein Regiment – hatte man so etwas je gehört? –, und sicher lasse sich zwischen dem Fürsten und seiner Gattin eine Rivalität ausmachen, denn jeder sei darauf bedacht, das beste Regiment zu befehligen, rühme sich seiner eigenen Erfolge, lache über die Niederlagen des anderen und führe Buch über die Zahl der Verletzten und Toten, aber diese Rivalität, sagte Tahler in feierlichem Ton, genau diese Rivalität zwischen den Regimentern sei gesund. Sie treibe jeden an, sein Bestes zu geben, und diese Männer kämpften wie die Berserker. Dieser Wettstreit sei es auch, der es dem Paar ermögliche, ein christliches Vorbild darzustellen, in Liebe vollkommen vereint. Im übrigen seien im Augenblick nur die österreichischen Kürassiere der Herzogin im Einsatz, die sächsischen Husare blieben in Dresden, was den Ehegatten Rivalitäten erspare, die... traurig ausgehen könnten, nun ja, schmerzlich, in Form einer höllischen Abrechnung.

Otto fragte, ob es für ihn noch früh genug sei, nicht etwa, auf den Dienst in der Armee zu verzichten, sondern sich eher für die sächsischen Husare als für die Kürassiere zu entscheiden.

»Nichts spricht dagegen«, erwiderte der Geistliche. »Die beiden Regimenter gehören dem Ehepaar, und die Offiziere können, seien sie nun Sachsen oder Österreicher, beliebig dem einen oder anderen Korps zugeteilt werden. Die Sachsen-Salzas sind ja schließlich deren Inhaber. Sie kannten doch den kleinen Ignaz Jungen, der aus Wien stammt, nun, er ist heute Fähnrich im sächsischen Dresden.«

»Der Fürst erschien mir nämlich friedlicher als die Herzogin, finden Sie nicht, Hochwürden?« meinte Otto.

»Wir hatten uns auf das Regiment der österreichischen Kürassiere geeinigt, Otto, und wollen Sie meine Meinung dazu hören? Der Krieg wird wieder aufflammen, er wird jeden Tag heftiger. Die sächsischen Husare brauchen nicht daran teilzunehmen. Die Ehre, die französischen Armeen zu schlagen, wird also den weißen Kürassieren Ihrer Exzellenz, der Herzogin Klementine, zukommen. Ich zweifle nicht daran, daß Sie darauf brennen, sich im Kampf auszuzeichnen. Und bedenken Sie, Otto, welche Folgen die Bitte um Versetzung zu den Husaren hätte, die nicht kämpfen müssen. Böse Zungen würden das als Feigheit auslegen. Sie wären das Stadtgespräch von Wien. Herzogin Gertrud, unsere Gönnerin, wäre die erste, die das übel aufnehmen würde.«

Der Geistliche legte die Hand auf Ottos Jacke.

»Herzogin Gertrud hat darauf bestanden, Sie zu sehen. Würden Sie ihr wohl Ihre Aufwartung machen?«

Man begab sich in den hinteren Teil des Salons, zu einem mauvefarben verhängten Fenster, und dort thronte die alte Dame auf einem granatroten Kanapee. Seit ihrer ersten Unterredung mit Otto war ihre Perücke noch voluminöser geworden, und ihre Locken waren rosa gefärbt. Alles andere, die spitze Nase, die kräftigen, weichen Kiefer, der farblose, fast ganz eingefallene Mund, das Kirschrot und Weiß ihrer Wangen, alles andere war unverändert. Herzogin Gertrud schickte unwirsch ein paar junge Damen aus der feinen Gesellschaft fort, sobald der Geistliche ihr Ottos Anwesenheit gemeldet hatte. Sie reichte ihre kleine Hand zum Kuß und forderte den jungen Mann auf merkwürdige Weise, durch eine Bewegung mit ihrem Handtäschchen, auf, ihr gegenüber in einem Sessel Platz zu nehmen. Dem Kaplan bot sie keinen

Platz an. Die alte Herzogin war gut gelaunt, sicherlich empfand sie Sympathie für Otto, vielleicht führte sie auch irgend etwas im Schilde. Sie scherzte, beugte sich herüber, um Otto eine Dummheit ins Ohr zu flüstern, gab sich schelmisch. Nichts von der beunruhigenden Person, die Otto in Erinnerung hatte.

»Ich möchte Sie bitten, Apfelgrün, einen Blick nach draußen zu werfen. Christine Kinsky ist für einige Tage verreist, und ich muß wissen, wie der Sonnenuntergang heute abend aussehen wird, was soll ich machen, in meinem Alter steckt man voller kleiner Manien, aber wir haben ja Zeit, nicht wahr? Wissen Sie, was diese Schar von Gänsen, die da um mich herum waren und von denen Sie mich befreit haben, zu schwatzen wußten? Die kleine Gräfin Pietranera hat von Bonaparte gesprochen. Ihr Dummkopf von Ehemann... na ja ich meine, ihr Mann, oder aber einer ihrer Liebhaber, hat ihr wohl erzählt, Bonaparte sei ein französischer General und nach Ägypten gegangen, oder so etwas ähnliches. Und sie hat zu mir gesagt, Bonaparte sei nicht nur am Ende, sondern völlig überholt... überholt, stellen Sie sich das einmal vor!«

Die Herzogin bog sich vor Lachen, aber in Windeseile, so als hätte sie keine Zeit zu verlieren.

»In meinem Alter bleiben nicht mehr genug Jahre, um sie mit Lachen zu vergeuden; ansonsten lieferte die kleine Gräfin Pietranera mir zwischen zwei ihrer Liebschaften beste Gründe dafür.«

Sie klopfte mit ihrem Täschchen auf Ottos Handgelenk.

»Bonaparte wird nicht ewig im Orient bleiben. Und wer kann sich überhaupt rühmen, zu wissen, was er dort treibt? Eine alte Neunmalkluge wie ich weiß, daß Bonaparte immer da ist, wo man ihn nicht vermutet. Er bietet uns ein Schauspiel, die Pyramiden oder sogar die Katastrophe von Abukir, aber damit streut er uns nur Sand in die Augen. Ist Ihnen aufgefallen, daß er, drei Monate nach Abukir, mit Monge und Berthelot die Reise nach Suez antritt – Christine liest mir die Gazetten von Paris vor. All das sind Täuschungsmanöver, und da die Narren sich davon blenden lassen, kann er in aller Ruhe ge-

fährlichere Ränke schmieden. Und über die Türkei habe ich auch so meine eigenen Ansichten.
Wissen Sie, worin Bonapartes Stärke liegt? Statt sich, wie unsere braven Generäle im Dunkel zu verstecken, versteckt er sich im Licht!«
Sie hob eine Hand vor ihr Gesicht und wies auf ihre weit aufgerissenen Augen. »Die Augen, Apfelgrün, die Augen!« Otto wollte etwas sagen, doch sein Verstand hatte nichts parat, er war starr vor Furcht. Abrupt befahl die Herzogin Kaplan Tahler, ihre Nichte, die Herzogin Klementine, zu holen. Der Geistliche sprang auf: Sich unter die Gäste zu mischen, im Vorbeigehen ein Glas Champagner zu leeren und Klementine herzubringen, war Sache eines Augenblicks.

Herzogin von Mahlberg stellte sie einander vor.
»Ihr neuer Kürassieroffizier, Klementine, Otto Apfelgrün.«
Klementine reichte ihm ihre Hand zum Kuß, setze eine gelangweilte Miene auf und fragte den jungen Mann:
»Sind Sie mir nicht vorhin schon vorgestellt worden? Mir ist, als hätte ich Sie schon gesehen.«
»Genau«, unterbrach Gertrud. »Dieser junge Mann hat mir erzählt, wie Nelson das Herrscherpaar von Neapel auf seinem Schiff gerettet und sie nach Palermo in Sicherheit gebracht hatte. Oder habe ich ihm diese Geschichte erzählt? Oder haben wir über etwas ganz anderes gesprochen? Sie wissen, daß ich Nelson sehr gut kenne. Er war eng mit Lord Misrule befreundet. Und ich verehre Lady Hamilton, denn sie hat Courage, sie setzt sich über das Gerede der Leute hinweg, aber wissen Sie, was mich bei Nelson erstaunt? Seine Überheblichkeit vielleicht? Na, schließlich ist er ja nur ein Engländer. Nein, was überrascht, ist etwas anderes: Auf den ersten Blick glauben Sie, Sie hätten es mit einem Idioten zu tun, ich sage bewußt, einem Idioten, aber unvermittelt öffnet sich der Dummkopf wie eine russische Puppe, und in seinem Inneren entdecken Sie den tiefsinnigsten, prophetischsten Mann der Welt. Nelson muß man im Grunde aufschrauben.«

Kaplan Tahler lachte laut auf.
»Meine liebe Klementine«, sagte Gertrud, »ich hatte die Ehre, mehrere Ihrer jungen Kürassieroffiziere kennenzulernen, auch einige von Ernsts Husaren. Ihre Gemahlinnen waren auch dabei. Das sind Nippsachen, Spieldosen, aus denen nie eine Melodie herauskommt. Mich wundert, wie sich all das dermaßen gleichen kann. Das ist doch nichts als eine Herde, Klementine, das sind Schafe, selbst wenn sehr viel Mut dabei ist. Das muß sich auf Befehl töten lassen, gut, sehr gut, darf aber nicht oft den Gehorsam verweigern, oder? Wie können Sie Offiziere ertragen, Klementine, die niemals ungehorsam sind?«
Klementine amüsierte sich. Sie war nicht mehr dieselbe. Sie war wie Nelson, dachte Otto, eine russische Puppe, und die alte Mahlberg hatte den griesgrämigen Kopf abgeschraubt, um eine andere, eine schelmische, lebhafte, sogar temperamentvolle Person zum Vorschein zu bringen.
»Meine liebe Tante«, begann Klementine mit viel Respekt, »meine Offiziere sind dazu ausgebildet, sich töten zu lassen, ohne mit der Wimper zu zucken. Alle Welt bewundert Suworow, aber wissen Sie, was seine Stärke ausmacht, was die Stärke der russischen Soldaten überhaupt ausmacht? Wenn einer von ihnen verwundet wird, zum Beispiel bei einer Patrouille, fällt er hin, stößt aber nie den kleinsten Schrei aus, ja nicht einmal ein Stöhnen, so schwer er auch getroffen sein mag, um das Feuer nicht auf seine Kameraden zu lenken. Sie können sich in allen anderen Armeen umschauen. Nicht einmal die Franzosen sind zu solcher Selbstlosigkeit fähig.«
Herzogin von Mahlberg machte eine heftige Bewegung, so als wollte sie den Wortschwall ihrer Nichte einfach wegfegen.
»Nelson hat einen Arm verloren«, sagte sie, »den rechten Arm, in Santa Cruz de Tenerife. Vorher hatte er bei der Schlacht von Calvi ein Auge verloren. Viel blieb ihm nicht mehr, aber gerade den Ungehorsam hatte er sich bewahrt. Ich werde Ihnen eine Geschichte erzählen, die habe ich von diesem törichten Beckford:
Bei der Schlacht von Kopenhagen sieht es für die Engländer

schlecht aus und Nelson erhält von Admiral Parker den Befehl, die Segel zu streichen. Nelson hat eine andere Idee. Er will den Kampf fortsetzen, obwohl sie in einer schwierigen Lage sind. Seine Offiziere lassen nicht locker: Das Zeichen zum Rückzug flattert über Parkers Schiff. Da läßt Nelson sich sein Fernrohr geben und richtet es auf Parker. Nur, wissen Sie, was er macht, Klementine? Dieses Fernrohr hält er vor sein blindes Auge, sucht lange Parkers Masten ab, knurrt und brummelt vor sich hin und sagt dann zu seinen Offizieren folgendes: ›Der Teufel soll mich holen, wenn ich Ihr Zeichen sehe. Ich habe nur ein Auge, und da habe ich ja wohl das Recht, von Zeit zu Zeit blind zu sein. Ganz ehrlich, ich sehe Ihr Zeichen nicht!‹ und er setzt den Kampf fort, ja, Nelson ist nicht gerade ein gehorsamer Mann.«

Otto beobachtete Klementine verstohlen. Das war eine andere Person, man mußte sie ausgewechselt haben. Nach der herablassenden Miene ein Ausdruck des Vernügens und jetzt der eines Adlers; ohne ersichtlichen Grund fühlte er sich geschmeichelt. Er war nicht so eitel, zu glauben, seine Anwesenheit hätte die Gefühle der jungen Frau geweckt. Es kam ihm nicht im entferntesten in den Sinn, daß er eine Frau von solchem Stand verunsichern könnte. Unter den Nähmädchen und Bäuerinnen fühlte er sich wohler. Die hochwohlgeborenen Damen ließen ihn vor Staunen erstarren, und er fürchtete, sie könnten es merken.

»Dennoch«, so dachte er weiter, »überrascht Herzogin Klementine offenbar ihre eigene Gesellschaft. Vermutlich hat man sie nie so ungekünstelt, in solcher Erregung erlebt. Das Wunder hat Herzogin Gertrud vollbracht, sie weiß, wie man ihre Nichte in Gang setzt. Sie kennt all ihre Zahnräder. Kaplan Tahler hat mir erzählt, daß Herzogin Klementine zu heftigen Gefühlen neigt, daß sie sich gern über lächerliche Figuren lustig macht. Da ist sie mit ihrer Tante ja wirklich verwöhnt! Diese alte Dame ist ein wenig boshaft, sie lügt wie gedruckt, aber sie hat sich mehr Jugendlichkeit bewahrt als all die hier versammelten Klatschbasen. Und manchmal hat sie auch zärtliche Momente.«

Klementine antwortete Gertrud. Sie akzeptierte es, wenn einer ihrer Kürassiere sich den Befehlen seines Oberstleutnants widersetze, aber nur, wenn er es wie Nelson tue, mit Stil. Dann wandte sie sich zum ersten Mal an Otto und sagte mit Nachdruck:

»Sie sind gewarnt, Herr Apfelgrün. Wenn Sie Lust zum Ungehorsam verspüren, müssen Sie erst einmal auf Teneriffa einen Arm verlieren, auf Korsika ein Auge, dann müssen Sie sich ein Fernrohr zulegen, kurz, Sie müssen sich ganz schön anstrengen, und doch kann Ungehorsam nur um diesen Preis als Tugend gelten.«

Sie entschuldigte sich bei ihrer Tante, sie müsse sich um ihre Gäste kümmern. Die alte Dame küßte sie und sagte, auch sie würde ihr Biwak aufheben, sobald Herr Apfelgrün seine erste militärische Aufgabe erfüllt hätte, nämlich die, den Sonnenuntergang für sie zu beobachten. »Aber denken Sie daran, Apfelgrün. Sehen Sie zu, daß die Nacht schön ist. Ich habe Lust auf viele Sterne. Und kein Ungehorsam, haben Sie verstanden?«

Otto durchquerte den großen Saal. Der Lärm all dieser Gespräche machte ihn schwindelig, und nach einer so langen Unterhaltung mit Herzogin Klementine besah er sich jetzt all die Perücken, all die Gecken im Umkreis. Fast rannte er die Stufen der großen Treppe hinunter, die immer noch von unerschütterlichen Dienern erleuchtet wurde. Er ging um das Palais herum und kam in den Garten. Die Abenddämmerung war lau, von frischeren Brisen durchzogen. Otto würde der Herzogin von Mahlberg nicht gehorchen. Er würde ihr erzählen, Österreich sei an diesem Abend eisigkalt, und Lichtschimmer spielten im Rauhreif der Tannen, Eiben und Fichten. Er würde eine Landscahft nach seiner eigenen Fasson schaffen, über diese Vorstellung mußte er ganz allein lachen, er fühlte sich wie in der Oper.

Otto wußte gar nicht, wie recht er hatte. In einer kleinen von eingefaßten Rasenflächen begrenzten Allee bemerkte er, zwei Schritte von sich entfernt, Herzogin Klementine. Durch den

Sand auf den Wegen hatte er sie nicht kommen hören, so daß es schien, als hätten die Irrlichter sie hergezaubert. Klementine stand reglos da. Ihre Züge konnte man kaum erahnen, denn sie war in einen marineblauen Kapuzenmantel gehüllt, trug einen roten Musselinschal um den Hals und hielt den Blick fest geradeaus gerichtet. Otto kam sich noch linkischer vor als sonst, er betete zum Himmel, sie möge ihn nicht ansprechen. Sie wollte ein bißchen frische Luft schnappen, das war alles, und die Begegnung war reiner Zufall. Wenn sie sprechen würde, wäre er kaum imstande, zu stottern; daß seine Unbeholfenheit Charme hatte, kam ihm gar nicht in den Sinn.

Klementine machte einen Schritt auf ihn zu. Sie hatte einen furchtsamen und doch entschlossenen, leicht abwesenden Gesichtsausdruck. Mit einer Hand umklammerte sie einen dieser merkwürdigen Stöcke, die Otto vorhin bemerkt hatte und in deren Knäufen die türkisch gekleideten Kundschafter Mitteilungen versteckten. Die Stimme der Frau zitterte.

»Nelson muß ein großartiges Gefühl verspürt haben, als er das Fernrohr vor sein blindes Auge hielt, glauben Sie nicht? Ein solcher Augenblick wiegt ein Leben voller Auszeichnungen auf, nicht wahr?«

Ihr Gesicht war ausdruckslos. Oder war es Wahnsinn? Sie biß sich auf die Lippe und befahl Otto, zu antworten, fuhr aber selbst rasch fort:

»Glauben Sie, daß in einer Sekunde echter Gefahr mehr Leben stecken kann als in einem ganze Leben?«

Otto wußte sich nicht zu helfen. Er blieb stumm.

»Normalerweise phantasiert man im Fieber. Sehen Sie, ich bin eiskalt.«

Ganz kurz legte sie ihre Linke auf Ottos Hand. Sie schraubte den Goldknauf des langen Stocks ab und gab dem jungen Mann ein zweimal gefaltetes Stück Papier, bevor sie verschwand. Otto lehnte sich an einen Baumstamm. Er schloß fest die Augen und machte keinen Versuch, der jungen Frau zu folgen.

Einige Minuten später ging er in den großen Salon zurück und erstattete der Herzogin Bericht. Die alte Dame regte sich gar nicht auf, wie bei Christine Kinsky, als er ihr von der Kälte und dem Rauhreif erzählte. An diesem Abend war die Herzogin richtig zufrieden. Sie klopfte mit ihrem Stock auf den Boden und Kaplan Tahler wurde beauftragt, ihr auf dem schnellsten Weg die beiden Diener zu schicken, die sie zum Palais Questenberg-Kaunitz zurückbringen würden. Otto verabschiedete sich vom Fürsten von Sachsen-Salza und seiner Frau. Die Herzogin hielt ihm ihre Hand zum Kuß hin. Otto marschierte lange durch die Nacht, er folgte den Straßen aufs Geratewohl, wobei er leicht schwankte, denn in Wirklichkeit hatte er viel Champagner getrunken. Gegen vier Uhr morgens blieb er unter einer Straßenlaterne stehen. Jetzt erst brachte er es fertig, Herzogin Klementines Briefchen auseinanderzufalten. Es enthielt nicht die geringste Botschaft, es war ganz weiß. Otto verstaute es sorgfältig in seiner Westentasche.

IX

Es war das letzte Fest dieses Winters. Das Frühjahr und den Sommer 1799 verbrachte Otto in der Militärakademie, die die große Maria-Theresia 1751 in Wiener Neustadt gegründet hatte, vielleicht eine Wegstunde südlich von Wien, auf halber Strecke zwischen Leoben und Baden gelegen. Die jungen Offiziere waren in der Burg untergebracht, die Handhabung der Waffen lernten sie im Innenhof des Schlosses vor der Wappenwand, deren Mauern mit siebenhundert plastisch hervortretenden Wappen geschmückt waren, und während Otto sein riesiges Gewehr lud, suchte er das Familienwappen der Mahlbergs. Er lernte, wie man eine Patrone aufriß und mit dem langen, schweren, geraden Kavallerieschwert der Kürassiere umging. Am Tag und in der Nacht machte er Gewaltmärsche und Geländeritte, übte sich im Erteilen von Befehlen, indem er seiner sonst eher weichen Stimme Nachdruck verlieh, er wurde mit Sprengstoffen und Brücken vertraut, hielt Dienstvorschriften und Protokolle fest, lernte das Lesen militärischer Karten und studierte die Schlachten von Prinz Eugen, Friedrich II. und dem Fürsten von Ligne. Die Tage waren anstrengend, aber Otto lebte zufrieden. Das Wappen der Mahlbergs war nicht an der Wappenwand vertreten. Hin und wieder faltete Otto das weiße Blatt aus der Nacht am Kärtnertor auseinander, und abends flanierte er mit seinen Kameraden unter den gotischen Arkaden am Hauptplatz oder auf den Befestigungen bei St. Peter an der Sperr.

Die Vergnügungen in der Gemeinschaft waren anspruchslos und beruhigend. Im hellen Gelände führte man Gefechtsbewegungen durch. Auf einem dicken, komischen, ja aufgekratzten Pferd jagte Otto durch blumenübersäte Täler, ritt die

Gebirgsbäche und Flüsse hinunter. In Gasthäusern machte man halt, man angelte Forellen, trank Weißwein, spielte ein Kugelspiel, wobei Otto sich geschickt anstellte, und mit den Bedienungen schäkerte, die nicht auf den Mund gefallen waren. Otto hatte ein paar flüchtige Abenteuer, er liebte die Landmädchen, die blaue oder weiße Schürzen trugen und gutmütig waren. Berechnung kannten sie nicht. Das war eine Abwechslung gegenüber dem Dünkel der großen Damen und ihren Fallen. Heuchelei lähmte Otto. All seine Kameraden mochten ihn. Viele Jahre zuvor hatte sein Großvater ihm zu Weihnachten Pappsoldaten geschenkt. Zusammen mit dem alten Mann hatte er die Silhouetten von Husaren und Grenadieren ausgeschnitten, sie mit Säbeltaschen, Tschakos und Schulterstücken ausgerüstet und zum Schluß in grellen Farben angemalt.
Im Oktober 1799 erreichte ihn eine seltsame Abkommandierung. Der Fürst von Sachsen-Salza hatte zugestimmt, ihn vorläufig einem Infanteristenkorps zuzuteilen, das im Herzen jener gefahrvollen Zone lag, die man die Militärgrenze nannte, entlang der Grenze Österreichs mit den Ländern des osmanischen Reiches. Diese Abkommandierung war ungewöhnlich. All seine Freunde, die zugegebenermaßen auch bessere Beurteilungen hatten, waren brillanten Regimentern in Wien, Italien und im bayrischen Grenzgebiet zugeteilt worden. Ob wohl ein Versehen der Behörden vorlag? Einer von Ottos Kameraden, Konrad von Thieburg, meinte, eine solche Ausnahme hätte nur vom Hofkriegsrat oder vom Oberbefehlshaber angeordnet werden können. Es sei denn, die Hofkanzlei hätte da auch noch ein Wörtchen mitzureden. Immer noch diese Geschichte von Baden, der doppelköpfige Truthahn? Aber Otto hatte seine eigene Vorstellung, diese Vorstellung gefiel ihm, und er vertraute sie niemandem an: Die Ernennungen waren letztlich allein Sache der Oberstinhaber der Regimenter, in diesem Fall also des Fürsten Ernst von Sachsen-Salzas.
Otto unternahm nichts, um diese Entscheidung rückgängig zu machen. Es mißfiel ihm keineswegs, daß seine Karriere

vom Zufall, von einem Irrtum, von der Unfähigkeit der Behörden oder gar vom Willen des Fürsten Ernst gelenkt wurde: Hier kamen seine Sorglosigkeit, die zweifelhafte Ruhe der Resignation zum Zuge. Und sein Vorrat an Glück war noch nicht angebrochen.

»Vom Grund eines Fingerhuts«, hatte er zu Thieburg gesagt, »zieht man, wenn man ein bißchen geschickt ist, tonnenweise Glück hervor. Gib mir eine Trappistenzelle, und ich mache mir daraus eine Wunderlampe.« Thieburg nannte ihn hochmütig, und Otto wunderte sich.

Gleich am Tag nach dem feierlichen Aufmarsch in Waffen, der die Ausbildung beschloß, eilte er nach Wien, um seine Eltern in die Arme zu schließen. Sein Vater, der Advokat Apfelgrün, erkannte ihn sofort. Er war noch immer genauso geschwätzig und extravagant, aber sein Stammeln war kaum zu verstehen. Er hatte sich sein eigenes Wörterbuch gebastelt, indem er alle Wörter, die ihm leicht entfielen, in ein Notizbuch eintrug. Wenn ihm wieder eins einfiel, war er sehr stolz; Otto war den Tränen nah. Der junge Mann verbrachte viel Zeit zu Hause und leistete seinem Vater Gesellschaft. Er besuchte auch Professor Schwarzbrod und seine vortreffliche Gemahlin Greta. Nach dem Abendessen wollte der Professor ihn nach Hause begleiten, was darauf schließen ließ, daß er ihm etwas Wichtiges zu sagen hatte. Schwarzbrod ging sehr behutsam vor. Ottos Abkommandierung in die Militärgrenze machte ihn stutzig, doch dieser erwiderte betont lässig, die Herren in der Verwaltung hätten wohl ihre Gründe.

»Ich wirke eben nicht so ganz wie ein Vorgesetzter, sehen Sie.«

»Ich habe meine eigene Ansicht in dieser Sache«, entgegnete Schwarzbrod, »aber Sie müssen mir versprechen, zu schweigen.«

»Sie denken an Fürst Ernst?«

»Natürlich, mein Guter, der Fürst ist immer noch in seine Frau verliebt. Und er ist sehr besorgt wegen des Geredes der Leute.«

Otto stutzte einen Augenblick lang. Er verstand nicht recht.

Hatte er sich gegenüber der Herzogin Klementine je ungebührlich oder unverschämt verhalten?
»Was ändert das denn?« fragte Schwarzbrod. »Der Fürst ist kein Trottel, und wenn Sie es genau wissen wollen, Christine Kinsky hat das alles angezettelt. Woher ich das weiß? Ich weiß es eben, punktum. Noch eins, Otto: Herzogin Klementine wird es verstehen, Ihnen Post in Ihre Garnison zu schikken.«
Der Professor nahm Otto in den Arm und drückte ihn zärtlich an sich.
»Sie wissen, daß unsere Tochter Maria-Josepha sehr leidend ist. Aber wir behalten sie zu Hause, arme Greta.«
Abends sprach Otto mit seinem Vater über Herzogin Klementine. Der Advokat hörte ihm zu, ohne etwas zu verstehen, die Hand wie ein Hörrohr am Ohr, und Otto erzählte von dem Fest am Kärntnertor, dem Stock mit dem Goldknauf, dem zweimal gefalteten Briefchen. Er gestand, daß er pausenlos das Bild der Herzogin vor Augen hatte. Herr Apfelgrün wiegte lächelnd den Kopf hin und her. Otto mußte die Tränen zurückhalten, aber wem hätte er denn auch solche Dinge anvertraut, wenn nicht diesem armen, verwirrten Hirn? Am nächsten Morgen, dem 13. Oktober, ritt Otto zusammen mit vier Soldaten, in gestrecktem Galopp in die Grenzgebiete des Reiches. Nach drei anstrengenden Tagen erreichte er die Festung Vrenjac.
Der Winter 1799 hielt Anfang November mit Pauken und Trompeten Einzug. Eine Nacht nur, und er hatte alle Farben verblassen lassen. Die gelbe und graue Landschaft mit ihren langgestreckten Talmulden und gezackten Bergkämmen war mit Rauhreif überzogen, und am nächsten Morgen begann es zu schneien. Otto hatte das Kommando über die kleine Zitadelle, verbunden mit der Aufgabe, die Ebenen im Süden zu überwachen und ihre topograpische Erfassung sicherzustellen. Mit Überzeugung versah er seinen Dienst. Jeden Morgen ließ die Trompete ihn von seinem Lager hochfahren, in der Kälte der uralten Gemäuer, und bis zum Einbruch der Dunkelheit war er ständig beschäftigt. Otto ritt zu den Wach-

posten, kontrollierte die Rundgänge und Patrouillen, hatte die Leitung beim Exerzieren, wachte über die Wirtschaftsverwaltung und die Küche.

Die Gegend lag verlassen und schweigend da. Im Heideland bildeten vereinzelte Dörfer schwärzliche Blasen. In Stoffetzen eingemummte Bauern rauchten trotz der Kälte ihre Pfeifen auf der Schwelle ihrer Hütten und warfen trübselige Blikke auf die patrouillierenden Soldaten. Die Häuser stanken nach Urin oder ranziger Butter, Tannin und toten Insekten. Sie waren aus unbehauenen Steinblöcken gebaut, vom Rauch völlig geschwärzt, und man kam sich darin vor wie in einem Kohlebergwerk. Um ein Feuer in der Mitte des Raumes saßen die Frauen und webten graue Wollstoffe oder kochten in einem Kessel Kohl mit Kartoffeln, und wenn man von den Festungswällen aus zusah, wie die Dorfbewohner mit ihren Hacken in der Erde kratzten, hätte man schwören mögen, daß sie sich in den Kopf gesetzt hatten, Löcher auszuheben, um sich selbst darin zu begraben; aber durch den Frost wurde der Boden immer härter, die Männer waren erschöpft, sie schafften es nicht mehr, so tief zu graben, daß ihre Leichen in die Löcher gepaßt hätten, und so kehrten sie zu ihren baufälligen Hütten zurück. Immer seltener verließen sie das Haus.

Der Wind legte sich nie, niemals. Er hüpfte durch die gewundenen Gänge der Zitadelle. Er trieb die Tage und die Nächte vor sich her, wie man eine Schafherde vor sich her treibt, er löste die Himmel in den Farben des Schwefels und des Herbstlaubs auf, ja er ersetzte sie durch diese Farben. In den Hütten, die sich am Fuß der Mauern um die Festung drängten, wurden bleiche, faltige Kinder geboren, man kleidete sie in Lumpen, sie hackten die unfruchtbare Erde, krümmten sich, machten neue Kinder, bleich und faltig, sie wurden alt, und schließlich fand man sie am Fußende ihrer Betten, zwischen den Stoffetzen, man brachte sie unter die Erde, und die Sache war erledigt. Im Grenzland war die Geschichte verkalkt. Sie wußte nicht mehr, was sie tat, und reproduzierte immer wieder dieselbe Episode. Schon immer, seit einem Jahrtausend, seit zwei Jahrtausenden, hörte man dort wie in einem Echoraum den Widerhall desselben heiseren Schreis, derselben zerlumpten Grammatik. Gegenüber dieser Zivilisation von Mistkäfern bildeten die Königreiche des Westens eine schillernde, aber zerbrechliche, flüchtige, gleichsam trügerische Arabeske. Wenn man diesen unvergänglichen Boden betrachtete, wurde einem klar, daß Europa sich noch so sehr anstrengen konnte, seine Wappen in die Windungen der Geschichte einzugravieren, es besaß nur Annalen aus Staub. Europa stammelte auf seine Art. Seine Späher suchten Jahrhundert um Jahrhundert die malvenfarbenen Horizonte ab, an denen hin und wieder die von Osten kommenden Horden auftauchten, einem Wind, einem Gewitter gleich, jene Horden, die wie Schwärme von Lemmingen oder Heuschrecken ins Land fielen, Kolonnen gelber Krieger mit hohen Wangenknochen und fettglänzenden Gesichtern, die auf ihren kleinen, ungebärdigen Pferden daherkamen und grüne, gelbe oder blaue Standarten mit Monden und Sternen schwenkten. Diese Gespensterarmeen stürzten sich mit der Hartnäckigkeit von Sternbildern auf die Glacis des Westens, belagerten die Festungen und vernichteten die Viehherden, die bestellten Äcker und die Brücken, bevor sie davonstoben und ihre Leichen entlang der Flüsse oder auf den Fallgattern der Burgfesten zurückließen.

Von November an trafen Kuriere aus Wien ein. Vom Ritt erschöpfte Männer jagten im Galopp heran und übergaben dem Befehlshaber des Forts Säcke voller Dokumente. Meistens kehrten sie in Windeseile wieder um, mit einem unsicheren Schimmer in den Augen, so als wollten sie sich selbst einreden, daß irgend etwas in dieser zeit- und kalenderlosen Provinz doch Bestand haben mußte. Die Nachrichten, die sie brachten, unterlagen keiner erkennbaren Ordnung. Sie waren völlig zusammenhanglos. Und wie sollte man manche Ereignisse interpretieren, wenn man die vorangegangenen Ereignisse nicht kannte? Die Reihe der Botschaften war voller Lükken und Nachlässigkeiten, sei es, daß die Verwaltung in Wien schlampig arbeitete, sei es, was wahrscheinlicher war, daß manche Kuriere sich im Gebirge verstiegen hatten, daß sie von Plünderern oder wilden Tieren, von verängstigsten Bauern oder von ebenfalls verirrten türkischen Soldaten ermordet worden waren, sei es schließlich, daß sie vom Weg abgekommen und monatelang um die Festung herumgeritten waren oder daß andere ganz einfach den Sonnenaufgang mit dem Sonnenuntergang, den Norden mit dem Süden verwechselt und ihre Dokumente nach Böhmen oder in die Lombardei gebracht hatten. Ganz zu schweigen von den Meldereitern, die in den Dörfern jenseits der Grenze gelandet waren und ihre Verzeichnisse türkischen Bauern ausgehändigt hatten, unfähig, auch nur einen einzigen Buchstaben zu entziffern, doch gerade noch gewitzt genug, sie nach Konstantinopel zu schikken, wo sie in den weltlichen, verstaubten, niemals benutzten Archiven der Hohen Pforte landeten.

Fiebernd vor Ungeduld sah Otto die Stöße von Post durch. Nur selten entdeckte er unter den militärischen Befehlen und Nachrichten vom Krieg im Westen nicht auch einen Umschlag mit seinem Namen. Aus dem Umschlag glitt ein weißes Blatt Papier, von derselben Größe wie das Briefchen vom Kärntnertor, und genauso gefaltet, ein leeres Blatt, mit dem einzigen Unterschied, daß Herzogin Klementine konsequent in der linken oberen Ecke das Datum des Briefes eintrug. Ein Datum, nichts sonst, ein weißer Brief. Otto vermerkte diese Daten und versuchte sich zu erinnern, was er selbst an dem Tag, an dem Klementine ihr Briefchen aufgegeben hatte, in seiner Zitadelle getan hatte. Zuerst erhielt er einen Brief vom 10. November, dann wurde die Zeit zurückgedreht und ein Kurier übergab ihm einen Brief vom 19. Oktober, darauf war wieder einer im November und einer kurz vor Weihnachten abgeschickt worden; ein neues Briefchen traf ein, das am 12. Oktober aufgegeben worden war, d.h. einen Tag bevor Otto sich mit seinen vier Soldaten auf den Weg gemacht hatte, genau an dem Tag also, als er mit Schwarzbrod durch die Straßen um den Stephansdom gegangen war und anschließend seinem Vater von Herzogin Klementine erzählt hatte.

Nachts stieg Otto gewöhnlich auf den höchsten Turm der Festung und beobachtete durch die Schießscharten hindurch die

Ebene. Er hätte sich gewünscht, daß Lichter aufblinkten, daß die stumme Erde durch Schreie von Kriegern, durch das Rollen von Trommeln und das Donnern der Artillerie geweckt würde. Doch der Stern des Ostens verblaßte, er ging langsam unter. Die Zeit der Janitscharen lag schon lange zurück, ebenso die Zeit der Serdengestler und der blauen Fahnen des Todes, das Jahrhundert, da die Khane aus den Schädeln ihrer Feinde Pyramiden bauten, ja selbst der Sieg am Kahlenberg unmittelbar vor der Großen Pest in Wien. Das Reich des Ostens war ausgeblutet. Wenn es sich noch regte, dann mit den Bewegungen eines Schlafwandlers. Hier in der Militärgrenze war der Lärm der Hohen Pforte fast unhörbar. Das alte Herz ließ seine letzten Schläge vernehmen, und dort unten, in der Stadt der Meerengen, der Hauptstadt der Katalepsie, verwitterten die Turmspitzen der Minarette, und die Kuppeln waren mit einer grünlichen Rostschicht überzogen. Die Stadt der Janitscharen hatte sich hinter ihren Bronzetoren verschanzt. Ein Volk von Greisen ging im Inneren der verfallenen Paläste umher, zwischen den Stapeln von Pergamentrollen, auf denen alles, was einmal im Reich geatmet, seine Spuren hinterlassen hatte; mittlerweile waren sie unleserlich geworden, denn die Würmer verschlangen die Archive unter gewaltigem Krachen von Kiefern, und, ja, so meinten die Offiziere am Kasinotisch, ja, das alte Reich war in ein Koma gefallen, aber ein schon so lange andauerndes Koma und im übrigen war der Glanz der großen Stadt eines Basileus zu ihrer Blütezeit vielleicht nur ein anderes Koma, und wenn man es genau bedachte, warum sollte das Reich des Ostens, das schon mit den Farben des Todes lackiert war, eigentlich nicht imstande sein, einen letzten Rülpser von sich zu geben, noch einmal seine Krallen über Europa auszustrecken und es zu zerreißen, so wie ein Körper in seiner Todesangst sich aufbäumt und sich an der Kehle des Priesters festklammert?
Und der Wind wehte unaufhörlich, er trug die Tage davon. Otto hatte keine Gefährten. Die drei Offiziere, die ihm zur Seite standen, fluchten die ganze Zeit vor sich hin. Die Soldaten stammten größtenteils aus dem Banat, sie waren robust

und pflichttreu, wie Schieferblöcke, wie Grimassen, mit ihren lethargischen Augen, ihren steinernen Pupillen. Sie waren diszipliniert wie Hunde, vertrauensvoll und unverwüstlich. Einer von ihnen, der Mathias hieß und eine fürchterliche Kraft besaß, ein alter Soldat voller Narben, gehorchte Otto mit solcher Begeisterung, daß sich sein Gesicht ständig zu einem verzückten Lächeln verzog. Eines Tages geriet Otto in Wut über ihn, er schlug auf den Koloß ein, um dieses unberechtigte Lächeln zu zerstören. Otto wurde nervös; dieses Leben mit den gelblichen Nebeln, den Hyänen und Schakalen, dem Gewimmer der Adler, dem Heulen der wilden Hunde und Wölfe und der entlaubten Erde machte ihn fast verrückt. Dort oben in Europa hatten seine Kameraden aus Wiener Neustadt, Thieburg, Dietrich, Llwoff, ihre pastellfarbenen Uniformen angezogen und führten Krieg in den sinnenfreudigen Städten Italiens, in den duftenden Wäldern Deutschlands, und sie wußten, wie sie es anstellen mußten, zu leben und zu sterben, aber in der Militärakademie hatte niemand Otto beigebracht, wie man sich mit den Vorposten des Nichts herumschlug. Noch in der größten Verwirrung trafen weiterhin die leeren Botschaften der Herzogin Klementine ein. Vergeblich versuchte Otto, seine Tage nach dem spärlichen Kalender der jungen Frau einzurichten.

Mit Fortschreiten des Winters nahmen die Geräusche ab, außer dem Heulen der Windböen. Die Sonne verlor ihren Glanz. Alle Lebensäußerungen erzitterten im schmutzigen Dezemberschnee. Sie wurden aufgesogen von den schwammigen Weiten, den Steppen, dem Heideland voller Felsen, Alfagras und Ginster, und, falls ein Sultan oder ein Padischah oder ein Scheich die Soldaten der Hohen Pforte noch einmal zur Plünderung des Westens ausschicken sollte, würden auch sie sich auflösen, bevor sie die Festung erreicht hätten. Sie würden gerde noch die Kraft haben, das Getöse ihrer Kavalkaden und ein paar Trommelschläge ertönen zu lassen. Am Horizont würde man ihre glänzenden Lanzen erkennen, aber je näher sie kämen, desto klarer würde man sehen, daß ihre ganze Streitsucht die von überdrüssigen Kriegern war, von

Kohorten Gebrechlicher oder Gelähmter, gerade noch fähig, ein Krächzen von Saatkrähen oder Geiern, ein schwaches Quieken von Mäusen hervorzubringen, so daß nach der Schlacht die Besatzung der Zitadelle, ohne ein Schwert zu zücken oder einen einzigen Gewehrschuß abzufeuern, nur die Zugbrücken herunterzulassen und mit einem Kippkarren hinauszufahren brauchte, um auf den Glacis die verrenkten Körper einzusammeln.

Die Nächte verstrichen. Hinter jedem Schneefall türmten sich schon neue Schneewolken auf, und die Nebel konnten sich ruhig auflösen, es hingen schon wieder andere in der Luft, sie stagnierten, ließen einen Teil vergangener Tage bestehen. Stimmte es denn wirklich, daß die Festung die Aufgabe hatte, die Grenzen der Doppelmonarchie zu bewachen? Sie hatte sich jeglicher Geographie entzogen. Von Wien war sie weniger durch Meilen von Ebenen und Bergen, weniger durch den Lauf der Donau, der Drau und der Theiß getrennt, als durch die dicken Kälteschichten. Otto war vom Schnee umzingelt; dazu gehörte natürlich der, dessen Kristalle er durch seine schmutzige Luke überwachte, aber auch der Schnee, der seit November gefallen war, und der bis zum Frühjahr noch fallen würde, und wie viele Tagesritte wären wohl nötig, wenn er diesem grenzen- und wegelosen Labyrinth entkommen, sich von dem bewegungslosen Land verabschieden wollte, in dem weder Feste noch Geburtstage oder ein neues Glied im Stammbaum gefeiert wurden? Er versuchte sich einzureden, daß er aus Versehen in die Militärgrenze abkommandiert worden war, dehnte sich dieses Land doch weder auf seiten der Doppelmonarchie, noch auf der Seite der Hohen Pforte aus.

Am Anfang hatte Otto seinen Auftrag mit größter Sorgfalt ausgeführt. Er hatte darauf geachtet, seine weiße Jacke frisch und sauber zu halten, doch dann hatte er die Drillichjacke seiner Soldaten übernommen, und sollte er nachts seinen Wolfspelz noch ablegen? Im Festungsgebäude sorgte er jedoch nach wie vor für peinliche Sauberkeit und strikte Ordnung. Zusammen mit seinen Männern hatte er die Gegend durch-

streift, um eine Karte der Randgebiete des Reiches zu erstellen, gab diesen Plan aber bald auf. Man hätte neue kartographische Schlüssel und bisher noch unbekannte Abkürzungen einführen müssen, hätte man die Lage dieser Dörfer, die kaum sichtbarer waren als geflickte Risse in einem Stoff, und diese endlosen, von keiner Straße zerschnittenen Ebenen auf den Karten einzeichnen wollen. Konnte er sich in der Hofburg mit einer Karte sehen lassen, die grau war und keine Legende besaß?
Die Kuriere lösten einander ab. Der Krieg gegen Frankreich war eine verwickelte Angelegenheit. Er schlug gleichsam Purzelbäume. So erfuhr man zum Beispiel, daß Bonaparte am 9. Oktober 1799, kurz bevor Otto in die Festung von Vrenjac abkommandiert worden war, auf der Fregatte *Muiron* aus Ägypten nach Fréjus zurückgekehrt war; ein paar Tage später jedoch meldete ein anderer Bote, Bonaparte laufe am 19. Mai 1798, also fast zwei Jahre zuvor, in Toulon mit dreihundert Schiffen und 37 000 Mann Besatzung in Richtung Malta und dann Alexandria aus. Wieder andere Kuriere berichteten, Bonaparte habe am 18. Brumaire, den man in Österreich immer noch den 9. November 1799 nannte, die Macht übernommen, und Massénas Truppen seien von den Bauern aus Trastevere gesteinigt worden, die im Vorbeigehen auch noch ein paar Juden ermordet hätten, und von ihren Priestern unter den Rufen »Es lebe Jesus Christus! Es lebe die Jungfrau Maria!« angeführt worden seien. Die Bewegungen der Österreicher waren auch nicht einleuchtender. Erzherzog Karl verlor eine Schlacht in Zürich und gewann am selben Tag eine in Mantua, während General Dupuy, immer noch derselben Meldung zufolge, am 2. Oktober 1798 von fanatischen Muselmanen in Kairo getötet worden war, woraufhin zweitausend Ägypter enthauptet und in den Nil geworfen wurden; Suworow dagegen, den die Unentschlossenheit der Österreicher erboste, beschloß kochend vor Wut und im Einverständnis mit Zar Alexander am 5. Oktober 1799, seine Soldaten nach Rußland zurückzubringen, auch wenn am nächsten Morgen ein langsamerer Bote die Nachricht überbrachte, Suworow habe

am 15. August 1799 seinen alten Feind Joubert besiegt und getötet und die Stadt Novara zusammen mit Novi erobert.

Otto las diese unvollkommenen Denkschriften ein zweites Mal. Er ordnete sie chronologisch, aber diese Reihenfolge löste sich mit jedem neu eintreffenden Pferd auf, so daß die Geschichte ihm langsam vorkam wie ein Palimpsest, eines jener uralten Pergamente, deren ursprünglicher Text verwischt war, so daß ein anderer Schreiber über die weggewischten Kalligraphien neue Hyroglyphen malen konnte. Ja, so war es, dachte Otto in seinen schlaflosen Nächten, ganz oben auf dem Wachturm, wo der Wind unaufhörlich pfiff, so war es, und die Ereignisse kamen ihm vor wie die Schneewolken, sie türmten sich übereinander, wie Krebse in einem Korb, ohne Plan oder Notwendigkeit, und diese Boten verdienten letztlich weder Tadel noch Lob, waren sie doch die eifrigen und unterwürfigen Diener jener Unzulänglichkeit, die man Geschichte nannte. Wenn Otto besonders erschöpft war, sah er ganz klar, daß alle Großtaten des Menschen, die Kriege, die Krönungen und das Gemetzel, all das, ja, daß sie sich alle bereits ereignet hatten, daß sie zugleich aufgehoben und vorüber, sterblich und unvergänglich waren, daß sie sich zu einem nicht erkennbaren Wandteppich verknüpften, eine Rumpelkammer füllten, aus der die Erzähler, Chronisten und Annalenschreiber, die Minister, Herrscher und Generäle aufs Geratewohl schöpften, so wie die Kinder im Winkel eines Speichers ihre Hand in einen vermoderten Koffer steckten, aus dem sie verblichene Briefe, Medaillons und Haare hervorzogen, von denen niemand sagen könnte, welchen Schädel sie einmal geziert, ja nicht einmal, ob diese Schädel überhaupt jemals existiert hatten. Otto hatte dieses Gestade kennenlernen müssen, dieses Land ohne Linie und ohne Relief, ein Land wie die geronnene Netzhaut eines Blinden, um langsam zu ahnen, daß die Zeit einer Kugel aus Pappmaché glich, von tausend Mündern gekaut, und die die Menschen, diese Verrückten, immer wieder mit der flachen Hand auseinanderzufalten versuchten, in der Hoffnung, ein weißes, flaches, unversehrtes Blatt Papier daraus zu machen.

Mit Erstaunen nahm Otto eines Tages eine Botschaft entgegen, die einem zusammenhängenden Zeitplan folgte. Der Winter lag ungefähr zur Hälfte hinter ihnen, der Schnee fiel nach wie vor, aber die Botschaft betraf diesmal Otto selbst, und Otto überprüfte sorgfältig das Wachssiegel auf der Tasche. Und als er das Datum entziffert hatte, das Jahr 1800, war er sprachlos, denn ein neues Jahrhundert war angebrochen, ohne daß man ihn benachrichtigt hätte, man hatte wohl seine Zerstreutheit ausgenutzt. Der Oberbefehlshaber ließ ihn wissen, daß sein Aufenthalt in der Festung beendet war. Weitere Aufgaben würden ihm vom Oberst-Inhaber des Kürassierregiments von Sachsen-Salza übertragen. Er wurde gehalten, sich innerhalb kürzester Zeit, nämlich Anfang Februar, in der Hofburg zu melden. Otto bat Mathias, seine Koffer zu packen, sein Pferd ordentlich mit Stroh abzureiben und seinen Mantelsack herzurichten. Der Soldat sah ihn ängstlich an, zum ersten Mal hatte er aufgehört zu lächeln, und Otto beschloß, ihn als Offiziersburschen mitzunehmen. Da lächelte der alte Soldat wieder.

X

Wien hielt den Atem an. Der Frühling stand auf seiten der Verbündeten: Da die Verhandlungen von Rastatt gescheitert waren und Bonaparte tief in seinen Wüsten hockte, konnten die Alliierten die Eroberungen der Italienarmee wieder rückgängig machen. Leoben und Campoformio verschwanden in der Versenkung. Jourdan in Deutschland, Masséna in Graubünden und Vorarlberg – alles wich den Österreichern. Im März 1799 bedrängte Erzherzog Karl die Franzosen bei Stockach und kam dem Rhein bedrohlich nahe. Jourdan quittierte seinen Dienst. Rom, Neapel und Norditalien fielen wieder an Österreich. Im darauffolgenden Monat wurden die Franzosen bei Cassano in Verwirrung gestürzt. Suworow hatte im Mai zusammen mit Krays Österreichern Turin besetzt, und der 15. August war der Tag, an dem Novi zusammenbrach und Joubert starb.

Dann jedoch, am 10. Oktober, landete Bonaparte in Fréjus. Mit Verachtung auf den Lippen – »In meiner Abwesenheit mußte ja alles schiefgehen!« – ritt er in Paris ein, doch die Geringschätzung, mit der er seine Nachfolger geradezu verhöhnte, war unberechtigt: Mit Jourdans Massenaushebung hatte sich das Blatt in den ersten Herbsttagen zu wenden begonnen. Am 26. Dezember 1799 schlug Masséna bei Zürich sowohl Korsakows Russen als auch die Österreicher unter Hotze, was Suworow außerordentlich empörte. Nach dem Sieg von Bergen ging Holland wieder ans Direktorium, und der Herzog von York kehrte auf sein Schiff zurück. Nur Italien blieb in österreichischer Hand, mit Ausnahme der ligurischen Republik, an der Gouvion-Saint-Cyr sich festklammerte, und Wien wurde langsam unruhig. Bonaparte begehrte

Italien, es war sein Juwel und seine Geliebte. »Ich will es nackt«, brummte der Korse. Er würde sich darauf stürzen, und dabei würde Österreich in seiner Schußlinie stehen.
»Glauben Sie dem nicht«, ereiferte sich Advokat Gruhlpraser, »Bonaparte hat die Macht am 18. Brumaire, verzeihen Sie, am 9. November verschlungen und schläft jetzt wie eine Schlange, die ein Schaf verspeist hat; ein bißchen Ruhe wird ihm ganz gut tun. Deshalb sehe ich den Frieden klammheimlich näherrücken, im Schatten des Krieges, wenn ich so sagen darf. Aber aufgepaßt! Zerbrechlicher Friede, bitte nicht schütteln! Kein Lärm, ich flehe Sie an, dieser Friede ist aus Glas«, und in komischer Manier legte er einen Finger an die Lippen, als beträte er das Zimmer eines Rekonvaleszenten. Großen Wert maß er dem Brief bei, den General Bonaparte Ende des Jahres an Seine Kaiserlich-Königliche Majestät Franz II. gerichtet hatte. War er nicht ein Zeichen der Hoffnung? »Jedem Gefühl eitlen Ruhmes fremd«, hatte der Korse geschrieben, »wünsche ich mir nichts sehnlicher, als das bevorstehende Blutvergießen aufzuhalten... Der wohlbekannte Charakter Seiner Majestät läßt keinen Zweifel über seinen Herzenswunsch.« Ein ähnlich lautender Brief an Georg II. hatte die alten Streitereien zwischen Pitt und seinen Rivalen Fox und Sheridan wiederaufleben lassen. In Österreich schieden sich die Geister an diesem Gesuch. Rektor Ouarin spottete über Gruhlprasers Optimismus. Er griff zu einem Bild. »Der Löwe macht Samtpfötchen, das gebe ich zu. Bedeutet das nun, daß seine Krallen sich am ägyptischen Sand abgescheuert haben oder daß sie einziehbar sind?« Thugut tätschelte sich die Wange. Im Versprechen eines Schurken sah er keinerlei Garantie, und selbst wenn Bonaparte ehrlich gewesen wäre, hätte dieser Brief nicht ein Eingeständnis seiner Schwäche dargestellt? War es nicht Zeit, das Halali zu blasen?
»Tajo! Tajo! Trara, trara...«, trompetete Gruhlpraser.
Gleich nach seiner Rückkehr aus dem Banat wurde Otto von einem Beamten der Hofburg mit gepuderten Haaren empfangen, der an seinem Maria-Theresien-Orden auf dem nachtblauen Frack herumfummelte und dem jungen Mann über-

haupt nicht zuhörte. Otto traf auch Schwarzbrod, der in vagen Andeutungen von Herzogin Klementine sprach. Die Herzogin von Mahlberg lud ihn ein, worüber Otto sich freute, denn er brannte darauf, der ihr vom Heulen der Wölfe, den sterbenden Bauern und den gelben Nebelschwaden im Militärgrenzgebiet zu erzählen. »Sie lebt inmitten von Träumen.«
Nachdem man ihn in Gertruds Salon geführt hatte, ließ Otto sich auf einem Hocker gegenüber der türkischen Kanone nieder. Als erstes bemerkte die alte Dame, Christine Kinsky sei die ganze Woche verreist, sie habe sich ans Bett ihrer schwerkranken Mutter in der Steiermark begeben müssen.
»Ich vertraue aber darauf, daß sie nicht zurückkommt«, war ihr seltsamer Kommentar, bei dem sie die zitternde Nase des Marschalls streichelte.
Otto sog Gertruds Worte ein.
»Und meine Nichte, Herzogin Klementine, ist auf Schloß Greinburg. Fürst Ernst ist bei ihr. Und wissen Sie, was er sich wünscht, der Gute? Er meint, der Krieg sei derzeit ein wenig eingedöst und müsse schnellstens wieder aufgeweckt werden. Das ist unglaublich! Dieser vernünftige Ernst, der Franz II. immer mit seinen pazifistischen Ansichten bedrängt hatte, ist ins Lager der Unruhestifter übergewechselt, und zwar urplötzlich, vor ein paar Monaten, am 13. Oktober, ja genau, und warum am 13. Oktober, das weiß der liebe Himmel!«
Sie bog sich vor Lachen.
»Er will auf dem schnellsten Weg die Franzosen verprügeln. Bonaparte soll zittern.«
Sie schwieg einen Augenblick, und da Otto stumm blieb, fuhr sie übertrieben deutlich fort.:
»Guter Ernst. Er hat ein richtiges Komplott geschmiedet. Beim ersten Donnergrollen werden Klementines Kürassiere nach Italien geschickt und im hitzigsten Gefecht eingesetzt.«
In diesem Augenblick meldete ein livrierter Lakai den unvorhergesehenen Besuch des Generals Graf König von Weitzau, Mitglied des Rates von Aulis. Die Herzogin schluckte wütend ihren Kaffee hinunter:
»Der und Mitglied im Rat von Aulis, daß ich nicht lache! Er

ist neunzig Jahre alt und ein Tölpel, aber immerhin eine unserer Berühmtheiten. 1788 hat er Joseph II. bei der Katastrophe von Belgrad das Leben gerettet. Sie werden mir verzeihen, Herr Apfelgrün. Ich muß ihn empfangen. In Anbetracht seines Ranges kann ich ihn nicht vor den Kopf stoßen, aber wir werden ihn rasch abfertigen, und dann bleiben Sie noch einen Moment. Mir scheint, ich wollte Ihnen gerade etwas sagen.«

Otto hatte von der Affäre von Belgrad vor einigen Jahren gehört: von der Durchquerung des Flusses unter türkischem Beschuß, der Panik, den untergegangenen Protzenwagen, den ertrunkenen Pferden und den österreichischen Husaren, die blindlings auf die österreichischen Infanteristen schossen, während Joseph II. auf seine Leute einredete, um die Kampfmoral wieder zu heben. Genau in diesem Moment hatte General König von Weitzau, dessen Karriere bis dahin glanzlos verlaufen war, den Fluß auf einem mit Blattwerk getarnten Birkenfloß überquert, war mitten in den osmanischen Generalstab geplatzt und hatte eine solche Verwirrung gestiftet, daß er seine Truppe vor der Schande retten konnte. Feierlichkeiten in Wien, Te Deum, Ehrungen! Seitdem widmete der General sich der Strategie. Er kommentierte die Bewegungen der österreichischen Armeen und ließ jedesmal ein piepsiges Lachen ertönen, wenn Erzherzog Karl oder aber Wurmser, Melas, Kray oder Mack auch nur den kleinen Finger rührten. An die Hofburg schickte er Berichte, die von niemandem verlangt oder zur Kenntnis genommen wurden.

Da sein Alter ihm den Umgang mit der Waffe versagte, hatte er sich auf Spionage verlegt. Wollte man seinen Worten Glauben schenken, dann wimmelte es in den Straßen der Hauptstadt ebenso von Spitzeln »wie nach einem Regenschauer von Schnecken«. Er deckte ihre Fallen auf. Für ihn war Wien eine Phantomstadt, in der alle Bürger ein doppeltes Gesicht hatten. »Das ist der wahre Sinn der ›Doppelmonarchie‹«, erklärte er bedächtig, »dies ist das Königreich der Masken, eine Vorder- und Rückseite, und ich habe beschlossen, die Rückseite genauestens unter die Lupe zu nehmen!« Ohne Unterlaß

durchstreifte er die Stadt, immer auf der Suche nach all diesen falschen Nasen, diesen unsichtbaren Wesen. »Den ersten, den ich finde, drehe ich um wie ein Hasenfell!« Begegnete er einem Zimmermann mit seinen Brettern auf der Schulter, war ihm sofort klar, daß der aus der Artillerieschule von Brienne stammte. Jeder Ladengehilfe war eine Kreatur dieses Schulmeisters alias Herr Karl, und abends verfaßten die Notare von Wien unter dem Vorwand, ihre Rechnungsbücher zu prüfen, Berichte, die dann mit der ersten Post nach Paris abgingen. Es verbitterte General König von Weitzau ein wenig, daß der Hofkriegsrat seine Entdeckungen einfach überging, doch er war ein sehr selbstloser Mann und würde klaglos seine Mission erfüllen. Dabei halfen ihm vor allem seine Gutmütigkeit und sein hohes Alter. Er plauderte in den Kaffeehäusern, in den Heurigenlokalen, sogar auf der Straße oder in der Kirche. In seiner Gewitztheit kaufte er Unmengen von Blumensträußen, um mit geschicktem Finger nachzusehen, ob sich zwischen den Rosen und Hyazinthen nicht Pistolen, Dolche, Giftfläschchen oder verschlüsselte Nachrichten verbargen. All diese Blumen sammelten sich in seinem Haus und verursachten ihm Asthmaanfälle. »Der Graf von Weitzau«, hatte Dr. Ulhue einmal zu Otto gesagt, »sieht noch im Mond Spione. Möge der Himmel gütigst verhindern, daß er sich selbst in einem Spiegel entdeckt! Er würde sich auf der Stelle ins Gefängnis werfen!«
Otto überlegte, daß es wohl eines sehr großen Spiegels bedürfte, wollte er einen solchen General ganz ins Bild nehmen. Der Graf von Weitzau war riesig: Breite, Länge, Dicke, alle Ausmaße des Generals überschritten das Übliche. Sein Glatzkopf bestand aus einer hohen, man hätte fast sagen können, einer zweistöckigen Stirn, die einem Turm aus Granit ähnelte, einem gekräuselten Backenbart, schweren, rosigen Wangen, die wie leere Sackpfeifen nach dem Spiel herunterhingen, und einem weißen, fächerförmig auf seinem roten Waffenrock ausgebreiteten Bart, der einen Teil seiner Orden verbarg. Er steckte sich eine Zigarre in den Mund, als hätte er vor, sie zu verspeisen, und bot Otto auch eine an.

»Seine Majestät, Franz II.«, sagte er mit pfiffiger Miene, »hält uns an, österreichische Zigarren zu rauchen, um die Einkünfte unserer Bauern zu sichern. Damit hat Seine Majestät völlig recht.«
Er blies eine blaue Rauchschwade an die Decke und fuhr mit spitzen Lippen fort:
»Und ich tue recht daran, trotzdem diese Zigarren aus der Toskana kommen zu lassen, sie verströmen nämlich einen Duft von Lebkuchen und Rohrzucker. Das sind die Zigarren, die Adam im Paradies rauchte. Soll ich Ihnen etwas sagen, junger Mann? Wenn der liebe Gott Adam einen ordentlichen Vorrat an Zigarren aus der Toskana gegeben hätte, ich wette mit Ihnen, unser Urahne hätte kein Verlangen verspürt, mit Eva zu schäkern, die Erbsünde wäre mißlungen, und wir säßen immer noch im Garten Eden; doch leider gingen die Zigarren aus der Toskana aus, Eva lief ihm über den Weg...«
Fast hätte der General laut losgelacht, konnte sich aber gerade noch beherrschen. Als Spionjäger hatte er gelernt, seine Nerven unter Kontrolle zu halten. Statt eines Lachens verzog er also sein Gesicht zu tausend Grimassen, während seine Wangen sich ein wenig aufblähten, ohne einen einzigen Ton herauszulassen.
»Genug der Scherze! Ich stelle fest, junger Mann, daß Sie als Fähnrich im vortrefflichen Regiment der Herzogin von Sachsen-Salza dienen und entbiete Ihnen meine Glückwünsche. Gleichzeitig bitte ich Sie um Verständnis dafür, daß die Unterhaltung, die ich mit Frau Gräfin von Mahlberg führen muß, dem Militärgeheimnis unterliegt. Das Schicksal der Doppelmonarchie erfordert nun einmal gewisse Vorsichtsmaßnahmen. Leben Sie wohl, mein Herr!«
Otto erhob sich. Da versetzte Herzogin Gertrud dem Grafen einen kleinen Stockschlag aufs Knie.
»Otto Apfelgrün wird hierbleiben«, stieß sie barsch hervor. »Und ich werde Ihnen noch etwas sagen, mein lieber General. Otto *muß* sogar hierbleiben, er hat nämlich gerade ein paar Monate im Militärgrenzgebiet verbracht, mitten im Banat.«

»Im Banat?«
»Im Banat, mein General.«
»Bravo! Im Banat! Und was haben Sie gesehen?«
Otto hatte überhaupt nichts gesehen, es tat ihm leid, aber er hatte wirklich nichts gesehen. Abgesehen von ein paar Bauern, die selbst nicht einmal wußten, ob sie Bosnier, Herzegowiner, Österreicher, Türken oder Albaner waren. Otto bedauerte sehr, daß er nur mit einem so mittelmäßigen Jagderfolg aufwarten konnte, aber sein Gegenüber frohlockte. Er strich sich über den Backenbart und warf Herzogin Gertrud einen siegesgewissen Blick zu.
»Kapiert, mein Alter! Kapiert und logisch. Der Türke ändert sich nicht. Der Türke ist ein unterirdisches Tier, deshalb habe ich auch beim Kriegsministerium einen Bericht über den Geschichtsunterricht in den Kadettenschulen eingereicht, in dem ich meine Theorie erläutere, nach der es zwischen einem Soldaten und einem Historiker überhaupt keinen Unterschied gibt. Keine Widerrede!
Sehen Sie, Apfelgrün, ich habe Ihren Großvater gekannt, ein wahrer Soldat. Und Sie sind auch ein wahrer Soldat, das sehe ich auf den ersten Blick, was meine zweite Theorie bestätigt: Die Apparate entwickeln sich, die Inspiration bleibt. Mozart wird immer dieselbe Musik machen, selbst wenn Sie ihm ein paar neue Noten, einige zusätzliche B.s oder Kreuze zur Verfügung stellten. Und die Kavatine, die wir hören dürfen, das mögen Sie mir gütigst glauben, kommt aus der Tiefe, das ist kein Nachtigallengezwitscher!«
Damit wollte der Graf zum Ausdruck bringen, daß die Menschen sich immer noch in der Steinzeit schlugen. Der Mensch sei ein prähistorisches Tier, »prä – his – to – risch, verstehen Sie?« Man könnte ruhig den Feuerstein durch das römische Schwert, das Schwert durch die Hakenbüchse und die Hakenbüchse durch die Kanone ersetzen, das alles seien Lappalien, überflüssige Spielereien. In Wahrheit verbringe ein Soldat sein Leben damit, den Krieg fortzuführen, den seine Eltern begonnen hätten, die wiederum den seiner Großeltern verlängert hätten.

Es gebe nur einen einzigen, endlosen Krieg, ein und denselben Krieg. »Keine Widerrede!«
»Die Türken, stellen Sie sich vor, die habe ich mitgemacht. Ich habe '88 gegen sie gekämpft, mein Vater hätte sie besiegt, wenn er die Gelegenheit dazu gehabt hätte, und der Vater meines Vaters war Ordonnanzoffizier bei Karl von Lothringen und später bei Starhemberg, 1683 im Kampf gegen den Großwesir Kara Mustafa. Ich kann Ihnen also mit Fug und Recht eines sagen, auch wenn Herzogin Gertrud schon anfängt zu grinsen: Der Türke im Jahre des Herrn 1800 ist derselbe wie der, der 1553, ich meine 1443, die Festung von Kruje in Albanien angreift und die albanischen Soldaten von Kastrioto oder Skanderbeg, wie immer Sie ihn nennen wollen, in die Luft jagt. Keine Widerrede! Was ändert das schon, daß es heute keine Jatagane, keine Hacken, Schilde, Steinbrecher oder Pfeile mehr gibt, was macht das schon aus? – Die Serdengestler der Hohen Pforte schlagen trotzdem immer noch auf denselben Trommeln dieselbe Todesmusik! Denn das Knochengerüst der türkischen Armee besteht nach wie vor aus den Serdengestlern, den Regimentern des blauen Todes, und wissen Sie, wie so ein Serdengestler kämpft?«
Otto fühlte sich genötigt, zu antworten. Er gestand seine Unwissenheit ein, hätte aber besser geschwiegen, denn der Graf wurde langsam nervös. Mit einem Mal richtete er sich auf, den Kopf nach vorn geneigt, als wollte er die Spitze seiner Stiefel sehen, und schlug nacheinander mit seinen Absätzen aufs Parkett. Gertrud kreischte, er werde noch ihre Vitrinen zerbrechen.
»Keine Widerrede! Der Türke ist ein Grabtier, ein Maulwurf, ein unterirdischer Soldat. Die Pforte besitze auch Freiluftsoldaten, werden Sie mir entgegenhalten, aber das sind Nichtse, Hungerleider, Ablenkungseinheiten, die Vogelscheuchen vor sich herschwenken, um den Eindruck einer zahllosen Menge zu erwecken, sie wedeln in der Ferne mit ihren Seidenfetzen, auf denen die Sprüche des Koran stehen, das sind doch alles Albernheiten! Die wahre türkische Armee, die ist ein Stockwerk tiefer, im Keller. Die Pforte ist stets so vorgegangen.

Nehmen Sie nur Tursun Pascha in Skruda, gegen Skanderbeg, 1443, oder war es 1553? Er gräbt sich ein, der Türke, er schnüffelt herum, er knabbert den Erdboden an, er wühlt im Schlamm, wie ein Wurm.
Und was war 1683 bei der Schlacht am Kahlenberg? Der Türke grub unter Wien eine andere, fast identische Stadt, mit Straßen und Plätzen, die entgegengesetzt zu unseren Straßen und Plätzen lagen. Grotten unter jedem Palais, tonnenweise Schießpulver, und Österreich hätte sich im Himmel wiedergefunden, wenn Starhemberg der Sache nicht auf die Spur gekommen wäre, und mit wessen Hilfe? Ich wette hundert zu eins, Sie werden es nicht erraten: mit Hilfe unserer Bäcker, unserer verdienstvollen Bäcker, möge Gott sie beschützen! Ich vermute aber, Herr Fähnrich, sie haben Einwände zu machen?«
Otto saß in der Klemme. Er hatte nicht die geringsten Einwände, und deshalb schämte er sich. In Sachen Türken hatte er überhaupt nichts zu bieten. Er versuchte, das Register zu wechseln.
»Mit Verlaub gefragt, Herr General, kommt in diesem Fall die türkische Gefahr nicht erst hinter der französischen?«
»Ausgezeichnet. Darauf habe ich gewartet. Keine Widerrede! Stellen Sie sich vor, mein Freund, ich habe mich mit Bonapartes Karriere beschäftigt, und sie ist schon merkwürdig, diese Karriere. Glauben Sie, daß er als junger Hauptmann darauf brennt, zu kämpfen? Weit gefehlt! Er kommt dahergeschlurft, reagiert nicht auf Einberufungsschreiben und läßt sich dauernd wegen imaginärer Krankheiten vom Dienst freistellen. Also? Keine Widerrede! Ein Mann wie er, der von Tatendrang und Ruhmessucht verzehrt wird, braucht schon handfeste Gründe für eine solche Trägheit. Und im Jahr 1793 entdeckte ich eine bemerkenswerte Episode. Bonaparte setzt Himmel und Hölle in Bewegung, um in einer fremden Armee dienen zu dürfen, und in welcher wohl? In der türkischen... was für ein Zufall!
Mein Gott, mein Gott, die Wahrheit kommt aus dem Mund der Greise. Ich drehte und wendete diese Geschichte in mei-

nem Kopf, ohne sie zu verstehen, bis Herzogin Gertrud mich auf die richtige Fährte brachte. Sie sprach mit mir über Ägypten. Da geht's rund, die Pyramiden, Jaffa, die Johanniter von Akko, der Berg Tabor, die Pest, die beiden Abukirs, der Aufstand von Kairo und der Tod von Dupuy, da ist was los, da kracht es ganz schön, aber das alles ist nur Fassade, ein Gemälde von Taunay oder Bagetti, Sand in die Augen gestreut. Bei einem ausgestopften Tier muß man die Füllung betrachten, immer die Füllung, die Kulisse. Liebe Freundin, liebe, gute Freundin, lassen Sie mich Ihre so treffende Formulierung wiederaufnehmen: ›Alle Welt versteckt sich.‹ Bonapartes Genialität besteht darin, daß er sich im Licht versteckt, statt im Dunkel. Bravo und noch einmal bravo! Der Schlüssel zu Bonaparte ist seine Allianz mit dem Türken. Keine Widerrede!«

Die Herzogin tobte. Sie sah aus wie ein kleiner aufgeregter Adler. Mit hochrotem Gesicht bewegte sie die Lippen, ohne ein Wort hervorzubringen, und versetzte dem General einen dritten Schlag mit dem Stock, aber diesmal heftiger und auf die Spitze seines Stiefels. Endlich war auch der Ton wiederhergestellt.

»Nichts dergleichen habe ich gesagt, Sie Narr. Wie käme ich denn dazu? Sie sind ein alter Esel, mein armer Gustav. Ich soll von einem abgekarteten Spiel zwischen Bonaparte und der Hohen Pforte gesprochen haben, ja sind Sie denn verrückt? Als er bei den Pyramiden Ibrahims Mamelucken vernichtete, als er Gaza und Jaffa besetzte, gegen wen kämpfte er denn da? Und in Nazareth, wer war er denn, dieser Mustafa, von dem alle Befehle ausgingen, wenn nicht der Mann von Konstantinopel? Kommen Sie, kommen Sie, keine Kindereien. Wer sind die Verbündeten der Hohen Pforte gegen Bonaparte? Die Russen und die Engländer! Also? Wollen Sie im Ernst behaupten, Moskau und London seien Bonapartes Verbündete, mein armer Gustav?«

Der General beruhigte sich wieder, er verspürte keinerlei Zorn, keine Verbitterung. Nur echten Kummer bei der Vorstellung, daß eine Frau von Gertruds Stand und Geist für die

Feinheiten der Strategie so gar nicht zugänglich war. Er heftete einen mitfühlenden Blick auf seine jetzt ganz ruhige alte Freundin.
»Ich gebe zu, daß ich unter dem Schock ins Wanken geraten bin«, brachte er in wohlgesetztem Ton vor, dem Ton, in dem man einem Kind ein Problem erklärt. »Ich schwanke, fast wäre ich abgeworfen worden, um in der Sprache der Husaren zu sprechen, aber ich sitze immer noch im Sattel, meine Liebe... Und ich gebe meinem Pferd die Sporen!
Alles, was Sie sagen, liebe, gute Gertrud, ist vernünftig, aber begeben wir uns doch einmal zusammen nach Ägypten, und was sehen wir dort? Einen wahrlich seltsamen Bonaparte! Ist Ihnen aufgefallen, daß er sich zwar zum Feind der Mameluk-ken, niemals jedoch dem der Türken oder Ägypter erklärt hat? Interessant, oder? Zweitens läßt er keine Gelegenheit aus, seine Achtung zu bezeugen, und vor wem? Vor Jesus Christus? Mitnichten! Sondern vor Mohammed und dem Koran. Er verkündet die Heiligkeit der islamischen Religion, ungefähr so wie der hl. Dominikus, der die Ketzer, statt sie zu verbrennen, auf den Mund küßte. Und Bonaparte geht noch weiter. In Ägypten schlüpft er bei den Ramadanfeiern in die Rolle des Pascha. Muß ich noch weitere Beweise liefern? Die Hartnäckigkeit, mit der er es auf Malta abgesehen hat und Venedig, dem Feind der Hohen Pforte, Korfu, Sakinthos und Kefallinia entreißt, und dann, denken wir doch einmal nach, führt Bonaparte nicht einen erbitterten Kampf gegen die erklärten Feinde des Islam, ich meine den Papst und die Malteserritter?
Ich habe einen ganzen Sack voller Beweise. Passen Sie auf! Die Schlacht von Wien, 1653, die Starhemberg den Türken liefert, oder etwa 1683, an welchem Tag findet sie statt? Na, am 14. Juli, das heißt, sie feiert, allerdings im voraus, den hundertundsechsten Geburtstag des Sturms auf die Bastille – es ist schon eine merkwürdige Schrift, die der Geschichte, wenn man sie in beide Richtungen zu lesen versteht! Was noch wichtiger ist: Wie heißt der Sultan, der in Konstantinopel regiert, als Tursun Pascha in Albanien die Festung von Skruda

unter Skanderbeg angreift, ungefähr 1443, oder vielleicht auch 1553? Halten Sie sich fest, Gertrud! Er heißt schlicht und einfach Murat II. Das sei Zufall, werden Sie mir entgegenhalten. Weit gefehlt! Rollen wir das Pergament der Geschichte doch einmal rückwärts auf, und alles wird sonnenklar. Da haben wir Murat I., Napoleons Großmaul mit seinen Straußenfedern, und hier seinen fernen Erben, Murat II., den Mann, der 1443, oder war es 1543, das albanische Schloß sprengen und seine Janitscharen auf Europa loslassen wird.

Vor acht Tagen, lieber Freund, habe ich Post von einem meiner Informanten in Paris erhalten und kann Ihnen das Kostüm beschreiben, in dem der Korse sich anschickte, das Direktorium zu stürmen. Er trug einen hohen Filzhut, schön; und einen olivfarbenen Gehrock, auch schön. Jetzt aber das Verblüffende daran: Dieser Gehrock wurde in der Taille durch einen Gürtel aus Kaschmir, wohlgemerkt: Kaschmir! gehalten, an dem ein Mameluckenkrummschwert hing. Zu Roustan will ich mich erst gar nicht äußern.

Haben Sie je all diese Zeichen nachgeprüft und zusammengefügt, Herr Apfelgrün, das frage ich Sie? Keine Widerrede!«

Otto erschienen diese beiden Befehle unvereinbar, und so rührte er sich überhaupt nicht, der General war jedoch so in Fahrt, daß er weiter vor sich hin brummelte.

»Die Hofburg ist durch mich informiert, und die Hofburg schläft! Niemand will hören, daß Bonaparte nur so tut, als kämpfe er gegen die Türken, auf daß sein Ruhm im Osten ihm den Weg zur Macht bahne, und das alles mit dem heimlichen Einverständnis des Tartaren. Der 18. Brumaire ist nicht Sieyès, sondern Sulaiman II.! Bonaparte ist Sulaimans Diener, seine Marionette. Er amüsiert uns am Rhein, in der Lombardei, in Holland, um unsere Aufmerksamkeit abzulenken und dem einzigen unerbittlichen Feind der Christenheit, dem Türken, die Fortsetzung seines Zerstörungswerkes zu ermöglichen. Sie können sicher sein, daß Sulaiman sich jetzt gerade unter unseren Füßen anschleicht. Morgen wird er, wie so oft in der Vergangenheit, in einer gewaltigen Explosion heraus-

kommen, wird unsere Frauen schänden und unsere Kinder töten, wie er es immer getan hat.«
Die Herzogin war außer sich. Der kleine Hund teilte die Empörung seiner Herrin, ihm standen die Haare zu Berge.
»Du bist ein Esel, Gustav. Die Türken haben nie Wiener Frauen geschändet oder Kinder getötet.«
»Sie haben es getan, meine Liebe, in Wien, 1683, oder jedenfalls hätten sie es tun können, wenn man ganz genau sein will. Und sie werden es morgen tun, da ja diese Herren vom Hof, einschließlich des Erzherzogs Karl, der, nebenbei bemerkt, vor Masséna in der Schweiz besser nicht Reißaus genommen hätte, den augenfälligen Tatsachen keinen Glauben schenken. Und was nun?
Nun stelle ich meine letzten Kräfte in den Dienst der Christenheit. Ich habe nur wenige Truppen unter mir, ja eigentlich gar keine. Deshalb habe ich eine Bestandsaufnahme all dessen gemacht, was der Türke bei uns zurückgelassen hat. Da haben wir erst einmal die Kastanienbäume, ja, die sind von ihm. Nichts zu machen, seien wir realistisch: Man wird doch deswegen nicht sämtliche Kastanienbäume Wiens fällen! Dann ist da der Kaffee! Wie dumm wäre es, wollte ich einen Mokkaboykott ausrufen, seien wir praktisch, pragmatisch, effizient, das ist meine Devise. Ich ziehe die subtileren Manöver vor, das heißt, ich lasse die feinen österreichischen Landsleute weiterhin ihren Mokka bei Steiner schlürfen, um das Mißtrauen der Pforte einzuschläfern. Und ich komme zum dritten Geschenk, das die Türken der Doppelmonarchie gemacht haben, dem Kipferl, und da wird die Sache ernst. Mit Hilfe der Kipferl werden wir die Janitscharen aufscheuchen, die zu dieser Stunde unter genau diesem Parkett heranschleichen. Sie folgen mir.«
Otto antwortete, er folge, allerdings mit einiger Mühe. Der General wurde ärgerlich.
»Nein, Apfelgrün, ich wollte sagen: ›Sie folgen mir auf meiner Runde durch die Bäckereien‹, es ist Zeit. Die Öfen sind kalt. Auf geht's! Meine liebe Gertrud, wir dürfen uns empfehlen!«

Die Herzogin von Mahlberg entgegnete dem General, sie werde Otto Apfelgrün erst einmal beschlagnahmen, ihn aber dann wieder herausgeben. Der Graf solle nur schon in den zweiten Salon hinübergehen, er würde seinen jungen Freund bald wiederhaben, es sei eine Sache von nur wenigen Minuten. Der General schlug die Hacken zusammen, verneigte sich tief über der türkischen Kanone, und Frau von Mahlberg bedachte ihn mit einer zärtlichen Geste: Langsam strich sie mit der Hand über den kahlen, wohlparfümierten Schädel des alten Herrn.

Otto mußte ganz nah an Herzogin Gertrud heranrücken, deren Stimme erschöpft und wie zerrissen war. Sie schob ihre Lippen fast ins Ohr des Fähnrichs und flüsterte wie im Beichtstuhl. Ein Spion hätte gedacht, die alte Dame mache verschämte Geständnisse oder verrate Staatsgeheimnisse.

»Sie erinnern sich an Lord Misrule, wissen Sie noch? Doch, doch, Sie erinnern sich. Dieser verrückte Engländer, der vor einigen Jahren oft bei mir war und seine Leute dafür bezahlte, daß sie an seiner Stelle weinten, litten, liebten und lasen. Ich bin anders als Misrule, das werden Sie bemerkt haben, aber in meinem Alter und mit Augen, die nichts mehr taugen, wie soll man es da anstellen, noch ein bißchen zu leben? Ich habe ja versucht, all meine Rädchen ein wenig langsamer laufen zu lassen, aber das Herz macht da nicht mit. Es bereitet mir Kummer. Nichts zu machen, es will nicht aufhören, zu beben, in Rührung oder in Zorn zu geraten. Es ist ein unnachgiebiges, ein törichtes Herz. Deshalb bin ich, auch wenn es mir schwerfällt, zum Misruleschen System verurteilt, das ist die ganze Wahrheit.«

Diesmal sprachen weder Spott noch Sarkasmus, ja nicht einmal Heiterkeit aus der alten Frau.

»Meine Nichte, Herzogin Klementine, hat mehr Verstand als ihr Fürstengatte. Das heißt, sie argumentiert genau umgekehrt als er, kommt aber zu haargenau denselben Ergebnissen. Auch sie hat, wie ihr Gemahl, nur einen Wunsch: daß der Krieg von neuem aufflammt. Sie meint, der Krieg biete ihrem Herzen eine vorteilhafte Kulisse.«

Otto rührte sich nicht. Er verstand überhaupt nichts, nur, daß er sich sehr fürchtete.
»Meine Nichte ist genau wie ich, Herr Apfelgrün, ich sollte besser sagen, wie alle Mahlberg-Frauen. Wir wissen mit der Vorsicht nichts anzufangen. Um uns zu wärmen, brauchen wir Flammen, die haushoch schlagen. Nur in gefährlichen Situationen, in Exzessen und schicksalhaften Momenten atmen wir frei. Unsere Herzen verweigern ihren Dienst, wenn sie nicht bersten. Und nichts kann sich den Wünschen einer Mahlberg entgegenstellen, nicht einmal ein Fürst Ernst. Manchmal frage ich mich, welche von beiden verrückter ist, Christine oder Klementine. Auf jeden Fall gleichen sie einander: Raubtiere alle beide, und, wie Ihr kleiner Kaplan Tahler neulich meinte, wenn sie ihre Zähne in eine Beute geschlagen haben, saugen sie sie genüßlich aus. Wir müssen immer im siebten Himmel sein, oder beim Teufel.
Fürst Ernst weiß das alles. Er hat Sie ins Banat schicken lassen, aber ich glaube nicht, daß irgendein Mann meiner Nichte, meinen beiden Nichten gewachsen ist. Nichts lieben wir mehr, als uns über die Schikanen der Gesellschaft hinwegzusetzen. Und sehen Sie, wir zögern nicht einmal, den Krieg an den Spieltisch zu bringen. Ich habe Vertrauen zu Ihnen, Apfelgrün, Sie werden mich ganz bestimmt nicht enttäuschen.«
Völlig fassungslos verließ Otto die Herzogin und ging zu General Graf von Weitzau. In der eisigen Februarnacht teilte dieser ihm ein paar Einzelheiten über sein Vorhaben mit. Alles beruhe auf einer historischen Wahrheit, die niemand in Zweifel ziehen könne: 1693 sei Wien von den Bäckern gerettet worden. Der Beweis: Die große Maria-Theresia, die politisches und sogar historisches Gespür besessen habe, habe den tapferen Bäckern gratuliert und ihnen auf Dauer die Lizenz erteilt, jene kleinen Kipferl zu backen, die die Türken mitgebracht hatten und die man nach der Lagune, die Konstantinopel umgab, Hörnchen nannte. Jeder Österreicher kenne die noble Geschichte: Als die Bäcker an einem frühen Morgen des Jahres 1633 ihre Backstuben betreten, vernehmen sie ein dump-

fes Hacken. Sie begreifen, daß der Türke seine Gänge gräbt und Wien in die Luft fliegen würde. Sie alarmieren daraufhin die Behörden. Wien, ja die Christenheit ist damit gerettet worden. »Der Papst verdankt sein Überleben einem Hörnchen«, sagte der vom Lachen geschüttelte General.
Das Dumme sei nur, daß die Bäcker des Jahres 1800 nicht aus demselben Mehl gebacken seien wie die von 1693, aber der General hatte die Fackel zum Weitergehen wieder aufgenommen. Unter dem harmlosen Vorwand, eine Abhandlung über die Kunst des Brotbackens in Österreich zu verfassen, machte er seine Runde durch die Bäckereien. Otto stellte viele Fragen. Die Bäcker, die gerade ihr Nachtmahl beendeten, empfingen den Grafen von Weitzau freudig; sie fühlten sich geschmeichelt. Sie öffneten eine Flasche Zwetschgenwasser oder Birnenschnaps und klagten über die Widrigkeiten der Zeit und den vielen Regen im letzten Herbst. Nach einigen Gläsern schlug General von Weitzau mit schlauer Miene vor, wieder einmal einen Blick auf die Öfen zu werfen. Otto betrat im Gefolge des dicken Herrn ungefähr zehn Backstuben, aber das Unternehmen blieb erfolglos. Sie spitzten die Ohren, doch in dieser Nacht war der Fußboden stumm. Der General bewahrte die Ruhe. Er äußerte sogar eine neue Theorie, derzufolge die Geduld ebenso Tugend des Diplomaten wie Forderung an den Soldaten sei. Und wenn man davon ausgehe, daß der Krieg immer nur aus Schein oder List innehalte und nach einer Pause von einigen Monaten, einigen Jahrhunderten, seine Öfen wieder anfache, ja Donnerwetter, dann komme es ja wohl auf ein Jahr mehr oder weniger nicht an! Die beiden Männer waren vor der Residenz des Generals Graf König von Weitzau angekommen, Otto fror wie ein Schneider. Der dicke Mann schwankte.
»Herzogin Gertrud glaubt mir nicht. Seine Majestät glaubt mir nicht. Die Hofburg glaubt mir nicht. Und die Pioniere aus Konstantinopel schleppen wie 1623 ihre Säcke voll mit Erde. Das ist erschreckend!«
Er packte den jungen Mann bei den Schultern.
»Sie glauben mir doch, nicht wahr?«

Rasch ging er davon. Otto sah ihm nach, wie er das Gittertor zu einem großen, verwilderten Garten aufstieß und zwischen Spindelbäumen und Magnolien verschwand. Er fühlte sich beklommen.

XI

Das Glas zersprang in tausend Scherben. Kaum war Bonaparte Erster Konsul und hatte in der Französischen Republik die Ordnung mitsamt der nationalen Begeisterung wiederhergestellt, da gab er seinen Legionen auch schon das Zeichen zum Abmarsch. Der süßliche Brief an Franz II. war ebenso wie der an Georg III. pure Augenwischerei gewesen. Der Beweis: Als Thugut vorschlug, alle Betroffenen zu einer Konferenz zusammenzurufen, ignorierte Bonaparte ihn einfach. Der Franzose heizte seine Kessel an. Der österreichische Generalstab stand ihm jedoch in nichts nach. Er hatte beschlossen, das Feuer in die Provence zu tragen, was Paris dazu zwingen würde, die Rheingrenze zu räumen. Die Schweiz würde fallen und die Rhônefurche den Österreichern gehören. Dummerweise war Erzherzog Karl mit diesem Plan nicht einverstanden. Also wurde er kurzerhand zum Statthalter von Böhmen ernannt und sein Posten an der schwäbischen Front General Kray übertragen. Mit anderen Worten, ein mittelmäßiger General hatte die Aufgabe, das Schlüsselloch zu Österreich zu bewachen, während der beste Heerführer des Königreichs, Erzherzog Karl, abgeschoben wurde, doch Wien war unbesorgt. Diese Unbekümmertheit und Verschwendung von Talenten würde den Feind in eine Falle locken: Die Franzosen würden vor Staunen erstarren. Auf diese Weise hatte seinerzeit der Graf von Baux in der Provence seine Stadt gerettet. Er hatte seine Belagerer dadurch in Verwirrung gestürzt, daß er das allerletzte, mit den allerletzten Weizenkörnern der ausgehungerten Stadt gemästete Schwein über die Mauer geworfen hatte. Völlig demoralisiert hatten die Angreifer die Belagerung aufgehoben. »Erzherzog Karl spielt das

Schwein des Grafen von Baux«, meinte Dr. Ulhue und setzte in ironischem Ton flüsternd hinzu: »Aber ein doppelköpfiges Schwein ist er nicht!« Außerdem wußte der Oberbefehlshaber, daß die Dinge sich in Italien entscheiden würden und nicht in Deutschland. So gab er Melas den Befehl, Genua, die letzte noch in den Händen der Französischen Republik verbliebene italienische Festung einzunehmen, in der Masséna solide Verteidigungsstellungen angelegt hatte. Genua band nämlich die österreichischen Streitkräfte in Ligurien, lenkte sie von der Provence ab und mußte deshalb fallen. Die weißen Kürassiere der Sachsen-Salzas würden auch dabeisein. Sie würden zu General Otts Division stoßen.

Herzogin Klementine hatte auf dem Prater die Parade ihres Regiments abgenommen. Es war dasselbe Schauspiel wie in Baden, doch was hatte sich in der Zwischenzeit nicht alles verändert! Otto gehörte nicht mehr zu der kuriosen Studentenschar um Rektor Ouarin. In seiner weißen Uniform galoppierte er auf seinem Apfelschimmel vorbei, zur Rechten des Oberstleutnants Scherer. Die Herzogin trug dieselbe rot-goldene Uniform wie in Baden. Ihr Gesicht war hinter demselben Tschako mit schwarzem Visier verborgen, sie wirkte hochmütig, in diesem Punkt kein Fortschritt, stellte Otto fest und gab seinem Pferd die Sporen; seit dem 21. März, also ungefähr seit einem Jahr, war er der Herzogin nicht mehr begegnet. Nachdem er aus dem Banat zurückgekommen war, hatte er Konstanze Apfelgrün, seine Mutter, gesehen, dann den Advokaten, seinen Vater, Schwarzbrod, die Herzogin von Mahlberg, den General Graf von Weitzau, aber keine Herzogin von Sachsen-Salza. Bei den Bäckern der Hauptstadt hatte er Jagd auf die Türken gemacht, ohne einen einzigen Janitscharen aufzustöbern, und jetzt paradierte er unter Hufgeklapper und Schwerterklirren, wobei er zuweilen einen Hurra-Ruf ausstieß. Unter dem matten, samtenen Gorgonenblick der Herzogin Klementine stoben auf dem Pflaster die Funken. Gertrud hatte Otto neulich erklärt, sein Regiment würde nach Italien und dort an den allergefährlichsten Punkt geschickt, und zwar auf Wunsch des Fürsten Ernst von Sach-

sen-Salza, der Otto so von Wien fernhalten wolle. Otto verstand diese ganzen Vorsichtsmaßnahmen nicht. Und sich selbst genausowenig. Er mochte den Krieg nicht, und dennoch kämpfte er, wenn auch durch die elende Farce mit dem doppelköpfigen Truthahn dazu gezwungen, ohne Bedauern und ohne Feigheit, das mußte man ihm lassen, und mit einer Art distanzierter Neugier. Genauso war er in die Herzogin Klementine verliebt: Daß sie sich über ihn lustig machte, war ihm gleichgültig, er verspürte weder Scham noch Wut. Am Ende liebte er Herzogin Klementine gar nicht wirklich, vielleicht hatte er sich in seiner Einsamkeit in der Militärgrenze in etwas hineingesteigert, das würde man ja sehen, darüber wollte er sich jetzt nicht den Kopf zerbrechen, denn im Augenblick hatte er anderes zu tun; er sprang in den Sattel seines Apfelschimmels, hielt sich aber kerzengerade, er sah bestimmt gut aus, und er konnte nicht leugnen, daß er glücklich war und seinen Seelenfrieden gefunden hatte.
Ihm fiel wieder ein Satz von Hegel ein, von dem er in der Zitadelle von Vrenjac mehrere Werke gelesen und sich dabei die Augen verdorben hatte, denn in diesen abgelegenen Gebieten goß man die Kerzen aus sehr schlechtem Talg. »Da sind die Alpen«, hatte Hegel geschrieben, als er die Alpen sah, und Otto war ziemlich stolz darauf, dieselbe Philosophie wie Hegel zu haben. Konnte man wirklich über diesen kurzen Satz: »Da ist Klementine«, oder: »Da sind die Franzosen, schlecht gekleidet, aber tapfer«, oder: »Der neue Wein schmeckt leicht säuerlich« hinausdenken? Oder über den: »Im Banat habe ich weiße Blätter erhalten«? Jesus Christus sollte angeblich einmal ein paar Zeilen in den Sand von Judäa geschrieben haben, den einzigen, je von ihm geschriebenen Text, aber an diesem Tag wehte der Wind, »der Wind war da«, wie Hegel sagen würde, und so hatte niemand je lesen können, was der Gottessohn geschrieben hatte. Otto vermutete jedoch, daß diese Begebenheit von höherer Stelle vorausbestimmt worden und daß der Wind der Wind Gottes gewesen war, eigens dazu bestimmt, die Buchstaben des Herrn auszuwischen. Wie hätten schließlich die Pläne Gottes, wie hätte das Rätsel der Welt und

alle Prahlerei der kommenden Geschichte, wie hätten die Sorgen und Freuden der Menschen so zusammenschrumpfen, sich so verkleinern können, daß sie in die vierundzwanzig Buchstaben des Alphabets gepaßt hätten, auch wenn das der Essener noch ein paar Zeichen mehr enthielt? Christus hatte sich mit Staub und Wind verschworen, um ein leeres Buch zu verfassen, das einzige, das alle Gestalten aufzuführen vermochte, die in einer fernen, unbekannten Zukunft schlummerten. Die weißen Blätter, die Otto im Banat erhalten hatte, beruhten auf demselben Gesetz: Das Kriegsglück, die Kugeln der Franzosen, Herzogin Klementines Bewegungen, Bonapartes Eingebungen, die Launen der Pferde, die Qualität des Pulvers und der Kugeln, die Gebirgszüge, die Sturheit Seiner Kaiserlich-Königlichen Majestät von Österreich, das alles waren die Schreiber, die im Laufe der Jahre das weiße Blatt füllen würden, dem Otto selbst absolut keinen Sinn, nicht den geringsten Hinweis würde entnehmen können.

Doch dieser Text, der sich völlig willkürlich, keiner Ordnung gehorchend auf dem zweimal gefalteten Papier niederlassen würde, kümmerte ihn herzlich wenig. Er sagte sich, er sei eben ein träger, bequemer Mensch. Er mochte jedermann, nahm alle Widersprüche bei Dingen und Menschen hin, aber die Herzogin von Mahlberg, die nur von Wunden und Beulen, von Unvorsichtigkeiten, Gefahren, Dolchen und leidenschaftlicher Liebe träumte, wäre ganz bestimmt nicht zufrieden mit ihm.

Nach der Parade empfing die Herzogin Oberstleutnant Scherer und seine Offiziere im Ehrensaal des Arsenals, wo sie eine flammende Rede hielt. Sie gratulierte dem Corps zu seinem Auftreten. Man könne sich keine martialischere Truppe, keine ordentlicheren Uniformen, keine vorschriftsmäßigeren Offiziere wünschen. Eiserne Disziplin herrsche unter den Kürassieren, die Traditionen würden gewahrt. Gleichwohl sei der eben ausgebrochene Krieg keine Übungsstunde in der spanischen Hofreitschule, darüber müsse sich jeder im klaren sein. Das Regiment werde in Genua mitten in den Hochofen Italiens geworfen, gegen die Streitkräfte Massénas, eines der

geschicktesten Offiziere der Großen Armee, »und in einem Monat, meine Herren, wird Oberstleutnant Scherer eine gänzlich andere Truppe befehligen«. Die bunt abgesetzten Uniformen mit all ihrem Federschmuck würden dann mit getrocknetem Blut und Jauche besudelt sein. Die Revolution von 1789, so die Herzogin jetzt mit leicht veränderter Stimme, und dieser Korse, der sie fortsetzte, bedeuteten genau das: den Einzug von Dreck und Läusen in die Armeen Europas. Die Schreihälse auf der Bastille, die Lumpenbrüder von Valmy und das Gesindel von Alexandria hätten den farbenprächtigen Armeen der alten Monarchien den Todesstoß versetzt, diesen erschöpften Heeren, die Angst hätten, ihre schmucken Uniformen im Schlamm der Schlachten zu beschmutzen. Die Franzosen hätten andere Kriege erfunden. Eine neue Zeit sei angebrochen.
»Meine Herren Offiziere«, schloß sie abrupt, indem sie den Kopf zurückwarf, »Sie haben die Ehre, dem Unbesiegbaren gegenüberzutreten. An einem fernen Ort werden wir uns treffen, in den Vorzimmern der Barbarei!«
Wie vom Blitz getroffen standen die Offiziere da. Oberstleutnant Scherer formulierte eine respektvolle, aber doch so geschickte Antwort, daß sein Mißfallen darin zum Ausdruck kam. Er sagte, Österreich ertrage seit Jahren die Gewalt und den Haß der Soldaten des Jahres II und weiche nicht einen Schritt unter der Wucht des Zusammenpralls, Österreich ganz allein, auch wenn andere Monarchien ihm zuweilen eine helfende Hand reichten, »ein Händchen«, wie er zur Zufriedenheit seiner Offiziere betonte, und zwar gerade, um den Aufstieg der Barbarei abzuwenden, damit über den Gefilden der Christenheit auch weiterhin die Lichter der Zivilisation leuchteten. »Exzellenz«, schloß er, »wir werden anwesend sein bei dem gefährlichen Rendezvous, das Sie uns geben. Möge die Geschichte davon künden, wie die Bettlerheere sich unter das Joch der Eleganz beugten!«
Scherers feinsinnige Reaktion machte Eindruck, doch dann ergriff die Herzogin wieder das Wort. Sie sprach nur kurz, wobei sie die jungen Offiziere scharf ins Auge faßte, und Otto

glaubte, dieser Teil der Rede sei speziell ihm zugedacht, aber vielleicht bildete er sich das nur ein.
»Ich erwarte von meinen Leuten unbedingten Gehorsam. Sie werden nicht die Annehmlichkeit, sondern den Schrecken suchen, und glauben Sie mir, mein Herr, falls die Zivilisation die Bestialität wirklich bezwingen will, muß sie sich erst einmal die Verhaltensweisen des Wilden zu eigen machen. Meine Offiziere werden in meiner Hand sein, wie – ja, sehen Sie –, dieses Spitzentaschentuch, ich zerknülle es oder atme seinen Duft ein, je nachdem. Ich gewähre meine Gunst oder entziehe sie. Ich fordere uneingeschränkte Disziplin, meine Soldaten sollen den Befehlen ihres Majors gehorchen und, wenn es von ihnen verlangt wird, auch von den Festungswällen springen.«
Am Nachmittag setzte sich das Regiment in Bewegung. General Melas' ganze Armee jagte nach Italien. Sie durchquerte den Wienerwald bis Marienselz, bevor sie nach Westen ins Hochtal der Salza abbog. Das Regiment des Oberstleutnants Scherer ritt, weit auseinandergezogen, über riskante Wege, auf denen überall mächtige, moosbedeckte Felsbrocken lagen. Der Fluß roch nach Moder und Schlamm. Die Pferde strauchelten im Geröll, mehrere mußten erschossen werden, aber wenig später, bei Großreifling, kamen sie ins Ennstal, das weitläufiger und mit einem weichen, noch feuchten Graspolster bedeckt war. Ohne Aufenthalt passierte man Radstadt. Die jungen Offiziere waren ungeduldig, sie brannten darauf, in den Kampf zu ziehen. Unter ihren gestärkten Dolmanen warfen sie sich in die Brust und setzten entschlossene Mienen auf. Mit großem Vergnügen ritten sie durch die Dörfer, denn auf dem Kopfsteinplaster machten die Pferdehufe einen Höllenlärm. Die Fenster der Holzhäuser gingen auf, die Dorfbewohner klatschten Beifall, doch das Regiment stürmte ohne ein Lächeln für die Menge vorbei.
Otto war rundum zufrieden. Voller Erleichterung hatte er Wien und damit die Laufgräben und die Treibjagd der Herzogin von Sachsen-Salza hinter sich gelassen. Und das Wiedersehen mit seinen Kameraden von der Militärakademie in Wiener Neustadt hatte sein Glück vollkommen gemacht. Wie vie-

len jungen Männern, die Lieblinge der Frauen waren, ging ihm die Gesellschaft von Männern, von Kameraden, mit ihrer Eindeutigkeit, ihrer Treue und ihrer Freundlichkeit über alles. Die Ehemaligen aus der Militärakademie bildeten eine verschworene Gemeinschaft: Da war Konrad von Thieburg, hochgeschossen, aristokratisch und hellblond, mit einem schütteren, aber extrem spitzen Bart, der ihm ein kriegerisches Aussehen verleihen sollte. Mit Hilfe eines dünnen Schnurrbarts hatte er sich ein für allemal einen zornigen Zug um die Lippen gelegt. Da er für Titel, Wappen, Schildviertel und Hoheitszeichen schwärmte, hänselten seine Kameraden ihn mit dem Spitznamen »Hermelinfloh«. Otto mochte Siegfried Rottinstein lieber, Siegfried, den »Jovialen«, dick, spitzbübisch, ergeben, quicklebendig und immer auf der Fährte einer Frau, oder auch Dietrich Feuchtagen mit seinem gutmütigen Mönchsgesicht, und vor allem Ulrich Llwoff, seinen auserwählten Freund, Ulrich, schwarz wie Ziegenkot, stämmig, großzügig, mit dramatischem Aussehen.
Mathias, Ottos Bursche, wirkte wie ein Riesenkobold. Seine Nase war rot, und er hatte gewaltige Ohren. Von morgens bis abends summte er Klagelieder aus seiner Heimat, während er auf seinem ballonartigen kleinen Reitpferd vor sich hin döste. Diese Klagen waren eintönige Litaneien, aber Mathias trällerte sie in den munteren Rhythmen des Menuetts. Gemächlich schlängelte sich das Regiment am Fuß der rötlichen Hügel dahin. Mathias trottete gern durch diese düsteren Talmulden, diese frisch umgepflügten Ebenen, diese Ebenen, voll von Gerüchen, an Birken- oder Lärchenwäldchen entlang, die den Bäuchen von Hasen unter ihrem abgeschabten Winterfell glichen. Sein Pferd vollführte Luftsprünge, er verließ den Pfad, um durch die weichen, grauen oder kupferfarbenen Wiesen des ausgehenden Winters zu galoppieren. Wenn der Zug an einem Stall vorbeiritt, blökten die Lämmer, und Mathias antwortete ihnen in seinem Dialekt, wobei er die Gutturallaute verschluckte. Schwärme von Lerchen flogen auf und stiegen in den blauen Himmel, während die Kirchenglocken einander von Tal zu Tal ihr Geläut schickten.

Morgens stand der Offiziersknecht schon auf, bevor die Trompeten zum Wecken bliesen. Dieser Augenblick gehörte Mathias, er wachte eifersüchtig über ihn. Mit den Gesten eines Vogelfängers brachte er den Tag in Bewegung. Er brummte vor sich hin, man hätte meinen können, er rufe die Hirschkühe oder die Fasane, und das Licht glitt über die grauen Berghänge. In den noch hexenhaften Schatten der Morgendämmerung machte er sich ans Werk, vorsichtig tastend und leiser als eine Katze. Er putzte die Stiefel seines Fähnrichs, brachte das Lederzeug, das Geschirr und die Kinnketten auf Hochglanz. Auf einer zwischen zwei Bäumen gespannten Leine hing er die Mäntel zum Lüften auf, striegelte die Pferde und trieb den Eifer sogar soweit, ihre Hufe zu polieren, und dann zeigte sich die Sonne zwischen den scharfen Bergkämmen. In den Tälern hingen noch Nebel, sie wirkten schelmisch und leicht. Mathias beobachtete ihre Taktik. Sie umrissen eine Gruppe von Purpurweiden, enthüllten eine Brücke oder durchschnitten eine Straße.
Otto kam lautlos aus seinem Zelt. Er überraschte Mathias gern bei seinem morgendlichen Tun. Der Gemeine hatte es verstanden, sein Herz zu gewinnen. Er hatte sich eine hohe Aufgabe gestellt: Jeden Morgen setzte er die Maschinen der Welt wieder in Gang. Er sorgte für die Ordnung der Dinge, indem er, so hätte man meinen können, ein Stück Wiese säuberte, das Quellwasser prüfte und die Hügel überwachte. Im flackernden Schein des beginnenden Tages schien er aufzuräumen, aber nicht etwa den Hafersack und die Patronentasche seines Fähnrichs, sondern den Hochwald, das klare Wasser der Kaskaden, die Anordnung der moosbedeckten Felsen; und eines Tages war kein Nebel mehr da, der Winter war endgültig vorbei, und man würde in Italien einmarschieren können.
Mathias' Glück wäre vollkommen gewesen, hätte er nicht solche Angst gehabt, sich zu verirren. Er konnte seinen Offizier noch so oft nach dem Weg fragen und gierig alle Karten konsultieren, die ihm in die Finger kamen, von diesem Gelände verstand er nichts. Es war wunderschön, das gab er zu, aber

wie sollte man sich in einer Märchenlandschaft zurechtfinden? Otto tadelte ihn mit einem leicht spöttischen Unterton. Mathias wäre im Krieg völlig verloren, wenn er die Flüsse miteinander verwechselte. Ein Soldat sei ein Mann, der Karten lesen könne, weiter nichts, und ob er Bonaparte gesehen habe, fügte Otto hinzu, der werfe nie einen Blick auf seine Karten. Er schlafe auf ihnen, rolle sich in die Karten ein, zerknittere sie, ja, man könne sogar schwören, er fresse sie, er verspeise schon im voraus das Land, in dem er dann seine Truppen aufmarschieren lasse. Mathias stimmte ihm zu und faßte einen Entschluß. Otto sang ein Loblied auf Italien, man könne sich gar kein besser lesbares Land vorstellen. Seit zweitausend Jahren hätten die Menschen es bebaut, durch Steinmäuerchen begrenzt und durch Reihen aus Pappeln, Kastanien- und Maulbeerbäumen in Kästchen eingeteilt. Und warum? Eben damit unzivilisierte Soldaten aus der Militärgrenze es schafften, sich darin zurechtzufinden. Mit seiner Reitgerte deutete er auf die Orientierungspunkte: das Gewirr von Flüssen und Bächen, den aufgespannten Fächer der Weizenfelder, die schwarze Spindel der Zypressen, dazwischen in großen Abständen die dicken, grauen Kugeln der Olivenbäume und überall Dörfer, deren Schiefer niemals dasselbe Rot hatten. Die Menschen hatten sogar die Bergkämme beschnitten, damit sie auf den Gemälden der Florentiner Meister eine gute Figur machten, auch wenn Mathias nie einen Fuß in die Wiener Museen gesetzt hatte. Mathias war nicht bei der Sache. Er sagte, er habe alles verstanden und schwor, er werde sich die Geographiestunden seines Fähnrichs zu Herzen nehmen; an der nächsten Gabelung bog er prompt nach Norden ab.

Dietrich Feuchtagen war nervös. Er war in den Krieg gezogen, um sein großes Schwert zu schwingen, und was sollte jetzt diese Picknick-Schlacht? Die Wonnen der italienischen Landschaften machten ihn rasend. Otto beruhigte ihn. Dietrich würde schon sein Massengrab bekommen, er würde seine Dosis Gift schlucken. Der Krieg lauerte ihnen ganz sicher irgendwo auf, durch Warten würden sie nichts verlieren, ir-

gendwann dieser Tage würde der Krieg ihnen ins Gesicht springen, ohne Vorwarnung, wie eine Katze mit scharfen Krallen. Eines Abends erahnte man in der Ferne die Dächer von Genua. »Die Häuser von Genua, in ihre Felsen eingefaßt wie Diamanten in Gold«, deklamierte Otto, und Ulrich machte sich über seine Dichtkunst lustig. »Aber nein«, erwiderte Otto, »das ist nicht meine Dichtkunst, sondern die von Don Quichotte.« Möwen schwebten träge über dem Hafen. Auf den mit roten und violetten Blumen übersäten Terrassen der Stadt flatterten gurrende Tauben umher. Die Kürassiere hatten unter dem Klirren der Kinnketten auf einer Hügelkuppe haltgemacht. Die Soldaten schienen sprachlos. Sie waren bereit, mit blankgezogenem Schwert ins Meer zu springen.
General Ott erhielt den Befehl, die Division des Generals Marbot, der Savona hielt und die in Genua eingeschlossene Streitmacht von Masséna absicherte, zurückzudrängen. Oberstleutnant Scherers Kürassiere kamen zum Einsatz und richteten ein ziemliches Blutbad an. Schon bei den ersten Schießereien kam Mathias vom Weg ab und verlor seinen Fähnrich aus den Augen. Da er unweigerlich sämtliche Uniformen verwechselte, bat er französische Soldaten, die gerade dabei waren, Protzenwagen auf einen Felsvorsprung zu ziehen, um Hilfe. Einer der Kanoniere sprang ihm an die Kehle. Mathias war stark wie ein Auerochse, er schlug den französischen Artilleristen nieder und rannte, was das Zeug hielt, immer geradeaus. Zwei Tage lang führte er mutterseelenallein Krieg. Wenn er Soldaten entdeckte, zögerte er, auf sie zu schießen, wußte er doch nie, ob diese Männer Freunde oder Feinde waren.
Er drehte einem Hahn die Gurgel um und briet ihn tief in einer Höhle. Am Abend des zweiten Tages entdeckte er Otto, dessen Trupp mit einer Patrouille von Plänklern des Generals Masséna kämpfte. Mathias erwischte die Franzosen von hinten, durchbohrte mehrere von ihnen und brach in Siegesgeschrei aus. Er fühlte sich außerordentlich wichtig: Er hatte sich nämlich gar nicht verlaufen, sondern schlicht und einfach ein Umfassungsmanöver durchgeführt – eine etwas langsame

Umfassung, zugegeben –, um den Feind im Rücken zu packen und seinem Fähnrich Beistand zu leisten. »Du hast Glück, daß du unter einem anständigen Kerl dienst«, sagte Otto, »ein anderer hätte dich ins Loch gesteckt!« und spöttisch fügte er hinzu: »Du verirrst dich zu oft. Wenn ich dir einen Rat geben darf, Mathias, du solltest immer eine Uniform zum Wechseln in deiner Patronentasche haben, zum Beispiel den Mantel eines französischen Lanzenreiters. So könntest du von Zeit zu Zeit den Krieg wechseln, schließlich wechseln die Postillone ja auch an jeder Umspannstelle ihre Pferde! Du würdest einfach in den Sattel eines anderen Krieges springen!«

Am Abend von Monte-Corona feierten Oberstleutnant Scherers Offiziere ihre Glanzleistung. Ihnen war klar, daß die Franzosen schon am nächsten Tag, dem 13. Mai, das kleine Fort wieder einnehmen und dreitausend Gefangene machen würden. Im Augenblick jedoch sonnten sie sich in ihrem Sieg. In einem Wirtshaus in der Nähe des Schlachtfelds, einem abgelegenen Gebäude, das oben auf einem großen Felsen stand und unter den blauen Blütentrauben einer Glyzinie fast verschwand, bereiteten sie ein Fest vor. Die jungen Männer spielten die Maulhelden und führten sich auf wie alte Haudegen: Nach einem Umweg über Actium oder Bouvines kehrten sie im Geiste gerade von den Thermopylen zurück. Unter lautem Getöste legten sie ihre Schwerter auf die Tische, mitten auf die Schlachtplatten, und schlurften geräuschvoll einher. Ihre Sporen klirrten. Sie gaben sich grausam und vermessen. Siegfried hatte es geschafft, ein paar junge kokettierende Bäuerinnen aufzutreiben, die zur Verlängerung ihrer Taille ihre Schürzen ganz tief um den Bauch gebunden hatten. Der Chianti floß in Strömen. Man gratulierte einander. Lieder aus Tirol und Vorarlberg ertönten. Die Glyzinien wurden verwüstet und die Mädchen herzhaft geküßt.

XII

Es war schon spät, lange nach Mitternacht, als Otto und Ulrich schwankend das Pfarrhaus erreichten, in dem Mathias ein behelfsmäßiges Lager aufgeschlagen hatte. Das Meer zu ihren Füßen war stumm. Die beiden jungen Männer hatten eine Menge Chianti getrunken und bewegten sich nur langsam voran. Doch da geriet Ulrich ins Schwärmen. Für ihr erstes Gefecht seien sie verwöhnt worden. Ohne sich loben zu wollen, er habe sich geschlagen wie eine ganze Büffelherde. Das gab Otto zu. Auch er hatte hitzig gekämpft, »aber der Schauer, Ulrich, und diese Erregung, die die Ausbilder in Wiener Neustadt uns so selbstgefällig geschildert hatten, der berühmte Schauer der Gefahr, davon habe ich nichts gemerkt...«

»Ich kann sowieso nicht verstehen, was Sie eigentlich in der Armee suchen«, sinnierte Ulrich, der schon in Socken und Unterhose auf seinem Strohsack lag und seinen Dolch spielerisch von einer Hand in die andere warf. »Sie schwimmen im Krieg wie ein Haar in der Suppe. Im Krieg, Otto, gibt es nur zwei Möglichkeiten, Angst oder einen Steifen kriegen, entschuldigen Sie diesen Ausdruck, aber es gibt keinen anderen. Ich trage meinen Mut vor mir her, während man bei Ihnen den Eindruck hat, sie hätten Mut überhaupt nicht nötig oder besser, Sie wüßten nichts damit anzufangen. Sie haben ihn einfach bei sich wie ein Gepäckstück. In Monte-Corona habe ich Sie ja erlebt, um uns herum ein ordentlicher Kugelhagel, und Sie sahen aus wie einer, der sich langweilt, wirklich, ich verstehe einfach nicht, was sie dazu veranlaßt hat, den Soldatenberuf zu ergreifen.«

Otto nahm einen kräftigen Schluck Wein. Er hatte überhaupt

nichts ergriffen. Der Soldatenberuf hatte sich seiner bemächtigt. »Eine Nuance«, stieß er im schulmeisterlichen Ton des Betrunkenen hervor, »eine Nuance ...« Die Hofburg oder der Polizeiminister oder wer auch immer habe ihm die Pistole auf die Brust gesetzt, aber das wisse Ulrich ja alles, Ulrich, mit dem er in ihrem Zimmer in der Burg von Wiener Neustadt so oft gesprochen hatte. Die jungen Leute liebten diese endlosen Gespräche. Bei Einbruch der Dunkelheit kamen sie zusammen und redeten, belehrend, wortreich und tragisch, über Gott, die Pflicht, den Tod, die Frauen. Dabei waren sie sprunghaft und leicht zu verletzen. Sie rauchten lange, elegante Zigarren und kosteten von einem alten Pflaumenschnaps, während sie das Geschick der Dinge regelten und von Zeit zu Zeit eine zynische Bemerkung, eine Obszönität, eine Gotteslästerung oder einen Scherz von sich gaben, so als schämten sie sich ihrer eigenen Feierlichkeit.

»Und dennoch«, fuhr die jugendliche, leicht bebende Stimme nach einer Pause fort, »dennoch werde ich Sie verblüffen, Ulrich, in Wahrheit bin ich nämlich froh, daß der Zufall mich in die Haut eines Offiziers, in die lederne Haut einer Lederhose gesteckt hat. Ganz bestimmt! Ich bin davon überzeugt, daß die Polizisten Seiner Kaiserlich-Königlichen Majestät meine Berufung geweckt haben. Ob Sie es glauben oder nicht, egal, ich fühle mich in diesem Krieg wie ein Fisch im Wasser, mir ist es noch nie so gutgegangen ... das heißt, mir ginge es noch besser, wenn das Pfarrhaus unseres guten Mathias nicht so nach Mist und kranken Tauben stänke.«

»Sie machen sich etwas vor«, erwiderte Ulrich. »Sie waren Schwarzbrods bester Student. Wir alle haben Sie bewundert. In Wien zweifelte niemand daran, daß Sie eines Tages einer unserer besten Gelehrten sein würden. Sie pfeifen auf die Politik, auf den Krieg, auf Napoleon und auf Melas, sie pfeifen auf alles, außer auf die Mädchen und die Schmetterlinge, und Sie wollen mir weismachen, der Krieg passe Ihnen wie angegossen!«

Otto lachte kurz auf, ohne Freude oder Spott in der Stimme. Den Rücken gegen die getünchte Wand gelehnt, saß er auf seinem Strohsack und stopfte bedächtig seine Pfeife. Eine Mücke knisterte in der Kerzenflamme. Spinngewebe flatterten in den Ecken des Raumes, weich, schwer und voller Heustaub. Otto zerquetschte eine Glyzinientraube zwischen den Fingern. Mühsam versuchte er, seinem Freund die Vorteile zu erklären, die er im Offiziersberuf sah. Otto habe es immer gehaßt, Entscheidungen zu fällen. Sobald er eine Entscheidung auf sich zukommen sehe, nehme er die Beine in die Hand. Immer, wenn er eine Wahl treffe, müsse er auf alles verzichten, was er nicht gewählt habe, und würde jedesmal von Reue geplagt. Ob Ulrich das verstehen könne, oder sei er vielleicht kindisch? Sagte Ulrich sich denn nicht selbst an manch einem melancholisch gestimmten Abend, daß er auch Organist in St. Stephan oder Philologe in Marburg oder Dorfschullehrer in einem Weiler in Kärnten hätte werden können, mit einem Stall voller Rotznasen vor seinem Pult? Otto sei jedenfalls so veranlagt. Er fühle sich verstümmelt, um all das gebracht, was er hätte tun können und nicht getan habe, was er hätte sein können und nicht gewesen sei, ja verstümmelt, so wie ein Krüppel Schmerzen an dem Fuß verspüre, den er in der Schlacht von Valmy vor zwanzig Jahren oder in der auf den Katalaunischen Feldern dreizehn Jahrhunderte zuvor verloren hatte, genauso empfinde er heute abend die Dinge, in seinem alkoholschweren Kopf, aber der Alkohol helfe ja beim Denken, nicht wahr, und Otto begnüge sich nicht damit, zu sein, was er sei, genauer gesagt, berichtigte er mit belegter Stimme, wobei er, in diesem Zimmer, das einen Grabesgeruch ausströmte, die kleine Kugel aus zerquetschten Glyzinienblüten an seine Nase hielt, genauer gesagt, ertrage er es nicht, nicht all das zu sein, was er nicht sei. Das sei lächerlich, aber schon als ganz kleiner Junge habe er ganze Nachmittage allein in seinem Zimmer zugebracht und sich lieber zu Tode gelangweilt, als auf das Fest eines seiner Klassenkameraden zu gehen, aus Angst, ein anderes Fest zu versäumen. Deshalb sei er dem Polizeiminister dankbar, der habe die Arbeit für ihn erledigt und ein Fest ausgesucht, das heißt, ihn an die Ruderbank der Galeere angekettet. Keine Fragen mehr! Otto müsse sich nur noch in die Riemen legen, genau im Takt, den der Bootsmann mit seinem Hammer vorgebe, denn sonst drohe ein Hagel von Knüppelschlägen, aber dieser Gestank von alten Tauben, »da haben wir uns gewaltig geirrt, Ulrich, das sind keine Tauben sondern Fledermäuse.

Und mit der Erleichterung, die ich hier verspüre, ist es genauso. Im bürgerlichen Leben hält man Sie dauernd dazu an, das eine oder andere zu bevorzugen. Sie müssen sich eine bestimmte Auffassung oder deren genaues Gegenteil zu eigen machen, den Duft der Glyzinie oder den der Magnolie einatmen, lieber in Salzburg sein als in Graz oder umgekehrt, sich für eine Laufbahn entscheiden, sich einreden, eine Frau sei reizvoller als eine andere, der Welt und vor allem sich selbst verkünden, daß Sie in eine Frau verliebt sind, den einen zum Freund erwählen, zum Beispiel Walter Stupnagel, oder den anderen, zum Beispiel Sie, Ulrich Llwoff –, was kann ich dafür, wenn das meine Seele aufzehrt, ich bin faul, vor allem aber weiß ich nicht, und wie sollte ich auch wissen, ob ich diese Blume mag, wo es doch überall so viele Blumen gibt, ob ich diese Frau liebe, wo es doch so viele Frauen gibt!

Hören Sie mir überhaupt zu? Verstehen Sie mich? In unseren Armeen ist es, Gott sei Dank, genau umgekehrt. Keine Wahl mehr und keine Entscheidung. Meine Freunde, meine Gefährten, das sind die, die von den Beamten der Hofburg dazu ausersehen wurden, zum Beispiel Sie, Ulrich Llwoff, und dann Siegfried, Thieburg, Dietrich. Wir fünf haben uns weder gesucht noch gefunden. Aufgrund eines Rundschreibens aus der Hofburg sind wir in derselben Schachtel, im selben Krieg gelandet.«

Rußend brannte die Kerze herunter, und Ulrichs Gesicht war nicht mehr zu erkennen.

»Sie wissen also nicht«, fragte Ulrich mit erzwungener Heiterkeit, »ob Sie Freundschaft für mich empfinden?«

»Ich weiß es nicht, nein, ich weiß es wirklich nicht. Ich weiß nur, daß wir demselben Regiment zugeteilt wurden. Das ist alles.«

Genau das liebte er in der Armee: Die Verantwortlichkeiten

lösten sich auf, sie schmolzen wie ein Körnchen Zucker in der Milch. »Man denkt für uns. Die Soldaten, die Offiziere sind wie Kinder, um die man sich kümmern muß. Man befiehlt Ihnen, anzugreifen oder zu sterben oder ein Held zu sein, und Sie greifen an und Sie sind ein Held. Die Trompete bläst ein paar Töne, und Sie ziehen sich zurück. Man ist seiner selbst beraubt, ich meine, von sich selbst befreit. Man gehorcht, man ist fügsam, man unterwirft sich. Man zieht ein Schicksal an, das vom Militärdepot ausgegeben wird. Keine Initiative, kein Wille, keine Identität mehr, das ist das absolute Glück. Man ist überhaupt nichts mehr. Man ist ein Partikelchen innerhalb einer Gemeinschaft, welche Erleichterung ... Man heißt nicht einmal mehr Otto Apfelgrün oder Ulrich Llwoff. Man weiß nicht mehr, wo man geboren ist, und erst recht nicht, wer man ist, dieses kleine Bündel läßt man am Kasernentor zurück, diesen Sack voller Kinkerlitzchen, Flitterkram und Firlefanz, dieses kleine Bündel, das man drüben im bürgerlichen Leben ... einen Mann nennt, nicht wahr?«
»Ich möchte Sie nur darauf aufmerksam machen«, versetzte Ulrich kalt, »daß Sie vor einem halben Jahr in Wiener Neustadt an einem Abend bei Thieburg ganz genau das Gegenteil behauptet haben. Damals sagten Sie, ich erinnere mich an jedes Wort, Sie hätten eine solche Abneigung gegen die Gruppe, die Gemeinschaft, daß Sie sich ganz allein, so meinten Sie, schon zu viel wären!«
»Aber das habe ich vor einem halben Jahr gesagt!« entgegnete Otto erstaunt. »Sollte ich denn vor einem halben Jahr schon dasselbe sagen wie heute, das heißt, ein halbes Jahr später? Und was sollte dann aus diesem halben Jahr werden, ein Dampf, eine Fata Morgana vielleicht? Und in einem halben Jahr werde ich wieder etwas anderes sagen, wie sollte ich aber heute schon wissen, was ich in einem halben Jahr sagen werde, überlegen Sie doch mal, Ulrich ... Das Denken allein ist schon schwierig genug. Und da soll man auch noch immer dasselbe denken?«
Ulrich versuchte den Redefluß seines Freundes zu unterbrechen. Er sprach von Fieber und Rausch. Im hellen Schein des

Mondlichts, das trotz der verstaubten Scheiben schräg in den Raum fiel, hockte er auf seinem harten Lager, und Otto spürte, wie in seinem Freund gleich einem bitteren Parfum der Zorn aufstieg.
»Vertrauen Sie mir, Ulrich, denn heute abend mache ich keine Witze. Wenn ich Unsinn rede, schieben Sie alles auf Ihren dreckigen Krieg, Ihre blöde Armee, das ist ja wohl das Mindeste, daß dieser ganze Unrat wenigstens dazu nütze ist, uns denken zu lassen, was... was wir nicht denken. Und heute nacht gibt es sogar eine doppelte Ration, da haben wir noch den Chianti, und der Chianti ist wie der Krieg, man muß ihn ausnutzen. Sehen Sie, ich wünschte, die Disziplin wäre noch strenger, das Regiment hätte bis in unser Privatleben, unsere geheimsten Gedanken hinein zu bestimmen, wir wären auf ein Hornsignal hin glücklich und auf ein anderes hin verliebt, und jede unserer sogenannten Stimmungen würde uns beim Morgenappell von unseren Kapitänen oder Majoren diktiert. Ja, dann würde ein General mir befehlen: ›Leutnant Apfelgrün, seien Sie in diese Person verliebt!‹, das Horn bliese die vier Noten der Leidenschaft und man zöge ins Feld, man verliebte sich, als hätte man die Anweisung bekommen, einen Berggipfel zu erstürmen, man diskutiert nicht, man denkt nicht nach, man stürzt sich auf den Feind und läßt sich töten.«
»Sie faseln dummes Zeug«, sagte – oder besser schrie Ulrich, »und ich bitte Sie, Ihren Rausch auszuschlafen, Sie ziehen alles in den Dreck, bis hin zur leidenschaftlichen Liebe. Und wie können Sie es wagen zu behaupten, man könnte auf Befehl Leidenschaft verspüren?«
»Sie erinnern sich«, sagte Otto, ohne auf Ulrichs Frage zu antworten, ja ohne ihm überhaupt zuzuhören, »an unsere Gespräche in Wiener Neustadt, mit Dietrich, Konrad und Siegfried, und an den Tag, als Konrad uns diese neuen deutschen Dichter vorlas, Schlegel, Novalis und Hölderlin? Sicher sind ihre Gedichte schön, aber über den Tod, verzeihen Sie, mein Freund, über den Tod: nichts als Unsinn. Ihre bahnbrechende Erkenntnis besteht darin, daß der Mensch seinen ganz persön-

lichen Tod haben soll, einen Tod, den er aufgezogen, mit der Flasche gefüttert, genährt, gewiegt und herausgeputzt hat, um ihm Farben zu verleihen, und dieser Tod muß ein Willensakt sein, eine Maßanfertigung, etwas Vorhersehbares, was aber nicht nur gar nichts heißen will, weil der Tod sich einen Dreck um Hölderlin schert, sondern geradezu widerlich ist...«

Er sprang von seinem Strohsack, stellte sich halbnackt mitten ins Zimmer und brüllte:

»Für mich verlange ich das Gegenteil. Ich will, daß mein Tod mir ebensowenig gehört wie meine Geburt, wie meine Liebschaften, meine Neigungen und meine Freuden. Er soll ein Lotterielos sein, genauso ungerecht und so dumm wie möglich. Unter Aufsicht eines Gerichtsdieners sollen Lose gezogen werden, damit der Tod auf seine ganze Infamie reduziert wird. Gibt es denn einen gemeineren, einen willkürlicheren Tod, als den, der uns hier erwartet? Ein bayrischer Soldat hat sein Gewehr schlecht geladen, und der Tod wird Sie verpassen. Ein französischer Kanonier hat aus Versehen den falschen Aufsatz genommen, und Ihr Kopf, der eigentlich gar nicht anvisiert war, ist ab, während der Ihres Kameraden, der anvisiert war, auf seinen Schultern sitzenbleibt und noch ein halbes Jahrhundert weiterleben und Gedanken, Liebeleien und Torheiten produzieren wird. Hervorragend. Tadellos. Die absolute Freiheit. Sie wissen ja, Meister Eckart: ›Sei nichts, wenn du alles sein willst.‹«

Ulrich antwortete nicht, er war außer sich. Die beiden jungen Männer wälzten sich noch lange schlaflos hin und her, gewiegt vom trägen Flug der Fledermäuse, und am nächsten Morgen machte sich die Schwadron schon sehr früh auf den Weg, um ein kleines Fort auf einem spitz zulaufenden Hügel oberhalb des Hafens von Genua zu besetzen. Das Gesicht der Schlacht hatte sich geändert. Die in Genua eingeschlossene französische Garnison war in äußerster Bedrängnis. Den ganzen Tag über war sie den österreichischen Angriffen ausgesetzt, die nachts von den Schiffen der Verbündeten abgelöst wurden. Im Schutz der Dunkelheit war die englische Flotte unter Admiral Keith herangekommen und feuerte nun ihre Geschütze ab.

»Ich mag diesen Krieg nicht«, sagte Ulrich, der den nächtlichen Streit vergessen hatte. »Wir führen uns auf wie die Wilderer, die einen Erdhügel ausräuchern, unter dem ein Hase Zuflucht gefunden hat. In Genua ist Typhus ausgebrochen. Die Toten gehen schon in die Tausende. Die Leute essen Gras, Ratten und Wurzeln.«

»Um Ihnen die ganze Wahrheit zu sagen«, entgegnete Otto, »mir gefällt es, daß der Krieg sich nicht verstellt, daß er nicht in einer Verkleidung daherkommt, sondern seine Schändlichkeit unumwunden zugibt. Das Schreckliche ist, in meinem Augen wenigstens, Montenotte: eine Vergilsche Landschaft, und im Inneren herrscht die Niedertracht.

Wenn ich der liebe Gott wäre, Ulrich, oder der Oberbefehlshaber, dann würde ich bestimmte Maßnahmen ergreifen. Ich würde einen Waffenstillstand verordnen, solange der Himmel blau ist. Kein Krieg im Frühling! Überhaupt dürfte man sich nur in düsteren Regionen schlagen. In Italien wären sämtliche Gefechte untersagt. Selbst in Österreich wäre der Krieg ungesetzlich, außer in den finsteren Murschluchten und dann in Wien in der Gedenstraße, weil ich dort zur Schule gegangen bin und einen äußerst boshaften Mathematiklehrer hatte. Letztlich wäre der Krieg auf die Militärgrenze beschränkt. Und selbst da müßte man warten, bis die Stürme, die Gewitter, die Blitzschläge und die Wolkenbrüche losgingen, damit die Soldaten im Schlamm ertränken und die Landschaft anfinge zu stinken.«

Ulrich war von der Fröhlichkeit seines Freundes angesteckt und hätte ihn gerne in Verlegenheit gebracht.

»Wenn ich recht verstehe, Otto, wäre Ihr bevorzugter Krieg der, von dem die Herzogin von Sachsen-Salza träumte, als sie neulich vor den Augen unseres Oberstleutnants Scherer, der so adrett, so wohlerzogen ist, ihre Weissagung kundtat. Ein Krieg von Landstreichern und Hinkebeinen. Von Scheißsoldaten, das ist es. Ich muß allerdings feststellen, mein Lieber, daß Sie recht oft von unserer Oberstinhaberin sprechen.«

»Ich habe ihren Namen nicht genannt«, erwiderte Otto.
»Eben. Sie erwähnen nie ihren Namen, sprechen aber dauernd von ihr. Muß ich dem entnehmen, daß Sie von der Hofburg den Befehl erhalten haben, für diese ›Person‹, wie Sie sagen, leidenschaftliche Gefühle zu empfinden?
Sie ist hübsch, das wollen wir ja gar nicht leugnen, oder? Aber sie ist eine Modedame. Eine Zierpuppe. Sie ist so kokett, daß niemand sie morgens, bevor sie ihre Toilette gemacht hat, sehen darf. Wohlgemerkt niemand, nicht einmal sie selbst. Meine ›Informanten‹, die ich am Kärntnertor unterhalte, haben mir berichtet, daß sie es nicht einmal erträgt, sich selbst in einem Spiegel anzuschauen, bevor sie herausgeputzt, geschminkt und geschmückt ist. Ihre Frauen erst recht nicht, was ein Problem darstellt, denn wie soll man sich herausputzen, wenn man nicht in den Spiegel sehen kann? Ich wette mit Ihnen, daß sie ihre morgendlichen Verrichtungen im Dunkeln erledigt, weshalb im übrigen ihr Puder, ihre Schminke, ihre Schönheitsflecken und ihre Goldplättchen nie genau da sitzen, wo sie hingehören. Was ihr wiederum einen gewissen Charme verleiht. Die wahre Eleganz, wie die Engländer sagen, das Legere...«
Der Krieg stand still. Ein unendlich hoher Himmel wachte über Genua. Die Sonne stieg hoch über die Kais, schwebte über der Landschaft und versank abends brodelnd in den unwandelbaren Fluten am Kap Formion. Düfte von Honig und warmen Kräutern durchzogen den intensiven, widerlichen Gestank, der vom Hafenbecken heraufstieg.
Die Franzosen bekamen Wutanfälle. Sie wurden verrückt. In Monte-Corona hatten sie am 13. Mai Melas' Soldaten überrumpelt, dreitausend Österreicher gefangengenommen und eine große Zahl Soldaten und Offiziere getötet. Oberstleutnant Scherer ließ Otto zu sich kommen.
»Unsere Ordonanzdragoner sind dezimiert worden«, sagte er schroff. »Wir brauchen neue. General Ott hat Sie für die Dauer der Belagerung von Genua für diese Position bestimmt. Geben Sie sich aber keinen Illusionen hin. Es ist eine Beförderung, eine ehrenvolle, schmeichelhafte Aufgabe, aber sie be-

deutet Todesgefahr. Ich gestehe, daß ich nicht gern einen meiner Offiziere für solche Missionen abkommandiere, aber die Entscheidung liegt beim General. Wenn Sie es genau wissen wollen, er hat mir erklärt, der Befehl sei von Ihrer Exzellenz, der Herzogin von Sachsen-Salza höchstpersönlich gekommen.«

Otto stand in Habachtstellung, er rührte sich nicht. Welchen Trick versuchte die Herzogin Klementine diesmal wohl anzuwenden? War es eine Laune, Grausamkeit, Eifersucht? Der Wunsch, Ottos Aufstieg zu beschleunigen? Oder vielleicht russisches Roulette? So wie ihre Cousine, wie Christine Kinsky, in Brutus' Schafstall?

Masséna entschied sich für eine grauenhafte Lösung. Er ließ die dreitausend Gefangenen von Monte-Corona mitten in den Hafen von Genua bringen, auf Schiffe ohne Masten, die in Reichweite der französischen Kanonen ankerten. Gleichzeitig ließ er General Ott wissen, daß die gefangenen Österreicher nur die Hälfte der Ration bekommen würden, die die selbst schon ausgehungerten französischen Soldaten erhielten, verschimmeltes Brot und Pferdefleischabfälle, es sei denn, die Alliierten kümmerten sich um die Gefangenen und versorgten sie von Admiral Keiths Schiffen aus. Ott lehnte Massénas Vorschlag ab. Masséna blieb ungerührt. Vor den Augen der beiden Armeen kamen die Österreicher um. Man hörte, wie sie auf ihren Schuten schrien. Sie kauten ihre Schnürsenkel, ihre Tornister und ihre Patronentaschen. Durchs Fernglas beobachteten die französischen und österreichischen Soldaten ihren Todeskampf. Die Gefangenen prügelten sich untereinander. Nachts wurden die Leichen von den Überlebenden aufgegessen.

Am Ende desselben Monats wurde bekannt, daß Bonaparte zusammen mit Duroc und Bourrienne am 6. Mai Paris verlassen hatte. In der Nacht des 14. Mai überschritt Lannes den Großen-Sankt-Bernhard. Der Marsch von Bourg-Saint-Pierre nach Etroubles dauerte zehn Stunden. Die Kanonen wurden von ihren Lafetten heruntergeholt und in ausgehöhlten Baumstämmen aufgestellt. Vor jedes Geschütz wurden zwanzig Grenadiere gespannt, doch die Soldaten rutschten auf den Gebirgspfaden, und Lannes mußte zum Rückzug blasen lassen. Melas, der bei Nizza Streit mit Suchet suchte, zog sich schnellstens in Richtung Mailand zurück, die Zeit drängte. Am 2. Juni nahm Bonaparte Mailand zum zweiten Mal ein, die große lombardische Stadt geriet in Freudentaumel.

Genua siechte dahin. In der besetzten Stadt breitete der Typhus sich mit doppelter Geschwindigkeit aus. Alle verletzten Pferde waren aufgegessen worden. Deshalb nahm Masséna, kaum daß er von Bonapartes Ankunft in Italien und der Eroberung Mailands erfahren hatte, die Friedensangebote an, die Keith und Ott ihm schon seit einem Monat unterbreitet hatten. Fähnrich Apfelgrün gehörte zu der österreichischen Delegation bei den Verhandlungen, die mitten auf der Brücke von Conegliano, auf halber Strecke zwischen den österreichischen und französischen Positionen, in einer Kapelle stattfanden.

General Otts zwanzigtausend Soldaten, die endlich die Belagerung Genuas aufgeben konnten, wurden auf Italien losgelassen, während Melas bei Savona in Kämpfe verwickelt war. Otto konnte sich davon überzeugen, daß der Posten eines Ordonnanzoffiziers zwar wohl mit Prestige verbunden, ansonsten aber ganz abscheulich war.

Überall tauchte er auf. Er galoppierte durch das zerrissene Italien, in dem zehn Armeen umherwirbelten, herumirrten oder auf der Flucht waren. Man sah ihn in Plaisance und Alexandria, er übergab Briefe an Zack, Haddick und Melas. Er brachte die Nachricht von der Niederlage bei Montebello und von Desaix' Rückkehr aus Ägypten. Er wurde Zeuge der Glanznummer von Marengo: Wie jedermann hatte er zunächst an den Sieg der Österreicher geglaubt. Er sah, wie Kellermanns Kavallerie zurückgedrängt wurde. Um zehn Uhr morgens war es dann an den Truppen von Lannes, sich aufzulösen. Sogar Victor gab auf, und drei Stunden später rief Melas seine Adjutanten zu sich. Er trug ihnen auf, der verblüfften Welt zu verkünden, daß Bonaparte bei Marengo vernichtend geschlagen worden war.

Otto hatte von Melas den Auftrag erhalten, in gestrecktem Galopp nach Wien zu reiten, er würde der Bote des Sieges, der Marathonreiter sein, hatte Melas gesagt. Mathias war begeistert. Er packte das ganze Zeug seines Fähnrichs in die Mantelsäcke und rannte zum österreichischen Stabsquartier, um die feierliche Erklärung von Melas entgegenzunehmen. Otto wartete in aller Ruhe auf die Rückkehr seines Knechts. Er war dabei, letzte Reisevorbereitungen zu treffen, als auf der Straße eine gelbe Staubwolke heranwirbelte. Dieser Staubwirbel gab die Umrisse von Mathias und seinem Pferd frei. Vor seinem Offizier erstarrte der Knecht in Habachtstellung, stocksteif, rot und zitternd. Otto warf ihm einen fragenden Blick zu.

»Melde gehorsamst, Herr Leutnant, die Österreicher haben nicht gewonnen. Sie haben verloren.«

Mathias nannte einige Einzelheiten. Desaix war mit der 9. Halb-Brigade der leichten Kavallerie zusammengeprallt. Dabei hatte er den Tod gefunden, doch General Ott, der von allen Seiten angegriffen und zu den Bormida-Brücken abgedrängt worden war, hatte den Untergang seiner Armee nicht mehr aufhalten können.

»Wir haben nicht gewonnen, wir haben verloren«, wiederholte Mathias mechanisch.

Otto wartete, daß Mathias sich wieder faßte. Dieses ganze Hin und Her widerte ihn an. Er setzte sich neben den Soldaten an eine Böschung und rauchte eine Pfeife. Um seine Unruhe zu verbergen, zog er Mathias ein bißchen auf:

»Siehst du, wenn du dich beeilt hättest, wären wir jetzt schon auf dem Weg nach Wien, mit der Nachricht von unserem Sieg in Marengo. Das kommt davon, wenn man trödelt. Kaum eine halbe Stunde, und alles kippt um. Wir würden gerade auf Wien zu galoppieren, morgen hätte ganz Österreich die Fahnen gehißt und Paris Trauer getragen, während nun Bonapartes Konsulatsgarde sich auf den Weg nach Paris macht, um die Fahnen unserer Regimenter in den Invalidendom zu bringen. Im Grunde hat Scherer recht, wenn er sagt, daß die Ordonnanzoffiziere im Krieg das allerwichtigste sind: Wären wir in

Wien angekommen, bevor Bonapartes Ordonnanzdragoner in Paris einreiten, wäre der Sieg unser gewesen.«
Mathias hatte lange Grashalme ausgerissen und vertrieb sich die Zeit, indem er auf seinen zusammengelegten Daumen seltsame Melodien blies. Hin und wieder unterbrach er sein Konzert, um einen Ranken Brot und ein Stück Wurst zu essen, und Otto sagte, nein, er habe keinen Hunger, das alles habe ihm den Appetit verschlagen.

XIII

Oberstleutnant Scherers Regiment war auf dem Rückzug. Da es gen Osten zog, geriet es in die Sümpfe der Poebene. Die Pferde trotteten im Gänsemarsch über die Deiche und überschwemmten Erdwälle, die Köpfe gesenkt, aber mit großer Energie, so als hätten sie außergewöhnliche Kräfte aufbieten müssen, um ihre Brust und ihr ganzes Zeug und diese verrosteten Soldaten, die sich auf ihren Rücken festklammerten, mit ihren dampfenden Mänteln durch die milchige Masse des Herbstnebels zu stoßen. Rote Sonnenbälle glitten durch die entlaubten Zweige der Pappeln. Ein oder zwei Mal gaben Partisanen einen Schuß auf die Nachzügler ab, trafen sie aber nicht. Schließlich hatten Tiere und Reiter es geschafft, die ehemals schneidigen, gold-weißen Reiter vom Prater, von Genua und Marengo, jetzt bleich, bärtig und bis auf die Knochen durchnäßt.

Am Gardasee trafen sie um Weihnachten herum auf den Winter. Von Bellegardes Savoyern unterstützt, kämpften sie im Schnee mit dem Dolch gegen die grausamen Soldaten des Generals Brund, unweit von Pozzolo, und zu Beginn des neuen Jahres zogen sie sich nach Österreich zurück, nachdem Ludwig von Cobenzl und Joseph Bonaparte am 9. Februar die Verhandlungsprotokolle von Lunéville unterzeichnet hatten; diese enthielten zum dritten Mal die Bestimmungen von Leoben, durch die die österreichischen Gebietsabtretungen in Italien, Belgien und am Rhein bestätigt wurden, was all diesen Kriegen ein unwirkliches, ewig gleiches, makabres Gesicht gab, floß das Blut der jungen Österreicher und der jungen Franzosen doch nur, um von neuem ähnliche Waffenstillstandsbedingungen auszuhandeln. Jeder Kanonenschuß war

das dröhnende, nichtssagende Echo eines vorangegangenen. Die Geschichte zelebrierte ihre eigene Lächerlichkeit.
Otto, der sich in der Nähe von Mailand wieder ins Regiment der Herzogin von Sachsen-Salza eingereiht hatte, war nicht böse darüber, nach Österreich zurückzukehren und das Garnisonsleben kennenzulernen. Die Kürassiere schlugen ihr Quartier in Linz auf, besser gesagt, einige Kilometer von Linz entfernt in einem alten Kloster, das auf dem Pöstlingberg lag, von wo aus das Auge des Betrachters in der Ferne die bläulichen Ausläufer der Alpen und ganz in der Nähe, in südlicher Richtung, dreihundert Meter weiter unten, die Stadt Linz, das »liebenswürdige Linz«, den breiter gewordenen Lauf der Donau und die Nibelungenbrücke erblickte. Bonaparte hockte auf seinem Haufen von Siegen und schloß mit aller Welt Frieden. Am 21. März war Spanien an der Reihe, in Aranjuez. In England machte die Ablösung Pitts durch Addington den Weg frei für die Vorverhandlungen von London, die im Oktober ihren Abschluß fanden. Eine Woche später zog sich Rußland aus dem Kriegsgeschehen zurück, und im März 1802 beendete Joseph Bonaparte zusammen mit Cornwallis in Amiens die zweite Koalition. In ganz Europa herrschte Ruhe.
Wien war ziemlich weit von Linz entfernt. Konstanze Apfelgrün und ihre Tochter besuchten den Fähnrich. Advokat Apfelgrün unternahm die Reise erst zu Mariä Himmelfahrt. Der alte Herr war von Mathias' Freundlichkeit so gerührt, daß er beschloß, ihn mit seinem Sohn zu verwechseln. Jeden Tag machten der Offiziersknecht und der Advokat ihren Spaziergang in den Bergen des Mühlviertels. Eines Morgens beobachtete Otto sie heimlich. Die beiden Männer saßen nebeneinander im Unterholz eines Buchenwaldes. Sie hatten Blumen gepflückt, die schönen Blumen des Böhmerwalds, rote, lakkiert wirkende Fingerhüte, Türkenbundlilien, Frauenschuhe, wilde Himbeerzweige und viele Baldrianblüten. Mathias hatte eine Flasche Weißwein geöffnet, er zerlegte ein kaltes Hühnchen und schnitt eine Pastete auf. Nach dem Mahl nahm er eine Handvoll Zigarren aus seinem Tornister. Der

Advokat hatte seine Weste aufgeknöpft. Es machte ihm Spaß, Rauch in das immerzu heitere Gesicht des Ordonnanzknechts zu blasen, und er brach in lautes Gelächter aus. Die beiden Männer sahen sich liebevoll an, zwei Kameraden. Mathias erzählte Geschichten, in der unverständlichen Sprache des Banats. Eine Hand am Ohr, lauschte der Advokat sehr aufmerksam, wobei er leicht die Brauen runzelte. Er nickte und lächelte, mal hintergründig, mal tiefsinnig. Manchmal mußte Mathias lachen. Dann prustete auch der Advokat los und klopfte sich auf den Bauch, um wieder zu Atem zu kommen.

Otto verbrachte seine wenigen Urlaubstage in Wien, aber Wien war nicht mehr wie früher. So viele Dinge standen zwischen dem Fähnrich und der Stadt seiner Kindheit! Das Palais am Kärntnertor war verriegelt. Fürst Ernst hatte beschlossen, zusammen mit seiner Frau einige Zeit in Dresden zu verbringen, schließlich war das seine Heimat, der sächsische Hof war vornehm, es herrschten angenehme Sitten, man hörte schöne Musik, und der Fürst verbrachte seine Tage, mit einem Hammer ausgerüstet, im Erzgebirge, um seine Mineraliensammlung zu vervollständigen. Im Winter zog sich das Paar auf Schloß Greinburg zurück, das nicht weit von Linz entfernt, zwischen Linz und Wien, ebenfalls auf einem Felsen über der Donau lag. Die Herzogin nutzte die Gelegenheit, um ihr Regiment zu inspizieren, aber sie war nie mehr allein. Fürst Ernst hatte es sich zur Gewohnheit gemacht, immer an der Seite seiner Frau zu sein. Dieser höfliche, attraktive Mann ließ es sich nicht nehmen, einige Feste für Oberstleutnant Scherers Offiziere zu veranstalten. Er machte kein Hehl aus seiner Freundschaft für Otto Apfelgrün, und da er sich für alle Zweige der Naturwissenschaft brennend interessierte, war das Wissen des jungen Mannes ihm teuer. Otto war sehr traurig, auf eine stoische Weise traurig, viele Jahre würde er nun auf dem Pöstlingberg zubringen. Zum Glück war die Landschaft schön, doch wie viele Sommer, wie viele Winter waren in der winterlichen Pracht, in den schlafenden Novemberwäldern, im Funkeln des Sommers von Linz vergraben?

Seine erste Reaktion war ablehnend, als der Oberst ihn zusammen mit Ulrich Llwoff zu sich rief und den beiden Fähnrichen in einer Art Überschwang einen vierzehntägigen Urlaub genehmigte, der es ihnen erlauben würde, am Ball der Windiswraths teilzunehmen. Ein paar Jahre früher wäre Apfelgrün entzückt gewesen, doch jetzt sah er kein Vergnügen mehr in den Liebesabenteuern und Zerstreuungen, Herzogin Klementine war ein Traum. Der Oberst in seiner Reithose trat ungeduldig von einem Fuß auf den anderen. Es schmeichelte ihm, daß zwei seiner Untergebenen zum erlesensten Fest im Königreich geladen waren. Jedes Jahr richteten sämtliche vornehmen Leute von Wien ihre Sehgläser auf das Schloß »Bärenwinter«, einige Meilen nördlich der Hauptstadt im Weinviertel gelegen, jedes Jahr beäugten die Damen kritisch die Liste der Einladungen, über die endlos verhandelt wurde und die die höchste Auszeichnung der feinen österreichischen Gesellschaft darstellte, wobei die so gutmütige Gräfin Windiswrath sich immerhin zugute halten konnte, daß die Tore ihrer Parks sich dem Verdienst und der Begabung ebenso öffneten wie der Abstammung. Otto war verblüfft, auf der Liste der Windiswraths vertreten zu sein. Der Gedanke streifte ihn, die Windiswraths seien mit den Sachsen-Salzas eng befreundet, doch er schob ihn gleich wieder beiseite, denn genau wußte er es nicht, und im übrigen war Ulrich Llwoff ja auch mit von der Partie.

So nahm er denn freudig an.

Der Oberst sah in dem Ganzen eine Auszeichnung für den heldenhaften Einsatz seines Regiments in Genua und Marengo, und wenn sie drei Jahre hatten warten müssen, dann lag das daran, erklärte er, daß das Protokoll der Windiswraths zu Recht sehr pedantisch war, nicht weniger genau und ausgeklügelt als das der Habsburger selbst, von schneckenhafter Langsamkeit, so daß, wie er mit einem hintergründigen Lächeln bemerkte, eine Frau, die wegen ihrer Schönheit auf den »Bärenwinter« geladen wurde, ihre Eintrittskarte oft erst erhielt, wenn ihr Teint schon längst verblaßt war. Scherer blickte verschmitzt drein: Einmal hatten die Schloßtore sich vor einem Marschall für seine Erfolge als Leutnant geöffnet, die er

in einem Krieg, der bereits in die Lehrbücher der Militärgeschichte eingegangen war, errungen hatte.
»Nein, sehen Sie, was mich erstaunt, ist eher die Geschwindigkeit, die das Protokoll der Windiswraths in diesem Jahr an den Tag legt, da die Fallgatter so schnell vor Ihnen herabgelassen werden. Seien Sie gewiß, diese Auszeichnung ist die Belohnung für unsere Bemühungen in Italien. Ich vergesse nicht, Herr Llwoff, daß Ihnen am Tag nach Montenotte der Orden vom Goldenen Vlies verliehen wurde. Und Sie, Herr Apfelgrün, waren Ordonnanzoffizier der Generäle Ott und Melas.« Scherer spitzte die Lippen und fügte fast spöttisch hinzu: »Um ein Haar hätten Sie Österreich ja sogar den Sieg von Marengo verkündet, nicht wahr?« Mit ironischer Miene beging der Oberst wieder hinter seinen Schreibtisch, um die beiden Dokumente zu unterzeichnen. Er streute ein bißchen Sand auf die blaue Tinte, blies darüber, reichte den beiden jungen Männern die Papiere und entließ sie mit den Worten: »Sie wissen Bescheid: Dominos und schwarze Halbmasken!«

Der Domino ließ Otto keine Ruhe. Er vertraute sich dem Hermelinfloh an, der sich erst einmal bitten ließ, vermutlich aus Ärger darüber, daß er keine Einladung bekommen hatte. Andererseits war er dermaßen von seinen weltmännischen Fähigkeiten überzeugt, daß er gar nicht lange schmollen konnte. Der Ball der Windiswraths verdiente die Bezeichnung Maskenball eigentlich gar nicht, stellte er doch nur eine Abart davon dar, denn die Frauen waren gehalten, mit unverhülltem Gesicht zu erscheinen, während die Männer Halbmasken und Dominos tragen mußten. Die Idee kam wieder einmal aus Paris. In der französischen Hauptstadt ergötzte man sich geradezu an dieser Vergnügung. Ihr Erfinder war ein italienischer Diplomat höchsten Ranges, Graf Mareschali, der in seinem herrschaftlichen Haus auf den Champs-Elysées viele Feste dieser Art organisierte.
»Auf dem Ball des Grafen Mareschali«, sagte der Hermelinfloh, »putzen die Frauen sich natürlich heraus, mit Leiden-

schaft gewissermaßen; ihre Gesichter sind allerdings, wie ich Ihnen schon erklärte, nicht bedeckt. Und wenn die Männer maskiert sind, so braucht man kein Hellseher zu sein, um den Grund zu erraten: Bonaparte oder was weiß ich, ein Murat, ein Ney, ein Talleyrand können sich mit der Gewißheit amüsieren, nicht erkannt zu werden. Die Frauen sind verrückt nach diesen Vergnügungen. So können sie mit dem Mann ihres Herzens flirten, ohne die Rache ihrer Ehemänner oder Liebhaber fürchten zu müssen, denn hinter jedem Domino könnte sich ja Bonaparte höchstpersönlich, ein Marschall oder ein allmächtiger Minister verbergen. Und merken sollten Sie sich folgendes: Paare erscheinen nie gemeinsam, aber das ist noch nicht alles. Hier fordern die Frauen, nicht die Männer zum Tanz auf.«
Otto war verwirrt. Wie konnten die Frauen einen Tänzer auswählen, wenn alle Männergesichter inkognito waren?
»Auf gut Glück«, erwiderte der Hermelinfloh, »auf gut Glück...«
Ulrich gab auch seinen Senf dazu. Er hänselte Apfelgrün.
»Mein lieber Otto, ich finde einen solchen Ball geradezu maßgeschneidert für Ihre Philosophie. In Genua sind Sie mir mit Ihren nebelhaften Theorien über den Zufall auf die Nerven gegangen. Bei den Windiswraths ist es nun nicht der Tod, der blindlings vorrückt, so wie im Krieg, sondern die Leidenschaft, ich meine das Vergnügen. Die Frauen beteiligen sich an einem Lotteriespiel, sie ziehen ein Los, und wenn sie das Paket auspacken, entdecken sie darin Bonaparte oder Junot oder einen jungen Modegeck oder sogar einen der Polizeispitzel, von denen es in den Salons bestimmt nur so wimmelt; sie müssen ja verkleidet erscheinen. Dieser italienische Diplomat ist wirklich ein großes Genie: Er liefert den Frauen zwei Ingredienzen, auf die sie ganz versessen sind – Schamlosigkeit und Überraschung.«
Der Hermelinfloh strich sich über den blonden Bart und sprach von einer dritten Ingredienz namens »Gefahr«. Die Frauen auf dem Ball von Mareschali seien so sehr im Rausch, würden so dreist und hemmungslos, daß sie die Grenzen der

Wohlanständigkeit überschritten und die Gefahr schlimmster Racheakte auf sich nähmen. In Paris habe man eines Morgens eine von ihnen mit durchschnittener Kehle in den Gärten der Champs-Elysées gefunden, nachdem sie eine ganze Nacht lang in den Armen eines Dominos von hohem Stand herumgewirbelt war, der mit dem Namen Murat in Verbindung gebracht wurde. Die Affäre sei von der Polizei vertuscht worden, »aber glauben Sie mir, ich würde mich wundern, wenn es bei den Windiswraths nicht ein paar scharf geschliffene Messer, Dolche, Giftfläschchen oder vielleicht sogar Pistolen im Futterstoff gewisser Dominos gäbe. Dieser Mareschali kommt ja nicht für nichts und wieder nichts von Venedig herüber. Seine Welt besteht aus Gold, Blut und Masken. Er ist ein ›Seelenkenner‹: Liefern Sie einer Frau Gefahr, Heldentum und Träume, meine Herren, und sie gehört Ihnen!«

Das Schloß war großartig. Nicht einmal die Residenzen der Liechtensteins oder der Sachsen-Teschens, das Prager Lobkowitzpalais oder das der Schwarzenbergs auf dem Rennberg in Wien konnten es nach dem Geschmack der Zeit mit diesem Labyrinth barocker Gebäude aufnehmen, die den Gipfel des »Bärenwinter« bedeckten, um den herum italienische Architekten Märchengärten angelegt hatten. In den Parks mit ihren Kaskaden und Steinornamenten, in denen sich Damwild, Hasen und Hirschkühe frei bewegten, machten die Windiswraths die seltensten Pflanzen heimisch; manche Bäume kamen sogar aus Äthiopien. »Das sind die Lieblingsbäume des Priesters Johannes und des Königs Salomo, erzählte mir die Königin von Saba erst letztes Jahr«, kokettierte die Gräfin Windiswrath, »und wagen Sie sich nicht zu tief in die Wäldchen: Sie könnten plötzlich einem Drachen, einem Einhorn oder einem Werwolf gegenüberstehen!«
Eine Auffahrt, die die Gärtner mit frischem Gras und Blumen ausgelegt hatten, erlaubte es den Landauern und schweren fürstlichen Karossen, die mit acht goldbestickten Pferden bespannt waren, bei den Terrassen unmittelbar am Fuß der

Säulentreppe vorzufahren. Die beiden jungen Männer hatten die Dienste eines Fiakers in Anspruch genommen und waren nach einem mühevollen Aufstieg im Halbdunkel eines Eichenwaldes bei Anbruch der Dunkelheit eingetroffen. Als die Sonne hinter dem Runwoltberg unterging, erstrahlten sämtliche Fenster des Schlosses, die Nacht stand regelrecht in Flammen. Otto und sein Freund waren trotz ihres angeberischen Gehabes sehr gehemmt. Je mehr von den funkelnden Sälen sie durchquerten, um so größer wurde ihre Schüchternheit. Noch nie hatten sie so schöne Frauen gesehen, Frauen aus Märchen oder Legenden, Frauen aus Eis, eingefaßt in ihre enganliegenden Satinkleider, Frauen aus Hermelin oder Moiré, die wie aufgeregte Vögel mitten durch die schmucklose Menge der schwarzen, grauen oder rotbraunen Dominos flatterten, eine Gesellschaft, die zur Hälfte aus sittsamen Mönchen, zur Hälfte aus Zauberinnen, aus Verwunschenen bestand. Es kam vor, daß eine junge Frau eine Hand auf den Ärmel einer der Mönchskutten legte. Dann sah der Domino aus wie ein Falke unter seiner Lederhaube, an die Faust eines Jagdknechts gekettet, und man war darauf gefaßt, daß die ungestüme Frau dem Vogel die Maske herunterreißen und ihm den Befehl geben würde, zu töten, ein blutendes Herz als Beute zu bringen.

Otto und Ulrich machten sich einen Spaß daraus, nach Schulterbreite und Größe die Identität der Masken zu erraten, jedoch mit sehr mäßigem Erfolg, denn in der vornehmen Gesellschaft kannten sie sich so gut wie gar nicht aus, nie hatten sie sich unter das Publikum eines solchen Abends gemischt. Der Hermelinfloh fehlte ihnen. Herzogin Gertrud von Mahlberg schwebte über ihre Köpfe hinweg, in einem roten Samtsessel, der von vier Lakaien mit ausgestreckten Armen getragen wurde. Ihre Frauen hatten sie mit gewaltigen rosa und grünen Bändern herausgeputzt. Sie saß auf ihrem Thron und schwatzte unentwegt, kläffte, lachte und gab allerhand Geräusche und freche Bemerkungen von sich. Zwei Fackelträger bahnten ihr den Weg. Ihre Augen waren ins Leere gerichtet. Schließlich glaubte Otto, eine vertraute Gestalt entdeckt zu haben: Dieser so hochgewachsene Körper, der förmlich zu zerplatzen schien, diese großschlächtigen Füße, diese Riesenschritte, konnte Wien zwei derart bunt zusammengewürfelte Anatomien beherbergen? Das Wiehern hinter der schwarzen Halbmaske zerstreute die letzten Zweifel: Professor Schwarzbrod war auch hier. Otto gab sich zu erkennen. Schwarzbrod drückte ihn mit aller Kraft an sich.

»Otto, Otto Apfelgrün! Otto, der Treulose! Ich begrüße Sie nicht. Gehen Sie mir aus den Augen, mein Alter, Sie sind für mich erledigt, aus und vorbei. Otto Apfelgrün war einmal!«

Otto fing an zu stottern, da packte der Ältere ihn spontan am Arm.

»Mein bester Schüler«, sagte er traurig, »und er mußte zum Verräter werden, mußte die feinsinnige Wissenschaft der Schmetterlinge gegen die grobe Kunst des Krieges eintauschen. Was ist denn bloß in Sie gefahren, Apfelgrün? Was hat Sie dazu gebracht, mit einem Riesengewehr Jagd auf Bonaparte zu machen? Und dann haben Sie ihn auch noch verfehlt, nach allem, was ich gehört habe! Unverrichteter Dinge sind Sie zurückgekehrt!

Doch genug gescherzt, Apfelgrün, Sie fehlen mir. Wem soll ich denn jetzt meine Dummheiten erzählen? In dieser Stadt, die keine Stadt ist, die... die, na, ein Kaninchenstall ist, oder ein Hühnerhof, hätte kein Mensch sie verstanden, meine Dummheiten, oder man hätte sie einfach als Dummheiten betrachtet, was für eine Dummheit wohl das allertraurigste Los ist... Davon ausgenommen ist selbstverständlich Herzogin Gertrud, unsere letzte Dame mit Esprit.«

Schwarzbrod hatte Otto ohne viel Federlesens Ulrich entrissen, um ihn in einen Rundbau zu ziehen, dessen rautenförmig geschnittene Fensterscheiben in den Farben der Monarchie, Gelb und Schwarz, eingefärbt waren.

»Sie wissen sicherlich, daß Herzogin Gertrud sich von Christine getrennt hat, Christine Kinsky, Sie kennen sie, diese junge Frau, die Gertrud ›ihre Augen‹ nannte. Christine wohnt nicht einmal mehr in Wien, ihr Aufenthaltsort ist geheim. Sie sind doch mit diesem sonderbaren Burschen, diesem Herrn Schulmeister, aneinandergeraten, einem rothaarigen Kerl, nicht sehr groß und mit einer hübschen Wampe, ja, aber selbst als Rothaariger ist er einer von Napoleons besten Agenten. Tja, ob Sie es glauben oder nicht, Christine Kinsky ist bei ihm. Eine Kinsky bei den Jakobinern, mein Gott, diese Mahlbergdamen...«

Ottos unbefangenes Gemüt lernte einiges dazu. Dieser Bärbeißer von Schwarzbrod, dieser einsame Wolf, so scheu und schüchtern, nahm den ganzen Klatsch der vornehmen Gesellschaft für bare Münze. Otto erfuhr, daß man im Jahr zuvor bei den Windiswraths Erzherzog Karl beim Techtelmechtel mit der kleinen Gräfin Pietranera gesehen haben wollte. Es werde auch behauptet, Thugut sei beim Empfang im letzten Winter davon in Kenntnis gesetzt worden, daß er in Ungnade gefallen war, und an diesem Abend seien die Frauen aufgeplustert wie Fasanenweibchen mit der Vorstellung herumgelaufen, daß sich vielleicht hinter einem dieser grauen oder schwarzen Büßergewänder Thuguts Nachfolger, Cobenzl oder gar Colloredo, verbarg, »aber wie dem auch sei«, feixte Schwarzbrod, »niemand hätte es ja beschwören können, und ihr wird es gar nichts nützen, dieser Turteltaube von Gräfin Pietranera, daß sie in den Armen des Erzherzogs Karl herumwirbelte, da ihre Freundinnen es ja ebensowenig wußten wie sie selbst.«

Schwarzbrod hielt Otto fest, wobei er den Ärmel seines Dominos zerknüllte, so als fürchtete er, er könne auseinanderfallen. Seine Stimme veränderte sich.

»Maria-Josepha ist sehr krank. Sie ißt kaum etwas, die Ärzte haben mich auf das Schlimmste vorbereitet, und ihr armer Kopf, Otto... In zwei Monaten wird sie dreißig. Und ich siebzig. Im Grunde habe ich nur für die Zeit einer Schulpause gelebt. Lächeln Sie ruhig. Ich spiele immer noch auf dem Schulhof Ball, und jetzt ist es vorbei, der Hausmeister geht mit einem großen Schlüsselbund über den Hof, er wird auf seine Trommel schlagen, um das Ende der Pause zu verkünden. So ist das...

Sie hatten recht, die Naturwissenschaften aufzugeben, Apfelgrün, das sage ich mir manchmal, ich bin ein Dummkopf ge-

wesen... Was werde ich von dieser Welt kennengelernt haben? Schmetterlingsflügel, Stempel und Staubgefäße, aber alles andere, daran werde ich vorbeigegangen sein, ohne es zu sehen. Und dennoch habe ich es richtig gemacht: Die Schmetterlinge sind wirklich das einzige wovon ich etwas verstehe. Wenn der liebe Gott die Erde nicht mit Schmetterlingen übersät hätte, was wäre dann aus mir geworden, mein Alter? Ein Habenichts, die Volksküche der Wipplingerstraße für einen Kreuzer. Aber ich mag weder Kohl noch Rüben. Der liebe Gott existiert nicht, aber ich muß zugeben, daß es trotzdem nett von ihm war, die Insekten zu erfinden. Verzeihen Sie, wenn ich jetzt mit Ihnen spreche, Apfelgrün, aber man spricht so wenig... so wenig.«
Schwarzbrod packte Otto heftig, fast unwirsch an der Schulter, sagte ihm »Auf Wiedersehen!«, und die schwere, zerbeulte Silhouette verlor sich in der Menge der Tänzer, wobei sie die Dominos mit ausgestreckten Armen wegschubste.

Otto betrat den Ballsaal. Im Schutz seiner Maske sah er die Frauen schamlos an. »Sie sind nackt«, dachte er, und weiter: »Alle Männer sind grotesk, alle Frauen sind obszön.« Er beschloß, der Herzogin von Mahlberg seine Aufwartung zu machen, die von ihren Kammerfrauen vor einen Kreis von Höflingen in eine rote Samtottomane gesetzt worden war, nachdem die Frauen leicht an ihren rosa Seidenbändern gezogen hatten, so wie man einen Blumenstrauß zurechtsteckte. Doch er erreichte die alte Dame nicht, denn in dem riesigen Saal herrschte plötzlich eine fürchterliche Stille. Das Orchester war verstummt. Die Paare erstarrten und bewegten sich dann wieder, um die begonnenen Figuren zu beenden, aber langsam, wie im Traum. Man hörte das Knistern der Wachskerzen und Fackeln. In der Stille trat Herzogin Klementine vor, ganz hell und majestätisch. Sie trug ein Kleid aus weißem Satin, das weit auf die Schultern herabfiel, Taille und Hals waren mit goldenen Bändern geschmückt. Die Dominos wichen zurück. Klementine bemerkte sie gar nicht. Sie gab einer der

Masken ein Zeichen und schon drehte sie sich auf der Tanzfläche. Das Paar tanzte ganz allein, ohne Begleitung, dann kam das Orchester wieder zu Sinnen, die Blechblasinstrumente ertönten, und es gab ein Spektakel, als versuchten all die ausgelassenen Noten, die verlorene Zeit wieder einzuholen.
Andere Paare bildeten sich. Die unsichtbaren Musiker, in Loggien hinter mit dem Monogramm der Windiswraths bestickten Silbervorhängen verborgen, spielten alte österreichische Weisen, und dann sehr kraftvolle Tänze, Polkas und Mazurken. Frauen und Dominos warfen ihre Arme und Beine, alle zusammen in ein unauflösliches Durcheinander verstrickt, so als hätten Hunderte von Automaten ihre Federn vermischt, ihre Drähte verwechselt und versuchten nun vergeblich, voneinander loszukommen, die Automatenmänner von den Automatenfrauen zu trennen. Otto wurde wie alle anderen hin und her geschüttelt. Er sagte sich, daß, wenn das Orchester sich in seinen Noten verhedderte oder im falschen Moment aufhörte zu spielen, Arme von Schultern herabfallen würden, Frauen und Männer sich nicht mehr voneinander lösen könnten, ein Kopf niemals mehr seinen Hals fände. Die Tänzerinnen des jungen Mannes brannten vor Neugier, doch Otto achtete die Regel, und sein Name hätte auch niemandem etwas gesagt.
Den guten Ulrich Llwoff hatte er verloren. Für die Dauer eines Kontertanzes stützte er sich mit den Ellbogen auf einen Spieltisch und bat einen Lakaien, ihm ein Zitronensorbet zu bringen, dieser Lakai konnte Schulmeister oder der Polizeiminister oder ein Gendarm sein, und das Sorbet Gift enthalten, das die Alchimisten der Medicis gebraut hatten. Die Gräfin Pietranera mit ihrem fiebrigen, reizenden Gesichtchen stellte ihm eine Frage. Er antwortete freundlich, die Pietranera amüsierte ihn, denn sie war zierlich wie ein Spatz, aber Herzogin Klementine war da. Mit ausgestreckten Händen durchquerte sie den langen Saal, ihre Augen waren groß und blaß. Für Otto war es klar, daß sie auf ihn zukam, obwohl sie keine Möglichkeit hatte, ihn unter seiner Verkleidung zu erkennen.
Sie umschlangen einander und glitten auf die Tanzfläche. Der

Kopf der jungen Frau bewegte sich leicht hin und her, legte sich auf die Schulter des Dominos, beugte sich zurück, Otto tanzte mit einer Schlafenden. Die Musik war ein goldenes Puder, das im seidigen Flammenschein der Fackeln verbrannte, und als das Orchester sein Stück beendet hatte, wurde Otto sich bewußt, daß er bei den Windiswraths war. Und in seinen Armen der Körper dieser so schönen Frau, die ihn gerade überheblich anblickte.
»Sie gestatten, daß ich Ihren Namen ausspreche?« fragte sie.
Otto legte einen Finger auf Klementines Lippen.
»Gestatten Sie, daß ich Ihren Namen nenne?« wiederholte sie heftig.
»Sollte ich Otto Apfelgrün heißen?« erwiderte Otto schließlich.
»Um Mitternacht werde ich dort unten sein, auf der anderen Seite der Kaskade gibt es einen Laubengang aus Geißblatt. Dort werde ich sein, im Laubengang.«

XIV

Otto ließ nicht einen einzigen Tanz und damit Schwindel, Vergessen aus, und viele Tassen Punsch ließ er sich auch nicht entgehen, auch wenn er zwischendurch große Gläser voll Eiswasser trank. Er fragte ein junges Mädchen, ob es fröhlich sei. Das Mädchen war nicht richtig fröhlich, aber es war glücklich, und so fragte Otto nach, ob es glücklich darüber sei, glücklich zu sein. Das Mädchen verstand ihn nicht recht und spielte nervös an dem blauen Stein herum, der an ihrem Hals hing; ihre Finger verhedderten sich in der Goldkette. Der Fähnrich beugte sich zu ihr. Er sprach in vertraulichem Ton. Da sie sich nicht kannten und sich auch nie wiedersehen würden, dürfte er ihr wohl einen Rat geben? Ottos Idee war folgende: »Man sagt ein paar Worte dahin, irgendwie zusammengewürfelte Silben, die kaum einen Sinn haben, man hätte sie auch anders ordnen oder andere Silben nehmen können, aber das Ergebnis ist nun einmal da, gnädiges Fräulein, die Worte sind ausgesprochen worden, genau diese und keine anderen, und Sie haben eine Linie überschritten, nichts wird mehr gleich sein, Sie haben die Schwelle überschritten und sind in die Zeiten eingedrungen... in die unendlichen Zeiten.«

Das Mädchen flehte Otto an, ihm eins dieser bunten Sorbets zu ergattern, und als Otto sich einen Platz am Buffet erkämpft hatte und mit seinen beiden Fruchtschalen zurückkam, war das Mädchen verschwunden.

Er stellte die Schalen auf den Kamin. Ein schwarz-brauner Domino mit einer Halbmaske aus weißer Seide fragte ihn, was er mit diesem ganzen Geschirr treibe. Ob er sich seinen Hausrat zusammenstelle? Es war eine weibliche Stimme.

»Nun gut, ja«, sagte die Maske, »ich bin eine Frau. Ich verstoße gegen das Reglement der Windiswraths, aber man kann auch das Gegenteil behaupten, Herr ... Herr Apfelgrün. Man kann sagen, daß ich noch eher eine Frau bin als all diese unverhüllten Personen. Manche behaupten, die Frauen seien sogar dann verkleidet, wenn sie kein bißchen Schminke, nicht den kleinsten Schönheitsfleck tragen, ja selbst, wenn sie nackt sind. Ich bin also zweimal kostümiert ..., zweimal verkleidet ... Vielleicht ist das eine Art, sich zu zeigen ... Wissen Sie, wenn Sie zwei Spiegel nehmen, dreht der eine ihr Bild um und der andere richtet es wieder gerade ...«

Der junge Mann legte keinen Wert darauf, diese Plauderei fortzusetzen, und ließ seine Stimme betont gelangweilt klingen.

»Sie nennen mich bei meinem Namen«, bemerkte er lässig, »Sie kennen ihn also?«

»Ich hatte große Lust, Sie zu sehen.«

»Und woher wußten Sie, daß ich bei den Windiswraths sein würde? Noch vor einer Woche hätte ich laut gelacht, wenn mir jemand gesagt hätte, daß ich heute abend Gast auf diesem Ball bin.«

»Wie schroff Sie sind, Herr Apfelgrün. Sie sind fast unangenehm, Sie, der Sie als der liebenswürdigste junge Mann von Wien gelten. Ich bin nicht der Teufel, sehen Sie ...«

Sie berührte die Hand des Fähnrichs.

»Das ist doch eine echte Hand, oder? Nicht etwa ein Stück Eis oder Glut, keine Geisterhand! Und dennoch kann ich nicht, nur um Sie zu beruhigen, vor dieser ganzen Gesellschaft meine Kapuze abziehen und mich als Frau offenbaren. Das ist wirklich unmöglich! Aber ich werde Ihnen helfen, ich gebe Ihnen etwas Licht, dann werden Sie besser sehen.«

Der Domino riß mit einer heftigen Bewegung eine der Fackeln aus ihrem Wandleuchter und hielt die Flamme vor seine Kapuze. Otto sah überhaupt nichts mehr, weder die weiße Seidenhalbmaske noch den schwarz-braunen Domino noch die Hand. Er sprach zu der leicht keuchenden Stimme, die aus der Flamme kam.

»Das bringt uns nicht besonders weiter«, sagte die Frau. »Sie sehen mich noch weniger gut als vorhin. Das Licht ist ein besseres Versteck als der Schatten.«

Sie warf die Fackel in den Kamin. Ein hochgewachsener Kostümierter kam näher, zögerte, kehrte dann aber auf die Tanzfläche zurück.

»Das ist vielleicht Erzherzog Karl oder Colloredo, aber Herr Apfelgrün, wir verzetteln uns in Banalitäten, und die Zeit drängt. Wir haben uns noch vor Mitternacht ein paar Kleinigkeiten zu sagen.«

»Vor Mitternacht? Sie haben Mitternacht gesagt. Warum haben Sie das gesagt?«

»Mitternacht? Oh, Mitternacht ist der Beginn eines neuen Tages, das ist alles...«

Sie machte eine ausladende Geste in Richtung des Saales, in dem die Paare sich im Kreis drehten, und sagte dann mit drohender Stimme:

»Und dann, nein... Ich brenne darauf, zu erfahren, ob Sie die Absicht haben, sich um Mitternacht zum Laubengang zu begeben. Zum Laubengang, mein Herr.«

Linkisch hob Otto die Hand an seine Augen, als wollte er die Maske wegwischen, eine Erscheinung beschwören.

»Sie wissen Bescheid?« hörte er sich sagen. »Sie wissen, daß ich zur Laube gehen soll? Niemand weiß das.«

»Ich aber, ich weiß es.«

Zwei junge Dinger näherten sich mit spitzem Lachen. Sie gaben sich interessant. Die Größere trug einen goldenen Gürtel, in den nach Potsdamer Mode der Name Kant eingraviert war. Der schwarzbraune Domino verstummte. Die Dämchen schwadronierten und gingen ihres Weges.

»Und wenn Herzogin Klementine mir ihr Geheimnis anvertraut hätte? Das wäre wirklich das Höchste.«

»Sie kennen Herzogin Klementine?«

»Mein Gott..., Herzogin Klementine kennen, wer dürfte sich dessen schon rühmen, das müßten Sie doch am besten wissen... aber ich verzettele mich, ich verliere den Faden... Wissen Sie, daß man nach dem Ball des Grafen Mareschali

1796 in den Gärten der Champs-Elysées eine der schönsten Frauen von Paris mit durchschnittener Kehle gefunden hat?«

Durch die Sehschlitze der Halbmaske beobachtete Otto die Person, die zu ihm sprach, er fragte sich, ob sie überhaupt ein lebendiges Wesen war. Immer noch spürte er die Frische ihrer Hand auf der seinen. Unter dem schwarz-braunen Trugbild stellte er sich den Körper einer Frau vor, weißhäutig, wächsern.

»Das ist ganz schön verworren«, sagte die Unbekannte verdrossen.

»Sind Sie sicher, gnädige Frau, daß Sie sich nicht selbst in all Ihre Fäden verstrickt haben?«

Der Domino lachte herzlich.

»O doch, Herr Apfelgrün, ich bin verstrickt, verstrickt! Eine Katze fände in meinen Knäueln ihre Jungen nicht mehr. Ich bin verloren. Ariane verliert niemals ihren Faden, aber ich, darauf gebe ich Ihnen mein Wort, ich werde nicht so bald aus dem Labyrinth herausfinden. Ich kenne es auswendig. Im übrigen, Herr Apfelgrün, es ist lächerlich, das zu sagen, aber sobald ich aus dem Labyrinth heraustrete, finde ich meinen Weg nicht mehr.«

»Sie haben mir immer noch nicht gesagt, was Sie bei den Windiswraths suchen!«

»Und das Vergnügen, Herr Apfelgrün, was machen Sie mit dem Vergnügen? Ich weiß nicht genau, was auf dem Grund des Vergnügens liegt, aber was ich weiß... es ist kurzlebig, das Vergnügen, ein paar Sekunden, nicht mehr, ein Nichts, ein Garnichts. Es existiert nicht einmal, das Vergnügen, nun, dann suchen Sie mal etwas, das nicht existiert, das ist eine Wonne... eine wahre Wonne...«

»Meine liebe Freundin, auf Wonnen dieser Art kann ich gut verzichten, ich mag meine Pfeife, meine Katze, den Duft der Kohlsuppe in der Küche meiner Mutter, Tricktrack-Partien, die Serviermädchen in den Schenken, aber für alles andere bin ich kein Anwärter. Ich hasse die Gefahr. Leider bin ich kein romantisches junges Mädchen.«

Die Augen der jungen Frau funkelten durch die Schlitze der Halbmaske.

»Herr Apfelgrün, Sie sollten nicht ein junges Mädchen demütigen, das Sie nicht einmal kennen. Es stimmt. Ich bin eine junge Dame voller Schwärmereien. Ich kenne *Die Leiden des jungen Werther* auswendig, abends schreibe ich meine Gedanken in ein Tagebuch, und mein Korsett schnüre ich absichtlich eng, um den Aufruhr in meinem Herzen zu ersticken, aber all diese jungen Leute, die sich umbringen, nachdem sie Herrn Goethes Roman gelesen haben, finde ich töricht. Sie enthalten sich das Beste selbst vor.«

»Das Beste?«

»Die Traurigkeit.«

»Warum sagen Sie all diese Dummheiten?«

»Mein Gott, Sie haben ja recht. Ich habe es Ihnen nicht gesagt! Wie zerstreut ich bin! Sehen Sie, Herr Apfelgrün, da ich ja voller Schwärmereien stecke: Ich bin verliebt. Und die Maske, bei all dem? Aber denken Sie doch nach: Hinter der Maske kann man Dinge gestehen, die man mit unverhülltem Gesicht nie zu sagen wagte. Das ist kindisch. Sie geben nicht sehr viel auf das Schamgefühl junger Mädchen. Und ich mache es wie alle Frauen in meiner Position: Ich lege meine Netze aus.«

»Ich frage mich«, entgegnete Otto kalt, »ob Sie wirklich die besten Mittel einsetzen, um mich, wie Sie sagen, in Ihre Netze fallen zu lassen.«

»Halten Sie mich bitte nicht für eine dumme Gans, ich flehe Sie an. Ich werde Ihnen alles sagen. Die Mittel, die ich anwende, sind die allerbesten Mittel, um Sie von mir zu entfernen. Ein kleines Mädchen würde das verstehen, aber... Ich tue, was ich kann.«

Sie schien den Tränen nahe, beherrschte sich aber gleich wieder.

»Sie wollen aber doch wohl nicht, daß ich es wie alle schwärmerischen jungen Mädchen mache. Daß ich mich in Koketterien verliere, daß ich meine Haare in ein Netz aus Goldkettchen sperre. Pfui! Ich hasse diese billigen Tricks, sie sind et-

was für die Schnepfen, die unter der Deckentäfelung des Schlosses ›Bärenwinter‹ einherstolzieren ...«
Bei diesen Worten war sie blitzschnell mit der Hand unter ihre Kapuze gefahren und streckte Otto das Goldnetz hin, das ihre Frisur zusammengehalten hatte.
»Nehmen Sie, Herr Apfelgrün, zur Erinnerung an diese Nacht... Dieses Haarnetz wird Ihnen sagen, daß Sie nicht geträumt haben. Zwei Menschen, die sich nie gesehen haben, können ja durchaus eine gemeinsame Erinnerung haben! Natürlich ist eine erwiderte, eine geteilte Leidenschaft besser als eine verzweifelte Leidenschaft. Wem sagen Sie das? Ich kann aber doch nicht beide Rollen auf einmal spielen. Ich werde mein Stück Weg gehen.
Das ist wirklich wahr! Verstehen Sie? Was ich liebe, ist, zu lieben, der Rest berührt mich überhaupt nicht, und das genügt mir voll und ganz. Für eine Frau ist es schon ganz schön anstrengend, zu lieben, wenn ich obendrein auch noch geliebt werden müßte, schaffte ich es gar nicht mehr.«
Die große Wanduhr im Salon spielte ein Menuett. Der Domino sprang auf.
»Sie haben gehört, es ist fast Mitternacht. Es gibt so viele Dinge auf dieser Welt, die man nicht weiß! Wären Sie zum Beispiel in der Lage, mir die Zahl der Sterne zu nennen, die heute abend über diesem Schloß kreisen, und jeder dieser Sterne ist ein Universum. Man müßte Newton und Tycho Brahe lesen. Es gibt noch zwei Dinge, über die ich mir völlig im unklaren bin: Erstens weiß ich nicht, ob Sie sich zur Laube begeben werden, und das aus gutem Grund: Ich bin sicher, daß Sie es selbst nicht wissen, denn Sie haben mir ja gesagt, daß Sie kein Freund der Gefahr sind, nicht wahr? Und die zweite Sache, die ich nicht weiß, die zweite Sache habe ich vergessen ... Ach nein, jetzt fällt sie mir wieder ein. Zweitens weiß ich ebensowenig, was ich selbst tun, wie ich mich verhalten werde. Sie hatten recht, vorhin, Herr Apfelgrün: Wie verstrickt ich bin, wie verstrickt!«
Otto war allein. Er lehnte sich an eine der kannelierten Säulen, die die Zwischengeschosse trugen. Das Mädchen mit

dem blauen Stein kam auf ihn zu und streckte die Hand aus, als wartete sie auf das Sorbet, das sie eine Viertelstunde zuvor verlangt hatte. Otto war froh, sie wiederzusehen, er versprach, eine Schale zu holen, ging aber am Buffet vorbei in den Garten hinaus. Für eine Frühlingsnacht war es lau. Paare tanzten. Achtlos zertrampelten sie den Rasen und die Blumenbeete. Sie zertraten die Gänseblümchen und Veilchen. Einige Dominos drehten sich, während sie in akrobatischer Manier ihre Sektflöten balancierten. Eine Dame schwankte, einen Kerzenleuchter in der Hand. Apfelgrün ging an einem Wasserlauf entlang, er dachte, die Kaskade müßte wohl ein bißchen weiter oben sprudeln, in der Hand hielt er das goldene Haarnetz, und ohne Mühe fand er das Labyrinth des Laubengangs.

Herzogin Klementine wartete bereits auf ihn. Sie hatte einen Umhang aus Otternfell über ihre Schultern geworfen, und als Otto mit der Hand ihren Hals berührte, zitterte die junge Frau. Er fragte sie, ob sie beunruhigt sei, aber sie war es nicht. Niemand vermutete sie im Laubengang, außer Schwarzbrod.

»Schwarzbrod hat diesen Dienst für mich auf sich genommen«, sagte sie, »ich hatte keine andere Möglichkeit. Ich wollte nicht Gefahr laufen, mich im Domino zu täuschen: So viele Mühen, so viele Intrigen, um in den Armen eines anderen zu landen... Und am Ende hätte ich mich auch noch in diesen anderen verliebt, was für ein Durcheinander, nein, besten Dank!... Ich hatte schon genug Schwierigkeiten damit, Sie auf Melanie Windiswraths Liste zu bekommen, da mußte mir schon jemand sagen, unter welchem Stoff Sie sich versteckten. Und Schwarzbrod verrät mich nie. Er ist auf der ganzen Welt der Mann, den ich vielleicht am meisten schätze.«

»Meinen Sie, wir sind hier, um über Schwarzbrod zu plaudern?« warf Otto schroff ein.

Die Herzogin biß sich auf die Lippen und setzte eine herausfordernde Miene auf.

»Diesen Ball meinen Sie? Ich dachte, es sei ein unverhoffter Glücksfall, den man nicht verstreichen lassen dürfte. Sie würden verkleidet sein, und ich habe mir gesagt, ich hätte vielleicht den Mut, Ihnen zu sagen, was ich nicht den Mut habe, Ihnen zu sagen. Und natürlich habe ich mich getäuscht.«
»Gnädige Frau«, unterbrach Otto heftig, »ich muß Sie davon in Kenntnis setzen, daß mich vorhin im Ballsaal eine Frau angesprochen hat, eine maskierte Frau, und diese Frau wußte, daß Sie sich um Mitternacht mit mir an der Kaskade verabredet hatten.«
»Eine Frau? Was für eine Frau?«
Otto packte Klementine unsanft an den Schultern. Mit einer schnellen Bewegung warf er seine Kapuze zurück und starrte die junge Frau an. Er sprach jedes Wort einzeln aus:
»Diese Frau, Klementine, das waren Sie, Sie waren das!«
»Ich? Sind Sie verrückt? Warum sagen Sie das? Warum sollte ich so etwas getan haben?«
»Weiß ich denn, was in Ihrem Kopf vorgeht? Ich habe Ihre Machenschaften nie begriffen. Sie bestehen nur aus Koketterie, Fallen und Lügen, aus Wankelmut und Raffinessen. Sie sind nur eine Frau! Sie halten mich zum Narren, doch, doch! Seit dem ersten Tag treiben Sie ein Spiel. Wie naiv war ich doch, und was haben Sie sich amüsieren müssen! Ihre weißen Briefe, mein Exil in der Militärgrenze, Ihre Kälte, Ihre Abwesenheit, dieser Ball, und jetzt im Augenblick diese Komödie, unter einem schwarz-braunen Domino! Ich bin nicht geschaffen für eine Frau Ihrer Art. Grausamkeit, Gewissenlosigkeit, Betrügerei, nein, das ist nicht mein Register, Klementine, Sie wollen mich verrückt machen, aber verzeihen Sie, ich bin keineswegs verrückt und habe auch nicht die geringste Lust, es zu werden.«
Klementine war in den dunklen, hinteren Teil des Laubengangs zurückgewichen, ihr Gesicht drückte Schrecken aus, sie bestand nur noch aus Augen. Sie ließ den Umgang aus Otternfell von ihren Schultern gleiten, dann das Oberteil ihres Kleides und hakte ihre Korsage auf. Otto hob eine Hand, um sie zurückzuhalten, doch sie war wie hypnotisiert und ent-

blößte ihre Brüste. Sie stieß einen fürchterlichen Schrei aus, einen Hahnenschrei. Otto packte sie am Arm.
»Fassen Sie mich nicht an«, schrie sie wild heraus. »Glauben Sie mir jetzt? Entblöße ich mich genug, damit Sie mir vertrauen? Habe ich mich für den Fähnrich Apfelgrün tief genug erniedrigt? Ich muß meine Brust enthüllen, aber reicht das aus? Wollen Sie, daß ich auch meinen Rock hochhebe? Wäre ich dann wie diese Straßenmädchen, diese Servierdamen, die Ihnen so gefallen? Fordern Sie mich nicht heraus, Otto, fordern Sie mich nicht heraus! Nichts hat meinen Willen je aufgehalten. Fordern Sie mich nicht heraus, ich beschwöre Sie!«
Otto kam näher. Er legte den Umhang wieder über die Schultern der Frau.
»Klementine, ich weiß gar nichts. Ich werde nie etwas wissen. Ihre Tricks bringen mich um, hören Sie? Sie wollten, daß ich wie eine weiche Masse in Ihrer Hand liege und daß ich, wenn Sie mir befehlen, ins Leere zu springen, mich ins Leere stürze, ich erinnere mich, Klementine. Ich weiß, daß Sie es waren, vorhin unter der Maske. Oder waren es vielleicht nicht Sie? Jedenfalls ist jetzt alles verloren.«
»Aber warum? Warum war ich es?«
Otto trat zwei Schritte zurück und betrachtete die junge Frau voll Abscheu.
»Aber welche Frau denn?«
»Sie!«
»Warum, Otto, warum ich?«
»Weil Sie nur in der Intrige atmen können. Weil Sie vorhaben, mich zu vernichten, zu verwirren, zu unterwerfen, oder ...«
»Oder?«
»Oder Sie wollten mich auf die Probe stellen. Wissen, ob ich sogar unter Todesgefahr in den Laubengang kommen würde. So sind doch die Mahlberg-Mädchen, oder etwa nicht? Kleine Mädchen ... Sie haben zu viele Märchen und englische Romane gelesen. Um ihrer würdig zu sein, muß man durchs Feuer gehen, das ist es, es ist Venedig oder Byzanz, und wenn Sie sich bemüßigt fühlen, einem gnädigst ihr Herz zu schenken, muß man bereit sein, sich ermorden zu lassen, arme Klementi-

ne, Sie sind mir eine junge Dame, eine perverse junge Dame... ich habe Mitleid, ich habe Mitleid mit Ihnen.«
Klementine rannte aus dem Laubengang hinaus, blieb aber schon nach wenigen Schritten vor der Kaskade stehen.
»Wozu fliehen? Es ist vorbei. Diese Frau hat gewonnen, und wenn es nicht vorbei ist, dann wird ab jetzt diese andere Frau über alles entscheiden.«
»Nein. Vom ersten Tag an haben Sie alles entschieden. Ich bin eine Marionette und amüsiere Sie.«
»Ich habe Angst, große Angst, aber das macht nichts. Die Angst gehörte zum Programm, sie begleitet mich seit dem Moment, als ich Sie am Kärntnertor zum erstenmal sah. Und ich habe Angst vor der Angst. Der Schrecken, ich würde mich fast an ihn anschmiegen, denn wie soll man ohne Schrecken lieben? Haben Sie auch Angst, Otto?«
»Ich habe Angst.«
»Und dennoch sind Sie zum Laubengang gekommen.«
»Ich wollte Sie sehen«, entgegnete Otto. »Und ich habe Sie gesehen.«
Er nahm das goldene Haarnetz wieder an sich.
»Und ich werde Sie nie wiedersehen.«
Klementine hob ihr Gesicht zu Otto, ganz einfach, sie streichelte seine samtschwarzen Lippen.
»Ich wollte Sie sehen«, flüsterte sie.
Die Zeit für das Feuerwerk war gekommen. Der ganze Hügel stand in Flammen. Die Tänzer verließen die Salons, um die Rasenflächen zu bevölkern. Hurra- und Bravorufe wurden laut. Klementine ging langsam zum Schloß zurück. Die Raketen explodierten auf dem Grund des kleinen Sees der Kaskade. Später traf Otto Ulrich, der sich an eine recht hübsche, aber kratzbürstige junge Dame herangemacht hatte. Ulrich wollte noch ein paar Gläser Punsch trinken, und später im Fiaker schlief er fast sofort ein.

XV

Herzogin Gertrud lag im Sterben. Entweder hatte sie bei den Windiswraths gefroren und sich erkältet, oder ihr hohes Alter war daran schuld, jedenfalls versagte die Maschine ihren Dienst. Am nächsten Morgen gegen zehn Uhr war sie noch ganz fröhlich aufgestanden, aber nachmittags begann sie zu klagen. Sie rang nach Luft. Die Zugpflaster, die Fräulein von Trapp ihr geklebt hatte, konnten ihren Kopfschmerz nicht lindern. Die Kammerzofen hatten sie in ihren Sessel neben der türkischen Kanone aus der Schlacht am Kahlenberg gebettet. Dr. Palfy, der schon sehr früh benachrichtigt worden war, meinte, ihr Puls sei schlecht, unregelmäßig, er klopfte einmal wie ein Holzfäller, und dann überhaupt nicht mehr. Ihr Atem ging stoßweise. Dr. Palfy empfahl englische Tropfen. Davon wurden ihr dreihundertdreißig in zwei Dosen verabreicht, die eine in Hühnerbrühe und die andere in spanischem Wein. Zwischen zwei Hustenanfällen erklärte die Herzogin ihrem Majordomus, der Himmel habe ihr zwar keine Kinder, dafür aber eine ganze Schar von Ahnen geschenkt, und da sie sich ja Gefilden nähere, in denen es keine Zeit, also auch keinen Bauch mehr gebe, wie sie kreischend betonte, stehe es ihr frei, diese Ahnen als ihre Sprößlinge zu betrachten. Sie wies mit dem Zeigefinger auf die Porträtgalerie. »Ich bin die Mutter dieser ganzen Clique!«

Am nächsten Morgen klingelte sie sehr früh nach Fräulein von Trapp, der sie verkündete, sie sei tot. Dabei war sie noch so taktvoll, das Ereignis zu verharmlosen: »Das sind Dinge, die nun einmal passieren, meine Gute.« Die Hausdame rannte wie von der Tarantel gestochen zum Majordomus, der in aller Eile seine schwarze Galauniform mit der silbernen Medaille

und der Goldkette anlegte, so daß man hätte glauben können, er schicke sich an, zum letzten Mal der Pflicht des Ausrufers nachzukommen und im Angesicht des Todes mit seiner tiefen Stimme zu verkünden: »Ihre Exzellenz, Frau Herzogin Gertrud von Mahlberg!« Mit vornüber geneigtem Oberkörper, die herabhängenden Arme fast auf dem Boden, erschien er in den Gemächern der Herzogin. Die alte Dame saß bequem in ihrem großen Himmelbett, abgestützt von ihren mit den Mahlbergwappen bestickten Spitzenkissen, während ihre Zofen die hohe, rosa schimmernde Perücke befestigten und scharlachrotes Puder auf ihren Wangen verteilten. Sie tadelte ihren Majordomus, aber ohne Bitterkeit. »Sie werden doch keine Geschichte daraus machen, Alfred, irgendwann muß man da durch, und es gehört nicht viel dazu. Das schafft der allerletzte Dummkopf.« Ihre Milde war ungewöhnlich. Der Tod hatte diese aufbrausende Seele besänftigt. Mit fast gefühlvoller Stimme teilte sie dem Majordomus einige Einzelheiten mit. Der Tod sei um fünf Uhr dreißig eingetreten. Die Herzogin habe die Kaltblütigkeit besessen – »Das ist ja wohl der richtige Ausdruck!« platzte sie los –, den genauen Zeitpunkt auf dem Ziffernblatt der großen Wanduhr abzulesen. Die Nacht sei anstrengend gewesen. Die Kranke habe kein Auge zumachen können.
Der Majordomus erlaubte sich eine respektvolle Bemerkung. Er wandte ein, die Herzogin könne gar nicht tot sein, da sie ja selbst sage, sie sei tot. »Man sollte sich entscheiden«, stieß er mutig hervor. »Entweder man stirbt, oder man sagt, man sei tot, Exzellenz, aber beides auf einmal ist unmöglich.« Gertrud wurde böse. Sie versetzte dem Majordomus einen Schlag mit dem Stock und beschimpfte ihn. Ganz abgesehen von der Ungehörigkeit, als Majordomus einer Mahlberg zu widersprechen, müsse sie doch wohl am besten entscheiden – oder wissen – können, ob sie tot sei oder nicht. Ihre Stimme klang zischend und spöttisch, aber eher bekümmert als rachsüchtig. Gertrud hatte nie vor dem Tod gezittert. Würde man ihr gnädigerweise gestatten, zu wissen, ob sie noch lebte oder nicht? Obwohl sie genug Zeit hatte, wollte sie sich nicht mit Bagatel-

len aufhalten. Alfred solle ihr lieber vertrauen und die ersten Maßnahmen treffen. Sie gab zahlreiche Befehle aus, die sicher von langer Hand vorbereitet waren. Ihren Sessel solle man, natürlich mitsamt der Kanone, so hinstellen, daß sie unter den Augen des ersten Mahlberg throne, des »Mannes mit dem Wolfsgebiß«, von dessen Gebiß ihr eigenes eine verfeinerte Nachbildung darstelle, oder vielleicht ein zusammengeschrumpftes Exemplar, je nach Sichtweise, grinste sie verschmitzt, dieses Riesen, der 1410 in Grünwald die Deutschordensritter, die sie lieber die Ritter des Schwertbrüderordens nannte, gegen die Truppen des Fürsten von Litauen, Jagellon, geführt habe, und wenn der Erste der Mahlbergs tatsächlich sein ganzes Blut im Schnee verloren haben und den Wölfen zum Opfer gefallen sein sollte, was mache das schon aus, das Wichtigste sei, zu kämpfen, das Wichtigste sei, daß Gerhards Körper in den Leichengruben Ostpreußens verwest sei, nicht ohne vorher seinen Samen in jene andere Leichengrube, den Schoß einer Frau, übertragen zu haben, und dieser Samen sei dann vier Jahrhunderte lang von Schoß zu Schoß weitergeflossen, wobei er in jedem ein bißchen von seiner Heißblütigkeit und Kraft verloren habe, und außerdem solle man ihr eigenes, Gertruds Porträt aufhängen, das Titoselli, der Maler aus Florenz, vierzig Jahre zuvor im selben Salon gemalt habe, damals, als die Verstorbene des Jahres 1804 noch in ihrer strahlenden, ihrer blonden und triumphierenden Blüte gestanden habe.
Gertruds Porträt solle an dem Platz aufgehängt werden, den es verdiene: dem endgültig letzten, da ja die direkte Mahlberglinie nun endlich erlösche, und sei das nicht wahrhaftig ein langer, ein heldenhafter, schmerzlicher und donnernder Marsch, habe er sich doch durch fünf Jahrhunderte hindurchziehen müssen, damit die letzten Samenfermente dieses Ritters vom Schwertbrüderorden verdunsteten, sich auflösten, jedes lebendige Fleisch verließen, auch wenn die Sachsen-Salzas noch die Hoffnung hegten, die Fackel, die Europa so lange erleuchtet habe und die nur noch ein verkohlter Stumpf im Leichenstaub eben dieses Europas sei, an sich zu reißen?

»Aber soll ich denn wirklich den letzten Platz in dieser Galerie einnehmen?« fragte sie sich ebenso spöttisch wie schulmeisterlich; oder mußte sie diesen Wänden nicht ganz fernbleiben, da es ja die Galerie ihrer Ahnen war und sie nicht behaupten konnte, zu ihren eigenen Vorfahren zu gehören?
Sie wandte sich ihrem ersten Gedanken wieder zu. Nachdem sie ihr ganzes Leben lang beklagt habe, daß ihr Schoß unfruchtbar sei, beglückwünschte sie sich jetzt dazu, denn sie nehme in einer Linie zwei ehrenvolle und begehrte Positionen ein: die des Gründers und die des letzten Nachfahren. Es gebe den, der öffne, und den, der abschließe, den Pionier und den, der das Unternehmen zu Ende führe, während alle anderen, die, die von Hand zu Hand, von Schoß zu Schoß die Nachfolge weiterreichten, nur Vermittler, nur Nebenrollen seien, deren einzige Aufgabe darin bestehe, derjenigen, die den Tod der Linie gewährleiste, das Leben zu schenken. Das sei nun Gertruds Mission. Sie habe sich um die Rechnung zu kümmern. Gott habe sie, die Herzogin Gertrud von Mahlberg, die Frau mit dem leblosen Schoß, dazu bestimmt, aus dieser wimmelnden, wuselnden und chaotischen Familie, die obszön sei wie jede Familie, wie alles Leben, eine runde, vollendete, in sich geschlossene Sache zu machen, bereit, in die Ewigkeit zu fallen, eine nicht mehr zu verbessernde, unpersönliche Sache, so glatt wie ein Hühnerei oder auch wie diese Schlange, von der die Freimaurer so oft sprächen, den *Ouroboros*, der weder Kindheit noch Alter, weder Anfang noch Ende besitze, da er sich selbst in den Schwanz beiße. Ohne mit der Wimper zu zucken, hatte der Majordomus sich die hastig heruntergeleierte Rede angehört. Er war nicht kleinlich. Die Narrheiten seiner Herrin nahm er allesamt gelassen hin.
Die Wünsche der Herzogin wurden erfüllt. Angetan mit einem schwarzen Seidenkleid, auf dem der Gold- und Diamantschmuck sämtlicher Frauen des Geschlechts, das waren fünf Jahrhunderte von Frauen, blinkte, setzte man sie in ihren Sessel neben der türkischen Kanone, genau im Angesicht des ersten Mahlberg. Die Fenster- und Klappläden wurden geschlossen. Die Kerzen in den Händen der Lakaien funkelten

in den Glasscheiben und Spiegeln. Eine Brigade von Dienern wurde auf die Straße geschickt, um frisches Stroh auf dem Pflaster auszubreiten. Der Majordomus hängte das Porträt seiner Herrin auf; allerdings hatte Gertrud ihre Pläne noch einmal geändert, sie verlangte, das Bild der strahlenden jungen Frau, das Titoselli 1770 gemalt hatte, solle nicht am Ende der Ahnengalerie, sondern genau in ihrer Mitte prangen, denn die Chronologie – »Pffft!« machte sie wie ein kleines Mädchen hinter vorgehaltener Hand – sei ihr im Augenblick völlig egal.

Nachdem der Majordomus sich seiner unangenehmen Bestattungspflichten entledigt hatte, rief er den kleinen Kaplan Tahler und den exzellenten Dr. Palfy zu Hilfe. Er flehte sie an, das eine oder andere zu versuchen, um der Maskerade der Herzogin ein Ende zu bereiten. Die beiden Männer trafen gleichzeitig ein und wurden von Gertrud empfangen. Mit Dr. Palfy, der von schwächlicher Konstitution, gutmütig und ergeben war, verfuhr die Herzogin höflich, aber bestimmt. Der Kaplan der Annakirche dagegen wurde aus nächster Nähe unter Beschuß genommen. Gertrud putzte ihn verächtlich herunter und nutzte die Gelegenheit, um ein paar Ruchlosigkeiten über die Heilige Kirche loszuwerden, die sich damit brüste, alles zu wissen und alles zu bestimmen.

»Wenn Sie wüßten, Kaplan, wie lächerlich Sie sind, Sie, die Männer der Kirche, wenn man Ihre Kniefälle und Ihr Blubbern betrachtet! Schon vor Urzeiten hatte ich den Verdacht, daß Sie vom lieben Gott nichts verstehen, und heute habe ich den Beweis. Obwohl der Tod die schönste Sehne Ihres Bogens ist. Nun, die Dinge spielen sich keineswegs so ab, wie Sie behaupten. Der Tod ist eine sehr einfache Zeremonie, wenn man sie erhobenen Hauptes angeht. Man hat Sie getäuscht, Tahler, man hat Ihnen den Schädel vollgestopft, aber das ist nicht Ihre Schuld. Mit diesen Geschichten sind Sie überfordert. Die ganze Welt ist damit überfordert. Sogar Gott ist mit der Vorstellung von Gott überfordert. Haben Sie das bemerkt? Er hat nie auch nur den geringsten Beweis seiner Existenz geliefert. Armer Gott! Er ist gescheitert, Kaplan, jämmerlich an diesen Beweisen gescheitert, und dabei hat er sich, weiß Gott, bemüht! Wenn also schon Gottes Hirn ins Schleudern gerät, um wieviel mehr das der Menschen! Und erst das der Pfaffen!«

»Exzellenz!« war alles, was Tahler einwerfen konnte.

»Er läuft im Kreis, Ihr Gott. Er tastet sich vorwärts. Er unterbreitet Symbole, Metaphern, Vergleiche. Er ergeht sich in Halbheiten, er verbreitet Gerüchte, er säuselt. Jesus Christus ist eins dieser Gerüchte, der Gott des Korans ist ein anderes, ebenso der Gott der Brahmanen, der Derwische und der Anhänger Zarathustras, aber wissen Sie, Tahler, wenn man sie alle mischte, ergäben diese Gerüchte noch längst keine wohlklingende Melodie. Jesus Christus, Mohammed, Buddha, das sind alles Trugbilder, Masken ... Statthalter Gottes, ja genau, so wie Sie, Stellvertreter eben, auch auf der Erde, jeder von uns ist der Stellvertreter aller anderen. Der schönste Dienstgrad in der Armee, ob Sie es glauben oder nicht, ist der des Leutnants, des ›Stellvertreters‹. Wenn man also von der Bibel zum Koran oder zum Gott der Hindus springt, nähert man sich ihm ein bißchen, das gebe ich zu, es wird heißer, wie beim Topfschlagen, es wird heißer, in weiter Ferne aber nur, man bleibt tausendmillionen Meilen vom Ziel entfernt!

Gott ist die Beute, die ewige Beute, aber er entkommt immer wieder. Bestenfalls entdecken wir eine seiner Spuren, Tahler, aber das sind kaum die Abdrücke eines Hasen auf dem Eis, mehr nicht, er flieht ...«

Sie hatte ihre Stimme aufgebläht, doch das Ergebnis war enttäuschend. Das Gesicht, das sich von der schwankenden Perücke gelöst hatte, nach vorne gestreckt, bewegte sie heftig ihre Lippen, brachte aber nur ein Insektenbrummen hervor, nicht mehr.

Dr. Palfy, durch Tahlers Mißgeschick vorgewarnt und im übrigen scharfsinniger als er, wandte eine andere Taktik an. Er sei von der Unergründbarkeit Gottes überzeugt, und zwar in einem solchen Maß, das spreche er ganz offen aus, daß er es als eitel und frevelhaft empfunden hätte, von Gott zu sprechen, und noch frevelhafter, ihn anzubeten oder zu verehren, ja sogar, an seine Existenz zu glauben, und man müsse schon ein recht ungläubiger Mensch sein, um, alles in allem, gläubig zu sein. Palfy zufolge war der einzige Beweis für die Existenz Gottes seine Nichtexistenz. Kaplan Tahler fauchte wie eine Katze. Gertrud war hochbeglückt, sie nickte zustimmend, doch Dr. Palfy fuhr fort, man habe für heute noch andere Eisen im Feuer, und er als Mann der Wissenschaft und nicht der Religion könne der Herzogin beweisen, daß sie nicht tot sei, vorausgesetzt sie wolle sich gütigst einer Untersuchung unterziehen. Die Physiologie verfüge über unwiderlegbare Zeichen. Der Arzt erbot sich, die Herzogin abzuhorchen. So könne man mit Gewißheit über den Tod ihrer Exzellenz befinden.

»Mein lieber Doktor, Ihre Ausführungen über Gott sind ausgezeichnet, aber in der Medizin sind Sie, genau wie Tahler in Sachen Gott, eine Null. Im übrigen frage ich mich, warum Sie so hartnäckig sind, ich wünschte, Sie könnten das Gelächter hören, das die da alle schüttelt.«

Die in einen Spitzenhandschuh gehüllte Hand löste sich von der Lafette der Kanone, schraubte sich in die Höhe, indem sie gestikulierte wie ein winziger Akrobat oder besser ein sehr schmächtiger Affe, der an einer unsichtbaren Schnur hochkletterte, und verharrte zitternd in Höhe der Porträts. Der Kaplan und der Arzt waren verunsichert. Die Herzogin schlug einmal kurz auf ihre Perücke, und ihr Gesicht verschwand wieder unter den falschen Haaren wie ein Spatz, der in sein Nest zurückkehrte. Sie nickte ein.

Tahler gab dem Arzt gegenüber zu bedenken, es sei vielleicht nicht sehr vernünftig, ihr zu widersprechen, denn ein Wutausbruch könne sie ihre letzten Kräfte kosten. Warum solle man nicht zugeben, daß sie tot sei, das würde ja nicht ewig dauern, es sei nur eine schlimme Viertelstunde, die sie zu überstehen hätten. Dagegen erhob der Arzt Einwände. Die Herzogin sei seit langem seine Patientin. Schon oft sei sie tot gewesen und in diesen Fällen, darauf gebe er sein Wort, scheue sie weder Kosten noch Mühen. Ihre Taktik bestehe darin, nichts zu essen und nichts zu trinken, das sei der springende Punkt. Beim letzten Mal habe man das Schlimmste gerade noch verhindern können. Sie sei so lange tot geblieben, daß sie fast gestorben wäre. Nachdem sie fünf Tage lang jegliche Nahrung verweigert habe, sei Frau von Mahlberg gefährlich abgemagert. Dr. Palfy habe schon den Augenblick vor sich gesehen, in dem von der Herzogin nichts mehr übriggeblieben wäre, nicht einmal »Hasenspuren auf dem Eis«, überhaupt nichts, abgesehen von der Perücke, den Kleidern, dem Schmuck, den Spitzenhandschuhen, all diesen zerknitterten Stoffen. Sie seien ihm vorgekommen wie diese Kokons, die man auf dem Land finde und die schlichte Grabstelen darstellten mit dem Hinweis, daß an dieser Stelle vordem ein Lebewesen existiert habe, »doch«, fügte er betont lässig hinzu, »sind wir überhaupt je etwas anderes als solche Hochstapeleien, solche Überreste, solche Hügelgräber unbewohnter Kleider?«

»Jetzt sind Sie genauso poetisch wie unsere Herzogin«, flüsterte Tahler bissig.

»Oh, verzeihen Sie«, entgegnete der vortreffliche Dr. Palfy und zupfte an seinem Backenbart. »Ich habe die große Befürchtung, daß sie heute ein bißchen toter ist als gewöhnlich, daß sie mehr Sorgfalt auf ihren Tod verwendet, mehr Energie, mehr Talent und auch mehr Wissen, denn so langsam gewinnt sie Erfahrung. Die anderen Male hat sie sich nach ein paar Stunden oder Tagen gerekelt und gestreckt, wie, wenn ich mit diese Impertinenz erlauben darf, eine Großmutter im Dornröschenschloß, die nach hundert Jahren wach wird. Heute morgen aber gibt sie ihre Deckung nicht auf. Ihre Entscheidung ist unumstößlich, will mir scheinen. Und sollte sie nun, da sie älter geworden und ihr Organismus verfallen ist, länger als zwei oder drei Tage sterben, ohne etwas zu essen, kann ich für nichts garantieren, dann läuft sie Gefahr, wirklich zu sterben.«

»Könnte man sie nicht zwangsweise ernähren, oder was weiß ich, vielleicht im Schlaf?«

Der Arzt hob hilflos die Arme.

»Aber im Augenblick schläft sie doch«, fuhr der Kaplan fort.

»Ist nicht zu hoffen, daß sie im Schlaf eine Gedächtnisschwäche erleidet und sich später nicht mehr daran erinnert, daß sie tot ist?«
»Keine Chance, Herr Kaplan. Sie hat ein unfehlbares Gedächtnis, und außerdem bin ich nicht einmal sicher, daß sie schläft. Bei ihr bin ich mir über gar nichts sicher. Ich persönlich möchte schon glauben, daß sie zum Beispiel tatsächlich blind ist, und wenn mir nun jemand sagte, daß sie es nicht ist, muß ich zugeben, muß ich wirklich zugeben, daß ich erschüttert wäre. Sehen Sie sich diese spitze Hakennase an, diese Augen, die sogar im Schlaf noch weit aufgerissen sind, das erinnert einen doch an ein lauerndes wildes Tier. Aber auf was lauernd? Mein Gott! Wie sie selbst sagen würde... Auf Gott vielleicht?«
Die beiden Männer einigten sich auf einen Plan. Eine Kammerzofe sollte bei der Herzogin wachen, mit dem Auftrag, im Falle einer dramatischen Entwicklung einen Lakai loszuschikken, während sie selbst ihren Schlummer nutzen würden, um eine Versammlung mit den Vertretern der Familie einzuberufen, zu der die erlauchtesten Mitglieder der Fakultät nebst einigen sehr klugen Hofbeamten hinzugezogen werden sollten. Die Runde trat am späten Vormittag bei den Sachsen-Salzas zusammen. Rektor Ouarin führte den Vorsitz. Selbstverständlich war das Ehepaar von Sachsen-Salza anwesend, dann Palfy und Tahler, Professor Schwarzbrod in seiner Eigenschaft als guter Freund und Naturforscher, sowie der Koadjutor von St. Stephan.
Rektor Ouarin, dem Kaplan Tahler berichtet hatte, was die Herzogin über die Religionen dachte, unterbreitete einen Vorschlag. Warum solle man ihr teuflisches Spiel nicht mitspielen? »Das heißt?« fiel der Koadjutor ihm erregt ins Wort. »Das heißt, die alten Ägypter zum Vorbild nehmen, die immer darauf achteten, daß in den Mausoleen ihrer Toten etwas zu essen stand.« Der Koadjutor fuhr hoch. Er erstickte Ouarins Idee im Keim. »Uns ist keineswegs entgangen, daß unsere unglückliche Herzogin gerne giftige Früchte verspeiste«, säuselte er. »Sie las regelmäßig die gottlosen Werke von Voltaire,

Diderot und Holbach. Mir ist auch wieder eingefallen, daß sie mit Frau von Châtelet, Voltaires Nichte, einen Briefwechsel führte, Sie müssen schon entschuldigen, und Gott in seiner unendlichen Geduld, hat seine Sticheleien oft gerade in den auserlesensten kirchentreuesten Kreisen von Wien abbekommen, ausgezeichnet, meine Freunde, Friede ihrer Seele, daß aber Rektor Ouarin, der doch als entschiedener Verfechter Roms bekannt ist, ihr auch noch nacheifert und die wahre Religion verhöhnt, dem werde ich Einhalt gebieten!«

Rektor Ouarin war sprachlos. Er erinnerte an seinen Einsatz bei dem Feldzug gegen den Unglauben in Baden, aber er hatte gedacht...

»Denken Sie nicht zuviel«, unterbrach ihn der Koadjutor. »Warum nicht gleich Dr. Mesmer rufen, wenn wir schon einmal dabei sind? Er wird sie hypnotisieren, mit seinen magnetisierten ›Baquets‹ und seinen zerbrochenen Flaschen bestreichen und die Sache wird erledigt sein, die Herzogin wird wieder zu Bewußtsein kommen, aber haben wir das Recht, uns Gottes Plänen entgegenzustellen, das ist die Frage, die ich hier stellen möchte!«

Man trat auf der Stelle, schlechte Laune griff um sich, und die Rettung brachte ganz unverhofft der Beamte der Hofburg, von dem niemand Großartiges erwartet hatte, trotz seiner gewaltigen schwarzen Backenbärte. Dieser bedachtsame, hochgeschossene, gelbgesichtige Mann hatte eine Leidenschaft für Geschichte, denn seiner Meinung nach mußten die großen Ereignisse der Vergangenheit das Handeln in der Gegenwart erhellen. Die Männer von heute seien Zwerge, und wenn sie überhaupt eine Chance hätten, Horizonte zu entdecken, dann nur auf den Schultern der Riesen, die ihnen vorausgegangen seien. Für die Hofburg seien diese Riesen vor allem die Höflinge des Sonnenkönigs, wie Louis de Rouvroy, Herzog von Saint-Simon, bezeuge. Tatsächlich entdecke man in der ganzen Geschichte keine zivilisiertere und würdevollere Gesellschaft mit einer strenger geregelten Etikette als die von Versailles, mit ihren kleinen und großen Levers, ihren Streitereien um Schemel, Kerzenleuchter, Garderoben und Mützen,

»dieses Gemisch«, so der Hofbeamte gespreizt, »aus Höflichkeit und Strenge«. Woraufhin er behutsam ein mit Schönschrift bedecktes Blatt entfaltete.
»Ich werde Ihnen eine Anekdote vorlesen, die in den *Memoiren* des Herzogs von Saint-Simon zitiert wird. Darin geht es um den Fürsten von Conti«, erklärte er, während er den Zwicker auf seiner spitzen Nase zurechtrückte. »Saint-Simon stellt ihn als einen völlig Verrückten dar. Und als der Fürst von Conti ein gesegnetes Alter erreicht hat, bekommt er solche Fieber- und Gichtanfälle, daß Finot, sein Arzt, schon die Hoffnung aufgeben will. Mit Verlaub werde ich jetzt dem Herzog von Saint-Simon das Wort erteilen.«
Mit monotoner Stimme begann er zu lesen, auf Französisch, allerdings mit einem grausigen Akzent:
»Was ihn, wie er mir mehr als einmal erzählte, am meisten verwirrte, war, daß Monsieur le Prince behauptete, er sei tot, und deshalb keine Nahrung mehr zu sich nehmen wollte und auf jeden Einwand nur erwiderte, die Toten äßen nichts. Dennoch mußte er, wenn er nicht tatsächlich sterben sollte, etwas zu sich nehmen, aber es war unmöglich, ihn zu überzeugen, daß er lebte und daß er folglich etwas essen müsse. Endlich vereinbarten Finot und ein anderer Arzt, ihm zu bestätigen, daß er tot sei, aber ihm einzureden, daß es Tote gäbe, die äßen. Sie machten sich anheischig, ihm das zu beweisen, und wirklich brachten sie ihm einige zuverlässige und eingeweihte Leute, die er nicht kannte, die ganz wie er als Tote auftraten, die jedoch aßen. Dieses Manöver überzeugte ihn, aber er wollte nur in ihrer Gesellschaft und im Beisein Finots etwas zu sich nehmen. So aß er mit gutem Appetit, aber diese Narrheit währte ziemlich lange, und ihre Anforderungen brachten Finot zur Verzweiflung. Gleichviel mußte er immer schallend lachen, wenn er uns von diesen Mahlzeiten und den Unterhaltungen aus dem Jenseits erzählte. Monsieur le Prince lebte hernach noch geraume Zeit.«
Saint-Simons Geschichte wirkte Wunder. Der Salon der Sachsen-Salzas glich einem summenden Bienenkorb. Der Beamte der Hofburg warf sich in die Brust, während er seinen

Zwicker putzte und dann in seine Westentasche gleiten ließ. Nur der Koadjutor machte ein verächtliches Gesicht, dieser üble Streich, wie er ihn später nannte, gefiel ihm nicht, aber er besaß nicht die Stirn, der Hofburg zu widersprechen, und so wurde der Plan per Akklamation angenommen. Jetzt mußte man noch einige ehrwürdige, wenn möglich lädierte Leute gewinnen, die die Gicht, ein lahmes Bein oder ein schorfiges Gesicht hatten und wirr im Kopf waren, und sie im Palais Questenberg-Kaunitz in den Gemächern der Herzogin unterbringen. Kaplan Tahler brüstete sich, er könne im Zeichen der Nächstenliebe ein paar Damen aus seiner Pfarrei überzeugen.

Der Fürst von Sachsen-Salza zuckte mit den Schultern, er zweifelte an einem Erfolg und wechselte plötzlich ins Lager des Koadjutors, das Saint-Simon mißbilligte, doch Dr. Palfy setzte mit einem kleinen Vortrag seine Entscheidung durch.

»Sie ist unberechenbar«, hob er vorsichtig an. »Ihr Geist ist schillernd, besteht aber aus lauter Einzelteilen, er ist die reinste Rumpelkammer, in der man alles finden kann. Die Herzogin hält nichts von dem Begriff der Unvereinbarkeit. Sie kann mit größter Offenheit behaupten, eine Farbe sei schwarz und zugleich weiß. Der Widerspruch gleitet an ihr ab. Ich garantiere zum Beispiel, daß sie heute nicht an ihrem Ableben zweifelt und doch ganz genau weiß, daß sie nicht tot ist.

Sie ist launisch, sie spielt eine immerwährende Komödie, aber aufgepaßt: Diese Komödie heißt Grauen. Sie ahmt den Tod nach, um besser mit ihm zurechtzukommen, um seinen Schrecken zu unterwandern. Und da sie provozierend, kindisch und witzig ist, kann sie sehr wohl bei unserem Spielchen mitmachen, ich meine, zu ihrer eigenen Karikatur des Todes die Karikatur der Vorhölle, die wir ihr verschaffen, hinzufügen. Bei ihr verschwimmen die Unterschiede, alle Farben laufen ineinander und vermischen sich. Der Tod, das Leben, daran ist nichts Unvereinbares. Mehr als einmal hat sie mir versichert, sie habe jene Vorstellungen, die wir ›Gestern‹, ›Heute‹ oder ›Morgen‹ nennen, Gemeinplätze, ›wahrhaft gemein‹, wie sie sagt, über Bord geworfen, ›fallengelassen‹, so ihre

Worte. Sie besteht fort zwischen dem Leben und dem Tod, ein bißchen wie jenes Strandgut, von dem wir sagen, es treibe zwischen zwei Gewässern. Aus diesem Grunde bin ich dafür, auch wenn ich keine große Hoffnung habe, daß wir die Karte des Totenmahls ausspielen. Wir haben ohnehin keine andere Wahl, das ist unser letzter Trumpf.«

Auf die Rede des Arztes hin gaben Fürst Ernst und der Koadjutor nach. Noch am selben Nachmittag setzten Kaleschen einige antike Wiener Gestalten vor dem Eingang des Palais Questenberg-Kaunitz ab. Zwei äußerst vornehme Damen, die Kaplan Tahler betört hatte, kamen gleich mit ihren, nebenbei bemerkt leicht abgewetzten, Koffern. General Graf König von Weitzau, den Herzogin Klementine benachrichtigt hatte, meldete sich freiwillig. Er ließ seine Medaillen klimpern. »Noch ein Angriff gegen den Tod, darin habe ich schon Erfahrung. Und was würde ich nicht für meine liebste Gertrud tun?« Schwarzbrod erwähnte den Advokaten Apfelgrün, den die Herzogin nicht kenne, der aber wie maßgeschneidert sei, da der Arme einen ganz verdrehten Kopf habe und unablässig rede, jedoch in einer zuweilen unverständlichen Sprache, einer Art Vogelgezwitscher.

Otto, der von Kaplan Tahler darum ersucht worden war, begleitete seinen Vater zum Palais der Mahlbergs. Der Advokat war begeistert über die Abwechslung. Er hatte auch kaum darauf bestanden, seine Gänsefedernsammlung mitzunehmen. General Graf von Weitzau traf ein paar Minuten später ein. Von zwei Lakaien mit Fackeln flankiert, durchmaß er im Sturmschritt die Vorzimmer und Salons. Der Parkettboden knarrte unter seinem enormen Gewicht. Otto erkannte ihn nicht wieder. Der Schädel war zwar immer noch kahl und die runden Augen traten hervor, aber der fächerförmige, ehemals gelblich-weiße Bart war nun kohlrabenschwarz. »Apfelgrün«, donnerte von Weitzau, »keine Widerrede! Erfreut, Sie zu sehen.« Er zog den Fähnrich in eine Ecke des großen Salons.

»Die Schlacht der Bäcker haben wir verloren, das steht fest. Ist das vielleicht ein Grund, den Kampf aufzugeben, Apfelgrün? Die Antwort lautet: Nein! Also: die Strategie ändern. Die Kriegskunst ist eine einfache Kunst, es kommt nur auf die Durchführung an, das ist Bonapartes Ansicht, und ich wandele seine Formulierung ab: ›Die Kriegskunst ist eine einfache Kunst, es kommt nur auf die Prophezeiung an.‹ Keine Widerrede! Warum lassen unsere Generäle sich verprügeln? Sie liegen einen Krieg zurück, während Bonaparte und das Osmanische Reich uns um einen voraus sind. Schlußfolgerung: Keine Widerrede! Ich gebe zu, daß die Türken die unterirdische Schlacht gewonnen haben, und für mich ist diese Sache damit erledigt. Also: meine Bombarden herbringen. Und sogleich wende ich meine goldene Regel an: Sich nicht als Sieger fühlen, wenn man besiegt ist. Stellen Sie sich das vor! Und die entgegengesetzte Regel, mein Lieber, die wende ich auch an, denn noch gefährlicher ist es, sich besiegt zu fühlen, wenn man gesiegt hat. Also: seine Pläne für den nächsten Krieg festlegen.«

Das steckte hinter dem Bart. Der Graf hatte das Heldenepos der Araber in Gibbons Geschichte über den Verfall und Untergang des Römischen Reiches studiert. Eine Episode hatte ihn gefesselt. Sie ging auf das Jahr 732 zurück, als Bagdads Legionen unter der Führung von Mussa soeben die Eroberung Spaniens vollzogen hatten. Dieser Mussa war fünfundsiebzig Jahre alt, aber die Einnahme Spaniens war in seinen Augen nur eine belanglose Formalität, ein Sprungbrett, einfach eine Annäherung. In Wirklichkeit waren es die Länder des Septentrios, Deutschland, Skandinavien, Rußland, die das arabische Reich erobern mußte.

»Allerdings war Mussa schon sehr alt, und er fürchtete, man würde den Vorstoß gen Norden einem jüngeren General anvertrauen. Und wissen Sie, was er in diesem Augenblick beschließt? Er läßt seinen weißen Bart schwarz färben, damit der Sultan, von seiner Jugendlichkeit beeindruckt, ihm die Aufgabe überträgt, seine Truppen gen Norden zu führen. Natürlich hat sein Trick nicht funktioniert, nun ja, aber genau das verstehe ich unter dem Geist der Prophezeiung. Ich habe dasselbe getan wie der große Mussa, ich habe meinen Bart bei

Capellio färben lassen, und ich möchte noch hinzufügen, Apfelgrün, daß ich dabei bin, mich mit der arabischen Sprache vertraut zu machen.«

Der Plan des Hofbeamten lief wie am Schnürchen. Gertrud war entzückt über den Besuch, sie brauchte ihr Publikum, vor allem, wenn sie dick auftrug, so wie sie es im Moment tat. Als sie Otto Apfelgrüns Stimme vernahm, war sie verblüfft. Sollte der junge Mann denn auch zu den Toten gehören, in so blühendem Alter? Vielleicht in einer dieser dreckigen Schlachten? Otto klärte sie auf. Er begleite seinen Vater, den Advokaten Apfelgrün, der der Herzogin, wie in alten Zeiten, mit unzähligen Kreisbewegungen der Arme und Beine seine Aufwartung machte. Gertrud stellte eine Bilanz der Lebenden und der Toten auf, maß diesen Nuancen jedoch keine allzu große Bedeutung bei, traf sich doch früher oder später ohnehin alles wieder am selben Bankett. In den völlig abgedunkelten Salons huschten Diener hin und her. Ihre Kerzen flakkerten, die Nacht war fließend, sie zitterte.

Gegen neun Uhr erschien Schulmeister, von Schwarzbrod benachrichtigt, der seit der Sache mit der Karikatur von Gravitzky sein Vertrauter war. Freudig begrüßte ihn die Herzogin. Sie habe von ihrer lieben Nichte Christine Kinsky schon viel über ihn gehört.

»Christine ist nicht mehr in meinen Diensten«, sagte die Herzogin. »Man hat mir erzählt, sie lebe in Tirol, sie fehlt mir. Ich mochte sie sehr.«

Schulmeister entgegnete, Fräulein Kinsky wohne in Salzburg bei Freunden, er habe jedoch Nachricht von ihr erhalten, daß sie in vierzehn Tagen nach Wien zu reisen gedächte. Rasch zählte die Herzogin an ihren Fingern ab.

»In vierzehn Tagen, mein Herr, werde ich das Zeitliche gesegnet haben.«

Otto stellte sich Schulmeister vor, der tat, als kenne er ihn nicht.

»Ist Fräulein Kinsky schon lange nicht mehr in Wien?« fragte er betont beiläufig. »Wissen Sie, bis zu meiner Garnison in Linz dringen die Neuigkeiten nur schwer durch. Ein Freund behauptet steif und fest, Fräulein Kinsky hier getroffen zu haben, vor achtundvierzig Stunden.«

Schulmeister lachte laut und bohrte seinen dicken Finger in Ottos Weste:

»Die Leute erzählen, was ihnen gerade einfällt, mein Lieber.«

Die Herzogin deutete an, daß sie sprechen wollte.

»Ich kenne Sie schon seit langem, Herr Schulmeister, ich werde Sie in Erstaunen versetzen. Einer meiner Freunde sprach über sie, ein sehr seltsamer Engländer, Lord Misrule. Das war ein Mann, der seine Dienstboten mit der Aufgabe betraute, für ihn zu leben, und er schätzte Sie... Doch... doch... Widersprechen Sie nicht, keine Bescheidenheit, ich weiß es doch. Ich weiß, daß es Ihnen oblag, an seiner Stelle Kummer zu empfinden, nachdem Lord Misrules Sohn auf dem Meer umgekommen war, der arme William, und ich werde Ihnen alles sagen. Lord Misrule verriet mir, Sie seien besser als irgend jemand sonst in der Lage, sich in die Gefühle, ja fast in die Haut anderer zu versetzen, mithin sein bester Statthalter. Sehen Sie, ich wäre nicht überrascht, wenn Misrule Sie auch jetzt, da er im Grab liegt, noch für seine Zwecke einsetzen würde, wenn er Sie zum Beispiel damit beauftragt hätte, an seiner Stelle meinen Tod zu beweinen...«

Der gute Dr. Palfy mit seinem gepflegten Bart und seinem verschleierten, fast grauen Blick wachte über den reibungslosen Ablauf der Operation. Im hellen Kerzenschein war seine Haut weiß. Gertrud plauderte, ganz in ihrem Element: mondän, brillant, sarkastisch, leichenhaft. Ihre Gäste hatte sie ihrem Sessel gegenüber auf weißen und goldenen Stühlen aufgereiht, so eng, daß sie fast aufeinander klebten, und alle Gesichter waren ein wenig nach vorn geneigt, alle Gesichter waren welk. Die Herzogin machte sich über den General von Weitzau lustig.

»Mein armer Gustav, der Tod ist Ihnen nicht gut bekommen. Zu Ihren Lebzeiten waren Sie ein wildes Tier, und jetzt finde ich einen Esel vor. Einen toten Esel, aber einen Esel. Trotzdem bin ich froh, daß Sie gekommen sind, Sie sind der ergötzlichste General der kaiserlich-königlichen Armee.«

Der General zuckte nicht mit der Wimper. Er warf sich geradezu in die Brust und zwinkerte Palfy, Otto, dem Advokaten Apfelgrün und Schulmeister zu, als wollte er damit ausdrükken, die Herzogin verfüge nicht mehr über ihre geistigen Kräfte, aber man müsse sie reden lassen, das würde ihr Blut reinigen.

»Aber, aber, meine Damen, warum machen Sie denn so traurige Gesichter? Ich verstehe nicht, was daran so ungewöhnlich sein soll, ein bißchen zu sterben. Um ehrlich zu sein, hätte ich schon längst sterben sollen, aber ich hatte nie die Zeit ... mit all diesen Verpflichtungen. Niemand versteht mich, wie immer, niemand kann sich vorstellen, wie mein Leben aussieht, seit ich das Augenlicht verloren habe. Und ich habe es zweimal verloren, mein Augenlicht, denn ich mußte mich von der guten Christine Kinsky trennen. Ich habe es mit zehn jungen Mädchen probiert. Zehn Gänse, zehn dumme Puten! Sie brachten mir nutzlose Informationen, aus den hintersten Schubladen, Christine dagegen brachte mir einen Garten, einen Fluß, einen Vogelkäfig.

Was blieb mir noch, ohne Christines Augen? Tahler hat mir Gerüche empfohlen, Parfums, und es stimmt, daß die Landschaften einen Geruch haben, aber können Sie sich vorstellen, daß ich eine anstrengende Reise auf mich nehme, um den Duft der Roßkastanien in Berlin oder den des Immergrüns am Gardasee einzuatmen, ganz zu schweigen von Ihrem Bonaparte, der überall ist und sicher übel riecht, mit all seinen vor Dreck starrenden Soldaten, nein, seien wir doch ernst, Kaplan, Lord Misrule, der hätte mich verstanden. Wissen Sie, was er tat, wenn er zur Beichte ging und eine schwere Buße auferlegt bekam, zum Beispiel Fasten? Er ließ seine Diener fasten. Aber auch das wurde ihm bald zuviel. Die letzten Jahre ging er nicht einmal mehr zur Beichte. Die Lakaien beichteten für ihn seine Sünden. Und wenn Misrule Lust hatte, eine Sünde zu begehen, ließ er das auch von einem Dienstboten erledigen.«

Sie sprach ohne ein Zeichen von Schwäche. Und als die Diener der ganzen Gesellschaft abends einen kleinen Imbiß servierten, Hühnerbrühe und Linzertorte, hatte sie nichts dagegen einzuwenden. Sie verlangte lediglich, daß die Lebenden sich zurückzögen, man würde ihnen das Abendessen in einem anderen Raum servieren. Im Halbdunkel des Salons verlief das Mahl ohne ein Wort. Man hörte nur das Kratzen der Gabeln auf den Tellern, das widerliche Mahlen der zahnlosen Kiefer und den Aufprall der Zahnstummel auf Kristall. Die Lakaien bewegten sich ganz vorsichtig, aus Furcht, mit ihren Kerzen hinzufallen und ihre Soßen über einem der Toten auszuschütten. Es lohnte, Advokat Apfelgrün zu beobachten, denn er schluckte die Brühe mit einem gurgelnden Geräusch, glaubte aber, besonders artig zu sein, und lachte, indem er sich kräftig auf seine Seidenweste schlug. Nach dem abschließenden Kräutertee stellte sich die Fröhlichkeit wieder ein. Gertrud, die zusammengekrümmt in ihrem Sessel saß, erzählte den neuesten Klatsch. Advokat Apfelgrün lauschte ihr begeistert, wobei er die Hand wie eine Muschel um sein Ohr legte, wie damals in Linz, als Mathias ihm Geschichten in der unbekannten Sprache des Banats erzählte. Der alte Herr war überglücklich. Mitunter verzog er unwillig, ja sogar empört den Mund, allerdings völlig aufs Geratewohl, und dann hielt er es nicht mehr aus. Er mischte sich in die Unterhaltung und befragte seinen Nachbarn, das war Schulmeister, über das Problem der Gänsefedern.

»Stellen Sie sich vor«, sagte er verträumt, »wenn es keine Gänse gäbe, hätten die Menschen die Schrift nicht erfinden können, läuft es Ihnen da nicht kalt den Rücken hinunter? Die ganze menschliche Zivilisation, sage ich, beruht auf diesem Zufall, auf der Gans... oder auf diesem Wunder?«

Die folgenden Tage verliefen trostloser. Schließlich ließen diese Spiegel, in denen die blauen Flammen flackerten, diese gemurmelten Gespräche, diese Mahlzeiten, diese Kiefer, dieses Schlucken, all das zusammen, die Gäste in Erstarrung verfallen. Die beiden Damen aus der Pfarrei der Annakirche standen die Prüfung gut durch. Sie hätten, wie sie sagten, eher pessimistische Ansichten über ihre Mitbürger, die Unkeuschheit, die die österreichischen Herzen regierte, die Korruption und Geilheit der Männer und Frauen, und so sei ihr Aufent-

halt in der Vorhölle eine richtige Erholung. Advokat Apfelgrün beschloß sich zu langweilen.
Dr. Palfy, der über seine kleine Schar wachte, hatte gewisse Befürchtungen. Seine Zöglinge wurden schwächer, gaben sich der Melancholie hin, und wenn die Rettung ihrer Exzellenz, der Herzogin, mit anderen Todesfällen bezahlt werden sollte, hätte man einen Schmerz gegen einen anderen eingetauscht. Welcher Arzt hätte schon den Gedanken an einen solchen Handel ertragen?
Eine neuerliche Versammlung bei den Sachsen-Salzas sollte der Operation ein Ende setzen. Es war der vierte Tag, und da die alte Herzogin erblühte, bestand keine Aussicht auf Erfolg. Herzogin Klementine plädierte für die Fortsetzung des Versuchs. Sie gründete ihre Hoffnungen auf die Unberechenbarkeit ihrer Tante, die imstande war, ohne Vorwarnung von einem Moment zum anderen ihre schwarzen Schleier abzuwerfen. Fürst Ernst war gegenteiliger Ansicht. Diese Geschichte sei schiefgegangen, man müsse sie abbrechen.
»Mein lieber Ernst«, beharrte Klementine, »alte Damen sind keine Husaren!«
Zwei Tage später konnte Klementine frohlocken. Gertrud ließ ohne Umschweife verlauten, der Tod sei vorbei. Sie verkündete den glücklichen Ausgang beim Abendessen, genauer gesagt, sie forderte Alfred, den Majordomus, auf, den ganzen Salon zu erleuchten, also nicht nur die Kerzen, sondern auch die Fackeln anzuzünden, so daß die Gäste im Lichterglanz speisten. Jedermann hatte verstanden. Die Herzogin war außer Gefahr. Es wurde Champagner getrunken, ein paar Tropfen für die Damen von der Annakirche, mehrere Flaschen für den General Graf von Weitzau, den Gertrud noch ermunterte.
»Das ist dein Privileg, Gustav, du kannst stockbetrunken sein und niemand merkt es, du erzählst immer dieselben Dummheiten.«
Die beiden Damen von der Annakirche gratulierten einander zu dem glücklichen Ausgang der Geschichte. Sie trauerten diesen Tagen nach und fürchteten sich davor, wieder in die

Zügellosigkeit der Hauptstadt einzutauchen, die dem weiblichen Schamgefühl so abträglich war. Sie hatten friedvolle Stunden in einer erlesenen, sittenstrengen Gesellschaft verlebt, der die Wonnen des Geistes am Herzen lagen und nicht die Schändlichkeiten des Körpers, dieser »Schmutz«, wie sie sagten. Sie rangen Gertrud, von der sie fast ununterbrochen tyrannisiert worden waren, das Versprechen ab, sie im Fall einer erneuten »Unpäßlichkeit« zu rufen. Jedermann aß mit gesundem Appetit. Ab zehn Uhr fuhren die Kaleschen bereits am Eingang vor.

Otto sammelte die Gänsefedern seines Vaters ein, doch Herzogin Gertrud fuhr ihn an. Sie brauche ihn. Der Tag sei noch nicht zu Ende. Sie bat ihn, ihr eine Stelle aus *La Nouvelle Héloise* vorzulesen. Der Salon war jetzt nicht besonders hell erleuchtet, und Otto mußte in die Nähe einer Fackel rücken, nur mit Mühe konnte er den Text entziffern, wobei er manche Worte falsch aussprach. Die Herzogin war zerstreut, sie hörte kaum auf das, was er vorlas, sondern döste vor sich hin. Nach ungefähr einer halben Stunde erschien der Majordomus: Herzogin Klementine von Sachsen-Salza sei soeben eingetroffen.

»Na endlich«, seufzte Gertrud, »fast wäre ich eingeschlafen.«

Otto machte Anstalten, sich zurückzuziehen.

»Bleiben Sie«, befahl die alte Frau. »Ich brauche Sie, habe ich gesagt. Bleiben Sie.«

Ottos Vater hatte sich vor einem Leuchtertisch niedergelassen. Er ordnete seine Gänsefedern. Die Gans, sagte er, sei im Grunde ein schlaueres Tier, als es den Anschein habe.

»Die Gans, sehen Sie, Exzellenz, die Gans ist nur ein getarnter Schwan.«

Schelmisch blickte er sich um.

»Ich würde sagen, die Gans ist der Koadjutor, der Stellvertreter des Schwans.«

Danach wollte er sich gerade auf den Bauch klopfen, da trat

Klementine ein. Sie bemerkte den Fähnrich nicht, der sich in einen Winkel des Salons verzogen hatte. Klementine küßte ihre Tante, wunderte sich darüber, daß man sie zu solcher Stunde gerufen hatte, und die beiden Frauen führten ein recht angeregtes Gespräch über Kaplan Tahler, den General von Weitzau, Herrn Schulmeister und die beiden Pfarrkinder von der Annakirche. Plötzlich brach Gertrud die Unterhaltung ab.

»Sagen Sie Herrn Apfelgrün, er solle näherkommen. Warum versteckt er sich denn?«

Herzogin Klementine war überrascht. Otto war hier?

»Näher, Herr Apfelgrün«, sagte Gertrud, »noch näher, damit man Sie versteht.«

Als Otto an die kleine türkische Kanone gedrückt, unmittelbar neben dem großen roten Sessel stand, hob Gertrud die Nase. Unvermittelt stieß sie ihre Hand, eine Art Kralle, nach vorn, ergriff das Handgelenk des Fähnrichs und hielt es ganz fest. Dann zog sie es zu sich und legte es in die Hand ihrer Nichte.

»Gut, gut«, seufzte sie.

Klementine hatte sich gesträubt. Sie sah Otto an, dann gab sie ihren Widerstand auf, und ihre Hände waren wie ein Schraubstock. Otto rührte sich nicht. Er sah aus wie jemand, der eine rotglühende Eisenstange umfaßt hält.

Advokat Apfelgrün war ungeduldig. Mit weit aufgerissenen Augen und ausnahmsweise schweigend kreiste er um das Paar. Gertrud drängte ihn freundlich.

»Herr Advokat möchte nach Hause«, sagte sie, »nun, Herr Advokat wird sich auf den Weg machen.«

Klementine zog sich zurück. Otto wartete ein paar Minuten. Er hätte sich gewünscht, daß Herzogin Gertrud ihm etwas sagte, ihm erklärte, was passiert war, aber die Herzogin war stumm, sie dachte an etwas anderes. Ihr Kinn sank langsam und zitternd in ihre Halskrause. Jetzt verabschiedete sich auch Otto. Er brach zu Fuß auf, in Begleitung seines Vaters, der bei der Aussicht auf einen nächtlichen Spaziergang ganz übermütig reagierte.

Der Bauernmarkt lag verlassen da. Eine Gruppe beschwipster Studenten tauchte im gelblichen Kegel einer Laterne auf, singend nahmen sie die ganze Breite der Straße ein. Ein zweispänniger Pferdekarren, der ein Faß geladen hatte, trieb sie auseinander und raste unter lautem Eisenklirren davon, und plötzlich stand Otto vor Klementine, die, in einen Hauseingang gepreßt, in ihren schwarzen Kleidern kaum zu sehen war. Advokat Apfelgrün freute sich, die junge Frau wiederzusehen, sprach ihr seine Hochachtung aus und überhäufte sie mit Begrüßungen, denn er war in angeregter Stimmung wie jene Männer, die die Frauen sehr geliebt haben, deren Geist aber langsam nachläßt. Er erging sich in Höflichkeiten. Mit Bewunderung betrachtete er Klementine, vor allem ihr Haar, das im Schein der Laterne golden glänzte. Nach einigen Minuten brach Klementine das Schweigen.
»Ihr Urlaub ist zu Ende?«
»Morgen«, antwortete Otto. »Morgen kehre ich nach Linz zurück, mit meinem kleinen Freund Ulrich. Ich nehme an, Sie fahren wieder auf Ihr Schloß Greinburg, wir haben dieselbe Richtung, Sie brechen auch auf?«
»In ein paar Tagen«, erwiderte Klementine. »Genausogut könnte ich mich in ein Kloster zurückziehen, finden Sie nicht auch?«
Advokat Apfelgrün mischte sich in die Unterhaltung. Er sei sehr gut mit der Oberin des Stifts Klosterneuburg bekannt, sie sei eine Cousine seiner Frau Konstanze, und es wäre ihm ein Vergnügen, ihr von Ihrer Exzellenz, der Herzogin Klementine zu erzählen.
»Otto«, sagte Klementine, »wenn ich Ihnen ein Zeichen gebe? Nein... Nein... Antworten Sie mir nicht.«
»Ich werde dem Zeichen folgen.«
»Ich werde Ihnen ein Zeichen geben.«
»Sie werden mir ein Zeichen geben?«
»Ich war überzeugt, daß der Maskenball neulich bei den Windiswraths, neulich nachts... und dann, wie fürchterlich, dieser Ball! Ohne meine Tante Gertrud wären wir verloren... ja, ich war sicher, daß dieser Ball mir ermöglichen würde, Ihnen

zu sagen, daß ich Sie liebe, und ich habe es nicht sagen können.«
»Ich habe es nicht sagen können«, wiederholte Otto.
Er war kurz davor, ihre Lippen zu berühren, es drängte ihn, ihr Gesicht zu streicheln, sich der jungen Frau zu Füßen zu werfen, doch er blieb reglos stehen. Sein Vater würde es gar nicht begreifen, dachte er, aber gerade deshalb würde er das Gefühl haben, sich über den Greis lustig zu machen oder besser, ihn »nicht für voll zu nehmen«, seine Schwäche auszunutzen. Klementine zögerte, dann reichte sie dem Advokaten Apfelgrün die Hand, der eine Art Reverenz vollführte und dabei eine Menge Abschiedsformeln brummte. Otto hakte seinen Vater unter. Mit kleinen Schritten gingen die beiden Männer davon.

XVI

Ulrich Llwoff und Otto Apfelgrün reisten zusammen in einer ohrenbetäubend lauten Postkutsche nach Linz. Dort wartete ein Armeewagen auf sie. Am späten Nachmittag kamen sie auf dem Pöstlingberg an und wurden mit großem Hallo begrüßt. Dietrich Feuchtagen war vor Freude ganz außer sich. Da er Otto ebenso gern mochte wie ein gutes Mahl, war sein Glück vollkommen. Ein prunkvoller Tisch mit Damasttischtuch, auf dem Konrad von Thieburgs Initialen prangten, mit böhmischem Kristall und Tafelsilber war im ehemaligen Gewächshaus der Mönche, das den Offizieren als Kantine diente und hundert Meter vom Kloster entfernt lag, gedeckt worden. Dietrich, der das Menu zusammengestellt hatte, zählte in der hochgestochenen Manier eines Zeremonienmeisters dessen einzelne Kapitel auf: Wurst aus Tirol, in gebuttertem Papier gebackene Forellen, im eigenen Blut gekochter Hase mit Knödeln und Linzertorte zum Dessert. Aus dem Weinkeller gab es Müller-Thurgau, Dürnstein und Champagner. »Und die Forellen«, erläuterte Dietrich, wobei er Otto einen Klaps versetzte, »sind von Hand geangelt worden, im Mühlviertel von deinem guten Mathias.«

Bei diesem Mahl wurde auch eifrig Klatsch verbreitet. Vom Maskenball bei den Windiswraths über die Intrigen von Wien bis zu den Absichten Schönbrunns wollte man alles wissen. Ulrich machte sich wichtig. Er spielte den Undurchschaubaren. Nein, bei seiner Ehre, er wisse überhaupt nichts! Seine Kameraden sollten ihm doch gütigst glauben, daß Ludwig Graf von Cobenzl oder Seine Exzellenz, Franz de Paula Graf von Colloredo-Waldsee ihre Pläne nicht einem einfachen Fähnrich der Kürassiere anvertrauen würden, und wenn sie

den Vorhang dennoch für Ulrich gelupft hätten, hätte er versprochen, zu schweigen.
Otto kümmerte sich um die Neuigkeiten aus der feinen Gesellschaft. Er berichtete über Dr. Ulhues grobe Schnitzer, Schwarzbrods Späße und Kaplan Tahlers Kniefälle. »Man kann den Tag kaum erwarten, an dem der Kaplan einen Gichtanfall bekommt. Je nachdem in welchem Moment das Übel ihn packt, wird er für immer in aufrechter Stellung verharren, wie wird er es aber dann bewerkstelligen, sich vor all den Exzellenzen zu verneigen? Oder er bleibt in alle Ewigkeit auf den Knien, zu Füßen der Großen dieser Welt, wie aber soll man ihn dann abends auseinanderfalten, um ihn in sein Bett zu legen?« Nach zwei Gläsern Champagner ging man zu den ernsten Dingen über, wobei ganz schön gestottert wurde, denn der Anstoß kam von dem dicken Siegfried Rottinstein, der fast über jedes Wort stolperte.
»Wie sieht es denn aus mit den Unterröck... ich meine, den Unterneh...mungen der kleinen... kleinen Gräfin Pietranera?«
»Der Gräfin Pietranera?« fragte Otto und verdrehte die Augen.
Er steckte zwei Finger in seine Westentasche und warf einen Blick auf seine Uhr, wobei er mit dem Gehabe eines Arztes, der den Puls mißt, würdevoll den Kopf schüttelte.
»Mein lieber Siegfried«, sagte er mit scheinbarem Bedauern, »ich könnte Ihnen allerhöchstens sagen, in welchem Bett Frau Pietranera letzte Nacht Krieg geführt hat, aber das ist schon lange her, völlig überholt, schon zwölf Stunden alt. Wie Napoleon praktiziert Ihre Exzellenz den Bewegungskrieg. ›Die Liebe ist eine einfache Kunst, es kommt nur auf die Durchführung an‹, so lautet ihre Devise!«
Dietrich, der nur Frauen im Kopf hatte, fragte Otto über seine galanten Abenteuer aus. Otto antwortete, er habe auf dem Prater ein Blumenmädchen getroffen, habe sie ins Café Hugelmann eingeladen und zusammen hätten sie eine Aufführung der *Agnes Bernauerin* im Theater An der Wien angeschaut. Sie heiße Anna, Anna Lutgren, ihre Augen seien groß

und braun mit einem leichten Gelbstich, und ihre Stimme sei so sanft, so sanft, man höre sie kaum, im übrigen sei sie dauernd verschwunden, man habe einen Spaziergang im Wald gemacht und sie plötzlich nicht mehr gesehen, ganz in der Ferne habe sie mitten unter den Ulmen und Birken gestanden und gerufen, dann sei aber niemand mehr unter den Bäumen gewesen, »und glauben Sie mir, man könnte schwören, daß sie sich auflöst, wie Rauch, und am nächsten Morgen erwartet sie einen seelenruhig auf dem Prater«. Otto erzählte weiter, das Mädchen vom Prater habe ihn ein bißchen an eine Kirsche erinnert und er habe sie nicht Anna sondern Nannerl genannt. Sie sei ein Wintermädchen. Die kalten Tage mit dem Rauhreif hätten ihr gut zu Gesicht gestanden, und Otto versicherte seinen Kameraden feierlich, daß er nur die Blumenmädchen und Ziegenhirtinnen liebte, notfalls auch noch die Mädchen von der Straße und die aus den Heurigenlokalen, denn »sie sind freundlich und zittern immer ein bißchen«, schloß er orakelhaft, was die Gesellschaft nicht daran hinderte, einen Toast auf das junge Mädchen vom Prater auszubringen.
Man stritt über den Krieg. Ulrich sprach mit großer Leidenschaft über ihn, als wollte er ihn einfangen, ihn verzaubern und ihn zwingen, sein nettes Gesicht, seinen Spitzenkragen und sein Samtwestchen zu zeigen, so jedenfalls zog Siegfried seinen Freund auf.
»Unsere Exzellenzen sind eher darauf aus, Feste in Schönbrunn zu veranstalten, als das Schwert der Monarchie auf Hochglanz zu bringen«, kommentierte Konrad von Thieburg in perfektem Französisch.
Ulrich schimpfte. Er fand es schrecklich, daß man ihm seinen Krieg vorenthalten wollte, selbst im köstlichen Französisch des Hermelinflohs. Die Feindseligkeiten könnten jeden Moment wieder aufflackern. In Wahrheit unterhalte Colloredo die Grünschnäbel. Wer ein feineres Gehör besitze und noch anderes als nur die Wissenschaft von den hübschen Gesichtern und den Hermelinen im Kopf habe, nehme unter all dem Gefasel von falschem Frieden ein sonderbares Knacken wahr.
»Zum Beispiel?« fragte Konrad ganz außer sich. Zum Beispiel

wimmele es im Friaul, in Tirol und in Oberösterreich von französischen Spionen, die unter Schulmeisters Führung ein gefährliches Netz bildeten. Die französischen Agenten verkleideten sich als Bauern, aber diese Bauern seien nicht aus der Bretagne oder dem Languedoc gekommen, um die Kirschen der Monarchie zu pflücken. Konrad sei im Irrtum. In Wien gewännen die Kriegstreiber wieder an Boden. Die mit den Russen Anfang Oktober getroffene Vereinbarung spreche für sich. Ein Onkel von Ulrich, der Gerichtsoffizier und bestens informiert sei, habe davon gewußt. Sollte Napoleon sich am Königreich Neapel oder an Piemont vergreifen, würde Österreich ihm mit Hilfe der Russen Schläge versetzen, die selbst einen Ochsen niederstrecken würden. Erzherzog Karl sei dabei, das österreichische Heer neu zu ordnen.

»Ein Dekret macht aus einem Dummkopf der Tiroler Hochtäler noch keinen anderen Menschen, und wir werden uns noch lange mit den Rüpeln, den Bauerntölpeln herumschlagen müssen!« kreischte Konrad.

»Ein ordentlicher Früh...lingsfeldzug wird das schon richten«, meinte Siegfried, der mit den Krümeln seines Kuchens spielte, »und am Ende werden aus unseren Bauerntöl...peln tapfere Krieger.«

»Jammerlappen!«

»Aber glauben Sie denn«, fragte Ulrich auf Französisch, wobei er Konrads aristokratischen Akzent nachäffte, »daß die kleine Gräfin Pietranera es bis zum Frühling schafft, ihr Hemd wieder anzuziehen?«

Eine Entdeckung der vergangenen Woche gab Konrad recht. Die Soldaten vom Pöstlingberg waren Jammerlappen. Man hatte sie dabei erwischt, wie sie Katze und Gans spielten. Otto Apfelgrün hatte noch nie von diesem Spiel gehört. Es war sehr einfach: Man brauchte einen Fluß, eine Katze und eine Gans sowie ein paar Idioten, wenn möglich Soldaten. Die beiden Tiere wurden, aneinandergebunden, ins Wasser geworfen, und man bog sich vor Lachen beim Anblick der Gans und der Katze, die, an denselben Strick gefesselt, unter Miauen und umherfliegenden Federn um ihr Leben kämpften. Am Ende

des Spiels gingen die beiden tödlich verletzten Tiere unter. In diesem Augenblick prustete alles los. Und das Schlimmste: Die österreichischen Kürassiere hatten diesen deftigen Zeitvertreib nicht einmal selbst erfunden. Er war eine französische Errungenschaft, die Lieblingsbeschäftigung von Masséнas Husaren.
Der Schnaps floß gläserweise, alles redete durcheinander. Die Unterhaltung löste sich auf, jetzt waren die schlüpfrigen Episoden an der Reihe.
»Mein lieber Konrad«, verkündete Dietrich, »so ist das mit dem Krieg und der Männerfreundschaft. Die Soldaten der beiden Armeen stehen miteinander in Verbindung. Sie tauschen alles aus. Sie geben das Spiel mit der Katze und der Gans weiter, aber ebenso ihre Mikroben, ihre Flöhe und Filzläuse! Stellen Sie sich das vor: Eine Kohorte von Filzläusen wird ohne weiße Fahne pausenlos zwischen den Unterleibern der Kosaken, denen von Junots Lanzern, von Welleslays Husaren und sogar von den Kürassieren der Herzogin von Sachsen-Salza hin und her geschickt. *Das* ist der Krieg: Milliarden von Läusen, die in ganz Europa im Einsatz sind und sich auf dem Umweg über die Soldaten auf Leben und Tod prügeln. Und dieser Handel ist keineswegs neu. Von alters her besteht die Komplizenschaft der Soldaten genau darin: in den Läusen. Die Krieger des Pharao jagten haargenau dieselben Läuse wie König Davids Soldaten. Und erinnern Sie sich an die Texte des Thukydides: Der Bote aus Marathon kratzte sich unter seiner Chlamys, weil er von einer Horde von Filzläusen aus Persien geplagt wurde!«
Unter dem darauffolgenden Gelächter hob Dietrich seinen Champagnerkelch auf die Gesundheit der Filzläuse.
»Die ungeschriebene Regel lautet: Das einzige neutrale Territorium ist heute wie Anno dazumal, oder besser..., nein, genau das Gegenteil, Freunde: Das einzige wahre Schlachtfeld ist der Hintern der Soldaten!«
Konrad verzog mißbilligend das Gesicht, während der kleine Dietrich seinen Schabernack noch weiter trieb.
»Wenn die Filzläuse der weißen Kürassiere der Herzogin Kle-

mentine von Sachsen-Salza wenigstens in die Unterhose der blauen Husaren des Fürsten Ernst von Sachsen-Salza hüpften, dann hätte das schönste Paar der Monarchie doch wenigstens etwas gemein, eine gemeinsame Sorge, nämlich die mit den Filzläusen.«

Außer sich vor Zorn zerbrach der Floh sein Glas. Er mochte es nicht, wenn man sich, noch dazu in diesem Ton, über den Oberstinhaber des Kürassierregiments lustig machte, auch wenn dieser eine Frau war.

Die Achtung vor den Hierarchien war es doch, die eine Monarchie festigte; ihr Oberhaupt, aber auch ihre Würdenträger, die Aristokraten, waren Statthalter Gottes auf Erden, seine Prokuratoren gewissermaßen. Mußten die Offiziere denn genauso vulgär sein wie die Soldaten?

»Ich wünsche mir den Krieg«, brüllte er, »der Krieg ist unser Vater, aber ich weigere mich, ihn mit diesem Haufen von Dummköpfen zu bestreiten, der sich österreichische Armee nennt. Es stimmt, daß Napoleons Soldaten Halunken sind. Sie benehmen sich aber wenigstens im Angesicht des Todes zivilisiert, auch wenn sie sich dem Leben gegenüber als Schreihälse gebären. Diese alten Haudegen sterben distinguiert. Die unseren sterben überhaupt nicht, sie krepieren.

Ich für mein Teil besitze kein anderes Vorbild als das der preußischen Armee, die immer noch die Friedrichs des Großen und des Sieges von Roßbach über den armen Soubise im Jahr des Herrn 1757 ist. Da wagt man noch, die Prügelstrafe anzuwenden. Der General Graf Konstantin verabreicht, wenn er in seinem Korps ein Dienstvergehen bemerkt, seinem Obersten Stockschläge, der sie wiederum an seinen Major weitergibt, so daß der Stock am Ende, dazu mit noch größerer Wucht, auf die Soldaten niedersaust. Wissen Sie, woran man General Konstantins Offiziere erkennt? Ihnen fehlen ein paar Zähne. Und seine Soldaten haben keine einzigen Zahnstummel mehr im Mund!«

»Bravo«, applaudierte Ulrich, »und die Folge ist, daß diese zahnlose Armee seit dem Tod Friedrichs II. überhaupt nichts mehr ißt, eine Armee, die sich auf innere Auflösung und Fah-

nenflucht spezialisiert hat. Wichtigster Industriezweig Preußens: die Fahnenflucht!«
»Allerdings eine exportorientierte Industrie«, fügte Otto beiläufig hinzu, »denn wenn Preußen desertiert, desertiert ganz Europa gleich mit. Dietrich hat uns mit seinen Läusen unterhalten, ich sehe aber noch einen anderen gemeinsamen Zug in allen Armeen. Überall wird desertiert. Auf diesem Kontinent treibt sich ein Heer von Bettlern, Vagabunden und Dieben herum, die nur eine Kunst beherrschen, nämlich die des Reißaus-Nehmens. Es gibt genauso viele Deserteure wie kämpfende Soldaten.«
»Sie vergessen eine... eine andere Armee«, stotterte der dicke Siegfried, »eine Armee von Frauen, von Marketenderinnen, von Ehefrauen, Prostituierten und Geliebten und Re... Regimenter von Bälgern. Jede Schlacht stürzt hunderttausend Männer ins... ins Loch, aber die Überlebenden, ja sogar die Verwundeten, stürzen sich wie die Teufel auf Weiber, um all das zu ersetzen... Sobald ein Gefecht vorbei ist, werden Kinder gemacht. Sind Sie einmal abends über ein Schlachtfeld gegangen? Man weiß nicht mehr, ob das Stöhnen von den sterbenden Männern oder den liebeshungrigen Frauen kommt... und neun Monate später ist es das Stöhnen von Neugeborenen... Aber glauben Sie, daß das kleine Hemd Pietranera... ich meine, das Hemd der kleinen Pietranera...«
Konrad von Thieburg stieß seinen Stuhl zurück und brachte mit Flohstimmchen einen Toast auf die sehr schöne, sehr edle Luise von Preußen aus.
»Auf Ihre Majestät, Luise von Mecklenburg, die mit der Kanone auf die Fahnenflüchtlingen schießen läßt, auf sie, die die Feiglinge den Schindern überläßt!«
Dietrich weigerte sich, sein Glas zu erheben. Er hegte Bewunderung für die Kriegsherrin von Potsdam, wie er ja auch die andere Amazone Europas, die Herzogin Klementine von Sachsen-Salza, verehrte, er war jedoch nicht bereit, auf einen so hinterhältigen Verbündeten wie Preußen, das noch falscher war als England, anzustoßen.

»Regen Sie sich nicht auf«, rief Otto in das allgemeine Stimmengewirr, »Ihre Deserteure sind nicht für alle Welt verloren. Die Rittmeister führen sie immer noch in ihren Listen, um weiterhin ihren Sold und ihre Rationen zu beziehen und sich die Taschen ihrer Nankinghosen damit vollzustopfen. Und beim nächstbesten Gefecht tötet man, wenn Sie so wollen, sämtliche Deserteure des Regiments, indem man sie in die Liste der im feindlichen Feuer gefallenen Helden einträgt. Meine Herren, der Krieg ist längst nicht so mörderisch, wie man meint. Die Hälfte der Toten Europas ist noch am Leben... Es sei denn, die Hälfte der Lebenden sind Tote.«
Schleppende oder unzusammenhängende, ernüchterte oder begeisterte Gespräche mit all ihren Offenheiten, ihren Hirngespinsten, ihren Albernheiten, Gespräche, die immer wieder von neuem geführt wurden und immer wieder dieselben waren, bei einem Biwak, einer Kavalleriereitstunde oder einer Marschpause in einer der Herbergen des Mühlviertels, in denen die jungen Offiziere der Herzogin Klementine sich in diesem Herbst des Jahres 1805 gern einfanden. Otto war schweigsam. Er versah seine Aufgabe gewissenhaft. Sein Zug galt als vorbildlich. Seine Soldaten respektieren ihn, doch mangelte es ihm an Begeisterung. Er war hilfsbereit, aber geistesabwesend und unaufmerksam. Diejenigen, die den jungen Studenten in Wien gekannt hatten, den oberflächlichen Verehrer der Ziegenhirtinnen, den Dandy aus dem Café Hugelmann, den bezaubernden, lachenden, unwiderstehlichen Jungen vom Prater, sorgten sich jetzt ein wenig. »Er kommt mir vor wie sein eigenes Spiegelbild«, fand sein Freund Ulrich, »man könnte meinen, er sei überzogen mit, ja, wie soll ich es ausdrücken, mit einer Frostschicht, oder noch eher einem Staub, einem ungreifbaren, unsichtbaren, schimmernden Staub, aber doch einem Staub.«
Otto hatte Momente einer seltsamen Reglosigkeit, ein träges, ein niedergeschlagenes Lächeln. Er schien irgend etwas zu suchen.
»Er hat seine Ungeniertheit verloren«, meinte Konrad, »seine Lässigkeit und Sorglosigkeit, und da er ein Hätschelkind ist,

wird er ewig darauf warten, daß man sie ihm zurückbringt. Aber bei meiner Ehre, ich kann jeden Busch beschnuppern, ich finde nichts.«

Und Dietrich: »Sein Gesicht hat sich nicht verändert. Er ist nicht gealtert, aber er hat keine Kindheit mehr. Man könnte ihn für seinen eigenen, älteren Bruder halten.«

Abends schrieb Otto lange Briefe an seine Mutter und las Shakespeare, Schiller, Goethe oder seinen geliebten Novalis, außerdem Linné und Commerson. Er hatte angenommen, man würde ihm ein Zeichen geben, doch seit zwei Monaten hatte er nicht das geringste Zeichen erhalten, schon zwei Monate, sagte er sich in den Julinächten immer wieder, während er die schroffen schwarzen Felsen der Alpen betrachtete; dennoch mißtraute er Klementine nicht. An den freien Tagen machte er Ausflüge in den Wald, meistens mit seinem ihm treu ergebenen Offiziersknecht, der die Manie angenommen hatte, seine Hand wie eine Muschel hinter sein Ohr zu legen, so wie Ottos Vater, der Advokat Apfelgrün, es machte. Mathias' Lächeln, dieses sonnige Lächeln, das Otto in der Verlorenheit des Banats so auf die Nerven gegangen war, tat ihm jetzt gut, denn es war ein sanftes Lächeln.

Der Offiziersknecht gab den Pferden ihre Haferration. Otto sammelte Pilze, vielleicht war es Christine gewesen, der schwarzbraune Domino bei den Windiswraths? »Und ich habe mich Klementine gegenüber aufgeführt wie ein mißtrauischer, eifersüchtiger, schmollender Verliebter, ausgerechnet ich, der ich Ressentiment und Rachsucht verabscheue!« Und außerdem, selbst wenn Klementine dieses Blindekuh-Spiel mit ihm gespielt hätte, warum hatte er sie beschimpft? »Unter ihrem kriegerischen und hochmütigen Gehabe besitzt sie das reinste Herz der Welt. Ich habe immer alle Männer und alle Frauen gemocht, aber kaum verliebe ich mich, schon sehe ich nur noch Tricks und Gemeinheiten um mich herum. Ich habe wahrhaftig keinen Grund, stolz auf mich zu sein.« In anderen Momenten nahm er an, die beiden jungen Frauen hätten vereinbart, ihn zu verspotten, hätten sich über ihn amüsiert wie über ein kleines Tier, doch was bedeutete das schon, wenn

Herzogin Klementine nur einen Blick auf ihn warf. Der Knecht spitzte sein gewaltiges Ohr, verstand aber nichts, und Otto lächelte.

Die Offiziere hatten Ottos Rückzug, seinen Wunsch nach Abgeschiedenheit und sein gelegentliches Verschwinden beobachtet. Sie verstanden, daß ihr Freund sich nach einigen Jahren unter Waffen und zwei, drei Purzelbäumen im Krieg nach den Abwechslungen des zivilen Lebens, seinen Liebesabenteuern oder auch seinem Biologiestudium sehnte, und Otto verteidigte sich wenig überzeugend. »Aber es stimmt«, gab er zu, »es stimmt, Ulrich, die Zeit geht nicht vorbei.«

Die Blätter wurden gelb. Die letzten heißen Sommersonnenstrahlen kreisten über einer Landschaft, die mit weißen Nebeln bedeckt war. Nachts glich der Mond einer Glaskugel. Otto streifte durch Wiesen, Wälder und Talmulden. Die Blaubeeren waren reif. Braune und kupferfarbene Flecken breiteten sich an den Hängen aus. Man pflückte Oktoberblumen, Herbstzeitlose und Gänseblümchen. Frische, fast kalte Brisen kamen auf, und die Blumen waren verwelkt, die Farben verblaßten, sie zerfielen in die Düfte von welkem Laub und Holzfeuer, von feuchter Rinde und nasser Erde, so als hätte der Herbst die Rolle eines prächtigen Frühlings eingenommen, eines Frühlings, der nur den Düften vorbehalten war, eine letzte Dekoration vor dem Schlaf aller Dinge. Diese weiße Sonne, diese fadenscheinige Dämmerung bildeten ein gleitendes Gemälde am Himmel, eine Seidenmalerei, und dann folgte eine Regenperiode.

Otto wartete auf eine Botschaft, er wünschte, diese Botschaft würde nie kommen, sein ganzes Leben wäre ein Warten auf der Schwelle des großen Landes, in das die junge Frau, die Geliebte, gegangen war, und am letzten Samstag im Oktober stand Professor Schwarzbrod in Ottos Kasernenstube auf dem Pöstlingberg, mit seinem grünlichen Mantel, seinem Pferdelachen, seinem gutmütigen Gebrummel und seinem Stock mit dem abschraubbaren Griff, in dem er seine Körner aufbewahrte und der normalerweise den Damen dazu diente, ihre Liebesbriefe zu verstecken.

Er war vollkommen durchnäßt. Ungeniert zog er sich aus, schlüpfte in Ottos Morgenrock und ließ sich wie ein nasses Hemd am Kamin trocknen. Auf der Straße von Linz zum Pöstlingberg sei ein heftiges Gewitter ausgebrochen, wie ein Weltuntergang, und der Professor wäre liebend gern umgekehrt, stehe aber gewissermaßen unter dienstlichem Befehl. Otto zündete sich eine Zigarre an, er wollte seine Verwirrung nicht zeigen. Schwarzbrod lachte glucksend. Ja, er sei tatsächlich Herzogin Klementines Bote. »Ich habe nicht gerade Merkurs Kopf«, wieherte er, »aber Merkur ist zur Zeit nicht in Wien, und Herzogin Klementine hatte niemand anderen zur Hand als mich. In Ermangelung des echten Merkur sei ich sein Doppelgänger... armer Merkur!«
Ob Otto wisse, daß der Krieg näher rückte? Fürst Ernst von Sachsen-Salza sei zu einer entscheidenden Sitzung des Kaiserlichen Generalstabs nach Wien berufen worden, er sei nicht auf Schloß Greinburg, und Herzogin Klementine erwarte Otto Montag nacht. Schwarzbrod tat, als habe er Skrupel: In seinem Alter die Unternehmungen zweier Verliebter zu unterstützen, von denen einer so leichtsinnig war wie der andere. Er konnte sich jedoch auf eine höhere Gewalt berufen: Herzogin Gertrud höchstpersönlich habe den Naturforscher darum ersucht, und wer hätte es schon gewagt, sich Frau von Mahlberg zu widersetzen? Der alte Professor hatte sich mit einer Karte der Region ausgerüstet, doch sie war überflüssig, Otto kannte die Berge wie seine Westentasche. Der Fähnrich zögerte.
»Ihnen kann ich es ja gestehen: Zusammen mit Mathias habe ich die Gegend ausgekundschaftet. Ich könnte mit geschlossenen Augen nach Greinburg reiten. Wissen Sie, Herr Professor, wenn Sie Herzogin Klementine wegen ihres jugendlichen Leichtsinns auslachen, ich bin keinen Deut besser als sie. Ich könnte glatt aus einem Roman von Goethe stammen. Selbst wenn man kein Herz hat, kann man ein wundes Herz haben, und ich habe die Befehle der Herzogin gar nicht erst abgewartet. ich habe bereits mehrere nächtliche Rendezvous unter den Klippen von Greinburg hinter mir. Ein wahrer Idiot, ganz

allein, im Angesicht des Schlosses. Ich war nur ein bißchen zu früh, nicht wahr?«

»Ja, ja«, brummte Schwarzbrod, »so gibt es eine ganze Menge Dinge, die man verpaßt, weil man zu früh oder zu spät zu einer Verabredung kommt...«

Otto erfuhr, daß Herzogin Klementine von Mitternacht an ihr Fenster erleuchten würde, um dem Fähnrich zu bestätigen, daß sie wirklich allein war.

Am Sonntagabend begleitete Otto Schwarzbrod nach Linz zurück. Der Himmel war blitzsauber, aber der Wirbelsturm hatte ziemlich gewütet. Straßenwärter brachten mit Hilfe von Pionieren die Straße wieder in Ordnung, rollten die Baumstämme und Äste, die der Wirbelsturm ausgerissen hatte, in die Gräben. Über einen Fluß, der Hochwasser führte, hatten sie eine Behelfsbrücke geschlagen, die die Postkutsche im Schrittempo überquerte. In Linz entfuhr dem alten Gelehrten ein Aufschrei, als er feststellte, daß die Donaubrücke den Namen der Nibelungen trug. »Das ist ein Vorzeichen, mein Guter, wir sind mitten im Roman, es ist ein höfisches Epos, aber irren Sie sich nur nicht im Kapitel. Morgen abend werden Sie sehen: Einen Steinwurf von Schloß Greinburg entfernt, genau gegenüber der Insel Worth, liegt auf einer Bergspitze ein anderes Schloß, das ist Werfenstein. Versuchen Sie, es nicht mit Greinburg zu verwechseln, sonst sind wir, das heißt Sie, verloren.«

»Die Nibelungen? Ich?« fragte Otto.

»Nun, das Schloß Werfenstein verheißt nichts Gutes. Es ist ein unheilvoller Ort. Dort wohnte Ute, die Mutter von Kriemhilde, Sie wissen doch, die Geschichte von dem Raben und den beiden Adlern, die eifersüchtig auf den Raben waren und die Überreste des Vogels auf den Körper seiner Geliebten, der berühmten Kriemhilde, warfen... Pfui! Fleischbrokken und Blut!«

Otto zuckte die Schultern, von Vorzeichen hielt er nicht allzu viel, und außerdem war er verrückt vor Freude.

Der folgende Tag zog sich endlos hin. Otto gab Mathias seine Anweisungen; der zeigte keinerlei Verwunderung. Hätte Otto ihn gebeten, zu desertieren, wäre er desertiert. Er war der Schatten seines Offiziers, und stellte ein Schatten sich Fragen über seinen Arbeitgeber? Nein, er ging seinem Metier als Schatten nach. So machte Mathias sich gleich am nächsten Morgen mit Verschwörermiene an die Arbeit. Er bereitete den Mantelsack des Offiziers vor. Mit der Behutsamkeit einer Frau, einer kräftigen Frau allerdings, faltete er den blauen Dolman mit der goldenen Posamentrieverschnürung, die weiße Hose, das feine Batisthemd und den kurzen Umhang. Wenn er Otto auf dem Kasernenhof begegnete, zwinkerte er ihm verständnisinnig zu, sie beide hatten ein Geheimnis, und abends begab er sich, sobald das Quartier eingeschlafen war, mit den beiden schwarzen Pferden am Zügel zu dem Eichenwäldchen, wo sie sich verabredet hatten.

Der Fähnrich hatte gesagt, sie würden die kleinen Gebirgspfade benutzen. Dieser Weg war länger und infolge der letzten Gewitter unsicherer, aber es wäre riskant gewesen, durch das Donautal nach Greinburg zu reiten. Zwar befand Oberösterreich sich nicht in Alarmbereitschaft, doch die Spione des Herrn Karl spannen ihre Netze, und der Oberbefehlshaber wußte das. Der Generalstab von Wien wie auch der Polizeiminister verstärkten ihre Sicherheitsdienste. Patrouillen und Wachposten machten Tag und Nacht Kontrollgänge. Otto hatte zwar in seinem Ärmelaufschlag einen Dienstauftrag, den Gertrud ihm durch Schwarzbrod hatte zukommen lassen, aber ihm stand der Sinn nicht nach einem Verhör durch einen Polizeibeamten.

Der Weg lag verlassen da. Es war ein steil ansteigender, unebener Pfad, eigens für große Leidenschaften angelegt, und Otto versetzte sein Pferd sofort in Galopp, da ein gewaltiger Mond auch die winzigste Unebenheit des Weges erleuchtete. Der Sturm hatte den Himmel gereinigt. Das ganze Gebirge funkelte, denn die Wälder, Wiesen und Senken waren noch feucht. Ganz deutlich, so wie Figuren aus blauem Metall, konnte man die schneckenartig um ihre Bergspitzen zusammengerollten Dörfer erkennen, ihr ganzes Drumherum, die aus dem Märchen entsprungenen, aufgeblähten Glockentürme, stolze Gebäude, Türme mit Zinnen, vielleicht aus Lebkuchen, Marterln mit winzigen dreieckigen Dächern, Springbrunnen aus Stein und Silber, das ganze Inventar einer verzauberten Landschaft. Die Berge tosten, weil alle Gebirgsbäche, alle Wasserläufe angeschwollen waren, das Gebirge rauschte wie ein einziger Fluß.

Mathias ritt nicht sonderlich graziös, aber mit der ursprünglichen Kenntnis seiner Heimat, er klebte an seinem Pferd, einem Zentaur, während der Fähnrich jedes Schwingen der Kruppe, jedes sanfte Wiegen, ja fast jedes Zittern seines Pferdes durch einen unmerklichen Druck mit den Knien bestimmte. Auf den steinigen Abschnitten des Weges verursachten die Hufe einen fürchterlichen Lärm, vor allem wenn sie eine Schlucht durchquerten, und Otto hatte den Eindruck, dieses Spektakel würde nicht nur die Dorfbewohner, sondern auch die Berge und die Sterne aufwecken. Wie zwei Eindringlinge, zwei Gassenjungen, störten sie die Ruhe des Anbeginns der Welt. Später verließen sie die Berge. Die Wege waren jetzt erdig, schlammig, und die Hufe klapperten gedämpft, wie Saugnäpfe.

Mathias ritt voraus. Diese wilde Jagd zwischen Schatten und Licht durch die unvergängliche Nacht, durch die Sanftheit der Täler, aber auch über Pfade, die nah am Abgrund entlangführten, begeisterte ihn. Die Pferde setzten über Felsen und Hecken. Vor Vergnügen schlugen sie aus, während sie immer weiter durch das duftende Gras der Wiesen galoppierten.

Otto bewunderte die Geschicklichkeit seines Knechts. Dieser unbeholfene Mann, der sich in den Gassen von Linz verlief, der bei Tage vom Weg abkam, entzifferte die Nacht nach Art der Menschen seiner Heimat. Sicher vertraute er sich den Sternen an, oder er orientierte sich an den Windstößen, am Moos der Eichenstämme oder am Lauf der Flüsse. Wie ein Wilder stürzte er auf die schroffsten Granitwände zu. Otto war darauf gefaßt, daß die Pferde an den Felsen zerschellten, doch wie durch Zauberei tat sich ein Weg auf, und Mathias ritt, als handele es sich um eine Geheimtür im Theater, unter Siegesgebrüll hinein. Das Gelände löste sich auf, zerriß, damit die beiden Reiter dahinjagen konnten. Vor Mathias traten die bläulichen Hügel wie die Federn eines Fächers zurück, bevor sie sich wieder zusammenschlossen, um den Verfolgern den Weg zu versperren.

Gegen Mitternacht kamen sie an Perg vorbei. Mathias machte einen Bogen um das Dorf, wobei er sein Pferd in die unterhalb gelegenen Gärten trieb, kleine Parzellen, deren Mäuerchen mit einem geringen Zeitverlust überwunden werden mußten. Die Pferde hatten keinen Schwung mehr, sie hüpften wie Katzen. Die Nacht verdunkelte sich. Wolken zogen auf, und in Höhe von Arbing schob sich eine von ihnen so urplötzlich vor den Mond, daß die beiden Reiter ihre Jagd wie Blinde fortsetzen mußten, so als wären sie in ein Loch gefallen. Mathias stieß einen spitzen und sehr langen, modulierten Schrei aus, sicher für kopflos gewordene Pferde bestimmt, denn die Tiere blieben zwei Meter vor einem Abgrund wie erstarrt stehen. Der Soldat sprang aus dem Sattel, nahm ihre Schnauzen in seine Hände und raunte ihnen in der Sprache des Banat Zärtlichkeiten zu. Dann durften die Pferde mehrmals niesen, wobei sie kräftig abgerieben wurden, und weiter ging es den Hügel hinauf, allerdings konnte von Galopp nun nicht mehr die Rede sein. Nach einem langen Aufstieg am lockeren Zügel streckte Mathias den Arm aus: Dort ragte am Rand einer Schlucht ein Schloß mit einem runden Bergfried auf, und an seiner Fassade war ein Licht zu sehen.

Die Brücke war jetzt nicht mehr weit entfernt, noch eine halbe Wegstunde, nur gab es keine Brücke mehr. Ihre vom Gewitter zerbrochenen Pfeiler und ihr Stützwerk konnte man auf dem Grunde der Schlucht erahnen. Das Schloß war ganz nah, weniger als eine Meile, und doch unerreichbar. Die Pferde reckten die Hälse und schnupperten über der Leere. Zur Not hätte man noch ganz vorsichtig den Abhang hinunterklettern können, doch unten tobte der Wildbach. Selbst ohne Pferde wäre niemand hinübergekommen.

Die beiden Männer wichen zurück. Otto suchte einen freien Platz und entdeckte zwischen den Eschen eine Lichtung so groß wie ein Taschentuch. Er bat Mathias, eine Laterne aus seinem Halfter zu nehmen und anzuzünden. Der schaute seinem Fähnrich schweigend an und verstand überhaupt nichts. Dieser Offizier, der seine Kameraden und Soldaten durch seine Eleganz, seine Anmut und seine witzigen Einfälle begeisterte, wirkte plötzlich wie ein Tölpel. Den Mund leicht geöffnet, hielt Otto die Laterne am ausgestreckten Arm. Einige Male hob er sie hoch, so hoch es ging, und ließ sie wieder zu Boden sinken, so wie die Priester, vor allem zu Ostern, ihre Weihrauchkessel schwenkten. Das Licht an der Fassade des Schlosses erlosch, und Mathias glaubte schon, sie würden aufbrechen, doch sie warteten noch. Fünf Minuten später blinkte die Lampe von Greinburg erneut, nur ein bißchen höher, sicher auf der Spitze des Gebäudes, und sie ging zweimal auf und ab, genau wie die von Otto kurz zuvor. Für einen langen Augenblick bewegten sich die beiden Laternen, machten dieselben Bewegungen, wiederholten dieselben Gesten.

XVII

Der nächste Tag war ausgefüllt mit der Dressur eines Postens Pferde, der dem Oberstleutnant Scherer Anfang September vom Depot in Passau geliefert worden war. Diese achtjährigen Pferde kamen von ihren Bauernhöfen in Bayern oder Vorarlberg, wo sie nur gegen Bremsen, Hühner und Hunde gekämpft hatten. Sie waren schwer und robust, die für die Remontierung zuständigen Offiziere suchten nämlich ruhige Tiere aus, die fähig waren, anstandslos die gewaltige Ausrüstung der Kürassiere zu tragen.
In den ersten Tagen wurde mit Kochtöpfen und Suppenkellen vor der Stalltür ein Konzert veranstaltet. Die Soldaten liebten diesen Radau. In einer zweiten Phase wurden in der Nähe der Futtertröge Pistolenschüsse abgefeuert, während ein Stallbursche die Haferrationen austeilte. Otto fügte noch ein paar Feinheiten hinzu. Wenn die Pferde an den Lärm gewöhnt waren, erschreckte er sie abermals, indem er unter ihren Nüstern glitzernde Fähnchen schwenkte und die Trommel schlagen ließ. An diesem Morgen nach dem Abenteuer von Greinburg war die Trommel an der Reihe. Ein Höllenlärm ließ das morsche Gebälk des Klosters erzittern.
Ulrich war aufgefallen, daß Otto es nie versäumte, seinen Tieren etwas ins Ohr zu flüstern, und Otto hatte geantwortet, allerdings war das schon einige Wochen her, noch vor dem Ball bei den Windiswraths: »Wenn sie fertig ausgebildet sind, ich meine, wenn sie, ohne mit der Wimper zu zucken, die Donau und die Berge des Mühlviertels explodieren hören können, dann warne ich sie, sage ihnen ›ein paar ernste Worte‹. Ich erkläre ihnen, daß das hier alles Theater ist und daß sie im Krieg genau das Gegenteil von dem tun müssen, was man ih-

nen hier beibringt, nämlich beim ersten Pistolenschuß scheuen, kehrtmachen, auch wenn sie bei dieser abrupten Wendung ihren Reiter ein bißchen in den Graben werfen, und am besten in die verkehrte Richtung galoppieren, bis sie auf ihrem heimatlichen Bauernhof ankommen, wo die Hühner und Bremsen sich bestimmt schon nach ihnen sehnen.«

Otto ertrug die Einsamkeit nicht mehr. Er suchte die Gesellschaft seines lieben Ulrich Llwoff. Die beiden Offiziere trafen sich abends in ihrem Lieblingsgasthaus in Linz, »Zur Fürstenrose«, gleich an der Nibelungenbrücke. Es war kühl. Ein etwas zerstreuter Wind, der hin und wieder zu blasen vergaß, kräuselte die dunklen Fluten der Donau, und sie setzten sich auf die Terrasse, in den Schutz eines Weinspaliers, an dem ein paar leicht verrunzelte Muskatellertrauben hingen. Die gelben Zweige einer alten Weide hingen über den Tischen. Gerüche von Fisch, Schlamm und Gras stiegen von dem großen Strom herauf. Sie bestellten ein Schweinsstelzenfrikassee oder ein Backhendl oder ein Omelette mit Eierschwammerln. Sie berauschten sich an Worten, und Otto sagte irgend etwas, egal was, er ließ die Zeit vergehen, den Schmerz, den Kummer.

An dem Abend, als Otto, gleichsam aus Versehen, der Name der Herzogin Klementine herausrutschte, veränderten sich Ulrichs Züge. Er beugte sich ein wenig vor, in den hellen Lichtkegel der Lampe, wo Unmengen von Mücken um seine schwarzen, krausen Haare schwirrten, Funken, die aufflakkerten und erloschen. Mit ernster Miene sah er seinen Freund an.

»Sehen Sie«, begann Ulrich, »an dem Tag, an dem auch Sachsen in den Krieg eintritt, an dem auch die sächsischen Husaren des Fürsten Ernst ins Getümmel geschickt werden, wie wir selbst schon seit so vielen Jahren, an diesem Tag...«

Der Tag neigte sich seinem Ende zu. Das Licht zerrann, zerfloß in der launenhaften Brise, die die großen, flaumigen Blätter des Weinstocks und die biegsamen Zweige der Trauerweide schüttelte, so als sei dieses Licht ein unauffälliger, ein unsichtbarer Fluß, der gerade dabei war, den Himmel und die

Landschaft von den niedergemetzelten Überresten der Dämmerung zu leeren. Dann und wann holperte ein Fuhrwerk über die Brücke, die in all ihren Bohlen krachte. Den Kopf nach hinten geneigt, blond, unschuldig, so *dandylike* wie nie zuvor, nahm Otto genußvolle Züge aus seiner Zigarre, während er die Bernsteinspitze von einem Mundwinkel in den anderen schob; die beiden Männer schwiegen. Sie hatten dem Wirt zu seinem Eisbein gratuliert, in kurzen, kräftigen Schlucken tranken sie von dem Weißwein, den Otto unbedingt mit einem Hauch von Zimt hatte würzen wollen, Ulrich schlug mit seiner stämmigen Hand und seinen kurzen, dicken Fingern nach den Glühwürmchen, während Ottos blasse, von Sommersprossen übersähte Hand locker herabhing und die bläuliche Zigarrenasche auf den roten Platten der Terrasse verstreute. Und als Ulrich beschloß, zu reden, war es tiefe, düstere Nacht, und man sah nur noch seine funkelnden, erregten kleinen Augen.

Otto könne nicht entgangen sein, daß Fürst Ernst und seine Gemahlin miteinander rivalisierten, um nicht zu sagen, daß sie einander haßten, das sei ja sogar der Grund für die beiden Regimenter, Sachsens blaue Husaren und Österreichs weiße Kürassiere, sagte Ulrich Llwoff mit energischer, scharfer, aber leiser, fast unhörbarer Stimme. »Ein Glück, daß die sächsischen Husaren des Fürsten nicht im Hochofen des Krieges stecken, denn dann, Otto, dann würden sie sich einen traurigen Wettstreit liefern, die beiden Ehegatten vom Kärntnertor, um ihre Streitigkeiten, ihre Abscheu, ihre unheilbare Rivalität zwischen Frau und Mann durch ihre Soldaten als Mittelsmänner auszutragen, und jeder Ehestreit würde genährt und gleichzeitig beigelegt durch einige Tausend Einäugige, Amputierte, Lahme oder Leichen, die der strahlende Mann, den wir auf dem Pöstlingberg so oft gesehen haben, mit seiner Höflichkeit, seiner Glatze, seinem würdevollen Gebaren, seinem regen Interesse an der Insektenkunde, und die schöne Herzogin mit ihren so hellen Augen als Munition in dem teuflischen, gemeinen und entwürdigenden Krieg einsetzen würden, den Männer und Frauen auf ewig führen, auf ewig, Otto, und am Abend eines jeden Gemetzels auf den Schlachtfeldern Europas«, fuhr Ulrich fort, doch er schien seines eigenen Zorns, seiner eigenen Stimme nicht mehr Herr zu sein und brüllte jetzt flüsternd, »am Abend nach einem jeden Gemetzel würden der Fürst und seine Frau ihre Abrechnung machen, so wie die Großbürger oder die Händler nachts ihre Kerze anzünden, um in ein Heft mit schwarzem Wachstuchumschlag die Ausgaben auf dem Markt und die Rechnung des Schneiders einzutragen, und dann ihre Bilanzen aufstellen, oder auch so, wie die Kinder mit Holzsoldaten spielen und die Beine ihrer Artilleristen zerbrechen, damit es echter aussieht, und dabei würden sie sich gegenseitig den Heroismus oder die Feigheit oder die Unbesiegbarkeit oder die wilde Flucht ihrer Überlebenden, ihrer Toten und ihrer Deserteure an den Kopf werfen, so daß sie sich nicht einmal mehr streiten müßten, die beiden Dandys vom Kärntnertor, die beiden eitlen, grausamen Aristokraten, wie sie es so oft getan haben, und genausowenig wären sie dann noch auf dieses Geschrei angewiesen, diese Beschimpfungen und Gemeinheiten, mit denen sie einander bedenken und die sie klebrig, übersättigt und würdelos machen, da ja ihr Ehekrieg von anderen Akteuren, nämlich den beiden Regimentern, ausgefochten würde, Otto, 300000 arme Teufel in blauen oder weißen Uniformen würden Napoleons Schlächtern zum Fraß vorgeworfen, oder vielleicht sollte man besser sagen, würden der gegenseitigen Beschuldigung von Mann und Frau zum Opfer gebracht, der alten, starren, undurchdringlichen und unumstößlichen Anschuldigung jedes Mannes und jeder Frau, der Lust, wie soll ich sagen, Otto, nein, sicher nicht der Lust, zu töten, oder vielleicht doch der Lust, zu töten, so wie die alten Mexikaner angeblich auf ihren Pyramiden Kinder opferten, um den Zorn und die Gier der aztekischen Götter zu besänftigen, so, daß die Asche und das Stöhnen der Soldaten an den glanzvollen und schicksalhaften Abenden am Kärntnertor das erschöpfte, zerfetzte Gespenst dieses unauslöschlichen Hasses bildeten, daß sie den Mann und die Frau von ihrem schändlichen Zerstörungsdrang reinigten, ja, so ist das, an dem Tag, an dem der

Fürst gleich den mexikanischen Göttern ein paar blaue Husaren zur Hand hat, um die angesammelten Eingeweide von Klementines Kürassieren wettzumachen, tja, das ist ganz einfach, Otto, glauben Sie mir, dann wird das Paar das einträchtigste im ganzen Königreich Österreich werden, und so bestätigt sich auch«, das hatte Otto selbst ihm eines Tages gesagt, vor der Schlacht von Genua, oder war es vielleicht bei Savona, nein, es war Genua, nach dem Essen in jenem Gasthaus unter den leicht verwelkten Glyzinien, »so bestätigt sich, daß wir alle, wie wir da sind, nur per Prokura leben, lieben und sterben.«

Otto war sprachlos. Er kannte Ulrich, seine rauhe Freundschaft, sein grantiges Schweigen, seine überschäumenden Gefühle, auch seine unerwarteten Schwärmereien, aber er fragte sich, ob er diesen unglaublichen Monolog als eine geheimnisvolle Warnung verstehen sollte, sei es, daß Ulrich sich dessen selbst nicht bewußt war und wie ein Dorftrottel, ein erleuchteter Dorftrottel, daherredete, sei es, daß er auf das Geheimnis gestoßen war, das Otto doch so fest in seinem Herzen eingeschlossen hatte. Die Terrasse lag still da. Alle anderen Gäste waren gegangen, und nachdem die hübsche Bedienung den Tisch abgeräumt hatte, verdrehte sie mit vorwurfsvoller Miene die Schürze in ihren roten Händen. Der Wirt pflanzte sich am Ende der Terrasse auf und starrte die beiden jungen Leute unwirsch an, wagte es jedoch nicht, Offiziere vom Pöstlingberg zu drängen. Ulrich hatte ein paar Verdauungsschnäpse bestellt und ließ genießerisch einen alten Branntwein unter der Zunge rollen. Otto zog an einem Weidenzweig und ließ ihn zischend zurückschnellen. Schließlich gab Ulrich das Zeichen zum Aufbruch. Die beiden Offiziere gingen mit großen Schritten durch die schneidende Kälte bis zu dem Weidenwäldchen, wo die geduldig wartenden Pferde geräuschvoll ihren Hafer kauten. Ulrich packte seinen Freund an der Schulter.

»Pöstlingberg ist für uns sicher vorbei, auf lange Zeit. Möge der Krieg uns nicht trennen. Möge nichts uns trennen, Otto.«

»›Gasthaus Fürstenrose‹«, sagte Otto, »das ist ein hübscher Name, will aber gar nichts heißen.«
»Es war der Treffpunkt einer Freimaurerloge, zur Zeit Josephs II. Sie wissen, die Rosenknospe ist das Sinnbild der Goldenen Zahl, jedenfalls steht das in den alten Büchern.«
Sie ließen ihre Pferde im Schritt dahintrotten. Otto überließ sich dem Schaukeln des Sattels. Als das Tosen der Donau schwächer wurde, hörte man das Klirren der Kinnketten.

Weitere Zeichen gab es nicht, denn an dem Tag, an dem Otto Apfelgrün und Ulrich Llwoff unter dem Weinspalier des Gasthauses ›Fürstenrose‹ ein Schweinsstelzenfrikassee zum Nachtmahl verspeist hatten, oder vielleicht am nächsten Tag, stach der französische Admiral Villeneuve unter Druck von Napoleon im spanischen Hafen Ferrol in See, mit Kurs auf Kap Finisterre, wo er mit einem anderen Geschwader aus Rochefort zusammentreffen sollte, das Ganze zu dem Zweck, daß der französische Kaiser für zwei Tage den Ärmelkanal unter Kontrolle hätte, die Zeit, die er brauchte, um die 100000 Mann, die seit drei Jahren in Boulogne kampierten, nach England zu schicken. Doch am darauffolgenden Tag, als Otto Apfelgrün auf dem Pöstlingberg eine Exerzierstunde leitete, beging Admiral Villeneuve die königliche Dummheit, die aus Rochefort gekommenen französischen Schiffe für einen englischen Verband zu halten, darüber in helle Aufregung zu geraten und sich im Hafen von Cadiz zu verkriechen, vor dem Nelson ihn zwei Monate später, am 20. Oktober 1805, unter Trommelfeuer nehmen und um den Preis seines eigenen Lebens den Sieg von Trafalgar davontragen würde, genau zu dem Zeitpunkt, wo im bayerischen Ulm der österreichische General Mack vor Napoleon kapitulieren würde, der im übrigen die Nachricht von der Katastrophe am Kap Trafalgar erst einen knappen Monat später erhalten würde, am 13. November 1805, dem Tag, an dem er in Wien einmarschieren würde, so daß am 26. August, um die Zeit wieder ein bißchen zurückzudrehen, also ungefähr eine Woche nach Ulrichs und Ottos

Schweinsstelzenfrikassee in Linz an der Nibelungenbrücke, Napoleon, der sich immer noch in Boulogne aufhielt, diesen Waschlappen von Villeneuve in Grund und Boden verdammte und Bernadotte, Davout, Soult, Marmont, Lannes, Ney und Augereau sowie den 22 000 Kavalleriesoldaten von Murat und der berittenen Garde den Befehl erteilte, anstelle des Meeres, auf dem Napoleon sich ohnehin nie so recht wohl gefühlt hatte, die Erde niederzustampfen, in Österreich statt in England einzufallen und wie die Teufel in Richtung Rhein zu jagen.

Auf dem Pöstlingberg war man an diesem feuchten Spätsommertag immer noch damit beschäftigt, vor der Nase der Pferde aus dem Passauer Depot die Trommel zu rühren, und am Abend beugte Otto sich in seiner Kammer über die Landkarten, um eine Abkürzung zwischen Linz und Schloß Greinburg ausfindig zu machen, doch ohne jede Begeisterung, nur um die Zeit totzuschlagen, oder vielmehr so, wie ein eifriger Student die Liste der Herrscher aus der Babenberg- oder Hohenzollerndynastie wiederholte, oder wie man in schlaflosen Nächten eine unauslöschliche Erinnerung noch einmal durchlebte, denn er wußte, daß er nie wieder zum Schloß Greinburg reiten würde, Oberstleutnant Scherer gab nämlich bereits seine Befehle an die Intendantur und den Train der Equipagen aus, den ganzen Troß des Regiments zusammenzupacken, das sich rüstete, in Richtung Bayern aufzubrechen, wohin Kaiser Franz seine Armee zu schicken gedachte, um auf die Annektierung von Genua durch Napoleon zu reagieren, eine Entscheidung, die nur wenige Tage vor diesem Morgen fiel, an dem Konrad von Thieburg, genannt der Hermelinfloh, Ulrich Llwoff, Siegfried Rottinstein, Dietrich Feuchtagen und Otto Apfelgrün, die fünf Unzertrennlichen, die am 10. August desselben Jahres zu Leutnants befördert worden waren, auf ihre Pferde stiegen, zum Aufsitzen blasen ließen und, indem die einen sich über ihre glänzenden Schnurrbärte strichen und die anderen sich mit unbestechlichem Blick von der Vortrefflichkeit ihrer Truppen überzeugten, den Befehl »Vorwärts, marsch!« gaben, während in ganz Frankreich, und bald

darauf auch in Deutschland, mit Trommeln an der Spitze und am Ende jedes Regiments, die frisch Einberufenen und die alten Haudegen der Großen Armee, die ehemaligen Frontkämpfer von Marengo, Montenotte oder Lodi und die zukünftigen Kämpfer in Schlachten, die, zusammengekauert in den Bergen und Flüssen Europas, noch friedlich schlummerten, trotz des Gepäcks, das sie auf dem Rücken schleppten, mit einer Geschwindigkeit von einer Meile, das heißt 3,9 km, pro Stunde auf das Königreich Österreich und das Herzogtum Bayern zustrebten, wobei sie sich nur mitten am Tag für eine Stunde, die sogenannte »Pfeifenrast«, ausruhten, was erklärt, warum die französischen Truppen, die Taugenichtse, wie der Hermelinfloh sie nannte, wobei er seinen schmalen, empörten Kopf hochreckte, als erahnte er in der Ferne durch das grünbraune Fell der Berge hindurch schon die feindlichen Kolonnen, wie eine Horde Ratten oder Krähen über das Zentrum des Kontinents herfallen, vom Schwarzwald bis nach Italien und ganz besonders über Bayern, die Gegend um Ulm, wo das Regiment der Herzogin Klementine von Sachsen-Salza, das zwar der Armee des Erzherzogs Ferdinand zugeteilt war, in Wirklichkeit aber unter dem Befehl von Mack stand, einem schlanken Mann in scharlachroter Hose mit einer goldenen Schärpe um die Hüften, die Aufgabe hatte, die Riegelstellung, durch die Napoleon der Weg nach Wien versperrt würde, zu halten, und zwar bis zum Eintreffen der russischen Verbündeten, die sich unter ihrem alten Befehlshaber, Marschall Michail Kutusow, der einige Jahre zuvor in der Schlacht bei Ismail ein Auge verloren hatte und in dem Ruf stand, dauernd zu schlafen, bummelig, faul und larmoyant zu sein, in Wirklichkeit aber ein schlauer Fuchs war, in Galizien in Marsch gesetzt hatten.
So beendeten die Pferde des Passauer Depots ihre Ausbildung auf diesem Querfeldeinmarsch, der die österreichischen Kürassiere über die blühenden, sonnigen Hügel Oberösterreichs bis ins düstere, feuchte bayerische Alpenvorland führte, was gewiß nicht ausreichte, um Otto vor seinem Kummer, seiner Qual zu schützen, auch wenn diese gemächlichen Ritte durch

die Pracht der Buchen- und Hainbuchenwälder auf dem Rükken des schwarzen Pferdes vom Schloß Greinburg und an der Seite seines Knechts Mathias, der bei der Aussicht, in den Kampf zu ziehen, am laufenden Band furzte, ihm genügend Zeit ließen, zu plaudern und zu scherzen, manchmal mit Mathias, der jetzt so selig war, daß er beide Hände als Hörrohr um seine Ohren legte, wie Advokat Apfelgrün es gemacht hatte, um nur ja keinen Seufzer des Waldes zu verpassen, und manchmal, am Ende der langen Ritte, mit Ulrich, Dietrich und dem dicken Siegfried, ja sogar mit dem Hermelinfloh, den er im Grunde mochte, denn er mochte jeden, aber auch wirklich jeden, Zeit genug fand, zu scherzen, an den sehnsuchtsvollen Abenden dieses alten, wie der Hermelinfloh sagte, sogar ›steinalten‹ Herbstes, mit seinem von leichter Patina überzogenen Gold- und Bronzeschmuck, wobei sie ihre Kommentare zu den Nachrichten abgaben, die, abhängig vom jeweiligen Kurier und ohne rechten Zusammenhang, nur schwer zu ihnen durchdrangen, denn am selben Tag erfuhr man in der Etappe Burghausen, daß Marschall Ney am 26. August 1805, also eine knappe Woche nach dem Schweinsstelzenfrikassee, den Befehl erhalten hatte, Boulogne zu verlassen, um nach Saverne in der Schweiz zu jagen, und das just an einem Tag, da Ney in Montreuil einen Ball gegeben hatte, woraufhin er seine Offiziere zur Eile gedrängt und all diese betreßten Gecken gezwungen hatte, ihre Tänzerinnen mitten in einer Polka stehenzulassen, um auf ihre Gäule zu springen, und daß Napoleon am 6. September, einen Monat nach dem Frikassee, in Straßburg eingetroffen war, wo er höchstpersönlich mit unerschütterlicher Miene, wie erstarrt, obwohl er vom Regen durchnäßt war, dem Überschreiten der Rheinbrücke bei Kehl durch Oudinots Grenadiere, diese bärtigen, mit ihrem weißen Lederschurz gegürteten Pioniere an der Spitze der Kolonne, beigewohnt hatte, doch diese Späße, dieses Geplauder, diese Botschaften, eine Art wortreicher Verbindung zwischen den drei eintönigen Jahren auf dem Pöstlingberg und diesem eher erregenden, hitzigen Ritt, bildeten nur eine durchscheinende Haut, unter der, zumindest für

Otto, der Schmerz, der Liebesschmerz, klopfte, so wie er früher, dachte er wehmütig, fast kindisch, das Herz und vielleicht die Nerven der Frösche unter ihrer so dünnen Haut hatte pochen und zucken sehen, damals als er, noch ein kleiner Junge, sie in den Seen des Wienerwalds mit einem roten Lappen gefangen hatte, wobei er einmal sogar die Nacht abgewartet hatte, um einem dieser Frösche ein Glüchwürmchen ins Maul zu stopfen, so daß das kleine Tier, als es danach im Gras herumhüpfte, aussah wie die winzige Laterne eines Kobolds, was seine bevorzugte Taktik war, wenn er sich verloren fühlte, diese Methode, ein kleines Feuerwerk aus Erinnerungen oder Flausen zu zünden, dessen heller Schein, so hoffte er, ohne wirklich daran zu glauben, die Wunde blenden sollte, diese Wunde im Herzen, aus der das Glück floß und der Traum, eine Methode, das unvergeßliche Gesicht der Herzogin Klementine von Sachsen-Salza zu vergessen, die sicher gerade dabei war, das Schloß der Sachsen-Salzas zu verriegeln, etwas früher als sonst im Herbst, nicht daß es an Hirschen zum Jagen gefehlt hätte, sondern weil Europa erneut von Millionen von Soldaten zertrampelt wurde, die Ende August noch blitzsauber und adrett gewesen, jetzt in den ersten Oktobertagen aber schon ein bißchen müde waren und demnächst nur noch als Gespenster herumlaufen würden, eingemummt in Scharpie, Schlamm und zerrissene, alte Hafersäkke, denn es stand fest, daß Fürst Ernst von Sachsen-Salza und die Herzogin in diesen gefahrvollen Zeiten in Schönbrunn beim Kaiser sein mußten, und Otto, der sich nie erinnern konnte, ob das Gemäuer von Greinburg drei oder vier Stockwerke hatte, lachte, erteilte Befehle, schickte Mathias mit Botschaften zu Oberstleutnant Scherer, achtete darauf, daß in den schwerfälligen, rechteckigen bayerischen Bauernhöfen die Quartierszettel eingelöst wurden und daß seine Männer die bayerischen Mädchen mit ihren langen, blumenbestickten Röcken nicht belästigten oder verängstigten, und unterwegs paßte er ständig auf, daß die bayerischen Plünderer, die ganz bestimmt von den Agenten dieses Schulmeister, dieses Monsieur Charles, der Gerüchten zufolge Christine Kinsky an seiner Seite hatte, bewaffnet und instruiert worden waren, nicht unversehens auf seine Abteilung stießen, all diese Beschäftigungen, diese ganze Wachsamkeit hätten doch die entschwundene Silhouette der Herzogin Klementine mit einem Aschestaub, ein bißchen Trauer überziehen müssen, doch hunderttausend Trommeln, dachte Leutnant Apfelgrün weiter, und zwei Millionen im übrigen ziemlich abgetretene Nagelschuhe und zwei Kaiser, die noch auf die anderen warteten, und zwei Millionen dienstverpflichtete Bauern und ein ganzes Volk von erdolchten Gänsen und Kaninchen und hunderttausend vergewaltigte Bäuerinnen, all das vermochte nicht das Phantom von Greinburg zu vertreiben, die Gestalt einer Frau zu verwischen, die möglicherweise eine Laterne aus der Speicherluke eines alten Schlosses gehalten hatte, ja, wer war er bloß, dieser Schwachkopf oder Lästerer, der einst behauptet hatte, Otto Apfelgrün sei ein freundlicher Kerl, aber höchst oberflächlich, ein schillernder Schaum, bar jedes tieferen Gefühls, nur ein Geck unter den Gecken, wirklich sehr charmant, aber völlig leidenschaftslos, Schlußlicht im Fach Leidenschaft, eine Null, sogar wenn er selbst dieser Schwachkopf, dieser Lästerer gewesen war, dachte Otto, während er auf seinem eingedösten Pferd dahinschwankte, war es eine Dummheit gewesen, und in diesen Augenblicken gelang es ihm, mit seinem Mund etwas zu produzieren, was nicht viel war, sagte er sich, was aber trotz allem zur Familie des Lachens gehörte, ein Lachfossil, eine Muschel, aus der das Lachen entfernt worden war und sich aufgelöst hatte, ein Lacharchiv, eine Ruine, ein anmutiges, verwittertes Denkmal, errichtet zur Erinnerung an die Freuden der alten Zeit.

Kutusow hatte es nicht eilig, Napoleon dagegen sehr. Die abgekämpften Soldaten des Korsen legten am Tag sechzig Kilometer zurück, was es dem Kaiser schon Mitte Oktober ermöglichte, Macks Armee just in dem Vorhängeschloß einzuschließen, von dem sie leichtfertig geglaubt hatte, sie hätte es ans Tor zu Bayern gehängt, in der Zitadelle von Ulm nämlich, die, so meinte der Hermelinfloh, eingehüllt in seinen unermüdlichen Zorn, während er an seinem blonden, spärlichen

Bart zupfte, anscheinend eigens für einen militärischen Zusammenbruch gebaut worden war, mit dieser Hügelkette, die sie umgab, und den Bergspitzen, von denen aus der französische Feind jedes Hausdach beobachtete, und das um so ungestörter, als die russischen Verstärkungstruppen in der Gegend von Slazeneck herumwateten, zweitausend Meilen von Braunau entfernt, sich nicht sonderlich beeilten, sicherlich frohlockten, als sie von den Mißgeschicken dieses österreichischen Verbündeten erfuhren, den sie verachteten, und schon nach Mähren, jenseits von Brünn, schielten, wo man sie einen Monat später antreffen sollte. Glücklicherweise mußte Oberleutnant Scherers Regiment am 20. Oktober 1805 die unwürdige und verregnete Kapitulation von Marschall Mack in Ulm nicht miterleben, die, man erinnere sich, am selben Tag stattfand wie Napoleons Niederlage in Trafalgar dank dieser Null von Admiral Villeneuve, denn Erzherzog Ferdinand hatte es geschafft, die von Napoleon gelegte, erbarmungslose Falle zu durchbrechen, und war, Macks Beschwörungen zum Trotz, mit fünftausend Mann, hauptsächlich Kavalleristen, darunter Scherers Kürassieren, schon am 14. Oktober, eine Woche vor der schmachvollen Kapitulation, aus Ulm geflohen.
Nachdem Ulm zerstört war, jagte Napoleon, das Korps des Erzherzogs Ferdinand im Visier, nach Wien, so daß Oberstleutnant Scherers Regiment in rasendem Tempo an der Donau entlangpreschte, seit Passau den Feind im Rücken, Linz durchquerte, unterhalb von Schloß Greinburg vorbeijagte, aber natürlich am hellen Tag, was Mathias erlaubte, mit einem bedeutungsvollen Augenzwinkern zu seinem Offizier, dem Leutnant Apfelgrün, hinüberzuschielen, der seinerseits feststellen konnte, daß das Schloß der Sachsen-Salzas nur drei Stockwerke hatte, den Bergfried nicht mitgerechnet, und dabei, wenn man so will, seine eigene Kavalkade mit ihrem ganzen Getöse wieder hinunterschluckte, so wie eine Spinne ihren Faden verschlingt, allerdings mit dem Unterschied, versteht sich, daß die weißen Uniformen der Soldaten besudelt waren, ihr Schwung nachgelassen hatte und die kreisenden, metallischen Lichter der Herbstsonne den eisigen Regenböen

und sogar geschmolzenem Schnee Platz gemacht hatten, so als wären die Pferde aus dem Passauer Depot, die jetzt alte Rekken waren und auf der schlammigen Erde ausglitten, nach einem Vergnügungsritt und ein paar Luftsprüngen in der Schönheit Deutschlands in ihre düsteren Stallungen zurückgekehrt.

Statt nach Osten weiterzureiten, in Richtung Melk oder St. Pölten, die Donau entlang, wo Kutusows Truppen sich anschickten, Mortier und den Divisionen Gazan und Dupont einen Denkzettel zu verpassen, die einzige französische Niederlage während des Feldzugs: der Rückzug von Krems, der den österreichischen General Schmidt das Leben kostete, einen Steinwurf entfernt von dem Schloß, in dem Richard Löwenherz dahinvegetiert war, bog Scherers Regiment im Gefolge der Streitmacht des Erzherzogs Ferdinand ganz plötzlich nach Norden ab und begab sich nach Eger im Nordwesten Böhmens. Es mußte blutige Gefechte durchstehen, Männer kamen um und Pferde, der kleine Dietrich, der zwei Monate zuvor noch behauptet hatte, alle Soldaten der Welt seien voller Läuse, wurde von einem Bajonett an der Schulter verletzt und in ein Wiener Hospital gebracht, doch schließlich gelang es, ein Gebiet ausfindig zu machen, das besser geschützt war, jedenfalls solange Napoleon in Wien blieb, in das er am 13. November trotz der Befestigungen, die ein Jahrhundert zuvor, 1683, die türkischen Eindringlinge abgewehrt hatten, unter den entgeisterten Blicken der Wiener, die sich an ihren Fenstern drängten, ohne Schwertstreich einmarschiert war. Ebenso wie seine Kameraden Konrad und Ulrich hatte Otto noch am Vorabend des Einmarsches der Franzosen in Wien den Befehl erhalten, nach Mähren zurückzukehren, nach Brünn, das die Tschechen heute Brno nennen und das einem Großteil der Würdenträger und Offiziere des kaiserlichen Hofes von Wien als Zuflucht, als Schlupfwinkel diente, auf daß der Usurpator sich im Schloß von Schönbrunn niederlassen konnte, wo einige Jahre später der Sohn, den Napoleon von einer Frau haben sollte, die er nicht kannte, Marie-Luise nämlich, und die nicht wie der übrige Hof nach Brünn, sondern, so dachte man, nach Ungarn geflohen war, die ersten Jahre seines ruhelosen Daseins verbringen würde.

Konrad, Ulrich und Otto waren zum österreichischen Generalstab abkommandiert worden, der sich nach Brünn zurückgezogen hatte, während Oberstleutnant Scherers Regiment, das hinfort vom Kommando des Fürsten von Sachsen-Salza oder dem seiner Gemahlin abgeschnitten war, sich in einem Winkel nördlich von Wien verkroch und darauf wartete, daß die von Napoleon übel zugerichteten Erzherzöge sich wieder faßten.

Die bescheidene Festungsstadt Brünn, die von der verhaßten Zitadelle auf dem Spielberg beherrscht wurde, beherbergte in diesen sonderbaren Zeiten drei oder vier miteinander verflochtene Städte. Zu ihrer eigentlichen Bevölkerung gesellte sich noch die der besiegten Truppen, die von allen verlorenen Schlachten herbeiströmte, und die die Speicher leerräumte, um sich zu ernähren, und die Schuppen, um sich vor dem Regen zu schützen. Diese Überreste bildeten eine zweite Stadt, diesmal eine bewegliche, wenn man das von einer Stadt überhaupt sagen kann, die aus den riesigen Karren, den Klapperkästen, Schlitten und Kutschen und den Batterien von Geschützen bestand, die sich durch die verschlungenen Sträßchen im alten Brünn vorwärtskämpften, doch man konnte noch von einer dritten Stadt sprechen, die sich aus den Beamten der Hofburg, ihren Frauen und Familien und, nicht zu vergessen, einer ganzen Reihe russischer Offiziere von Kutusows Generalstab zusammensetzte. Drei Bevölkerungen mischten sich, vor allem nachts, und auf den Straßen, die durch die Laternen hell erleuchtet und durch ihre eleganten Läden, die sich das Geschäft nicht entgehen lassen wollten, belebt wurden, kreuzten sich die schweren Zugpferde, die kräftigen Reitpferde der Dragoner oder Husaren und die zierlichen Vollblüter vom Hof, aber auch die Bettler, die Nachzügler, die Prostituierten, die Offiziere, die Soldatenfrauen, die kleinen Jungen und Mädchen, so als seien all diese Tiere, all diese Körper nebelhafte Gebilde, die andere nebelhafte Gebilde durchdringen könnten, Banden schnorrender und nicht mehr vollständiger Soldaten, bärtige, lethargische und lustige Troupiers, Kaleschen, die das kaiserliche Wappen trugen und denen an der Schwelle der prunkvollen Palais von Brünn zunächst livrierte Diener entstiegen, makellose Hose und Escarpins mit Silberschnallen, und dann Damen in Musselinkleidern unter ihren langen Zobelpelzen und schließlich, unter dem starren Blick der alten gepuderten Diener mit ihren Perücken, Würdenträger in Hofuniform, die Brust bis zur Lächerlichkeit mit ihren österreichischen Ordenszeichen eingefaßt, einigen Maria-Theresien-Kreuzen hier und da und ein paar Orden vom Goldenen Vlies.

Sobald ihre armseligen Uniformen wieder instandgesetzt waren, gingen Scherers junge Leutnants, allerdings ohne den armen Dietrich und ohne den dicken Siegfried, der zu den ungarischen Truppen abkommandiert worden war, auf Entdeckungsreise durch die provisorische Hauptstadt des Königreichs. Sie wurden von einem grellen Schild angezogen, auf dem ein grüner Baum abgebildet war, und suchten sich in einem großen, lärmerfüllten Saal einen Platz. Am Nebentisch saßen Russen, ihrem gekünstelten, aristokratischen Gehabe nach sicher Diplomaten oder Ordonnanzoffiziere, Wichtigtuer, die sich in provozierendem Ton lauthals über den armen Österreicher Mack in Ulm lustig machten, während sie die Erfolge von Kutusows Armee gegen Mortier in Krems am linken Donauufer mit der Eroberung feindlicher Kanonen und Fahnen und der Gefangennahme zweier französischer Generäle nicht genug loben konnten. Otto sah das Gewitter heraufziehen. Konrad von Thieburg, der Mack zwar wegen seiner Mittelmäßigkeit und seiner jämmerlichen Übergabe von Ulm verachtete, konnte dennoch nicht zulassen, daß die Gecken aus Sankt-Petersburg einen österreichischen General lächerlich machten. Er schöpfte aus seinem nie versiegenden Reservoir an Wut, diesem Reservoir, das sich seit dem Rückzug von der Donau und dem Chaos in Böhmen noch merklich vergrößert hatte, er schwenkte mit seinem Stuhl herum, um einen der russischen Gäste besser frontal beschimpfen zu können, einen häßlichen, stocksteifen Jungen, dessen Gesicht um so ausdrucksloser wirkte, als er seinen Gegner, Konrad, durch seinen Zwicker beäugte, so als sei der ein kleines Etwas, ein Gegenstand, ein Teil der Saaldekoration. Konrad war mit seinen Beschimpfungen am Ende. Der Russe streckte seine Beine bequem von sich, entgegnete, er sei Fürst Anatol Kuragin und fügte zum Schluß noch hinzu, so als entsinne er sich eines Details, er, Konrad, sei »eine Schüssel«.

Darauf entstand allgemeiner Lärm. Konrad hatte Anatol Kuragin einen Backenstreich versetzt. Otto wurde gebeten, sich als Zeuge bereitzuhalten. Das Duell sollte am nächsten Tag im Morgengrauen stattfinden, Pistole oder Schwert, der Russe hätte die Wahl, doch Otto, der doch normalerweise so gefaßt war, wetterte, vielleicht weil er ein paar Gläser Doppelkümmel getrunken hatte, gegen Konrad von Thieburg und den Fürsten Anatol Kuragin. Sie wollten ja wohl nicht innerhalb des großen Krieges auch noch ihre privaten Kleinkriege vom Zaun brechen! Tausende von russischen, österreichischen und französischen – »jawohl«, brüllte Otto, »französischen« – Soldaten lägen im Sterben, in den Wäldern wie in den Spitälern, sei es an ihren Verletzungen, sei es an den ersten Fällen von Typhus, die gemeldet worden waren, und wenn Gott sich die Zeit damit vertreibe, die Fliegen einander töten zu lassen, dann gereiche es den Fliegen zur Ehre, daß sie die schändlichen Berechnungen der Götter durchkreuzten. Otto, den noch niemand seine Stimme hatte erheben hören, schrie jetzt regelrecht, seine Hände zitterten, er war angewidert von der Dummheit der Menschen, von diesem Hochmut, dieser Oberflächlichkeit, diesen leeren Säcken, die man in die Uniform eines Offiziers, eines Diplomaten oder Höflings steckte und die immer weiter ihre Grimassen schnitten, während ganze Völker dahinsiechten.

Otto erhielt unerwartet Verstärkung von einem der Russen, einem Mann, der etwas älter war als die anderen, sicher ein Offizier, obwohl er einen einfachen Gehrock ohne Abzeichen trug. Er sah ausgesprochen gut aus, hatte klare, kalte Züge und einen trägen, finsteren Blick. Er schien einen fast beängstigenden Einfluß auf seine Gefährten auszuüben. Dieser Mann, der sich als Fürst André Bolkonski, Ordonnanzoffizier des Marschalls Kutusow, vorstellte, gab Anatol Kuragin, aber auch Konrad von Thieburg – und zwar mit Donnerstimme – den Befehl, sich die Hand zu reichen. Anatol Kuragin entschuldigte sich. Niemand hätte auch nur im Traum daran gedacht, sich einer solchen Stimme zu widersetzen. Der dritte Russe, eine anziehende Persönlichkeit mit einem gelblichen, faltigen Gesicht, ganz kleinen, lustigen Augen und einer einzigen Haarsträhne auf dem Kopf, bestellte eine Flasche Champagner.

»Sehen Sie«, kommentierte Fürst André knapp, mit schneidender, aber angenehmer Stimme, »ein Glas Champagner stellt die Eintracht wieder her. Schließlich sind Sie Offiziere, meine Herren, und ich bin auch Offizier. Wir haben dieselbe Laufbahn eingeschlagen, und wenn unsere Fahnen auch verschieden sind, so haben wir doch denselben Feind, sollten wir da nicht unsere Differenzen beilegen?«

»Würden Sie das auch sagen, Fürst«, fragte Ulrich, »wenn Offiziere von Augereau oder Oudinot in diese Gaststube kämen?«

»Das dürfte nicht mehr lange dauern«, entgegnete Fürst André ganz ruhig. »Der alte Auersperg hat, aus Arglosigkeit und Pflichttreue, kampflos die Taborbrücke aufgegeben, nach einem gemeinen Trick von Murat, Ney und Bertrand, wahrscheinlich auf Anraten dieses französischen Spions, dieses Schrumester oder wie er heißt.«

»Schulmeister!«

»Schulmeister.«

»Beschämend«, stieß Konrad von Thieburg hervor. »Nie hätte ein Offizier der Monarchie sich zu einer Lüge erniedrigt, um dem Feind eine Brücke abzujagen. Aufrichtigkeit zwischen den Gegnern machte die Würde des Krieges aus.«

»Gewiß, gewiß«, stimmte das gelbliche, faltige Gesicht zu, »aber Napoleon hatte uns gewarnt. Er hat seine Falschheit ja zur Genüge gezeigt, und Fürst Auersperg hätte sich vor Murat hüten müssen. Es gibt sicher eine Fabel von La Fontaine, die das erläutert. Nur kennt der alte Auersperg La Fontaine nicht. Glauben Sie mir, Fürst, alle Oberbefehlshaber sollten die *Fabeln* lesen.«

»Wie dem auch sei«, fuhr Fürst André fort, »zum gegenwärtigen Zeitpunkt galoppieren Murat, sein Gehpelz und seine Straußenfedern mitsamt der ›ganzen Bagage‹ auf der Straße nach Brünn.«

Fürst Anatol Kuragin, der seine kleine Auseinandersetzung mit Konrad schon vergessen hatte, faßte Bolkonski am Arm und wollte einen Gedanken formulieren, was ihm jedoch nicht so recht gelang:

»Und ein preußischer Offizier?... Das Kabinett von Berlin kann kein Gefühl der Verbundenheit äußern, ... ohne zum Ausdruck zu bringen... wie in meiner letzten Note... Sie verstehen... Sie verstehen...«

Der Mann mit den kleinen, lustigen Augen lächelte.

»Demosthenes«, sagte er zu Kuragin, »ich erkenne dich an dem Kieselstein, den du auf deine Zunge gelegt hast.«

Und die Haarsträhne auf seinem Kopf zuckte vor Zufriedenheit.

»Napoleons Offiziere«, sagte Konrad von Thieburg, »sind Söhne von Schmieden, Krämern, Kanzleischreibern, Nähmädchen oder Ladengehilfen. Wie könnte man von ihnen verlangen, daß sie Ehrgefühl haben und sich im Krieg wie Edelleute benehmen? Fürst von Metternich sagt, daß ›der Mensch beim Titel des Barons beginnt‹. Ich, meine Herren, finde Fürst Metternichs Auffassung zu milde. Meiner Meinung nach hätte er lieber vom Titel des Grafen sprechen sollen.«

»Bin ich ein Mensch?« fragte Otto Apfelgrün in komischem Ton.

Fürst André starrte den Hermelinfloh lange mit einem undurchdringlichen Lächeln an.

»Meine Herren«, sagte er schließlich, »ich sehe an Ihren Abzeichen, daß sie zum Regiment der Sachsen-Salzas gehören. Ich habe viel Lob über Ihr Verhalten in Ulm gehört, Bagration hat mir oft seine Bewunderung für Herzogin Klementine von

Sachsen-Salza gestanden, und nun sehen Sie, wie sonderbar doch die Dinge sind: Die Mission, mit der Kutusow mich nach Brünn geschickt hat und wegen der ich heute Abend in diesem Gasthaus sitze und Sie hier getroffen habe, war die, dem österreichischen Generalstab den Sieg der Russen über Mortier in Krems zu melden! Und wissen Sie, von wem ich vorhin in Ferdinands Generalstab empfangen wurde? Ausgerechnet vom Fürsten Ernst von Sachsen-Salza!«

Als der Name Sachsen-Salza fiel, warf Ulrich Llwoff Otto verstohlene Blicke zu. Ottos Züge waren aufmerksam, aber ausdruckslos.

Fürst Bolkonski sprach weiter, in einem Gemisch aus Französisch und Deutsch.

»Nun, Ihr Fürst hat mich äußerst unfreundlich empfangen. Ich hatte Glückwünsche erwartet und erlebte eine herbe Enttäuschung. Der Fürst von Sachsen-Salza hob kaum den Kopf, als sein Ordonnanzoffizier mich anmeldete. Er war zu sehr damit beschäftigt, einen Stoß Papiere auf seinem Schreibtisch zurechtzurücken. Er saß an einem großen Tisch, den trotz seiner Glatze durchaus wohlgestalteten Kopf zwischen zwei Kerzenleuchtern niedergebeugt. Ich berichtete ihm, Kutusow habe das Schicksal beschworen und Mortier geschlagen. Glauben Sie, er wäre vor Freude aufgesprungen? Eine gelangweilte Miene hat er aufgesetzt! Es war seltsam: Ich stand vor einer sehr intelligenten Person, die es darauf angelegt hatte, abgestumpft, ja geradezu einfältig zu erscheinen. Im Grunde wollte er nicht akzeptieren, daß die russischen Truppen in Krems gesiegt hatten, während die Österreicher überall geschlagen werden. Er wurde dann doch noch lebhaft, allerdings nur um loszubrüllen, als ich ihm sagte, der österreichische General Schmidt habe in der Schlacht von Krems den Tod gefunden.«

Konrad von Thieburg saß leicht vornüber geneigt da und schwieg, doch Otto entging nicht, daß seine Hand vor Wut zitterte. Zum Glück ergriff Anatol Kuragin wieder das Wort, diesmal in etwas anzüglicher Manier.

»Ich habe die Equipage der Herzogin Klementine von Sachsen-Salza gesehen... vor dem Trakl-Palais... Die Frau ist die Gefährtin des Mannes... Sie verstehen... Gibt es in Wien viele so hübsche Frauen? Dann würde ich darauf brennen... Sie verstehen... Ich würde darauf brennen, diese Stadt zu erobern, wenn der Usurpator... wenn... der Landvermesser der Wüsten nicht vor mir dort eingetroffen wäre...«

»Sollte Herzogin von Sachsen-Salza es denn mit Ihrer Schwester aufnehmen, mein lieber Kuragin, ich meine, mit der ›schönen Helene‹, Helene Besukow?« fragte der Mann mit den kleinen Augen.

»Es gibt da einen Unterschied«, antwortete Kuragin. »Meine Schwester hat alle vierzehn Tage einen neuen Liebhaber, ... Sie verstehen... allerdings ist ihr armer Ehemann, Pjotr Besukow... sehen Sie... na ja, und die Herzogin von Sachsen-Salza erscheint mir so heiß... so heiß wie ein Sorbet...«

Fast wäre er vor Lachen erstickt.

»Kuragin«, sagte Fürst André, »der Champagner macht Sie vulgär, mein Freund. Es ist spät, meine Herren, und wir müssen langsam daran denken, uns zu trennen. Ich werde es bedauern, denn ich fürchte, daß wir in Brünn kaum die Gelegenheit weiterer Begegnungen haben werden. Murat wird uns daran hindern. Aber der Hof, die beiden Höfe, werden sich nach Olmütz zurückziehen, wo die beiden Armeen sich bereits wieder sammeln. Also dann, S. G. W.«

Otto fragte nach der Bedeutung dieser drei Buchstaben.

»So Gott will«, antwortete Fürst André.

Oberstleutnant Scherers Offiziere kehrten schweigend in ihr Quartier am Dresdner Tor zurück. Otto und Ulrich teilten sich ein langgestrecktes Zimmer, das mit Sesseln und Kommoden vollgestopft war, man hätte es auch eine Rumpelkammer nennen können.

»Otto«, begann Ulrich und strich sich nervös durch die lockigen Haare, »wußten Sie, daß die Sachsen-Salzas sich in Brünn aufhalten?«

Otto zuckte mit den Schultern, wie sollte er es erfahren haben, in diesem ganzen Chaos? Er sah seinen Freund gutmütig an.

»Ich wußte, daß Sie alles begriffen hatten«, fuhr er fort, »ich wußte es seit der ›Fürstenrose‹. Sie urteilen streng über mich, aber was kann ich dafür, Ulrich? Etwas spielt Kartentricks mit mir, und ich weiß nie, wo die richtige Karte liegt. Man könnte meinen, ein Souffleur diktierte mir all meine Reaktionen...«

»Ihre Geschichte von Kriemhild und Ute, den Nibelungen?«

»Kriemhild? Der Rabe und die Adler, die Eifersucht? Vielleicht, ich weiß es nicht, ich dachte nicht mehr daran, und das ist auch für später. Nein. Sie kennen die Legende vom Tod, persisch, wenn ich mich nicht irre. Der Tod spaziert über den Markt von Bagdad, um seine nächsten Kunden ausfindig zu machen. Er entdeckt einen Bauern und zuckt zusammen. Der Bauer wird von panischer Angst erfaßt, er fackelt nicht lange, sattelt seinen Klepper und jagt auf dem schnellsten Weg nach Samarkand, um sich zu verstecken. Dort tritt der Tod zu ihm und legt ihm die Hand auf die Schulter. ›Jetzt geht's ans Sterben.‹ Der Bauer sträubt sich und fragt den Tod, warum er ihm schon am Morgen in Bagdad ein Zeichen gegeben habe, und nicht erst auf dem Markt von Samarkand. ›Das ist ganz einfach, ich habe die Augenbrauen hochgezogen, als ich dich in Bagdad sah, da ich ja heute abend in Samarkand mit dir verabredet war‹.«

Ulrich war erregt, leicht aggressiv.

»Ich halte überhaupt nichts von Ihren Legenden«, entgegnete er, »sie gehen immer schlecht aus. Sie reden oft vom Gott der Fliegen.«

»Gott muß sich doch amüsieren, die Zeit zieht sich hin, da oben... Sie werden sehen...«

»Ich kann mir nicht vorstellen, daß Gott sich so amüsiert.«

»Gott? Aber wo ist er denn hin? Und wenn er in einem unterirdischen Verlies steckte? Wenn der Teufel ihn getötet oder einfach eingesperrt hätte? Wenn der Teufel Gottes Kleider angezogen und sich in den Farben seiner Geisel geschminkt und gepudert hätte? Wenn er sich verkleidet hätte, so wie wir bei den Windiswraths? Wenn Gott nur der Statthalter des Teufels wäre? Wenn Sie sich dieses Gemetzel anschauen, müssen Sie sich doch fragen, ob Gott nicht ein Hochstapler ist, ein Dämon, der sich für den lieben Gott ausgibt. Und in allen Kirchen Europas, zwischen dem Blut und der Fäulnis, beten Millionen von Dummköpfen und stecken Kerzen zu Satans Ruhm an, da sieht man wieder, wie Sie es mir in Linz in der ›Fürstenrose‹ sagten und mir dabei übrigens die Worte stibitzten, die ich selbst Herzogin Gertrud entwendet hatte, daß wir nur per Prokura lieben, sterben, aber auch beten ...«

Ulrich wandte sich vom Gott der Fliegen ab, um wieder auf Bagdad zurückzukommen.

»Aber Otto, auf Schloß Greinburg waren Sie doch keineswegs mit dem Tod verabredet?«

»Nein, nicht mit dem Tod. Mit einer Frau. Wenn aber der Tod es nun genauso machte wie der Teufel, wenn er sich als Frau verkleidete, als Frau schminkte? Und was weiß ich denn überhaupt von Greinburg? Ich habe niemanden gesehen. Ich habe eine Laterne gesehen, die sich auf und ab bewegte, aber was weiß ich denn, wer diese Laterne hielt? Weiß man je, mit wem man verabredet ist? Weiß man je, welchem Körper man sich hingibt, Ulrich?«

»Aber in Ihrer persischen Geschichte kommt kein General Murat vor, und Murat galoppiert in diesem Moment auf Brünn zu. Von mir aus kann es ja ein Rendezvous in Bagdad gegeben haben, aber wenn wir alle Brünn innerhalb der nächsten zwölf Stunden verlassen müssen, wird aus dem Rendezvous in Samarkand wohl nicht viel werden.«

»Vielleicht ist die Wirklichkeit ja noch verworrener als die Legenden? Vielleicht ist ja die Wirklichkeit die Legende dieser wahren Wirklichkeit, die wir Legende nennen«, sagte Otto, während er durchs Fenster den bedeckten Himmel betrachtete, der sich wegen des Feuerscheins über der Stadt sehr hoch wölbte.

Fürst André war gut informiert. Gleich am nächsten Morgen packte die Stadt Brünn ihr Bündel. Die Offiziere und Beamten des Hofes bereiteten ihre Abfahrt nach Olmütz im Norden vor. In der Stadt ging alles drunter und drüber. Auf den Freitreppen der Patrizier- und Bürgerhäuser dirigierten Haus- und Hofmeister strengen Blickes Heere von Dienern, die Koffer, Kisten, Truhen und Körbe auf Karren oder Kutschen luden, die von Ochsen gezogen wurden, so groß war der Mangel an Pferden seit dem Blutbad im Donautal. Otto war den ganzen Morgen beschäftigt. Zu Ulrichs Überraschung zeigte er keinerlei Ungeduld.

»Otto«, sagte Ulrich, »ich werde Sie nie verstehen. Jede Minute zählt, und Sie stehen hier mit mir, bewegungslos...«

»Ich bin so, ein ergebener Mensch. Ich neige dazu, nichts zu tun. Man zwingt die Dinge nicht, sie sind es, die entscheiden. Sie nennen das Unbekümmertheit, man könnte es auch... Verzweiflung nennen.«

Nachmittags ging Otto in die Stadt. Im verlassenen Trakl-Palais war der Hof mit schmutzigem Stroh übersät, und nichts deutete darauf hin, daß die Gebäude noch vor kurzem bewohnt gewesen waren. Otto sagte sich, daß Ulrich recht gehabt hatte und daß man schon ziemlich naiv sein mußte, um anzunehmen, der Fürst von Sachsen-Salza würde sich als Kämmerer des kaiserlichen Hofes noch mit seiner Frau in Brünn aufhalten, während der Hof sich schon aus dem Staub gemacht hatte und Murat im Anmarsch war. Otto ging vor dem einsamen, wie in Trauer gehüllten Gebäude hin und her. Er zündete sich eine Zigarre an, der blaue Rauch hing fast reglos in der Luft, es war wieder schön geworden, Brünn erstrahlte im Glanz der Sonne. Otto schlenderte vor dem Trakl-Palais auf und ab, ohne Ziel und ohne Eile, er wirkte unnütz, friedlich, geduldig, vor diesem leuchtenden Trauerhaus, in dem nicht einmal ein Dienstmädchen oder ein Lakai zu sehen waren, die wenigstens an den Türklinken gezogen und die Fensterläden verriegelt hätten, um zu bezeugen, daß in früheren Jahren oder sogar noch am nämlichen Morgen eine Frau hier Halt gemacht hatte, daß die Zimmer und Gemächer nach einem Parfüm, einer Abwesenheit und nicht nach nichts dufteten.

Im Fachwerk des Ziegeldaches veranstalteten Spatzen einen Heidenlärm. Die dicke Tür des Palais ging auf, und Herzogin Klementine erschien in Begleitung einer ihrer Kammerfrauen auf der Freitreppe. Als sie den jungen Mann erblickte, fuhr sie unmerklich zurück, sie schüttelte den Kopf, und Otto glaubte zu sehen, wie ihr Gesicht bleich und blutleer wurde. Die Herzogin raffte den Saum ihres Kleides, eines Galagewands aus smaragdgrünem Musselin, und eilte mit ihrer Gesellschafterin durch das kleine Hoftor in Richtung Stadt, so hastig, als würde sie von Murats Reitern gejagt. Nach fünfzig Schritten blieb sie stehen, kehrte um und ging zu Otto zurück. Auch die Kammerfrau hatte sich umgedreht, aber langsamer, sie beobachtete ihre Herrin, und da sie in Weiß und Schwarz gekleidet war, wirkten ihre Bewegungen wie die eines Pinguins.

»Otto«, sagte Klementine, als sie ganz nah bei ihm war, das Gesicht an Ottos Hals geschmiegt, »es war doch hier?«

Kraftlos hatte sie eine Hand an ihre Schläfe gehoben und runzelte die Brauen, so wie wenn man seine Gedanken sammelt, so als erinnerte sie sich, daß sie ein Rendezvous in Brünn vereinbart hatte.

»Es war hier«, wiederholte sie schließlich in überzeugterem Ton.

Die schwarz und weiß gekleidete Frau stand da, sie legte ihre Hand auf den Ärmel ihrer Herrin, um sie zu wecken.

»Es war also hier«, hob Herzogin Klementine wieder an. »Seien Sie unbesorgt, Fräulein Alma von Worth ist genauso zuverlässig wie Ihr Mathias. War es hier?«

»Ja, hier.«

»Morgen früh reise ich ab nach Olmütz. Heute Nacht werden Sie diese Allee entlanggehen, auf der rechten Seite des Gartens, zwischen den beiden Birnbaumreihen, bis zur Orangerie... eine Orangerie, kein Laubengang... Irren Sie sich nicht, nicht der Laubengang, sonst kommen Sie zu den Windiswraths und wir verlieren uns noch einmal« – sie lachte ohne Fröhlichkeit – »mein Fenster ist genau über der Orangerie, Sie müssen ein bißchen turnen. Ich erwarte Sie eine Stunde nach Mitternacht.«

Abends ging Otto durch eine tote Stadt. Zerschlagene Möbel, Wagenräder, gebrochene Radachsen und Abfallhaufen verstopften die Straßen. Die noch am Vorabend so hell erleuchteten Geschäfte waren düster. Hier und da standen Haustüren sperrangelweit offen. Andere Türen waren eingeschlagen worden. Plünderer, Soldaten ohne Uniform, Frauen und Mädchen drückten sich in die Flure, sobald auf dem Pflaster die Schritte der Patrouillen widerhallten, deren Aufgabe es war, das letzte bißchen Ordnung, das unmittelbar vor der Ankunft der Franzosen noch herrschte, aufrechtzuerhalten. Da die Nacht wolkenlos war, ähnelte die Stadt einem Ruinenfeld, mit weißen und blauen Lichtschimmern, einer gemarterten Stadt mit verrenkten auf der Straße liegenden Körpern. Hunde drückten ihre Schnauzen in die Leichen.
Otto stieß das Parktor auf. Er kniete nieder und küßte den Boden, weil er damals das Pflaster des Bauernmarktes in Wien, das Pflaster, über das Herzogin Klementine gegangen war, geküßt hätte, wenn die Anwesenheit seines Vaters ihn nicht davon abgehalten hätte. Ohne Mühe stieg er auf das Dach der Orangerie. Von dort konnte er auf einen Nußbaum springen, dessen einer Hauptast sich zu Klementines Fenster streckte. Lautlos ging das Fenster auf.
Klementine zündete eine Kerze an. Sie sah verwirrt aus. Weder Furcht, noch Emotion. Verwirrung, aber vielleicht war es die Kerzenflamme, die ihr Gesicht leicht verschwommen erscheinen ließ. Sie legte ihre Hand auf Ottos Schulter. Darauf wich sie ohne ersichtlichen Grund in den hinteren Teil des Zimmers zurück und kam wieder zu Otto. Sie ließ ihre Hand unter seinen Dolman gleiten und strich mit den Fingern über die Brust des jungen Mannes, aber ohne Zärtlichkeit, ohne Leidenschaft. Sie berührte ihn einfach. Das dauerte mehrere Minuten. Otto schauderte. Klementine fing an, aus voller Kehle zu lachen.

Otto nahm sie in den Arm, und als der junge Mann sie im Stehen auszog, ließ sie es schweigend geschehen. Die Kleider fielen, Otto warf sie in der Dunkelheit in einen Sessel, sie verschwanden, als wären sie für immer überflüssig, jetzt, da die Frau und der Mann vereint waren. Nackt wirkte Klementine sehr groß, sehr weiß. Otto liebkoste ihr Gesicht, und die Frau weinte. Sie neigte sich ein wenig und legte ihren Kopf an die Schulter des jungen Mannes, genau wie damals, als er in der Nacht bei den Windiswraths mit ihr getanzt hatte. Sie war zart, zart und geschmeidig, doch dann wurde sie leidenschaftlich, unersättlich.

»Was wird aus uns?« sagte sie irgendwann und sah Otto vertrauensvoll an. Und weiter: »Wenn Sie dieses Zimmer verlassen, wird man Sie für einen dieser Kriegsplünderer halten, die die Häuser der Reichen nach einer kleinen Beute durchsuchen.« Der Gedanke daran war eher lustig. »Ich bin eine kleine Beute«, meinte sie. Die Glocken eines Klosters läuteten. Die Mönche gingen zum Gebet, sie hatten ganz schön zu tun mit all diesen Leuten, die sterben würden. »Was wird aus uns?« fragte Otto, lange nach Klementine, und fügte hinzu, er sei ein schlechter Plünderer, denn er könne seine Beute nicht mitnehmen. »Ich bin eine kleine Beute nur für die Nacht«, entgegnete Klementine, »und jetzt ist es Morgen.« Otto öffnete das Fenster, sprang auf den Nußbaum und setzte sich auf den Hauptast. Im Zimmer, in das die ersten Strahlen des Tageslichts fielen, stand Klementine am Fenster, nackt.

XVIII

Herzogin Gertrud war in Wien geblieben. Sollten doch die Höflinge von Schönbrunn in Olmütz wie die Hühner um Kaiser Franz I. herumgackern, die Herzogin würde jedenfalls nicht unter dem Vorwand, die französischen Truppen machten zuviel Lärm, das Palais Questenberg-Kaunitz verlassen. Kutschfahrten hatte man ihr aus gesundheitlichen Gründen verboten, doch sie war neugierig auf Napoleons Soldaten. Sie sprach über den Krieg wie über ein Spiel, das ein bißchen blutiger war als die anderen. Auch ein bißchen dümmer, erläuterte sie ihren in der verängstigten Hauptstadt immer seltener werdenden Gästen, denn Frankreichs Marschälle könnten ruhig die Glockentürme umstoßen, die Greise würden trotzdem weiter husten und die Kinder nicht die Regeln ihres Murmelspiels ändern.

Gleich am 13. November, einen Tag nach Napoleons Einmarsch in Wien, stellte die Herzogin von Mahlberg einen perfekten Nachrichtendienst auf die Beine. Sie wollte nicht ein einziges Stichwort der Komödie verpassen. Fräulein von Trapp drängte sich unter die Schaulustigen. Herzogin Gertrud nahm Konstanze Apfelgrüns Lakaien in Dienst, jenen unverschämten Kerl, der das Meßbuch seiner Herrin trug, deren Frömmigkeit mit den Gefahren wuchs, denen ihr Sohn im Krieg ausgesetzt war. Dieser Mensch war einfach unbezahlbar: Ein Meister in der Kunst, die Würmer aus jeder Nase zu ziehen, die ihm über den Weg lief, berichtete er der Herzogin von den Späßen, den Treulosigkeiten und Schlichen, die in der besetzten Hauptstadt ausgeheckt wurden. Fräulein von Trapp war eher dafür zuständig, das Bühnenbild zu entwerfen und die Markt- und Straßenszenen zu beschreiben.

Gertrud erfuhr, daß diese erbarmungslosen französischen Soldaten, die die österreichischen Armeen zersprengt hatten gleichsam indem sie sie nur anpusteten, schmalgesichtig waren, eine Bande bärtiger, schwarz verschmierter, klapperdürrer und undisziplinierter Halunken, eine Horde von Männern in Lumpen oder Bauernkitteln, von denen manche sogar den runden Hut der französischen Provinzen trugen, und die nicht etwa in schimmernde Pelze oder Fräcke mit betreßten Taschen gehüllt waren, sondern in zerrissene Mäntel, die zur Hälfte unter langen Speckstreifen, an Schnüren aufgehängten großen Fleischstücken, toten Gänsen und Enten, Weinflaschen und Brotlaiben verschwanden. »So, so«, kommentierte Gertrud, »und diese wandelnden Vorratsschränke haben unsere feschen österreichischen Soldaten in Schrecken versetzt und ihren Laffen von Offizieren solche Angst eingejagt, daß sie auf dem schnellsten Weg in Richtung Austerlitz gerannt sind.« Sie lachte glucksend.

Es war eine angenehme Zeit. Das Spektakel von Napoleons ruhmreichen Taugenichtsen, so wie Gertrud es sich im Dunkel ihres Salons unter dem kalten Blick des Ritters vom Schwertbrüderorden vorstellte, entzückte sie. Nur ein kleines Detail fehlte noch zu ihrem Glück. Sie hatte keine Nachricht von ihrer Nichte, Klementine von Sachsen-Salza, und dem Leutnant Apfelgrün. Von Professor Schwarzbrod hatte sie zwar erfahren, daß das Rendezvous auf Schloß Greinburg, das sie in allen Einzelheiten mit Klementine vorbereitet hatte, nicht zustande gekommen war. Ihr romantisches Hirn hatte sich oft das Blinken der Laternen in der Nacht ausgemalt, es gab nichts Erregenderes als diese beiden Flammen in der Leere; seitdem hatte sie jedoch die Spur der beiden jungen Leute verloren. Sie wußte nicht einmal, ob sie sich im Durcheinander von Austerlitz hatten treffen können, doch im Grunde ihres tobenden Herzens vertraute sie dem Krieg.

Einige Tage nach Napoleons Ankunft in Wien besserte sich das Schauspiel. Gertruds Gesandte durften inmitten der versammelten Wiener Bevölkerung der Parade beiwohnen, die Napoleon in Schönbrunn abnahm, um den ärgerlichen Ein-

druck geradezubiegen, den die verdreckten Sieger von Ulm und St. Pölten auf das einfache österreichische Volk gemacht hatten. Fräulein von Trapp war hellauf begeistert. In den Parks der tausendjährigen Dynastie sah man den auf seinem Pferd versteinerten Napoleon, leblos, wächsern und wie tot, und die neuntausend Mitglieder der Garde, jene gewaltigen Männer, die noch um die fünfunddreißig Zentimeter ihrer Fellmützen gewachsen waren, in blauen Fräcken mit scharlachroten Ärmelaufschlägen, Futter und Aufschläge in leuchtendem Rot, Westen und Bundhosen aus weißem Tuch.
Gertrud erweiterte ihre Informationsbrigade um einen sehr tüchtigen Rekruten. General Graf König von Weitzau hatte sich geweigert, seine Stellung zu verlassen. Er haßte Niederlagen, eben seit der von 1788 gegen die Türken, als er Joseph II. und die europäische Zivilisation gerettet hatte. Seine Pflicht nagelte ihn in der gekreuzigten Hauptstadt fest, und er verachtete diese Offiziere und Beamten, die bei der Ankunft des Korsen wie die Hasen davongerannt waren. Da die österreichische Armee ja nur noch ein Schwarm von auf den Feldern tschilpender Spatzen war, nahm der General sich in acht. Er trug so beunruhigende Nachrichten zusammen, daß es ihm widerstrebte, sie Gertrud in Gegenwart irgendeiner anderen Person mitzuteilen. Abends saßen die beiden alten Komplizen im verlassenen Salon der Herzogin und besprachen die Situation. Gertrud merkte sehr wohl, daß der General ungereimtes Zeug redete, aber sie verschlang diese Ungereimtheiten mit der Gier eines kleinen Mädchens nach Süßem, denn, so dachte sie, es kam nicht darauf an, was die Menschen in der Abenddämmerung der Habsburger Dynastie die Wahrheit nannten – war sie doch schon für die Lebenden unergründbar, so war sie für die Sterbenden nicht nur unergründbar, sondern geradezu unwesentlich.
General von Weitzaus Scharfsinn geriet außer Rand und Band. Nichts entging ihm. Napoleon ließ im Rausch seiner Siege seine Vorsicht fahren. Dieser so heuchlerische korsische General, dieser Florentiner oder gar Byzantiner, meinte der General stirnrunzelnd, sei durch seine Siege verwöhnt. Er las-

se sich gehen. Er ziehe den Schleier von den unheilvollen Plänen, die er bis jetzt sorgsam verheimlicht habe. Habe er nicht seine Mamelucken preisgegeben, der dicke Tölpel? In den Augen des gemeinen Volkes seien die Reiter aus dem Orient, die in ihren phantastischen Kostümen die Aufmärsche der Großen Armee anführten, nicht mehr als eine Verzierung, ein Theatertrick, den der große Regisseur den Völkern zum Fraß vorwerfe. Der Franzose habe die Kunst so weit getrieben, daß er diese Mamelucken nicht wie die echten Mamelucken anziehe, sondern sich an den Bildern orientiere, die die französischen Maler seit einem Jahrhundert von diesen Arabern lieferten: kurze, bestickte Weste, weite scharlachrote Hose mit funkelndem Seidengürtel, übergroßer Turban, Krummschwert und ganz kurze Büchse mit einer wahren Eisenhandlung von Dolchen und Pistolen – in gewisser Weise Theatersoldaten, Mamamouschis aus Stücken von Molière, Karikaturen; für jene aber, die die Geschichte kennten, vor allem die der Schlacht am Kahlenberg am 12. Sep. 1613, in die man nur kräftig hineinblasen müsse, um die Glut wieder aufflammen zu lassen, für die sei die Turmuhr der Geschichte nicht die der Menschen, und auf dem großen Zifferblatt der Zeit erlaube ein Jahrhundert dem Zeiger kaum einen winzigen Sprung.
Es liege also auf der Hand, daß die türkische Maskerade die Tragödie vorbereite. Mehr denn je gebiete die Vernunft, jedes Augenzwinkern des Korsen durch die Brille der türkischen Ambitionen zu sehen. Tatsächlich fahre Napoleon, der seine Mamelucken leichtsinnig zur Schau gestellt habe, unbeirrt fort, »das Publikum zu amüsieren« mit seinen trügerischen Schlachten und seiner Spiegelfechterei namens Ulm oder Brünn, die ihren Höhepunkt während der Dreikaiserschlacht in Austerlitz erlebt habe, mit jener berühmten Sonne, die in den Berichten der Großen Armee nur zu dem Zweck so groß herausgestellt worden sei, diese Bemerkung erlaubte der General sich Gertrud gegenüber, um das entgegengesetzte Symbol, das des Mondes, zu verschleiern, die Mondsichel des großen Türken, der zweifelsohne der wahre Meister der Schlacht bei Austerlitz gewesen sei, einer grandiosen Schlacht, das

müsse man schon zugeben, mit all den gefrorenen Teichen, und einer mörderischen dazu, nur war sie eben schlichte Ablenkung, falscher Schein, Maskerade gewesen, unter deren Schutz die Türken still und heimlich auf die Hauptstadt der Habsburger zumarschierten.
Der General steckte Stockschläge ein. Er wurde als dummer Esel tituliert, doch diese Kränkungen entlockten ihm nur ein verständnisinniges Lächeln, denn er hatte Herzogin Gertruds Taktik durchschaut. Gertrud behielt all ihre Trümpfe in der Hinterhand. Sie tat, als mache sie sich über die Fakten, die der General darlegte, lustig, obwohl auch sie das ungeheuerliche Manuskript der Geschichte längst entziffert hatte. Deshalb nahm der General die Spötteleien der Herzogin tapfer hin, für ihn waren sie gleichbedeutend mit versteckter, schalkhafter Zustimmung. Und da der General ein sehr gutmütiger Mann war, redete er unter einem Hagel von Stockschlägen und sarkastischen Bemerkungen weiter auf die Herzogin ein.
Am Ende verteilte Gertrud ihre Schläge völlig aufs Geratewohl, denn sie konzentrierte sich kaum noch auf die Absurditäten des Generals. Bald hörte sie gar nicht mehr zu, von Zeit zu Zeit ließ sie ihren Elfenbeingriff auf den rosigen Schädel niedersausen, nur schwach und ohne Motiv, aus Pflichtgefühl oder Solidarität. Ihr Geist schwebte in anderen Gefilden, und da auch sie beschloß, ihre Träumereien laut zu äußern, schwadronierten die beiden Alten schließlich gleichzeitig, und der Salon wurde zum Schauplatz eines doppelten Selbstgesprächs, nicht kindisch, sondern albtraumhaft, ein doppeltes Delirium, dessen Sätze sich kreuzten, aufeinander stiegen, sich gegenseitig überdeckten, wobei der General weiter zwischen Napoleons künstlichem Krieg und dem unsichtbaren der Türken pendelte, und die Herzogin sich abmühte, aus den Überresten ihrer vielen Träume den Palast ihres allerletzten Traums zu errichten.
Die beiden Monologe entsprachen einander, denn die Städte und Dörfer, in denen das Kriegsschauspiel des Generals dröhnte, waren genau die Ortschaften, durch die Herzogin Klementine und Otto Apfelgrün zogen. Sobald Gustav von

Weitzau die Niederlage von Ulm oder die von Brünn erwähnte, mußte Gertrud an ihre Nichte und den Leutnant denken. Ihr ungebändigtes Herz hatte nie einen klaren Unterschied zwischen dem Krieg und der leidenschaftlichen Liebe gemacht, und im übrigen, dachte sie unter ihren geschlossenen Lidern, waren denn diese Scheiterhaufen von Austerlitz, die der General von Weitzau Nacht für Nacht in ihren vertraulichen Gesprächen im Palais Questenberg-Kaunitz anzündete, etwas anderes als die Glut des Deliriums, die Glut, in der die beiden jungen Körper ihren Triumph vollzogen?

Schulmeister, dieser nicht zu greifende, rothaarige Mann, der Österreich jahrelang im Sold Napoleons ausgeplündert hatte, manchmal in der Verkleidung eines Zitronen- oder Nagelschuhhändlers, ein anderes Mal als Handwerker oder Bourgeois und sogar im Cut eines Notabeln, hatte seine Maskerade aufgegeben. Zwei Tage nach der Ankunft der Franzosen hatte er sein Schlupfloch in Maria-Hilf verlassen und sich bei Napoleons Ordonnanzoffizier, dem General Savary, gemeldet, dem er während der Schlacht von Ulm gute Dienste geleistet hatte. Er bekam hundert Louisdor, um seine Garderobe aufzubessern, und wurde durch ein Dekret, das am 15. November in Schönbrunn erlassen wurde, zum Stellvertreter des Generals Dupin ernannt, als Oberkommissar der französischen Polizei in Wien. Die Wiener kannten seinen Beinamen Brutus und selbst den Namen Schulmeister nicht, sie nannten ihn Monsieur Charles oder Monsieur Charles-Frédéric und hatten Angst vor ihm. Christine Kinsky begleitete ihn. Ganz unverfroren trat sie als seine Geliebte auf, und als Gertrud das erfuhr, lachte sie laut und klatschte in die Hände. Es gefiel ihr, in Christine diesen Wagemut, diesen Hang zur Ketzerei, diesen Stolz und diese Ungebührlichkeit wiederzufinden, die ihrer Meinung nach alle Mahlberg-Frauen kennzeichneten.

Brutus wachte über die Ordnung in der Hauptstadt. Großzügig honorierte Ohren lungerten in den Kaffeehäusern und Theatern herum. Die Franzosen bemühten sich, die österreichische Bevölkerung zu besänftigen. General Bernadotte ließ einen Grenadier erschießen, der auf offener Straße einem

Blumenmädchen die Ohrringe gestohlen hatte. Die Freudenmädchen waren entzückt, denn im Dezember hatte Napoleon jedem Truppenmitglied eine Prämie in Höhe eines Jahressolds gewährt, also sechzig Gulden für die Gemeinen und zweihundertvierzig Gulden für die Gardesoldaten.
Die jungen Mädchen und Damen der besseren Gesellschaft machten, wenn sie nicht nach Norden geflohen waren, den französischen Offizieren schöne Augen. Sie schwatzten eifrig, denn Napoleon überhäufte seine Diener mit Gold. Murat, der im Palais der Sachsen-Salzas am Kärntnertor einquartiert war, hatte ein offenes Haus, er gab Festessen für zweihundert Gäste. Hinter vorgehaltener Hand ließen die Wiener jedoch kein gutes Haar an diesen Generälen, die aus dem Bürgerstand kamen. Sie seien grob wie Roggenschrot. Man verglich ihre auffälligen Uniformen mit den fast weiblich zurückhaltenden, pastellfarbenen Uniformen der österreichischen Offiziere. Mit Verachtung begegnete man der durchdringenden Militärmusik, den Trommeln, Blechbläsern und Trompeten der Franzosen, und vermißte die Klänge der österreichischen Regimenter – die Schellenbäume, die bimmelnden Glöckchen, die silbernen, mit den kaiserlichen Initialen versehenen Kesselpauken, die von einem tänzelnden Schimmel getragen wurden. Die Premiere des *Fidelio*, die unter Beethovens Leitung am 20. November im Theater an der Wien stattfand, war neues Tagesgespräch in den Salons. Napoleon war zehn Minuten zu spät erschienen, was Franz I. sich niemals erlaubt hätte, was für eine Unhöflichkeit! Ein ohrenbetäubender Trommelwirbel hatte den Herrn der Welt angekündigt, und man hatte den kleinen General in Begleitung seiner rüpelhaften Marschälle hereintrippeln sehen. Die feine Gesellschaft war dieser Premierenvorstellung ferngeblieben.
Napoleon hatte sich nach seinem Sieg nicht lange in Austerlitz aufgehalten. Schnurstracks nach Schönbrunn zurückgekehrt, überwachte er die Verhandlungen, die Talleyrand mit Österreich führte. Österreich war von allen im Stich gelassen worden. Der Zar war nach Rußland zurückgekehrt. Der Vertreter Preußens, Haugwitz, schloß mit Frankreich den Vertrag von

Schönbrunn, der den Tausch von Hannover gegen Anspach-Bayreuth besiegelte, und am 27. Dezember war Leutnant Joseph Kaiser von der Bürgergarde in gestrecktem Galopp aus Preßburg gekommen, um die Nachricht zu überbringen, daß ein Friedensvertrag zwischen Franz I. und Napoleon unterzeichnet worden war, für Österreich ein demütigender Vertrag, denn es verlor Venetien, Friaul, Istrien, Dalmatien, Tirol und Vorarlberg, die beiden letztgenannten Provinzen mußte es an Bayern abtreten.
Das letzte Stück Krieg noch nicht verdaut, schnürte Napoleon sein Bündel und machte sich am 28. Dezember um sieben Uhr abends auf den Weg nach Frankreich. Talleyrand folgte ihm eine Woche später. Schon am 13. Januar befand sich kein französischer Soldat mehr auf österreichischem Gebiet, und am 15. Januar sang das mit Kiefern und Tannen geschmückte Wien im Stephansdom ein Te Deum. Der Hof begleitete den Kaiser mit großem Pomp. Am nächsten Morgen fingen die Dienststellen der Hofburg, die Zensurbehörden, die Polizeigefängnisse, kurz, alle Rädchen der Monarchie, wieder an, ihren Staub zu mahlen, so als hätten sie nie auch nur eine kleine Panne gehabt.

Die aus Olmütz zurückgekehrten Sachsen-Salzas mußten mehrere Wochen darauf verwenden, ihr Palais am Kärntnertor, das Murats Soldateska ziemlich übel zugerichtet hatte, wieder instand zu setzen. Fürst Ernst nutzte die Gelegenheit zu einer Reise nach Dresden. Er wollte sein Husarenregiment inspizieren. Sachsen war von den Kriegskatastrophen verschont geblieben, das Kurfürstentum lebte in Frieden mit Frankreich, aber man könne ja nie wissen, meinte Fürst Ernst, Napoleon sei ein Vielfraß, er verdaue in rasender Geschwindigkeit. Kaum habe er eine Nation verschlungen, steche er schon die nächste Beute ab, morgen Preußen, da sich ja in diesem Land unter dem Einfluß der Königin Luise Kriegsgelüste breitmachten, und da sollte Sachsen noch geschützt sein? Herzogin Klementine schob die Strapazen von Brünn und Olmütz vor. Sie würde die Arbeiten am Kärntnertor überwachen. Sie würde sich um ihr Regiment, die Kürassiere des Oberstleutnants Scherer, kümmern, die, nachdem man sie von Ulm auf den Pöstlingberg und dann nach Ungarn geschleppt hatte, jetzt nicht mehr in Oberösterreich, sondern in Hintersdorf, einige Meilen westlich von Wien, kaserniert waren. Fürst Ernst hielt mit seiner Verärgerung nicht hinter dem Berg. Klementine wurde böse. Sie würde in Wien bleiben.

Für Klementine war der ausgehende Winter eine Zeit des Glücks. Auf ihre Bitte hin hatte Professor Schwarzbrod unter falschem Namen ein Köhlerhaus in den Wäldern von Scheiblingstein gemietet. An manchen Nachmittagen kam Klementine schon sehr früh in Scheiblingstein an. Ihre Abfahrt von Wien am hellichten Tag in der Postkutsche hätte auffallen können, aber sie warf sich einen der dunklen Umhänge, die die Frauen aus dem Volk zu dieser Jahreszeit trugen, über die Schultern und hatte einen Korb mit einem lebenden Huhn bei sich. In Untermauerbach hielt eine ihrer Kammerzofen, die junge Frau, die von ihrem Geheimnis in Brünn gewußt hatte, ein Pferd für sie bereit, und die Herzogin trottete ohne Eile auf den gefrorenen Waldwegen bis zu der baufälligen Hütte, die Schwarzbrod notdürftig möbliert hatte. Otto fand sich erst gegen Mitternacht bei seiner Geliebten ein. Klementine genoß diese Erwartung.

In dem Raum mit den rußgeschwärzten Wänden saß sie in einem Sessel und blickte in die Flammen im Kamin, sie war zufrieden, redete es sich jedenfalls ein. Von Zeit zu Zeit schlug das Huhn in dem Korb unter lautem Gackern mit den Flügeln. Klementine setzte sich ans Fenster, und bald, in drei oder vier Stunden, würde sie ihren Geliebten erblicken. Sie sah den grauschwarzen Weg, der mitten durch die weißen Tannen führte. Sie betrachtete den Schnee, die Sonnenstrahlen auf dem Schnee, die rosigen Schimmer der Abenddämmerung auf dem Schnee, das Schwarz der Nacht auf dem Schnee. Die Zeit drehte sich um sie, statt sie mitzureißen, drehte sich geduldig, träge, wie ein großes, stummes, monotones Rad. Das Fenster war voller Sterne, doch wegen des Ne-

bels erkannte man sie kaum. Klementine starrte zu dem verschwommenen Sternenhimmel hinauf, und sie zuckte zusammen, als die Wanduhr elfmal schlug. Sie trat hinaus und ging hundert Meter in Richtung Hintersdorf. Es herrschte eine schneidende Kälte. Unter ihrem Umhang wie zu Eis erstarrt, horchte sie aufmerksam auf das Knacken des Frostes, den ungeschickten Flug der Nachtvögel, das Heulen von Hunden, das Rascheln der Tannenzweige, die sich entspannten, um geschmeidig gen Himmel zu schnellen, wenn sie von einer Ladung Schnee befreit waren. Sie fror bitterlich, sie wollte frieren. Etwas später hörte sie Hufgetrappel, und bald darauf würde Leutnant Apfelgrün auftauchen, er würde stehenbleiben, sich aus dem Sattel beugen und den durchgefrorenen Körper zu dem Köhlerhaus ans Feuer bringen.
Sie würden beieinander sein. Klementine würde Otto ihren Körper ausliefern, damit er damit machte, was ihm gefiel, was ihr gefiel. Rastlos würden der Körper der Frau und der des Mannes unter dem wilden Gackern des Huhns in dem kleinen, durch das Feuer nur wenig erleuchteten Haus umherkriechen, würden einander fangen, wie die Tiere sich gegenseitig an die Kehle gehen, würden brüllen, wie die Tiere klagen, würden einander vierteilen, wie die Tiere vom Abdecker aufgeschlitzt werden, und Klementine und Otto würden erschöpft und barmherzig sein, und Klementine würde Ottos Gesicht anschauen und sich wieder vor der Feuerstelle zu Boden werfen, um allen Dingen auf der Welt zu danken.
Otto hatte Angst. Wenn er sich abends nach den letzten Hornsignalen rittlings auf die Kasernenmauer schwang, um zu dem Rappen zu laufen, den Mathias fünfhundert Meter von dort entfernt unter einem verfallenen Schutzdach angebunden hatte, und dann in Richtung Scheiblingstein jagte, glaubte er nicht, daß die Frau in dem Köhlerhaus sein würde. Er würde in dem Augenblick vor der Hütte ankommen, wo seine Geliebte fortginge, das war verhängnisvoll, er würde eine sich entfernende Laterne sehen, die für einen kurzen, einen ganz kurzen Moment durch die Tannen blinkte. Deshalb zerquetschte er die Frau geradezu in seinen Armen, er mußte ihre

Knochen spüren, ihre Haut, ihre Düfte. Diese Brutalität erschreckte Klementine. Der junge Mann liebkoste sie weniger als er sie abtastete. Er tastete ihre Brüste ab, schloß die Augen und ließ seine Fingerspitzen über ihren Körper fahren, dann betrachtete er seine Finger, als ob er das goldene, silberne, weiße Puder des Gesichts auf den Lippen, dem Geschlecht, gesucht hätte, ohne Zärtlichkeit, so wie ein Polizist oder ein Richter ein Beweisstück untersuchte, wie ein Eichbeamter, meinte Klementine ein wenig beunruhigt.

»Ich prüfe, ob Sie da sind.«

»Ich bin da.«

»Ich prüfe nicht, ob Sie hier sind. Ich prüfe, ob Sie existieren, ob Sie einen Körper haben. Existieren Sie?«

Sie legte Ottos Hand auf ihr Geschlecht.

»Ich bin eine Frau. Lassen Sie Ihre Hand, berühren Sie mich hier, und Sie werden sehen, daß ich mich nicht damit zufriedengebe, zu existieren, ich bin viel ehrgeiziger. Ich bin auch eine Frau.«

»Ich mag Ihre Brüste sehr«, sagte Otto, »Sie haben die schönsten Brüste der Welt.«

»Sie sagen das, um mir einen Gefallen zu tun. Ich habe mir immer so sehr gewünscht, schöne Brüste zu haben. Vorhin, als ich in der Kälte auf Sie wartete, habe ich ein Eichhörnchen gesehen, das in den Tannenzweigen herumhüpfte. Es war blond, genau die Farbe meiner Haare, glaube ich. Finden Sie, daß ich einem Eichhörnchen ähnlich sehe?«

Otto warf einen ernsten Blick auf ihre Haare.

»Es stimmt, Sie ähneln einem Eichhörnchen, vorausgesetzt, dieses Eichhörnchen ähnelt einem Tiger.«

»Ich muß ja einen komischen Kopf haben!«

»Schon als ganz kleiner Junge träumte ich davon, eines Tages von einer Frau geliebt zu werden, die einem Eichhörnchen ähnelt, unter der Bedingung allerdings, daß dieses Eichhörnchen wie ein Tiger aussieht. Und das gibt es sehr selten.«

»Warum sind Ihre Augen feucht?«

»Weil ich nah bei Ihnen bin und gleichzeitig Angst habe, Sie existierten gar nicht.«

»Berühren Sie mich noch einmal, Otto, hier, im Nacken, kurz unter dem Hals, denn wenn Sie mich dort berühren, fährt mir ein eiskalter Schauer über den Rücken.«
»Sie haben einen Frauenrücken, das sehen Sie doch genau, Sie Aufschneiderin, und keinen Eichhörnchenrücken ...«
»Als ich Sie zum ersten Mal sah, war mir, als wäre ich verrückt geworden, ich wagte nicht, Sie anzusehen, weil Sie mich mit Ihren Augen berührten.«
»Und Sie haben Ihren teutonischen Ritterkopf aufgesetzt, und ich bin wie ein Feigling wieder in mein Loch gekrochen.«
»Das war, weil ich nicht verrückt bleiben wollte«, entgegnete Klementine. »Für einen kurzen Augenblick wollte ich schon verrückt sein, aber wenn das angedauert hätte, wäre ich in Panik geraten, und jetzt ist es das Gegenteil. Ich habe keinen anderen Wunsch als den, verrückt zu sein. Wenn ich jetzt verrückt bin, bin ich ruhig, bei Sinnen, alles ist gut. Wenn ich aber nicht verrückt bin, werde ich verrückt... Berühren Sie mich, Otto, ich möchte diesen Schauer im Rücken spüren.«
Sie liebten sich, und Otto war traurig, als die Frau kurz vor Morgengrauen fortging, er stellte sich vor, er würde sie zum letzten Mal sehen, sie würde sterben, oder nahezu sterben. Er hob seine Finger an die Nase, um den Duft ihres Körpers zu riechen, die Frau war voller Knochen und Venen, ja voller Eingeweide und Blut, ihre Geschicke würden aneinandergleiten, so wie zwei Blätter Papier übereinanderglitten, oder wie zwei Schiffe einander in der Nacht grüßten und sich in verschiedenen Nächten verloren, und als das Pferd unter den Tannen am Ende der Lichtung des Köhlerhauses losgaloppierte, stieß Otto einen Schrei aus, damit sie sich umdrehte und er sie noch einmal sehen konnte.
Niemand, nein niemand hätte die Macht, sie zu trennen, und Klementine besaß die Protektion ihrer Tante, der Herzogin Gertrud, die sämtliche Tempelritter und Generäle ihrer Ahnengalerie aufbieten würde, um das Paar mit einem Ring aus Feuer zu umgeben, den zu überschreiten niemand wagen würde.

»Und bei meiner Tante Gertrud – ich nehme an, daß sogar der liebe Gott vor ihr kuscht! – sind wir in guten Händen.«
Selbst der Fürst von Sachsen-Salza würde sie nicht daran hindern können, sich zu lieben, nicht einmal die Hofburg, oder Napoleon oder Christine Kinsky, sagte Klementine, doch Otto war zerstreut, geistesabwesend, hätte man sagen können, und mit dumpfer, einfältiger Miene konnte er lange Augenblicke damit zubringen, den nackten Körper seiner Geliebten zu betrachten. Klementine drückte sich zuweilen schrecklich brutal aus, und wenn ihr Geliebter es bemerkte, lachte sie.
»Sie haben doch schon Paarungen bei Hunden gesehen. Die Bauern können mit Knüppeln auf sie einschlagen, sie schaffen es nicht, den Körper des Hundes von dem der Hündin loszureißen, solange sie nicht fertig sind.«
»Sind sie denn nie fertig?«
»Der Gärtner vom Kärntnertor hat mir erzählt, er habe das als kleiner Junge bei seinem Vater gesehen. Ein Bauer habe auf zwei Hunde eingedroschen und sie getötet, doch sie seien gestorben, ohne daß man sie habe trennen können, man habe sie gemeinsam beerdigt, am Bauch verbunden, glauben Sie, daß das möglich ist?«
»Wir werden nie fertig sein.«
Otto fragte, warum sie von Christine Kinsky gesprochen hatte.
»Christine ist wie dieser Bauer, sie ist schrecklich, sie schlägt bis zum bitteren Ende.«
»Sie hat Sie gern.«
»Sie hat mich gern und ich sie. Wir sind zusammen aufgewachsen. Wir brauchen nicht einmal miteinander zu sprechen, um unsere Geheimnisse zu teilen, ja, das stimmt, aber was hat das damit zu tun?«
Klementine ritt auf dem heller werdenden Pfad davon. Der Wald trat aus dem Schatten, er war mit Rauhreif und Schnee bedeckt. In Wien hatte viele Jahre zuvor Advokat Apfelgrün seinen Sohn Otto, der damals noch ein Kind war, zu einem seiner Freunde, einem pensionierten Richter, mitgenommen.

Otto hatte zärtliche Liebe für diesen alten Herrn empfunden, der allein gelebt und sich nur für seinen Garten interessiert hatte. Der Richter hatte dem kleinen Jungen von seinen Blumen erzählt. Und dann waren bei dem Richter erste Anzeichen von Erschöpfung aufgetreten. Sein Kopf hatte immer weniger funktioniert, und Advokat Apfelgrün hatte seinem Sohn erklärt, sein Freund verlöre das Gedächtnis, den Verstand, aber Otto hatte den alten Mann weiterhin besucht, seine Hand genommen und sie ein bißchen gestreichelt. Eines Morgens im Winter, der Garten war nackt gewesen, nur mit Rauhreif und Frost überzogen, hatte Otto den Richter dabei überrascht, wie er ein verwildertes Blumenbeet betrachtete, das spärlich mit einem verkohlten, grauen Kraut bedeckt war. Das Gesicht des Richters war friedlich gewesen, an diesem kalten Morgen, und dann hatte er sich gebückt. Er hatte Bewegungen gemacht, als schneide er mit der Gartenschere ein paar imaginäre Blumen, die er anschließend mit großer Sorgfalt zu Sträußen zusammengesteckt hatte. Nachdem er seinen Zwicker zurechtgerückt hatte, war er mit dem Kopf leicht zurückgewichen, so als wollte er die Rosen und Nelken bewundern, vielleicht ein Blatt zurechtzupfen, bevor er den nicht existierenden Strauß an die Nase hob. Otto hatte sich an den Richter gedrängt und seine Hand in die des alten Mannes geschoben, es war bitterkalt, man zitterte.
»Siehst du«, hatte der Richter gesagt, »es gibt keine Blumen mehr, weil es Winter ist, da gefriert alles, und ich sitze ganz schön in der Klemme. Ich bin alt, und ich weiß, daß ich im nächsten Frühjahr nicht mehr dasein werde, es tut mir aber weh, weil ich so gerne noch einmal, ein einziges Mal, meine Blumen gesehen hätte... und weil, hat man je eine verwelkte Rose neu erblühen sehen? Deshalb komme ich trotzdem hierher, ich tue ein bißchen so, als sei es Frühjahr, verstehst du, ich schaue mir meine Rosen an, ich pflücke Sträuße und, wie soll ich sagen, noch nie stand der Garten so schön in Blüte wie dieses Jahr!«
Otto hatte Klementine diese Geschichte erzählt.

XIX

Fürst Ernst kam zu Beginn des Frühjahrs aus Dresden zurück. Keine andere Truppe in Europa konnte es, ihm zufolge, mit seinen blauen Husaren aufnehmen, und die österreichischen Kürassiere des Oberstleutnants Scherer hätten in Montenotte und Pozzolo zwar wie Löwen gekämpft, sagte er einschmeichelnd zu seiner Frau, aber eben wie Löwen, während die sächsischen Riesen wie Maschinen kämpfen würden. Herzogin Klementine haßte es, wenn ihr Mann seine Soldaten lobte, die seit Urzeiten nicht mehr an der Kanone vorgerückt waren und sich vor allem durch ihre Größe und die Eleganz ihrer blauen Dolmane hervortaten. Im Jahr zuvor hätte eine solche Kränkung einen Krieg ausgelöst, doch diesmal zuckte Klementine nicht mit der Wimper. Sie hatte andere Sorgen. Sie mußte auf die Köhlerhütte und also auf den Körper ihres Geliebten verzichten. Damit fand sie sich nicht ab.

Sie zog einige ihrer Kammerzofen ins Vertrauen. Jedesmal wenn Otto die Kaserne für eine Nacht verlassen konnte, kleidete er sich als Landedelmann, mit Gehrock, weißen Strümpfen und hoher Krawatte, und eilte zum Kärntnertor. Sobald er die Parkmauer überwunden hatte, lief er zu den Spindelsträuchern, nicht weit von der Allee, in der seine Geliebte ihm in einem anderen Winter ein weißes Blatt Papier zugesteckt hatte. Nach einer Weile holte eine Frau ihn ab. Wenn Klementine und Fürst Ernst eine Abendgesellschaft gaben, wurde Otto erst einmal in einem Geräteschuppen im Garten untergebracht. Von da aus konnte er durch die Zweige der Zitronenbäume, die Harken und Rechen hindurch das Palais sehen. Das große Haus leuchtete wie eine Laterne, und Melodien schwebten durch den Park. Schatten tanzten, und als alle

Lampen verloschen waren, befreite die Dienerin Otto, um ihn bis zum Dienstboteneingang zu geleiten.
Otto wurde von Hand zu Hand gereicht. Lautlos durchquerte er Anrichtezimmer, Keller, Dielen und Holzlager, stieg Treppen hinauf, ging Flure entlang, ein bißchen wie in den Kinderspielen, und er mußte an seine Mutter und seine Schwester denken. Dieses Labyrinth, das bei jedem Rendezvous anders aussah, durchschaute er nicht. Er vertraute sich diesen Frauen an, die nie das Wort an ihn richteten, sondern ihn beim Handgelenk nahmen, um ihn schließlich, genau wie man ein Päckchen ablieferte, seiner Geliebten auszuhändigen.
Wenn Alarm gegeben wurde, steckte die Zofe Otto in eine Rumpelkammer, eine Waschküche oder einen nicht mehr benutzten Salon, bis die Gefahr vorbei war. Das konnte lange dauern. In manchen Nächten blieb er mehrere Stunden dort und wurde beim ersten Hahnenschrei erst herausgeholt, dann brachte man ihn zu den Spindelsträuchern zurück, und er war nicht einmal bis zu Klementines Gemach vorgedrungen, dem einzigen Fixpunkt in der finsteren Wüste. Otto mißfiel es nicht, daß er den Dienerinnen anvertraut war und daß alle Mädchen des Palais sein Geheimnis kannten. Vielleicht machten sie sich über ihn lustig, in ihren schlüpfrigen Gesprächen im Anrichtezimmer, und spotteten über seine Ergebenheit gegenüber der Herzogin, seine Erniedrigung, seine Unterwürfigkeit. Vielleicht vergnügte die Herzogin sich mit ihren Zofen, erzählte ihnen von Otto, auf jeden Fall war sie nackt, wenn die Dienerin Otto in Klementines Gemächer schubste. Otto war nichts, er war Demütigung und Kniefall. Er hatte keinen Plan und kein Verlangen. Man transportierte ihn von Raum zu Raum, er erfüllte seine Aufgabe, und man warf ihn weg, so wie die Mägde morgens die Parkettböden fegten, das abgestandene Wasser weggossen und die Essenreste in den Abfall warfen. Sein Glück war vollkommen. Er dachte an jene alten, verwirrten Frauen, die die Kirchen von Wien aufsuchten und sich zu Füßen des Herrn Jesus Christus erniedrigten, die kaum verlangten, daß der liebe Gott den Blick auf ihre Verbeugung senkte, die

den Staub, die tiefe Erniedrigung und das Blut von Golgotha teilten.
Er war Klementine ausgeliefert, auf Gedeih und Verderb. Im Augenblick wurde er gebraucht für die Launen, für den Körper dieser Frau, aber Launen hatten ein Ende. Klementine brauchte nur einen Befehl zu geben, und schon wären alle Türen verschlossen. Man würde ihn in einer der Abstellkammern verbergen, Dienstboten würden ihm ab und zu einen Laib Brot mit einem Krug Wasser bringen, und in der Ferne würde er die Schreie der Herzogin hören, die mit einer anderen Liebe beschäftigt wäre. Oder Klementine würde ihren Frauen auftragen, ihn nicht zu ihren Gemächern, sondern zu denen des Fürsten zu geleiten. Lakaien würden ihn packen, ihre Pistolen mitten in sein Herz entladen oder ihn ausbluten lassen, und zwei Tage später würde man ihn im Fluß finden. In seiner Kammer eingesperrt, dachte er an diese Gefahren, er lehnte sich nicht dagegen auf.
Klementine hatte über Leben und Tod ihres Geliebten zu bestimmen. Sie hatte ihn nur um der Gefahr willen geliebt, oder um der Schamlosigkeit willen, oder um des Vergnügens willen, ihn zugrundezurichten. Otto hatte den Pakt unterzeichnet, er wartete auf den Urteilsspruch.
Klementine lachte und hänselte ihn. Er mache sehr rasche Fortschritte in der Liebe, das müsse belohnt werden, und sie küßte ihn. Für einen leichtfertigen jungen Mann strenge er sich ganz schön an. Dann beruhigte sie ihn. Ob er denn nicht merke, daß auch Klementine all ihre Nebelleuchten abgebrannt habe, daß auch sie auf hohe See hinausfahre und sich im Niemandsland befinde? Die Gefahren, die sie auf sich nehme, das Geheimnis, das sie ihren Kammerfrauen anvertraut habe, das Eingeständnis ihres Begehrens, genüge ihm das alles nicht als Unterpfand ihrer Leidenschaft?
Otto blieb hartnäckig. Er sei nur eine Beute, eine Abwechslung. Klementines Neigung sei rückgängig zu machen, nichts binde sie, und um so besser, denn in diesen dunklen Nächten funkele Ottos Liebe wie tausend Sonnen. »Sie könnten aber auch meines Körpers überdrüssig werden«, wand Klementine

ein, »oder mich verraten, die Botschaften, die Sie vom Kärntnertor bekommen, einfach ablehnen, Sie könnten ebensogut die Wiener Gesellschaft mit meinen Ausschweifungen ergötzen. Stellen Sie sich nur vor, wie Advokat Gruhlpraser oder die kleine Gräfin Pietranera sie ausschlachten würden! Nein, sehen Sie, wir sind gleich. Vielleicht läßt sich die Leidenschaft in folgende Aporie fassen: Sie sind die Beute Ihrer Beute, Ihre Erniedrigung ist Ihre Erhöhung. Ich unterwerfe mich dem, der mich unterwirft.« Und sie geriet in Erregung: »Sie haben die Pest, Otto, wir haben beide die Pest. Jeder Ihrer Küsse infiziert mich, mein Körper ist eine Krankheit.«

In manchen Nächten war der Leutnant in einer weniger tragischen Stimmung. Er sorgte sich wegen der Zofen der Herzogin. Eine dieser Frauen könnte mit Fürst Ernst sprechen. Klementine hatte keine Befürchtungen. All ihre Frauen seien ihr ergeben. Otto solle sich keine falschen Vorstellungen machen. In den Augen der Kammerfrauen sei er nichts, kaum ein Mann, ein Körper, den Klementine brauchte und den die Dienerinnen ihr brächten, so wie sie ihre Wäsche bügelten oder ihre Mahlzeiten anrichteten. Klementine spottete, sprach aber ganz ernst. Die Operationen fänden im Dunkel statt, und Otto sei nur eine verschwommene Silhouette, schwarz, ohne Besonderheit, so daß er am nächsten Tag einer seiner Wächterinnen hätte auf der Straße begegnen können, ohne daß sie ihn wiedererkannt hätte. Hätte Klementine angeordnet, daß man Kaplan Tahler vor ihrer Tür ablieferte, wäre ohne größere Neugier Kaplan Tahler abgeliefert worden. »Doch Kaplan Tahler«, bemerkte sie mit einem Schmollmund, »erscheint immer gebückt oder auf den Knien, ich wüßte nicht, was ich mit ihm anfangen sollte.« Sie fügte hinzu, nichts sei stärker als die Komplizenschaft der Frauen. »Nein, wir haben nichts zu befürchten. Meine Frauen sind wie alle anderen: Vielleicht verachtet mich eine von ihnen und würde mich auch verraten, aber niemals an einen Mann.«

Dennoch war sie vorsichtig. Sie stieß nicht die wilden Schreie des Scheiblingsteiner Waldes aus. In ihrem Zimmer ließ sie nicht einmal eine Kerze brennen. Otto sah seine Geliebte als

blasse, fast nicht zu erkennende Form. Er übte sich darin, ihr Gesicht durch die Liebkosung seiner Finger zusammenzufügen, er gewöhnte sich an eine Sprache aus Schatten und Gerüchen. Die Geliebten nahmen einander wie besessen. Diese Besessenheit wurde durch die Stille noch verfielfacht. Was Klementine aufwühlte, waren dieses tote Haus und die auf das Vergnügen versessenen Leiber. Nur noch die Nacht existierte, und das Glück hatte Klementine verändert. Diese so hochmütige Frau wurde nicht satt.
»Ich bin nur Freude«, sagte sie, »nur Freude.«
»Der Krieg wird wieder aufflammen. Napoleon wird sich die preußischen Provokationen nicht lange gefallen lassen.«
»Wir sind zusammen, und ich verspüre nur Freude. Bis morgen früh kann ich über Sie verfügen.«
»Und morgen?«
»Nun, Otto, in Brünn hat uns der Krieg zusammengeführt. Glauben Sie mir, ein anderer Krieg wird uns nicht auseinanderreißen. Oder aber wie diese beiden Hunde, sie wissen doch, die Hunde, die aneinanderkleben, wie man sie jedes Frühjahr sieht.«
Lange vor Morgengrauen holte eine Frau Otto ab, so daß ihre Begegnungen mit fortschreitendem Frühjahr und Sommer immer kürzer wurden, und Otto wartete ungeduldig darauf, daß diese nicht enden wollenden Tage vorbeigingen und er sich wieder in den langen Winternächten verkriechen könnte, doch das Unausweichliche geschah in den ersten Herbsttagen. Über welche Umwege war der Fürst trotz aller Vorsichtsmaßnahmen der Liebenden ins Bild gesetzt worden? Hatte eine Frau den weiblichen Pakt, auf den Klementine so stolz war, gebrochen, oder hatte vielleicht einer der Diener des Palais, durch ein paar Goldtaler geködert, das Geheimnis seiner Gemahlin preisgegeben? Otto dachte sogar an Christine, aber Christine war Schulmeister gefolgt, als die französische Armee sich zurückgezogen hatte. Durch Schwarzbrod hatte Otto erfahren, daß der Spion und seine Geliebte sich in Straßburg aufhielten. Napoleon hatte Monsieur Charles königlich belohnt. Er hatte ihm ein großes Stück Land bei Ill-

kirch zugeteilt, und Christine hatte die besten Architekten aus Paris kommen lassen, um dort ein Schloß zu bauen.
Otto wurde durch eine Botschaft gewarnt, die Professor Schwarzbrod ihm in die Hintersdorfer Kaserne brachte. Klementine bitte ihn, ruhig Blut zu bewahren. Im Augenblick sähen sie sich nicht mehr, aber könne Otto sich ein Vergessen überhaupt vorstellen?

Der Fürst von Sachsen-Salza bewahrte seine Würde. Er verstand es, seinen Zorn unter Kontrolle zu halten. Er machte seiner Frau keine Vorwürfe, doch sein Wille war unbeugsam. Das Wesen des Fürsten, die Erziehung, die er in seiner Kindheit in Dresden genossen hatte, nicht zuletzt aber auch sein langer Dienst am Hof von Schönbrunn und seine Aufgaben als Kammerherr hatten diesen Mann an die vollkommene Beherrschung seiner Gesten gewöhnt. Schreie und Gemeinheiten wären Klementine lieber gewesen, dann hätte sie gekämpft.
Am Ende eines ausgelassenen Abends mit den Liechtensteins ließ der Fürst seine Frau wissen, daß er am nächsten Morgen gern eine Unterredung mit ihr hätte. Er empfing sie in seinem Arbeitszimmer. Als sie eintrat, war er damit beschäftigt, sorgfältig einen Stoß Papiere zurechtzurücken. Keine Anzeichen von Verwirrung oder Kummer. Das Gesicht ausgeruht, schön, ein bißchen starr wie immer, drehte er die Weltkarte, die neben zwei silbernen Kerzenleuchtern auf seinem aufgeräumten Schreibtisch lag, unter seinen Fingern. Klementine bewunderte ihn. Diese Haltung mußte er haben, wenn er in Schönbrunn einen Diplomaten, Richter oder Minister zur Audienz empfing: sachkundig, ehrlich, aufmerksam, ja sogar freundlich, tolerant – was ihn allerdings nicht daran hinderte, schwierige, ja grausame Entscheidungen zu treffen, wenn er der Überzeugung war, daß das Wohl des Reiches oder sogar die Zwänge der öffentlichen oder privaten Moral ihn dazu drängten. An diesem Morgen war der Seele des Fürsten eine schreckliche Wunde zugefügt worden, und er sprach in höfli-

chem Ton über sein Unglück, so wie man die Übergabe an feindliche Armeen oder ein Handelsabkommen erörterte.
»Ich teile Ihnen meine Schlußfolgerungen mit«, sagte er am Ende eines zweistündigen Gesprächs. »Oberstleutnant Scherers Regiment ist zweifelsohne das der Herzogin Klementine von Sachsen-Salza. Darüber dürfen Sie jedoch nicht vergessen, daß ich, ich allein, in meiner Eigenschaft als Ehemann, selbstverständlich Inhaber der sächsischen Husare, aber auch Ihrer österreichischen Kürassiere bin. Als solcher bin ich befugt, über die Zuteilungen der Offiziere in das eine oder andere Korps zu entscheiden. Zwischen Ihnen und mir war es Usus geworden, daß Ihnen die Abkommandierungen ins österreichische Regiment des Oberstleutnants Scherer anvertraut waren. Dieser Verstoß gegen das Reglement war ein Beweis für die Vortrefflichkeit unserer Beziehung, ihre Beständigkeit und unsere Zärtlichkeit füreinander. Ihr lasterhafter Lebenswandel, dessen Niedertracht Ihnen wohl bewußt ist, auch wenn mein Kummer Sie unberührt läßt, hebt diese Gewohnheit auf, und wir werden die offiziellen Bestimmungen anwenden.«
»Leutnant Apfelgrün ist Österreicher.«
»Was soll denn das heißen? Sie wissen doch ebensogut wie ich, daß die Nationalität keine Rolle spielt. Sie haben Sachsen unter Ihren österreichischen Kürassieren, zum Beispiel Leutnant Konrad von Thieburg. Umgekehrt ist Kapitän Granz, der eine Schwadron in Dresden befehligt, in Salzburg geboren. Und was noch bezeichnender ist: Die beiden Brüder Kroll sind Österreicher. Auf Ihren Rat hin habe ich Hieronymus Kroll wegen seiner ansprechenden Erscheinung nach Dresden und Konstantin nach Wien abkommandiert.«
»Sie wollen damit sagen, daß Sie die Absicht haben, Leutnant Apfelgrün nach Dresden zu den Sachsen zu versetzen?«
Der Fürst nickte, öffnete eine Schublade seines Schreibtischs und reichte seiner Frau den Versetzungsbefehl des Leutnants Apfelgrün.
»Das ist nicht wahr! Das kann nicht wahr sein! So etwas würden Sie nie tun!«

»Doch, meine Liebe, das ist wahr.«
»Ihnen ist doch klar, daß der Krieg in Europa wieder aufflakkert. Die preußischen Armeen, die gegen Napoleon mobil machen, haben schon ganz Sachsen besetzt, niemand weiß das besser als Sie selbst.«
»Ich weiß es.«
»Nur noch wenige Tage, dann werden Ihre sächsischen Husare gegen die Franzosen kämpfen. Und das ausgerechnet zu einer Zeit, wo Österreich endlich in Frieden lebt.«
Mit einer heftigen Bewegung ließ der Fürst die Weltkarte herumfahren und hob die Hände zum Himmel.
»Fürst«, schrie Klementine, »Sie werden vielleicht die Schuld für den Tod eines jungen Mannes auf sich laden.«
»Sie vergessen wohl, daß dieser junge Mann die Schuld auf sich geladen hat, eine Liaison mit meiner Gemahlin zu unterhalten?«
»Ich habe andere Liaisons gehabt«, gab Klementine schreiend zurück, »wie auch Sie mir nicht immer treu waren, und im übrigen hatten wir uns über unsere Freiheiten abgesprochen.«
Der Fürst schloß die Augen.
»Ich meinte, eine regelwidrige Liaison, eine Leidenschaft...«
»Ich beschwöre Sie, Fürst...«
»Ich habe Ihnen meine Entscheidung mitgeteilt. Da sie unumstößlich ist, tragen Sie selbst das Risiko eines möglichen Dramas. Herrn Apfelgrüns Schicksal hängt von Ihnen ab..., Klementine. Sie brauchen nur ein Wort zu sagen. Sie halten sein Schicksal in der Hand.«
Klementine sah den Mann an, der an seinem Schreibtisch saß, gutmütig und schrecklich, mächtig, und ganz sicher leidend.
»Ich liebe Leutnant Apfelgrün.«
»Die Liebe, die ich für Sie empfinde, gnädige Frau, die Gunst, die Sie mir freundlicherweise erwiesen haben, die Wertschätzung, die Sie vordem verdienten, all das treibt mich dazu, Leutnant Apfelgrün noch eine Chance zu geben. Ich nehme zur Kenntnis, daß Sie... diesen jungen Mann lieben.

Sind Sie aber bereit, zu seiner Rettung die Verpflichtung einzugehen, ihn zu verlieren, das heißt, ihn nicht mehr zu sehen? Nehmen Sie sich Zeit. Solche Angelegenheiten sind ernst. Sie werden mir innerhalb der nächsten vierundzwanzig Stunden Ihre Antwort mitteilen. Ich brauche Sie wohl kaum darauf hinzuweisen, daß Sie Herrscherin über Leben und Tod von Herrn Apfelgrün sind.«

Klementine richtete sich zu ihrer ganzen Größe auf. Sie sehe nicht, was vierundzwanzig Stunden ändern könnten. Sie habe ihre Antwort gegeben. Der Fürst öffnete und schloß mehrmals so kräftig seine Faust, daß seine Fingerglieder weiß wurden.

»Ich hätte geschworen, daß Ihre Liebe zu ihm sie dazu bringen würde, diese Liebe zu opfern. Es hat keinen Sinn, diese Unterhaltung fortzusetzen. Die Überstellung wird dem Leutnant gleich morgen früh von Oberstleutnant Scherer mitgeteilt werden. Ich schätze, er wird gerade Zeit genug haben, Dresden zu erreichen, bevor Graf Augereaus Korps, von dem ich erfahren habe, daß es sich von Frankfurt nach Gera bewegt hat, in Sachsen einmarschiert. Muß ich Ihnen die Frage ein letztes Mal stellen?«

Klementine flüchtete sich in ihr Zimmer, wo sie von Weinkrämpfen geschüttelt wurde. Sollte Liebe so gemacht sein, daß sie Mord einschloß? Sollte Liebe ein anderer Name für Verzweiflung sein? Noch vor einem Jahr hätte sie sich die Worte ihres Gatten angehört. Sie hätte akzeptiert, daß durch Vernunft und Überlegung die heftigsten Leidenschaften zu zügeln waren. Seitdem hatte sie erfahren, daß eine verliebte Frau eine verrückte Frau ist, oder eine verlorene, eine Frau, die ihren Geliebten lieber in die Leichengrube wirft, als ihn zu verlieren. Bilder zogen an ihrem inneren Auge vorüber. Klementine hatte oft Besuche im städtischen Hospital von Wien gemacht, wo die Verwundeten der Gemetzel von Ulm und Austerlitz sich drängten, und der Geruch von Brand und totem Blut überfiel sie zusammen mit der Erinnerung an diese verstümmelten Leiber. Sie dachte an die Karfreitagsprozessionen der Flagellanten, an die Wunden Christi und an die blutschwitzenden Heiligen. Zwei Tage lang schloß Klementine sich in ihren Gemächern ein, sie würde sterben.

Am zweiten Tag ließ Klementine sich mit Anbruch der Nacht bei Fürst Ernst melden. Der war überrascht. Er hatte nicht mit einem Sinneswandel seiner Frau gerechnet. Er wußte, daß Klementine unter einem beherrschten Äußeren zu heldenhaften Entschlüssen neigte. Daran dachte er, während er seine Kleidung ordnete, indem er einen Morgenrock über sein Hemd warf. Als Klementine in der Tür stand, begriff er, daß er allen Grund zur Besorgnis hatte. Klementine weigerte sich, Platz zu nehmen. Sie sprach im Stehen, mit gleichmäßiger Stimme.

»Ich habe abgewartet, bis Leutnant Apfelgrün auf dem Weg nach Dresden ist. Morgen früh wird Ihnen ein Brief übergeben, um meine Entscheidungen zu bestätigen, so wie Sie mich vorgestern über die Ihrigen unterrichtet haben. Sie haben mir keine Wahl gelassen.«

»Ich habe Ihnen die Wahl gelassen. Mit einem einzigen Wort hätten Sie alles aufgehalten.«

»Sie haben mir nicht die Wahl gelassen, sage ich. Ich werde es Ihnen gleichtun, und Sie werden davon überzeugt sein, daß meine Pläne unumstößlich sind. Weder Drohungen noch Freiheitsberaubung werden mich davon abbringen.«

Der Fürst lauschte aufmerksam einer langen, vermutlich vorbereiteten Rede.

»Ich werde nach Dresden zu meinem Geliebten fahren. Wenn Sie versuchen, sich meiner Absicht entgegenzustellen, rechnen Sie nicht damit, daß ich am Leben bleibe, rechnen Sie nicht einmal damit, selbst zu überleben, die Vorkehrungen, die ich getroffen habe, sind streng, unwiederbringlich. Ich weiß nicht, wie lange ich mich in Dresden aufhalten werde. Das hängt nicht von mir ab, wie ja überhaupt nichts in diesem ganzen Wirrwarr von mir, von Ihnen oder von Herrn Apfelgrün abhängt. Es kommt auf die Dauer des Krieges an.

Sie wissen, wie sehr ich Sie schätze. Ich weiß auch, Ernst, daß

Ihre Seele in den Ausschweifungen der Leidenschaft nicht besonders gut zurechtkommt. Ich sehe sehr wohl Ihr Leid, das ich bedenke, das ich beklage, auch wenn ich nichts tun kann, um es zu mildern.
Aber ich weiß, Ernst, daß es für Sie zwar den Kummer, aber auch den Skandal gibt. Sie sind einer der exponiertesten Männer bei Hofe. Sie messen Ihrem Ansehen einen Wert bei, den ich zu beurteilen vermag, weil ich ja bis vor kurzem genauso war. Ich wette, daß Sie keinen Spott wünschen und Ihren Namen nicht dem Gelächter oder der Verachtung der Wiener Gesellschaft preisgeben möchten. Deshalb verspreche ich Ihnen, nichts zu tun, damit die Sache Kreise zieht.
Es kommt ja durchaus schon mal vor, daß wir die Hauptstadt verlassen. Zwar verreisen wir zur Jagdsaison in der Regel gemeinsam, aber Sie haben soeben zwei Monate allein in Dresden verbracht, und wie Sie sich erinnern, bin ich vor drei Jahren ebenfalls allein für mehrere Monate zur Erholung auf Schloß Greinburg gefahren, wo Sie mich jede Woche besuchten. Ich schlage Ihnen vor, daß wir uns beide denselben Roman zueigen machen. Ich werde so tun, als zöge ich mich nach Greinburg zurück, und seien Sie ohne Sorge, ich habe unserer Dienerschaft den Auftrag gegeben, das Schloß aufzuschließen und ein eifriges Kommen und Gehen zu veranstalten. Ich werde aber noch mehr tun, um Ihre Ehrbarkeit zu schützen.«
Sie schwieg, fuhr dann mit weniger Tragik, ja sogar einem Hauch von Heiterkeit und Ironie in der Stimme fort:
»Fräulein Alma von Worth wird Schloß Greinburg so lange bewohnen, wie der Krieg mich festhält. Und sehen Sie nur, wie gut Gott die Dinge einrichtet, wie sehr er die Frauen liebt – Fräulein von Worth, die so alt ist wie ich, hat auch meine Gestalt, lange blonde Haare und ein vornehmes Wesen. Sie wird meine Rolle einnehmen. Im übrigen habe ich sie ins Vertrauen gezogen, seit Brünn weiß sie Bescheid, ihr meine gesamte Garderobe überlassen. Niemand wird die List durchschauen. Da sie Greinburg kaum verlassen wird, kann sie die wenigen Lieferanten und Bauern, die ins Schloß kommen,

leicht hinters Licht führen. Was das Hauspersonal angeht, das habe ich ausgetauscht, sie kennen mich nicht, bis auf den alten Fabian, der uns ganz sicher nicht verraten wird.«

Der Fürst war starr vor Staunen. Er war ein bißchen in seinem Sessel zusammengesunken, weniger vor Wut denn vor Verwunderung. Alles mögliche hatte er sich ausgemalt, aber Klementine ging wirklich zu weit. Er legte den silbernen Brieföffner, mit dem er seit einer Weile herumgespielt hatte, auf einen Leuchtertisch und erhob sich, sehr groß, massiv und elegant.

»Und wenn ich Ihre Geheimniskrämerei, Ihre Betrügereien ablehne, meine Liebe, wenn ich mit allen Mitteln dagegen angehe?«

»In diesem Fall gibt es einen Skandal. ich habe Ihnen ja gesagt, daß ich meine Vorkehrungen getroffen habe. Und Sie werden Zeit genug haben, sie zu genießen, denn die Sprengladungen, die ich vorbereitet habe, werden nacheinander und auf meinen Befehl hin gezündet. Stellen Sie sich nur die genüßlichen Mienen der Höflinge von Schönbrunn vor, Fürst, und erst recht die Reaktionen Seiner Majestät, je mehr Einzelheiten ans Tageslicht kommen. Nein, nein, das werden Sie nicht überstehen, glauben Sie mir. Seien Sie vernünftig. Als Sie mir vorgestern Ihre Entscheidungen mitteilten, habe ich nicht einmal daran gedacht, Sie zu erweichen.«

»Sie hatten keine Wahl, haben Sie gesagt.«

»Sie haben auch keine Wahl. Ich sage es Ihnen noch einmal, in diesem ganzen Durcheinander hat niemand auch nur die geringste Wahl. Nicht die geringste Freiheit.«

»Gut«, entgegnete der Fürst.

»Ich gebe Ihnen den Rat, von Zeit zu Zeit einen Besuch auf Schloß Greinburg zu machen. Es gehört sich, daß ein Mann seine Frau besucht, die sich auf dem Land erholt. Es schiene ungewöhnlich, wenn er das nicht täte, und man könnte darüber munkeln. Fräulein von Worth wird Sie empfangen, wie... ich selbst es getan hätte, wenn ich nicht woandershin gerufen würde.«

Klementine lachte kurz auf, einfach, ohne jede Bitterkeit.

»Gott weiß, wie sehr meine Tante Gertrud uns mit ihrem Lord Misrule ergötzt hat, Sie wissen, dieser Engländer, dieses alte Original, das im übrigen vielleicht nie existiert hat, doch, doch, wir haben doch so gelacht! Er hatte die Vorstellung gehabt, daß alle Menschen nur indirekt leben, per Prokura oder durch Vermittler, wie sie sagte, das heißt durch die anderen, daß jeder von uns eine Kasperlpuppe ist, in der sich die Hände anderer bewegen, oder nacheinander die vieler anderer. Erinnern Sie sich. Lord Misrule erlebte seine Leidenschaften durch seine Diener, er hatte sogar einen Spezialisten, der an seiner Stelle mit den Frauen schlief, das sei der Gipfel, sagten Sie immer zu mir, und heute, das ist komisch, heute sind wir es, Sie und ich, die...«
»Lord Misrule? Lord Misrule?«
Der Fürst war verdutzt. Er verstand wirklich nichts.
»Aber was hat er denn mit dieser ganzen Sache zu tun, Ihr Misrule?«
»Oh, nichts, und da er sicher nie existiert hat, hat es auch nicht viel Sinn, seinen Schirm und Schutz zu beschwören.«
»Warum dann überhaupt von ihm sprechen?«
»Nun, Fürst, ich glaube, er existiert nicht. Ich bin ziemlich sicher, daß er eine Erfindung von Gertrud ist. Was Gertrud aber damit sagen will, ist, daß Lord Misrule, viel eher als der Satan, der König dieser Welt ist. Und daß es von Lord Misrules wimmelt. Und daß jeder der Misrule des anderen ist. Gertrud ist Lord Misrule, sie lebt durch Vermittlung, dessen können Sie sicher sein. Ich bin Misrule, und das Verrückte ist, Sie, auch Sie, mein guter Ernst, sind Lord Misrule, aber gleichzeitig bin ich einer der Diener, eine der Dienerinnen von Misrule, und auch Sie stehen im Sold eines Misrule, der seinerseits Ihnen zu Diensten ist, und Fräulein von Worth, da möchte ich wetten, mein Freund, wurde soeben von Lord Misrule eingestellt.«

Die Herzogin verweilte nicht länger in Wien. Sie konnte es kaum erwarten, sich auf den Weg zu machen. Der Krieg zwischen Frankreich und Preußen, der Sachsen mit ins Unheil ziehen würde, stand unmittelbar bevor. Drei Tage später kam Klementine, durch die lange Reise in der Postkutsche ein wenig erschöpft, in Dresden an. Sie erfuhr, daß Adegauers blaue Husaren ihre Truppenunterkünfte verlassen hatten, um Augereaus Armeen, die in Richtung Plauen und Gera vorrückten, entgegenzumarschieren. Früher war Klementine oft zusammen mit ihrem Gemahl im herzoglichen Schloß von Dresden empfangen worden, doch niemand in dieser Stadt durfte sie wiedererkennen, nicht daß sie an ihr eigenes Glück gedacht hätte, aber sie hatte ihrem Mann versprochen, ihm den Skandal zu ersparen. Deshalb legte sie schlichte Kleidung an, ein graues Wollkleid und einen Pelzmantel, nachdem sie ihr Haar völlig unter einem zum Turban gewickelten Schal versteckt hatte. In dieser Aufmachung ging sie am Sonntag morgen in die Messe Friedrich Augusts III., des Kurfürsten von Sachsen. Inmitten der Gläubigen beobachtete sie den Kurfürsten und bewunderte seine Frömmigkeit. Der Gottesdienst war großartig, mit feierlicher Musik und italienischen Stimmen. Klementine sah die Mitglieder der kurfürstlichen Familie, wie sie sie nie zuvor gesehen hatte. Die Gemahlin des Kurfürsten, Maria Amelia, die Klementine schon einige Jahre nicht mehr getroffen hatte, war trotz ihres Alters schön, hoheitsvoll, wenngleich ein wenig dick, und hatte ein sorgenvolles Gesicht.

XX

Schon war es Herbst. Der langsam dahinfließende, funkelnde Fluß des Herbstes überflutete die mit schwarzen Tannen gekrönten Hügel, die bunten Dörfer, die sich an den Rand der Schluchten drängten, und die Hänge, an denen in Terrassen die Winzerdörfer lagen. Der klare Himmel wölbte sich unendlich und stahlblau, aber die sächsische Landschaft, hübsch wie ein Spielzeug, war bedroht. In dem ganzen Gebiet, das sich zwischen Elbe und Saale erstreckt, machten die Soldaten der beiden Lager Radau. In den Befehlsstellen beugten sich Napoleon, Augereau, Soult und Murat und auf der anderen Seite Marschall Brunswick, der alte Möllendorf, Fürst von Hohenlohe, Blücher, Friedrich Wilhelm IV. und sogar die preußische Königin, Luise von Mecklenburg, über dieselben Karten, berechneten mit dem Zirkel die Entfernungen zwischen Jena und Merseburg oder Gera und Dresden und zeichneten mit dem Bleistift die Routen ein, auf denen in einigen Tagen Soldaten auftauchen und sich inmitten ihrer Artilleriegeschütze, ihrer Proviant- und Munitionswagen ereifern würden, wie Schnecken, wie Gottesanbeterinnen oder Langusten, wie bissige, linkische, halbblinde, halb schwachsinnige Tiere, die sich in ihren Fühlern, ihren Hörnern und Zangen verfingen und vergeblich versuchten, voneinander loszukommen. So war es jedesmal, wenn der Oktober Einzug hielt. Seit einigen Jahren hatte der Herbst schlechte Gewohnheiten angenommen: Er hatte die Manie, nicht nur Weintrauben, braunes Laub und Pilzgerüche zu produzieren, sondern auch ein Gewimmel von Soldaten, die nichts als eine faulige Ausdünstung der Erde waren.

Seit Anfang Oktober, dem Tag, an dem Augereau sich in

Frankfurt in Marsch gesetzt hatte, während Napoleon auf seinem energischen kleinen grauen Pferd nach Würzburg jagte, waren sämtliche Kutschen aus Dresden verschwunden, so daß man hätte glauben können, die Kutscher der sächsischen Hauptstadt gehorchten nicht mehr dem Kurfürsten, sondern bereits den französischen Generälen; jeder Kriegsherr befehligte also nicht nur seine eigenen Truppen, sondern auch die des Gegners, denn wer hätte zum Beispiel leugnen wollen, daß sich im Jahr zuvor auf der Hochebene von Pratzen die österreichischen Truppen Franz I. ebenso wie Zar Alexanders russische Einheiten zu Kolonnen formiert und ihren Tausenden von Pferden auf Befehl Napoleons, nicht etwa auf den Franz I. oder des Zaren, die Sporen gegeben und daß sie ihre Pelotonfeuer gezündet hatten, nachdem Napoleon, bäuchlings auf den Karten ausgestreckt, die Caulaincourt ihm gebracht hatte, unverständliches Gekritzel geschrieben und den Entschluß zum Kampf gefaßt hatte, das hieß, im Krieg fiel der Sieg vielleicht dem Befehlshaber zu, der imstande war, nicht nur seine eigenen, sondern auch die Soldaten des Gegners in Bewegung zu setzen, ebenso wie jetzt, ein Jahr später, genau in dem Augenblick in Dresden die Totenglocken läuteten, als die Grenadiere von Augereaus siebtem Korps den Main überschritten. So wurden auch auf Befehl eines französischen Generals die Fuhrwerke, Klapperkästen und Droschken der sächsischen Stadt von der Armee beschlagnahmt, um Soldaten, Material und Lebensmittel an die Kampffronten zu bringen. Auf die Herrenwagen dagegen, die Kaleschen, sogar die Staatskarossen und Landauer, stürzten sich besorgte Familien, die auf allen Straßen von Sachsen davonfuhren. Klementine hatte zwei Tage in Dresden verbracht, als es ihr gelang, eine Droschke zu mieten. Sie bezahlte einen horrenden Preis dafür und war froh, daß sie im Saum ihres Kleides ungefähr zehn kleine Diamanten versteckt hatte, die sie je nach Bedarf verkaufen würde.

Die Summe, die der Kutschenverleiher verlangt hatte, war hoch, aber nicht übertrieben, wenn man die Unsicherheiten des Weges bedachte. In diesem Land ging es drunter und drüber. Klementines Kutscher war alt, ein recht nettes, aber zitterndes schmächtiges Männlein. Vor allem um sein Pferd hatte er Angst, denn andere Einkommensquellen besaß er nicht, er liebte es und hätte es nicht über sich gebracht, im Fall einer Verletzung ein so zartes Tier zu töten. Mit einiger Mühe fädelten sie sich in die Militärkonvois ein, deren Vormarsch durch die Horde von Parasiten aufgehalten wurde, die jede ins Feld ziehende Armee begleitete. Hunderte von Frauen machten das Durcheinander noch größer. Manche von ihnen versuchten so wie Klementine die Truppenunterkunft zu erreichen, wo sie ihren Mann oder Geliebten zu finden hofften. Andere, die eine Kinderschar vor sich her schoben, flohen aus dem Kampfgebiet, und es gab auch die Frauen, die zur Truppe gehörten – die Marketenderinnen und Feldköchinnen, die mit ihren zwei Weinfäßchen und ihren lebenden Hühnern rittlings auf ihren Mauleseln saßen, Bettlerinnen, Diebinnen, Verrückte, Prostituierte.

Weiter als bis Eisenberg wollte der Kutscher nicht fahren. Der seit den Morgenstunden hörbare Kanonendonner machte ihm Angst. Bei jedem Knall fuhr er auf seinem Sitz zusammen und schlug auf sein Pferd ein, das dumpf drauflos galoppierte. Klementine flehte ihn an, schlug eine Verdopplung des vereinbarten Preises vor, doch es half alles nichts, der Kutscher hatte Familie in Dresden und zu große Angst, sein kleines Pferd könnte von einem Querschläger getroffen werden. Am Eingang zu einem Hohlweg setzte er Klementine ab, warf ihr einen Kanten Brot hin, wendete seine Kutsche und verschwand.

Klementine las ihr Bündel auf und ging zu Fuß weiter, doch niemand konnte ihr sagen, welche Richtung sie einschlagen sollte, denn die Kanonen donnerten überall ein bißchen, man konnte die Schlacht nicht lokalisieren. Es hieß, ein kleines Gefecht habe in Saalfeld, am Ufer der Saale, ein Blutbad angerichtet, und Luise von Mecklenburg, Königin Luise, sei von einem französischen Unteroffizier durchbohrt worden, aber das Allerschlimmste, erzählte ihr ein preußischer Fähnrich, der zusammengesunken in einem Heuschober lag, seinen

Dolman über Unmengen von Haaren geöffnet, das Allerschlimmste sei, daß die höheren Offiziere nicht einmal imstande gewesen waren, zu sagen, ob man sich auf dem Vormarsch oder auf dem Rückzug befand, so daß man, wie der junge Mann in formellem Ton kommentierte, überhaupt nicht entscheiden könne, ob die Soldaten nun Helden oder Feiglinge seien.
Es sei die Rede von zwei Schlachten. Die erste kündige sich im Gebiet von Auerstedt an, wo Brunswick mit achtzigtausend Mann die schwachen Kontingente von Soult einkreise, und die andere in Jena, wo Napoleon am Vorabend eingetroffen sei. »Und die blauen Husaren des Fürsten von Sachsen-Salza?« fragte Klementine. »Wo haben die denn gekämpft, guter Mann, die Husaren von Oberstleutnant Adegauer?« Doch der Fähnrich schien jetzt erschöpft zu sein, er spuckte ein Stück Kautabak aus und sagte: »Die blauen Husaren, ach du liebes Bißchen!« und Klementine beschloß, nach Jena zu gehen.
Sie schleppte sich einige Meilen weit, dann hatte ein Artillerieleutnant Mitleid mit ihr und ließ sie auf der Lafette einer mächtigen Kanone sitzen, die von sechs Ochsen gezogen wurde, doch ein anderer Offizier, ein Hauptmann, vertrieb sie mit seiner Reitgerte und versprach dem Leutnant hundert Stockschläge. Klementine hatte eine lange Hiebwunde im Gesicht. Sie blutete, aber die Wunde erschien ihr nicht tief. Sie sank auf eine Wiese, über der ein Geruch von Verbranntem lag. Die Sonne war untergegangen. Weiter östlich, in der Gegend von Jena, erhellte ein großer roter Schein den Himmel, und Klementine begriff, daß die Schlacht begonnen hatte. Sie machte sich wieder auf den Weg, durchquerte die ersten Vororte der Hauptstadt. Alle Häuser waren verriegelt. In Wirklichkeit hatte die Schlacht noch nicht begonnen, aber die Hälfte der Stadt stand als Folge von Unvorsichtigkeit in Flammen. Halbnackte Frauen rannten, ihre Kinder fest an sich gedrückt, durch die Gassen. Klementine kam am herzoglichen Palast und mehreren Kirchen mit ihren goldenen Zwiebeltürmen vorbei. Ein dicker, sehr elegant gekleideter Mann näherte

sich ihr. Sie fragte ihn, ob er nicht sächsische Husaren gesehen habe, in blauen Uniformen. Der dicke Herr war charmant, er sei soeben einer Schwadron blauer Husaren begegnet, und er schlug den Weg quer durch die Gärten ein, blieb aber nach wenigen Schritten unter einem Pflaumenbaum wieder stehen, packte Klementines Kragen und zerriß ihn. Er grunzte, seine Augen hatten sich gerötet. Klementine ließ es mit sich geschehen. Der Mann warf sie in ein Kohlbeet, schob ihre Röcke hoch und grunzte immer stärker. Klementine wartete ein paar Minuten, dann versetzte sie ihm einen Schlag mit einem Holzscheit.

Am nächsten Morgen, dem 14. Oktober, begann der Krach gleich um fünf Uhr von neuem. Die Kanonen donnerten ohne Unterlaß. Der Geruch war ekelerregend. Der schreckliche Lärm kam vom Hochplateau des Landagrafenbergs, der die Stadt Jena überragte und auf dem Klementine einmal ein heiteres Picknick erlebt hatte, in Gesellschaft des Fürsten von Sachsen-Salza und der Gattin des Kurfürsten, Maria Amalie, die neulich in Dresden in der Messe gewesen und ein bißchen fett geworden war, doch der Landagrafenberg war jetzt in einem undurchdringlichen weißen Nebel gehüllt. Gegen zehn Uhr löste der Nebel sich auf, und es war wie im Theater, wenn der Vorhang sich zum Beginn des Schauspiels hob, mit dem Unterschied allerdings, daß in diesem Fall das Stück schon seit Morgengrauen schlimme Verwüstungen angerichtet hatte. Die Sonne beschien eine zertrümmerte Stadt. Klementine ging in Richtung des Karabinerfeuers. Leichen in allen Farben lagen in den seltsamsten Positionen. Soldaten krochen an den Häusern entlang. Klementine rutschte in den Blutlachen aus.

Sie sah keine blauen Uniformen, und da die Gewehrschüsse näherkamen, versteckte sie sich in einem nicht mehr benutzten Waschhaus, dessen Wände mit getrocknetem Schaum tapeziert waren. Hinter Weidenzweigen verborgen, überblickte sie einen kleinen von Arkaden gesäumten Platz, der von den Feuersbrünsten verschont geblieben war und dessen Häuser mit Blumen geschmückt waren. Aus einer Haustür tauchte eine Frau auf, doch schon ertönte eine Gewehrsalve, und die Frau stolperte in das Waschhaus; sie hatte nicht einmal mehr Zeit, einen Schrei auszustoßen. Sie war tot. Klementine rückte ein kleines Stück zur Seite, um ihr Platz zu machen. Ein Pferd galoppierte davon, seine Hufe flogen in alle Himmelsrichtungen.

Nachmittags ließ der Höllenlärm nach. Man hörte noch Gewehrschüsse, aber die Schlacht war zu Ende und andere Geräusche traten an die Stelle des Geschützdonners – auf Französisch erteilte Befehle, hastiges Gerenne, Fluchen, Hufgetrappel, Lieder von Besoffenen und über allem Schreie und Wehklagen. Klementine gelang es, den Körper der Toten wegzuschieben, und sie trat aus ihrem Waschhaus. Da Jena jetzt in der Hand der Franzosen war, konnte man annehmen, daß die Sachsen und Preußen nach Norden und Westen fliehen würden. Sie entschied sich für den Westen und gelangte ohne Zwischenfälle zum Weimarer Tor. Sie durfte auf einen von einem Bauern gelenkten Karren steigen. Armeeüberreste strömten ungeordnet zurück. Nach einigen Meilen erblickte Klementine auf dem Platz eines großen Dorfes blau gekleidete Männer. Sie sprang von dem Karren, der seinen Weg nach Weimar fortsetzte. War denn das möglich? Ein paar hundert Meter von ihr entfernt war Oberst Adegauer, den sie so oft in ihrem Palais in Dresden empfangen hatte, dabei, ein Lager aufzuschlagen. Er hielt sich etwas gebeugt im Sattel, sehr groß und kränklich, um den Hals hatte er ein schmutziges Tuch geschlungen. Klementine hatte sich auf einen Grenzstein gesetzt. Mit ihren zerrissenen Kleidern und ihrem Schmiß im Gesicht hätte sie niemand erkannt, sie war eine arme Frau oder eines jener Mädchen, die sich den Soldaten hingaben. Zum Glück stand den Soldaten der Sinn heute Abend nicht nach Frauen. Klementine saß zusammengekrümmt und schlotternd da. Die Husaren zündeten Feuer an. Man sah ihre Schatten in den Flammen, aber wie sollte Klementine unter diesen Schatten ihren Geliebten ausmachen?

Sie näherte sich dem Lager. Die Wachposten wollten sie fortjagen. Sie bat um Mitleid, sie habe ihre Kinder verloren und bitte um ein Stück Brot. Keine Spur von Otto, aber das wollte nichts heißen, denn das Regiment war sicher auseinandergerissen worden, und andere Teile der schönen Truppe des Fürsten Ernst, der Truppe der sächsischen Riesen, irrte ganz sicher in den Nachbardörfern oder vielleicht auch jenseits von Jena herum. Ein Soldat rempelte die Frau an. Er führte eine Gruppe von Pferden zur Tränke, und Klementine erkannte ihn sofort. Im Sommer zuvor hatte sie diesen Mann gesehen, er war der Offiziersknecht aus dem Banat, dieser seltsame Bursche, den Otto so liebte und der immer lächelte, aber jetzt lächelte er überhaupt nicht, sein Gesicht war finster und wie tot. Klementine machte ein paar Schritte auf ihn zu und hielt ihm die Hand hin, so als bäte sie um ein Almosen. Der Soldat bedeutete ihr, er habe nichts für sie. Klementine flehte ihn im Flüsterton an, und Mathias legte seine Hand wie eine Muschel hinters Ohr.

Unwirsch schob er die Frau beiseite, aber so, daß er ihr doch ein paar Worte sagen konnte. Klementine müsse verschwinden, das Lager sei gefährlich. Auf der anderen Seite der Straße in Höhe eines Steinkreuzes, oder besser eines Bildstocks der Hl. Anna, würde sie einen Bauernhof sehen. Mathias würde einen passenden Moment abwarten, um zu ihr zu stoßen. Gehorsam befolgte Klementine seine Befehle. Sie kroch in den Schuppen des Hofes, mitten in einen Haufen von Gartengeräten, und da die Zeit verging, begann sie sich Sorgen zu machen, doch bald sah sie einen mächtigen Mann in einem Handwerkerkittel auf leisen Sohlen heranschleichen. Mathias war sehr stolz auf seine Verkleidung, die er in einem Nachbarhaus zusammengestellt hatte. Er hatte beschlossen, Oberstleutnant Adegauers Regiment zu verlassen. Keine Gefahr, erklärte er zufrieden, die preußische Armee und die der Sachsen seien in tausend Stücke zersprungen, und niemand kenne sich mehr aus. In ein paar Tagen, wenn Adegauers Offiziere ihre Berichte ablieferten, würden sie Mathias auf die Liste der Toten, Verwundeten oder Vermißten setzen, und sobald sie den Leutnant gefunden hätten, würden die beiden Männer sich gemeinsam bei Oberstleutnant Adegauer melden und ihm erzählen, sie hätten sich verirrt, worauf der Korpskommandant hocherfreut sein würde, Otto Apfelgrün wiederzusehen. Klementine hatte noch die Kraft, über die Vorstellung, daß sie einen Soldaten aus dem Armeekorps des Fürsten Ernst von Sachsen-Salza zur Fahnenflucht verleitete, zu lächeln.

Es sei ein heißer Tag gewesen, erklärte Mathias. Das Regiment Adegauer habe Marschall Augereaus Ansturm mit voller Wucht zu spüren bekommen, Mathias könne die Herzogin aber beruhigen: Die blauen Husaren hätten heldenhaft gekämpft, während die Preußen schon bei den ersten Schüssen der französischen Kavallerie wie die Heuschrecken davongerannt seien. Gegen Mittag habe man sogar gehofft, die Sachsen würden die Franzosen durcheinanderbringen. Leutnant Apfelgrün habe sich an der Spitze seiner Schwadron ins feindliche Feuer gestürzt, sei jedoch von einem Säbelhieb getroffen worden. Mathias sei vielleicht hundert Meter von ihm entfernt gewesen. Der Sattel des Leutnants habe sich unter den Bauch seines Rappen gedreht, und Mathias sei zu ihm geeilt, doch Murats Kavallerie, Dragoner und Grenadiere, seien vorwärtsgestürmt und hätten unter lautem Geschrei auf die Husaren eingedroschen.

Etwas später sei Mathias an den Ort des Massakers zurückgekehrt. Leutnant Apfelgrün sei nicht mehr dagewesen, aber Mathias habe sich davon überzeugen können, daß er nicht unter den Leichen von Offizieren und Soldaten war, die buchstäblich das zertrampelte und von den Granaten und Pferdehufen umgepflügte Gras bedeckten. Der Leutnant sei sicher verwundet. Er sei wohl von Preußen oder Sachsen aufgelesen worden, noch wahrscheinlicher aber von den Franzosen, die immer noch das Gebiet und die ganze Stadt in ihrer Gewalt hätten. Am Ende seines Berichts nahm Mathias Klementines Hand. »Wir werden ihn finden, Frau Herzogin, wir können ihn nicht verlieren.« Von Zeit zu Zeit legte er seine Hand wie eine Muschel hinter sein Ohr, in der albernen Hoffnung, dachte Klementine, die Rufe des Leutnants zu hören. Sie begann zu weinen.

Gleich am nächsten Morgen machte die Herzogin sich mit

dem Offiziersknecht auf den Weg. Tausende von Leichen türmten sich in den Vorstädten von Jena, im Mühltalengpaß, an den Ufern der Saale, im Iserstedter Wald, in den Dörfern Cospoda, Vierzehnheiligen und Hermstedt. Frauen liefen durch die Massengräber, stürzten sich schreiend auf einen Toten, oder drehten ihn um, fragten einen Überlebenden. In ihren dunklen Kleidern trotteten sie dahin, vornübergebeugt, als hätten sie Rüben oder Kartoffeln geerntet, weil die Frauen, dachte Klementine, ihre Berufung oder besser ihr Schicksal als Hausfrauen nicht vergessen konnten, sie mußten Ordnung schaffen, Staub wischen, aufräumen und Staub und Spinnweben, tote Fliegen und Dreck, Leichen, Eingeweideteile, Stücke von Füßen und Schädeln, Schaben, Geier und Schakale wegfegen. Wenn man sie nicht zurückhielt, würden sie sogar die Hügel wegräumen und die Flüsse waschen. Der Gestank nahm einem die Luft, verbranntes oder fauliges Fleisch, das hing vom Ort ab. Klementine sah, wie zwei alte Frauen sich in die Haare gerieten. Sie zankten sich um die Leiche eines preußischen Unteroffiziers. Jede behauptete, diese Fetzen seien ihr Sohn. Die ältere sprang der anderen an die Gurgel und versuchte, sie zu erwürgen. Der Jüngeren gelang es, sich zu befreien, sie riß den Tschako an sich und hüpfte unter Siegesgebrüll über die Äcker davon. Man hätte sie für eine Elster halten können. »Es ist meiner! Es ist meiner!«
Am dritten Tag sah Klementine eine Frau, eine Französin, deren Gesicht einmal hübsch gewesen sein mußte. Sie zog den Körper eines Leutnants hinter sich her. Es war ihr Verlobter. Sie schleppte ihn seit dem Morgen, das waren über acht Kilometer, und wenn sie es bis nach Jena schaffte, würde sie ihn in eine Holzkiste packen und nach Frankreich schicken lassen.
»Er ist wegen mir gestorben. Wegen mir hat er die militärische Laufbahn eingeschlagen.«
Sie beugte sich zu Klementine und sprach im Flüsterton, während sie rachsüchtig um sich blickte.
»Er ist ein Feigling. Das heißt, leider müssen wir ja in der Vergangenheit sprechen. Er war ein Feigling. Ich kenne keinen ängstlicheren Mann als ihn. Dazu muß man wissen, daß

seine Familie immer nur die Schlachten der Körner und Kartoffeln geschlagen hatte. Mein Vater dagegen ist Oberst. Und er hatte sich geweigert, mich ihm zur Frau zu geben, wenn er nicht Hauptmann würde. Deshalb hat er sich zur Großen Armee gemeldet, darum, verstehen Sie, gnädige Frau, weil er in mich verliebt war. Er wollte Kapitän werden, und bei jeder Gelegenheit stürzte er seine Männer in den Kampf, mitten ins größte Getümmel. Er hat eine ganze Menge umkommen lassen, glauben Sie mir.«

Sie hatte große, leuchtende Augen.

»Das kann man wohl sagen, daß er eine Menge Soldaten hat sterben lassen! Preußen und Franzosen, und das wegen mir, gnädige Frau. Ich habe seinen Obersten getroffen. Er sagte mir, er habe keinen waghalsigeren Mann als meinen Verlobten gekannt, und dennoch war er ein Feigling, das schwöre ich Ihnen, aber er liebte mich, verstehen Sie? Allerdings war ich auch einmal sehr hübsch!«

Die Frau zog einen kleinen Spiegel aus ihrem Quersack und überprüfte ihr Gesicht, wobei sie sich mit der Zungenspitze über die Lippen fuhr.

Mathias wachte über Klementine. Abends verkrochen sie sich in ein leeres, meist halb zerstörtes oder verbranntes Haus. Der Offiziersknecht richtete ein Strohlager für die Herzogin und wartete, bis sie eingeschlafen war, bevor er sich neben sie setzte. Wenn Klementine nachts wach wurde, weil höllische Bilder sie quälten, sah sie im Halbdunkel das gutmütige Gesicht des Soldaten. Sie rollte sich in seinen Armen zusammen, er war warm und beruhigend.

Sechs Tage nach der Schlacht von Jena sammelte man immer noch Verwundete und Tote ein. Derweil hatten Napoleons Truppen die Gegend längst verlassen und rückten nach Preußen vor, wobei eine Hälfte der Großen Armee unter Murat, Soult und Ney gen Norden marschierte, auf Stettin und Lübeck zu, und die andere Hälfte unter Lannes und Davout sich auf Berlin und Potsdam zubewegte, wo Napoleon sich für die vor fünfzig Jahren durch die Truppen Friedrichs des Großen erlittene Niederlage der Franzosen bei Roßbach zu rächen gedachte. Eines Morgens sah Klementine eine Gruppe von Soldaten, die sich abmühten, den Körper eines dicken Mannes in ein mit Schnaps gefülltes Faß zu stopfen. Das war General Morland, den die Franzosen an seine Witwe schickten, so wie man ehedem den Körper Ludwigs IX., des Heiligen, aus dem Heiligen Land nach Hause befördert hatte. Klementine zweifelte nicht am Tod ihres Geliebten, sie konnte keine anderen Gedanken mehr fassen, es gab nur noch Ottos Tod. Mathias sprach fast gar nicht mehr. Er wühlte erbittert in der Erde, und Klementine würde jetzt nicht mehr aufhören, mit Mathias' Hilfe die von Leichengestank durchdrungene Erde umzugraben.

Vorsichtshalber machten sie auch einen Rundgang durch die Lazarette. Das größte hatte man in Jena eingerichtet, in der Kirche von Jena. Hunderte von Unglücklichen stöhnten. Im spärlichen Licht des Kirchenschiffes waren Ärzte bei der Arbeit. Die französischen Soldaten schleppten Kübel voll Blut. Die Frauen zerrissen Scharpie. Die Kirche stank nach Exkrementen, Urin, Stroh, Blut und Eiter.

Ein Gewirr von Klagen erhob sich unter dem Gewölbe. Ein Trupp Soldaten stapelte Arme und Beine, die die Chirurgen gerade mit einfachen Sägen amputiert hatten, in große strohgeflochtene Tragkörbe. Mathias lief hinter den Soldaten her, bat um die Erlaubnis, die abgeschnittenen Glieder zu untersuchen, und nahm sorgfältig die Füße, Finger und blau angelaufenen Ellbogen unter die Lupe, wobei er seine dicken, braunen Augenbrauen runzelte, denn er versuchte sich an die kleinsten Besonderheiten der Arme und Beine des Leutnants Apfelgrün zu erinnern.

Sie entdeckten weitere Lazarette, das eine in der Herberge zum Schwarzen Bären, das andere im Irrenhaus. Dort wurden die Herzogin und ihr Gefährte von einem Mann empfangen, der die Rangabzeichen eines Majors trug und sehr höflich, aber etwas pedantisch war. Er gab sich zuversichtlich. Otto Apfelgrün sei tatsächlich unter den Verwundeten, der Major könne jedoch für seine baldige Genesung garantieren. Klementine brach in Schluchzen aus, doch leider ahmte der

Major in diesem Moment urplötzlich das Gackern eines Huhnes nach und fing an, wie wild durch die Flure zu rennen, wobei er mit den Armen schlug, als wollte er davonfliegen.
Ihr Rundgang durch die Lazarette führte sie auch in die Nachbardörfer. Klementine und Mathias vertrauten sich den Raben an, deren Ansammlungen schon von ferne auf die Stellen in der Ebene hinwiesen, wo die französischen Armeen provisorische Krankenreviere eingerichtet hatten. Auf diese Weise entdeckten sie am Rand von Apelda einen alten Bauernhof, auf dem ungefähr zwanzig Verwundete versorgt wurden. Frauen aus dem Dorf gaben den Kranken zu Essen und zu Trinken. Da es keine Ärzte, ja nicht einmal Offiziere gab, mußten Klementine und Mathias jedes Zimmer betreten. In einem angebauten Schuppen auf einem widerlichen Strohhaufen stöberten sie Otto auf. Klementine stieß einen Schrei aus. Mathias rannte herbei, und als er seinen Leutnant erkannte, fing er an zu lachen, ein abgehacktes, nicht enden wollendes Gelächter, umfaßte Klementine und deutete unter Freudengeheul einen Tanz aus seiner Heimat an. Den Kopf der jungen Frau zog er an seine Schulter und bedeckte ihr Gesicht mit kleinen Küssen. »Exzellenz ... Exzellenz«, sagte er unablässig. Klementine rieb sich am Mantel des Soldaten.
Otto hatte für mehrere Tage das Bewußtsein verloren. Er war davon überzeugt, daß die Schlacht von Jena erst gestern stattgefunden hatte, während doch bereits eine Woche vergangen war, und er suchte sein schwarzes Pferd. Er erinnerte sich sehr gut daran, daß sein Sattel unter den Bauch des Tieres gerutscht war, und sicher war er sehr krank gewesen, aber jetzt ging es ihm gut, und er begriff nicht, wieso Klementine mit Mathias bei ihm war. Klementine erzählte ihm ihre abenteuerliche Reise, von Wien nach Dresden, dann von Dresden nach Jena und die lange Suche auf den Schlachtfeldern und in den Lazaretten. Otto fragte Mathias, wo Oberstleutnant Adegauers Regiment sei, er müsse wieder zu ihm stoßen, und was denn aus Klementine werden solle? Er küßte die junge Frau. Und er küßte den Soldaten.

Klementine teilte ihm die neuesten Entwicklungen mit. Napoleon habe gleich am Tag nach seinem Sieg von Jena Friedrich August III., den Kurfürsten von Sachsen, zu sich gerufen, ihm zur Führung der sächsischen Truppen gratuliert und mehreren Bürgern der Stadt Gratifikationen zugedacht, insbesondere dem Geistlichen der Kathedrale, der den französischen Truppen die Erlaubnis erteilt habe, in der Nacht des 13. November auf die Ebene von Landagrafenberg hinaufzuziehen, wodurch er Napoleon einen ungeheuren Vorteil gegenüber den Preußen und ihren sächsischen Alliierten verschafft habe. Es gebe allerdings noch weit Erstaunlicheres, fügte Klementine hinzu. Napoleon sei es im Handumdrehen gelungen, die Sachsen von ihren preußischen Alliierten zu trennen, so daß jetzt...

»So daß jetzt?«

»... so daß jetzt der Kurfürst von Sachsen nicht mehr Kurfürst, sondern König ist. Darum hat er auch den Namen gewechselt. Er heißt nicht mehr Friedrich August III., sondern Friedrich August I. Und es kommt noch besser: Die sächsischen Truppen kämpfen nicht mehr an der Seite der Preußen. Sie gehören jetzt zur französischen Armee.«

»Sind Sie sicher?« fragte der Leutnant.

»Ganz sicher, Otto. Das Regiment des Fürsten Ernst von Sachsen-Salza gehört zur großen Armee, das heißt, es wird dazugehören. Seite an Seite mit den Franzosen. Man trifft Vorbereitungen für den Marsch nach Potsdam.«

»Aber die Franzosen sind unsere Feinde, Klementine. Ja und dann, ich meine, Konrad von Thieburg und Ulrich Llwoff, und alle meine Freunde, und der dicke Siegfried, sie werden auf mich schießen, und ich, ich werde sie töten müssen, das ist doch verrückt... Und Sie, Klementine? Ihre österreichischen Kürassiere in einem Lager, Ihre Husaren im feindlichen? Aber...«

»Österreich steht nicht im Krieg gegen die Franzosen, Otto.«

»Aber Sie wissen doch ganz genau, daß es wieder in den Krieg eintreten wird, das ist sonnenklar. Und Mathias?«

»Mathias? Mathias bleibt bei Ihnen. Er ist auch ein Verbündeter Napoleons geworden.«
»Aber Mathias kommt aus der Militärgrenze, aus Österreich, Sie phantasieren...«
»Die Geschichte phantasiert, oder Napoleon. Aber wir, wir sind beisammen, Otto, beisammen. Ist das nicht wunderbar? Zum ersten Mal sind wir frei. Und Mathias ist bei uns, Sie müssen sich ausruhen, Otto, schlafen Sie ein wenig.«
Otto hob zögernd einen Finger. Als kleiner Junge hatten ihm die Kanevas-Stickereien immer so gut gefallen, die die jungen Mädchen in ihren Pensionaten anfertigten. Otto mochte diese Stickerei, die über dem Bett seiner Mutter hing, sie war von der Großmutter seiner Mutter gemacht worden und stellte, mit bunten Blumen geschmückt, die Buchstaben des Alphabets dar, nur ein Buchstabe fehlte, das G, und immer wenn Otto die Stickerei betrachtete, mußte er an die Verzweiflung denken, die ein kleines Mädchen in einem anderen Jahrhundert sicher verspürt hatte, als es am Ende, nach tagelanger mühsamer Stickerei, merkte, daß es eine Dummheit gemacht und einen Buchstaben vergessen hatte, und von einem Moment auf den anderen schlief Otto ein.
Schon früh am nächsten Morgen machte Mathias es sich zur Aufgabe, den Leutnant anzuziehen. Dessen Uniform sah schlimm aus, an mehreren Stellen zerschnitten, mit Krusten bedeckt, aber immerhin war es eine Uniform. Otto sah Klementine an, berührte ihr Gesicht, ihre Brust, während der Offiziersknecht ihm Gesicht und Hände wusch. Er scherzte.
»So ist das. Aus lauter Langeweile und weil Sie den patriotischen Eifer der Studenten und des Rektors Ouarin absurd finden, gehen Sie nach Baden, und Sie lassen eine ziemlich dumme Bemerkung über den doppelköpfigen Adler fallen, und Sie lernen einen Kaplan in ständigem Kniefall kennen, und eine überspannte alte Herzogin, und Sie geben Ihr Botanikstudium auf, um in eine Kürassieruniform zu schlüpfen, das ist lächerlich, und Sie begegnen einer jungen Frau und sind nie so glücklich gewesen, und Sie verlieren das Bewußtsein, weil der

Sattel Ihres Pferdes auf seinen Bauch gerutscht ist, und Napoleon, dieser gemeine Heuchler, nutzt Ihre Bewußtlosigkeit, um Ihr Regiment seiner Großen Armee einzuverleiben. Und Sie werden früher oder später gegen Ihre Freunde, gegen Ihre Heimat, gegen die Flüsse und Schmetterlinge Ihrer österreichischen Heimat kämpfen, ja, Klementine, Ihre Tante ist es, Ihre Tante, die Genie besitzt...«

Diesen langen Satz hatte er ohne Atempause hervorgesprudelt. Den Kopf geneigt, fügte er hinzu:

»Deshalb habe ich so lange geschlafen. Ich brauchte mir keine Sorgen zu machen, Klementine. Erst einmal wußte ich ja gar nicht, daß Sie Wien in Richtung Dresden verlassen hatten. Ich verspreche Ihnen, daß ich Sie nicht geringschätze, ich wußte, daß Sie verrückt sind, aber das hatte ich nicht vorausgesehen, und ich wußte auch, daß der alte Mathias sich immer um Sie kümmern würde, um Sie, Klementine, die ich liebe.«

Er war erstaunt.

»Die ich liebe? Klementine, die ich liebe? Sehen Sie, ich hatte es nie über mich gebracht, Ihnen zu sagen, daß ich Sie liebe.«

Er schrie mit erstickter Stimme.

»Das ist ein schwieriges Unterfangen, zu sagen, daß man liebt. Sehen Sie, dazu war es notwendig, daß Napoleon sich entschloß, auf seinen Plan eines Überfalls auf England zu verzichten, die Königin von Preußen viel Unsinn erzählte, Sie einen heftigen Schwerthieb auf den Kopf bekamen, eine österreichische Herzogin zu einer sächsischen Bettlerin wurde, ein Soldat aus dem Banat Sie in einem stinkenden Lazarett wiederfand, und erst dann hatten Sie eine kleine Chance, dieser Frau zu sagen, daß Sie sie lieben, und diese Frau, diese Frau...«

Mathias half dem Leutnant, sich auf seinem Strohlager aufzurichten und dann aufzustehen. Er schob seinen Arm unter den seines Offiziers und ermunterte ihn mit Worten aus dem Banat. Klementine hatte ihren Rocksaum aufgetrennt, um einen ihrer Diamanten herauszunehmen, so daß sie gleich bei ihrer

Rückkehr nach Jena zwei Pferde und eine noch recht gut erhaltene Kalesche kaufen konnten. Sehr früh am nächsten Morgen ließ Mathias seine Peitsche knallen. »Auf nach Berlin!« rief Otto fröhlich.

XXI

Napoleon schlug mit aller Macht zu. Er hatte seine Banditen auf Deutschland losgelassen, und Deutschland lag in den letzten Zügen. Augereau ging in Dessau über die Elbe. Erfurt, Torgau und Magdeburg brachen zusammen. Fürst von Hohenlohe kapitulierte mit seinen sechzehntausend tapferen Mannen. Die Franzosen erstickten Blücher in seinem Lübecker Schlupfloch. Man kleidete sich in Tierhäute. Man trug Mützen aus Wolfspelz und Helme, die aus dem scharlachroten Fell der Lämmer geschnitten waren. Die Soldaten waren ekelerregend. An ihren groben Bundhosen wischten sie das Blut von ihren Schwertern. Sie beschritten den Pfad der Wölfe. Um sich zu wärmen, zündeten sie Kirchtürme an. Nachts feierten sie in den verschandelten Palais der Fürsten und Markgrafen ihre Mörderfeste. Die Frauen liebkosten diese gebrechlichen Herzen.
Die preußische Armee floh wie der Wind. Sie galoppierten vor den Wahnsinnigen aus Frankreich davon, ach, wie lange war es her, daß die schöne Luise von Mecklenburg, Königin Luise, in ihrer Uniform der Husaren von Anspach verkündete, ihre Reiter würden die »Flickschuster« hinwegfegen, so wie man eine Wolke fortbliese. Noch im vergangenen September hatten die prächtigen Offiziere von Berlin, Monokel vor dem Auge und Rose im Knopfloch, ihre Schwerter an den steinernen Treppenstufen der französischen Botschaft in Potsdam geschärft, und jetzt suchten sie vor dem Gesindel von Soult und Lannes das Weite. Sie baten es um Erbarmen, sie küßten den Mördern die Hand.
Königin Luise tobte. Sie hatte den Krieg herbeigesehnt wie eine Liebende den Körper des Geliebten. Einige Monate zu-

vor hatte sie sich, nachdem sie am 3. November 1805 einen Vertrag mit dem Zaren unterzeichnet hatte, nachts in den Park von Potsdam begeben. In Begleitung von Friedrich Wilhelm und Alexander betrat sie die kleine Garnisonskirche. Eine Fackel beleuchtete sie, sie war frisch und strahlend unter ihrem weiten Umhang. Vor den Kupfersärgen des Großen Kurfürsten von Brandenburg und Friedrichs II. kniend hatte sie geschworen, den Usurpator zu vernichten, diesen Napoleon, dem sie zuerst den Spitznamen »Noppel« und dann »Moppel« gegeben hatte, doch dieser Moppel stolzierte in Berlin Unter den Linden einher, er war ebenfalls in die Krypta der Garnisonskirche hinuntergestiegen, um Friedrich II. Ehre zu erweisen, um Friedrich II. zu erniedrigen, während der größte Philosoph Deutschlands, Friedrich Hegel, als er unter seinem Fenster in Jena den Mann zu Pferd hatte vorbeitänzeln sehen, geglaubt hatte, das Bildnis der Geschichte werfe seinen Schleier ab.
Die preußischen Soldaten desertierten. Sie suchten Zuflucht in den pommerschen Wäldern, und wehe den Franzosen, ja sogar den Sachsen, die sich verirrten! Gespenster brachen aus dem Unterholz hervor, erstachen die Unglücklichen und nahmen ihre Tierhäute, ihre Waffen und ihre Patronentaschen an sich. Klementine und ihre beiden Gefährten schlugen ihr Lager in verlassenen Häusern auf. Manchmal mußten sie die Nacht im Schnee verbringen, eng aneinandergedrängt unter Haufen von Stroh und Säcken. Sie ernährten sich recht und schlecht, indem auch sie plünderten oder ihre Bajonette auf der Suche nach Vorräten, die die Bauern vor ihrer Flucht vergraben hatten, in den Boden stießen. Sie stanken alle drei genauso widerlich wie die Mörder der Großen Armee.
Eine Abends, sie waren den französischen Linien schon nähergekommen, weit jenseits der Oder, baten sie in einem Kloster bei Doppelmeskiter um Obdach. Die Mönche hatten Reißaus genommen. Ein ehemaliger französischer Priester hatte sich in dem Kloster niedergelassen. Er hatte die Nase voll vom Krieg, von diesem Auswurf, und bot nahezu hundert Deserteuren aus allen Armeen Zuflucht. Er war ein Mann mit

einem ängstlichen Gesicht, voller Ticks, und sein Gerede hatte weder Hand noch Fuß. Er berief sich auf die Jungfrau Maria, das Siebte Siegel und den Gevatter Tod. Klementine, Otto und Mathias wurden eingeladen, sich zu seiner Gemeinschaft zu gesellen. Der Anführer empfing sie im großen Kapitelsaal, inmitten der alten Haudegen. Er trug Bischofsornat. Zu seinen Füßen türmten sich Bücher auf, heilige Bücher, alte Theologie- oder Geschichtswerke, und während er sprach, riß er die Seiten aus den Handschriften oder Folianten, stopfte sie in den Mund, kaute darauf herum und spuckte sie auf den Boden.

»Geschichtsschmuggler sind wir«, brüllte er. »Wir werden die Bücherfresser sein, wir werden sogar die Erinnerung an diese widerliche Farce, die ihr Vergangenheit nennt, vernichten. Nationen, Eigentum, Erbe, Abstammung, Hochzeiten, das wird am Ende noch übrigbleiben, wenn wir alle Bücher verschlungen haben.«

Und er schleuderte eine Pappmachékugel ans andere Ende des Saales, mitten auf eine Darstellung der Geburt Christi.

»Keine Erinnerung mehr, denn die Erinnerung ist es ja, die uns die Pforten des Paradieses wieder verschlossen hat, die grünen Wiesen, die Unschuld der alten Tage. Dort geht der Kampf der letzten Tage zu Ende! Hier errichten wir die neue Welt, die Welt der Gerechtigkeit, der Liebe und des Glücks. In der wiederauferstandenen Barbarei werden wir die erste Stadt Gottes erbauen! Ich bin die Bitternis Gottes, ich bin die Zärtlichkeit Gottes!«

Er sabberte auf seinen braunen Bart. Jeder seiner Rülpser wurde von einigen Stimmen begrüßt.

»Mein Adjutant ist Sachse, meine Legionen bestehen aus Preußen, Russen, Franzosen, Juden, Kaukasiern, Türken und Polen. Wir haben den pestversuchten Turmbau zu Babel zerstört. Wir haben einen Sonderfrieden unterzeichnet, jetzt sind wir hier, Herr, und unsere luftigen Zelte haben wir am Nabel der Welt aufgeschlagen. Unsere Lektion wird die Fürsten- und Kaiserstandbilder Europas zerschmettern. Genau im Herzen der Nacht regiert hier der Fixstern der Gerechtigkeit. Der Gott der Fliegen hat den Platz des Lieben Gottes eingenommen. Wir werden den Hochstapler niedermetzeln und die Liebe erfinden.«

Die Männer, die im Dunkel psalmodierten, sahen nicht sehr brüderlich aus. Alle trugen sie Gewehre, riesige Patronentaschen, Schwerter, kurze Soldatensäbel oder Metzgermesser. Otto kam es gar nicht in den Sinn, den Vorschlag des Priesters abzulehnen. Wenn er auch nur den Anschein eines Fluchtversuchs unternahm, würde er zusammen mit Mathias ermordet. Klementine würden sie als Gefangene behalten. Sie wäre diesen verdreckten Männern ausgeliefert. Otto beteuerte, daß er und seine Freunde das Ideal der Brüderlichkeit teilten und daß auch sie darauf brannten, einen Separatfrieden zu unterzeichnen. Noch am selben Abend durften sie am Mahl der Gemeinschaft im Refektorium des Klosters teilnehmen. Zu essen und zu trinken gab es genug, ja sogar im Überfluß. Der Priester schlug sich den Bauch voll, wobei er zwischen zwei Gängen an ein paar Foliantenseiten knabberte. Als der Wein seine Wirkung getan hatte, erzählten seine Anhänger von ihren Großtaten des Tages. Morgens hätten sie drei Bauern aus Mecklenburg getötet und mehrere Bauernhöfe geplündert. Für den nächsten Morgen bereiteten sie eine weitere Expedition vor. Ihre ganze Freude bestehe darin, die Augen ihrer Gefangenen aus ihren Höhlen springen zu lassen, indem sie ihnen mit einer Schnur den Hals zuzogen.

Das Abendessen nahm kein Ende. Schließlich lagen die Männer und Frauen in einer Ecke des Refektoriums neben- und übereinander und fielen in trunkenen Schlaf. Man hörte Schnarchen, Räuspern, lustvolles Stöhnen und Fluchen. Der Priester hatte sich Klementine geschnappt, zog sie unter die Kanzel des Refektoriums und fing an, sie auszuziehen, schlief aber sofort ein. Mathias und Otto taten, als schliefen sie wie alle anderen, und warteten ein paar Stunden, bevor sie sich erhoben. Mathias kroch wie eine Katze zu Klementine. Die junge Frau lag unter dem Körper des Priesters und konnte sich nur mit Mühe befreien, ohne ihn zu wecken. Im frühen Morgengrauen konnten sie aus dem Kloster entkommen.

Die beiden Männer und die Frau holten Oberstleutnant Adegauers Regiment am Stadtrand von Danzig ein, wo mehrere Teile der sächsischen Armee an der Seite der Franzosen kämpften. Adegauer beglückwünschte den Leutnant und sogar seinen Offiziersknecht, die die Irrfahrt durch diesen Hochofen nicht gefürchtet hatten, um zu ihrem Korps zu stoßen. Otto übernahm wieder die Führung seiner Schwadron, die Soldaten mochten ihn. Mathias kaufte Klementine ein neues Pferd. Er entkleidete auch die Leiche einer Marketenderin, und Klementine konnte sich, eingehüllt in einen langen grünlichen Mantel und mit der Stammnummer des Regiments auf der ovalen Kupferplakette versehen, unter die Frauenbrigaden mischen, die die französische Armee eskortierten. Eine dicke Marketenderin nahm sich ihrer an, eine sehr edelmütige Frau mit einem hübschen Granitgesicht und den runden, leuchtenden, lebhaften Augen eines Huhns. Mutter Fromageot übte ihr Gewerbe seit zwanzig Jahren aus. Mit fünfzehn Jahren habe sie die Laufbahn begonnen, um der schönen Augen eines königlichen Tambours wegen, der in ihrem Heimatdorf in der Bourgogne Rast gemacht habe. Nach Valmy habe sie ihren Tambour gegen einen Trompeter ausgetauscht. »Ich bin der Musik treu geblieben, all meine Männer zusammen hätten einen Fanfarenzug bilden können«, erzählte sie Klementine unter schallendem Gelächter, »aber hin und wieder wechsle ich das Instrument: Eine Flöte, das ist nicht schlecht, aber eine gute Trommel ist auch nicht zu verachten.«

Sie hatte eine kräftige, freundliche Stimme. 1800 in Marengo sei sie aufgestiegen, da habe sie einen Hauptmann der Lanzenreiter verführt, mit dem sie Alexandria und Savona erlebt habe, der Hauptmann der Lanzenreiter habe sie jedoch an einen Unteroffizier verkauft, einen Oberfeuerwerker. Der sei schrecklich gewesen. Man habe ihn auch »Kopfschmerz« genannt, und er wiederum habe Mutter Fromageot gegen ein Fäßchen Schnaps einem Furier überlassen, der sie im Handumdrehen windelweich geschlagen habe.

Im Augenblick war Mutter Fromageot allein. Die ganze Ar-

mee kannte und achtete sie, auf den Schutz eines Mannes war sie nicht mehr angewiesen. Sie konnte nicht mehr ohne Krieg sein. Ihre Lungen atmeten nur im Geruch von Pulver, Leder und Pferdestall. Mit ihrem Pferdekarren, ihren Schnapsfäßchen, Wurstkränzen, Keksen, Broten und Schinken zog sie über die Schlachtfelder, um den Soldaten eine kleine Stärkung zu geben. Vor allem gute Laune, Lebendigkeit und Güte waren in ihrem Laden zu finden. Dank einiger medizinischer Grundkenntnisse konnte sie harmlose Brüche wieder einrichten. Sie kannte die Gebete und brachte sie den Soldaten bei, die sie vergessen hatten, »für alle Fälle«, scherzte sie, »ein Notgroschen, ein Paß, falls Gott existieren sollte.«
Klementine wurde Mutter Fromageots Gehilfin. Die Troupiers gewöhnten sich an den Anblick dieses Paares, der dicken Dame und der blonden jungen Frau, immer in Begleitung von Fromageots Hund, einem kräftigen, ergebenen Vorstehhund, der die Angewohnheit hatte, den Verwundeten das Gesicht abzulecken. Die Marketenderin habe ihn ein paar Jahre zuvor hinter der Brücke von Arcole aufgelesen. An diesem Tag sei das Tier seiner Aufgabe nachgekommen, es habe einen blutüberströmten Soldaten abgeleckt, der Soldat habe jedoch Angst bekommen und ihm Stiche mit dem Messer versetzt. Fromageot habe den verletzten Hund an sich genommen und ihm den Namen Arcole gegeben, Klementine besitze selbst keinen Hund, aber ihre Tante habe einen, der Marschall heiße, weil er steif sei und sogar im Schlaf noch zittere. Der Marschall sei ein paar Wochen zuvor gestorben, erzählte Klementine ihrer Freundin noch, sicher an Altersschwäche, morgens habe man ihn entdeckt. Jetzt zittere er wenigstens nicht mehr unter dem Stuhl ihrer Tante, und Fromageot meinte, er sei vor Liebe gestorben. Am nächsten Tag traf Klementine Otto und fragte ihn, ob er wisse, daß Marschall tot sei, und Otto, nein, Otto wußte es nicht, die Nachricht rührte ihn aber zu Tränen.
»Aber meine gute Tante Gertrud«, fügte Klementine hinzu, »spricht und spielt weiter mit ihm, als sei er immer noch am Leben. Sie hat mir sogar gesagt: ›Siehst du, Klementine, das

ist der Vorteil am Blindsein. Man kann die Leute verwechseln, und die Tiere ...‹«
Am Stadtrand von Oliwa kam es zu einem Gefecht. Abends machten die beiden Frauen mit Arcole ihre Runde. Einige hundert Leiber, Tote, Verwundete, Sterbende, lagen in einem Wäldchen aus Eschen und Birken. Mutter Fromageot und Klementine brachten die Kräftigsten von ihnen zu den bäuerlichen Krankenrevieren. Dann blieben sie allein, die beiden Frauen, mitten unter all diesen so übel zugerichteten jungen Leuten. Es war schwarz wie in einem Ofen. Mutter Fromageot legte sich schwerfällig neben einen französischen Soldaten, der dem Ende nahe war und nach Licht, nach einer Kerze verlangte. Klementine sah, wie die Frau sich an den Jungen drückte, ihren Busen entblößte und den Kopf des Sterbenden zwischen ihre Brüste legte. Der Hund leckte dem Soldaten das Gesicht, dann hörte er auf zu lecken, und Mutter Fromageot stand auf, zog ihr Jäckchen zurecht, schloß die Augen des Toten, machte ein hastiges Kreuzzeichen und schaute sich nach anderen Verwundeten um. Klementine hätte die Marketenderin küssen mögen. Sie blieb die ganze Nacht bei ihr.
»Wenn sie mich darum bitten«, hatte Mutter Fromageot etwas später gesagt, »lasse ich sie mit mir schlafen, das tut ihnen gut. Manchmal sterben sie dabei.«
Klementine schmiegte sich an Fromageots Mantel, diese Frau war so gütig, so klug, Klementine wäre gern ihrer würdig gewesen, und ihrer Heiligkeit. Sie gewöhnte sich an, mit den Verwundeten zu schlafen. Arcole setzte sich daneben und stieß leise Klagelaute aus, dann brach man zum Weitermarsch auf. Klementine verspürte eine düstere Lust.
Eines Nachts überfiel eine Gruppe von Plünderern Mutter Fromageot, um ihr ihre Lebensmittel und ihren Karren zu stehlen. Die Marketenderin verteidigte sich mit Peitschenschlägen und wollte ihr Pferd antreiben, doch einer der Wegelagerer zerschnitt dem Pferd die Sprunggelenke. Mutter Fromageot wurde von einem Kolbenhieb am Kopf getroffen, und Arcole fing an zu jaulen. Klementine lief herbei und nahm die

Frau in den Arm, und Mutter Fromageot sagte, diesmal sei die Musik zu Ende. »Versprich mir, meinen kleinen Arcole mitzunehmen«, bat sie.

Die Belagerung von Danzig, die mit Frühlingsanfang begann, war lang und mörderisch. Unterstützt von dem Ingenieur Chasseloup und dem Artilleriegeneral Lariboisière, hatte General Lefebvre seine Soldaten gut in der Hand. Er war ein behutsamer Kommandeur, der das Leben seiner Männer zu schonen versuchte. Doch die Befestigungen von Danzig, obgleich aus Holz gefertigt, widerstanden der Kanonade, und Napoleon, der sich seit dem 1. April in Finkenstein aufhielt, wurde langsam ungeduldig. Er schickte Lefebvre widersprüchliche und zornige Befehle. Die sächsischen Truppen hielten sich wacker. Sie nahmen die Redoute von Kalke-Schanze ein, und am 26. Mai fiel Danzig. Ein riesiges Warenlager tat sich auf. Die Geschäfte waren vollgestopft mit Gütern aus England. Die Sieger schwelgten darin. An den Stadttoren verkauften Frauen Wein zu zweiunddreißig Sou die Flasche, ein Trauerspiel. Adegauers blaue Husaren hatten ein bißchen Ruhe verdient. Otto hatte sich mit Klementine, Mathias und Arcole im Laden eines Getreidehändlers in der Uhrenstraße niedergelassen, überall standen Säcke mit Weizen und Roggen, aufgeschlitzte Säcke, aus denen die Körner rieselten, und Düfte lagen in der Luft. Klementine und Otto liebten sich dort oft. Arcole brachte sie zum Lachen, denn sein Fell war mit Mehl bedeckt, er sah aus wie ein Schneehund, und Klementines Körper war vom Mehl auch ganz weiß und seidig.

»Wenn der Krieg vorbei ist«, sagte Otto, »wissen Sie, was ich dann tun werde?«

»Sie werden mir einen Sack Weizen und einen Sack Mais kaufen?«

»Nein«, erwiderte Otto, »wenn der Krieg vorbei ist, werde ich Sie lieben. Werden Sie mich auch lieben?«

»Wenn der Krieg vorbei ist, werde ich ...«

»Und dann werde ich Sie in die Zitadelle von Vrenjac mitnehmen, ins Banat, und es wird Winter sein, und Sie werden den

Wind hören, er ist wirklich gut gewählt, dieser Name »Militärgrenze«, und Sie werden sich schämen bei dem Gedanken, daß Sie mir leere Briefe geschickt haben.«

»Ich konnte nicht anders, Otto, es war die einzige Möglichkeit, Ihnen alles zu sagen, andernfalls hätte ich einen mindestens zwei Meilen langen Brief schreiben müssen, und ich hätte fünfhundert Jahre dafür gebraucht, und Sie hätten ihn nie bekommen...«

Oberst Adegauer vertraute Otto eine Botschaft für das Hauptquartier in Osterode an. Zusammen mit Mathias, Klementine und dem Hund machte der Leutnant sich auf den Weg. In Osterode fanden sie verlassene Kantonnements vor, und die Schlacht von Friedland am 14. Juni 1807, die so blutig verlief, zwang sie, gen Norden in Richtung Königsberg weiterzuziehen, wo sie nur zwei Tage nach der Einnahme der Stadt durch die französischen Truppen des Marschalls Soult eintrafen. Sie konnten in einer einigermaßen sauberen Herberge am Ochsenmarkt übernachten. Savary war zum Gouverneur von Königsberg und dem Gebiet des alten Preußens ernannt worden. Und in Savarys Schatten profilierte sich wieder einmal Schulmeister, Monsieur Charles. Schulmeisters Gendarmen ließen eine brutale Ordnung walten. Die Franzosen lebten mehr denn je in der Furcht vor Spionen, und so wurden Otto, Mathias und Klementine am Tag nach ihrer Ankunft von einer Polizeibrigade überprüft. Sie berichteten von ihrem Abenteuer. Der Anführer des Trupps blieb ungerührt. Er warf Otto und Mathias ins Gefängnis. Klementine schickte er in ein Spital in der Magistergasse am rechten Ufer der Pregel, das unter der strengen Führung der Salesianer Schwestern stand. Er fügte noch hinzu, daß Leutnant Apfelgrün sein Lied am nächsten Tag noch einmal vor Monsieur Charles, Hauptmann Charles höchstpersönlich, zu singen hätte.

Der ehemalige Polizeikommissar von Wien empfing Apfelgrün im Rathaus, hinter dem Schreibtisch des Bürgermeisters. In Sachen Eleganz hatte er Fortschritte gemacht: Gehrock mit Falten in leichtem, grauem Stoff mit schwarzen Aufschlägen, über einer mit Blumen bestickten Weste, aber sein Kopf war immer noch rot. Er gab sich entzückt, den Leutnant wiederzusehen, und erinnerte an die Versammlung der »Gekrönten Hoffnung« in der Schäferei im Wienerwald. Er fragte, wie es Herzogin Gertrud gehe, und Ottos Vater, dem Advokaten Apfelgrün, dessen Bekanntschaft er zu seiner großen Freude gemacht habe.

»Er hat mir sehr tiefsinnige Dinge über die Rolle der Gänsefedern in unserer Kultur gesagt, aber kommen wir doch auf die Schäferei im Wienerwald zurück, Sie sind in dieser Nacht ganz knapp dem Tod entronnen«, sagte er, während er sich auf seinen dicken Bauch klopfte, und dieser Gedanke befriedigte ihn. Er goß sich einen Schluck Brandy ein, stand von seinem allzu feierlichen Sessel auf und setzte sich neben Otto, dem er mit einer fetten Hand wohlwollend das Knie tätschelte.

»Ja, der Waagebalken hat ein paar Sekunden gezögert, aber ich bin froh, da meine Nachsicht es mir ja erlaubt, Sie heute unter merkwürdigen Umständen wiederzusehen. Was es doch für Sachen gibt, wir sind nur Spielzeug! Sie werden aber sicher vermuten, daß die Ideologie in dieser Angelegenheit keine Rolle gespielt hat. Erstens waren sie noch ein kleiner Junge. Und dann wußte ich, daß Sie im Gefängnis waren, weil sie behauptet hatten, Österreich beherberge nicht nur einen doppelköpfigen Adler, sondern auch Schafe, Mäuse, Flöhe und was weiß ich mit zwei Köpfen.«

Bei dieser Vorstellung brach Monsieur Charles in schallendes Gelächter aus. Er zog eine Taschenuhr aus seiner Weste, warf einen Blick darauf, als wolle er den Zeitpunkt dieses Lachens festhalten, goß sich noch einen Schluck ein und wurde zusehends jovialer, geradezu honigsüß.

»Professor Schwarzbrod hatte sich für ihre Treue zur revolutionären Sache verbürgt. Nun, jetzt kann ich Ihnen gestehen, daß Schwarzbrod einer der Unseren ist.«

Otto war starr vor Staunen.

»Lieber Herr Apfelgrün! Sie wußten also wirklich nicht, daß Ihr guter Meister ein Jakobiner war? Aber Sie waren doch in

Baden, wenn ich nicht irre? Nun, ich werde Ihnen etwas sagen: Schwarzbrod war auch in Baden, ja, er war sogar schon am Tag vor der Schlacht, an der Sie ›heldenhaft‹ teilgenommen haben, eingetroffen.«

»Da erzählen Sie mir nichts Neues, Herr Schulmeister«, gab Otto ruhig zurück, »ich habe zwei Stunden mit Schwarzbrod auf dem Kurplatz verbracht.«

»Ich bin nicht Herr Schulmeister«, erwiderte der andere mit schneidender Stimme, »ich bin Hauptmann der französischen Armee und Chef der Militärpolizei von Königsberg und dem Alten Preußen, ich bin Hauptmann Charles. Das bedeutet, daß ich über eine ausgedehnte, sehr ausgedehnte Macht verfüge. Aber kommen wir doch zu unserem Naturforscher zurück. Was hat er Ihnen in Baden erzählt?«

»Überhaupt nichts, daß er sich rein zufällig in Baden aufhielte. Baden war eines seiner Jagdgebiete, er suchte ein Exemplar des Typhon, einen Laufkäfer, den er seit vierzig Jahren verfolgt. Und Ihnen ist doch auch klar, daß Professor Schwarzbrod ein sehr schüchterner und sehr zerstreuter Mann ist.«

»Schwarzbrod schüchtern? Und zerstreut?«

Monsieur Charles prustete los. Konnte man sich einen durchtriebeneren Agenten vorstellen als diesen grillenhaften Gelehrten, der sich in seinen Schmetterlingsnetzen und seinen Herbarien verfing? Und dieses furchtsame Benehmen, und dieser ganze Roman, den er über seine angebliche Schüchternheit zusammenstrickte? Der Polizeichef hob mit einer Hand die seidene Gardine und warf einen Blick auf den Rasen vor dem Rathaus.

»Passen Sie auf, ich werde Ihnen etwas anvertrauen. Schwarzbrod ist genauso stark wie ich, ich wußte nicht, daß er für uns arbeitete. Da staunen Sie, was? Durch Zufall habe ich ihn in Baden getroffen, wo ich mich auch aufhielt, stellen Sie sich vor, Sie werden erraten, warum, und ich habe geglaubt, mit einem etwas merkwürdigen und in der Tat sehr schüchternen Naturforscher zu sprechen, ja, ja, das habe ich geglaubt. Hören Sie zu, es kommt sogar noch besser. Als Schwarzbrod kam, um sich für Sie zu verwenden, Sie wissen ja, nach dieser

Geschichte mit Gravitskys Zeichnung, nicht einmal da hat er seine Karten auf den Tisch gelegt. In Wirklichkeit bekam unser Freund Anweisungen von ganz oben, vielleicht unmittelbar von Savary. Und seine Schüchternheit, mein Gott, eine Maske, nichts als eine Maske, Schwarzbrod ist ein richtiges Schlitzohr!«

Monsieur Charles hatte sich wieder hinter den großen Schreibtisch gesetzt. Er hatte einen wahrhaft gewaltigen Nakken, doch ein anziehendes Gesicht.

»Ich wollte Ihnen eben sagen, daß ich in bezug auf Sie nicht den geringsten Verdacht hatte. Nein, mein Lieber, wollen Sie alles wissen? ›Cherchez la femme‹, wie wir in Frankreich sagen. Vergessen Sie nicht, daß es Christine Kinsky war, die Sie in die Loge der ›Gekrönten Hoffnung‹ eingeführt hatte, und Christine Kinsky, jetzt kann ich es ja sagen, alle Welt weiß es, war meine Geliebte. Und Sie hatte mir von Ihnen erzählt, nach dem Besuch, den Sie bei Gertrud gemacht hatten, wirklich viel erzählt, zu viel. Oh, keine Mißverständnisse! Sie hatte nichts Kompromittierendes, nichts Unangenehmes über Sie geäußert, aber das ist es ja gerade, Apfelgrün, es ist immer schmerzlich, oder demütigend, nicht wahr, wenn eine Frau, in die Sie unsterblich verliebt sind, voller Begeisterung von einem jungen Mann erzählt, noch dazu einem sehr schönen und für seinen Erfolg bei den Frauen bekannten jungen Mann, man hat ja doch seinen Stolz! Sie verstehen jetzt, die Nacht, die Einsamkeit, all das, in der Schäferei, und ist es nicht eine Ironie des Schicksals, die Sie so zu mir zurückbringt, wie einen Vogel auf die Hand?«

Lächelnd bewegte er seine riesigen Finger.

»Ich glaube nicht besonders an den Lieben Gott, Apfelgrün, ich bin nicht einmal sicher, daß ich an den Teufel glaube, aber an Fügungen, daran glaube ich sehr wohl. Und davon hat es eine ganze Menge gegeben. Deshalb habe ich mich auch gar nicht gewundert, als man mir meldete, zwei von Adegauers blauen Husaren behaupteten, sie hätten sich im Weg geirrt und kämen nach Königsberg, wo sie bestimmt die Preußen und nicht die Franzosen anzutreffen glaubten. Fahnenflucht... Mehr als Fahnenflucht... Der Versuch, die Große Armee zu verlassen, in der die Sachsen kämpfen, um wieder ins Lager der Österreicher überzuwechseln, die bald in den Krieg gegen uns eintreten werden.«

»Herr Hauptmann«, entgegnete Otto entschlossen, »ich bin nicht desertiert. Ich wußte, daß Soult die Stadt eingenommen hatte.«

»Na und? Das ist mir ganz egal, mein Lieber, nicht was Sie sagen, ist wichtig, sondern was ich sage... Und ich sage, Sie sind fahnenflüchtig. Übrigens würde ich Sie verstehen. Ich hätte an Ihrer Stelle genauso gehandelt. Schließlich sind Sie Österreicher und nicht Sachse, Sie gehören also ins Lager der Verbündeten... Ich weiß auch, daß Sie Ihre Zuteilung ins sächsische Armeekorps nur der Rache des Fürsten Ernst von Sachsen-Salza zu verdanken haben, dessen Frau, die hübsche Herzogin Klementine, Ihre Geliebte ist, man weiß so allerhand bei der Militärpolizei... Das ist noch ein weiteres Bindeglied zwischen Ihnen und mir, Apfelgrün, daß wir uns zwei Cousinen teilen... Wir haben wirklich unseren Kummer mit den Frauen. Sie eigentlich noch mehr als ich, denn Sie haben zwei Mahlbergs statt einer einzigen auf dem Hals, und das ist alles andere als eine Sinekure. Zwei, ja sogar drei, da Herzogin Gertrud...«

»Ich habe Fräulein Kinsky nie wiedergesehen!« schrie Otto. »Vertrauen Sie meinem Offiziersehrenwort, oder fragen Sie Christine Kinsky selbst, und Ihre Agenten, die ja alles wissen, können es Ihnen auch sagen.«

Wie erleichtert lehnte der Polizeichef sich zurück und fuhr mit immer weicher werdender Stimme fort:

»Aber ich weiß es doch, Apfelgrün, daß Sie meine Geliebte nie wiedergesehen haben, ich weiß es. Na und? Deshalb fühlen Sie sich rein wie Schnee und außer Gefahr... Herr Apfelgrün, ich bin enttäuscht, ja sogar erstaunt, daß ein so sensibler, so feinfühliger Mann wie Sie einen solchen Unsinn von sich gibt, Ihre Verteidigung hat nämlich einen Haken. Es stimmt, es geht gar nicht um Sie. Es geht um Christine Kinsky, und die Frauen der Mahlberglinie haben romantische Gemüter. Sie erheben Protest? Sie sagen, das sei nicht Ihre Schuld? Ja? Was für eine geistlose, mittelmäßige Antwort! Und ich gehe noch weiter, was für eine gemeine sogar, denn es ist sehr unschön, Ihren Fehler auf jemand anderen zu schieben, nämlich auf die unglückliche Christine Kinsky, so etwas habe ich nicht gern. Wenn ich Sie also recht verstehe, sollte man einer Frau böse sein, weil sie verliebt ist, was für eine Ungerechtigkeit! Ist es denn ihre Schuld, wenn sie verliebt ist? Sie leidet schon genug darunter, wenn man sie jetzt auch noch bestrafen sollte! Was für eine Gemeinheit, Herr Apfelgrün, dazu kann ich Ihnen nicht gratulieren!«

Seine Stimme war höflich, aber drohend, voller Boshaftigkeit.

»... Während Sie, Apfelgrün, kein bißchen in Christine verliebt sind, also keine Entschuldigung haben, nicht den geringsten mildernden Umstand, wie man in unserer Sparte sagt. Ihr Argument ist nämlich nicht stichhaltig. Die gesamte Verantwortung liegt bei Ihnen. Stellen wir die Frage einmal anders. Wenn es Sie nicht gäbe, Apfelgrün, würde ich mich dann vor Kummer verzehren? Würde ich Nacht für Nacht den Kopf meiner Geliebten betrachten und mich fragen, wie ihre Träume aussehen? Unwiderlegbar! Aber Sie werden mir ja nicht erzählen, daß es Sie nicht gibt, daß Sie nicht ein großer junger Mann sind, der ein bißchen traurig und in den Augen der Frauen schrecklich charmant ist, vor allem in denen der Mahlberg-Frauen ...

Kommen Sie, kommen Sie, Apfelgrün, eine gute Regung! Geben Sie zu, daß Sie schuldig sind, daß Sie nicht die kleinste Entschuldigung haben, man wird Ihnen Ihre Geständnisse zugute halten, mein Freund. Ihre Schuld ist viel größer als wenn Sie Christine liebten, sie hofiert hätten! Wenn dem nämlich so wäre, hätte man es mit einer kleinen unbedeutenden Gefühlsduselei zu tun, mit der verachtenswerten Psychologie, wie man in Wien sagt. Einer Anekdote, mit der man Lieschen Müller zu Tränen rühren kann, der banalen Geschichte eines Ehebruchs, dem, was die Franzosen einen ›Stubenmädchenroman‹ nennen. Nein, in diesem Wirrwarr hat

die Psychologie nichts zu suchen, da ist das Schicksal im Spiel. Wir befinden uns in schwierigerem Gelände...«
Der Polizeichef erhob sich, ging eine Weile um den Leutnant herum, trat wieder an seinen Schreibtisch, ließ ein Glöckchen ertönen und gab einem unbewaffneten Posten den Befehl, Leutnant Apfelgrün ans Gittertor des Rathauses zu geleiten und ihn dort der Patrouille zu übergeben, die ihn in seine Zelle zurückbringen würde.

Klementine wurde sehr respektvoll behandelt. Sie war im Haus der Salesianerinnen untergebracht worden und hatte von ihrer Wärterin einfache, sehr saubere Kleider erhalten, ein langes graues Gewand und ein schwarzes Kopftuch. Arcole hatte sie bei sich behalten dürfen. Da sie sehr fromm war, nahm sie gern an den schönen Gottesdiensten der Nonnen teil, der Vesper, der Mette und dann der Messe. Sie betete voller Eifer und Demut. Ihre Seele war rein. Von ihrem Geliebten getrennt zu sein, belastete sie kaum, sie besaß den festen Glauben der einfachen Leute. Weder der Krieg noch die Polizei noch die Fürsten würden ihr Otto wegnehmen. Selbst der liebe Gott würde sich die Zähne ausbeißen, sollte er sich an ihnen als Paar vergreifen! Und der Teufel, der sollte bloß einmal wagen, seine Fratze zu zeigen! Freilich könnte er ein paar Siege davontragen, aber nur unbedeutende. Am Ende der Welt würde Klementine sich mit Ottos Körper vereinigen, in der Hölle. Abgesunken, erniedrigt und besudelt wie sie war, hatte sie je etwas so Herrliches erlebt? Die Schande machte ihre Liebe nur noch stärker.
Als sie mit gesenkten Augen, noch in die Anbetung Jesu Christi vertieft, aus der Messe kam, überreichte ein Ordonnanzoffizier ihr eine Botschaft von Christine. Dieser Brief riß Klementine aus ihrer Benommenheit. Sie eilte in ihre Zelle hinauf, wo sie das Siegel erbrach. Es war ein sehr langer Brief.
»Cousine,
dieser Brief wird Dir Kummer bereiten. Als wir klein waren, damals auf Schloß Lurwath, teilten wir all unsere Freuden.

Ich vollendete die Stickereien, die Du angefangen hattest, unsere Erzieherinnen errieten nicht, ob unsere Aquarelle von Deiner oder von meiner Hand stammten. Wir sangen dieselben Lieder, ich liebte Deinen kleinen Esel Grünohr genauso wie meinen, den armen Strohschwanz, und bei den Gebeten, die wir in der Kapelle sprachen, konnte die Heilige Jungfrau nicht auseinanderhalten, ob sie aus meiner oder aus Deiner Seele aufstiegen. Erinnere Dich: Sie nannten uns den ›doppelköpfigen Adler‹.
Heute sind wir immer noch durch ein und denselben Schmerz vereint, und ich bezweifle, daß die höheren Mächte bestimmen können, ob ich an Deiner Stelle handele oder ob Du für mich entscheidest. Monsieur Charles, von dem Du weißt, daß er mir als Liebhaber dient, wie wir zu sagen pflegten, als wir uns gegenseitig von den kleinen Abwechslungen unserer Herzen erzählten, hat beschlossen, Dich sofort freizulassen. Ein Kommissar wird Dir Deine Passierscheine übergeben. Equipagen werden Dich nach Wien bringen, wo Du in Sicherheit sein wirst, da Österreich sich nicht mit Frankreich im Krieg befindet... Noch nicht... Du wirst dieses ganze rauchende, von Soldaten und Wegelagerern verseuchte Deutschland durchqueren müssen. Ich werde zur hl. Anna beten, daß Gefahr und Erschöpfung Dir erspart bleiben mögen.
Otto wird in der Hand der Militärpolizei bleiben. Monsieur Charles ist davon überzeugt, daß Otto die Absicht hatte, aus der Großen Armee zu desertieren, um seinen Platz bei den österreichischen Truppen wiedereinzunehmen, oder jedenfalls tut er, als sei er davon überzeugt. Ich habe nichts gesagt, um ihn eines Besseren zu belehren, das kannst Du Dir vorstellen. Du weißt, daß ich das schreckliche Verlangen habe, Dich von Otto Apfelgrün zu trennen, Klementine, da wir ja immer dieses Unglück hatten, uns so sehr zu lieben, daß wir auch dieselben Dinge lieben. Heute erfüllen sich meine Wünsche, aber mein Verdienst ist nicht groß, mein Erfolg wurde vom Glück geschustert.
Du wirst ans Kärntnertor zurückfahren. Fürst Ernst wird glücklich sein über Deine Rückkehr. Du wirst das Leben füh-

ren, das Du vor Deiner Begegnung mit Otto führtest, ruhig, elegant und schicklich, mit ein paar Liebhabern. Die Agenten, die Monsieur Charles in Wien unterhält, werden uns über den kleinsten Verstoß gegen diese Verhaltensmaßregel informieren. Ich denke, Du wirst diese Vorsichtsmaßnahmen billigen. Du hast mir einmal gesagt, wir seien Wölfinnen, wenn es darum gehe, eine unserer Begierden, einen unserer Wünsche zu erfüllen, und hast Du im übrigen nicht selbst beschlossen, Deinen Namen zu entehren, Dich unter die Prostituierten zu mischen, Deinen Gatten durch Deine Schamlosigkeit zu demütigen und Deine Würde zu vergessen, um Dich Deiner Leidenschaft hinzugeben? Ich würde die Letzte sein, die Dich deswegen tadelt. Auch ich kenne die Grausamkeiten der Begierde, die Qual und die verrückte Lust der Erniedrigungen.
Otto wird als Geisel in den Klauen von Monsieur Charles bleiben. Was das bedeutet, Cousine? Das bedeutet, daß, wenn Du Dich in Wien unvorsichtig verhalten beziehungsweise vom Kärntnertor oder von Schloß Greinburg fliehen solltest, oder wenn Otto einen Fluchtversuch unternähme, die französische Militärpolizei sämtliche Befugnisse hätte. Ich sähe es nicht gern, wenn Monsieur Charles dazu gedrängt würde, diese äußersten Mittel anzuwenden, aber wir alle sind nur Rädchen in den rätselhaften Mechanismen Gottes.
Du weißt, ich war immer realistisch, und dieser Brief bezeugt einmal mehr, daß Illusion nicht meine Stärke ist. Ich will damit sagen, daß ich keinen Trost finde, und wenn ich den Körper Deines Geliebten empfangen sollte, dann nur um den Preis einer List, indem ich mir die tiefe Dunkelheit seiner Zelle und eine Verkleidung zunutze machte, genau wie Fräulein von Worth auf Schloß Greinburg Deine Kleider angelegt hat, um Deine Ausschweifung zu vertuschen, doch ob ich wirklich Lust dabei empfinden würde, möchte ich nicht beschwören, wiewohl ich glaube, daß jeder von uns nur eine Rolle spielt, nur der Vermittler, der Statthalter eines anderen oder aller anderen ist, nun, wir werden ja sehen. Das eigentliche Hindernis liegt aber woanders: Auf keinen Fall kann ich die Ge-

fühle zerstören, die Du für Deinen Geliebten hegst. Schlimmer noch, ich kann sie nur verstärken. Deine Leidenschaft für ihn wird durch Deine Abwesenheit nicht geschmälert, sondern verstärkt, und er wird Dich darum nur noch mehr lieben. Zudem habe ich Dich gestern bei Deiner Überstellung beobachtet, ich hatte mich unter die Salesianerinnen gemischt, die ich mag, und Du warst noch nie schöner, Klementine. Ich bin eifersüchtig auf Dein Geschick, eifersüchtig auf Dein Unglück.

Es ist schon ein großer Kummer mit der Leidenschaft. Doch welche Glücksgefühle läßt sie uns auch zuteil werden! Sie vereitelt die Ränke des Nichts. Mir ist klar, daß Otto mir niemals gehören wird, von Dir träumt er, und selbst wenn ich ihn durch mein Äußeres täuschen würde, könnte ich seine Träume nicht ändern, nicht in seine Nächte eindringen, für diese Kriegslist würde ich nur dadurch belohnt, daß ich in Deine Rolle schlüpfen, mich Dir am allernächsten fühlen würde. Du wirst meinen Ausdruck schwülstig finden, aber in meinem Kopf schwirrten ebenso wie in Deinem immer viele Romane herum. Außerdem ist Deine Lage zwar schmerzlich, aber auch tröstlich: Du bist Deines Geliebten beraubt, doch Dein Geliebter hat sein Leben Deinem Körper anheimgegeben, während mein Zustand hoffnungslos ist. Nur in diesem Sinne, und wenn es stimmt, wie wir in unseren stürmischen Jungmädchenjahren behaupteten, daß die Leidenschaft mit ihrer Erfüllung stirbt, habe ich ein paar Trümpfe in der Hand, die Dir fehlen. Dann aber, wenn dem wirklich so ist, mußt Du zugeben, daß Dein Exil in Wien, fern von dem Geliebten, Dich vor dem Unglück der Erfüllung bewahren wird. Wieder einmal gleichen wir uns, Cousine, wieder einmal sind wir dieselben. Ich atme durch Deinen Mund, und Du bist es, die durch meine Lippen spricht. Ich werde Otto nicht haben, es sei denn durch Tricks und Maskerade. Du wirst Otto nicht haben, aber Du besitzest ihn.«

Klementine faltete den Brief wieder zusammen, zitternd betrachtete sie die Schwünge aus violetter Tinte und durchschaute doch diese unzusammenhängenden Sätze nicht. Christine phantasierte, aber sie selbst hatte auch phantasiert, als sie mit den Verwundeten schlief, zusammen mit der armen Mutter Fromageot. Klementine warf sich zu den Füßen ihres Eisenbettes auf den Boden, verneigte sich vor dem Kruzifix an der Zellenwand, versank in Gebeten, bat um Hilfe und Nachsicht und verlor schließlich das Bewußtsein.

Am nächsten Morgen machte sie sich auf den Weg. Zwei sächsische Soldaten waren von Monsieur Charles zu ihrer Begleitung nach Wien abgestellt worden. Die Fahrt durch Deutschland war schön. Die Wiesen grünten wieder, und wenn die Städte, Jena zum Beispiel, das sie in aller Eile durchquerte, auch noch die Male des Krieges trugen, so hatten Feld und Flur die Spuren der Schlachterei schon verwischt. Kreuze, die hier und dort auf den Feldern, in den Wäldern, am Wegrand, an Flüssen und vor allem an Brücken aufgestellt worden waren, gemahnten daran, daß diese sanften Landschaften, diese gelben und grünen Hügel mit ihrem Klatschmohn und ihrem Immergrün, blutbefleckt waren. Klementine saß wie eine Schlafwandlerin in der großen schwarzen Kutsche, sie wußte nicht mehr, was sie tat, noch wo sie war. Als die Kutsche von einer Bande preußischer Deserteure überfallen wurde, begriff sie nicht einmal, was geschah, Arcole dagegen schlug Krach, er war außer sich. Wegen eines Unwetters mußte die Reise in Regensburg für zwei Tage unterbrochen werden, und auf den sonnenbeschienenen Hügeln entlang der Donau nahm sie ein ruhiges Ende. In Passau kehrten die sächsischen Soldaten befehlsgemäß um, und Klementine stieg in die Postkutsche nach Wien. In Linz machte sie Rast, sie wollte diese Nibelungenbrücke sehen, von der Otto ihr erzählt hatte. Sie aß sogar im Gasthaus zur Fürstenrose zu Mittag. An ihren roten Händen und der tief vor dem Bauch geknoteten Schürze meinte sie das Serviermädchen von Otto und Ulrich zu erkennen. Arcole fühlte sich wohl, so als sei er an einen vertrauten Ort zurückgekehrt. Klementine beschloß, nicht gleich nach Wien zu fahren, sondern auf Schloß Greinburg Zwischensta-

tion zu machen. Sie würde sich ein wenig ausruhen und ihre Garderobe wieder richten; so würde ihre Rückkehr ans Kärntnertor natürlicher wirken.
Auf der Freitreppe des Schlosses glaubte Klementine im Mittagslicht ihr eigenes Bild zu erblicken. Fräulein von Worth erfüllte ihre Aufgabe perfekt. Sie trug ein buntgemustertes Musselinkleid, Klementines Schmuck, und ihre Haare hatte sie über ihren Kragen fallen lassen, so wie es die Herzogin bei ihrem Landaufenthalt gewöhnlich machte. Nach Überraschungsschreien und Gefühlsausbrüchen stieg Fräulein von Worth hinauf, um das Zimmer ihrer Herrin zu räumen, da sie ja sechs Monate lang ihre Gemächer hatte bewohnen müssen, um die Täuschung aufrechtzuerhalten. Sie half der Herzogin, ihr Gepäck auszupacken. Klementine war begierig, die jüngsten Neuigkeiten aus Wien zu erfahren, kam sie doch von einem so langen Exodus zurück. Alma von Worth erzählte, Herzogin Gertrud habe ihre ganze Lebenskraft wiedergefunden, den Kaplan Tahler, der ein wenig dicker geworden sei, empfange sie nicht mehr, während General Graf von Weitzau sie regelmäßig besuche. Professor Schwarzbrod beweine seine liebe Maria Josepha, er sei gramgebeugt. Leutnant Feuchtagen, der in der Gegend von Brünn verwundet worden sei, sei im Militärhospital von Wien gestorben.
»Und die Gräfin Pietranera?« fragte Klementine.
Alma lachte laut auf. Gräfin Pietranera verfolge weiter ihre Biologiestudien, doch mangele es langsam an Versuchsmaterial, es werde sogar schon gemunkelt, daß sie zuweilen zweimal denselben Liebhaber benutze, wenn man den bösen Zungen von Wien trauen dürfe.
Klementine erzählte Fräulein von Worth ihre Erlebnisse im Preußenfeldzug. Dabei geriet sie richtig in Fahrt. Fräulein von Worth beneidete sie. Die Ausschweifungen ihrer Herrin fand sie bewunderungswürdig, diesen Sturz ins Elend, in Not und Erbärmlichkeit an der Seite des geliebten Mannes, die Tröstungen, die Mutter Fromageot und Klementine den Sterbenden hatten zuteil werden lassen. Klementine sprach von dem exaltierten Brief ihrer Cousine Christine Kinsky. »Zuerst

dachte ich, ich müßte sterben, doch jetzt verspüre ich weder Stolz noch Gehässigkeit, ich empfinde nur noch Milde. Und da ich darauf vertraue, daß Gott mich versteht, bete ich, verneige mich, lege mein Los in seine Hand. Ich kann nicht glauben, daß er eine leidenschaftlich liebende Frau bestraft. So oder so werde ich zufrieden sein. Gott wird entscheiden, und ich werde mich seinem Willen beugen. Deshalb kommt es bei aller Traurigkeit in meinem Herzen vor, daß ich auch Momente der Ruhe erlebe. Und meine Erinnerungen sind so stark, daß ich versucht bin, sie in die Zukunft zu verlegen.«

Klementine fragte ihre Gesellschafterin, ob der Fürst von Sachsen-Salza, wie vereinbart, nach Greinburg gekommen sei, um den Argwohn der Wiener Gesellschaft zu zerstreuen. Ja, der Prinz habe sich an das Abkommen gehalten. Die junge Frau sprach mit gelöster Stimme. Sie habe Fürst Ernst geschätzt. Er komme in der Regel gegen fünf Uhr nachmittags, so daß die Bewohner der umliegenden Dörfer seine Kalesche auf dem Weg zwischen den Maulbeerbäumen noch sehen könnten. Abends speise Alma allein mit ihm, nicht als Geliebte, betonte sie, sondern, um die Dienstboten nicht stutzig zu machen, gemäß Klementines Anweisungen, als Ehefrau. Diese Mahlzeiten seien sehr angenehm. Der Fürst gebe sich charmant und geistreich, er zeige sich der jungen Frau gegenüber sehr rücksichtsvoll. Er bringe ihr Neuigkeiten von der Hofburg, aus Schönbrunn, aus den Salons der Hauptstadt, wobei Fräulein von Worth ihm anfangs nicht immer habe folgen können, denn Fürst Ernst habe mit ihr wie mit seiner Frau gesprochen, das heißt, von Personen oder Ereignissen, die die Gesellschafterin nicht kenne. Zum Beispiel? Zum Beispiel habe Alma lange Zeit gebraucht, um zu begreifen, daß Professor Schwarzbrod mit seinem schrulligen und schüchternen Verhalten in Wahrheit einer der gefährlichsten Agenten der kaiserlich-königlichen Polizei Franz I. sei.

»Schwarzbrod?« entfuhr es Klementine. »Was erzählen Sie mir da? Ich kenne ihn seit zehn Jahren. Er ist ein Gelehrter, ein Träumer. Franz I. und die Politik sind ihm völlig gleichgültig. Er hat nur seine Schmetterlinge im Kopf.«

»Tja, da sind Sie getäuscht worden, gnädige Frau. Schwarzbrod ist der Chefspion Seiner Majestät. Fürst Ernst selbst war völlig verblüfft, als er in der Hofburg davon erfuhr. Wissen Sie zum Beispiel, daß Schwarzbrod sich am Tag der berühmten Schlacht, als der Frieden von Leoben geschlossen wurde, in Baden aufhielt?«
Klementine fand das alles absurd.
»Aber das weiß ich doch, Alma. Wegen seiner Schmetterlingsjagden fährt er oft nach Baden. Und außerdem, wie sollte denn unser Freund ein Polizist oder ein Spion sein, wo er doch der schüchternste Mann der Welt ist?«
Jetzt mußte Alma von Worth kichern.
»Schüchtern? Dieser Ansicht ist die Hofburg nicht, seine Schüchternheit ist eine Verkleidung, pure Bauernfängerei. Schwarzbrod ist ein entschlossener, ein schrecklicher Mann. Seit Jahren versteckt er sich hinter seiner Schüchternheit, so wie andere hinter einem falschen Bart. Glauben Sie mir, Fürst Ernst konnte es nicht fassen.«
»Das ist doch ein Witz!« sagte Klementine. »Sollte Schwarzbrod einen also hinters Licht führen, sollte es am Ende zwei Schwarzbrods geben?«
»Zwei Schwarzbrods, ganz recht... Sie werden lachen, in der Hofburg hat er einen Codenamen, dort nennt man ihn den ›doppelköpfigen Adler‹...«
»Den doppelköpfigen Adler?«
Klementine ließ es dabei bewenden. Der Gedanke gefiel ihr nicht besonders, daß ihr alter Freund sie so lange getäuscht haben sollte, und wenn das bloß wieder ein Gerücht war? Sie bedrängte Alma mit Fragen: Wie hatte Fürst Ernst sich ihr gegenüber verhalten? Alma schilderte es ihr. Nach dem Abendessen hätten der Fürst und Alma im Salon ein oder zwei Patiencen gelegt, darauf sei der Fürst ins Rauchzimmer gegangen, während Fräulein von Worth sich mit der Nadel an die Arbeit gemacht habe, um die große Stickerei zu Ende zu bringen, die Klementine kurz vor dem Preußenfeldzug auf den Rahmen gespannt hatte, »Merkur und sein Doppelgänger in der Hölle«, und die nun kurz vor der Vollendung stehe.

»Und seien Sie beruhigt, Exzellenz, niemand könnte herausfinden, daß Merkur von Ihnen und sein Doppelgänger von mir gestickt wurde. Wir haben dieselbe Hand.«
Anschließend hätten der Fürst und Fräulein von Worth sich in ihre Gemächer zurückgezogen.
»Das war alles sehr beruhigend, ich kam mir vor wie eine Verrückte, oder wie mir selbst entäußert und von einer anderen bewohnt. Der Fürst benahm sich natürlich, so unbefangen, daß ich glaubte, er verwechsle mich tatsächlich mit Ihnen, gnädige Frau. Mir wurde schwindelig. Ich wußte nicht mehr, ob ich Alma von Worth oder Klementine von Sachsen-Salza war, vor allem...«
»Vor allem?«
»Vor allem, wenn wir uns liebten.«
»Sie liebten sich?«
»Ja, und zwar ganz seltsam, verstehen Sie das? Wir schliefen leidenschaftslos miteinander, sehr zärtlich und rücksichtsvoll, nicht wie Liebende, sondern wie Eheleute. Dabei habe ich begriffen, daß ich nicht Sie war, daß zumindest der Fürst es wußte, daß er lediglich dem vereinbarten Plan folgte, denn er wünschte, daß ich vor Lust stöhnte, auf eine ganze bestimmte Art, so daß...«
»So daß Sie jetzt alles über meine... Eigenarten wissen, Alma...«» Und in parodistischem Ton fügte sie hinzu:
»*Vade retro, Satana*..., wie Kaplan Tahler sagen würde.«
»Wissen Sie, was Schwarzbrod Fürst Ernst erzählt hat? Im tiefsten Mähren gibt es einen, wie es scheint, sehr furchterregenden alten Naturforscher, der Pfropfungen von Pflanzen, von Bäumen, vornimmt, ziemlich schaurige Pfropfungen, um neue Arten zu erschaffen. Nun, diese Pfropfungen läßt der alte Kerl von jungfräulichen Mädchen vornehmen, nachdem er sie sodomisiert hat; glauben Sie, das ist wieder einer von Schwarzbrods Späßen, oder stimmt das wirklich? Schwarzbrod sagt, dies sei eine alte Alchimistenvorschrift. Sie stamme von Paracelsus, aus seiner *De natura rerum*.«
»Otto hat mir das auch erzählt. Es überrascht mich nicht sonderlich«, erwiderte Klementine unter herzlichem Lachen.

»Schließlich lieferte Paracelsus ja auch das Rezept für den Homunkulus, ausgehend von der Samenflüssigkeit, wie er sagt. Wenn die Menschen die Natur nachzeichnen, ja im Grunde den Platz Gottes einnehmen wollen, sind sie auf die Hilfe des Teufels angewiesen, das erscheint mir richtig... Vorausgesetzt allerdings, der Gott unserer Kirchen ist nicht der ›Gott der Fliegen‹, wie Otto ihn nennt, nicht ein als Gott verkleideter Teufel, denn in diesem Fall würde die ganze Taktik Ihres alten Naturforschers zusammenbrechen.«
»Es war Liebe zwischen Ehegatten«, sagte Alma darauf, »ich fühlte mich wie irre. Ich liebte diese Nächte sehr.«
Klementine zeigte weder Zorn noch Überraschung. Sie sagte Dinge, die Fräulein von Worth nicht recht verstand. Sie sagte, sie sehe diese Infizierung eines Schicksals durch ein anderes, diesen Rollentausch, diese Übertragungen von Macht, Liebe oder Haß, diese Stellvertretungen und Bevollmächtigungen, diese Enteignung der Seele eines jeden durch die Seele aller anderen, die Seele eines beliebigen anderen, als die einzig wirksame medizinische Verordnung zur Heilung der unheilbaren Einsamkeit des Menschen.
Fürst von Sachsen-Salza empfing seine Frau mit Würde. Er freute sich, daß sie es nach ihrer langen Klausur auf Schloß Greinburg vorgezogen hatte, wieder in die Hauptstadt zurückzukehren. Nach einer zeitlichen Unterbrechung nahm sie ihren Platz im Palais am Kärntnertor wieder ein, so als sei die Hälfte eines Jahres durch eine Falltür verschwunden oder hätte sich wie ein Trugbild aufgelöst und verflüchtigt, es sei denn, es hätte nie einen Bruch gegeben und Klementine hätte sich damit begnügt, sechs Monate auf dem Land zu verbringen, wo sie jede Woche den Besuch ihres Gatten erwartete und Abend für Abend auf ihrem Stickrahmen die Bilder von Merkur und dem Doppelgänger in der Hölle auftreten ließ. Und jetzt vollendete sie in dem verschlafenen Haus am Kärntnertor Gesten, die sie sechs Monate zuvor begonnen hatte. Gesten in der Schwebe, wie auf einem Gemälde, das eine Hand zeigt, die das Haar berühren will.

XXII

Bei den Sachsen-Salzas wurden Feste gefeiert. Herzogin Gertrud, der Fürst von Liechtenstein, Erzbischof Hohenworth, Marschall Karl von Steiniger, General Mayer von Helfenfeld, der schlesische Publizist Friedrich von Gentz, die Offiziere bei Hof, sogar Madame de Staël, alle Perücken, alle Schwulstigkeiten und Geziertheiten von Wien machten sich, hinter ihren ungarischen Dienern mit den langen, goldenen Stöcken, bei jedem Jahreszeitenwechsel erneut auf den Weg zum Kärntnertor.

Der kleine Dr. Ulhue, der sich im Laufe von wenigen Jahren mit affenartigem Geschick und trotz eines Gichtanfalls in die höchsten Sphären der Gesellschaft hinaufgeschwungen hatte, beschäftigte sich ausgiebig mit dem Thema ›Geschichte‹. Er dachte sich verschiedene Metaphern aus, die bei den Sachsen-Salzas Aufmerksamkeit erregten. »Die Französische Revolution«, hob er an und ordnete dabei die Falten auf seiner breiten, weißen Stirn, »und Ihren Napoleon bezeichne ich als Veitstänze, hemmungslose und konvulsionäre Agitation. Welcher Unterschied zu unseren Monarchien! Österreich tanzt das Menuett, und das Menuett ist nicht nur ein Tanz aus grauer Vorzeit. Es ist ein geordneter Ablauf, dessen Motive unausbleiblich wiederkehren.« Er schloß die Augen und nahm einen tiefen Atemzug, während er jede Silbe klingen ließ: »Wie um die vorangegangenen Motive immer wieder zu vernichten…, wie um ohne Unterlaß seine eigene Zerstörung zu zerstören… Der *Ouroboros*…«

Die Höflinge am Kärntnertor waren immer noch dieselben. Im Laufe der Zeit hatten ein paar neue Gestalten ein paar dahingeschiedene ersetzt, aber die neuen Köpfe ahmten die verblichenen nach. Aus den Tiefen eines Spiegels tauchten sie auf, angemalt mit der Schminke des Todes – dieselben Medaillen, die Brustkreuze, der Schmuck und die dunklen Fräkke. Schwarzbrod, der in den Salons verkehrte, um seinen Kummer zu betäuben, behauptete, die Bälle am Kärntnertor hätten Napoleons Kindereien in Preußen ausgenutzt, um das Rad der Zeit ein paar Jahre zurückzudrehen. Als Beweis führte er an, Professor Ptask habe die weiten Taschen, wie man sie früher trug, auf seinen rotbraunen Gehrock nähen lassen und die narzissengelbe Feder seines Dreispitzes gegen einen Federbusch aus Tuch eingetauscht. Seit ein paar Monaten band Professor Ptask seine Haare im Nacken zusammen. Dr. Ulhue geriet in Verzückung. »Herr Professor Ptask«, trompetete er, »hat durchaus recht, Österreich als das *Alpha* und *Omega* der Geschichte zu bezeichnen. Eine hübsche Formulierung, doch wollen Sie mir bitte erlauben, werter Herr Kollege, Ihr Apophtegma zu vervollständigen? Ich würde sagen, die Dynastie der Habsburger ist die Negation jener Frivolität, die die Franzosen im Verein mit einem gewissen Privatdozenten aus Jena, ich habe Friedrich Hegel genannt, ... frivolerweise ... die Geschichte nennen.« Der arme Ptask war völlig durcheinander. Er hatte sich nicht träumen lassen, daß sein im Nacken zusammengebundenes Haar solche Lobreden hervorrufen würde. Er schnupfte eine Prise Tabak und mußte hin und wieder niesen.

Schwarzbrod amüsierte sich. »Dieser gute Ulhue«, raunte er in das gierige Ohr der Herzogin Gertrud, »ist eine Veranschaulichung seiner eigenen Philosophie des Unwandelbaren. Seit ich ihn kenne, gibt er dieselben Albernheiten von sich.« Gertrud tastete nach dem großen struppigen Kopf des Naturforschers, zog ihn an ihren Mund und ergötzte ihn mit einer weiteren heimtückischen Bemerkung: »Nun, ich glaube, die Gräfin Pietranera veranschaulicht sie noch besser. Sie tut einfach immer dasselbe. Sie zieht ihr Hemd an und wieder aus.« Gertrud frohlockte. »Und wissen Sie, was sie in all diesen Betten treibt? Sie spielt den *Ouroboros*.« In diesen Momenten klang das Lachen der alten Dame heiter.

Österreich erlebte aber auch Neuerungen. Erzherzog Karl von Lothringen, das heißt, die Verkörperung von Kompetenz, Phlegma und Mut, erhielt den Oberbefehl über die Streitkräfte. Johann Philipp Graf von Stadion hatte die Geheime Haus-, Hof- und Staatskanzlei übernommen. In aller Ruhe wappnete er das Land für seine zukünftigen Prüfungen. Klemens Lothar Graf von Metternich, der österreichische Botschafter in Frankreich, war der Schwarm der Pariser Salons. Erst Geliebter von Caroline de Murat, dann von Madame Junot, hatte er Talleyrands Ohr. »Tz, tz, tz«, seufzte Kaplan Tahler, dessen Haar leicht ergraute und der endlich Zutritt zum Palais am Kärntnertor hatte, »Herr Metternich hat vielleicht Talleyrands Ohr, aber der Botschafter hat ja so viele Ohren! Deshalb schläft er auch, wie man mir versichert, mit vierzehn Schlafmützen auf dem Kopf, macht insgesamt achtundzwanzig Ohren...« Dem Fürsten von Sachsen-Salza zufolge, neigte Metternich dennoch zum Krieg, allerdings ohne dabei aufzuschneiden. »Sind Sie da ganz sicher?« fragte Tahler, wobei er mit seinem Mund das Geräusch eines Saugnapfs erzeugte.

Fürst Ernst war die Beständigkeit selbst. Er konkurrierte mit seinen Solstitien und Äquinoktien. Sein schönes, frisches Gesicht (»frisch wie ein weichgekochtes Ei«, um die spitze Bemerkung der Herzogin Gertrud zu gebrauchen, die ihn immer als Einfaltspinsel hingestellt hatte und ihn nicht mehr ausstehen konnte, seit ihre Nichte Klementine sich in Otto Apfelgrün verliebt hatte), seine rosigen, gepuderten Wangen, seine gleichbleibende Liebenswürdigkeit, der unergründliche Humor, mit dem er seine Ernsthaftigkeit versüßte, sein kahler Schädel – an diesen Mann war einfach alles unwandelbar. Er hatte sich gefragt, ob er seiner Frau ihre Ausschweifungen verzeihen oder ob er sie dafür tadeln sollte, er entschloß sich zu schweigen. Weder Gnade noch Vergessen. Diese Bosheit war teuflisch. Herzogin Klementine würde, von Gewissensbissen geplagt, ihre Schamgefühle gären lassen, sie würde leiden und abmagern.

Die Rechnung des Fürsten ging jedoch nur zur Hälfte auf.

Zwar war Klementine tatsächlich von Schuldgefühlen zerrissen, doch die kamen ihr nur zugute. Das Schuldgefühl war ihr Komplize und ihr Rausch. Sie leckte sich die Lippen danach, stopfte sich damit voll, mußte Unmengen davon verschlingen, und wenn ihre Gewissensbisse aus Unachtsamkeit einmal nachließen, peitschte sie sie schnell wieder auf, so wie man einen Kreisel schlägt, um ihn wieder brummen zu hören. Alles, was ihr ihre Leidenschaft, ihre Schande in Erinnerung rief, war gesegnet. Die Scham öffnete ihr wieder den Weg zu den Nächten, die sie in den Trümmern aller Nächte neben Ottos Körper verbracht hatte. Deshalb magerte die Herzogin durch ihre Reue ganz und gar nicht ab, sondern blühte geradezu auf. Sie verschrieb sich mit Haut und Haaren dem Kummer, und dieser Kummer war Glückseligleit.
Ihre Stimmungen wechselten. Sie konnte niedergeschlagen und schweigsam, aber auch strahlend, ungeduldig und herrisch sein. Dann wieder durchlebte sie ganze Wochen wie im Schlaf. In diesen Augenblicken nahm die Führung des großen Haushalts sie ganz in Anspruch. Sie ließ weiße und purpurrote Tischdecken und Servietten aus Perkal mit dem Monogramm der Sachsen-Salzas besticken. In der Küche wurden Konfitüren und Kompotte gekocht, und Klementine hatte kindlichen Spaß, wenn die Verwalterin die Gläser in die Vorratskammer einräumte. Was sie entzückte, war der Kontrast zwischen der Eintönigkeit dieser Tage und dem Tumult in ihrem Herzen. Ihre Kammerfrauen kochten Seifen und ordneten sie in einen großen Schrank, in dem jedes Regal ein Etikett mit der Anzahl der Stücke trug. Klementine hatte Vorräte für mehrere Jahre. Sie betrachtete sie mit einem Achselzukken. So viele Jahre Seife, wo die Flammen sie doch im nächsten Moment erfassen konnten!
Stundenlang saß sie an ihrem Sekretär, mit melancholischem Gesichtsausdruck und räumte dann die Oktavbögen, die mit ihren Gefühlsausbrüchen in malvenfarbener Tinte bedeckt waren, in die Kommode, zwischen die weißen Satinfalten ihres Kleides von dem Abend bei den Windiswraths. »Ich bin ein junges Mädchen in Erwartung seiner Hochzeit«, dachte

sie, »ich bin nichts als Tränen und Stöhnen, Glut, Ohnmachtsanfälle ...« Sie liebkoste eine blonde Haarsträhne ihres Geliebten. »Aber dieses junge Mädchen ist Otto Apfelgrüns Hure.« Abends sorgte sie dafür, daß sie ein bißchen Fieber hatte. Das Blut klopfte in ihren Schläfen, und da ihre Wangen glühten, trank sie Kräuterabsude, um ihren Teint zu erfrischen. Sie genoß es, untröstlich zu sein. Sie bereitete Salben zu, deren Rezepte sie ehedem von ihrer Amme gelernt hatte – ein Maß Milch, dann eins mit geschlagener Ziegensahne, ein Ei, ein Maß gestoßener Weizen und feingehackte Kresse oder gekochter und mit einem Tropfen Zitronensaft gewürzter Lattich. *Die Leiden des jungen Werther* lagen auf ihrem Nachttisch. Sie sah mit Weiden bewachsene Wiesen und wilde Baumgruppen vor sich, durch die der Geliebte irrte.

Der Hund wich kaum von ihrer Seite. Alma fand ihn nicht sehr hübsch, außerdem hinkte er. Aber Klementine meinte, Arcole sei der schönste Vorstehhund am Kärntnertor.

»Wenn Sie von einer Rose träumen«, sagte Klementine, »und Sie finden morgens nach dem Aufwachen eine Rose neben Ihrem Kopfkissen ...«

»Mein guter kleiner Arcole«, sagte Alma und tat, als pflichte sie ihr bei. »Du bist eine Rose, nichts anderes. Herzogin Klementine hat geträumt, im Traum ist sie nach Danzig gefahren, hat eine beleibte Dame kennengelernt, die Schnaps verteilte, sie hat einen jungen Mann geliebt, sie hat geträumt, sie habe einen armen Vorstehhund aufgenommen, wenn sie aber morgens wach wird, sitzt der Vorstehhund neben ihr auf dem Kopfkissen, und das bedeutet, daß sie nicht geträumt hat.«

Klementine antwortete mit ernster Stimme:

»So ist es, Alma. Deshalb darf Arcole nicht sterben.«

Wenn sie morgens eine große Tasse heiße Milch getrunken hatte, vertraute Klementine sich der Pflege ihrer Gesellschafterin an, die ihr Haar bürstete, ihren blonden Zopf flocht und ihr Mieder schnürte. Die beiden Frauen trennten sich nicht. Sie waren wie zwei Mädchen aus dem Pensionat, die Geheimnisse und Glücksgefühle und verrücktes Gelächter austauschten, und Klementine war zufrieden. Es gefiel ihr, daß die Lie-

besseufzer, die Wehmut und die Nebel, das Besticken von Bändern mit den Initialen des Geliebten die Maske und zugleich das Eingeständnis ihres inneren Aufruhrs waren.
In der heißen Jahreszeit machten sie gemächliche Spaziergänge durch die Parks von Wien oder die hellen Felder; in den Scheiblingsteiner Wald kehrte Klementine jedoch nie zurück. Die Tannen und Wacholdersträucher, die geschwärzte Köhlerhütte in ihrem Schnee, der Schrei der Eulen und das Hüpfen der Eichhörnchen, all das hatte sich wie ein Gespenst verflüchtigt. Ohne den Geliebten war der Garten Eden ein zerronnener Garten. Im Winter verließen sie das Haus am Kärntnertor nur selten, abgesehen von den Messen, die Klementine regelmäßig besuchte. Andächtig verharrten die jungen Frauen in den Kapellen des Stephansdoms. Blond und in Trauerkleidung hatte Klementine unter ihrem schwarzen Schleier einen Ausdruck der Verzückung, und Fräulein von Worth bemerkte Tränen des Glücks auf dem schönen Gesicht. Am liebsten hätte Klementine ihren glühenden Körper auf die kühlen Steinplatten der Kirche geworfen, mit ausgebreiteten Armen, die Frisur aufgelöst und die Brüste entblößt, und der Herr Jesus Christus, der die leidenden Frauen und die Tugend liebt, hätte sie in den Staub getreten. Abends las Klementine ihrer Freundin Passagen aus Werken des hl. Johannes vom Kreuz, von Angela von Foligno und Theresia von Avila vor.
»Die hl. Theresia von Avila beschreibt die Qualen der Lust besser als die Herren Schiller oder Rousseau. Hören Sie sich diese Worte an, Alma: ›Dieser Folter erst einmal anheimgegeben, wollte sie darin verbringen, was ihr an Leben noch blieb.‹«
Fräulein von Worth war hilflos, sie bewunderte die Heiterkeit der Herzogin, wo ihr Geliebter doch fern war.
»Eben«, erwiderte Klementine, während sie in kleinen Schlucken genießerisch ihren Kräutertee schlürfte. »Ich bin verzaubert, meine Liebe, das heißt, ich stehe unter einem Bann, einem Zaubertrank. Ich glaube, daß ich einen tüchtigen Schluck Gift getrunken habe und verhext bin. Verstehen Sie? Ich bin ohne Wünsche und fast ohne Verlangen. Ich habe kein

Verlangen, ich bin das Verlangen, so ist das … Ich bin an meine Freude gekettet. Die Zeit des Traums hat sich mit der Zeit der Realität überschnitten. Dieses Palais oder Schloß Greinburg, aber ebenso der Prater und meine Equipagen, mein graues Pferd, das ich so liebe, die Katzen im Anrichtezimmer und selbst Sie, selbst ich, liebste Alma, all das ist mit der Tinte des Traums geschrieben. Ich bin gar nicht auf der Welt.«
Klementine lächelte über ihre eigene Unvernunft. Fräulein von Worth durchfuhr ein leichtes Entsetzen. Die Augen ihrer Herrin waren starr und weit aufgerissen, die Augen einer Geistesgestörten. Die Herzogin hielt lange Reden, zwar mit ruhiger Stimme, doch waren diese Reden ohne Sinn. Sie beneidete die heiligen Frauen, deren in sich gekehrte Gesichter im Dunkel des Doms leuchteten. Gerne hätte sie ihre Lippen auf diese ausgemergelten, blutleeren Wangen, diese Totenlippen, diese bleichen, gleichsam fauligen Lider und das Blutschwitzen ihres Todeskampfes in Christus gedrückt. An Gott, den schönen Gott, richtete sie ihre Litaneien.
»Ich kann die Tage nicht sehen«, erklärte Klementine, »sie eilen dahin wie eine Kavallerieattacke, aber eine stumme. Die Pferde galoppieren über das Gras. Ihre Hufe machen nicht den geringsten Lärm, sie haben kein Gewicht und treten nicht auf, und Leutnant Apfelgrün wird mir durch göttliches Geheimnis zurückgegeben. Sehen Sie ihn an: Er kommt durch das grüne Licht der Birken und Buchen, verwundet und traurig, sehen Sie … An welchem Ort, unser Wiedersehen? Das ist das Geheimnis, aber ganz gleich ob es in der Hölle oder im Paradies ist, Alma, in Dresden oder in Wien, ich werde ihn immer noch küssen. Und wenn unsere Hochzeit die Hochzeit des Todes ist …«
Die Herzogin lief zu ihrem Sekretär, schlug ein Bändchen von Novalis auf, mit zitternden Fingern suchte sie die Seite. »›Eine Verbindung, die wir für den Tod eingehen, ist eine Hochzeit, die uns eine Gefährtin für die Nacht gewährt. Im Tod ist die Liebe am sanftesten. Für die Liebenden ist der Tod eine Hochzeitsnacht, das Arkanum eines sanften Geheimnisses.‹«

Fräulein von Worth sah ihre Herrin entsetzt an.
»Nein, Alma, ich sehne nicht den Tod herbei, aber in den Gefilden, in denen ich mich befinde, sind Tod und Leben nicht mehr voneinander getrennt, so einfach ist das...«
»Aber gnädige Frau...«
»Ja, meine gute Alma, Sie denken, ich hätte zuviel Phantasie, ich sei mondsüchtig?«
»Gnädige Frau...«
»Ich sei verrückt geworden, Alma? Irgendwo auf dieser Erde gibt es einen unbekannten Ort, und dieser Ort schickt sich an, unsere Vermählung zu feiern. Wo liegt er, dieser Ort, o Alma, ich möchte es nicht wissen. Was ich begreife, ist, daß die ganze Erde schön ist, jeder Wald, jeder Marktflecken und jeder Berg ist schön, denn das kleinste Zedernwäldchen, der winzigste Gebirgsbach ist vielleicht der Ort unseres Wiedersehens.«

Österreich räkelte sich. In den Kaffeehäusern und Schenken, in den Vorzimmern der Hofburg war Spanien die Neuigkeit. Der Unbesiegbare biß sich an Spanien die Zähne aus. Die Mönche von Salamanca und Burgos nahmen Junots Grenadiere unter Beschuß. Die kastilischen Frauen erschlugen die Riesen von Austerlitz.
»Ist es nicht eine wunderbare Fügung«, säuselte Kaplan Tahler, »daß die Heilige Jungfrau und Christus, nachdem sie geschwankt hatten, endlich ihre Entscheidung getroffen haben? Eine Entscheidung, die ich, das darf ich wohl sagen, immer vorausgesehen habe. Spanien und Österreich sind die beiden Bollwerke der Gegenreform, sie waren dazu ausersehen, den Antichristen niederzuschmettern.« Als Joseph am 20. Juli 1808 unter den Augen der Verfassungsgremien, aber auch denen eines unglücklichen Volkes, feierlichen Einzug in Madrid hielt, war General Dupont in Baylen bei Sevilla eingeschlossen und mußte kapitulieren. »Eingeschlossen! General Dupont, der Held von Friedland!« kommentierte Ulhue, »Eingeschlossen wie ein ordinärer Mack in Ulm!« Und auf Franzö-

sisch kreierte er, ein bißchen auf gut Glück, das Wortspiel: »Dupont ist ja ganz schön mackiert worden!«
Joseph war bis zum Ebro zurückgewichen. Obwohl Pitt schon zwei Jahre tot war, schickte England nicht nur Gold, sondern auch Soldaten. Wellesley landete in Portugal. In Wien bekam die Kriegspartei wieder Aufwind. Kaiserin Maria Ludovica, die zweite Gattin des Kaisers Franz, die Erzherzöge Maximilian und Ferdinand und Reichsfreiherr vom und zum Stein machten den Bündnisanhängern, das heißt, Erzherzog Karls Freunden, das Leben schwer. Der schlesische Publizist von Gentz meinte, das Signalhorn der Geschichte lasse die ersten Arpeggios der Wiedereroberung erklingen.
Freiherr von Hormayr führte den Kreuzzug an, und war es nicht bezeichnend, daß der beharrlichste Rädelsführer von Wien der Direktor des geheimen Hausarchivs war, mit anderen Worten, der Mann der Vergangenheit und der Erinnerung? Die europäische Intelligenz, die seit dem Sturm auf die Bastille so oft geschwankt hatte, richtete sich wieder auf. Germaine de Staël ließ Prophezeiungen und Verwünschungen gegen den korsischen Betrüger los. Obendrein fand die Tochter Neckers die Herden von Renen und Hirschen, die auf dem Prater ästen, rührend, während Napoleon und der Kurfürst von Sachsen in Dresden unter dem Damwild ein abscheuliches Blutbad angerichtet hatten. »Eine Mücke, die ohne Befehl von Napoleon davonflöge«, sagte Ulhue zu Madame de Staël, »wäre ein aufrührerisches Insekt. Der Tyrann zermalmt nicht nur die Menschen, sondern auch die Tiere Gottes, die Blumen der Heiligen Jungfrau.« Die beiden aus Deutschland gekommenen Brüder Schlegel schaukelten sich in ihren Drohungen gegenseitig hoch.
Klementine erfuhr Neues über ihren Geliebten. Christine Kinsky schrieb ihr. Otto habe das Königsberger Gefängnis verlassen. Mit den Bewegungen der französischen Armee habe er verschiedene Zellen kennengelernt. Er sei in Erfurt und Frankfurt gewesen, und im Augenblick befinde er sich in Dresden. Aus Christines Briefen sprach der Wahnsinn.
»Du kannst sagen, meine liebe Cousine, daß noch nie eine

Frau so geliebt wurde wie Du. Ich bringe Gott in Deinem Namen meine Gebete dar, und es sind Segnungen. Ich drücke ihm meine Dankbarkeit aus. Ich bin frommer denn je. Ich widme meine Zeit den Lobpreisungen des Himmels. Der Weihrauch meiner Gebete rührt den Guten Gott, dessen bin ich gewiß, ich danke ihm ohne Unterlaß, und muß ich dieser Schilderung noch die meines Kummers hinzufügen? Mein Leid ist ein Gefäß ohne Boden.

Sicher wäre es besser, ich würde aufhören, Herrn Apfelgrün zu lieben, denn wenn er mich auch schätzt, so gehört seine Seele doch Dir. Die Nächte sind lang. Ich sage mir, daß er noch mehr ist als Dein Fang, Deine Beute. Meine Qual ist grenzenlos. Du bist für diesen Mann die Sonne, die Jahrtausende, die Zukunft, und auch die Götter nebst allen Engeln, was für ein Luxus, Cousine, und welche Frau wünschte sich nicht sehnlichst ein solches Glück? Neben einem solchen Schatz sind Golconda und die Paläste von Babylon der reinste Dreck.

Ja, das Einleuchtendste wäre, die Liebe, die mich peinigt, durch Abneigung zu ersetzen, notfalls unterstützt durch ein bißchen Haß, ein bißchen Eifersucht, aber dazu fehlen mir sowohl die Kräfte als auch die Fähigkeit. Du weißt, liebe Klementine, daß eine Frau die Regungen ihres Herzens nicht umstößt. Und im übrigen, verstehst Du das: *Ich möchte nicht den lieben, der mich liebt. Ich will den lieben, der mich verschmäht.*

Ich bin nicht zu bedauern. Mein Unglück ist mein Lohn. Den von ihren Liebhabern verlassenen Frauen erwachsen aus der Liebe Freuden, die die erfüllten Frauen nicht erahnen. Die Liebe begräbt die Liebe. Ich behaupte, die Liebe ist Asche auf die Liebe. Betrachte meine Worte nicht als Auswuchs meiner Eifersucht, ich verkünde auf diese Weise meine Hoffnung. Ich beschreite den Leidensweg einer Liebenden. Die Zerstreutheit meines Geliebten, die Leidenschaft für Dich, die ihn verzehrt, sind meine Zuflucht. Diese eiskalte, funkelnde Leere, in der mein Herz lichterloh brennt, vermag mein Verlangen zum Glühen zu bringen und die Glut anzufachen.

Ich bin so unbescheiden, zu behaupten, daß meine Liebe zu

Otto erhabener, reiner ist als die Deine, aus dem ungewöhnlichen, ja sogar verblüffenden Grund, daß er mich nicht liebt, während er Dich verehrt, an Dir stirbt. Deine Liebe wird nämlich dauernd vom buntschillernden Staub der Liebe zugedeckt, während meine Leidenschaft, von der Verachtung des Geliebten genährt, auflodert und glänzt.
Früher lasen wir gemeinsam Johannes vom Kreuz. Ich halte es nicht für ein Sakrileg (und außerdem, Cousine, waren wir in diesem Punkt nie besonders genau), zu glauben, daß das barbarische Gedicht des Heiligen, Du erinnerst Dich sicher: ›Ich sterbe daran, nicht zu sterben‹ auch so lauten könnte: ›Ich liebe es, nicht geliebt zu werden‹. Ach, Cousine, wie krank ist doch das Herz einer Frau, wenn es sich in den Schlingen der Verführung verfangen hat. Und selbst wenn man Ariadne ist, wie soll man die Ausgänge des Labyrinths finden? Mir ist jetzt ganz klar, daß Ariadne allen außer sich selbst den Weg in die Freiheit weist. Und wenn man, wie ich es wohl bin, zugleich Ariadne, der Minotaurus und Dädalus ist ... Denke nicht, ich sei verbittert. Ich schmiege mich ganz fest an die Liebe. Ich glaube nicht, daß eine Frau ohne Verzweiflung lieben kann.«

Klementine und ihr Mann sprachen nie über die Vergangenheit. Der Fürst widmete seine Tage dem Dienst an der Monarchie. Abends speiste das Paar in dem würdevollen Speisesaal des Palais, an dem langen Tisch, der mit seiner Damasttischdecke, seinen Kristallgläsern und seinem Silber erglänzte. Der große Raum war hell erleuchtet, Klementine wollte es so. Wenn das Wetter es erlaubte, blieben die hohen Fenster geöffnet, und die Spindelsträucher, die Eiben und Ulmen im Park waren wie schwarzer Samt. Man zwang sich zu höflichen, amüsanten, harmlosen Unterhaltungen. Es herrschte Frieden, das Schlagen des Pendels machte diesen Frieden unbeweglich, eine Ewigkeit. Nach dem Abendessen zog Klementine sich ins Musikzimmer zurück, wo sie entweder ein paar Nadelstiche machte oder die Saiten ihrer Harfe zupfte. Der

Fürst begab sich ins Rauchzimmer, um die Tageszeitungen durchzublättern. Gegen zehn Uhr stiegen sie gemeinsam hinauf in ihre Gemächer.

Der Preußenfeldzug hatte sie einander nähergebracht. Jeden Samstag teilten sie das Lager, doch dieses Wiedersehen war eher ein Zeichen ihrer Distanz als ihrer Zärtlichkeit. Die Falle, in der die Herzogin ihren Gatten einzuschläfern gehofft hatte, hatte sich gegen sie gekehrt und war über ihr selbst zugeschnappt. Indem er seine Frau nicht von ihrer Kammerzofe unterschied, verriet Fürst Ernst, daß er keinen Unterschied zwischen einer Frau und einer anderen machte. Er liebte den Körper, der sein Nachtlager teilte, mit gleichbleibender Achtung. Dieser Mann, der als Tölpel galt, erwies sich als sehr pervers.

Sechs Monate zuvor hatte Klementine ihre Gesellschafterin angewiesen, auf Schloß Greinburg ihre Rolle zu übernehmen. Jetzt war es an Klementine, in Fräulein von Worths Kleider zu schlüpfen. Die beiden Frauen hatten ihre Masken vertauscht. Nachdem Alma von Worth ihrer Herrin als Marionette gedient hatte, zog sie jetzt selbst, sogar ohne es zu wissen, an den Fäden des Theaters. Auf Schloß Greinburg war sie das Spiegelbild, die Statthalterin der Herzogin gewesen, während sie nun in Wien deren Vorbild war. Ein merkwürdiges Lächeln auf den zusammengekniffenen Lippen des Fürsten ließ erkennen, daß dieser gar nicht ungern die Tricks seiner Frau durcheinanderbrachte. Jetzt verabreichte er Klementine den Trank, mit dem sie selbst ihn hatte versteinern wollen. Darin lag eben die Gefahr dieser komplizierten Vergnügungen, und Klementine fragte sich, ob ihre Tante, die alte Herzogin Gertrud, in Lord Misrules Programm solche heimlichen Nutznießer vorgesehen hatte. Man müßte ihr die Frage stellen, ob das alte englische Original mit derartigen Umkehrungen gerechnet hatte. Lord Misrule überhäufte einen seiner Diener mit Gold, damit dieser sich seines Kummers, seiner Tränen und seiner Liebschaften annähme. War es Misrule widerfahren, daß er seinerseits anstelle seines Dieners weinte, daß er um dessen Verlobter willen seine eigene Verdammung erwirkte?

Klementine gewöhnte sich an diesen Wirrwarr. Sie verglich das Schicksal mit dem Münzenwerfen, sie sagte sich, daß die Maskenbälle immer schicksalhafte Bälle waren. Und wenn Fräulein von Worth für eine Nacht wieder in das Kostüm ihrer Herrin schlüpfte? Was würde der Fürst dann tun? Er würde sich an den Ritus halten. Er würde nicht im geringsten erstaunt sein, allein das Äußere würde die Geliebte ausmachen. Mit seiner eintönigen, offiziellen Stimme würde er, während er seinen Fisch enthäutete, Alma den neuesten Klatsch vom Hof mitteilen. Nach dem Abendessen würde er sich ins Rauchzimmer zurückziehen, um seine Zeitungen zu lesen, und gegen zehn Uhr würde er in Fräulein von Worths Begleitung in seine Gemächer hinaufgehen. An manchen Abenden spielten Ernst und Klementine eine Partie *hombre*, wozu drei Spieler nötig waren. Dann wurde Fräulein von Worth zu ihnen an den Tisch gebeten, und am Ende wartete Klementine immer darauf, daß der Fürst und Alma ihr höflich eine gute Nacht wünschten und sich zusammen in den zweiten Stock begäben. Würde Klementine sich dann im Zimmer ihrer Zofe schlafen legen?

Einmal brachte der Fürst Klementine Neuigkeiten von Leutnant Apfelgrün. Er stellte es raffiniert an, gleichsam gedankenlos, so als erzählte er den letzten Klatsch aus Schönbrunn. Nachdem Napoleon in Spanien einige beleidigende Äußerungen fallengelassen habe, um seine Generäle wieder auf Vordermann zu bringen, schicke er sich jetzt an, Österreich zu überfallen, Klementine brauche sich jedoch keine Sorgen zu machen, die Monarchie sei gewappnet.

»Und sehen Sie doch nur, wie schelmisch sich der Lauf der Dinge gebärdet«, bemerkte Ernst mit glatter, wohlwollender Stimme. »Seit dem Preußenfeldzug ist Sachsen mit Frankreich verbündet, so daß eine gestern noch unvorstellbare Kombination in Betracht gezogen werden muß: Sachsen und Österreich in zwei feindlichen Lagern! Das bedeutet, daß die beiden Regimenter, deren gemeinsame Inhaber wir sind, meine blauen Husaren von Dresden und Ihre weißen Kürassiere von Wien, sich messen, ja sich vielleicht massakrieren werden. Noch nie wurde in den Chroniken des Königreichs von einer so seltsamen Situation berichtet.«

Klementine hob eine Hand an ihre Schläfe, sie glaubte in Ohnmacht zu fallen, konnte sich aber gerade noch beherrschen.

»Vor allem«, entgegnete sie ruhig, »da Sie unter ihren sächsischen Offizieren mehrere Österreicher haben.«

»Mein Gott, Klementine, wie könnte ich das vergessen, und muß ich Ihnen sagen, daß das Schicksal dieser unglückseligen jungen Leute, die morgen gegen ihr eigenes Land werden kämpfen müssen, mir große Sorge bereitet? Der Krieg ist ein raffinierter, blinder, ja ich möchte sogar sagen ironischer Apparat. Gegen seine Fallen sind wir machtlos. Ich habe den ganzen Tag im Oberkommando zugebracht. Gern hätte ich all meine sächsischen Husare österreichischer Herkunft nach Wien zurückgeholt. Leider ist es dafür zu spät! Die Schlachtbewegungen sind schon im Gange. Unsere Verbindungen zu Dresden sind abgebrochen. Es gibt keine Möglichkeit, diese jungen Leute durch den Kordon der französischen Truppen nach Österreich zu schleusen. Sie sind in dem Netz gefangen, und morgen, tja, morgen werden sie Wien, ihre eigene Heimat, angreifen. Gott befohlen ...«

Der Fürst seufzte, stocherte in seinem Fischsalat, und da Klementine schwieg, setzte er zu einem weiteren Schlag an. Sein grausamer Blick strafte seine süßliche Stimme Lügen.

»Oberst Adegauer ist es gelungen, mir von Dresden aus einen Brief zukommen zu lassen, vielleicht den letzten, und der Teufel weiß, wie er das geschafft hat. Er gibt sich beruhigend. Das Regiment werde sich seiner Traditionen würdig erweisen. Die blauen Husaren würden mit ihrem wohlbekannten Schneid an der Seite der Franzosen gegen Österreich kämpfen, versicherte er mir, und das Regiment sei wieder vollständig, denn Savary oder auch Monsieur Charles, das sagt er nicht genau, habe Leutnant Apfelgrün begnadigt, worauf dieser aus seinem Gefängnis entlassen worden sei und die Spitze seines Zuges wieder habe einnehmen können.«

»Apfelgrün soll das Schwert gegen seine eigene Heimat rich-

ten?« fragte Klementine ruhig. »Gegen seine alten Kameraden, gegen Konrad, Ulrich, Oberstleutnant Scherer?«
Der Fürst brach in lautes, resigniertes Gelächter aus.
»Ach, meine liebe Klementine, ich gebe ja zu, daß diese Konstellation grausam ist, aber wenn man darüber nachdenkt, ist sie nicht außergewöhnlich. Es wimmelt von derartigen Fällen. Sehen Sie: Ein französischer General ist es, der nach der Niederlage dieses unglücklichen Mack in Ulm forsch gegen Augereau kämpft. Bellegarde ist Savoyer, auch wenn er aus Versehen in Dresden geboren wurde, und er befehligt unser erstes Kavallerieregiment. Marschall Casteller-Courcelles ist Belgier, ihm untersteht unser achtes Armeekorps. Und Lusignan kann durchaus aus dem Béarn kommen und trotzdem heute österreichischer Marschall und Kammerherr des Kaisers sein.«
»Aber all diese Männer«, wandte Klementine ein, »sind französische Emigranten, sie haben eine ganz besondere Position.«
»Stimmt. Aber Macdonald ist einer der besten Generäle der Großen Armee, was ihn keineswegs daran hindert, Schotte zu sein. Prinz Eugen, der 1683 am Kahlenberg die Türken zurückdrängte, war er nun Österreicher oder Savoyer? Und wer wird die Nationalität unseres lieben Fürsten von Ligne benennen? Belgisch? Französisch? Oder aber schottisch, weil seine Mutter die Enkelin von Maria Stuart war? Oder etwa russisch? Schließlich war er Feldmarschall von Katharina II.«
»Ligne, schön und gut, aber das ist Ligne.«
»Sehen Sie«, erwiderte der Fürst übergangslos, »ich lese immer noch in den *Memoiren* von Ligne. Ich glaube nicht, daß irgend jemand die Französische Revolution besser beschrieben hat. ›Frankreich ist unregierbar geworden, seit es aufgehört hat, frivol zu sein‹ – hübsch, nicht wahr?«
»Aber Ernst«, antwortete Klementine heiter, »Ligne hat nur Frauen im Kopf. Wissen Sie, warum er den Sturm auf die Bastille verabscheut? Weil er ›die Ritterlichkeit stört und den Sitten ihren Glanz raubt‹.«

»Heute nacht bin ich auf den so geheimnisvollen Satz gestoßen: ›Taut die kalten Völker nicht auf.‹ Was bedeutet er, Klementine, das frage ich mich. Sehen Sie, für mich gehört es zu den Albernheiten der Französischen Revolution, daß sie die Nation als höchstes Gut hinstellt. Unsere alten Monarchien beruhen auf anderen, verbindlicheren Rechten und Pflichten: Der Treuepflicht eines jeden gegenüber diesem oder jenem Souverän, so jedenfalls sehe ich die Dinge.«
»Und Sie, mein Freund?«
»Ich, oh, ich stehe treu zu meinem Souverän, Franz I. von Österreich, darein lege ich meine Ehre, auch wenn ich zerrissener bin als andere. Schließlich bin ich ja Fürst von Sachsen, und dennoch werde ich Wien gegen Sachsen verteidigen, ja schlimmer, gegen meine eigenen blauen Husaren.«
Klementine ging ans Fenster und öffnete es. »Der Frühling hat kaum begonnen«, seufzte sie, während sie ihre Blicke über den Park schweifen ließ, »aber es ist so schwül, und mit diesem Höllenfeuer im Kamin erstickt man, finden Sie nicht...«
Einige Minuten später suchte sie im Musikzimmer Zuflucht und zwang sich, ein Motiv ihres Wandteppichs zu vollenden, die Nacht jedoch wurde schrecklich. Sie sah blutige Bilder, das war die Strafe, und ihr Geliebter war tödlich verwundet. Sie hatte sich über die Sitten hinwegsetzen, die Treue mißachten, sich über die Gesetze erheben wollen, doch die Gesetze waren wachsam, Klementine würde der Verdammung nicht entgehen. Die Zeit des Unglücks brach an. Sie dachte an die heiligen Frauen der Kirche, ihre an Ertrunkene erinnernden Gesichter, sie betete, aber ihr Herz war leer, ihre Lippen waren trocken. Am nächsten Morgen gewahrte Fräulein von Worth mit Schrecken ihre Blässe. Klementine hatte ihre Tasse Milch nicht getrunken. Aufgelöst saß sie an ihrem Sekretär und schrieb in ihr Tagebuch.

Fürst Ernst hatte nicht übertrieben. In Wiener Kreisen gewann der Kriegsgedanke an Boden. Die österreichische Diplomatie ermunterte ihre ehemaligen Tiroler Untertanen, die derzeit unter der Herrschaft Bayerns standen, das wiederum mit Napoleon verbündet war, zur Revolte. Stadion knüpfte Fädchen für Fädchen die Beziehungen Schönbrunns zu Potsdam und Sankt Petersburg wieder an. Die englische Flotte kreuzte vor Deutschland und den Niederlanden. Der Kaiser der Franzosen spürte, wie das Gewitter heraufzog. Nach seinem Handstreich in Spanien kehrte er in aller Eile in seine Hauptstadt zurück. »Ich werde Österreich in sein Nichts zurückstoßen«, rief er aus. Wien konterte. Am 6. April richtete Franz I. einen Appell an die deutsche Nation: »Da die Freiheit Europas unter unseren Fahnen Zuflucht gesucht hat, werden unsere Siege die Ketten unserer deutschen Brüder sprengen, die, noch in feindlichen Reihen, auf ihre Befreiung warten.«

Das Oberkommando ließ seine Legionen los. Erzherzog Karl machte einen Frontalangriff über den Inn. Die österreichischen Soldaten marschierten in Innsbruck ein. In Tirol kapitulierte der französische General Bisson vor den zwanzigtausend aufständischen Bauern unter ihrem Führer Andreas Hofer, der auf einer mit Bändern geschmückten Mauleselin ritt und mit Donnerstimme den Rosenkranz betete. Das Glück war der Monarchie hold. Leider nahm der Kriegsgott sein Gewehr auf die andere Schulter, als Napoleon an der Donau sein Lager aufschlug. Regensburg fiel. Trotz des hartnäckigen Widerstands, den General Hiller leistete, erzwangen die Franzosen sich den Weg nach Wien.

Das Volk fällte die Bäume im Prater, die schönen, melancholischen Bäume, die Joseph II. den Wienern übergeben hatte, um dem Glück Schatten zu spenden. Schon setzten Napoleons Meldereiter die Gemächer von Schönbrunn instand. Am 11. Mai schlugen die französischen Pioniere Brücken über den Fluß, der Prater wurde eingenommen. Bertrands Kanoniere tauchten die Stadt in rote Glut. Erzherzog Maximilian, dem das Kommando über die Stadt oblag, hatte keine Verbindung mehr zu Franz I., der zum zweiten Mal untätig in Olmütz saß. Sich selbst überlassen, ließ der Erzherzog auf dem Burgtor die weiße Fahne hissen, und am 13. Mai fand in Schönbrunn die Übergabe statt. Napoleon gebärdete sich großmütig und wohlwollend. »Soldaten«, verkündete er, »dem verwaisten, im Stich gelassenen, verwitweten Volk von Wien soll eure ganze Achtung gehören. Ich nehme die Bewohner unter meinen ganz besonderen Schutz. Unruhestifter und Bösewichter werde ich exemplarisch bestrafen. Seid gütig zu diesen armen Bauern und diesem guten Volk, das unsere ganze Aufmerksamkeit verdient. Unsere Siege sollen uns nicht zum Hochmut verleiten, wir wollen darin ein Zeichen jener göttlichen Gerechtigkeit sehen, die den Undankbaren und Eidbrüchigen bestraft.«

Der Fürst von Sachsen-Salza hatte Wien nicht verlassen. Er stand General O'Reilly zur Seite, dem Erzherzog Maximilian seine Befugnisse übertragen hatte, bevor er sich zu Franz I. nach Olmütz begab. Fürst Ernst erfuhr, daß Scherers weiße Kürassiere zusammen mit dem Kavalleriekorps des Marschalls von Liechtenstein zwischen Eßling und Aspern in Stellung gegangen waren. Klementine fragte, ob man irgend etwas von Adegauers blauen Husaren wisse. In dem Stadium der Verzweiflung, das sie erreicht hatte, pfiff sie auf Vorsicht und Anstand.

»Ach, mein Gott, wir wissen nichts, meine Liebe. Sicher sind sie irgendwo, zwischen St. Pölten und Wien, und am vereinbarten Tag wird Napoleon sie in den Kampf schicken, aber wir müssen Vertrauen zu ihnen haben, Klementine, sie werden sich wacker schlagen.«

Es war ein ruhiger, goldener Nachmittag, die beiden Ehegatten plauderten bei einem gemeinsamen Gang durch eins der Gewächshäuser im Park. Der Fürst schnitt hier und da einen wilden Trieb, einen wildwachsenen Zweig ab. Er zerrieb verwelkte Blüten zwischen seinen Fingern.

»In der Fahnengasse habe ich Advokat Apfelgrün getroffen, in Begleitung dieses unangenehmen Lakaien, Sie wissen schon, der Frau Apfelgrüns Meßbuch trug, wir haben damals viel darüber gelacht. Ich glaube, dieser arme Advokat hat nichts begriffen, er lächelte wie immer, dieses etwas dümmliche Lächeln. Das ist komisch, nicht wahr? Man braucht nur faules Blut, ich weiß nicht welchen zerstörerischen Saft in den Äderchen des Gehirns zu haben, und schon löst sich alles auf – Sorgen, Eitelkeit, Verzweiflung. Advokat Apfelgrün hat keine Ahnung vom Krieg, das heißt, der Krieg existiert nicht, er hat ihn zunichte gemacht, einen Separatfrieden geschlossen. Advokat Apfelgrün leidet nie, Klementine. Ich würde gerne eine Lobrede auf die Verkalkung schreiben.«

Der Fürst hatte ruckartig den Kopf gehoben, er blickte seine Frau aus großen Augen traurig und flehentlich an und reichte ihr eine ganz kleine Rose.

»Ja, an manchen Tagen beneide ich den Advokaten Apfelgrün.«

Er zögerte:

»Sie verstehen mich, Klementine. Nicht Glück, man darf nicht zuviel verlangen, ich meine, die Abwesenheit des Unglücks ...«

Klementine hielt es nicht im Haus. Jeden Nachmittag spannte der Kutscher zu langen Fahrten durch die von französischen Soldaten wimmelnde Stadt seine Pferde an. Durch die zur Hälfte heruntergelassenen Gardinen der Kutsche beobachtete die Herzogin die Straße. Sie ließ anhalten, stieg aus und ging ein paar Schritte durch die Gassen oder aber sie verschwand in einer Kirche. Sie hatte sich in den Kopf gesetzt, ihre Cousine Christine Kinsky zu überraschen. Diese war sicherlich in Wien, denn d'Andreossy, der Militärchef von Wien, hatte Schulmeister, oder besser Hauptmann Charles, zum französischen Präfekten der Hauptstadt ernannt, wie schon 1805 in Wien und erst vor kurzem in Königsberg. Klementine spürte ihre Cousine jedoch nicht auf, und selbst wenn sie ihr begegnet wäre, wäre Christine stumm geblieben, oder sie hätte gelogen, aber Klementines Verwirrung war so groß, daß sie über jede Nachricht von Otto, selbst eine falsche, erleichtert gewesen wäre.

Napoleon war von einer Idee besessen: die Donau zu überschreiten, auf das linke Ufer unterhalb der Hochebene von Wagram zwischen Eßling und Aspern zu stürmen und das Hauptheer unter Erzherzog Karl zu zerschlagen, doch die Donau war durch das Schmelzwasser stark angestiegen. Am 18. Mai schlug Napoleon zu und besetzte die vier Kilometer lange und sechs Kilometer breite mitten im Fluß gelegene Insel Lobau. Die Pioniere bauten ausgezeichnete Brücken, und im Morgengrauen des 21. Mai begann die Kavallerie unter Lassalle, auf das linke Donauufer überzuwechseln.

Erzherzog Karl griff auf der Stelle an. Am Pfingstsonntag stand Aspern in Flammen. Achtzehntausend Franzosen und siebenundzwanzigtausend Österreicher starben. Von der Spitze einer Tanne auf der Insel Lobau aus verfolgte Napoleon durch sein Fernrohr das Ballett der bunten Soldaten, die in die grünen Weizenfelder flohen. Ganz Wien stand auf seinen Balkons. Die Kanonenkugeln streckten ganze Kolonnen nieder; Pferde krepierten; und wie die Winde, die Nebel und die Brisen vorbeizogen, so zogen auch die Menschen vorbei, und so starben die Fußsoldaten und die Dragoner, die Kürassiere und Lanzenreiter, und so brüllten die blauen, grünen, gelben Soldaten, die Soldaten aller Farben, die grauen Soldaten in der Ferne. Klementine suchte die Farbe Blau. Der Druck der Österreicher wurde stärker. Die große Brücke, die die Insel Lobau mit dem Wiener Donauufer verband, wurde vom Hochwasser fortgerissen. Nachts blieb der französischen Armee kein Schlupfwinkel mehr, sie war im Netz gefangen, zwischen den österreichischen Truppen und der Donau.

Napoleon ordnete den Rückzug an. Unter einem schwülen Regen kehrten alle französischen Kontingente, die sich auf das linke Ufer vorgewagt hatten, auf die Insel Lobau zurück, es war drei Uhr morgens. Die Pioniere bauten die kleine Brücke ab, so wie man in den alten Festungen die Zugbrücken hochzog, und die französische Armee war gerettet, allerdings in einer prekären Lage, war sie doch auf dem winzigen Raum, den die Insel bot, inmitten eines aufgewühlten Flusses zusammengedrängt. Schon bei Anbruch der Nacht war Klementine mit Fräulein von Worth ins Dachgeschoß des Palais gestiegen, durch das Ochsenauge beobachtete sie das Kriegsgeschehen. Viel sah sie nicht. Der Himmel war verhangen. Jenseits des grauen, funkelnden Streifens der Donau erblickte sie riesige Feuersbrünste, und in der Helligkeit der Flammen tobten Dinge herum, düstere Dinge, man hätte sie für Insekten halten können, oder Würmer, oder Tinte, und diese Dinge vergingen, wie schwarze Funken lösten sie sich in der Flamme auf, und Fräulein von Worth drang mehrmals darauf, ihre Herrin möge sich doch ein wenig ausruhen, auf diese Entfernung könne man doch ohnehin nichts erkennen, aber Klementine hörte nichts.

Um drei Uhr morgens bestand die österreichische Armee aus einem einzigen Jubelgeschrei. Sie hatte den Usurpator, dessen Truppen das Weite suchten, geschlagen. Die Ebene erstrahlte, doch diesmal waren es die Bauernhöfe, die im ganzen Kessel von Wagram glänzten. In Wien stimmten die Glocken von tausend Kirchen ein feierliches Geläut an, die Stadt tat kein Auge zu, sie blies zum Schüsseltreiben. Am nächsten Tag glich das Palais am Kärntnertor einem Ameisenhaufen. Jeder wollte Neuigkeiten erfahren und Neuigkeiten loswerden, man beglückwünschte sich gegenseitig. General Graf König von Weitzau breitete sein gewaltiges historisches und militärisches Wissen aus. Er wußte aus vertraulicher, aber zuverlässiger Quelle, daß fünfzigtausend französische Soldaten auf der Strecke geblieben waren, aber das sei ja noch gar nichts: Augereau, d'Espagne, Oudinot und Lannes seien tot. Berthier habe seinen Meister verraten und sei zu Erzherzog Karl übergelaufen. In Znaim habe man auf den Mauern des Rathauses eine Proklamation angebracht! »Bonaparte ist geschlagen«, und in Buda: »Bonaparte ist tot, die Überreste seiner Truppen wurden auf ihrer Flucht nach Italien von Erzherzog Johann entwaffnet.« Die Straßensänger von Wien verglichen Erzherzog Karl mit St. Michael und Napoleon mit dem Drachen.

Lannes, dessen eines Knie zersprungen war, lag tatsächlich im Sterben. Es stimmte auch, daß d'Espagne tot war, aber alles übrige war erfunden. Die französische Armee war auf der Insel Lobau in Sicherheit. Dort schoß eine Stadt aus dem Boden, die nachts hell erleuchtet war, mit Biwaks, Krämerläden, Straßen und Spitälern. Napoleon, der nach Schönbrunn zurückgekehrt war, hielt prachtvolle Revuen ab, gewährte Audienzen und besuchte Theatervorstellungen. Die Wiener waren enttäuscht, sagten sich jedoch, Frankreich habe einen harten Schlag hinnehmen müssen. Erzherzog Johann hatte Italien verlassen, er würde Erzherzog Karl unterstützen. In den Salons am Stephansplatz hatte man ein herrliches Thema: Die Franzosen seien Wölfe, Geier, Feldheuschrecken und Schakale. Der Chirurg Larrey vergifte österreichische Gefangene, um seine Medikamente zu sparen. In allen Kaffeehäusern Wiens befaßten sich Großbürger und Handwerker mit strategischen Fragen. Sie pflanzten kleine Fahnen auf die Speisekarten der Gasthäuser und ließen Soldaten zwischen Aspern, Eßling, der Insel Lobau, Deutsch Wagram, Margrafneusiedl und dem Rußbach Gefechtsbewegungen ausführen. Im Café Hugelmann tischten die Kürassiere und Dragoner der Monarchie zwischen Mokkatassen, Forellen in Sahnesoße und Strudel unentwegt hanebüchene Geschichten auf, und Klementine in ihrem großen Palais dachte unentwegt an ihren Geliebten.

XXIII

Die Wartezeit zog sich über fast zwei Monate hin. Der Krieg bewegte sich nicht, er stellte sich tot, und Wien wurde des Klatsches überdrüssig, da die Wirklichkeit ja sowieso machte, was sie wollte, und sich nicht im geringsten an die Berechnungen der Vernunft hielt. Ende Juni konnten die Strategen von Wien sich jedoch auf ein wunderbares Gerücht stürzen: Napoleon hatte am 30. Juni drei hohe Kommandeure, Prinz Eugen (Josephines Sohn), Bernadotte und Davout, zum Abendessen nach Schönbrunn eingeladen. In den Wiener Salons sprudelte es nur so, doch schon am nächsten Morgen erfuhr ein österreichischer Gerichtsdiener von Schönbrunn durch eine Indiskretion des Mundschenks, der Kaiser habe seine drei Gäste lediglich über die Verdienste von Racine und Corneille befragt. Bernadotte habe sich für Racine ereifert, und Napoleon habe den Streit unbarmherzig entschieden, indem er Corneille zum Sieger erklärte. Wien verfiel wieder in seine Lethargie. Merkwürdig war, daß das einfache Volk von Wien die Absichten des Franzosen viel klarer durchschaute. Die Gemüsehändler, Fuhrunternehmer und Perükkenmacher wußten, man fragte sich woher, daß Napoleon, nachdem er seine drei Gäste entlassen hatte, nur kurz ein Auge zugetan hatte, um drei Stunden später wieder aufzustehen, in seine Gardegrenadieruniform zu schlüpfen und sich zur Insel Lobau zu begeben.

Fürst Ernst war in angeregter Stimmung. Der 4. Juli war ein drückender Tag gewesen. Eine Bruthitze lastete auf Österreich. Nach dem Abendessen ging der Fürst ins Rauchzimmer und bat seine Gattin ausnahmsweise, sich zu ihm zu gesellen. Auf dem Parkettfußboden entfaltete er eine große

Landkarte, in die er Stecknadeln mit rosa und weißen Köpfen steckte. Napoleons rote Nadeln steckten hauptsächlich auf der Insel Lobau, doch der Fürst zog, halb auf dem Boden liegend, mit hochrotem Gesicht und leicht keuchend, einige davon heraus, um sie auf dem linken Donauufer in Richtung der Ebene von Wagram, gegenüber den weißen Nadeln der österreichischen Armeen, wieder einzustecken. Er erläuterte technische Einzelheiten, wobei er mit den Nadeln des Erzherzogs Karl begann. Er merkte an, Klementines weiße Kürassiere seien in die Truppe des Fürsten von Liechtenstein integriert, mithin in die Kavalleriereserve der Division Hessen-Hamburg, Brigade Siegenthal, die die sechs Haupteinheiten verstärken solle, also die von Hohenzollern, Kollowrath, Rosenberg, Reuß, Bellegarde und Klenau, Nordmanns Vorhut nicht zu vergessen.

Zurück zu den roten Nadeln der Franzosen. Den Agentenberichten zufolge erwarte man, daß Masséna auf der rechten und Davout auf der linken Seite die französische Angriffslinie bildeten und, wie schon bei ihrem grotesken Versuch im Mai, auf dem Weg über Eßling und Groß-Aspern Wagram anvisierten. Die zweite französische Linie würde in der Mitte von Marmont gebildet, der auf der Rechten von dem aus Italien zurückgekehrten Macdonald und auf der Linken vom Prinzen Eugen und Bernadotte flankiert würde. Oberstleutnant Adegauers sächsische Husaren stünden unter Bernadottes Kommando.

»Ich habe Neuigkeiten von unseren blauen Husaren. Sie haben Sachsen im Mai verlassen, sind am Oberlauf der Donau entlanggezogen, ich nehme sogar an, daß sie an unserem Schloß Greinburg vorbeigeritten sind, merkwürdig, nicht wahr, und nach einer Rast in St. Pölten am 5. Juni sind sie derzeit auf dem Weg zur Insel Lobau.«

Fürst Ernst erhob sich schwerfällig, wobei er sich auf beide Hände stützte, und öffnete das Fenster, die Luft war zum Ersticken.

»Alles deutet darauf hin, daß der Kampf morgen beginnt.«

»Glauben Sie nicht«, fragte Klementine gleichgültig, »daß

das Gewitter die Operation hinauszögern wird? Die Donau führt Hochwasser. Die Brücken könnten wie vor zwei Monaten fortgerissen werden.«
»Die Brücken sind nach Napoleons Plänen neu gebaut worden, und Sie dürfen nicht außer acht lassen, daß der Korse auch ein genialer Pionier ist.«
»Aber die Patronen werden naß sein.«
Der Fürst, der unruhig auf und ab gegangen war, blieb stehen und schwankte einen Augenblick.
»Sehen Sie, aus genau diesem Grund wird Napoleon angreifen. Warum? Weil die Generäle des Erzherzogs Karl allesamt wie Sie argumentieren. Und da ich meinen Napoleon kenne, rechne ich felsenfest mit dem Gegenteil. Gerade weil die Patronen naß sind, wird Napoleon die Schlacht eröffnen. Dieser Mann ist der Teufel.«
Gegen neun Uhr brach das Gewitter los. Es war windstill. Das Quietschen der Wetterfahne und der Lärm der Eisenschilder waren verstummt. Blitze leuchteten auf, und sämtliche Fensterscheiben vibrierten. Ein Wolkenbruch ergoß sich über Österreich. Im bläulichen Schein der Blitze glänzten die Dächer von Wien. Eine Stunde später hörte das Grollen des Donners auf. Ein dröhnenderes Grollen folgte ihm.
»Die Batterien von Lobau eröffnen das Feuer«, sagte der Fürst. »Napoleon gilt zu Recht als fähiger Geograph. Und ich behaupte, daß er auch ein großer Meteorologe ist. Bei Austerlitz dirigierte er außer seinen Armeen auch den Frost und die Sonne. Heute abend hüllt er sie in Donner und Regen. Ich möchte fast sagen, Napoleon setzt seine Soldaten wie eine Naturkatastrophe ein.«
Klementine bewegte ihren Fächer, zupfte am Kragen ihres Kleides und spielte liebevoll mit dem Goldkreuz an ihrer Halskette. Der Fürst beugte sich zu ihr, nahm ihre beiden Hände und hielt sie fest.
»Was wird das Morgen uns bringen, meine liebe Gemahlin? Vielleicht wird es keine anderen Nächte mehr geben? Vielleicht wird es kein Österreich mehr geben? Oder keine Große

Armee mehr ... Und uns, Klementine, ich meine, Sie und mich?«
Erneut brach das Gewitter los, es dauerte bis zum Morgengrauen. Gegen vier Uhr morgens wurde Klementine von der Stille geweckt. Sie betrachtete den Kopf ihres Mannes, der reglos und wächsern im lackglänzenden Licht der Nacht auf dem Kopfkissen lag, dann ging sie barfuß bis zum Balkon. Der Himmel war blaß und in Richtung der Alpen von schwefelartig phosphoreszierenden Rissen und Schneisen zerfetzt. Die Kanonade begann von neuem, dreihunderttausend Männer würden sich gegenseitig massakrieren. Alle Fenster des Palais zitterten. Klementine schlüpfte wieder ins Bett, mit großer Zärtlichkeit legte sie ihre Hand auf das Gesicht des Fürsten.

Am späten Vormittag ließ der Majordomus eine Kutsche anspannen. Die Eheleute von Sachsen-Salza waren beim Fürsten von Ligne eingeladen, der nördlich von Wien im Hügelland oberhalb der Donau ein sehr berühmtes Landhaus besaß. Man hätte sich keinen besseren Beobachtungsstand vorstellen können, als dieses hochgelegene Haus, dessen oberstes Stockwerk in Form einer Terrasse nach italienischer Art mit einem Wintergarten angelegt war. Wegen des Gedränges in der Stadt kamen die Sachsen-Salzas nur langsam voran. Die französische Militärpolizei hatte, von Gendarmen unterstützt, ihre Kontrollen verstärkt. Die Jagd auf Spione hatte ihren Höhepunkt erreicht. Dazu muß man sagen, daß die eiserne Faust der Franzosen sich in den letzten Wochen zusehends verhärtet hatte, je unverschämter die Bevölkerung wurde. Soldaten der Großen Armee waren von den ungarischen Metzgern im Ochsengries auf dem linken Ufer der Wien beschimpft worden. Die Universität empörte sich. Dr. Sedlitz von der medizinischen Fakultät wurde immer anmaßender. Er hatte seine Physiologiekurse eingestellt und bot jetzt Praktika in Militärmedizin an, »da der Herr Chirurg Larrey dem Hippokrateseid zum Trotz einen Unterschied zwischen einem österreichischen und einem französischen Unterschenkel macht«. D'Andreossy und Hauptmann Charles bespitzelten jeden Bürger. In ihren Augen zählte die Stadt dreihunderttausend Verdächtige. Eifrig führten sie Durchsuchungen und Haussuchungen durch, auch nachts, unter Mißachtung der Rechte, unter Mißachtung des alten germanischen Rechts. Sie trieben es sogar soweit, in den Poststationen die Briefe zu öffnen. Die Eisenketten, die die Straßen versperrten, waren zerschnitten worden, so daß die Züge der berittenen Polizei jederzeit hindurchpreschen und ihre Säbel schwingen konnten. Eine Woche zuvor hatten vier Männer, Wagner, Teller, Laurent und Riquel, einen französischen Gendarmen verletzt. Sie wurden auf der Esplanade von Wien erschossen.

Die Kutsche der Sachsen-Salzas bahnte sich ihren Weg durch einen regelrechten Ameisenhaufen. Sie wurde dreimal angehalten. Jedesmal war es eine ganze Zeremonie, ein Verhör, Demütigungen und Lächerlichkeiten. Außer sich vor Zorn mußte der Fürst dicken Bauern aus dem Poitevin oder der Bretagne, die als Gendarmen verkleidet waren, seine Papiere und Passierscheine zeigen. Dann sollte Klementine durchsucht werden, doch ihre offensichtliche Wut jagte den Soldaten eine Heidenangst ein. Hinterher scherzte sie darüber mit dem Fürsten. »Ich habe ihnen einen hübschen Wutausbruch geliefert, nicht wahr? Das ist eine Wut dieser Zeit, die sich im Lauf der Jahrhunderte angestaut hat, eine Wut, deren Keim bei vorsichtiger Schätzung im 12. Jahrhundert gelegt wurde, vielleicht von den Rittern des Schwertbrüderordens, die meine Tante Gertrud so hoch verehrt. Jedenfalls werden die Gendarmen sich jetzt noch fragen, was ihnen da widerfahren ist! Aber ich hatte ja sowieso Arcole bei mir, Sie haben gehört, wie er geknurrt hat.« Auf den Straßen, die mit Karren, Soldaten und Gaffern verstopft waren, kam die Kutsche kaum von der Stelle. In allen Fenstern hingen Männer, Frauen und Kinder. Ein paar Fähnchen mit dem Zeichen des doppelköpfigen Adlers flatterten an den Häuserfassaden. Zum großen Ärger von d'Andreossys Gendarmen applaudierte man dem Wagen der Sachsen-Salzas, der an seinem fürstlichen Wappen zu er-

kennen war. Die Franzosen waren nervös. Es gab eine Schießerei. Die sechs englischen Vollblüter des Gespanns spielten in ihrem Geschirr verrückt, bäumten sich wiehernd auf, und erst am frühen Nachmittag kamen die Sachsen-Salzas bei dem Fürsten von Ligne an.
Charles Joseph von Ligne begrüßte seine Gäste freudig. Klementines frostige Schönheit hatte den alten, Perücke tragenden Verführer immer gefesselt, von dem man munkelte, er treffe sich mit den Schönen auf der Straße, selbst in den kältesten Winternächten. Wenn man ihn damit aufzog, lachte er. »Ich setze meine Ehre aufs Spiel, aber die Schande handelt man sich auf dem Schlachtfeld ein, nicht in den Gäßchen der Schönen. Im übrigen besteht die Gefahr einer Lungenentzündung, und Sie müssen zugeben, in meinem Alter...« Jung war der Fürst von Ligne wirklich nicht mehr. Zu Beginn des vorigen Jahrhunderts, im Jahr 1735, in Brüssel geboren, liebenswürdig, frivol und faszinierend, mit dem herrlichsten Esprit der Welt und verwegen wie der Teufel, hatte er, bunt durcheinander, alle Früchte des Lebens gekostet: Blut und Gold, Tapferkeit, den weiblichen Körper, die Musik, die Wissenschaft, die Gartenkunst, Malerei, Astronomie und Literatur. Sein Schicksal umfaßte die gegensätzlichsten Wünsche, Leidenschaften und Gewagtheiten seines Jahrhunderts. Als begeisterter Soldat und von seinen Truppen verehrter General hatte er, mit allen Stürmen vertraut, die schlimmsten Zeiten mit der Leichtigkeit durchschritten, mit der die Galane auf Antoine Watteaus Gemälden einhertänzeln. Die griesgrämige und tugendhafte Monarchie der Habsburger, die seltsamerweise in der schönsten, freiheitlichsten und genußsüchtigsten Stadt Europas residierte, hatte in Ligne einen loyalen und heiteren Untertan gefunden, der allerdings beim Tod des Philosophenkönigs Joseph II. halbwegs in Ungnade gefallen war. Ligne hatte seine Dienste aber auch Katharina II. von Rußland (Katharina der Großen, wie er sagte) angetragen, er hatte die Damen von Versailles ebenso in Aufregung versetzt wie die Straßenmädchen, war häufig mit den Enzyklopädisten zusammengekommen, hatte Jean-Jacques Rousseau umgarnt

und Beaumarchais aus dem Gefängnis geholt. Obwohl er den Freimaurern angehörte, verabscheute er die Französische Revolution und diese strenge, düstere, dumpfe Republik, die die alte Gesellschaft mit ihrer Anmut, ihrer Galanterie und ihrem Glück vernichtet hatte. Dieser Schlachtenliebhaber haßte die neue Welt, die nur noch aus Schlachten bestand und die bezaubernde Herrschaft der Frauen durch das Gesetz der Männer ersetzt hatte. Obwohl er seinem Ruhm und seiner Ehre nach Österreicher war, machte er kein Hehl aus seiner Sympathie für das französische Volk. Und im Gegensatz zu den medaillenbewehrten Greisen, die die Armeen Franz I. befehligten, hegte er durchaus Bewunderung für Napoleon.
Ligne hatte in seinem Wintergarten ein Observatorium eingerichtet, das bestens mit optischen Geräten, Ferngläsern, Teleskopen, Prismengläsern und Fernrohren ausgerüstet war. Die schönen Instrumente aus Eisen und Kupfer glänzten wie Waffen inmitten der eingefaßten Rasenplätze, der Feigenbäume und Orchideen. In feierlichem Ton führte der Fürst Klementine ein langes, blitzendes Rohr vor, das fest auf seinem Eichenrahmen saß und mit mehreren Okularen versehen war.
»Dies ist ein Keplersches Fernrohr, liebe Freundin, Maupertius hat es mir geschenkt. Stellen Sie sich vor, Exzellenz, stellen Sie sich vor, dieses Instrument hat, vor sechzig Jahren in Lappland aufgestellt, den Polarkreis gemessen und uns die genauen Ausmaße der Erdkugel geliefert! Heute nimmt es seinen Dienst wieder auf, allerdings mit einer anderen Bestimmung. Noch heute nacht oder morgen wird es uns die genauen Ausmaße nicht der eigentlichen Schlacht, aber ihrer Umgebung liefern, ihrer Reserven, ihrer Kulissen, ich meine, all jener Sterne, die dem Blutbad vorausgehen... obgleich die Sterne sich herzlich wenig um die Verlegenheiten oder die Ruhmestaten der Habsburger und Bonapartes kümmern. Sie setzen aber den Maßstab, sie verkleinern bis zu einem solchen Grad, daß die Menschen abgeschafft sind, das heißt, nahezu abgeschafft – ein Bienenschwarm... Heute abend oder morgen, liebe Klementine, kann die Geschichte zur einen oder

anderen Seite kippen, was dort oben nicht einmal ein Mäusequieken hervorrufen wird ...«

Bald traf mit ihrem üblichen Spektakel auch Herzogin Gertrud ein, eskortiert von vier Lakaien in amarantroten Justeaucorps und gelben Handschuhen, zwei ziemlich steifen und schwarz gekleideten Gesellschafterinnen und dem Professor Schwarzbrod, den sie sehr oft zu sich bat, seit sie beschlossen hatte, daß Kaplan Tahler nicht mehr Verstand besaß als ein Champignon. Die Herzogin von Mahlberg kam in großer Aufmachung: Sie hatte ihre rosa Perücke ausgewählt, um die ihre Zofen mit Diamanten übersäte malvenfarbene Bänder gewunden hatten. Die ganz in Gelb gekleidete kleine Gräfin Pietranera bemühte sich, eine kleine Teufelei loszuwerden. Sie war nicht boshaft, fand jedoch, es gehöre zum guten Ton, leichte Tatzenschläge zu verteilen. Deshalb flüsterte sie im Schutz ihres Fächers dem hübschen, am rechten Arm amputierten Offizier neben ihr zu, Frau von Mahlbergs Perücken seien lebendig, ihre Strähnen, ihre Schößlinge und Zweige wüchsen ungefähr so schnell, wie das Gesicht der Herzogin schrumpfte. Der Soldat gluckste in die letzte, ihm noch verbliebene Hand. Währenddessen setzten zwei Lakaien die alte Dame so behutsam wie eine Eierschale zwischen zwei Hortensienbeeten ab, genau gegenüber von Wagram und in unmittelbarer Nähe eines Teleskops.

Gertrud streichelte Arcole, den sie »Herr Marschall« nannte, während sie erst ein Auge und dann das andere an das Okular hielt. Die Diener drehten das Rohr in Richtung Eßling. Gertrud verharrte reglos, das Auge an das Instrument gedrückt, in der Hoffnung, so hätte man meinen können, ein so überwältigendes Ereignis gebe ihr vielleicht ein bißchen von ihrem Augenlicht zurück. Nach einer Geste des Unwillens drehte sie mit einer Hand das Instrument weg und ließ sich wieder tief in ihren Sessel fallen, wobei sie entschlossen ihre kleinen Beine übereinanderschlug. Ihre Füße, die in schwarzen Stiefelchen voller Perlmuttknöpfe steckten, hingen an ihren Waden wie die Füße einer trauernden Puppe. Sie weinte und griff nach Schwarzbrods Hand.

Der Fürst von Ligne, der ihr große Achtung entgegenbrachte, verneigte sich vor ihr.
»Fürst«, sagte sie mit rauher Stimme, »ich bleibe vor Ihrem Fernrohr sitzen. Ich werde es nachher noch einmal versuchen, wer weiß? Bis dahin werden Sie, Fürst, die Rolle von Christine Kinsky übernehmen. Diese Kanone, die man seit heute morgen dort drüben hört, erzählen Sie mir mal etwas darüber!«
Ligne beschrieb ihr die Landschaft, in der die Truppen sich bewegten.
»Wien haben wir im Rücken, Exzellenz. Zu unseren Füßen fließt die Donau, und mitten in der Donau, ein bißchen rechts von uns, liegt diese berühmte Insel Lobau. Und die Kanone, die in der Ferne donnert, steht bei Enzersdorf.«
Ligne war der Meinung, alles würde sich um das Dorf Deutsch Wagram herum abspielen, dessen graue Mauern sich in einem Rechteck zehn Kilometer weiter nördlich abzeichneten. Vor Deutsch Wagram erstreckte sich das Moor. Und parallel zur Donau, zwischen Wagram und Margrafneusiedl, floß der Rußbach, den man nur auf den Brücken überqueren konnte und der den Hintergrund der Szene bilden würde.
Gertrud bewegte ihr Fernrohr in einiger Distanz von ihrem rechten Auge und völlig aufs Geratewohl, so als wollte sie Lignes Angaben folgen. Sie war wieder munter und sarkastisch.
»Schließlich hielt ja mein Freund Nelson, als er bei der Schlacht von Kopenhagen den Wimpel der Niederlage auf Parkers Flaggschiff nicht sehen wollte, einfach das blinde Auge an sein Fernrohr. Ich werde es genauso machen wie er, wobei ich sogar diesem Kauz von Engländer gegenüber noch im Vorteil bin, denn ich muß ja gar nicht erst mein schlechtes Auge aussuchen, ich werde also dem Zusammenbruch der österreichischen Armeen nicht beiwohnen, das ist immerhin etwas. Fahren Sie fort, Ligne.«
»Genau unterhalb unseres Beobachtungspostens: die Donau. Und jenseits der Ebene, mit Aspern, Eßling, Enzersdorf...«

»Beethoven ist stocktaub«, fiel Gertrud wieder ein, »was ihn aber nicht daran hindert, Symphonien zu komponieren und zu dirigieren. Und? Sollte ich hinter diesem deutschen Großtuer zurückstehen? Das wäre ja wohl ein starkes Stück, wenn ich der Schlacht nicht beiwohnte, nur weil meine Augen nicht mehr gut sind...«
Und in einem schelmischen, fast scheuen Ton:
»Nachher werde ich wieder besser dran sein als Sie, Ligne, in der Nacht werden Sie nämlich gar nichts mehr sehen, nicht einmal mit Maupertuis' Fernrohr, ich aber bin mit der Nacht vertraut, sie ist mein Haus, ich gehe darin spazieren wie in einem Garten, die Nacht...«
Der Kampf war brutal. Im wechselnden Nachmittagslicht sah man Männer in der Nähe der Donau, zwischen Enzersdorf und Groß-Aspern, in die jetzt reifen, goldgelben Weizenfelder rennen. Undeutlich erkannte man die Farben der Uniformen.
»Ganz sicher«, meinte der Fürst von Ligne und drehte sich zu Fürst Ernst um, »kann man aber nicht sein. Man müßte die Regimentswappen entziffern können, weil die Uniformen beider Armeen sämtliche Farben des Regenbogens enthalten.«
Er warf dem Fürsten von Sachsen-Salza einen schelmischen Blick zu.
»Sehen Sie, dort, bei Raasdorf, genau in der Mitte der Szene, diese weiße Truppe, wer sagt mir, ob das Ihre Kürassiere sind, ich meine Scherers, oder aber ein französisches Regiment, ebenfalls in weißen Uniformen? Und diese blauen Soldaten, sollten das Adegauer und seine Sachsen sein, oder vielleicht blaue Österreicher? Wer soll das wissen, Ernst...«
Der Fürst von Sachsen-Salza war hochrot angelaufen. Die Anwesenheit seiner beiden Regimenter in zwei feindlichen Lagern ergötzte die bösen Zungen, was aber sollte er dazu sagen?
»Und nehmen wir einmal an«, scherzte Ligne weiter, »nehmen wir an, die Soldaten wüßten selbst nicht, zu welchem Lager sie gehören, sie hielten sich zum Beispiel für Verbünde-

te, was sie ja vor einem Jahr auch noch waren..., sie hätten nicht recht begriffen – ich denke an Ihre sächsischen Husaren –, daß sie vom Kurfürsten von Dresden versteigert und von Napoleon an einer Straßenecke gekauft wurden, oder, eingedenk der Tatsache, daß sie ja letztlich demselben Inhaber gehören, weigerten sie sich einfach, gegeneinander zu kämpfen... Das ist ja durchaus möglich... Oder eines Ihrer beiden Regimenter hielte sich immer noch für den Verbündeten des anderen, rückte vor, um an seiner Seite zu kämpfen und würde zu Hackfleisch gemacht!
Was ich aber sagen wollte, ist, daß die Farben sich verwischen, wenn der Blick in die Ferne schweift. Das ist das Problem für den Befehlshaber. Wenn er sich unmittelbar bei dem Gefecht aufhält, erkennt er zwar die Seinen, hat aber die Nase zu nah am Geschehen und kann deshalb die großen Massen, die Fronten nicht ermessen. Hält er dagegen großen Abstand, hat er einen hervorragenden Überblick über die großen Linien, weiß aber nicht mehr, wo seine Soldaten sind... Man muß den richtigen Abstand finden, ungefähr so, da werden Sie mir zustimmen, wie ein Maler vor seiner Landschaft, nah und fern zugleich, alles in allem ein ganz schön schwieriges Unterfangen.«
Herzogin Gertrud schrie, es rieche nach Verbranntem, halb Fleisch, halb Weizen.
»Sagen Sie uns, Ligne, wie wird Napoleon es diesmal anstellen? In welchen Sack wird er unseren armen Erzherzog Karl stecken?«
In Lignes Augen hatte der Franzose dem Österreicher bereits einen üblen Streich gespielt. In den Tagen vor der Schlacht habe Napoleon Köder ausgelegt.
»Er wollte Erzherzog Karl einreden, die Franzosen würden genau die Taktik anwenden, mit der sie im Mai so jämmerlich gescheitert waren. Er hat ihn davon überzeugt, daß er seine Streitkräfte von der Insel Lobau aus nach Groß-Aspern und Eßling schicken würde. Und genau da, vor unseren Augen, hat Karl seine Divisionen zusammengezogen, ja, aber nun ist Napoleon durch ein anderes Loch aus seiner Mausefalle ge-

schlüpft. Er hat sein Schlachtheer ganz rechts von uns aufmarschieren lassen, zwischen Schengang und Enzersdorf – und was für ein Heer! Unter dem Befehl von Masséna höchstpersönlich, so daß ...«

Die Nacht war kalt. Die Artillerie dröhnte. Die ganze Ebene stand in Flammen, und von Zeit zu Zeit wurde bei Aspern »Tuch zerrissen«, wie der Fürst von Ligne es formulierte. Advokat Apfelgrün und seine Frau kamen gegen neun Uhr, in Begleitung von General Graf Gustav König von Weitzau, dessen Bart wieder gelblich-weiß geworden war und der seine Generalsuniform angelegt hatte. Konstanze suchte Kaplan Tahler und war enttäuscht, ihn nicht zu entdecken. Seit ihr Sohn im preußischen Durcheinander verschwunden war, hatte Frau Apfelgrüns Frömmigkeit ungeahnte Ausmaße angenommen. Sie trug dunkle, streng geschnittene Kleider und verkehrte fast nur noch mit Jesus Christus, der Jungfrau Maria, der hl. Anna und der hl. Brigitte, sowie deren Dienern. Höflich grüßte sie den Fürsten von Ligne und steuerte dann auf den einzigen an diesem Abend anwesenden Geistlichen, den Koadjutor von Sankt Stephan, zu.
Advokat Apfelgrün hatte seine galanten Gewohnheiten keineswegs abgelegt. Er ging dabei nicht mehr so weit wie früher, das nicht, denn seine Hände zitterten ununterbrochen, sein Bauch war rund, und er hatte nicht mehr viele Worte in seinem Vokabular zur Verfügung, doch in der Gesellschaft junger parfümierter Frauen fühlte er sich nach wie vor wohl. Sofort erkannte er Herzogin Klementine, die er einige Jahre zuvor mit seinem Sohn Otto in einem Torweg am Bauernmarkt getroffen und deren Schönheit ihn niedergeschmettert hatte. Nachdem er sich vergewissert hatte, daß seine Gattin die Gesellschaft eines Erzbischofs oder dergleichen der seinen vorzog, schlich er auf leisen Sohlen zu Klementine und versuchte, ein paar Verbeugungen zu machen. Da sein Verstand jedoch alles vergaß, erinnerte er sich nicht mehr an die Verbeugung, die er gerade gemacht hatte, und deutete vorsichts-

halber noch eine an. So verbeugte er sich sechsmal, es nahm kein Ende, und es gab keinen Grund, warum diese Bücklinge je aufhören sollten, so daß Klementine, die nur an Otto Apfelgrün dachte, bestürzt, ja beklommen war, als hätte dieser Greis sich in den Kopf gesetzt, ihr irgend etwas zu verstehen zu geben, ihr eine verschlüsselte Nachricht zu überbringen, ganz sicher über Leutnant Otto.

Arcole hatte den Advokaten in sein Herz geschlossen, er rieb sich an seiner Hose. General von Weitzau zündete sich eine dicke, schwarze Zigarre an und eilte, nicht ungeschickt, wie er meinte, Herzogin Klementine zu Hilfe, indem er mit sehr lauter Stimme bemerkte, ein majestätischer Mond erleuchte das Schlachtfeld.

»Da haben wir's«, entgegnete Herzogin Gertrud, »Gustavs Mond; nicht mehr lange, und wir werden die Mondsichel haben... Gustav, ich kenne Sie, Sie werden noch Ihre Türken und ihre Janitscharen aus der Tasche ziehen, ich höre Sie ja förmlich schon heranstürmen...«

Fürst von Ligne, der Weitzaus wunderliche Theorien kannte, amüsierte sich königlich, doch der General selbst lachte als verantwortungsvoller Mensch niemals. Er äußerte, die Türken seien nicht mehr seine Sorge und man müsse »seine Zeit durchmessen«. Eine tödlichere Gefahr zeichne sich ab. Die Lektüre des großen Werks von Gibbon, das zehn Jahre zuvor in London erschienen war und den Untergang des Römischen Reiches beschrieb, habe die Schuppen von sämtlichen Augen fallen lassen. Nachdem der General sich mit der Hand über den Schädel gefahren war, wurde seine Stimme geduldig und stolz.

»Es gereicht mir zur Ehre, daß ich meine Irrtümer einsehe. Ich war auf der richtigen Spur gewesen, jedoch auf halber Strecke stehengeblieben. Fassen wir zusammen: Zunächst entdecke ich, daß Napoleon nur die Maske, das Lockmittel für etwas anderes ist, und meine erste Wahl fällt, ein bißchen voreilig, auf die Hohe Pforte... Irrtum... Ich nehme Jena und vor allem Friedland genauestens unter die Lupe, und da stellt sich Klarheit ein, mit Gibbons Hilfe, das möchte ich wieder-

holen, man muß dem Kaiser geben was des Kaisers ist, und ich bin nicht jemand, der sich mit Pfauenfedern schmückt.«
»Gibbonfedern!« warf Dr. Ulhue dazwischen.
Weitzau sah ihn mitleidig an.
»Wenn Napoleon tatsächlich die Maske eines anderen Objekts, ich meine der Türken, ist, dann ist dieses andere Objekt seinerseits die Verkleidung, die Maskerade, oder vielmehr, meine Damen, Domino und Halbmaske eines dritten Objekts, und diese letzte Figur galt es, herauszufinden. Keine Widerrede!«
Herzogin Gertrud ruderte wütend mit den Füßen.
»Noch einen Versuch, Gustav, dann wirst du wohl wissen, was du sagen willst.«
»Ich möchte folgendes sagen, Exzellenz: Falls Napoleon wirklich die Maske der Osmanen, ihr Stellvertreter, ihr Statthalter ist, dann sind die Osmanen die Maske... ja, die Maske von was? Darauf gebe ich Ihnen Brief und Siegel. Alles fügt sich ineinander.«
Um Weitzau hatte sich eine kleine Gruppe gebildet. Konstanze Apfelgrün lauschte ängstlich, so als könnte vom Wort dieses dicken Mannes das Schicksal ihres Sohnes Otto abhängen. Dr. Ulhue neigte den Kopf. Der General warf seinen Zuhörern einen freundlichen, ja nachsichtigen Blick zu und lieferte ohne Umschweife, gleichsam als Überraschung, des Rätsels Lösung.
»Meine These lautet, daß die Geschichte von fernen Positionen aus betrachtet werden muß. Nur unter dieser Bedingung wird sie geständig.«
Advokat Apfelgrün meldete sich zu Wort. Er stand Weitzau bei. Auch er sehe die weiter entfernten Gegenstände besser als die nahen.
»Außer wenn ich meine Augengläser trage, Herr General. Denken Sie an die Augengläser.«
Er hatte mit äußerst listiger Miene gesprochen, denn er nutzte sein Ablenkungsmanöver, um heimlich ans andere Ende des Zimmers zu schleichen und sich wieder neben die schöne Herzogin Klementine zu setzen, ohne dabei die Aufmerksam-

keit seiner Frau Konstanze zu erregen, die sich im übrigen herzlich wenig darum scherte und nur Augen für den Koadjutor hatte. Ungeniert nahm der alte Advokat Klementines Hand, diese Hand war reglos.
»Sie werden zugeben, mein lieber Ligne«, sagte Weitzau, »Sie, der Sie doch wie ich ein Mann des Krieges sind, daß die Völker zwei ineinander verschlungenen Bewegungen gehorchen. Da sind einmal die kurzen, flüchtigen Takte, und dann die Hochwasser, die langen Leinen der Zeit. Ich für mein Teil stelle mein Fernrohr auf diese Hochwasser ein. Wenn ich ein Gemälde verstehen will, muß ich es von seinen Anekdoten befreien, zum Beispiel von dieser Schlacht, dieser Szene von Wagram, wo Statisten – wohlgemerkt Statisten, keine Schauspieler – sich messen.«
Mit zurückgeworfenem Kopf blies er eine Rauchwolke an die Decke und pustete ihr kräftig nach.
»Da haben wir Ihr Wagram ... das, was von dieser Rauchwolke übriggeblieben ist!«
»Bravo«, rief Advokat Apfelgrün von weitem, auf die Gefahr hin, von seiner Frau entdeckt zu werden.
»Und ich behaupte, daß wir dem zweiten Akt der Tragödie beiwohnen. Der erste fand im 5. Jahrhundert statt. Rom ist von den Völkern weggefegt worden, die aus dem hintersten Asien auf ihren kleinen, übrigens höchst nervösen Pferden, das hat Gibbon richtig gesehen, herbeigestürmt waren, den Vandalen, den Hunnen, den Westgoten, den Awaren ... Das Hereinbrechen eines Universums.
Soll ich Ihnen etwas gestehen: Es gibt Abende, da höre ich den durchdringenden Schrei, den der hl. Hieronymus tief in seinem Schlupfwinkel in Bethlehem ausstößt, als Alarichs Horden Rom dem Erdboden gleichmachen. Hören Sie ihn, den Schrei, meine Herren: Heute nacht erfüllt er die Ebene!«
Mit einer Handbewegung gebot Weitzau Ruhe, deutete mit einem Finger in die Nacht und fuhr dann mit einer seltsamen Fistelstimme fort:
»Mir schnürt sich die Kehle zu, wenn ich diese Worte ausspre-

che: Sie ist erobert, die Stadt, die das Universum erobert hat. Hören Sie, meine Herren? Hören Sie den hl. Hieronymus? Keine Widerrede! All diese wilden Völker fallen also wie ein Schwarm ein, und ihre Quartiere, wenn ich mir diesen militärischen Ausdruck erlauben darf, Fürst, werden sie an unseren Kaps Finisterre beziehen... *Finis terrae*, und da haben wir meine Entdeckung, sie machten Rast, das ist alles, sie schöpften wieder Kraft, sie gaben ihren Pferden frisches Gras, sie legten eine Pause ein, schlugen ihre Lager auf, meine Herren... Oh, kein Lager für eine Nacht, nein, ein Lager für ein Jahrtausend, keine Widerrede!
Heute nacht schwingt das Pendel in die andere Richtung, Fürst, und das ist der Rückfluß. Sie wissen, daß ich jedes Pathos verabscheue, deshalb will ich es ganz schlicht formulieren: Wir erleben die Völkerwanderung, allerdings rückwärts, die Zeit rollt sich wieder auf. Die Horden jagen vom Abendland ins Morgenland, statt vom Morgenland ins Abendland, verstehen Sie? Es geschieht folgendes: Nachdem die Barbaren sechs Jahrhunderte lang in unserer Wohnstatt gehaust haben, kehren sie jetzt nach Hause zurück. Diese Biwakfeuer, die wir da unter unseren Fenstern am Fluß Europas sehen, sind Attilas Laternen, die unter unseren Balkons blinken...«
Weitzaus Worte hatten eine beeindruckende Wirkung. Alles schwatzte durcheinander. Gustav von Weitzau streckte eine Hand aus, um die erhitzten Gemüter zu beruhigen. Seine runden Augen glänzten, und mit einer unerwarteten Bewegung zog er sein Kavallerieschwert, richtete dessen Spitze auf Deutsch Wagram und fing an zu kreischen:
»Palimpsest! Ein Manuskript, dessen Buchstaben auf eine von ihrem alten Text gereinigte Pergamentrolle geschrieben wurden. Palimpsest! Bild und Matrix der Geschichte, ja, ich möchte sogar sagen, Fürst, ist das Wort Palimpsest nicht das absolute – ab-so-lu-te – Synonym des Wortes Geschichte, dieser ewigen Wiederkehr, von der Heraklit spricht? Christus stirbt fortwährend auf Golgatha, und keine Schlacht, kein Mensch, kein Kuß, der nicht von seinem eigenen Phantom heimgesucht würde!... Ich verkünde heute abend, daß die

Schlacht von Wagram wie alles hier auf Erden, ganz hier unten auf Erden, in einer Geographie abgebildet wird, von der zuvor... die Geschichte abgewaschen wurde!«
Seine Entdeckung schien ihn selbst zu verwirren, und er wollte sie vervollkommnen, doch leider verliert ein gelungener Ausspruch, wenn zu sehr an ihm gefeilt wird.
»In einer Geographie«, wiederholte er mechanisch, »die erst von der Geschichte gereinigt wurde! Ich will damit sagen, daß all diese Gefechte, die anscheinend in dieser Ebene von Wagram stattgefunden haben, und Sie werden begriffen haben, Fürst, daß Wagram nur die Metapher für Europa ist, sie waren lediglich Traumgebilde – ein Weizenfeld, das von all den Eingeweiden gereinigt wurde, die diesen Ort befruchteten, zwischen der Epoche der Katalaunischen Felder und der bereits vergangenen Epoche von Deutsch Wagram, der zukünftigen Epoche von Deutsch Wagram, diesen beiden Meilensteinen unserer Zivilisation! Keine Widerrede! Ich behaupte, daß zwischen den Katalaunischen Feldern und dieser Nacht der Verdammung, zwischen dem Jahr 451 und dem Jahr 1808, ich meine 1809, nichts geschehen ist. Die Geschichte, dieses Magenknurren, hat mit größter Hartnäckigkeit immer wieder dasselbe Magenknurren produziert...
Sie werden mir deshalb beipflichten, Fürst, daß Ihr Napoleon nichts besonderes ist, ein Strohhalm, Napoleon, ein Dampf, und seine Soldaten sind ein Schwarm von Quallen oder Heringen. Sie werden sogar zugeben, daß der Türke nicht sonderlich schwer wiegt. Es ist Attila und nicht etwa Sulaiman, der da unter unseren Säulengängen biwakiert, Wiederkehr der Katalaunischen Felder. Nicht Sulaimans Stellvertreter, seine Maske, repräsentiert der korsische General, sondern die von Attila!«
Herzogin Gertrud lachte aus vollem Hals, was Weitzau nicht daran hinderte, sich stolz in die Brust zu werfen. Dr. Ulhue versuchte, sich in die Unterhaltung zu schmuggeln, fand jedoch keine passende Lücke. Die Miene des Fürsten von Ligne war ausnahmsweise ernst. Er hatte seinen Kameraden Weitzau stets für einen Narren gehalten, aber immerhin einen

»von Genie angehauchten Narren«. Das hatte er Professor Schwarzbrod ein paar Monate zuvor versichert. »Ja, ja«, hatte er gesagt, »Weitzau ist dumm, aber weitsichtig. Die Dummheit erachte ich nicht für wertlos. Ich neige zu der Überzeugung, daß alle Propheten notwendigerweise Dummköpfe sind. Nehmen Sie Ezechiel oder Hiob oder Elias, ganz bestimmt Idioten, würdevolle Idioten, aber sie sind hellsichtiger, intelligenter als die Weisen, und ihr Blick reicht weiter. Das sind die Anker Gottes, Professor, sie sitzen ganz hinten in der Klasse, mit ihren Gänsefedern machen sie Tintenkleckse in ihre Hefte, ja, aber außer den faulen Schülern nimmt niemand die Professoren, die Kultur ernst, und nur durch ihren Mund kann Gott seine Botschaften verkünden. Sie sind so unbedeutend, eines eigenen Gedankens so wenig fähig, daß Gott die Gewißheit hat, seine Botschaft komme ohne Verschönerung, Verzierung oder Zusatz an... Nein, Nein, Schwarzbrod, ich spaße nicht. Weitzau hat mir mehr Ideen geliefert als sämtliche Heidelberger Privatdozenten. Nur muß man unter seinen Ideen ein bißchen auswählen, einige von ihnen mit dem Hammer im Schmiedefeuer zurechtbiegen, aber glauben Sie mir, mein Lieber, er hat einen scharfen Blick.«
Dennoch ließ der Fürst von Ligne, da er Melancholie haßte, einen Imbiß servieren. Die Gruppe um Weitzau löste sich auf, und Ligne machte der Gräfin Pietranera ein ganz kleines bißchen den Hof. Der Offizier, dem ein Arm fehlte, mußte zusehen, wie seine Geliebte sich ans Ende des Gartens, in den Schutz eines Vorhangs aus Weidenzweigen begab. Die Gräfin von Pietranera war entzückt. Ligne machte ihr ein Kompliment wegen ihres Fächers, und die Gräfin gurrte aufs Geratewohl. Sie erblickte eine Gelegenheit, die libertinistische Legende, auf die sie so stolz war, weiterranken zu lassen. »Diesen Fächer habe ich aus Paris bekommen«, säuselte sie. »Er ist doch ganz harmlos, werden Sie mir sagen, solange ich ihn geschlossen halte, wenn ich ihn aber jetzt öffne, Fürst, werden Sie verblüfft sein, nicht wahr?« Ligne rückte seinen Zwicker zurecht und stieß ein überraschtes »Oho!« aus, als er

auf der entfalteten Seide des Fächers widernatürliche Paarungen gewahrte, Männer und Frauen, die sich den wollüstigsten Vergnügungen hingaben. Die Gräfin errötete recht und schlecht. Gegen den Anstand zu verstoßen, war ihr ganzes Glück.

»Das ist ziemlich unanständig, lieber Fürst, nicht wahr«, wisperte sie mit gesenktem Kopf, »und ich schäme mich auch sehr. Sie werden mich jetzt für leicht frivol halten.«

Vertraulich hatte Ligne ihre Hand ergriffen.

»Und solche Wunderdinge werden in Paris hergestellt? Das ist mal eine gute Nachricht! Die Mordbuben von 1792 haben also doch noch ein paar Errungenschaften der Zivilisation übriggelassen. Mit Ihrem Fächer werden Sie mich noch dazu bringen, zu glauben, daß unsere Truppen vielleicht die Schlacht von Wagram gewinnen werden... O je, unser Freund von Weitzau gerät schon wieder in Harnisch!«

Der große General ereiferte sich über die Feuersbrünste. Dank seines immensen historischen Wissens vermochte er eine ganze Serie von Bränden aufzuzählen: den von Rom, den von Troja, den von Alexandria, den von Nalanda in Indien.

»Das Feuer«, betonte er, »ist die Waffe des Orients, und beachten Sie, daß die Flammen des Orients immer die Bücher erfassen. Die Moslems haben zweimal die Vergangenheit der Welt ausgelöscht, einmal, indem sie die Alexandrinische Bibliothek, das *corpus* der klassischen Antike, und dann, indem sie 1199 die Bibliothek von Nandala, das gesamte buddhistische *corpus*, verbrannten. Lassen Sie mich Ihre Aufmerksamkeit auf dieses Datum lenken: 1199 – das Jahr vor dem Jahr 1200, wenn Sie aber die vier Ziffern addieren, erhalten sie eine runde Zahl, zwanzig! Keine Widerrede! Sehen Sie Gibbon. Ich vergesse aber auch diese anderen Feuer nicht, ebenfalls ein orientalischer Einfall: die Scheiterhaufen der Inquisition, auf denen Menschen und Bücher gleichzeitig in Flammen aufgingen.«

»Nein, Herr General«, brüllte der Koadjutor dazwischen. »Nicht Menschen, Ketzer!«

»Menschen«, dröhnte Weitzau zurück, »ich sage bewußt,

Menschen, Eure Exzellenz, und heute nacht werden wir, sogar ohne die Hilfe des Keplerschen Fernrohrs, eine Feuersbrunst bewundern, die die von Rom, Alexandria oder Sevilla übertrifft. Wir werden Österreich brennen sehen, ja, ich bitte Sie, Europa werden wir brennen sehen! Behalten Sie diesen Augenblick in Ihrem Gedächtnis: Eine ganze Zivilisation zerfällt zu Asche, in diesem Kessel, in dem die tapferen, die nutzlosen Soldaten Seiner kaiserlich-königlichen Majestät sterben.

Heute nacht wird Europa nicht nur abbrennen. Was ist denn Europa? Europa war eine Illusion, ein Zauber, Europa hat es nie gegeben, so wie die Manuskripte von Alexandria, das behaupte ich, nicht nur vom Araber pulverisiert, sondern niemals von den zitternden Händen der Schreiber verfaßt worden sind ... der nicht existierende Schreiber jener Abwesenheiten namens Rom und Athen, so daß der Araber, als er Alexandria niederbrannte, nur den Staub des Nichts, den durchsichtigen Staub des Nichts niedergebrannt hat, verstehen Sie? Zehn Jahrhunderte ... Aber nein, was sage ich, nicht zehn Jahrhunderte ... Rötliche Rauchschwaden über einem rasenden Fluß ... Die Wüste ... Ein Universum ohne Anhaltspunkte, ohne Weg, ohne Dörfer, das Ende der Archive ... Eine Stadt mit Namen Wien hat es nie gegeben ... Und was ist es, dieses Europa? Eine Geschichte, die die alten Frauen einst ihren Enkelkindern erzählten, ihren ... Und nun wir hier, meine Freunde, meine lieben Freunde, in den Abendstunden versammelt, um die letzten Worte der Mär zu vernehmen ... Die letzten Brocken ... *Has ultra metas requiescunt beatam spem expectantes* ...«

Der Fürst von Ligne hatte Weitzaus Ergüssen respektvoll gelauscht. Dr. Ulhue fragte Schwarzbrod, ob er keine Zugpflaster habe, um den General zu beruhigen. »Er wird uns noch einen Schlaganfall bekommen«, raunte er, doch Schwarzbrod kehrte ihm wütend den Rücken zu. Der Schlachtlärm tönte in immer größeren Abständen herüber. Dazwischen gab es lange Augenblicke der Stille. Schwarzbrod hatte ein Fenster geöffnet, die Luft roch nach Heu und Asche. Herzogin Klementine atmete die schrecklichen Gerüche ein, die von der Ebene heraufzogen, reglos stand sie neben ihrem Mann, kreidebleich und wie betäubt. Zwischen zwei verspäteten Gewehrsalven hörte man das Quaken der Frösche aus den Sümpfen entlang der Donau, das Klagen der Hunde, das Rascheln des schwarzen Windes, die Bewegungen der Nacht, dieser Nacht, die sich, völlig erschöpft, immer noch regte. Der Fluß glänzte. Dahinter sah man Biwakfeuer und um jedes von ihnen einen goldenen Ring von Silhouetten. Ganz in der Ferne lag die Ebene schwarz da. Hier und dort loderten noch Feuer, sie schienen die Leere zu verbrennen, Feuer auf der Nacht, auf dem Meer. Zuweilen fing eine Weizengarbe oder vielleicht ein Haus Feuer.

Die Unterhaltung kam wieder in Gang, aber langsam und in kurzen, schüchternen Sätzen. Schwarzbrod hatte sein Fenster verlassen und trat zu Herzogin Klementine, sie war unglücklich, und er wollte sie mit seiner unbeholfenen Zärtlichkeit trösten. Die junge Frau sah ihn an, ihre Augen waren leer. Dr. Ulhue spielte mit einem Fernrohr, das er zum Himmel und dann auf die Dörfer richtete. Die Gräfin Pietranera schmiegte sich an den schönen, verstümmelten jungen Offizier. Advokat Apfelgrün hatte sich zu seiner Frau gesellt, die sich mit dem Koadjutor von St. Stephan unterhielt, er hatte seine Hände muschelförmig hinters Ohr gelegt und pflichtete ihnen lächelnd bei. General von Weitzau drehte seine Kreise, mit der Haltung eines Bären und der Miene eines Mannes, der schreckliche Geheimnisse hütete. Herzogin Gertrud hatte von Ligne zu sich kommen lassen.

Charles Joseph erzählte Gertrud, ein griechischer Stoiker habe sich, wie es in jener Zeit gang und gäbe gewesen sei, durch starke Blutungen in seiner Badewanne umgebracht, habe sich jedoch »kein Krümelchen seines Todes entgehen« lassen wollen. So habe er verlangt, daß sein Sklave ihm die Adern am Handgelenk aufschnitt, sie jedoch immer wieder zudrückte, so daß er die Wahrnehmungen seines eigenen Todeskampfes bis zum letzten Augenblick habe auskosten können.

Gertrud wiegte den Kopf, diese Dinge seien ihr vertraut. Lig-

ne bezeichnete Weitzau als einen Erleuchteten. Man erlebe das Begräbnis eines Europa, seinen Schiffbruch, und dieser Schiffbruch sei von Grabesschönheit, von Wollust geprägt. Ligne wolle diese Gesellschaft, in der er gelebt, Freuden genossen und Schlachten geschlagen und die er leidenschaftlich geliebt habe, nicht überleben. An diesem Abend stehe man an der Schwelle eines neuen Hauses, und Ligne habe nicht die geringste Lust, in dieses unordentliche, schmutzige und unbegreifliche Gebäude einzuziehen. Er würde zwar seine Pässe nicht verlangen, entdecke aber in diesem allmählichen Begräbnis eine gewisse Sanftheit. Die letzten Augenblicke dürften nicht durch Reue verdorben werden. Weitzau habe von der Plünderung Roms durch Alarich im Jahr 410 gesprochen. Vielleicht sei das seltsame Fest, das da am Ufer der Donau gegeben würde, der Widerhall, das Spiegelbild oder der Abklatsch eines anderen Festes, das dreizehn Jahrhunderte zuvor in der »Stadt der Städte« gefeiert worden sei.
Vielleicht hätten die Patrizier sich in ihren Villen versammelt, um, bereits am Rande des Abgrunds, noch zu plaudern, zu trinken und zu lieben, um den Schimmer eines letzten Morgengrauens über den Sieben Hügeln zu betrachten, während die asiatischen Horden schon an die Tür pochten und die mongolischen Reiter mit ihren Streitkolben die Marmorsäulen des Collosseums zerbrachen, »ja«, schwärmte der alte Charmeur, »ja, wie melancholisch war doch das sterbende Rom, und wie edel...
Ich bitte nur um eine Gunst«, sagte er noch zu Gertrud, beugte sich zu der rosafarbenen Perücke und sprach mit zuversichtlicher, frivol klingender und heiterer Stimme, »nämlich, noch bei so klarem Verstand zu sein, daß ich meinem eigenen Untergang, dem Untergang einer Gesellschaft beiwohnen kann, die von allen Gesellschaften sicher die glücklichste war...«
Gertrud fragte ihn, ob die Schlacht von Wagram tatsächlich verloren sei. Ligne zuckte mit den Schultern.
»Einer meiner Pariser Freunde«, erwiderte er, »ein sehr guter Freund, der Comte de Brotteaux des Islettes, kam 1792 auf die

Guillotine. Zeugen haben von seinem Ende berichtet. Er sei am Place de Grève von dem Karren heruntergestiegen. Man habe den Kragen seines Hemdes nebst den Haaren abgeschnitten und seinen Hals freigemacht. Dann sei er von einem dieser Habenichtse, dieser sogenannten Sanskulotten, einem armen Idioten, einem Analphabeten, aufs Schafott gestoßen worden. Brotteaux sei ›apathisch‹ gewesen, dieses Wort hat man gebraucht. Man habe ihn geschubst, und während er die Stufen zum Schafott hochstieg, habe er nicht aufgehört zu lesen. Das Buch sei zusammen mit dem Kopf in den Korb gefallen. Es sei eine lateinische Ausgabe der Gedichte von Horaz gewesen ...«
Die Herzogin ließ ihr piepsiges, verzweifeltes Lachen vernehmen, wiederholte jedoch leicht verstimmt ihre Frage. Hielt der Fürst die Schlacht für verloren? Endlich antwortete Ligne.
»Wer wollte das sagen? Niederlage, Sieg – haben diese Worte überhaupt noch einen Sinn? Das eine und das andere, Niederlage und Sieg, sind dort in dieser Ebene versteckt, ineinander verschlungen, und morgen wird das eine oder das andere sich enthüllen, aber das ist belanglos, Exzellenz. Ob unsere Truppen den Sieg erringen oder sich auflösen, das ist alles gleichgültig. Das Haus bricht zusammen, man kann den Einsturz aufhalten, für ein paar Jahre, das heißt, eine Sekunde. Das Feuer lodert im Laderaum des Schiffes, und wir werden das andere Ufer niemals erreichen. Wissen Sie, liebe Gertrud, Napoleon, Erzherzog Karl, das sind kaum Nebenrollen, Statisten. Ihre Rolle besteht darin, an eine Kulissentür zu klopfen, und die wahren Akteure des Dramas rufen: ›Bleiben Sie draußen ...‹ Wir sind Überlebende, wir, ich meine, unsere Salons, unsere feinen Manieren, unsere Reverenzen, unsere Ausschweifungen, unsere Literatur. Wie soll ich sagen? Die Zeit ist durchlöchert, und eine Schlammflut reißt alles bis zur Erinnerung an die alten Tage mit sich, und was bleibt, Exzellenz, was bleibt denn von Mozart, wenn die letzte Note des *Don Juan* oder der *Zauberflöte* verklungen ist?«
Mit halblauter Stimme fuhr er fort:

»Aber wie ergreifend ist sie, diese Note! Es ist die wertvollste, und wissen Sie warum? Sie ist die Vorhalle der Stille. Danach beginnt die endlose Zeit der Stille, und in dieser letzten Note sind alle Stillen enthalten, die Ewigkeit der Stillen, die noch folgen werden...«

»Niederlage, Sieg«, hob er nach einer Weile wieder an. »Hören Sie, Gertrud, da hat es die Bastille gegeben, die Schrekkensherrschaft, das Jahr II und Valmy, und dann Bonaparte und Napoleon. Gut, das alles ist verabscheuungswürdig, aber es sind nichts als Schauder, Schatten, Zickzackbewegungen, nichts, was nicht wieder gutzumachen wäre. Auf unserem Boden haben all diese Ereignisse stattgefunden, und keine einzige dieser Scheußlichkeiten hat unsere Zivilisation ins Wanken bringen können. Nein, sehen Sie, es gibt andere, nicht so leicht wieder rückgängig zu machende Ereignisse, ich meine...«

»Den abgeschnittenen Kopf des armen Ludwig«, unterbrach Gertrud und prustete in ihre Hände.

»Den abgeschnittenen Kopf? Ja, bedauernswert, aber mehr nicht. Europa hat noch ein ganzes Reservoir an Königen, aus dem geschöpft werden kann, da brauchen wir nichts Irreparables zu befürchten. Nein, woran ich denke, das gehört nicht in die Annalen der Geschichte. Sehen Sie, die Einführung des metrischen Systems, das ist meiner Meinung nach die Totenglocke der Gesellschaft, und 1792 ist, welcher Zufall, bitte vergessen Sie das nicht, das Jahr der Schreckensherrschaft. An diesem Tag hat die neue Stunde geschlagen, die schändliche Stunde. Jetzt befinden wir uns unter den Geometern, das heißt, bei jener Rasse der Vermesser, die auf die Rasse der Menschen folgen wird. Die Erde ist meßbar geworden, und ebenso die Freiheit, das Glück, ja sogar das Nichts. Der wahre Zerstörer der Monarchie ist nicht Hoche, nicht Bonaparte, liebe Freundin, sondern der Zentimeter und der Dekaliter.«

Herzogin Gertrud brummte.

»Dort liegen dreihunderttausend Soldaten, Ligne, sie schlafen. In ein paar Stunden werden dreckige Tambours wie die

Verrückten trommeln, und Sie erzählen mir hier von Mozart, vom Dekaliter, von einem Haufen albernem Zeug!«
»Liebe Gertrud«, erwiderte der Fürst von Ligne sanft, »deswegen hasse ich die Französische Revolution und den Dezimeter, ich hasse sie für das, was sie aus dem Krieg gemacht haben, wegen dieser Schlächtereien, wegen dieser Gemetzel, dieser... mathematischen Gemetzel.«
»Sie wissen, daß Konstanze Apfelgrüns Sohn«, sagte die alte Dame mit einer Stimme, die zu zittern begonnen hatte, »Leutnant Apfelgrün, mitten in diesem Wirrwarr steckt und obendrein auch noch zu Napoleons Truppen gehört...«
Der Fürst wisse es. Ja. Er kenne Leutnant Apfelgrün nicht, aber, ja, er wisse es.
»Sie denken an Ihre Nichte Klementine von Sachsen-Salza?« fragte er liebevoll.
»Ja«, brummte Gertrud, »an sie denke ich. Oft.«

Ligne behielt seine Gäste zur Nacht da. Das Stück sei noch nicht zu Ende, plauderte er, und es sei unschicklich, das Theater in der Pause zu verlassen. Nichts sei demütigender für die Schauspieler; außerdem, meinte er, habe sich die Intrige bisher gut entwickelt und man dürfe auf den Ausgang gespannt sein.
Der Koadjutor tauchte für einen Augenblick aus seiner schlechten Laune auf. Einmal sei er mitten in der Nacht gerufen worden, um einem alten Höfling von Schönbrunn, dem Grafen von Kohl, die letzte Ölung zu geben. Beim Betreten des Sterbezimmers habe der Koadjutor seinen Augen nicht getraut. Kohl habe mit einem Buch in der Hand, diesem Roman von Henry Fielding, *Tom Jones*, in seinen Kissen gelegen. Nach ein paar Höflichkeitsfloskeln habe er sich wieder seiner Lektüre gewidmet.
»Verzeihen Sie, Exzellenz«, habe er gesagt, »ich bin Ihnen dankbar, daß Sie sich die Mühe machen, mir die letzte Ölung zu geben, aber sehen Sie, ich habe nicht mehr lange zu leben, da werden Sie mir sicher gestatten, meine Lektüre fortzuset-

zen, während Sie Ihren Weihrauchkessel schwenken. Ich möchte wissen, wie *Tom Jones* ausgeht.«

Ligne hatte Zimmer herrichten lassen. Alles begab sich für ein paar Stunden zur Ruhe, außer Weitzau, der, eine kaltgewordene Zigarre in der Hand, in einem bequemen Lehnstuhl eingeschlafen war und den wegen seines Gewichts niemand tragen wollte. Schon um vier Uhr morgens war der Kanonendonner von neuem zu vernehmen. Wenig später ging eine strahlende Sonne auf. Trompeten und Signalhörner stimmten ihre Musik an, und die Überlebenden des Blutbads begannen wieder in die Weizenfelder zu laufen.

Gegen zehn Uhr sprach ein Bote im Palais vor. Er komme gerade aus Baumersdorf und sei Kornhändler. Er habe am Abend zuvor die Einnahme von Deutsch Wagram miterlebt. Am frühen Nachmittag habe Bernadotte an der Spitze seiner Sachsen Raasdorf passiert, bevor er auf Aderklaa zumarschiert sei. Am Rußbach habe es einen sehr traurigen Zwischenfall gegeben. Ein französisches Regiment habe die Sachsen für Österreicher gehalten – »Die Trottel«, kommentierte der Kornhändler, »wo doch alle Welt weiß, daß die Sachsen jetzt zur Großen Armee gehören!« –, wozu man allerdings sagen müsse, daß es Abend gewesen sei und der Rauch die Männer blind gemacht habe.

Bernadotte sei ungerührt geblieben und habe nur das Tempo verschärft. Er sei in Wagram eingedrungen, das von österreichern, diesmal richtigen Österreichern, verteidigt worden sei. Der Weizenhändler habe sich hinter der Pfarrhausmauer versteckt. »Ein Blutbad, Fürst«, jammerte er unaufhörlich, »ein Blutbad«. Die bereits durch ihre französischen Verbündeten dezimierten Sachsen seien von den Österreichern angegriffen worden. Der Händler habe gehört, wie die beiden Truppen sich gegenseitig auf Deutsch beschimpften. Am Ende hätten die österreichischen Kürassiere dem Ansturm der Sachsen weichen müssen. »Sie haben sich gegenseitig durchbohrt, ohne etwas zu sehen, wie Wachteln haben sie einander aufgespießt!« Darauf habe das Blatt sich gewendet. Die Österreicher hätten einen Gegenangriff geführt und Wagram zurückerobert. In dem Marktflecken stolpere man über die Leichen. »Die Sachsen haben sich aus dem Staub gemacht«, schloß der Mann, »oder sagen wir lieber, das was von ihnen noch übrig war.«

Herzogin Klementine hatte dem Kornhändler zugehört. Sie zeigte keine Regung. Den ganzen Tag über stand sie neben ihrem Mann am Fenster und verfolgte den Kampf durchs Fernglas. Von Zeit zu Zeit bat sie den Fürsten von Sachsen-Salza um Erklärungen. Nachmittags stellte man fest, daß der rechte Flügel der österreichischen Armee den linken Flügel der Franzosen zurückdrängte. Das war der Anfang des Sieges. Die französische Formation löste sich auf, und von den Dächern von Wien erscholl ein Freudengeschrei. Tausende von Männern und Frauen schwenkten ihre Taschentücher, Schirme und Hüte, um die tapferen Soldaten der Monarchie zu ermutigen, Breschen in die Reihen Napoleons zu schlagen. Patriotische Lieder hallten von Dach zu Dach wider, Ruhm, Triumph, und der österreichische Sieg wurde durch die Ankunft eines von O'Reilly geschickten Meldereiters bestätigt, der Seine Exzellenz, den Fürsten von Sachsen-Salza, bat, sich umgehend in der Hofburg einzufinden, um die nötigen Maßnahmen für einen würdigen Empfang der Sieger von Deutsch Wagram zu treffen. Fürst Ernst von Sachsen-Salza verabschiedete sich mit gewichtiger Miene.

Charles Joseph von Ligne begleitete ihn hinaus und kam dann zu seinen Gästen zurück, die Champagner auf die Rückeroberung tranken.

Nachdem Ligne sich ein Glas genommen hatte, wandte er sich zum Fenster und sah sich aufmerksam die Truppenbewegungen an. Dann drehte er sich wieder zu seinen Gästen um und hob sein Glas.

»Trinken wir schnell auf den Sieg, Freunde, beeilen wir uns, denn in einer Viertelstunde wird dieser Sieg eine Niederlage sein. Wenn die Siege von so kurzer Dauer sind, muß man sie sofort feiern. Wir haben fünfzehn Minuten, um uns zu freuen, und anschließend viel Zeit, zu weinen. Erzherzog Karl wird geschlagen werden, denn er hat keine Reserven, und sehen Sie

sich nur an, wie Napoleons Truppen massiert die Ebene überziehen.«
Eine Stunde später kam der Händler aus Baumersdorf wieder zur Berichterstattung. Er bestätigte Lignes düstere Prophezeiungen. Die Franzosen überrannten die Österreicher. Der Kornhändler lieferte verschiedene Einzelheiten. In den frühen Morgenstunden hätten Bernadottes Sachsen Aderklaa zurückerobert, sie hätten die verlassenen Häuser geplündert, tüchtig gegessen und getrunken und dann in den Höfen der Bauernhäuser ein Nickerchen gemacht. Bald darauf sei eine österreichische Schwadron aufgetaucht und habe erbarmungslos zugeschlagen. Oberstleutnant Adegauers vier Schwadrone hätten ganz schön Federn lassen müssen.
Es habe noch andere absurde Szenen gegeben. Italienische Einheiten hätten die Sachsen für ihre Feinde gehalten, während sie doch ihre Verbündeten seien, und aus allernächster Nähe auf sie geschossen. Österreicher hätten das Blutbad vollendet, »wie am Tag zuvor«, kommentierte der Händler. »Diese armen Sachsen sind wirklich vom Schicksal gezeichnet. Man hält sie immer für andere, und alle Welt prügelt auf ihnen herum.« Jedenfalls habe Napoleon die Österreicher schließlich zermalmt, und die Truppen des Erzherzogs Karl seien jetzt auf der Flucht in die böhmischen Berge.

Der Verwalter des Palais verstand es, mit Hilfe des Haushofmeisters ein Abendessen zu improvisieren. Ligne bat höflich um Nachsicht: Die Schlacht habe sich verzögert. Von Napoleon hätte man eigentlich mehr Lebhaftigkeit erwarten dürfen. Normalerweise liefere er einem innerhalb von zwölf Stunden einen Sieg, ohne jede Streichung. Wagram habe dreimal so lang gedauert, es sei nur eine Rohfassung gewesen, eine blutige. Der Kaiser der Franzosen werde sicher alt, ein etwas langsamer Kaiser, und der Fürst ließ eine Unmenge Kerzen und Leuchter anzünden, er wollte fröhlich sein.
Er kramte in seinen Erinnerungen. Er erzählte vom Siebenjährigen Krieg, seinem Feldzug an der Seite Potemkins 1788,

seinen Aufenthalten in Versailles. Die Gräfin Pietranera spöttelte über sein Liebesglück. Ob es wahr sei, daß er in Paris die Gunst der Marquise von Coigny genossen habe? Aus Spaß wurde Ligne böse, bekam das, was er selbst eine »Strohwut« nannte und protestierte, die Marquise von Coigny habe sogar den mißtrauischen Lauzun einlullen können.

»Exzellenz«, erklärte er, »die Marquise von Coigny wußte schon, wie sie es anzustellen hatte. Sie trieb ihre Gespanne ziemlich weit, überschritt aber nie die Grenzen. Schon ihr Wahlspruch hatte unter den Damen von Versailles große Verwirrung gestiftet und die Sitten verdüstert: »Man darf sich keinen Geliebten nehmen, denn das wäre die Kapitulation.«

»Mein Gott«, rief die Gräfin Pietranera, »diese hübsche Marquise ist ja ganz schön dumm! Meine Taktik dagegen ist, daß ich vor lauter Kapitulation vorgebe, zu herrschen.«

Der so fesche Hauptmann warf sich in die Brust. Schwarzbrod hatte sich neben Herzogin Klementine gesetzt. Als Ligne eine geistreiche, frivole Anekdote erzählte, ließ er sein Wiehern ertönen, Herzogin Klementine lächelte, sagte aber kein Wort, sie war sehr blaß. Auch Weitzau schwieg, entweder weil die Niederlage ihn bedrückte oder weil sein alter Vorrat an Strategien erschöpft war. Ulhue nutzte die Situation: Er warf ein paar witzige, das heißt mehr oder minder witzige Bemerkungen in die Runde, an einem so traurigen Abend nahm man es nicht allzu genau. Die Gräfin Pietranera war beglückt über die Hitze, denn so konnte sie ihren seidenen Fächer aufspannen und den Koadjutor schockieren. Gegen Mitternacht löste die Gesellschaft sich auf. Die von Dienern herbeigerufenen Kutschen und Karossen mit ihren Schellen, Glöckchen und Peitschenschlägen lösten einander in rascher Folge ab. Der alte Fürst stand am Fuß der Freitreppe. Ganz hoch über seinen Kopf hielt er eine große Laterne. Um ihn herum war der Rasen grün und frisch, aber dann verschwanden die Kutschen in der Dunkelheit. Als die letzte Equipage abgefahren war, blies Ligne selbst die Laterne aus. Er blieb im Halbdunkel stehen.

Herzogin Klementine wies ihrem Kutscher den Feldweg, der zur Donau hinabführte. Der Mann wand ein, daß dort Gefahren lauerten. Sicher lungerten französische Soldaten, Partisanen oder Plünderer mit bösen Absichten im Dickicht herum, und außerdem erwartete Seine Exzellenz, der Fürst von Sachsen-Salza, Ihre Exzellenz am Kärntnertor. Klementine wurde unwirsch, am liebsten hätte sie diese fette, duckmäuserische Gestalt unter ihrem trichterförmigen Hut und der roten Feder mit der Reitpeitsche geschlagen. Der Weg war unbequem, mit Steinen übersät. Am Abhang mußte der Kutscher seine Pferde mit aller Kraft zurückhalten. Sie erreichten ein Eichenwäldchen, wo der Weg sich verlor; im Stechginster und im Gras hörte man aber den Fluß rauschen. Herzogin Klementine stieg aus. Arcole sprang trotz seines Hinkebeins fröhlich umher.

Klementine ging dem Geruch von frischem Gras nach, ohne sich zu überlegen, daß der Fluß wahrscheinlich von französischen Gendarmen bewacht wurde. Sie folgte dem Lauf der Donau, bis der Himmel langsam heller wurde. Ein herrlicher Tag kündigte sich an, mit grünem Schimmer und Nebelschwaden über dem Fluß. Einzelne Explosionen, Flüche und hin und wieder ein Räuspern waren zu hören. Etwas später krähten die Hähne. Arcole war empört. Er bellte, andere Hunde jaulten zurück, und immer der Gesang der Frösche.

Die Frau entdeckte einen Trupp Soldaten, die um ein Kohlenbecken herum an der Uferböschung der Donau lagerten. Durch den Morast watete sie auf die Männer zu. Ihr Kleid blieb an den Dornen hängen. Einem Unteroffizier stellte sie sich als Frau eines sächsischen Offiziers vor, sie müsse über den Fluß, worauf der Unteroffizier entgegnete, niemand dürfe die Donau überqueren, »Befehl von oben!« Er trieb seine Männer an, die Klementine mit undurchdringlichen Mienen umringten. Klementine tat, als kehre sie nach Wien zurück, folgte jedoch auf einem Treidelpfad etwa einen Kilometer weit dem Flußlauf, bis sie zu einer kleinen Landungsbrücke kam. Ein Soldat, der dort auf und ab ging, trat auf Klementine zu und packte sie unsanft am Arm. Er hatte kleine, sehr eng

liegende Augen und ein gelbes, krankes, grimmiges Gesicht. Als Arcole knurrte, wollte der Soldat ihm einen Kolbenhieb versetzen, verfehlte ihn jedoch.
Klementine befreite sich mühelos aus seinem Griff. Sie hätte fliehen können, denn der Soldat hatte sich in seiner Ausrüstung verfangen und stammelte, die Müdigkeit, die Angst, der Branntwein, doch die junge Frau machte keine Anstalten, zu entkommen. Sie erinnerte sich an ihre Auseinandersetzung mit den Gendarmen, die sie unweit vom Palais des Fürsten von Ligne hatten durchsuchen wollen, aber sie hatte keine Lust, sich aufzuregen. Wortlos ging sie auf den Soldaten zu, der nicht reagierte. Er blickte verängstigt drein, vielleicht eine Auswirkung des grauen Morgenlichts, und wich, etwas Speichel am Mund, brabbelnd zurück, so als packte ihn bei der Vorstellung, diese Frau mit dem so weißen Gesicht könnte ihn berühren, das blanke Entsetzen.
Er fällte das Bajonett. Klementine nahm es in die Hand und schob es sanft beiseite, dann ging sie mit Arcole ans Ende der Landungsbrücke. Der Soldat folgte ihnen unter schmutzigsten Beschimpfungen. Klementine befahl ihm, zu schweigen und das kleine grüne Boot, das zwei Meter vom Ufer entfernt schaukelte, loszubinden. Der Hund überwachte die Operation, wollte aber nicht einsteigen. Das Plätschern der Wellen behagte ihm überhaupt nicht. Klementine nötigte den Soldaten, den Hund auf den Arm zu nehmen. Als sie die Mitte des Flusses erreicht hatten, zögerte der Bursche. Er ließ die Ruder los, hielt sich mit beiden Händen an der Bank fest, setzte schon zum Sprung an, und die Barke trieb bereits kreisend ab, da trat Klementine auf den Soldaten zu, und schon machte der Mann sich wieder ans Rudern.
Als Klementine am anderen Ufer war, zog sie ein Goldstück aus ihrer Jacke. Der Mann biß auf die Münze und steckte sie blitzschnell in seinen Soldatenmantel. Klementine marschierte aufs Geratewohl los. Über den Karpaten ging die Sonne auf, das Schauspiel, das sie beleuchtete, war fürchterlich, wegen der verwüsteten Felder. Man stolperte in die Radspuren der Artilleriekonvois und Trainwagen oder in die Granat-

trichter. Alles hatte gebrannt. Die Erde war mit einer Ascheschicht bedeckt. Die Soldaten, denen Klementine begegnete, hatten Gesichter wie Köhler, mit großen, glänzenden Augen. Ein weißer Percheron verlor seine Eingeweide, er lag auf dem Boden und trat mit den Hufen in seinen Gedärmen herum.
An dieser Stelle hatte ein mörderisches Gefecht stattgefunden. Männer bewegten sich langsam, so als steckten sie in einer klebrigen Masse. Sie waren nicht mehr vollständig, hatten nicht mehr alle Gliedmaßen, ganze Stücke fehlten ihnen. Wie Säuglinge versuchten sie, laufen zu lernen, fielen aber wieder in die Asche, in den schwarzen Weizen. Die Sanitätstruppen der Großen Armee hatten alle Hände voll zu tun. Soldaten bückten sich, sammelten Leichen ein und warfen sie über die Leitern ihrer Wagen. Andere Karren waren vollbepackt mit Toten, sämtliche Uniformen bunt durcheinander, so als hätte der Krieg das sinnlose Ziel, die Soldaten zu vermischen, Haufen aus Körpern in allen Farben zu bilden.
Klementine durchquerte Dörfer, Wiesen, Gärten. Sie wurde angehalten, und jedesmal brauchte sie die Gendarmen oder Soldaten nur anzusehen, ohne Gehässigkeit, eher mitleidvoll, damit man ihr Platz machte. Ein französischer Stabsunteroffizier marschierte ohne Kopfbedeckung und Gewehr vor ihr her, er streckte einen Arm in die Luft, auf dem leeren Ärmel seines Mantels hatte das Blut eine harte Kruste gebildet. Einmal wollte ein großer Bauer sich auf die Frau stürzen, die überhaupt nicht reagierte, sie wartete, daß er seinen Hunger gestillt hatte, und der Mann mühte sich mit diesem reglosen Körper ab, er zog an Stoffen, am Schal, an der Jacke, als hätte er die Schnur eines Pakets aufgerissen oder eine Tote waschen wollen, wortlos verrichtete er eine sehr schwere, sehr unangenehme, anstrengende Arbeit, und der Hund sprang ihm an die Kehle und brachte ihm eine tiefe Bißwunde bei. Klementine ging weiter. Sie richtete ihren Blick auf die Sonne, behielt sie im Auge, sie war rot, stieg bis in die Mitte des Himmels und machte sich an den Abstieg, ihr Licht war nicht imstande, die Erde leuchten zu lassen, sie konnte noch so sehr funkeln, die Felder blieben grau und schwarz.

Die Frau setzte einen Fuß vor den anderen, ungelenk, aber mit großer Sorgfalt, so wie manche Automaten im Wurstelprater. Von einem Feld las sie Möhren auf und eine Rübe, und wenn sie eine Leiche oder vielmehr eine Gruppe von Leichen sah, denn die Soldaten waren oft haufenweise gestorben, kniete sie sich hin und sah nach, ob nicht eine dieser Leichen ihr Geliebter war. Manchmal mußte sie die Toten umdrehen, damit sie ihr Gesicht sehen konnte, und setzte dann ihren Weg fort. Sie warf die Möhren weg, behielt aber die Rübe in der Hand. Abends hatte ein alter französischer Hauptfeldwebel Mitleid mit ihr. Er gab ihr einen Topf heiße Suppe mit weißen Rüben und Kartoffeln und fragte sie, was sie in diesem Schlammloch mache, er würde sie zu einer Scheune bringen, die er bei Aderklaa entdeckt habe, doch sie wollte sich nicht ausruhen, sie wollte wissen, wo Deutsch Wagram lag.
Sie hatte noch ein gutes Stück Weg zurückzulegen, aber der Mond schien hell, und der Himmel war wie ein Spiegel, auf dem zerrissene, gelbe Wolken dahinglitten. Die Körper, die auf den Wiesen lagen, waren leicht blau, mit Lack oder Honig überzogen. Wenn der Mond hinter einer Wolke verschwand, konnte Klementine die Gesichter nicht mehr erkennen; dann fuhr sie mit der Hand darüber und tastete sie ab. Die Häuser von Deutsch Wagram waren vielleicht nur noch ein paar Kilometer entfernt. Der Kornhändler von Baumersdorf hatte gesagt, die Sachsen seien bei Aderklaa überrannt worden, er war ein komischer ängstlicher Kauz, er wußte nicht, daß es sich dabei um Adegauers Regiment handelte, ja, jedenfalls seien sie von den Österreichern überrascht worden, und am nächsten Tag hätten die Italiener noch aus nächster Nähe auf sie geschossen, aber am allerschlimmsten sei das Gefecht in Deutsch Wagram gewesen, hatte der Kornhändler gesagt, »ein Durcheinander, mein Fürst«, und die Sachsen hätten sich wie Nichts, ja wie die Wachteln aufspießen lassen. Die Nacht war jetzt fast pechschwarz, der Mond war verschwunden, Klementine hatte wohl einen Schuh verloren, denn sie rutschte, und dann wieder stieß sie sich an Baumstümpfen, Steinblöcken und zerbrochenen Protzenwagen. Sie stolperte

auch über weiche Gegenstände, und dann kniete sie nieder, berührte ein Gesicht oder einen Arm oder einen Dolman, hielt sich aber nicht lange auf, denn so würde sie nie rechtzeitig nach Deutsch Wagram kommen. Der Hund war erschöpft, seine kranke Pfote mußte ihm sehr weh tun, er machte kleine Sprünge, um nicht von seiner Herrin abgehängt zu werden. Wenn Klementine stürzte, leckte Arcole ihr Gesicht, und er tanzte und bellte, wenn sie wieder aufstand.
Die Lichter von Deutsch Wagram leuchteten. Sie blinkten. Sicher lag das Dorf jenseits eines Baumvorhangs, den der sanfte Wind lautlos schüttelte. Klementine wollte über ein tief eingeschnittenes Flußbett springen, hatte aber nur noch so wenig Kraft, daß sie ein paar Meter hinunterrollte. Sie hielt sich an Grasbüscheln und Sträuchern fest, konnte sich auch ein Stückchen hochziehen, ließ dann aber los und fiel wieder hinunter. Arcole war oben geblieben, er streckte schnuppernd die Nase ins Leere, versuchte, hinunterzuklettern, geriet aber wegen seiner kranken Pfote ins Rutschen, er stöhnte, stieg schwerfällig wieder hoch und bellte, aber niemand kam, und so stieg er keuchend ein weiteres Mal hinunter. Klementine versuchte, sich noch einmal an den Dornensträuchern festzuklammern, dann verlor sie das Bewußtsein. Der Hund setzte sich auf sein Hinterteil. Nach einer Weile legte er eine Pfote auf die Schulter der Frau. Er stieß ganz leise Schreie aus.
Die Lichter von Deutsch Wagram waren ziemlich nah. Ein paar Pferdeställe und halb verkohlte Schuppen waren von den Ärzten der Großen Armee in Beschlag genommen worden. Otto lag auf Heuballen im Hof eines Gutes, er hatte viel Blut verloren. Mathias hatte auch eine Bauchwunde, er war neben Otto hingestürzt, als sie eine kleine Brücke über den Rußbach verteidigten, doch er schien weniger abbekommen zu haben als sein Leutnant, dessen Brust von einem Artilleriegeschoß eingedrückt worden war, und außerdem hatte der alte Offiziersknecht eine zähe Konstitution. Er hatte sich tot gestellt und, nachdem die österreichischen Soldaten verschwunden waren, seinen Herrn gepflegt, doch weil Ottos Blut nur so gelaufen war, hatte Mathias ihn fest um den Leib gefaßt und

über mehrere Kilometer zu dem Bauernhof geschleppt. Otto stöhnte, sein Kopf schlug auf die Steine, es war mitten am Tag, die Schlacht war seit der vergangenen Nacht zu Ende, und jetzt war eine neue Nacht, fast schon ein neuer Morgen angebrochen.

Mit einer Hand hielt Mathias sich den Bauch, denn seine Wunde tat ihm sehr weh – er litt unter hohem Fieber und hatte sich den Bauch mit Lappen vollgestopft –, während er mit seinem freien Arm Otto abstützte. Der bewegte die Lippen, konnte jedoch nicht mehr sprechen, jedenfalls hörte man nichts, nichts als den Hauch seines Atems, der tagsüber noch sehr stark gewesen, jetzt aber kaum noch wahrnehmbar war. Mathias legte seine Hand wie eine Muschel an sein Ohr, denn dieser Atem kam aus weiter Ferne. »Mein Leutnant, mein kleiner Leutnant«, sagte er. Und dann: »Mein ganz kleiner Leutnant.« Jetzt hielt er sich nicht mehr den Bauch, denn er hatte seinen Offizier mit beiden Armen umfaßt, er wiegte ihn sanft und drückte Ottos Kopf an sich, an seine breite Brust.